图书在版编目（CIP）数据

美人余 / 伊北著 . — 重庆：重庆出版社，2024.3
ISBN 978-7-229-18042-3

Ⅰ.①美… Ⅱ.①伊… Ⅲ.①长篇小说—中国—当代
Ⅳ.① I247.5

中国国家版本馆 CIP 数据核字 (2023) 第 189258 号

美人余
MEIREN YU
伊 北 著

图书策划：李　子
责任编辑：李　雯　刘星宇
责任校对：冉讳赟
封面设计：回归线视觉传达

重庆出版集团
重庆出版社　出版

重庆市南岸区南滨路 162 号 1 幢　邮政编码：400061　http://www.cqph.com
重庆天旭印务有限责任公司印刷
重庆出版集团图书发行有限公司发行
E-MAIL:fxchu@cqph.com　邮购电话：023-61520646
全国新华书店经销

开本：890 mm×1240 mm　1/32　印张：14.125　字数：550 千
2024 年 3 月第 1 版　2024 年 3 月第 1 次印刷
ISBN 978-7-229-18042-3
定价：69.80 元

如有印装质量问题，请向本集团图书发行有限公司调换：023-61520678

版权所有　侵权必究

目 录

第一章
001

第二章
041

第三章
092

第四章
139

第五章
192

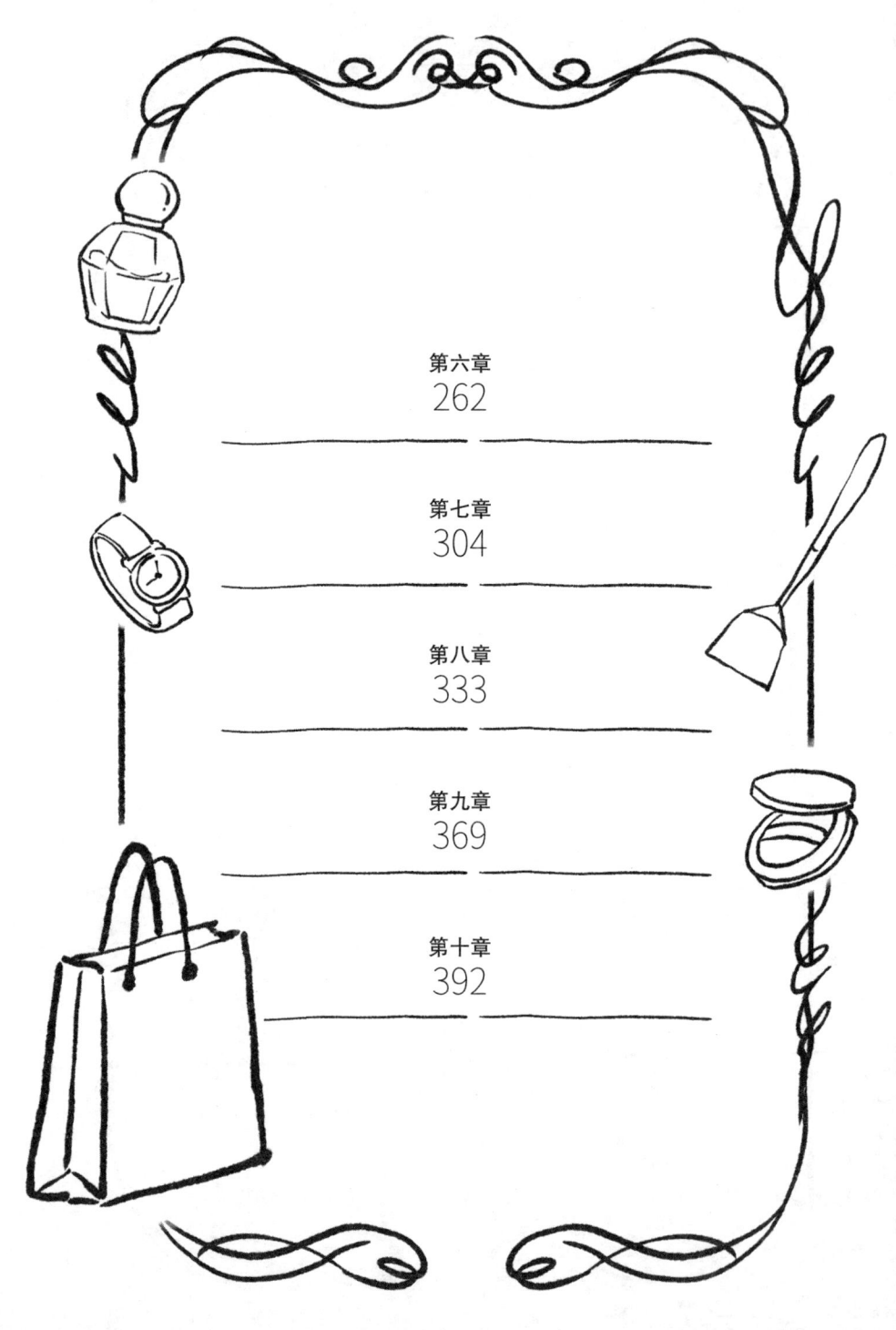

第六章
262

第七章
304

第八章
333

第九章
369

第十章
392

第一章

江南出美女,这里却不算正宗江南。

不过地理位置的尴尬并不妨碍余郢子产出美人,多少年来,这块巴掌大的地方,一直是各路人求亲的胜地。

这里的女子实在漂亮。

因为处于南北交界,南方女人的温柔她们有,北方女人的刚劲她们也有。活脱脱刚柔相济兼收并蓄。有人说,中国古代四大美女,少说有一个是从余郢子出去的。据当地人反复考证,最可信的说法是,貂蝉姓余。历史专家们否定这一阐述,认为毫无论据支撑,是以讹传讹,给自己脸上贴金。可当地人不管专家那一套,专家否定他们,他们就骂专家:呸!什么专家!吃干饭的,狗嘴里吐不出象牙!整天放屁!

好在事实胜于雄辩。这里的女人争气,多少代下来,余郢子的女孩一如既往漂亮。而且逢这几代,余氏一族的女子,尤其贴符时下审美,尖下巴,大眼睛,眉骨高耸,有点西域风情,皮肤白皙,又是江南碧玉的路子,真一个天造地设,毓秀钟灵。

不过余郢子的女人跟网红是不搭的,她们的面庞一律有骨骼撑着,这样一来,即便积了点年纪,依旧是美人——说到底,女人的美,在骨不在皮。

余郓子的女孩都美,却并没有在竞争中失了和气,相反,她们特别团结,共同进退,眼下往大城市打拼的,更是同气连枝,一荣俱荣。就好比这时节,余郓子"大姐级"人物余嘉跟着丈夫来到这座大城市。同族的余梦、余爽、余蕊,立刻大大地摆了一桌,为她洗尘。

原本就在大城市的梦、爽、蕊真心为嘉姐高兴。当初在余郓子,她们被戏称作沉鱼、落雁、闭月、羞花。嘉是沉鱼,梦来落雁,爽能闭月,蕊堪羞花,都是漂亮姑娘。周围人看着,打心眼里认为,如斯美貌,不去广阔天地拼杀拼杀,豁出去搅个翻江倒海,着实暴殄天物。

可惜多少年过去,四大美人一直没能聚齐。

三缺一。

余嘉大学毕业便嫁了人。丈夫狄立人是大学同学,她出嫁的时候,他只是个小公务员,在偏远的地带当村官。所有人都为余嘉惋惜。余老爸更是气得要跟女儿断绝关系。不思进取,鲜花插牛粪,孺女难教,一塌糊涂!事实上,临到余嘉成了婚,姓余一门还想着捣散这门婚姻。只是余嘉情比金坚,认定了立人,万难更改。美中不足的是,刚开始两口子老不生,弄得余家也不痛快。后来过了几年,立人升到省里的时候,余嘉终于生了个女孩。木已成舟,尘埃落定,余家人见立人有大出息,转而又开始赞颂起这段婚姻来。余嘉在某职业学校混个行政岗,事业为轻,家庭为重,安心相夫教子,于小城优游。

余梦护士出身。毕业前去大医院实习,认识了个骨折病人——她现在的丈夫栾承运。她出嫁时,他事业刚起步,算"小富"。十多年来,她生了两个儿子,栾承运借着她所谓的"帮夫运",狠赚了几笔钱,他们在大城市有好几套房,算是跻身"中产",余家亲戚时不时也来沾沾余梦的光。这门亲颇令人满意。

余爽也漂亮,却美得不自知。久而久之,有点明珠蒙尘的意思。名牌大学毕业后,先进体制内,再转风口大公司。她做在线教育,誓要击垮某东方。她也有这能力,入行没几年,职位蹭蹭往上提,是公司里最年轻的中层。学生家长喜欢以余爽为榜样激励孩子,说:"多学学爽爽老师!题目没有她不会解的!"余爽独立,自主,自挣自吃,她有独立住房,还是赶在房价井喷前入手的。她运气好,第一份工作在体制内,碰上单位分房,当时房价还没冒头,别人都要小的,唑剩个大套,余爽无路可退,咬牙拿下。不承想这套三室一厅却意外成了她人生第一桶金,是她在大城市站住脚的基石。

余爽谈了几个男朋友,都是相亲认识的,清汤寡水的,迅速告吹。男人伺候不了她,她也懒得伺候男人。用她自己的话说,她不喜欢求男人,靠自己能行,那就靠自己吧。家里人先开始也为她急,女孩子家,一个人在外头怎么行,得结婚,不然不行的。可过了三十,看余爽钱越挣越多。家里人得了实惠,余爽妈更是搬来跟女儿住,开始做大城市人。

四美人里余蕊年纪最小,却最漂亮。她跟余爽不一样。她很早就知道自己的优势,恋爱,一定的。她认为读书和恋爱相辅相成,她奋力拿个学位,也不过是为自己接触高端人群增加砝码。表演系毕业,余蕊在大城市漂了几年,她认识到一个残酷事实,像她这种没钱没背景的女孩,想要在演艺界闯出名堂,比登天还难。

她的长相适合演大青衣,可偏偏没有大青衣的咖位。等,她没耐心,因此只能在感情上下功夫。她的理想是结婚,最不济也要找个有钱或者有势的人谈恋爱。余嘉来的时候,余蕊刚和男朋友分手,不过谁也不知道。

从前四美天涯离散,只能在群里掰扯。如今好,狄立人十年内连升四级,从村官起步,到区里,到市里,到省里,再到大城市,官运好得像屁股上安了火箭。丈夫调任,贤惠的余嘉终得夫唱妇随,带着孩子,一路飞升。终于四美完聚,成全一桩美事。

姐妹们的聚会,没有家属参加。

有两个还没捞到家属的影儿:余爽不打算有,铁单身;余蕊是有好几个绯闻对象,但暂时都不能曝光。有的是她不愿曝,有的是人家不愿跟她曝。

余梦倒是有个体面家庭,嫁了个有头有脸的丈夫,只是近来她正在跟丈夫栾承运闹别扭。在外人看来,她是阔太太,在大城市住着别墅,她朋友圈里的照片拍摄地点往往是"自家草坪",虽然是隔壁邻居分享的,但在大城市能住上别墅,在余郢子出来的人里,也算数一数二。

她是多少女人的榜样,多少后辈嘴里的"传奇",实习就能找到如意郎君,是低配版的邓文迪——邓文迪还没她漂亮。

余蕊就羡慕她。

余梦去上太太们的国学班,好不容易从《诗经》摘这么一句形容自己:"手如柔荑,肤如凝脂,领如蝤蛴,齿如瓠犀;螓首蛾眉。巧笑倩兮,美目盼兮。"她对这样绮丽的形容很满意。

不过她却对自己的婚姻不满意,虽然栾承运赚了点"小钱",但余梦始终觉得自己当年嫁给他太仓促,多年以来,老栾在外面跑动,忙得屁股上装弹簧,一不小心弄出不少"故事"来。他还有黑历史,谈过八九个女朋友,其中一个为他自杀,两个为他堕胎,不是什么好东西,最近跟其中两位还有藕断丝连的迹象。

余梦对栾承运厌恶已久,好不容易熬到两个儿子都送去国外读书,她觉得这段婚姻算是走到了个节点。过去她是隐而不发,现在呢,箭在弦上不得不发。

她出来见嘉、爽、蕊,也是为了透透气。这种家庭生活对她来说实在憋闷,何况栾承运还曾经"赏过她一巴掌"。那可是家庭暴力啊!还有什么比这更严重?

余梦觉得自己没报警抓他,就已经是看在这么多年的夫妻情分。

凤来阁。余梦拥着余嘉。拜把子余嘉是大姐,她是二妹,年纪相仿。余梦愿意跟余嘉交往,因为她不争,永远那么谦和矜持贤良淑德,她要当牡丹,余嘉就是朵幽兰。不抢风头。

余梦端着高脚杯嚷嚷:"你不来,我们都见不着领导。你来了,还把领导藏着不给我们见!"

余嘉面色微红。酒是余爽带的。四个人都喝了,今晚不开车。

"是真忙。"余嘉笑着应和。

说的是实话。狄立人借调到大城市有段日子,她一个人带着孩子在小地方读书，熬了又熬，如今立人转正，分了房子，不用住宿舍。她也终于修成正果，能以"领导夫人"的姿态带着女儿狄思思来和丈夫团聚。

其实余嘉不喜欢晚上出门。今儿赶巧，立人要出去应酬——大城市的同乡，多半在公务系统，有个乡谊，特别抱团，属于半秘密的小圈子，不能不混。于是等立人出门，她安顿好女儿的晚饭，提前了解作业情况，最后叮嘱不许看电视，又把女儿的手机锁起来，然后才想起来让弟弟余义去陪立人——余义在矿业大学读硕士，跟着去见见世面，顺带当个眼线。

余嘉倒不是对丈夫不放心，她只是担心万一饮酒过量，自家弟弟做司机保驾护航，究竟放心。因此，她格外叮嘱余义："你别喝，就说开车。"

酒还在喝，余蕊敬余梦。余嘉来之前她就想跟余梦走动走动，大学毕业，做了几年小演员，倒不至于跑龙套，但顶天也就是十八线配角，或者做"特约"。这条路实在艰难。余蕊更加认定演戏当饭吃不切实际。片场认识的那些男人又都不靠谱。她想通过余梦打入"上流社会"。毕竟梦姐来大城市早，又有丈夫托盘，树大根深，路子广、人面宽。

她看过余梦晒和某著名作家的合照。胖头大脸的。作家给他们夫妻写了一个福字。余梦夫妇好生得意。当然余蕊是瞧不上那作家，她需要的是企业家，或者官员。因此，余嘉来了，她必须第一时间出现。不看僧面看佛面，狄立人如今是举足轻重的人物。

余蕊老探着头说话，余爽夹在中间有点不舒服。她们谈的老公孩子婚姻恋爱的话题，她不感兴趣，今天来，一是给余嘉面子。她们同族，嘉姐跟她还沾点远亲，再也是见见余蕊。余爽比余蕊大点，余爽读高中的时候，余蕊便已经是整个中学部的校花。余爽那时候成绩虽好，但没什么自信，余蕊肯跟她做朋友，多少为她的青春提了点气。因此，这么多年过去，余爽还记着这点旧人情。

余爽要去洗手间，余蕊结伴。余梦望着两个小妮子的背影："瞧瞧，比比，我们都老了。"她希望余嘉奉承她不老。余梦没少在脸上身上花钱。谁知余嘉道："都有老的一天，我倒担心小爽，一个人，孤零零的。女人，总该有个家庭。"

余梦道："有她妈陪着。"

"能陪一辈子？"余嘉口气悠长。

"结了婚，也不能保证就一辈子。"

"那不一样。"

"爽运气不错,弄这么大一房子。赶上了。"

"没人。光房子大,吸阳气。"余嘉分析,"爽还是个孩子,蕊是大人,也愁。"又扭头对余梦说,"还是你好,孩子大了,什么都有了,自在。活回来了,年轻。"

磨了一晚上,终于听到这句赞许,余梦觉得自己没白打扮两小时。只是余嘉对于她现状的判定,她不能同意。余梦忽然凑到余嘉耳边,小声道:"保密。"余嘉缩脖子瞅她。余梦继续,"我准备跟栾承运,拜拜——"她刚把儿子送上飞机,便转身给丈夫一张离婚协议。让他想去!她请余嘉吃饭,也是为给自己打气。

余嘉眼珠子像要弹出来,不敢相信自己的耳朵。可余梦既然已经说出这话,一定经过深思熟虑,是把她当自己人才透露出来,她不能立刻反对。只好用一脸惊诧表达情绪。

她是不赞成离婚的。骨子里,余嘉信奉从一而终。两个人过日子,摩擦肯定有。女人是水,男人是泥,女人得包容,得会和稀泥。

婚姻是马拉松,余嘉瞧不上半途下场的人。哪怕累死,她也要跑到终点。

余梦见嘉姐神色张皇,便自顾自解释:"人不行,这么多年看得透透的!嗳——"一口气叹得老长,无限委屈,"孩子大了,我也该自由了。"她没提遭到家庭暴力,丢面子。

余嘉还是不说话。余梦怕她想歪,连忙,"我没出轨!"

她是良家妇女。

后半句没说,言下之意,栾承运在外头有头绪,是他的错。

"知错能改,善莫大焉。"余嘉文绉绉的。躲在古人的话里,似乎没那么尴尬。

"不不,不能耗。"余梦心意已决。在这将老不老的空当,她觉得自己还有机会拼杀一番。她必须压倒栾承运,出口恶气,证明自己的"商业价值"。

余梦最近爱以朱玲玲为榜样——离开个富豪,再嫁别的富豪。

想想不对,呸!栾承运才不算富豪。不过后半段,是余梦必须实现的梦。

爽、蕊回来，几个人又坐了一会，酒尽羹残，余义来接姐姐。余嘉有点意外，小声问："你姐夫呢。"余义表示已经送到家。余梦抢先说："这是小义？都这么大啦？"在余梦面前，余义永远是小弟弟。余蕊抿嘴笑，不语。余爽道："小义在读研。"余义考研，选导师，立人没少帮忙。老家矿业学院有老师调职，立人一直跟他们保持关系。终于，小舅子求学用上了。因此，立人在余家更举足轻重。

余梦离得远，自己叫车。余蕊去余爽那凑合一夜。余嘉非让余义拐一头，先把爽姐、蕊姐送到再说。余义乐得效劳。他对余蕊很有点意思。过去余嘉没当真，但现在弟弟大了，她也看出来，愿意努力为弟弟创造机会。不过余嘉心里有数，余蕊混娱乐圈的，未必能看上余义这个学生仔。

上了车，余嘉坐副驾驶。爽和蕊在后头。余嘉说客套话，"突然来这，有你们，好多了。不然我真跟没头苍蝇似的，不适应。"

爽没接话。蕊发现余义在通过后视镜看她。不禁有些得意。可他越看她，她就越要回避，方显矜持。

余嘉又说："以后多走动，出门在外不比在郢子里，相互帮衬着，三个臭皮匠赛过诸葛亮。"又说："爽，向你妈妈问好啊，等安顿好，我去看她。"说着，余嘉又敦促大家互相留联系方式。其实主要是为弟弟搭桥。

余义脑子慢，不动弹，余嘉却已经把他的名片推给爽和蕊。送到地方，道别，车子再折回头。余嘉这时候才放松下来，哪怕是跟小姐妹应酬，她也十二分留神，怕有不妥当之处，故而浑身紧张。现在单独面对弟弟，她不用设防，问："你姐夫怎么样。"

余义说："八两酒。"

又喝多了。不用说，狄立人估计已经不省人事。余嘉怪弟弟怎么不劝劝，可临去她让余义别喝酒，他不可能为立人代。只是代不行，劝总行吧。余嘉一时静默，她不想批评弟弟，只能用情绪传达。

余义打了个方向盘："姐——姐夫也是高兴。"

高兴什么？高兴她来大城市夫妻完聚？至少来这些天，她没看出来，也没感受出来。连着来的时日，他们已经许久没有夫妻生活。久得她都快忘了那滋味。跟上辈子事似的。上一回，还是他回去探亲交的差。到这个年纪，余嘉能理解，各方面都不如以前，但口劝心心劝口，劝来劝去，她还是觉得他们之间有点问题。

第三者是没有。她料定立人不敢。在这个系统做着，作风问题是大忌。他是个好丈夫。

车子往巷子里开，余嘉问："没吐吧。"是指立人。

余义道："饭店吐了一次，车上吐了一次，不过都接住了。"车里还能闻到酒气。好在她们也喝了酒，否则有点丢面子。

"思思在家吧。"她继续问。

"说作业做完了。"余义汇报。又补充，"阿姨也在。"

阿姨，哪个阿姨？余嘉一下没反应过来。她看着弟弟。"姐夫妈。"余义解释。余嘉心里咯噔一下。她婆婆向来是个有分寸的女人。这时候到，又没打电话，绝非寻常。

她心里怪弟弟怎么不早说，怎么不早汇报。转念一想，她又不得不理解弟弟。他可能认为立人妈一直跟他们住。或者，老人在家也没什么不妥当。

毕竟，她不在立人身边的时候，余义也很少上他家门。

城乡接合部出身，却习得一身的"知书达理"。

余嘉佩服婆婆。不过匪气还在，立人妈抽烟，也打麻将。跟立人结婚多年，余嘉和婆婆始终维持着"你敬我一尺，我敬你一丈"的关系。

只不过，从前余嘉对立人，那是"下嫁"，婆婆待她热情，后来多年生不出孩子，婆婆又冷淡下来，再后来生了思思，婆婆转为不冷不淡。随着立人职位层层上调，婆婆再度热情——对自己儿子。对余嘉，淡得仿佛白开水稍微加了点盐。

余嘉开门进屋，客厅里大灯没开，只有一盏飞利浦节能灯。没人。余嘉换了拖鞋，去女儿屋瞅瞅。思思睡了。再去卧室。立人酣然。难道人走了？还是根本没来，余义看错了？余嘉换了衣服，往洗手间走。

推开门，感应灯骤亮，婆婆一座塑像般坐在抽水马桶上。余嘉吓得叫了声妈，连忙退出。从楼下到楼上准备了一路，临了还是措手不及。她稳住心神，看看客厅，该收拾的都收拾好了。立人妈突然到访，按说挑不出什么来。她是个好主妇。

一会儿，婆婆从洗手间出来。

余嘉憋不住尿，只好说妈您先坐，赶忙钻卫生间。立人沾了呕吐物的衣服已经洗了，还有思思的裤子、袜子、她的文胸，都挂在洗手间栏杆上，正滴水。

婆婆代劳。

余嘉莫名的觉得不好意思。她解释不清，为什么把丈夫和女儿一个人丢在家里，她却晚归。只是，婆婆不问，她也不能主动解释。那样更显心虚。婆婆来得反常。为什么不提前打电话，为什么不让我们去接你，到底发生了什么事情？严不严重？是跟爸吵架还是怎么？爸一个人在家怎么弄？

都不能问。来了就来了。既成事实。不接受也得接受。

余嘉快速洗脸，淡妆卸了，她不希望婆婆看出她化了点妆，尤其是口红。她的人设就是一个朴朴素素的主妇。她也确实就是。唯一一次"放风"却撞在枪口上。

立人妈走到客厅，站着，指了指茶几方向："我睡沙发。"

余嘉连忙说不。她要让妈妈睡大床。只是，家里就两房一厅，思思住小间次卧。主卧立人躺在那，总不能让婆婆跟立人一张床。

为调配，余嘉道："我叫他起来。"

立人妈连忙阻止："不用不用，立人辛苦，好不容易睡一会，沙发放开一样。我睡沙发。休息吧。"

态度很坚决。

余嘉拗不过。只好多抱了两床褥子垫上，又拿出一床新被子，填上记忆枕。婆婆老便秘，睡眠也不好，听不得声，见不得光，睡得浅，对枕头要求高——当然也是随着立人职位的升高而提高的。过去，随便垫个衣服，或者不垫——平躺着也能睡着。

躺在床上，余嘉怎么也进入不了睡眠。旁侧传来轻轻鼾声。她想起来，又不能动。

她对今天自己的表现不满意。没准,婆婆已经在内心私藏的小本子上给她减了一分。余嘉相信,长久来看,这对她和立人的恩爱,是不利的。

刚下了车余爽就对余蕊说,以后这种聚会她一定少参加,没有意义。

余爽揉揉肚子:"没吃饱。"

余蕊问她怎么不吃。

余爽道:"听话听饱了。"

余蕊知道她不喜欢听谈恋爱,结婚生孩子、养孩子的话题。她能理解爽,房子已经没贷款,工作不错,独立自主,没有必要为结婚委屈自己,可她又多少觉得余爽有点一根筋,或者说她不喜欢男人,是因为她得不到男人的喜欢而采取的自我保护措施。

余爽不会打扮,不知道发挥自己的优势。她总是把自己打扮成最普通职场女性,大翻领子,冬天就套一双棕色皮靴,半短不长的头发,不化妆。不得不说,余爽本身底子很好,皮肤白,有光泽,但余蕊认为她这么糟蹋下去,也支撑不了几年。

不过余蕊喜欢余爽,因为跟她构不成竞争关系,且余爽身边有不少优秀男士、都可以列为她的考察对象。何况余爽大方,每次聚会后,都会邀请余蕊来家里住几天。

有一回房东收房,余蕊一时没地方住,是余爽大方接纳了她,给她提供了一个能遮风避雨的屋檐。

那时候余爽妈还没来伺候女儿。爽爸几年前去世。余爽还有个弟弟,叫余庆,原来也在大城市工作,但结婚后嫌压力大,举家迁往一个中型城市。

余庆娶了个村镇老婆,生了两个孩子,如今一家子都吃他。余爽气不打一处来。亲家盘踞在余庆那,余爽妈只好来投奔女儿。

一来不打紧。她觉得女儿太需要自己,房子虽大,乱成一团糟。余爽照顾不好自己,生活上完全没有主见,人越养越干黄。爽妈来了之后,力挽狂澜。余爽面颊逐渐丰润,日子越过越顺溜。余爽似乎也不想着再找。娘俩越黏越紧,中间根本容不下个男人。

余嘉嘴里都是老公、孩子,余梦喜欢畅想爱情,余蕊嘴巴紧,什么都不说。余爽一开口就是我妈这我妈那。爽妈没怎么露面,也硬生生被她说成个名人。母女俩同仇敌忾,一提到弟媳妇家就不屑,余爽看不起没事业心的女人,余爽妈对那种生吃老公的家庭妇女更是深恶痛绝,提到儿媳妇,她总是用一种说书的口气:七年没上班啦——要命!提到儿媳妇的爸妈则是:多少慢性病,糖尿病!冠心病!都没有退休工资。她有退休工资,有医保,虽然长期吃丹参滴丸,偶尔吃速效救心丸,绝对不给儿女添负担。爽妈就当没养那儿子,丢给亲家当上门女婿。余爽争气,她有女万事足。

到楼下。余蕊转头要去7-11。

"干吗?"

"不能空手。"爽妈在,得尊敬长辈。

"瞎讲究!上楼。"

余蕊又坚持一下,余爽假装发火,余蕊只好投降。两个人往楼上去。

"阿姨。"余蕊懂礼貌,点头,身子微微弓。

"哎呀,这小蕊吧。哎哟天呢,怎么这么漂亮,啧啧啧,爽,你学着点。"余爽妈是个热情的女人。余蕊被说得不好意思。虽然她漂亮是事实,可被这么热捧,又是大半夜,还拿余爽当衬托,实在不妥。

余蕊道:"阿姨,爽也漂亮,她就是不屑打扮。"

余爽妈道:"那不行,得扮。"

余爽不耐烦,"行了别说了,有吃的么?"

"没吃饭?"余爽妈诧异。跟着进厨房一通捣腾。端上来两碗面。素面条打底,上面卧着块猪蹄,几片青菜环绕点缀。

余蕊饱饱的,可架不住盛情,只好陪余爽稍微吃了一点。

一入口,是老家的味道,比饭店的菜不知贴心多少倍。

"怎么样?"余爽妈问。余蕊点头,看旁边的爽儿,大快朵颐不抬头。余蕊忽然有点羡慕余爽,没娘的孩子可怜,她妈去世得早,她爸再婚,她和妹妹虽然能正常读书,但内心总有很强的漂泊感。

比起余爽,余蕊出人头地的愿望更强,只是她没有足够的智力考重点大学,只能剑走偏锋,走演员路。

只是猪蹄一入口,余蕊才真正明白余爽为什么一直不肯"长大"。老妈把她照顾得太到位、舒服。不光是吃。吃完了洗澡,水放得好好的。

余蕊甚至被余爽的内衣吓了一跳。粉红色,小猪绣花。

"你的品味?"蕊问。

"我妈买的。"爽答。

011

在妈妈心里，她还是个小公主。她只负责出去赚钱，家里的一切，老妈包办。洗完澡没立刻睡觉。爽妈帮爽和蕊吹好头发。蕊涂一系列面霜，爽妈对爽说："学着点，"又拉余蕊，"你教她点。"

余蕊笑着把一道道流程拆解，细细说来。余爽打断，"妈，你多此一举，我又没化妆，自然不用那么多流程。就洁面，水，晚霜，OK。"爽妈无奈对蕊，"什么都想简单。图懒省事，行，有我在。我给弄着，以后我不在，怎么办？怎么弄？"

幸福的女儿。余蕊甚至有点嫉妒爽了。爽的天真、大度、大咧咧、不设防，都源自爽妈。爽妈是爽和现实世界接触的媒介、桥梁。爽妈是她的经纪人。

爽被过度保护。

一边说着，爽妈已经把床铺铺好，又给爽和蕊各塞个暖宝在被窝，临睡前再拿出来。这样被窝温度恰好，不太冷，也不太热。女儿们要上床休息。爽妈对蕊叹："真不知道能找个谁。"余爽知道老妈又要唠叨，被子一拉，头蒙上。

爽妈无奈笑笑，对蕊挤挤眼。余蕊会意，跟爽妈打了个OK的手势。她领了命，帮爽留意男人——其实爽周围何尝缺少男人，她只是不需要男人罢了。

夜深了。

余蕊今晚跟爽一张床。爽听到老妈离开，伸出脖子，喊："妈！药！药吃了吧？"余爽妈嗳了一声作为回应。余蕊端端正正躺好，仔仔细细体会着别人家的温暖。

没几分钟，她还想跟爽说几句私房话，一转头，余爽已经发出轻微的鼾声。

4

到家没见栾承运，余梦认为他一定是受不了她给的"致命一击"。她受够了他的控制。

跟栾承运结婚后，余梦就没工作几天，她的本专业护理，栾承运认为跟人接触太密切，尤其有身体接触，他受不了。他宁愿她只护理他一个人。每当栾承运坏笑着说这话的时候，余梦总忍不住联想，行，护理你一个人，先把你打成残废，再慢慢护理。

当然，余梦天性里有懒惰因素，栾承运只是刚好诱导她成为一个懒惰的"阔太太"罢了。不过，某种意义上，优渥懒散的生活多少保住了余梦的美貌，让她的青春期一再延后，直到儿子们去国外留学，依旧残存着小尾巴。

余梦铁了心要离开栾承运。

他就是个变态，仿佛有使不尽的精力。这样的人你能指望他忠贞么？何况那么多年在外面，生理需要，情感需要，那些藏污纳垢的东西，余梦不愿细想，只能全部作为整体去思考、去处理。

那么好了——栾承运糟糕。于是乎，她要离开。

她下决心找一个比栾承运还有钱有势、对她体贴温柔的好男人再坠爱河。她对自己有信心，她觉得她完全有这个能力让五十岁左右的成功男人爱上她。她要证明自己的价值。她要做余郢子的朱玲玲。

她当然知道栾承运是什么角色。他不会善罢甘休，今晚这空荡荡的房间就是证明，不过余梦也早想好了对策。大不了放弃一部分财产。离开。必须离开。她过够了。

为提前庆祝重获自由，余梦又开了一瓶红酒。放音乐，柴可夫斯基。听了一会儿，干脆自己上阵，弹钢琴。余梦有童子功。她是私生女，她老娘从小就对她格外培养，琴棋书画，多少学点。她也孝顺老娘，可惜只孝顺到小儿子栾正宇出生——老娘因肾病撒手人寰。她老娘最喜欢的曲子是《少女的祈祷》。

余梦此刻正弹着。跳动的音符，仿佛少女穿着芭蕾舞鞋，翩翩起舞，喜悦，含着忧伤。

次日是周末。栾承运一大早回来。余梦正坐在开放式厨房吃早餐。烤面包上放着鸡蛋，她手握刀叉，煞有介事。不知道的，还以为她从小在国外长大。其实不过是个余郢子地里长起来的土姑娘。

脚步声越来越近。

她抬头觑了他一眼。

一脸憔悴。

"考虑好了吧。"她率先出击。

"还没看。"栾承运说。

装吧！她在心里骂。

一晚上不知哪里痛苦去了！还没看？骗鬼。

余梦站起来，把餐盘端到厨台上："吃了么，还有。"又转身，对着他，"没有什么特别的内容，就是普通离婚，财产问题，可以再谈。"

孩子大了，不存在抚养权争执。大儿子已过十八，小儿子也快十六岁。

"我不同意。"

"这个没商量。"

"你有人了？"

"别血口喷人。"

"如果有，可以告诉我。"

荒唐！滑稽！可笑！现在有人，岂不是婚内出轨？她成了过错方。谁会这么白痴。谁又会问那么傻的问题。

"没有。"

"那为什么？"

"性格不合。"永恒的离婚理由。

"哪里不合？"

余梦绕过椅子："不想跟你过了，明白了吧，自己的毛病自己看不到？吃喝嫖赌，哪样不沾？虐待妇女家庭暴力，热暴力有冷暴力也有。其余的不用我再说了吧？照片我留着，伤不会撒谎。你闹到哪去，这婚也是离。我是弱势群体，我是受害者。"

"可以分居，不能离婚。"

"离。"

"那个人是谁?"

"没有!"余梦大声说,"至于离了以后有没有,跟你没一毛钱关系!"

"有目标了。"栾承运靠近,一张脸铁青,似人似鬼。余梦仿佛感到一阵阴风袭来。她本能地后退。栾承运却一个箭步压上来,两臂如铁钳,钳住她的双臂。两腿一夹,她下半身也动弹不了。

他学过咏春。

干什么?!强奸?!婚内强奸也是犯法的!余梦大喊救命。可在这别墅区,谁能听到她的呼喊呢。

栾承运伸出一只手捂住她嘴巴。余梦还在挣扎。

突然,她重获人身自由。

他放手了。

"我不同意。"他声音低沉。

余梦胡乱在厨台上摸来一把刀,举起来,一边后退一边道:"法院会同意的!"退到门口,她丢了钢刀,换上平底鞋,锁上门,冲到车库。

发动!踩油门,落荒而逃。

余嘉给手机定了闹钟,可一不小心,还是比婆婆起得晚。头天喝酒,生物钟失调。立人睡得更沉。是个周末。

余嘉蹑手蹑脚打开卧室门,客厅小饭桌,思思已经端端正正坐在那儿,一边看英语材料,一边吃奶奶的炸馒头片夹溏心鸡蛋,手边一杯牛奶。

余嘉顿感赧颜,这是身为主妇的她的工作,勤劳的婆婆再次"越俎代庖"。

"妈。"余嘉叫了一声,婆婆的脸上看不出任何异常。"准备吃饭。"婆婆没看她,手头还在忙着。热火朝天充满朝气的早晨。

余嘉只好匆忙洗漱。整理好后,余嘉又要去喊立人,婆婆连忙阻止,余嘉只好先坐下吃。思思吃好了,回屋看书,她最近啃英语啃得勤,来大城市,她怕自己跟不上。

婆媳俩面对面坐着,无话。婆婆不是没话找话的人,余嘉看她说话最多的时候可能还在麻将桌上,叫张子喊牌抱怨运气,不停地说。

"妈,"狄立人睡眼惺忪,"什么时候来的?"余嘉忙小声道:"都来了一晚上了。喝那么多。"立人妈倒不慌不忙:"去洗洗,吃吧。"狄立人便拖着步子去洗手间,一番洗漱后,坐了过来。

还没等儿子开口，老太太就道："在你妹那过了几天。有朋友打电话，说儿子结婚，非让我来这，抹不开面子，就来一趟。"干脆利索。解释了来的缘由。

立人哦了一声，问要不要钱。立人妈说有。余嘉也想说给钱。婆婆率先道："今儿个余嘉没事吧？"

余嘉知趣，道："我陪妈过去。"她当车夫，开车。

真等上了车，婆婆指明了方向，余嘉才明白婆婆根本不是去参加什么朋友儿子的婚礼宴席——她早就觉得不对劲，哪个宴席会开在一大早呢！

婆婆是去医院，检查身体。确切地说是复查。跟余嘉，立人妈不遮着瞒着。她在省里查了，肺部有阴影，医生没确诊，建议她到大城市再查查看，她在网上挂了专家号，连夜过来。连带着，她还要看看妇科。

余嘉在心里感叹，这下能解释得通婆婆的"不周全"了。可是，一大盘真相托在她面前，余嘉又觉得为难。她不告诉立人，是不想让儿子担心。告诉儿媳妇无所谓，不是亲的，即便担心也不走心。再者，心理压力让儿媳妇背总好过儿子背。三则，她还要看妇科，儿媳妇陪理所当然。

余嘉一时不知道是劝好还是不劝好。劝，给人感觉好像巴着老太太病重，不劝，老人说了，你没一句暖心话，显得太过冷漠，实属不孝。

余嘉只好平平稳稳地："妈，别担心，先看看大夫怎么说。"又补充，"不过妈，您这烟得戒了，不是好事。"后半段算关心。普世的关心。只是把烟壳子上写的：吸烟有害健康换个说法。贵在不出错。

这话正中立人妈心事，吸了一辈子烟，她没放在心上过。谁要劝，她总抬出宋美龄做例子——宋吸烟，却活了一百零六岁。不料儿子飞黄腾达——飞得远远超出她想象。过去她以为，儿子能在市里立住脚就不错，谁承想，运真走起来，竟一路冲到大城市，位居要职，简直比朱元璋还传奇。立人妈开始考虑戒烟了。儿子好，她想多活几年，多风光风光。

进医院一通忙，楼上楼下都是余嘉跑，钱自然也是她垫上。儿媳妇跟着，总不能让婆婆花钱。全是检查，然后就是等。婆媳俩坐在走廊的长椅上，个挨个都是人。余嘉忍不住又开始揣摩立人妈的用意。让她陪，让她知道，是想让她找机会跟立人透露？还是永远保密？她吃不准。思来想去，余嘉想，干脆没事的话，就保密，如果真查出什么来，她可不敢不告诉立人。

手机振动,是余梦打来的。余嘉接了,脸色立刻大变。她慌忙进影像科,立人妈正在准备,穿防辐射服。

余嘉道:"妈,有个朋友有点急事。不远,我去去就回。"

余嘉赶到的时候余爽妈已经被宣布不治。

心脏病,发病时间是凌晨,来得特别快,痛苦也只有几分钟,走得还算安详。

余梦从家里跑出来,她第一时间想到余爽那避难。到地方,却发现爽家乱成一团。爽哭天抢地,蕊在叫救护车。其实救护车到来之前,余爽妈便已经没了气息。可余爽还是要求医生抢救!抢救!抢救!她眼泪鼻涕俱下:"不会的……你救救她……医生……你救救她!"似乎余爽妈还有点热气。

救护人员:"患者已经……"话没说出来,余爽便歇斯底里:"不会的!你胡说!不会的!你快救人!你不救人我告你!"

救护人员建议联系火葬场,余爽恨不得砸破人家头。人撤走,没办法,最后是爽梦蕊三人把人送到附近医院。

依旧无力回天。

余爽跪在地上,抱着妈妈,哭得尤为凄厉。任何一个听到这声音的人,都免不了被这悲情感染,潸然泪下。余梦站在一旁,眼睛鼻子红红的。她要离婚的事,在生死面前突然变成了小事,不过余爽妈的突然离世,更加坚定了她离婚的信念——她才不要跟栾承运过一辈子,她值得更好的生活,更好的男人,她要做真正的贵妇。

余蕊簇在余爽身旁,她有点愧疚,为什么爽妈偏偏在她到访的这一天离世,心里满是疙瘩,仿佛阿姨离世跟她有关似的。她晦气?是她把不好的运气带给了爽和阿姨？她不禁自责，因此哭得格外真诚悲痛。

余嘉深深地同情余爽。她知道妈妈对于爽的意义，那分量，约等于爽的命！阿姨突然离开，等于抽掉了余爽的灵魂。作为同乡、大姐、经历过生离死别的人，余嘉认为自己有义务安慰余爽。只是，此时此刻，任何言语安慰都那么苍白。她只能走过去，蹲下来，张开双臂，慢慢抱住她，和她同哭在一道。

虽然经历过老爸去世，可余爽在办丧事上的经验依旧等于零。过去都是老妈操持。加上过分悲伤，她根本无力打理。人拉到火葬场，冰着。余爽的弟弟余庆正从外地赶来，见老妈最后一面。

余嘉回家把事情跟婆婆和立人说了，母子俩一番感叹，都同意余嘉去帮忙，叮嘱她好好安慰余爽。

婆婆对立人道："看看，可怜，我要是不在，你一样，孤儿。"立人嗔："妈，说什么呢！你必须长命百岁，多少福没享呢！"丈夫不经意那么一说，余嘉愈是担心婆婆的"病情"。

凑着刷碗的空当，她小声问："妈，怎么样。"

她婆婆道："结果还没出来呢。"停一下，又道，"烟得戒。"信誓旦旦的。

余嘉想，等吧，急不得。婆婆怎么也得在这儿住一阵子。好在她要去帮爽的忙，有正当理由不用天天在家，否则，成日对着婆婆还真不知道说什么。

立人说帮她介绍工作的事还没落实。她过去就是个行政，找到个好岗位不容易，又不能太忙，毕竟要以家庭为主，但也多少得挣点钱，做点工作，融入社会。

余嘉很怕有朝一日跟丈夫无话可谈。

余蕊近来无戏可演，爽妈突然离世。她日日夜夜陪着余爽，寸步不离。余梦要躲栾承运，手机不开，人间蒸发，只偶尔晚上跟远在美国的两个儿子通通语音或视频，完成做妈妈的义务，于是索性也在爽家住下。

三室一厅，够住。

何况余梦觉得自己应当在这个时候挺身而出，她给自己贴的标签里有很重要的一条：仗义。

她们是余郢子四美，必须相互扶持。

余爽跟公司请了假，情绪跌到谷底。一整天，要么就是抱着妈妈的枕头一番痛哭，要么就是直挺挺躺在床上，靠近了，甚至听不到她的喘气声。

火葬场来电话问火化时间——死的人太多，得逐渐腾地方。余爽又是一阵激动："不烧！不化！"余梦吓得跟余蕊嘀咕："我的天，她跟诈尸似的，哪有不烧的，总不能做成木乃……"伊字被生吞下去。

余蕊觉得梦姐说话不好听，但话糙理不糙，只好道："等小庆来吧，这种事，还是得姐弟商量着来。"

不日，余庆到了。来了就跟姐姐大吵一架。他认为姐姐没照顾好妈妈——都是妈妈照顾她，他妈是累死的。他举例子："妈在我那怎么没事，要不是你生活不能自理，整天黏着妈，妈去我那带带孩子，心情愉快，怎么会犯病。"

余嘉不得不劝解："这和心情不直接挂钩。小庆，别怪你姐姐，是意外。"

其实余庆对余爽的不满由来已久，自从她把妈赚了去，他在家里便没了同盟军，对着两个孩子，一个老婆，还有丈人、丈母娘，他完全孤军奋战，妈走了退休工资也不贴补他。这次来大城市，他又见着姐姐一个人住这么大房子，怨念更深。老觉得妈生前把家里的老底都贴给了姐姐——姐姐跟妈一定有协议，她给老底，她给她养老送终。

现在好了，终了。姐姐钱拿得踏实，开启自由天地。

"怎么这么偏心！"余庆抱怨。

如此孽障！家门不幸！余爽气得要打弟弟。

嘉、梦、蕊连忙好说歹说劝住。人死不能复生，阿姨在天上不希望看到内讧。当务之急是入土为安。别为一点小问题伤了和气。亲的终归是亲的……

嘴皮子磨掉三层，余爽终于平静下来。尽管老弟主张简办——紧跟号召，可余爽还是决定给老妈办个体体面面的葬礼。生未及孝，死她要极尽哀荣，只为告慰老妈在天之灵，寄托自己深深的哀思。

灵堂热闹得仿佛街市。

不单是余蕊和余嘉惊讶，就连自认见惯了大场面的余梦，也没想到余爽妈的葬礼仪式会来这么多人。人脉，全是人脉，而且是都还在线的关系。

余梦不禁对余爽另眼相看。但她无法理解的是，这么一个人脉广阔的女人，怎么到现在还没结婚？是自己不想？还是……咳咳……余梦感觉自己这么想有点不地道……嘻……想想怕什么——还是这些人，这些男人，都没真正把余爽当女人看待。

一池子鱼，爽愣不捞。余梦可不能保证像爽儿那么自持，马上要离婚，她见准了，便会下钩子。

余爽余庆站在灵像前迎宾，鞠躬，小声致谢。余嘉弟弟余义在小礼堂门口帮着递花。余嘉和余蕊被委以重任，坐在门口帮忙收份子钱。余嘉收，余蕊记录。

余梦在一旁晃荡，瞭眼看看，竟发现过去的闺蜜翁悦也在。她走过去打招呼。场合特殊，不好以笑示人，她控制表情，问："来了？"翁悦见到余梦更惊讶，她捂着嘴："哦，余！你……"

余梦解释："刚好一姓，不是亲的。"

翁悦解释说她跟余爽的公司曾经有业务往来，她做过教育培训，又说欠过爽人情。

"定在这了？"余梦问。翁悦说是。余梦便说以后多走动，提前开始约下午茶。

余梦大致知道翁悦的情况，离过婚，一直没再婚，现在是一家上市公司的董事。头绪肯定是有，但隐藏得深，她不便细究。不过她始终认为翁悦对她有点提防，在介绍人这个问题上，翁悦一直不露水给她。

余梦的理解是：人之常情，她比翁悦漂亮，翁悦嫉妒她。一旦介绍男人出来社交，她余梦一出场，估计就没翁悦什么事了。因此，一山不容二虎，何况是母老虎。

余梦就这么端端然立着，姿态优雅，像一只细颈花瓶。她瞭望着全场，等待猎物上门。

6

当门口来个人。西装,梳分头,个子挺高。看上去有点大男孩气质,但细看下去,便知道还是有年纪的。他递上帛金,余嘉没抬头,迅速点了一下,报数给余蕊。

余蕊在本子上记下数字,这才仰起脸看来客。

心摇了一下。"名字。"她问得直接。

"白元凯。"他答。又补充,"余爽的学长。"

学长,多么诱惑人的称谓。看此人感觉舒服,余蕊认为。余嘉抬头,瞧了白元凯一眼,出于礼貌,微微点头示意。他给的钱是算多的。

余义跟着递上黄菊花。

白元凯进门致礼。

余梦也被他身上散发的独特气质吸引。只不过,对于她来说,白太年轻。她从未想过第二段婚姻跟个弟弟纠缠在一起。她的目标是五十岁左右的男人,成熟、富有,跟她最般配——当然,那得是保养得当的五十岁,她拒收糟老头子。

翁悦凑过来,笑道:"那可是个老五。"

"唔?"余梦不懂她意思。

"王老五,镶钻的。"

"二代?"余梦见多了。

翁悦一笑,道:"最近行里的风云人物。"

"什么行?"余梦以为是银行系统。

"大数据。"翁悦站在时代前端。

余梦心里暗暗赞叹。

"名校出身,学电子与计算机工程,美国辛辛那提拿的博士学位,三十岁之前入选全美国制造工业未来最有影响力杰出青年领袖,做企业的工业智能化转型,手里握着不少专利技术,有志青年。"翁悦一口气说下来,满是佩服。

他的理想跟余梦的理想是两码事。

看着翁悦陶醉的表情，余梦又有点可怜她。因为她知道像这位"大数据"先生，估计永远也不会跟翁悦这种中年妇女产生任何亲密关系。

哦不，有关系，赚你的钱可以。

她不相信翁悦对这个工程师男人是纯粹欣赏。

再看看余爽，面色沉重，憔悴得仿佛四十多岁。余梦忍不住为闺蜜悲叹一番。

暴殄天物。周围资源成堆，愣是视而不见。大餐环伺，她却天天守着自己的小米稀粥，清汤寡水过日子。跟谁说理去。

感兴趣的不止翁悦、余梦。余蕊回去就搜白元凯名字，真有。只是，越搜索下去，余蕊越觉得怅然。不是因为白元凯"名不副实"，而是他太过于"副实"。

好的成长环境，从小到大都那么优秀，本科时就参加各种校园活动，网上有学生团体做的小报道——他是学生会主席，甚至改革了学生会制度，他特立独行，但总是用实力赢得别人的尊重。身材高大，体育突出，得过院里 4×800 米接力第一名，大一就去国外大学参观学习。他的海外求学经历更是学弟学妹们的范本。他的偶像是爱因斯坦，在读博期间就已经取得诸多成就。每一个成就都那么耀眼。他像一只小太阳，脚踏实地，但同时浪漫，有情怀，是三十八度的触感。

乃至于连他说的话，余蕊都觉得是那么鼓舞人心，"人要有归零的心态，要敢于舍弃自己所拥有的东西"，"于庸碌的人之间，往往认为当下自己手中那些实在的、握得住的东西决定着他们的未来，也许是一个证书、一个学位或是一个高大上的头衔。然而事实上，获取这些东西的出发点和自身拥有的信仰与习惯才是任何选择所带来的决定性因素"，"当人们只是想坚定地完成手下每一件事并在这些过程中不断打磨自己时，命运的附加品也随之而来"。

都是他说的么？不重要。重要的是这些句子都跟他有关。余蕊深深地认识到，白元凯是跟她周围的那些演员或者过去所认识的所有人都不同。

她觉得自己配不上他。

因为她大多数时候都生活在一种阴沉，甚至龌龊的环境中。她怕自己遮盖了他的阳光。

当然，余蕊还想要更深入地了解白元凯，不是想要把他据为己有，而是从欣赏的角度。她认为世界上有这样一种人存在，会给人以信心，会让人愿意去相信这个世界是美好的。

不过眼下，余蕊暂时没有工夫陶醉在自己的少女梦中，现实纷乱。余爽精神大崩溃，她不可能开口找她打探白元凯的八卦——打探了她可能也不会说，或者根本说不清。

她必须安慰余爽。黄旗打电话给她，说租约到期，合租的那对情侣——余蕊和黄旗的同班同学，打算搬出去单租。房东有意涨价，他们可能得重找房子。

目前住在爽家没问题，但为黄旗考虑，余蕊有继续跟他合租的考量。当然，大学四年到现在，他们最终没有成为恋人，原因很简单，他们从对方身上看不到希望。他们是同一种人——来大城市淘金的人。他们可以彼此安慰，相互扶持，但却给不了对方想要的身份、地位。说俗气一点，就是没有钱。

久而久之，余蕊和黄旗便成了室友，相安无事。

黄旗的野心更大。他的梦想是做一线演员，比黄某某还出风头，比王某、张某某还受人追捧。他要拿影帝，上春晚，拍杂志大片，接广告代言；他要一个出场费就够常人赚一辈子；他要风风光光出人头地。

可惜漂了几年，进展缓慢，他和余蕊都没有拿到过正儿八经的好角色。许多同学转行。像跟他们合租的那对情侣，女的在健身房代课，男的去做艺考培训，至于乱七八糟的生意比如卖莆田鞋、代理酸奶等微商，他们都做过。

余蕊坚持不下去，开始想别的法子。黄旗却依旧每天去健身房，去见人，跑剧组，偶尔捞到个小角色，不远万里去拍。他是不见黄河心不死的人。偶尔，他和室友们会对着一根黄瓜或者胡萝卜兴叹：吃？还是不吃？身材要紧。他至今还保持着八块腹肌。

租屋里乱哄哄的。情侣已经搬走，黄旗在往箱子里装东西。

"到后天。"黄旗见余蕊进门说道。

余蕊问："不是提前一个月通知么？"

黄旗道："房东同意，管理不许，不让群租。"

余蕊还想分辩，他们这不是群租，不算隔断。但她知道说也没用，好在东西不多，几个箱子，轻装上阵。

她问黄旗："房子找好没有。"

"哥们帮弄了一个。"

"哪？"余蕊跟他说话一向简短。

"你是不是有地方住了。"余蕊好几天没回来，黄旗猜测。

"不合租？"她问。

黄旗报了个地址。远，在郊区的郊区。那房子余蕊知道，民建房，都是小单间，相当于城郊的农村，有些小演员住在那儿。余蕊蓦地有些哀其不幸怒其不争。

居住环境多重要啊！即便是租房，也应该对自己好一点。做演员，吃的本来就少，口舌欲无法满足，住得再差，来混大城市图什么。

黄旗看了她一眼，也有点抱歉，他解释："你去不去？单间还有，能洗澡能做饭。"

余蕊不说话。

他知道她心气高，但他目前的情况，必须省。

"马上接个戏，仨月。如果运气好，一年住不了几天，就当有个落脚的地方。"黄旗说。

租得贵不划算，他这么一坦白，余蕊宽宥了他。奋斗数年，她原本以为慢慢都会好起来，两个人又会走到一块。谁知道却渐行渐远。

她救不了他，他也救不了她。茫茫人海，只好一别两宽，各自安好，分头求生。

收拾得差不多了。黄旗坐在大行李箱子上："你怎么办？"他抽烟。

余蕊也要了一支，吸了几口，才说："找个工作。实在不行，回家。"

黄旗无话。他无法阻止余蕊的选择，他只能要求他自己。反正，有命在，他就要在这条道上撑下去。

"随时找我。"烟抽尽，黄旗搂了余蕊一下。

7

婆婆的检查报告出来，没大问题。医生劝她少抽烟。立人妈在儿子媳妇家逗留了几日，便启程回乡。

警报解除，余嘉松了口气。按照原定计划，婆婆没事，她便没跟立人透风。她理解婆婆的用心。老人家是怕儿子担忧。风平浪静。瞒着就瞒着。

婆婆一走，余嘉终于开始安心过家庭生活。余爽那边大事已定。爽妈入土为安，余庆也已回家，至于余爽，有梦和蕊陪着。放心。余嘉判定爽不至于自杀，只是心中的悲伤，唯有靠时间慢慢磨平。

眼下有两件事要着手处理。一是她的工作。立人说过找关系安排。来之前就开始想办法，到现在依旧没动静。

余嘉有点着急。她认为自己还是应当有个工作，参与到社会生活当中，赚钱多少两说，但起码与时俱进，跟丈夫有点共同语言。立人跟她越来越没话说。他甚至都不怎么正眼瞧她，即便说话的时候，也往往视线闪躲，或者干脆盯着某一点。

余嘉最近也忙着"恶补"，在老家可以悠游，到了大城市，她还是感觉出压力，提高的压力。她现在是小领导夫人，万一以后成大领导夫人了呢，各方面素质都要提高。余嘉开始关注财经新闻，偶尔也看看新闻联播，关心世界上发生了什么。这样立人提起来的时候，她起码能接上话。她的知识面万不能仅限于自己的专业——中文领域——学了跟没学差不多。她倒是写得一手好文字，还会唱昆曲。可惜无用武之地，不过能经营好小家庭，她已经感到满足。

第二个问题是思思的教育。女儿来大城市后直接进附中，多少人羡煞。但思思未来朝哪里发展，她和立人有分歧。

思思吃饭快。碗一推，回屋看书去。刚到大城市，思思也有压力。她怕跟不上课程，怕同学瞧不起，她要尽快摆脱自己小城市姑娘的气质，因而，格外努力。

余嘉装作不经意地，若无其事提一句："我那工作怎么样了？"

立人立刻皱眉头："不是那么容易。"停几秒钟又补充，"最好找个铁饭碗。"

余嘉不言声,悉听尊便的样子。

立人继续道:"托了赵大姐,看能不能在大学出版社塞个人。"

哦,大学出版社,养教授太太的地方。

余嘉不喜欢这个"塞"字,听着刺耳,好像她是个废物。

"骑驴找马。"余嘉搭一句。

"也不一定非要出去上班。"立人不看妻子,筷子还在动。余嘉体恤他,"你一个人工作,太累。"

狄立人放下筷子,看着余嘉的眼睛。

有大事。余嘉能感觉到。

"思思最好还是出去。"立人郑重地,"国内参加高考,竞争激烈,目前的状态撑死二本,还不如直接出国。"

"孩子太小。"余嘉说。

"所以得有人陪着。"立人立刻接话,稍待两秒,继续做工作,这是他的专长,"先出去读预科,然后直接在外头申学校。扬长避短,你出去陪着,做后勤保障。"

余嘉知道立人的心。他心高,周围同事不少孩子都在国外,在省里的时候就这样,现在到大城市,周围更是一片小"海龟",他不能落后。

何况,在他们看来这是捷径。避开国内残酷的高考,去国外捞个桃子。立人的意思是,最好是美国、英国,法国和德国算退而求其次,实在不行就新西兰、澳大利亚。他禁止思思去日本,民族情结重。

余嘉不同意丈夫这种安排。一来,她觉得现在不是十几年前,国外的学历并不比国内值钱多少,至少在找工作上,有时候反而是劣势。海归太多,物多则贱。国内的形势,归根到底要么靠关系,要么是绝对实力。

她认为思思处于两者之间。

以目前的家庭财务状况,送女儿出去,等于下血本。他们刚到大城市,虽然房子无虞,但花钱地方很多,硬出去,打肿脸充胖子,得不偿失。

如果她出去做陪读妈妈,那意味着又要跟立人两地分居,此前他在省里,夫妻已分居数载,如今刚刚完聚,再分离。余嘉有点无法接受。

微笑着,余嘉又去给立人添了饭。递过来的时候说:"还是先在国内读,将来要能再往上走,出去不迟。"

立人火气顿生，碗底子磕得桌面一声脆响："你不能那么自私。关键时期，我们不顶谁顶？孩子一辈子的幸福，再熬几年怎么了？受不住了？做父母的，有时候就得牺牲！"

余嘉头蒙蒙的。自私？她第一次听立人说她自私。是，他付出很多，这么多年在外头奋斗，别人不知道，她都清楚。平步青云不是没代价。他头发掉了不少，腰围长了不少，人苍老不少，心累了不少。可是她未尝不是。她操持孩子，照顾家庭，自己上班，还得关照老人，立人妹妹从谈对象到结婚到生孩子，余嘉这个做嫂子从头到尾谋划、安排，月子里她去伺候了一个礼拜……她怎么能算自私？她得到的评价不应该是大公无私吗？没有功劳还有苦劳！什么世道？！

余嘉不争不吵，开始收拾碗筷。火冒出来，立人才觉自己失言，过了许久，找补一句："我的意思是我们都应该付出。付出才会有回报。"余嘉看着他，说："你付出了，我也付出了。"立人站起来，回屋。

余嘉感觉丈夫有点故意避开她。女儿在卧室大声朗读英语。若在过去，余嘉会觉得欣慰，但今天，她感觉这鸟语分外刺耳。

她忽然感觉自己竟成了传说中的黄脸婆。女儿嫌，丈夫怪，她不用做什么，只要存在，本身就成了个错误。陪了丈夫那么多年，现在他却总是想方设法把她支开。呵呵，立人尚且如此，女儿呢，已经有点不耐烦的苗头，迟早也是把她一脚踢开。

站在厨房的水池边。余嘉心情低落得像要下雨，水龙头哗啦啦响，仿佛就是雨，还是暴雨。真不应该让立人来大城市。当初要是……唉……没有要是。

螳臂当车，不自量力。

余嘉深深地认识到，共富贵和共患难，只要排在后面，难度都很大。唯有慢慢适应。好吧，上班，赶紧上班。她掏出手机，打算自己投投简历，碰碰运气。

余蕊暂时搬到爽家住。余嘉得知，让余义开车去帮忙搬东西。蕊当然知道嘉姐的意思——她在给弟弟制造多接触的机会——余义也乐于效劳，鞍前马后跑着。余蕊不得不领这个人情——余义背后有余嘉，余嘉背后有狄立人。

得给面子。

余蕊对余义一派春风和煦，但依旧保持距离。余义跟她是同龄人，可她一直把他当弟弟。女孩成熟早，她又多了那么些社会历练。余义在余蕊这没什么存在感，不过见到白元凯之后，余义有存在感了——作为参照物而存在。跟白元凯比，余义差得太多。这种差距，不是有形的学历、知识，而是一种气度。

男人的气度、气质、气场，很重要。

余蕊始终认为，男人是要让女人有一点崇拜才好。余义这种男孩，只知道对女人好，他世界观质朴，会简单地信奉投桃报李。可这种法则挪到男人女人身上往往失灵，不适用。你对一个女人很好，那女人就一定会对你好？付出就会有回报？实在是天大的误会。

谈感情不是种地，种地还有天灾人祸呢！因此，余蕊又有点同情余义。

都忙好，余义要请余蕊吃饭。惯常套路。

余蕊说要陪爽姐，她情绪低落，一蹶不振，离不开人。

余义道："那我下去买回来，省得做了。"

盛情难却，余蕊只能微笑同意，由他去。余蕊简单点了点箱子，够数。便推门进余爽屋："爽姐，一会吃点东西。"

余爽侧着身子，脸朝墙，腿叉着，一只脚有袜子，另一只脚没有。浑身上下都散发着生无可恋的气息。

老妈一走，余爽感觉自己魂被抽了一半。过去三十多年人生，几回大坎，都是老妈陪她度过。

高考前一年，她成绩提不上去，着急，厌食，一天只能吃一个包子，人瘦得只有八十几斤，是老妈放下工作，停薪留职，到她身边租房子照顾，疏导、捋顺情绪，帮她渡过难关。大学第一次谈恋爱，男生劈腿，也是老妈第一时间赶来抚平她的创伤。工作以后更是了,她每一次晋升,每一回重大选择,背后都有老妈的身影。

余爽曾笑说,老妈就是她生命中的慈禧太后,有老妈垂帘听政,她这个皇帝,才能正常上朝。可她怎么也料不到,过去都是老妈帮着过坎,如今却冷不防给她制造出人生最大的坎。她现在生活上无所依托,精神上无从依靠。彻底成为孤儿,肉体上,精神上,双重孤儿!

眼下有余蕊、梦姐陪着,多少好点,但依旧扬汤止沸,忧伤弥漫,她走不出来。

"吃点东西。"余蕊叫她。

爽不动。蕊硬搀扶。余义买的炒菜,多叫了几个,小饭桌上丰盛了起来。余爽勉强拿起筷子,刚吃第一口,眼睛就又红了。这些菜怎么跟老妈做的比?天壤之分,云泥之别。余义见爽姐眼红,不知所措。

蕊知道她又想妈妈,稍微吃了几口,便扶她回屋休息。

"眼神不对。呆。"余义直说。

"没缓过来。"余蕊情绪依旧稳定。

"得想个法子。"余义说。

有用的废话,谁都知道要想法子,不过余蕊倒想听听余义的高见。余义直来直去的:"我觉得爽姐还是应该谈恋爱,找个男的。阿姨走了,得有人填坑。"

用人肉填坑?滑稽。余蕊没说话,不过在治疗爽姐过分悲伤的法子这个问题上,她倒和余义不谋而合,她也觉得爽姐应该找个男朋友。过去不找,因为有阿姨在旁,一叶障目,现在找男人则成了刚需。

余爽和她妈曾经是一个家庭,两个人针插不进水,泼不进。如今,家庭破碎,重新黏合不切实际,最好的法子是重塑泥胎,莲花再造,建一个新家庭。

余蕊把这个想法跟梦姐交流过。

余梦深以为是,她道:"小爽就是没尝到过男人的好处。"又提,"那天办事,那么些男人……"哼了一下,继续说,"真的急人。"

余蕊心有戚戚,但她不像梦姐那么直接,只是微笑不语。

余梦又说:"尤其是那个搞大数据的,人才。"

余蕊下意识地脱口而出:"白元凯。"

"你认识？"余梦诧异。

"我负责登记。"余蕊解释得很自然。

余梦笑笑，狠狠把白元凯夸了一顿。最后总结："这样的人没女朋友，可能吗？爽估计没戏。要能有故事，现在早成长篇小说了，那男的不喜欢爽这种。"

"哦？"余蕊用疑惑语气引诱她说下去。

"你有点机会。"余梦说。余蕊用笑声掩饰。余梦接着说："不过不大。这种男的偏爱强强联合。直接找女精英，对事业有帮助。不过一百个里头，可能也有一个喜欢传统文化，念旧，会娶白流苏那种。"白流苏？余蕊连忙想。余梦给出答案："《倾城之恋》看过吧。女主角。像白元凯这种留洋回来的，又是搞技术，可能会跟那些总裁大班一样，喜欢中餐。"余梦张着手指，十个指甲涂着红色，"默多克找邓文迪，Facebook（脸书）总裁的老婆也是华裔。流行。"余梦的话，余蕊虽然有点本能地抵触，但她不得不承认，梦姐的经验之谈，不是没点道理。

余梦约翁悦喝下午茶。

翁悦请她到自己的工作室坐坐。她代理一款日本牙膏，在市里租了个办公室，方便约人见面。余梦吃惊，进而嫉妒。她嫉妒翁悦有自己的事业，已经是一家上市公司董事，如今又更进一步，代理一个小品牌玩玩，很是闲情逸致的样子。不过也正因为翁悦发展得不错，余梦才认为有继续跟她往来的必要。

去之前，余梦本打算告诉她"我要离婚了"，可得知见面地址后，又改主意了。暂时不能交出老底，探探虚实再说。毕竟，她和翁悦的关系不比嘉、爽和蕊。她们的来往，是建立在同处"上流社会"的基础上，一旦被翁悦发现她余梦是个穷光蛋（跟栾离婚分不到多少家产），翁悦随时可能把她踢出社交圈，她别想从她那捞到半个男人。

余梦一身华服飘然而入。特地潜回家拿的。

翁悦也没打算客气。一身紫色套装，翻领外别着的胸针看上去价值不菲，镶着宝石。

屋内一派中式装修，红木家具，桌子上是茶具。余梦感到奇怪，在她的印象中，翁悦是个洋化的女子，想不到和中式文化如此接近。

茶正在煮，小点心备好了，架子上摆了三层，五颜六色。最上面一层的点心上，插着亮片做的小皇冠。余梦没空着手，带了一套线装书做伴手礼，显得有文化。翁悦不客气，收下。落座看到桌子上的烟灰缸，余梦突然明白了，翁悦的中式装修，恐怕是为"客户"量身定做的——谈笑有鸿儒，往来无白丁，不用说，鸿儒自然以男人居多。

两个人闲聊了几段，始终没扯上正题。余梦不愿意直接张嘴让翁悦给她介绍人。太没品，充其量，她只能说老栾和她要做生意，大家一起发财，以生意引人。

不过，余梦并不着急，她想先打探打探翁悦的情况。对，装修是一个好切入点。她上看看，下看看："你现在够硬朗的。"

"工作需要。"翁悦道，又补充，"我现在跟尼姑差不多。"余梦说骗人。翁悦凑过去，说不信你来闻闻。余梦稍微凑近一点，香水味，浓郁逼人。有她在，整个屋子都香喷喷的。

"行啦，欲盖弥彰。"余梦打趣。

"盖什么盖，单身女人的味道。"翁悦半真半假。她刚跟男友分手，痛彻心扉，因此挪了个地方重新开始。只是对外，她说是业务拓展需要。

聊着聊着，翁悦忽然说："你们老栾一会过来。"翁悦跟栾承运有过生意往来，算是朋友。

余梦气结，脸色有点不对。

翁悦觉察，忙解释："他问的。"

该死！他问你就答。什么关系！余梦不高兴，可面上不能露出来，也不能全怪翁悦。栾承运神通广大，她以为他会上余爽家的门，没想到静了一阵，现在还是冒出来。好在余梦坚信一点，当着外人的面，栾承运一定保持儒雅绅士风度翩翩。或者走？余梦想起身，正犹豫，栾承运进门了。梳背头，一身西装，刚从生意场上下来似的。他现在做"加密"生意，跟政府部门合作，许多关系要打，走场频繁。

栾承运笑着跟翁悦握手。

虚伪！余梦在心里骂。

接着稳稳坐她旁边。余梦挪了挪屁股，保持距离。

"栾总，喝什么茶。"翁悦问。

"随意。"栾承运口气柔和。

装的。

031

翁悦放正山小种，走一圈，奉茶。三个人果然谈了一会生意。多半围绕在大数据产业上，栾承运向翁悦取经。

翁悦"知无不言"。余梦在旁边听得有点嫉妒——不是嫉妒翁悦抢了男人，而是因为她多年来没有专业（专业对付男人），遇到专业的翁悦，多少有点底气不足。

谈到感情，余梦故意道："我现在哪还有什么自由，跟闺蜜喝个茶，也被当成贼防。"

栾承运微笑不语，不承认，也不否认。他向来一不做二不休。翁悦笑道："知足吧！从来都是女的防男的，你这男的防女的。上辈子积德。"说着，翁悦身子稍稍后仰，一只手扶着下巴，作远观状，"不过我要是男人，我也会喜欢梦梦，美貌是稀缺资源，多漂亮。"

余梦心里受用，嘴上却敷衍着："什么漂亮，老太婆一个。"

物业来电话，说要登记消防，翁悦打了个招呼，说要下去一趟。会客室里只剩这对夫妻。

栾承运动了一下。余梦连忙起身，换了个位置。她恨不得一杯茶直接泼到他脸上去。

"闹够了吧。"他给她定位是胡闹。

"废话。"

"不至于。"意思是不至于离婚。

"自己什么人自己不知道？"罪大恶极。

"我不同意。"他老生常谈。车轱辘话，她听烦了。

"那就去法院，法官判，昭告天下。"为了生意考虑，她同意隐离婚，对双方都有好处。

"你损失比较大。"

"除了钱，你还能看到什么。"余梦哼一声，"我要的是自由。"

"你以为还有男人敢要你？"

一箭穿心。余梦顿时被激怒，栾承运真不掩饰。翁悦一走，他就露出真面目，简单，直白，赤裸裸！也就在人家地盘，如果在家，她不怀疑他有可能直接拿刀杀了她。

不过，她必须承认老栾的话的真实性。她也担忧。年纪不小，有两个儿子，再找，不是没难度，但她依旧有信心。她是余梦，倾国倾城的貌，惊天动地的才。人生最后一次狩猎，她要使尽毕生绝学，全力以赴。上一回，她捉了一条狼，被狼反咬，这次一定要捉头大的——驯服一头老虎。她好狐假虎威，称霸森林。

余梦稳住心神，不能生气，哼哼，我不生气。她知道这是栾承运的伎俩，引蛇出洞。

她不中计。

深吸一口气，余梦道："好聚好散，好吧？"

栾承运不为所动，静静喝茶。

翁悦进来，见两个人的位置变了，问："该吃饭了。"

"都不饿。"余梦答，她可不想跟栾承运共进晚餐。

9

周末，白元凯请余爽吃饭，并叮嘱，把她那些老乡都叫上。他总说自己妈妈和余爽是同乡。

余嘉家里忙，周末又是少有的夫妻相处、陪伴孩子的时段，走不开。余蕊有约在外，余爽跟她知会了一声。蕊表示可能晚点到，只有余梦有空，准时陪着去，她也想近距离见见这个"行里"的风头人物。

余爽已经恢复工作，但仍没进入工作状态，整个人恹恹的。她还没从老妈去世的打击中走出来，不过这并不耽误余梦"摸底"，到餐厅之前，她已经把爽和白元凯的关系问了个透。怎么个学长学妹关系，怎么个成长经历、求学经历、事业现状，弄得连迟钝的余爽都诧异："干吗，想介绍对象？"余梦连忙解释道："介绍什么，你们不挺合适？"

余爽当即说不合适。

"哪里不合适？"

"第一，他不喜欢我，我不喜欢他，哥们儿。"

"感情要培养，你不也开始留长头发了么。"余梦笑着。

"第二，我不喜欢他的家庭。不喜欢他爸，更不喜欢他妈。"

余梦喷了一声，方向盘差点没握稳。

百密一疏，刚才忘了问家庭情况。"穷？"她问。

"富。"

"仇富？"

"脾气坏。"

"忍一忍嘛。"

"没必要。"余爽不是受气的人。

余梦又是一番连珠炮似的追问，才终于弄清楚，白元凯出身富裕家庭，老爸原本是官员，后来下海做生意，老妈也有独立的事业，手下有好几个贸易公司。他父母基本上每年一半在国内，一半在国外。属于纽约、上海、北京、东京到处跑的人。

余梦专心开车，没再多问，她只是为余爽可惜，放着大鱼不要，非要小虾？如果再年轻几岁，没有孩子，她估计也会对白元凯这样的人下手。但现在她没有信心，她的狩猎范围依旧定位在五十岁左右。不过像白元凯这样的，她倒希望能"统战"过来，最好跟自己的姐妹结合，她好借力打力，开拓路子。爽不行，那就蕊吧。

"蕊怎么样？"

"什么？"

"跟白。"

"说不清。"

"我看不错。"

"梦姐，做媒婆上瘾？"余爽有点不耐烦。

"肥水不流外人田。"余梦道，"你也该上心。"她的关心发自肺腑。她希望几个姐们都安安泰泰，富贵吉祥。

听余蕊说，余爽如今也松了口，同意相亲，但见了两个，都没下文。余爽总是一言以蔽之，谈不来。

不过余蕊知道，余爽对长相有要求，就连白元凯这样的，她还嫌不顺眼。难度太大。

"小蕊几点来？"进餐厅前，余梦又问一遍。余爽给余蕊打了个电话。

余蕊说还在办事，办完立刻过去。

下了公车，余蕊进小区，直接上楼，祖良才已经在屋里等她。这里离海近，小区建了有些年头，但因为周围设施不全，住户不多。

余蕊是在读书的时候认识祖良才的，在一场饭局上，祖良才帮忙挡了她初入社会的第一杯酒。当初他还是个不得志的小官，如今青云直上，已经是有头有脸的人物。手里掌权，不说呼风唤雨，但走到社会上，大家多少得给他点面子。

这是余蕊毕业后第一次联系他。

发消息过去，他立刻打电话来，他说见面聊。

那么久没见，她希望自己看上去状态好一点。

祖良才曾经笑着说："你不适合学表演。"余蕊看着他，不懂他意思。"你不会装。"他继续说。她苦笑，不是不会，是没有必要，她知道跟他没有未来——既然已经知道结局，何必自欺欺人呢，不如开门见山直奔主题。

讽刺的是，祖良才追求的就是"自欺欺人"。

余蕊只要结果。

他们的相遇，实在是阴差阳错，美丽的误会。虽彼此欣赏，但谈爱就有点力不从心。

余蕊进门，亭亭玉立的。她现在更懂化妆，历练得多，更有气质。她放下包，是祖良才过去送的那只。

祖良才一眼就识出旧物。

"还用着呢。"他口气带笑，风度翩翩。男人有了权之后，更显年轻。他像是某宝广告上的中年男模特，特别有魅力。

"勤俭。"余蕊自嘲。氛围一下轻松了。

"怎么样。"他站起来，单手插在裤子口袋里，魄力十足。让人听着总觉得像领导跟下属讲话，职业病。

余蕊知道他问她最近情况，可她却无从谈起，戏没演上，无尽的等待，工作没进展，就连恋爱也没谈个像模像样的。

余蕊本来想找关系进文工团，一打听，机制改革，里头的人都想着怎么出来，进去无非消耗青春，没意义。干别的，又实在没专长。她做过直播，跟黄旗一起，平台不力捧，起不来，过于露骨她又狠不下心做——

她还是在乎名声的，不愿意因小失大。所以祖良才猛然这么一问——当然也是题中之义，她还是有点慌乱。

迅速调整好。她决定一如既往，不装。

"不好。"她答。

好也不会来找他。

祖良才呵呵笑，是那种中年成功男人的笑声。里面有包容，也有自得。男人要给予才快乐，那是实力的证明。裤子口袋里那只手抽了出来。

余蕊面前出现个首饰盒子。

这次送她东西，是余蕊没想到的，瞬间不知所措。木然打开盒子，才发现是一对镶钻耳环。

恰到好处的礼物。

祖良才的绅士是一点没变。余蕊曾经想过如果自己再老点，可能会和这个浪漫的男人谈恋爱。但事实上，他只能当自己的老大哥，好大哥。

他没帮她戴，余蕊兀自戴在耳朵上。人家送礼，面子不能不给，要看真人效果。

水煮开，祖良才给余蕊拿来一杯速溶奶茶。要冲。

"我喝茶。"余蕊赶忙纠正。

祖良才一笑，心照不宣。过去喜欢喝奶茶的姑娘转喝茶了。余蕊也是近一年才体会到茶的滋味。茶要冲的，用沸水冲。一冲，才能出现一个新事物、新局面。生活也要冲，温温吞吞不解决问题，永远在量变。

余蕊没提工作的事，在消息里已经提过，见面就不必再提。两个人谈了一会表演、演艺界，又谈谈佛经。祖良才称之为佛学——一门学科。余蕊云里雾里，但也能问答应对，观音菩萨成道日，她抄过《心经》，当初这就是给祖良才的生日礼物。

聊到余蕊看了两次手机，祖良才知道差不多了，便问："想做什么行业。"余蕊直言："传媒不知道行不行？"

机会不多，她就不扭扭捏捏了，找他张嘴，也就这一次，过期作废，她没法欠他太多人情。

祖良才不说话，喝茶。

静默了一会儿。祖良才却说："走吧，你去哪。我送你。"

余蕊有点忐忑，事儿成不成也只有静候佳音。毕竟大哥已经发话，只得抬屁股走人,不过这可真是冷漠大城市里难得的一点真感情。余蕊有点感动,但她知道,不能哭。

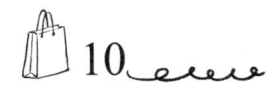

10

一整个晚上余梦都在变着法儿地了解白元凯的"底细"。不过她手腕高明,不直接问,而是话里有话,曲里拐弯,趁其不备打游击。

问了跟没问似的,但想知道的都已经尽收囊中。

余爽在神游。余梦在谈话中了解了白元凯的脾气,专业,目前的职位。并且知道他单身。她唯一没深入探寻的,是他喜欢什么样的女孩。

"小白,留点心,给余爽介绍一个。"余梦开玩笑。越是不着边际的越可以摆在台面上说。

余爽嗔,说又不是买白菜。白元凯想了想,说那有点难度。余爽不满,质问:"你什么意思?"她跟白元凯是老铁,不掖着,脾气直发。

"你不是要找钟汉良吗?"白元凯认真地说玩笑话。

"哎哟!"余梦轻叫。惊诧。

白元凯补充:"不过不一定啊,这是五年前的标准。"

余爽直接纠正,"现在是王凯。"

余梦笑说:"那得小蕊看看,能不能联系上。"余蕊混娱乐圈。

白元凯当然知道余梦的意思。余爽妈去世后,余爽的状态令所有人担忧。他也跟余爽建议过:"谈个恋爱吧。""我不想结婚。"余爽怼。白元凯发消息:"不是结婚,先恋爱。"余爽回:"我不需要男人。"白元凯纠正:"你不需要男人,你需要人,需要精神沟通。"

说到了点子上。

物质上,余爽独立。但精神上,老妈的去世,让她缺了一大块。她同意相亲,也是看看能否出现个女娲,来补补她的缝。

白元凯纠正:"男娲。"

余爽再怼:"男就不叫娲。"

"那叫什么?"

"男神。"她回复。

饭吃了一半,余蕊还没到。仿佛节目预告了十遍,却迟迟没能播出。余爽不解释。余梦却不得不为蕊说几句,说她真有事,在赶剧组,试镜。

抬高身家。

白元凯问:"你们不是有四大美女吗?"

余爽答:"还有个嘉姐。"

白元凯问:"是不是短头发那个?"

余梦敏感:"你怎么知道?"

"那天收钱的。"

"孩子小,家里忙,男人当官,忙不开,要不今天也来。"余梦几句话交代清楚,意思你别多想。

吃得差不多余蕊才来,白元凯觉得不像样,非要再点一轮。余蕊矜持,说不饿。余爽道:"让他点,一年也吃不了几顿。"余梦拿菜单给余蕊。余蕊点了两道不算太贵、也不算太便宜的。白元凯接过去,加了条鱼,又要点鸡。

被余爽制止,她的原则是:不浪费。不过有意思的是,余蕊来了,几个人说话反倒有点放不开。除却葬礼那次,这回算第一次正儿八经见面。

余蕊吃不准该怎么表现,索性做淑女,无功也无过。

女方一矜持,白元凯也不好怎么放肆。无非一问一答,说说演艺界的事。余蕊讲了几个无伤大雅的圈内八卦,余爽听得打哈欠。时间差不多,白元凯结了账。余梦张罗着合照,两两配对,然后找服务员来个集体的。

拍出来,除了余爽,其他三个神采奕奕。

餐厅门口,余爽已经上车。

白元凯问怎么走。

余梦站在车门外,她没喝酒,可以开车。"我和爽还有点事,去医院拿个东西。"又故意问余蕊怎么走。余蕊先是一愣,瞬间领会梦姐的意思。

她在给自己制造机会。

白元凯绅士,表示要送。余蕊推了一下,白元凯坚持,蕊便恭敬不如从命。上车后,余爽问:"蕊呢?"余梦道:"后面车。"

爽没多问。车刚开出两个红绿灯,车里便起了轻鼾声。"喂!"余梦叫。余爽不醒。

"真行!"余梦感叹。她为余爽担忧,这样的女人,哪个男人能要呢。

余蕊坐在副驾驶位子上,除了偶尔指路,她不说话。时空变换太迅速。刚才还在祖良才那儿,一转眼,就上了白元凯的车,余蕊紧张。从进入餐厅第一刻起,她便患得患失。在白元凯面前,她无法从容地做自己——也难怪,她自己什么样?现实,直接,虽然也有文艺的部分,但生活不允许她矫揉造作,表面上貌美如花,内心早已皮糙肉厚。她命不好,没生在好家庭。

可他不。跟她比,他才真正是鲜嫩的人。余蕊甚至有点害怕自己污染他。她恪守一个原则,尽量不说假话。她怕谎言太多,影响两个人后续的接触。

"戏试得怎么样?"白元凯谈在饭桌上没谈的。

"梦姐说的?"

"唔?"

"我没跟她们说。"

白元凯笑笑。

"刚去见了个朋友。"她坦言。

白元凯不知道怎么接话,继续开车。

"迟到很不好意思。"她继续。

"没关系。"

"托朋友找个事做做,上班。"

白元凯又哦了一声。

"我不太会演戏。"又是直言。

"看出来了。"白元凯笑。余蕊也跟着笑了。白元凯从后视镜里瞟了余蕊一眼。"耳环很漂亮。"

余蕊一怔。又说:"谢谢。"

八项规定后,公务员的酒局少多了。余嘉为狄立人高兴。起码对身体有好处。过去狄立人没少喝,喝得膀大腰圆,到省里之后,强行瘦下来。

越往上走,身体、形象越重要。他不得不为自己的仕途考虑。只是余嘉苦恼的是,狄立人不喝酒,但也没有因此早回家。她来的这些日子,有时候连大周末狄立人都加班，一弄弄到十一二点，干脆住宿舍。打个电话，报个平安，他让余嘉早睡。可狄立人不回来，余嘉睡不踏实。

吸取上次凤来阁的教训，余爽叫饭，她拒绝了。她不喜欢晚上出门，总怕有事。而且眼下她和狄立人的分歧很大。思思已经兴冲冲开始准备材料，努力学习英语，考雅思。今天还拿回了材料，吃饭的时候跟她说申请流程，还说以她这种特长生，有很大机会申请到好学校。

余嘉听不下去，不得不拿出妈妈的威严："食不言寝不语。"思思闭嘴。她现在喜欢爸爸多过妈妈。她觉得爸爸是木星，给人带来幸运，妈妈是土星，压抑。晚上十一点，思思上床休息，余嘉忍不住给狄立人打电话。

手机没人接。

再打办公室电话，通了两下之后便转为忙音。

难道出事了？余嘉胡思乱想。傍晚说了加班，但办公室分明没人。外面有点滴答雨，余嘉拿了雨伞，开车往狄立人单位去。下雨更好，无论发生什么，好歹有个退路、借口——假送伞之名，名正言顺。

大路畅通，一会就到地方。不好直接开进去，余嘉在路边找了个地方停车。雨还在下，她右手撑伞，左手拿着另一把，往狄立人办公地址走，她第一次来。狄立人升职后，办公地点壁垒森严，是个高大上的地方。

余嘉为丈夫骄傲。

狄立人总是劝她谨慎。高处不胜寒，不能行差踏错半步。

"找狄立人。"她说。传达室的工作人员道："对不起现在不是工作时间。"

坚决不让进。

余嘉表明身份，希望传达室的人能进去看看，她说她丈夫可能在加班。孩子生病了。说得十万火急。两个人说着，里头出来个人，是个年轻小伙子，他听到狄立人三个字，忙问余嘉来意。余嘉表明身份。小伙子让她稍等。

余嘉在传达室坐了二十分钟，小伙子回来了。领着她到一处局里下属的招待宾馆，在这里，余嘉见到了狄立人。

他和两个同事在宾馆开了房间，正在闭关写材料。余嘉感觉自己有点打扰了丈夫，狄立人一出来，她连忙递上伞，解释说下雨了，老不见他回来，怕路不好走，雨太大云云。

狄立人脸色阴沉，接过伞，只说："你先回去。"仿佛她见不得人似的。

第二章

1

不看不要紧，一去看，狄立人反倒隔了三天才回家。

当然是工作需要，可余嘉总觉得丈夫在赌气。

在厨房忙活着，余嘉做了狄立人最喜欢的酸萝卜老鸭汤，快好了，她让狄立人来试口味。

狄立人把头从书里探出来一下："你试吧。"

"怕咸了。"

还是不动，啃他的书。来大城市之后，他得知大领导熟读经典著作，有几位同僚正在恶补，便立刻危机感十足，知耻而后勇。入手一套著作，加班加点细读。余嘉怕他读得辛苦，刚说了一句拣重点看看。狄立人当即反驳："治学不严谨怎么行？要全人全作。"

只好由他去。

"她爸。"余嘉举着汤勺。一勺鸭汤悬在那儿，等着被品尝。狄立人被叫得烦躁，书一合，过来尝。余嘉问怎么样。狄立人道："有什么大不了吗？咸了淡了的。"余嘉知道他还在为那天的事生气，不说开，看来是过不去，他会总在小事上找碴。

狄立人有这个毛病，在外人面前，大度；对亲近的人，反倒容易计较。

余嘉道:"那天不是我要去找,是你女儿看雨太大,非让去给你送伞。"牵强的理由。那么大个单位能没有伞?

狄立人沉默,斜倚在沙发上,继续看书。余嘉知道这话起作用了,继续说:"闭关就闭关,又不说,有什么好猜。"狄立人当即道:"我忘了,光顾着构思了行么?是死罪?拿刀来砍头。"

胡搅蛮缠。余嘉不理论,收拾桌子,端菜,准备吃饭。狄立人不动。余嘉到屋里喊思思,叮嘱她洗手,又小声:"叫你爸吃饭。"只有女儿能叫动他。

食不言,寝不语。思思谨记老妈的"教诲"。不过狄立人回来,余嘉的这条规矩又变了,她希望狄立人多跟她说几句。不知何时起,夫妻俩话少了。

狄立人过去是话痨。现在,她不问,他一定不说。她问了,他酌情说。多半是半截子话,惜字如金。

余嘉提出过疑问,狄立人解释工作上的事,很多要保密,可余嘉想聊的不只是工作上的事啊!哪怕家长里短,三姑六婆……生活的趣味。

狄立人不。他现在工作就是生活,生活就是工作。他想借着这波大运,再往上走一走。升官有瘾,欲罢不能。

思思落座,手机拿出来,放在老爸看得到的地方。屏幕裂了个大口子。头一天她跟老妈说想换个苹果。余嘉一口回绝。"心思放在学习上,能接能打就行了,别那么虚荣。"

思思不上诉。她知道,老妈不挣什么钱,是个穷菩萨,小气。老爸才是真财神。这两年她年纪渐长,心眼多起来,老实讲,她愈来愈有点瞧不上老妈。

节俭是美德。可节俭得过了,就显得小家子气。她最不喜欢跟老妈一起逛街,即便是过年,余嘉也舍不得买件像样的衣服。余嘉也不喜欢逛街,她总说浪费时间。可在女儿思思看来,她老妈什么都没有,除了时间,省出时间给谁呢?

老妈的一个"神技"在思思看来简直是天大的笑话。每次淘宝上买衣服,余嘉为了避免看走眼,总是同一款式,所有颜色,全下单。买回来,再细挑,留下自己喜欢的颜色,其余的,退货。这干吗呢?玩店主?她老妈不是没空。是闲疯了。

"手机坏了。"狄立人坐下来,一眼就看到思思的手机,用陈述句。

"不太好修。"思思说。

"重买一个。"狄立人不假思索。思思不说话,看老妈。狄立人看看女儿,又看看余嘉。他老婆不动声色,闭着气。狄立人故意的:"重买。"一言九鼎。

"谢谢爸!"思思欢欣鼓舞。她为自己叫好,挟天子以令诸侯,老爸同意,老妈没二话,老爸才是一家之主。

一顿饭吃得静悄悄地。余嘉从来不在女儿面前反驳丈夫。狄立人爱面子,她要树立他的权威。晚上睡觉前,两个人照例要说几句。余嘉才把手机的事提出来,她意思是,不能这么惯孩子。那手机才用了不到三年,屏幕裂了,换一个就是。没必要兴师动众再买。"跟着潮流跑,得累死。"余嘉这么总结。

狄立人没着急,没发火,他心思向来重,余嘉找大师帮他算过命。日柱丁火,外表开朗,实则阴沉,"多智而近妖"。他嗯了一声,继续看他的书。过了一会,阖上书,他问:"你们来多久了?"余嘉跟不上他脑子,然后才意识到他是说来大城市多久了。余嘉说了时间。狄立人才说:"这不是省城,更不是老家。孩子刚来,见世面,难免会有点自卑,这个虚荣心我觉得得满足。女孩,要自信一点。"

余嘉下意识想反驳:难道自信是从手机来的吗?可转念一想,又觉得丈夫的话不是完全没道理。别说女儿,就是她,刚到大城市,也觉得心里虚。表面看不出那是因为她是成年人,有理智,会掩饰。她强行自信,她相信久而久之,熟悉了,摸清楚了,她便会真的自信。

女儿不行。她还小,没那么强的调整能力。一个手机如果能给女儿带来哪怕一点点自信,不也是好事么。

狄立人这么说,余嘉只能同意。狄立人见她有点动摇,乘胜追击道:"那天是我不对,应该打个电话,告诉你们一声。"随后苦笑一下,才说:"我也是着急。"余嘉问他急什么。狄立人道:"来了才知道,这里的环境有多复杂,人情关系比蜘蛛网还密,现在写材料的机会都少,偶尔抓到一个,还不得好好把握?"写材料是他的看家本领。

听丈夫这么一说,余嘉反倒有点自责。他在拼事业,呕心沥血,她却因为一点猜疑、担忧给他添麻烦。她知道狄立人的苦处,在省城的时候就知道。他们夫妻俩分隔两地,但狄立人能遇到的困难,余嘉闭着眼都能想到。做官员太太那么久,余嘉多少也有点政治觉悟。只是,她没料到狄立人遇到的困难会这么大,会"英雄无用武之地"。

大城市,谁进来不是沧海一粟。她当时就有点反对再走这一步。可狄立人上进,有机会来,没有理由不抓住。丈夫有心"封侯",她怎么能做绊脚石。她如果敢在这个节骨眼上说个不字,公公、婆婆、小姑子还有婆家的老老小小,唾沫星子能把她淹了。

她只能支持、必须支持。"贤"不"贤"两说,是"内",就得"助"。

"我能帮你什么?"

狄立人笑而不语,停了一会,又说:"不过这种事情,眼不见为净,将来你跟思思一起出去,见见世面,没必要天天在这吸雾霾。"

余嘉瞬间头皮发麻,又是这种把戏。狄立人总是喜欢做预设——直接把人框进去,好让你服从他的决定。她不希望女儿出国留学,也不想跟过去。她觉得他们夫妻关系需要修补,过去两地分居,离得远。现在好不容易近了,不抓紧时间背靠背,会出大问题。余嘉刚想说话,她不同意思思出国。狄立人却已经抢先躺下,说了声睡了,伸手关闭他那一侧的床头灯。好像她能帮的,不过是让自己从他眼前消失。

2

余爽又投入到工作中去,疯狂地。她原本以为这样可以忘了老妈,走出老妈的影响。可没想到,孤单的感觉更加强烈。公司做大项目,总部搬迁,从大城市搬到徐州。余爽不愿意跟着总部走,自然而然成"留守"人员,带几个人的小团队——虽然还是头目,但工作上清闲许多。

她突然觉得恍然若失,她愿意加班,没班给她加。一周只需要去公司两三次,其余时间自己支配,有事就去,没事就在家待着。

余蕊也吓了一跳,没想到工作量减少的余爽宅成这个样。她总是在家里的两个地方来回迁徙,床上和沙发上。抱着本书,美其名曰:学习。这种状态持续半个月,余爽胖了十来斤,脸颊丰润,但显得十分庸钝。

为"防微杜渐",余蕊一有机会就拉余爽去健身房。那里有不少长相达标的教练,余爽去了几次就一律不喜欢。谈到择偶标准,爽振振有词,"总得有点学历吧,不说多高,起码硕士以上"。还有一条潜在的标准余爽没说:最好有点留学经历。

余爽喜欢见过世面的男人,括号,老男人除外。余蕊嘲讽道:"你这根本是个悖论,又要见过世面又不许老,哪有那么多年轻又见过世面的,白元凯你又不感冒。"

"他是哥们儿。"余爽道。停一下,又说,"不是让给你了么。"

余蕊汗颜。那次饭局后,白元凯没再联系过她。她给他点过赞,他从未回点,她便不好意思再点了。可能他太忙,不像她们这种人,闲,只能这么想。

要跟他这种段位的人做点赞之交都不容易。而且余梦、余爽都有他联系方式。她点得多了,心思过于外露,爽不说,梦肯定能看出来,余蕊不喜欢别人看出她的心思。

余蕊岔开话题。她不想谈"老白",他让她感觉挫败,那是她无力掌控的男人。

爽在跑步机上走着大步,抱怨:"我就不明白,为什么一定要用自己的时间去取悦另一个人。"

这不是老妈去世后有危机感吗?可蕊又不能提老妈去世。她只能劝:"现在年轻,都能处理,一人吃饱全家不饿,将来呢?你想过没有。人老了,还是有个家庭,有个孩子,好歹有个寄托,有个去处。"

爽刚要反驳。蕊立刻掐断:"别狡辩。没有人喜欢孤独,喜欢寂寞,你这是单身癌。得治。"

余爽跑动着,努力回想自己上一次谈恋爱是什么时候,记不起来,仿佛是远古的传说。

余蕊突然忙碌起来,祖良才托了拐弯关系,给余蕊在某卫视公关部门安排了个职位,还是个小头,手下带四个姑娘,日常事务主要是谈判和接待,饭局特别多。

忙点好,余蕊这么对自己说。最关键是,通过这个平台,能多接触些人,这正是她想要的。

因为有祖良才的拐弯关系,据说上头帽子还不小,所以暂时没人敢动她,蕊的职位做得稳稳的。只是,公关部原本就是个交际多的地方,不忙也忙,尤其是喝酒,更是家常便饭。好在余蕊年轻,能应付,实在撑不住,提前来两片醒酒片或者海王金樽,做好准备工作。

到了这个位置,无法矜持。她也演不出矜持的样子。你是公关小姐,人家的刻板印象就当你能放得开、喝得开,更何况,是要拿业务出成绩的。不过这日,余蕊却觉得尴尬极了,酒局到一半,突然来了几个人,说都是重要人物。

一抬头,白元凯站在那,余蕊的气焰当即熄灭不少,她不习惯在他面前放开。她的人设还是个矜持的小演员,怎么能突然之间变成在男人堆里吃得开的女人?她莫名地觉得羞愧。

"真不能喝了。"这是白元凯出现后,余蕊说得最多的一句话。

男人们不愿放过她,一个劲说余主任不止这个量。

"我来。"白元凯看不下去,要代酒。

众人不知他们认识,跟着起哄:"哎哟,白总这就怜香惜玉了?来来来,换个座位。"真的有人起身给白元凯让座,他被摁在余蕊旁边。

整个晚上,两个人都有些说不出的尴尬。白元凯代酒,是出于朋友义气和绅士风度。余蕊则是为自己这份充满风尘味的工作汗颜。虽然一切名正言顺,可余蕊骨子里还是认为这接待做得有点杜十娘的意思,她和他不是一个阶层。

喝完酒不能开车,蕊送走几个老总,又去洗手间补妆。白元凯还在等她,他叫了代驾,又说要送她。

第二次。

与第一次同处一个车厢又有点不同感触,代驾是个年轻人。因为有外人在,两个人反倒不好怎么说话。到余爽家楼下,余蕊下车,白元凯也下来送。

"谢谢你。"她说。他连声说别客气。她原本还想说,想不到我在做这种工作吧。可话到嘴边,她又觉得何必解释,本来也是正经工作,一解释,反倒有点变味。

此地无银，不打自招。

两个人说再见，白元凯没有多余的话。余蕊有点失落。她宁愿他安慰她几句，哪怕这种安慰会伤了她自尊跌了她面子，可至少代表他对她关心。

她假装坚强，他就真认为她坚强。

好在，这一次她提前给了司机车钱，至少不显得她总是占他的。她是独立女性，至少表面上得是。

开门客厅一团乱，堆的都是衣服。

余梦从"衣山"里探出头来，说了声你可回来了，快来帮忙。余爽歪在沙发上"学习"，对梦姐的这些"家产"，她毫无兴趣。余梦怕她越收拾越乱，只能自己动手。

"干吗？开店？"

余梦笑："都是不穿的，你喜欢的挑挑？"看来心情不错。衣服、鞋子、包，还有些说不上来的小饰品，各种年代的都有，墙角还堆簇着各色化妆品。

这是一个女人，一个漂亮女人，几十年来，蚂蚁搬家般逐渐积累的"财产"，也是她的进化史。余蕊没见过余梦的衣橱，但她有预期，余梦这样的准贵妇，东西一定不少。可眼前的体量还是大大超出了蕊的预判。而且，这些东西的出现，是否预示着，梦姐已经有大动作？

余蕊站在那出神。

"还不动？"余梦催促她。余蕊连忙放下包，加入收拾的行列。晚上十一点，余爽回屋睡了，她现在生活很有规律。梦和蕊忙到快十二点，基本就位，有头绪，蕊挑了两件裙子一件外套，算作这段时间陪伴的报答和补偿。余梦还表示，这些衣服，她随时可以借，可以穿。

蕊全程不多嘴，她懂事，余梦不说，她不问。

余梦去放洗澡水，余蕊看到地上有个小怀表一样的东西。打开，里面嵌着张小照片，栾承运和余梦笑靥如花。是还在热恋期，或者是刚结婚不久照的？还是年轻。

"怎么，喜欢？"余梦走过来，问。

余蕊尴尬地笑笑。仿佛她在偷看别人东西，不好。

"照片抠掉，表你留着。"余梦大度。

余蕊用略惊诧的眼神看她。

"看我干吗?"余梦道,"马上离。"口气里那种兴奋劲,仿佛她马上要从监狱里出来似的。

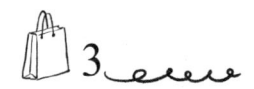

3

洗完澡,余梦和余蕊一起抽烟。余梦是多年的老烟枪,余蕊混演员圈子,苦闷,演戏需要,也抽上了。

夜半时分,余梦是真不困。余蕊困,喝了太多,头疼睡不着。余蕊不理解梦姐为什么非要离婚。当然,她认为其中一定有不可为外人道的缘由。否则,住着别墅,不用上班,儿子长大了,老公事业有成,一切都那么完美,她还求什么?

"都他妈不是东西!"余梦突然骂了一句,离个婚,栾承运只分了她两套小房。用他的话,一套住,一套租,够她吃了。因为没有他出轨的证据,去法院也没用,栾承运早就开始做资产转移,悄无声息地,生意人擅长弄这些——如果让法院判的话,可能她连这两套小房也分不到。栾承运的意思是,你余梦对这个家的财务增长没有贡献,因此只能分原始资产。

我呸!余梦恨。没贡献?生了两个儿子不算贡献?这么多年照顾儿子照顾家不算贡献?就算她当花瓶,在旁边做点缀,也算贡献!怎么就说她没有贡献!

她懒得跟他掰扯,干脆利落,离就离。

这不,她已经开始收拾行李。

"都想清楚了?"余蕊接一句话,有点为她遗憾。

"他动手了。"余梦说。当然还有那些乌七八糟的龌龊事,她不愿跟蕊说。

余蕊沉默。

"人能活多大?"余梦吐烟圈,继续问。

"唔？"

"一百？身体状态好的话。"余梦弹弹烟灰，"一般情况，八十差不多了吧，再活也干不了什么事。"还没等余蕊接话。余梦就继续说："打八十算，我已经过了一半了，还剩一半。"苦笑道，"可怎么感觉，我什么都还没做呢。"她摊手。

余蕊打趣，"怎么没做，社会任务都完成了。"

"是，社会要求女人结婚，生孩子，有个婚姻，我都经历了。"余梦说，"我跟社会，谁也不欠谁的。我现在就是觉得自己还有劲，还能闯。"不过下半段话她藏着没说。她闯的目的，无非是再找一段爱情，连带收获财富。

她相信自己能找到一个比栾承运更好更成功更爱她的男人。屋子里嗷一声。两个人不动。对看一眼。又是一声。这下听清楚了。余爽在讲梦话。

余蕊撇撇嘴，对余梦道："演武侠片呢。"

"你呢。"余梦问。

"我，"余蕊反指自己，"剧情片吧。"

"应该是言情片。"余梦道。

"你是言情片。"

"不不，我是惊悚言情片。"余梦笑着道。余蕊也跟着笑了。

本以为说着玩的，没想到白元凯对余爽的个人问题真上心。接二连三介绍人过来。有两个见了被否，还有三个余爽根本没见。余梦对她这种吊儿郎当的态度不满。"爽，咱不能这样，小白介绍的都是优质资源，你不要，让给蕊，别暴殄天物！"余爽道："什么优质资源，歪瓜裂枣。"余梦道："别模糊，什么要求，一条一条写下来。"递过笔，余爽还真写。

第一条：个子不能低于一米八，括号，最少一米七九。不能再让步。

第二条：长相七十五分，可以比钟汉良差点，但一定不能比张杰差。余梦对不上号，问："哪个张杰？"她以为是周围熟人。"就那个歌手。"余爽答。她对快乐男声有感情，怀旧。

余梦恍然大悟，"看过看过。"从手机里弄出张照片。

余爽一瞅，哭笑不得，"姐，这是杨迪！"

第三条：能谈得来。余梦认为这条是个坑。怎么才算谈得来？搞教育的、搞互联网的、搞传媒的都介绍过。可余爽都觉得谈不来，进而给这些人扣上话多的帽子。余梦问，那你到底要话多的，还是话少的呢。

余爽来一句:"该多的时候多,不该多的时候不多,"又补充说明,"话不投机半句多。"

困难。严重困难。梦和蕊都觉得,像爽这种自带阳刚气场的中年少女,能跟她谈得来的男人,根本就是稀有动物。

余嘉得知后也做爽的工作:"抓主要矛盾,抓关键,看人品,以发展的眼光看问题。"她现在开口也有点女政治家的风范。

近朱者赤。

不过她也有资格说,在婚恋这个问题上,余嘉一向都被认为是投资的大赢家。买了潜力股,挣得盆满钵满。不过余梦概括,嘉姐的成功不可复制。

都是命。

好在余爽命好。又过了一阵,白元凯居然果真找来一位符合要求的。长得不错,比钟汉良差,但绝对超过张杰(余梦这么认为)。国内硕士,国外博士,跟白元凯在美国合租过房子,搞农作物研究的,主攻方向是栗子。

"例子?"余爽莫名,"什么例子,也是搞教育的?"她以为是举例子。

余梦解释,"吃的,板栗、栗子、糖炒栗子。"余蕊在一边打趣,"秋天的油栗有人承包了,爽姐,我申请终身免费会员。"余爽为难,研究栗子研究到博士,实在奇葩。余梦劝:"小白说了,人品特好,学识也好。你就去,宁可错杀一千,不要放过一个。"

余爽看看梦,又看看蕊,试探性地说,"见见?"

余蕊笑道:"得见。"

余梦道:"等会!人家还有个硬性要求。"

余爽撇嘴。余蕊洗耳恭听。

康隆,男,三十六岁,博士毕业,主攻栗子研究。现于某高校任教,有房,有车,长相端正,恋爱经验较少。原因不详。他的相亲条件里,有个硬性要求:希望女方是长直发。余爽一听,当即说要不算了,几天长不出长毛来。可这却难不倒梦和蕊。余梦的箱子里,有十几顶长假发供选择呢。颜色,任意挑。

顶着顶黑色长发,余爽走进烤肉店。魔幻。她自己也有点弄不清楚,为什么会做这种妥协。康隆的长相是她喜欢的。关键是气质,这个男生透露着一种好欺负的善良气质。见就见吧。

说来奇怪，顶着长头发，穿着爽姐精心挑选的套装，余爽似乎也淑女起来。走路不那么带风，夹着屁股，面带微笑，努力取得别人的好感。余嘉也反复叮嘱过她，无论是恋爱还是结婚，都需要妥协。不过余爽认为，妥协的前提，是自己对那个人很喜欢，否则，去他妈的！

"你好。"到地方了，余爽微微鞠躬，打招呼。

康隆连忙站起来。目测，身高达标，有一米八，通过。

"你好。"康隆绅士地一挥手，让她入座。

余爽坐下，脱了外套。天冷，但室内温度还算可观。余爽露出"事业线"——即便在事业大发展的时候，余爽也没动过"事业线"的脑子——今天不行，造型、人设，全都按照梦姐安排的来。

小心瞅着。康隆果然眼睛掠过一道光，但只一瞬，绅士是不能盯着女生胸部的。

"点菜。"余爽微笑。康隆连忙也说点菜点菜。来烤肉店，自然以吃肉为主。余爽是肉食动物，但因为第一次见面，蕊说要矜持，她只负责点了点蔬菜，韭菜蘑菇什么的。以证明自己草食女的属性。肉，给男人点。

点好菜。康隆拿出一包东西来，牛皮纸袋子，体量不小。余爽接过去，微微点了点头，问是什么东西。康隆忙说："我培育的新品种。"余爽打开。一袋子毛毛虫？她吓得手抖，"毛毛虫"滚了一地，是栗子，栗子没剥皮就是这样，毛毛拉拉的。

余爽生平最怕毛毛虫。

服务员帮着捡，康隆也忙活。余爽因为抵触，没上去帮忙。见面没几分钟就出"事故"。余爽不觉得自己和这位康先生还能有什么"故事"。"对不起对不起。"康隆连声，依旧绅士。余爽说了句没关系。少顷，康隆不知又从哪变出包东西，打开，又是栗子。这次量少，而且是剥了外皮的。余爽不害怕。

他说要给她当场做炭烤栗子。

掉进栗子堆了。余爽又好气又好笑。

等菜的时候需要话填补。康隆负责找话题。

"你是白元凯的……"

"师妹。"

"我算他师兄。"典型没话找话。

余爽撩了一下头发，刺挠得慌。

"白元凯很优秀。"他夸赞。

"是的。"她答。

天就这么聊死了。她和他的共同话题，似乎只有白元凯。都有年纪，都不想像小年轻那样问东问西。能这么见面吃饭，感受彼此，已经是最大的诚意。

"你做教育。"

"在线教育。"

"给人教课。"

"不不，主要是辅助教学。"她纠正，"等于理工科。"停了一下，她礼尚往来，问："栗子树是高的还是矮的？"

"不矮。"

"那怎么摘。"

"熟透了会自己落地。也可以拿东西打。"

好家伙。她没再多问。实在对栗子不感兴趣。一会儿，肉和菜上来了，服务员放置炭火，两个人拿着夹子，闷闷烤着。余爽有意逗他，身子往后靠，问："怎么样？"

"啊？"康隆接不住她话。

"觉得我怎么样？"余爽笑，"说实话。"

"挺好的。"

她撩了一下头发，假发顽皮，老往前跳，她不得不把它弄到后面去。

"说实话。"她再次强调。

"大方，漂亮。"他真说实话。

烤肉好了。他夹到她碗里。她连忙说谢谢。吃了几片，她主动说要烤个栗子试试。康隆便把划开口的生栗子剥出来，放在烤盘上。一会工夫，栗子香便窜出来。余爽喜欢这味道，她半站着身子，探头过去闻。假发再度顽皮地前驱，悬在烤盘上空。一个火冲，假发竟轰的一下烧起来。

康隆吓得呆了。

余爽嗞哇乱叫，迅速用筷子头一撬，一扯，假发瞬间脱离头皮，跌在一侧地上熊熊燃烧。

顾客们惊得四窜。

余爽捂着头,不忍看康隆惊愕的脸。

4

"是你非说喜欢长头发。"小公园,余爽和康隆并排坐着,余爽忽然抱怨起来。

康隆不说话,他不否认,这就是他的喜好,并不算错误,但他并不讨厌短头发的余爽。

发尾有一部分烧焦了。余爽不住地用手捋着,反倒显示出几分女孩气。

"对不住。"康隆说。反射弧有点慢。

"你不用道歉,"余爽说,"只是有点不明白,长头发就一定好看?"

"是好看……一点。"他是实话实说的性子。

"洗头多麻烦,像我这种油头,要每天洗,如果是长头发,不但浪费钱浪费洗发水更多地污染环境,还要浪费很多时间。有意义吗?"这才是真实的余爽。

人如其名。爽爽利利。

"没想那么多。"康隆说。

"你们男的是不是总是自我感觉良好。"余爽突然来这么一句。没头没尾地。

康隆木木然起身。余爽心想,很好,差不多该被骂走了。谁知他站起来,后退半步,突然弯下腰,拔了一只鞋。从里头取出个增高鞋垫。

好几公分高。白色塑料,面子上有一层泡沫垫。

"一米八以上,也很辛苦的。"说着,他麻利取出另一只增高垫。抓在手里,朝垃圾桶走去。

余爽忍不住笑,她突然觉得这个栗子博士有点意思。康隆回来,第一句话是,"一米七六,穿鞋的时候。"

她已经原谅了他。从这一刻起，两个人才算真正见了面，仿佛在烤肉店的那两个不是他们本人，而只是他们精心设计的伪装。他们谈了各自的成长、喜好、经历，目前的状态，甚至连经济状况也谈了。余爽想不到康隆也这么直接。哦不，甚至可以说是生硬。

　　有什么就端上来，不扭扭捏捏。足够真诚，足够直接，足够有效。两个人在小公园里走了三圈。

　　余爽问，你抽烟么。康隆道："以前抽，现在不抽。"余爽问为什么。康隆只说不想抽了。

　　公园一角有个儿童乐园，不少妈妈看着孩子在玩耍。可能是夕阳作祟，或者是黄昏感伤的情绪，看着小朋友们和妈妈欢欢闹闹，余爽忽然有点鼻酸。

　　康隆问她怎么了。

　　余爽深吸一口气，道："我妈刚过世。"

　　他长长地哦了一声。白元凯没提这事。

　　"我是因为妈妈去世才开始找人的。"余爽补充。

　　停顿三秒。算默哀。

　　"我也是。"他说。

　　"什么？"

　　"我也是。"又说一遍。

　　"也是什么？"

　　"我妈也刚走不久。"

　　余爽惊诧。白元凯没提过，资料研究不够彻底。

　　"抱歉。"她说。

　　"不用说对不起。"他劝她。

　　"那么……巧。"她破涕。

　　"缘分。"他的口气依旧生硬。

　　"你也是因为妈妈去世才开始找人的？"余爽追问。

　　"算是吧，不想一直这么一个人过下去。"他保持了直白的风格。余爽喜欢。

　　破天荒，余爽愿意试试看重新恋爱。梦和爽高兴得要开一瓶酒庆祝。爽道："还是等嘉姐一起。"余嘉周六有空。白元凯得到消息也很高兴，余梦夸他不愧是上流男士,手里有一把好牌。她甚至指望将来白元凯能为她引荐名流,她好大杀四方。

余爽对上流男士四个字却嗤之以鼻:"什么上流男士,就是个书呆子,研究栗子的。"

余梦道:"你这样的人,就适合找个读书的,搞研究的,留着被你欺负。那样的大老板大富豪大官员,复杂的人际关系,你应付不来。"余蕊问他们下次约会什么时候。余爽哎哟一声,说这次还没消化呢,怎么就下次了,我胃口小,吃一顿,够消化一个月的。

余梦一听来了兴趣,凑到余爽旁边,盘着腿,"说说。"

"说什么?"

"具体情况,细节。"余梦有无尽的好奇心。

余蕊端着茶,也凑到旁边,洗耳恭听。

"没什么。就一男的。"

"都达标了?"

"凑合。"

"身高多少?"

"不到一米八。"

"长相呢。"

"普通人。"

"那就是性格好。"

"有点生硬。"余爽拿起酸奶,吸得瓶子"滋滋"作响,很快见底。

"有钱?家境特别好?"

"凑合吧,比我强点,也强不到哪儿去。"

"到底什么地方吸引你。突然就凑合了?"余梦着急。

"他妈也刚去世。"

"什么?"

"他母亲刚去世,跟我情况差不多。"余爽换一种说法。

"就因为这个?"余梦表示不可思议。

"同是天涯沦落人。"余蕊献上一句。

算总结。

"相逢何必曾相识。"余爽接龙,起身。

她心情不错。

余梦的一天早晨就安排好了。上午，收拾东西，做瑜伽。离婚分的两处房子，她暂时都托管出去，让中介租，打理，她按月收钱。余爽留她住。在找到新男朋友之前，余梦觉得跟闺蜜腻在一起挺不错。

下午，她约了翁悦去推颧骨。

翁悦上次说想去开下颌角，她没陪，这次怎么也得出现，全程陪同。做这种事，也只有找翁悦。爽是肯定不做的。蕊没有时间，而且她还算年轻，护肤就行，本身底子也好，用不着这些啰唆功夫。嘉姐呢，她还停留在抹抹玉兰油就好的阶段，任凭老底已经吃得吃力。余嘉信奉自然就是美，虽然整个人看上去已经不那么自然。

余梦哀其不幸怒其不争，自然，也是要付出成本的，美得自然，一定一定是经过雕琢的。只是雕琢得尽量不露痕迹罢了。原生态的自然，十个有十个会是触目惊心的荒原。

不过，余梦是有尺度的。比如翁悦就问过她，"你考虑过隆胸么？"余梦坚决拒绝。很多东西，哪怕骗得了自己，却骗不了男人。她们曾经一起嘲笑过卡戴珊，那张臀部放酒杯的照片被她们作为反面教材。在美这个问题上，翁悦和余梦达成了惊人的一致。

西方人美得太过写实，东方人不行。真正有吸引力的东方女人，是要美得含蓄、有风骨的。

颧骨很重要。颧骨内推和下颌角手术翁悦打算一次做了。余梦听了咨询，胆战心惊，她劝："磨骨可是四级手术，有危险吧。"

谢天谢地，她是母胎美人，不需要受二茬罪，随着年龄小修小补即可。

翁悦的态度却很坚决。她脸大，是方宽脸，现在流行的是鹅蛋脸、瓜子脸，做肯定是要做，不过这次来，还是以准备工作为主。两个做下来，十二万。钱不是问题，翁悦还是担心效果，说再考虑考虑。时间再约。余梦一方面钦佩，一方面又有点看她不起。为了变美，吃奶的劲都使上，究竟姿态难看。看来又有新计划。余梦拐着弯打听清楚了，翁悦突然来大城市，也是因为情伤。世上无秘密，何况在她们这个小圈子。不过翁悦手里一直有不少男人，她的伤害从哪里得来的，尚不能确定。

咨询完。两个女人做了个简单补水。余梦陪她来其实另有目的。不过，即便提，也要提得很随意，灵机一动的样子。并排躺在美容床上，余梦笑说,上次那个胖女人,你还跟她来往?翁悦没反应过来,问什么胖女人。余梦道:"日餐店的。"

翁悦对上号,说偶尔还见。

"她还是副会长?"

此言一出,翁悦明白了,胖女人是女企业家协会的副会长。

"还当着呢。"

"刺绣也有她。"

"旗袍会也有她呢。"

余梦笑笑,说真活跃。"什么时候也给我弄个社会职务。"她不说请帮忙,说弄一个,信手拈来似的。

翁悦没接茬。余梦沉默,算表示不高兴。过了一会儿,翁悦才说:"女企业家协会不是不能进,可你得先有个企业。"言下之意,你不够资格。余梦有个文化公司,皮包的,比贸易代理公司还虚。

"别的呢?"她问,不肯放弃。

翁悦道:"经开区顾问,企业做起来自然会有。"意思说你还是不行。顿一下,继续,"其余的,旗袍会刺绣会,看得上吗?没权重。护士协会你怎么不考虑?"

余梦恨得牙痒痒,谁要参加什么护士协会,她很少跟别人提自己的出身。翁悦用余光察觉出闺蜜的不自在,道:"让老栾过给你一个运转良好的公司,或者你参与参与,进女企会应该不成问题。"

翁悦刺激她。她已经知道余梦和栾的事。老栾自己跟她说的,还拜托她帮忙关照。翁悦嘴上答应,心里却有点嫉妒。都离婚了,还关照个屁。她就这么命好?男人都为她神魂颠倒?

余梦一听她提老栾,瞬间明白几分,既然翁悦能知道她有情伤,估计她和栾的事也透风了。若在过去,她可能会反过头问她,讽刺她。可现在是她求人。她要弄个社会职务,方便行走江湖。去哪都报名号,女企会的。再弄个名片,响当当。

总不能对外介绍是家庭妇女。

该低头的时候要低头。余梦呵呵一笑,服了个软。等到都弄完,上了车,她负责把翁悦送回去,然后才去晚上和姐妹们的饭局。又是冷不丁一句:"我跟老栾分开了。"

突然抛出个真相。赤裸裸的。翁悦有点不适应。她习惯了余梦的曲里拐弯,话里有话。

"真遗憾。"她抓住余梦的手。

"别妨碍我开车。"余梦轻打她一下,翁悦连忙缩回来。这一瞬间,两个人忽然好得跟一人似的。原因很简单,她们现在都是单身女人。都是同类,应该惺惺相惜。

5

喝了点酒,余嘉话才多起来。

"这样就对了。"余嘉敲打余爽,"在什么时候做什么事,社会有社会的规则,家庭有家庭的规则,婚姻是保护女人的,这点便宜咱们还不占?真就太弱势了。"

余爽直接:"我不需要保护。"

余嘉苦口婆心:"不是你需不需要,是大势所趋。结婚,一夫一妻,女人少受罪。要跟过去似的,三妻四妾,找谁说理去。"

"怎么不说一妻多夫。"

"那是放荡。"余嘉严肃。

一时沉默。余嘉继续道:"小爽,这个满意,能入眼,就好好相处相处。"余爽只好说知道。余嘉又说:"小蕊也抓紧。"余梦道:"小白正追着蕊呢。"余蕊连忙否认,说别胡说,没有的事。余嘉问什么小白。

余梦把跟白元凯吃饭,还有送余蕊回家的事都说了。余嘉说有印象。余蕊底气不足,自那次酒桌上遇到,白元凯没再联系过她。他不吭声,她不能主动联系。她是女生,基本矜持要有。

余梦怪余爽,说今天就该把小白叫来。

余爽揶揄:"叫来干吗,买单?"

余梦没接话。问余嘉,姐夫最近怎么样。

"还可以,就是忙。"她只这么答。

酒还剩一点底子。匀了。余梦举杯:"借着爽的恋爱酒,我公布一个事情。"

都看她。余蕊心里有数。她跟梦姐一起收拾过衣服。余爽是不在乎。余嘉紧张,酒杯举着,盯着梦看。

"我拿了个证。"

以为是继续教育。还读书呢。

"又想干吗?"余嘉问。她知道梦喜欢折腾。

"绿皮的。"余梦又说。

不妙。

"什么意思?"余嘉问。

"我正式,离婚了——"余梦并不难过。

五雷轰顶。余嘉杯子都拿不稳,她听不得离婚二字。

真离了?她原本以为只是夫妻闹脾气,今天分,明天合,再不行,后天怎么也好了。谁知真变事实。

她自己是万万不会离婚的。结婚的那一刹,她就已经下定决心,今生只跑这一程马拉松。决不中途放弃。哪个夫妻的日子没有摩擦,有问题解决问题,不至于破产、崩盘。

"怎么——"余嘉声音有点凄怆。

"别劝我。"余梦兵来将挡。

"老栾他——"余嘉只能说出断头句子。

难续前缘。

"你不了解他。我跟他过不下去。"余梦压低声音。欢乐的气氛不见了。"什么都得听他的,服从他,一点反对意见都不能有。"

"男人不都这样么……"余嘉不想劝,但她忍不住。她一时接受不了。

"好多事情我不想说,拿不到台面上,"余梦又要点烟,"说一千道一万,我不爱他。"

余嘉吓了一跳。爱不爱的,她从来不说,甚至也很少想。这个词对她不新鲜,但刺激。余爽昏昏沉沉的,她喝点就这样。余蕊坐在一边,静静听着。

爱是奢侈品，别说梦姐这年纪，就是她，也不敢轻易触及。飞蛾扑火，搞不好就粉身碎骨。

"那以前……这么多年……那怎么……"余嘉有点结巴。三观被冲撞得摇摇晃晃。

余梦道："以前是不了解自己。以为找个条件不错的，有潜力的，带得出去就行。年轻，眼界窄，只能看到那么多。现在不一样，就算我离开他，他转头就能找个更好的，搞不好还能找小姑娘，他没损失。我给他自由，也不绑着自己。姐，你不是说了，社会有社会的规则。这些路我都走了，结婚生子组建家庭完成任务。真的，我们还有多少青春？没有了。干吗不为自己活？反正我就这么想，我跟栾承运，这辈子夫妻缘分到此为止，我祝福他。"

余爽去洗手间，余蕊跟着。神仙打架，她们最好避开。

爽是觉得麻烦。结婚麻烦，离婚麻烦，恩怨情仇太麻烦。蕊则是一方面佩服梦姐冲撞的勇气，另一方面又觉得她有几分虚伪，说得自己好像不爱钱只追求精神生活似的。

不过，余蕊归根到底还是羡慕余梦。人生这条路。余梦已经走了过半，完成了社会赋予的任务，开始另一段冒险。她能为自己活，余蕊不行。她还没结过婚，没生过孩子，一切都是未知。她的劣势是不算年轻，优势是，好歹也不算太老。

木已成舟，余梦态度坚决。余嘉也想到了小三、捉奸、家庭暴力等可想而知的东西。这么多年，栾承运在外面跑，在外面忙，难免。只是这些话余梦不好拿出来说，有苦自己吞。一直到回了家，洗好澡，上了床，狄立人坐在她身旁，还在看他的书。

余嘉忽然庆幸。这么多年，狄立人好歹有公家管着，他又是读书人，没有那么香艳绮靡的故事。只是，这消息终究让她心里难受。

余嘉连叹了三口气。

狄立人以为她还在为思思出国的事纠结。合上书，道："孩子有孩子的路，大人有大人的路，舍不得也不行。"

余嘉愣了一下。

不说话，呆坐在那儿。

"心放宽一点。"狄立人还是做思想政治工作的口吻，他应该去当老师。

余嘉扭头看丈夫。灯光斜照在他脸上，一半阴影。

"余梦和栾承运，离了。"余嘉口气像读讣告。也是，死亡的是婚姻。

狄立人似乎并不吃惊。他把书放回床头。摘了表。通常睡觉才摘。他得时时刻刻掌握时间。狄立人躺进被窝里，缩着脖子，不予置评。他跟栾承运认识多年，关系还不错。他刚来大城市时，栾承运第一个给他接的风。

余嘉俯视他，她对丈夫的表现意外。或者是栾承运告诉过他？这才多久的事，怎么满世界皆知？

"栾承运告诉你了？"她问。

狄立人道："跟我说干吗？"

"那你这个脸。"她不满。

"奔着知天命去了，还有什么值得大惊小怪的。"狄立人翻了个身，背对他老婆。

狄立人跟余梦的觉知类似，都认为人生苦短。下半场，干吗不及时行乐？

余嘉就无法理解，她觉得自己好日子才刚刚开始。要节制、克制，跟过日子似的，细水长流。

"谁离了谁不能过，"狄立人略带嘲弄地，"都能过。"又补充："人生就那么回事。"说罢，狄立人又提了一句工作的事，调进大学出版社有了点眉目。

"就做行政吧，好上手。"狄立人说。

余嘉回不过神来，睡了一觉也没能沉淀。虽然是好姐妹，可终究是人家的家务事。余爽相亲她们可以干预，余梦离婚则不行。不过，余嘉的初心并不是干预。她只是想多了解了解，平衡自己的内心。上午做完家务，她一个人坐在沙发上，手机摆在茶几边缘。

拿起来，又放下。如此来回几次。

她跟栾承运还算熟，但私下鲜少交往。她就是大姐，名义上的。朋友们给面子这么叫。她偶尔当真，偶尔又觉得不能当真。

终于还是打了。电话里，栾承运很和气。似乎一点都没受离婚影响。

"怎么回事？"事已至此，就不寒暄了。余嘉问得直接。

"不是我提的。"栾承运收起那些和气的烟雾弹。

"这可不是闹着玩的！"

"她怎么样？"

"不好。"余嘉撒谎。

"才不会呢。"

"你就这么同意了？"

"不然怎么办？我的错我认，她的脾气你比我清楚。"

"你们是有感情的……你那时候……那时候……"余嘉全知道。栾承运为了追余梦，曾经割了自己好几刀——做病人，请她照顾。

"我现在对她也有感情。"

"那还犯错误。"

"我不知道，"栾承运道，"都是人，我是个普通男人，在所难免。"电话里他笑笑，"不说了，没人信。"

余嘉更不会信。她是良家妇女，最恨浪荡中年。栾承运跟狄立人关系不错。虽然狄立人很少提余嘉，很少提家庭和生活，不过栾承运认为，不提，本身就是一种态度。

"你……"余嘉气结。栾承运坦荡得有点无耻，只是她不可能在电话里跟别的男人对峙、求证。他已经承认了，她还能怎么说？痛打落水狗？未免太难看。

"我同意复婚，随时。"他表态。

"她只有两套小房子，别墅呢？"

"她让你来问的？"

"不是。"

"默多克离婚不过给前妻两套房。"栾承运道，"房子多了对她没好处。儿子不要她养。学费都我交。"

"那是你儿子！"余嘉尽量控制情绪。她其实想骂他混蛋。"方便的话，麻烦转告，我同意复婚。"临挂电话，栾承运又强调一遍。

6

　　余嘉当然没傻到去转告。她突然感觉有点荒唐，余梦离婚事件中，最不淡定的竟是自己。

　　关她什么事？用得着她这么草木皆兵？可内心的震荡又确实存在，无法回避。

　　余嘉口问心心问口地，把这些怪现状归结于社会的开放。见得多了，诱惑多了，人心思动，浮躁！她认为余梦是在玩火，是不知足。只是，换位思考，如果狄立人对她使用暴力呢。她怎么处理？余嘉半天无解，只能推翻这个假设——狄立人这样的书生决不会动手。

　　狄立人托了得力的大姐。没多久，余嘉工作落实，去大学出版社报到，被分配在社办。她又有了一个工作间，成为职业妇女。

　　出版社朝九晚五，很有规律。余嘉的上级是个女的，姓张，年纪比她还小些，未婚。因此，她不能叫她张姐、小张，一律叫张主任。张主任颇有姿色，没嫁出去，里头估计有故事。不过余嘉不问，也不打听。她严格遵守狄立人叮嘱她的"大城市生活守则"。这里人事关系复杂，谁也不知道谁背后有谁，牵扯什么关系。因此，嘴巴要紧，不要有好奇心。不过，眼见的还是能辨查出来。

　　余嘉发现这里有三多：第一，老人多。因为年头久，离退休的，还有离退休不肯走继续返聘的，各种资深的人员特别多。他们时不时来关心指导一下工作，余嘉便忙得四脚朝天。张主任见她善于接待老人——可能因为她也是"老人"，便格外让她多做。

　　第二，女人多。而且都是通过各种关系进来的女人。女人多，嘴就杂，鸡毛蒜皮都能掀起波澜。这里没有秘密。余嘉刚来三天，几乎所有人都摸清了她的底细。托狄立人的福，员工们还算给她几分薄面。

　　第三，由女人多引申出来的——孕妇多。她发现很多刚入职一年或者半年的小姑娘，都已经挺着肚子在走廊里走来走去，还有生过一胎的也不示弱，各种年龄都有要二胎的。猛然瞧过去，尤其是中午下食堂吃饭的时候，不知情的，还以为这是个妇产医院或是月子中心。妇女们凑到一起，话题多半是孩子。有意思的是，余嘉原本是反对思思去留学的，可一听说同事的孩子去留学的多，美国日本加拿大，她也不自觉地说起将来打算送女儿去见见世面。

入职体检，余嘉身体一切正常。不过在妇科方面，体检中心查得并不算仔细。选了个周末，余嘉让狄立人陪她去医院一趟。她有个打算。不过要在查完之后再跟狄立人商量。

"什么问题？"

"没事，就说让复查一下。"

"哪里？全身？"

"局部。"

"什么地方？"狄立人追问。

"卵巢。"余嘉据实答。

狄立人没多问，到周末，他请了假，陪余嘉去医院。思思有英语补习课，不在家。

陪老婆看病，是狄立人作为丈夫应尽的责任。

主要做B超卵巢形态检查，再做个激素六项，看卵巢功能是否正常。查B超，一道布帘子，狄立人站在帘子以外。医生看得仔细，诊室里静悄悄的。过了好一会儿，女医师才说："可以起来了。"余嘉坐起来拉好衣服，问怎么样。

"没什么问题，形态正常。"

余嘉瞟了一眼布帘子，狄立人的影子映在上面，高高大大的。

"不影响生育吧。"

"要看激素检查的结果。"医生道，她伸头看了看表格上的年龄一栏，"你这个年纪再要，算高龄产妇。不过还来得及。如果自然受孕有困难，可以考虑试管，我们院有这个项目，是特色科目。"

余嘉说了声谢谢，她确定狄立人听到了，布帘子上的影子晃了晃。关于再生一个的问题，两口子几年前讨论过，并有过再要的意向。狄立人想要。他天生有点重男轻女。狄家几代单传，对男孩看得重，狄立人从小受到诸多优待，成年后认为自己责任重大。

要把香火传下去。

余嘉当时的态度是顺其自然。来了，就要；不来，她也能接受。只是那段日子两地分居，狄立人偶尔回家，匆匆忙忙，而且随着在一起的年头久，彼此逐渐失去激情，忙活了好一阵，就从来都没中过彩。再往后，两个人夫妻生活渐少。到后来干脆停了，孩子更是没影的事。

到大城市后，尤其是进入出版社，生活稳定下来之后，余嘉认为这事应该提上日程。天时地利人和。思思眼看要去国外，她阻挡不住，但她可以腾出手来再养育一个孩子。累是累点。不过如果生了个男孩。她相信对增进夫妻感情大有帮助。她婆婆也想要孙子。此前，她还侧面征求过思思的意见。思思这代人洒脱，来了一句，"随便"，她才不在乎。她在乎的，是自己即将远走高飞，脱离家庭的管束，走向人生自由。

从医院到饭店，狄立人全程没说一句话。余嘉意识到问题有点严重，她必须把话挑明。

"还好没事。"点好菜，余嘉端着小茶杯，微微笑。

狄立人看窗外，鼻子里隐约哼了一声，算作答。

"看看医院里那些挺着肚子的，"余嘉继续说，"我还算年轻的。"

"都是自找麻烦。"

"生孩子也是为国家做贡献。"余嘉用幽默的口吻。有点不自然。她不是个天生幽默的人。

狄立人还是不买账，喝茶，他不认这个贡献。

凉拌萝卜上来，他抽筷子吃菜。

余嘉只好正面进攻："是该再要一个。"

"谁带？我妈身体不好，你又不是不知道。"

余嘉语速加快，但有点语无伦次，有失章法："我自己带……到时候思思估计已经出国……现在工作不算太忙……正好有条件……妈不也一直说要让咱们要个小儿子……"把婆婆抬出来，压压他。

狄立人放下杯子："医生也说了，你这种情况，再要是有危险的。自然受孕有困难，不是没尝试过。试管不考虑，违反自然规律是要受到惩罚的。逆天而行，何必呢？"

"没说一定试管，也许自然就有了。"余嘉耐着性子。

狄立人不答，摘下眼镜，伸手去揉捏山根。

"只要调整好身体，保持心情，机会还是很大……"她计划着，无限憧憬。

"我累了。"狄立人道。

说到这份上。余嘉只能暂停此话题。累了,好可怕的字眼。生活失去激情,满是倦怠。他对她没兴趣,说几句话就累了。

"有什么事可以跟我说。"余嘉恳切地。

"没事。"一句话把她推得老远。

"我们是夫妻。"余嘉道。

至亲至疏夫妻。

"少找点麻烦就行。"狄立人再戴上眼镜,的确看上去面容疲惫。他已经觉得她是麻烦。不单单是她,包括她周围的人她的家庭她的一切,就连她的关心,对他来说都像是个麻烦。

余嘉还不知道,老家的亲戚要来大城市看病。他们知道家里是狄立人做主,已经提前打招呼。狄立人已经代为同意,让余嘉的表叔表婶在家里住几天。余嘉稍后接到电话,忍不住说了表叔表婶几句。"应该先打给我,我再安排,怎么能先跟狄立人说呢,这不里外不分么。"表叔表婶表面客气,为了省这个住宿费,表侄女骂他们认。

挂了电话,一家人忍不住嗔怪余嘉几句。"变了。"表叔叹气,"人往高处走,正常。"表婶道:"立人还是那样。"表妹接话:"姐夫是大官,心胸开阔。"表叔又道:"她这个官太太当的,我看也是累。"表婶当即赞同,认为余嘉在家里没地位。表妹问何以见得。表婶道:"立人妈到处说,他们家思思,什么都好,聪明,漂亮,就是一点,个子矮,随她妈。"

亲戚来了四五个,没地方住,躺一地。余嘉顾大面场,毕竟是娘家人,她需要这些"后盾",只好一天两三顿地烧饭。陪着去找医院,挂号,看病。狄立人统共就露了一面。亲戚们刚来,他请他们吃了个饭,然后就谎称出差,一直没出现。

他讨厌他们,全是拖后腿的。一人得道,鸡犬升天,可问题是他现在还没得道呢。刚有点飞升的意头,这些人就在下面坠着,千斤万两的样子。热粘皮!他非被他们拖垮。

狄立人住单位宿舍,书没带,他发消息让女儿帮忙送。"等会儿。"余嘉叫住思思。她随手在书桌上撕了张纸条,写上:后天走,后天晚上做好饭等你。夹在书里,让思思带过去。

7

老家来人。余义得露面。

他来姐姐这儿打了一头,得到个消息。

这消息比老家人重要得多。

有人追余蕊,那人还非常优秀。他得赶快行动。

约了几次看电影,余蕊都没空。据余爽佐证,确是实情。蕊现在是公关部的承重墙,忙得厉害,有时候恨不得中午、下午、晚上都有局,回到家已过十二点,澡来不及洗,倒头就睡。钱不少挣,就是太累。

余义给余蕊打电话。

余蕊通常直接问:"什么事?"

这让余义难以回答。姐姐余嘉点拨他,勇敢一点。按余义的理工科思维,越早表白越好。只是,面总得见吧。考虑来考虑去,余义决定白色情人节这天,怎么也得当面跟余蕊告白。

电话打过去,余蕊这样说:"你中午一点,到万豪酒店大堂等我。"余义说没问题。借不到车,万豪不算远,他便骑着常在学校用的电动车去,确保不堵车。

谁知起大早赶晚集,余义走错酒店。饭局结束后,余蕊在大堂等了他十分钟。人没到,她只能跟着车继续下一个局。余义来电话,余蕊报了车牌号。再回头,已经看到余义戴着头盔,骑着电动车跟在后头。

坐在后座的男领导发现了这个有趣的细节,道:"谁犯事了?"全车皆不知何意。

"后头怎么有个便衣跟着。"骇笑的口吻。

大家回头看。一个男人骑着电动车,在众多大车缝隙中求生存。

"是我朋友。"余蕊认了。

"今天是不是那个什么白色情人节?"男领导引导大家思考。小姑娘们起哄。"就是普通朋友,有点事。"余蕊本不必解释。男领导又说让车靠边,先让余主任说事。余蕊连忙说不必,工作为重,司机只好继续开车。

到地方,余义发消息来,让她安心工作,说他在外面等,不急。余蕊大概猜到他的意图,有点为难。她知道嘉姐的期待,可她总不能因为别人的期待,就勉强接受自己不喜欢的人。那是对双方的不负责任。她能料想到拒绝时的尴尬。

见机行事,余蕊这么给自己打气。

下午茶还是有酒。中午是白酒,下午是洋酒。是几个小公司业主见面会,部门希望他们投广告。余蕊中午喝得有点多,吃了几个马卡龙,胃里不舒服,去洗手间吐了一次。吐也偷偷的,不能让人看出来。补好妆,出来继续战斗。

这是职业操守。

再坐下去,又有人敬酒。

"我来。"一只手伸过来。余蕊抬头看,是那个小公司老板,史总。全名叫……史……一时记不起来。同行的人笑着说史老板怜香惜玉。

因为这杯酒,余蕊才认真地打量史。不算高,略胖,平头,眼睛不大不小,鼻子不矮不高,嘴唇说不上厚薄,一眼望过去,没有什么记忆点。若不是有点小钱,加上是本地人,他可能不达标。

因为代酒,余蕊跟他多聊了几句。

她发现他还算健谈,他属于那种张嘴说话比静静观望要加分的男人。

他比她大五岁。

男领导又起哄。"我们余主任还没有男朋友呢。"糟糕的上司。

另一个小姑娘——余蕊的对手,接话道:"搞不好在外面等着呢。"余蕊脸上发烧。不是因为酒劲。她知道,余义在这帮人眼里一定蠢透了。满分一百,就是真诚度九十九,那电动车也能立刻把分数降到不及格。余蕊可以保证,在座的所有女生,没有一个会找个骑电动车的男人。

起哄劲过了。人群被打散,三三两两地谈话。

史总和余蕊自然然坐在一块。

"假的吧。"他还端着酒杯。

她愣一下。"真的。"

"我是说你这个戒指。"

"哦,假的。"她才买不起祖母绿。

"那也是假的?"

"什么?"

"没有男朋友。"

"真的。"

史总哈哈笑了。余蕊也笑。她找回点幽默感，放轻松。

"这百分之百是真的。"余蕊道。

"那今天我们算不算，互助互救。"他依旧笑着。

"谢谢。"

"这工不容易做。"

"活着就不容易。"

"你这样的女生，不应该这么辛苦。"他叫她"女生"。

"谢谢抬举。"

"我可不可以追求你？"

重磅炸弹。

酒醒一半。够直接，不像开玩笑。

余蕊一时不晓得怎么回答，说不行，未免太小家子气，只会把自己的路堵死；说行，显得有点跌份，她得保持美女应有的矜持。

何况他到底怎么样，尚待考察。别乱，稳住。

"你有这个自由。"余蕊微笑着，保持优雅风度。

待这局结束，余蕊挽着史出门，余义给她带来的问题迎刃而解。还没等他表白，余蕊便介绍道："这是我男朋友，"是说史总，"这是我好朋友。"是指余义。

关系分明。不纠不缠。

余义的表白突然变得没有必要。那感觉仿佛是一个演员准备好了感谢词，却最终没能得奖。余义只能站在那儿一个人百感交集着。史同光把越野车开过来，衬得余义的电动车更加寒碜。余义浑身不自在，她也替他难受。只是，余蕊看来，快刀斩乱麻，长痛不如短痛，她不用明着拒绝，便把人拒绝了，实在是种温柔手段。如此说来，也算一桩慈悲。

她跟余义拥抱了一下。

余义让她先走。

上了车，余蕊没再回头，她舒了一口气。

"追得挺紧。"

"没办法。"

"好看的人就有这种麻烦。"

"抱歉让你陪演戏。"她尽量风趣。这不好笑。

"小事。"他豁达。

"不是真的。"她解释,说出口又觉得多余。

"我心里有数。"他腾出只手摸摸胸口。

"谢谢史总。"

"还叫史总。"

她还不知道他全名,只能用笑声掩饰。

"史同光。"他自报家门。

余嘉听到弟弟的描述有点不大痛快。她觉得余蕊不应该一点机会都不给余义。他是学生,穷,不确定,可谁也保不齐十几二十年后,他不是个成功人士?不过,余嘉能理解余蕊。她的家庭状况,容不得她像自己这样,等个十几二十年,陪男人经历出苗成长开花结果的过程,她是要直接摘桃的。换个角度想,如此干脆利落拒绝,也许是帮余义躲过一劫。

"她就是嫌我穷。"余义道。

"你是穷。"余嘉说,"但不是永远穷。你应该找个居里夫人,而不是戴安娜。"

还有一句话余嘉没说。就算余义现在突然继承一大笔遗产,余蕊也未必会看上他。财富只是出发点。创造财富过程中积累的能力、魅力、眼界、风度,这些男人的无形资产,会对女人造成巨大吸引。余蕊喜欢成功男人。不过,余嘉好奇余蕊的男朋友是什么样的,过去,余蕊男友跟鬼一样,总是听说,却从来没谁见过。

这回算第一次显形。

对于史同光,余义简单概括为:中年油腻。

是有点油腻,也算中年。三十多岁,没有婚史,小有家财,本地人,身家清白,所有因素集合在一起,促使余蕊决定赌这一局。

8

余梦的节奏更快。

这边离婚证到手,那边弄了个社会职务,跟着就展开社交。其实如果不是她心高,离婚的消息只要放出去,就会有男人蠢蠢欲动。

余梦的追求者不少。翁悦的哥哥翁阳就是其中之一。

也怪余梦自己。离婚后,为树人设,她出手阔绰。翁悦以为她离婚分了几千万,赶紧帮哥哥搭线。翁阳前妻脾气暴躁,好强,不尊敬婆婆。小姑子翁悦力主哥哥休妻。闹了半年,终于离了。好处是,帮老娘挣回了面子,清理了门户。坏处是,哥哥名正言顺靠过来,他还有个女儿。父女俩都指着翁悦翁董事过生活。

翁悦感觉屁股后头拖了个大累赘。

这回搬家,翁悦不许哥哥来,安排他在温岭老家看守庭院。余梦突然离婚,翁悦认为时机成熟,立即请哥出山,摆下饭局。如果两人结合,一来,可以把哥哥这个包袱甩掉;二来,巩固和余梦的关系,方便将来做生意。

两全其美。

谁知余梦不吃这套。一听说要见翁阳气得跳脚,晚上卸妆时不住跟余爽抱怨,"还想吃我的,我还不知道吃谁呢!"余爽觉得好玩,拱火道:"人不是也说,她哥是真心的,愿意一起带两个孩子,哦不,三个,喜欢你好几十年。"

余梦一转脸,苍白憔悴,像白无常:"她愿意我不愿意!有病!"

她才不上当,刚出师就不利,折戟沉沙。那样栾承运也会瞧她不起!好不容易出来,只能往上找,不能往下找。事关体面,岂能儿戏!她要想找个穷人过日子还用等到现在?!翁悦可恶!自私!难怪男人甩了她。

余蕊还没到家。

余爽提了一句:"小蕊找了个男朋友。"

余梦燃起兴趣,忙问情况。

"一小老板。"

"做什么的？"

"开饭店？还是搞建材？反正开了个什么公司，本地人。"余爽道。

马马虎虎。余梦嘴上说不错，心里却有点鄙夷。她不禁生起优越感，呵呵，到底是小女生，缺少历练，不像她火眼金睛，一个小老板就把自己交出去？再过五年回头看看，肠子都能悔青！

余梦一直想建议余蕊学学老上海的电影演员。身在浮华场，就能有革命的觉悟前进的眼光。都是演员，人家怎么做的？要用发展的眼光看问题！既然决定走这条路，就不妨大胆一点，敢想，才有成功的可能。

小老板算什么？不够塞牙缝的。

"你那个呢。"余梦问，是指康隆。

"没联系。"余爽道。

是实话，没有任何负气成分。相亲"成功"有些日子，余爽和康隆各忙各的，除了偶尔通通语音，看看视频，两个人竟然没再见面。

"我不讨好他。"余爽说。她不是不想见，但得憋住。

"太柏拉图也不好。"余梦着急。

"他研究他的栗子，我做我的在线教育，见面无非浪费时间。"余爽有她的理论。

余梦恨铁不成钢，"现在怕浪费时间，以后浪费时间的日子在后头呢！人，还是得有个伴儿。"

待余蕊回来，三个人一商量，觉得有必要在家里聚一次。康隆肯定要来，见见余爽的朋友。她们也帮她掌掌眼，把把关。白元凯最好也来，他是媒人，得感谢。余蕊得知白元凯要来，打死也不愿意提史同光的事。两个人还不是正式男女朋友，还没到要带史同光见朋友的地步。就算将来程度渐深，只要白元凯出现，余蕊也不打算让史同光露面。

她怕自己不自然。

何况嘉姐也来，余义吃了闭门羹，保不齐嘉不高兴。余蕊打算看看情况再说。面对余梦的"拷问"，余蕊只说，就是个朋友。

算官方结论。

次日，余爽约余嘉、白元凯；余梦代表余嘉出面约康隆。余嘉来不了，说孩子要补习，得陪着，她想先避一避。余梦不答应，二次打过去，死磨硬缠，说补习完了来没问题，余嘉只好说看看情况。白元凯同意来，但当天有个会,可能会迟到,但保证一定到。康隆爽快,电话里干脆答应。

因为聚会,这一周似乎特别有盼头,余梦没闲着。她见了翁悦、翁阳。只不过,余梦当场把翁阳狠狠讽刺挖苦打趣了一通。翁悦见老哥毫无希望,不想平白得罪了余梦,瘦死的骆驼比马大,到了这年纪,说得上话的闺蜜不多,她不想失去她这个朋友。于是,翁悦将功补过,主动推荐余梦进区里的"女企会"——原本也只是想故意刁难刁难,抬抬自己身价。余梦乐得顺水推舟,在电话里便原谅了翁悦,两人恨不得义结金兰。

白元凯和康隆要来。余爽一派无所谓的态度,素面朝天,聚会头天还特别加了个班(纯属巧合)。余梦呢,平常心看待,来的都是后辈,不是她的菜。她是老大姐,德高望重的位置一抬起来,自然要有点庄重的样子,她不需要怎么准备。何况"事业"乍有突破,她人逢喜事,自然神采奕奕。

只有余蕊严阵以待。

礼拜五下午,她提前下班,去做了皮肤护理,本来还想弄弄头发,又怕太刻意,作罢。

尽管云淡风轻,还是被余梦看出端倪。

家里就梦和蕊两个人,又在拾掇衣服。余蕊印象中,只要跟余梦在一块,不是美容,就是收拾衣服。她曾笑说梦姐的衣服是哆啦A梦的口袋,永远掏不完。

余梦扫了余蕊一眼,飘出一句:"去黛美了吧。"

"没有。"

"少女水光、超声紧肤、韩式提眉、天鹅颈,"她歪着头,一百八十度审视蕊,像念顺口溜,"肉毒没打是对的,暂时不需要。"

"就补了个水,"余蕊笑,"给那么多罪状。"

余梦维持原判,"你这年纪,做那么多没必要,不过态度是对的。投资,可能有回报,不投资,永远没回报。女人的外貌一定是逐渐贬值的。"

废话。男人的外貌也不会升值。

余蕊一笑。

余梦像猜中她内心活动,跟着说:"男人不一样,有的男人,年轻时候平平,越老越有味道。包括长相。年轻时候秃顶是罪大恶极。上了点年纪,半个秃瓢,有时候反倒显出成功气质。"

真会为男人开脱。

"所以?"余蕊等她下句。

"所以在贬值到无可救药之前,一定要拿到船票,上船。否则的话,汪洋大海,你自己游?累死。"

比喻有趣。余蕊顺着说:"那你还不是吵着要下船。"

"都快沉了,不下船,等死啊?"余梦怪模怪样,"离都离了,我不想说人太多坏话。"她挂好手中的衣服,继续,"哼哼,以前上的是小帆船,现在要上邮轮。我的规格,就是得邮轮。"

余蕊就佩服梦姐这点——从不掩饰野心。

只是,她不认为余梦的做法足够聪明。谁不想上邮轮,她也想,只是,哪个真正的邮轮不会提防把野心写在脸上的女人呢?免不了打草惊蛇。这个社会容不下太有野心的女人,哪怕她的目标是男人。

余蕊信奉大智若愚,女人更该如此——就算再聪明,表面上也要蠢蠢笨笨的,看上去太精明的女人活得太累,男人提防你,怕你给他挖坑,女人也提防你,怕你抢了她资源,最糟糕的情况无外乎看着一脸精明,实际特傻,这样的女人终究一败涂地、一沉百踩、片甲不留。

不过反过来,余梦同样看不起余蕊的藏着掖着。在她看来,取胜的最好办法绝对不是防守,而是进攻,进攻,再进攻。只是,进攻的方式要聪明一点,最好是城门大开,请君入瓮,她喜欢引导男人进入自己的包围圈,然后,出其不意,坚决拿下!美是她的武器,攻无不克,战无不胜。

余梦换了副口气:"真打算跟小老板?"

"没有。"余蕊柔软否定。爽又乱讲,她没法保守秘密。不是因为嘴巴松,而是在她看来,这些儿女情长根本不是秘密。

"是小白的替补吧。"余梦揶揄道。到底是老江湖。余蕊被猜中心事,脸上有点烧,但肯定不能承认。

"会员快到期了,不用不行。"是个好理由。

余梦继续教育道:"我要是你,就不找小老板,肯定锁定小白。有几个钱算什么。小白这样的才是未来,才有希望,跟这种人在一起,你的精神都会提升,老得不那么快。"余蕊在心里苦笑,谁不知道白元凯好,可谁又能擒得住他。

反正她没那自信。

对余义,她俯视,对史同光,她平视加斜视,到了白元凯,她只能仰视。

余蕊不愿心思被余梦猜中,打哈哈道:"梦姐,咱们私下怎么说都行,回头人来了,可不能开这种玩笑。朋友都算不上一整个呢,就见两面。好多事情强求不来,只能看缘分。不过谢谢梦姐,一直为我操心。呵呵,我就差你这样一个姐姐点拨、提携、嗳、蹉跎的。"

余梦本来还想说点什么。余蕊一奉承,她不禁飘飘然,一下全忘了。不过她坚决保证,白元凯来了,她一定不硬做媒。余梦强调,这次的聚会,主角是康隆和余爽,她们做好配角就成。

9

康隆准时到,带了盒老婆饼来。

余梦一听食品名,小声跟余蕊促狭:"呵呵……老婆饼……来讨老婆的……"

她嫌他小气。

余梦故意问:"没带栗子哦。"

康隆认真回答:"新的还没下来。"

余爽叮嘱他坐在沙发上,别乱转。

康隆果然就在沙发上坐着,一动不动。

中间接了两个电话。他去门口听,说了二十分钟。三位女士在厨房忙活着。

余梦手上忙着,转头对余爽:"喂,卖相还行。"

余爽嘲弄地说:"就剩卖相了,呆头鹅。"

余梦道:"这样好,好控制。"

余爽反驳:"我不是法西斯,不控制任何人。"

余梦知道余爽是惯于别人伺候她,便道:"行啦,谁不知道你是职业女性,女强人,找个男人,自然多担待你,不然怎么弄。"嗤笑。

余蕊不说话,剥葱,听着。她今天格外漂亮。

康隆端老婆饼进来,让女士们吃。余蕊手上脏,说不吃。余爽嫌意头奇怪,推说一会再吃。

余梦笑着对康隆:"你吃你吃,我们怕胖,不吃甜的。"康隆见推销不出去,只好又端出去。余梦担心他实在太闲,无趣,便让余爽打发他去倒垃圾。康隆乐意效劳,拎着往楼下去。人出了门,余梦才发现菜板桌底下还有袋垃圾。他接到的指令是拎那个,所以这个放在眼前也看不到。眼里没活儿。

余爽骂。余梦劝,说知识分子都这样,不是大问题,有钱请保姆就行。余爽嗔怪:"谁说要跟他到那一步,梦姐,你比我妈都急。"

不经意提到老妈,余爽猛地失落,直到现在,她还不愿意相信,老妈已经离开。虽然有个弟弟,形同虚设,一来离得远,二来他已经成家立业,三来弟媳妇家那个样子,余爽不得不把自己往外摘摘。

因此,精神上更加茕茕孑立。

幸亏有梦和爽陪着。其实对于康隆,余爽不舒服的地方正如梦和蕊分析的——他不讨好她。当然他也不倾轧她,他像一棵树,种子落在哪儿就是哪儿,树大根深,很难移动。余爽把这归结为不那么明显的大男子主义,偏偏,她又是大女子主义。只是她这个大女子做得不彻底,"色厉内荏",她半辈子没学会打理家庭,刚劲有余,柔和不足。

排骨炖上,仨闺蜜从厨房钻出来,能歇歇了。一抬眼,康隆正一手横握手机,一手捏着老婆饼,边吃边笑。余蕊抿嘴,吸了口气。余梦嘀咕:"倒自己吃了。"余爽顿时冒火,要上前理论。跌份!没面!成何体统!老婆饼不是小礼物?她们没吃,他倒不客气!总共买了也没几个!喂猫?

余梦顾全大局,怕爽闹开了不好看,等会儿饭没法吃,于是一把拉住余爽:"算了算了,买不就是留着吃的么,谁吃都一样,别浪费就行。"余蕊也劝。余爽恨恨道:"博士把教养都读到肚子里去了,爸妈不教的!"余梦本想揶揄一句,说他妈不是刚走么。又怕刺激余爽,于是话到嘴边又生吞下去。

"抬桌子!"余爽走过去,音量很大。

康隆并不觉得自己受冲撞。拍拍手,按部就班去找桌子,按部就班抬,呆呆地,余蕊连忙去搭把手。余爽拉住他,有意让他一个人弄。康隆换了几个姿势,都不好抬,硬拉,怕把地板蹭坏。

他只好转头求助:"帮个忙。"

"知道事情不是一个人做的了。"余爽来一句。

余梦拍她后背一下:"别说那些没用的。"

"饭也不是一个人吃的。"余爽凑近了,又补充。

康隆哦了一声。三个人合作把桌子抬到客厅正当中。余梦去看排骨,余蕊跟着。客厅里只剩余爽和康隆两个人。

"还要做什么?"康隆好脾气。

余爽本来想生气,可看着康隆这张帅气无辜的脸,气焰又慢慢消歇下去。不知者无罪,看上去也不像是故意的。他就是这种人,活了三十多岁,依旧眼里没活儿,尤其是这种家务活。

他只知道研究栗子。

余梦和余蕊在厨房小声取笑一番,达成共识,康隆身上最有趣的是一个"憨"字。

花花万物,眼不见为净。

过十二点,余嘉和白元凯还没到。余梦分别给两人打了电话,掌握情况。在家的四个人决定先吃。排座位有讲究。余梦让余爽和康隆坐北侧,她和余蕊在南侧。

先喝汤。玄参鸡汤,里面漂着红枸杞,漂洋过海的样子。

四个人不说话,低头各喝各的。余蕊为应对白元凯到来,涂了口红,虽然颜色算浅淡,可一喝汤,少不了在白瓷勺子边沾了点。

康隆眼尖,立刻指出:"黏上了!"余蕊发窘,忙说了句不好意思,抽纸巾简单揩了揩,然后起身去洗手间处理。

余爽狠狠剜了他一眼。

康隆似乎完全没意识到。余梦见状,笑道:"要有技巧。"她有足够的实战经验。说着,她挖了一勺汤,用嘴轻轻吹了吹,待稍凉,才张开嘴,把勺子整个送进去,倾倒,鸡汤整个泄入口中。

"安全。"余梦挥挥勺子,得意地说。

"能尝出味么。"康隆二度指出,"味蕾都在舌头上。"

余梦愣。余爽怒视。康隆一叶障目,继续发表阔论:"而且这样不够优雅,嘴巴有点……大。"

最后一句才真正让余梦瞠目结舌。从小到大,谁不夸她余梦是樱桃小口,怎么到这男人嘴里,她成血盆大口了。莫名其妙!岂有此理!博士就是不一样,哼,神仙放屁——不同凡响。

余爽见梦姐脸色不对,呵斥康隆道:"你懂什么叫美!"余蕊回座。康隆受着,脸不变色,继续吃喝。

"自然就是美,你这样最好。"他说。

余爽还要辩驳。余梦打断她:"行了,吃饭吧。"

开局不顺利。四个人一时不知聊什么好。就连余梦、余蕊这样长于社交的,也会觉得康隆这样的男人,是刺窝里摘花,无从下手。

余梦只好引逗他:"觉得我们爽怎么样?"

"挺好。"他答,"我挺喜欢的。"

余爽有点不好意思:她很少被人当面这么夸奖。上一次被夸,还是因为拿下海南的大单,老总夸她比男员工还拼命。

"喜欢她哪儿?"余梦一定要问出个所以然来。

余爽娇嗔:"姐!"余蕊还是微笑。口红擦掉,人显得苍白。

"她比较……"考虑两秒,"生硬。"

嚯!这精挑细选的词。

"生硬?"余梦质疑。

余爽不大痛快,虽然她从头到脚都铮铮铁骨。

"爽快。"他换了个词。

似乎舒服点。

"爽朗、飒爽、豪爽,"继续形容,"就是没有一般女人那么多矫情。"他把她和一般女人区隔开来。余爽满意,梦和蕊不以为意,喝完汤吃饭。余梦和余蕊都不再开话题,客厅里只有电视机里播新闻的声音。

余梦觉得康隆这样的男人根本就是一块顽铁,不经过女人把三昧真火的淬炼,注定成不了大材。他也像一道菜,只能白灼,永远一个味——他不是没有男人味,有,但过于单一。他没风情。恰巧,余爽也没风情。王八看绿豆,没准能对上眼。

吃好了饭,余蕊问菜收不收。余梦说估计嘉姐和白元凯来了也不怎么吃,让收起来,泡壶茶。几个人实在无聊,决定打麻将。康隆事先声明,自己不会打。

余爽斥："读到博士了，麻将都不会。"

"知道规则就能打。"余梦道。

康隆勉强奉陪。

刚打了一圈。白元凯和余嘉同时到，当门口，两个人你谦我让。白元凯认识余嘉，余嘉却不记得白元凯。

白元凯笑道："你是余嘉。"

"你是？"

"白元凯。"

对上号了。大名鼎鼎。

"葬礼那天你在门口收钱。"

"听小爽提到过你，年轻有为。"

白元凯不客气，领了夸奖，微微点头。

四个人战得正酣，顾不上他们。不过白元凯一到，余蕊忽然意识到自己妆残了，好说歹说让余嘉代她打一会儿，她谎称去洗手间方便，好偷偷补妆。

"我真不会。"余嘉没撒谎。

"让白大哥帮你看看。"余蕊说。

"我也不太懂。"白元凯站在一边。

"搞大数据的，不会打麻将？"余梦表示不信。

余嘉要起来让位给白元凯。白元凯却只愿意站在她身后。三缺一，不能不救场。只好先打着。余爽把输赢看得重，打牌也是一副如临大敌的样子。赢了兴高采烈，输了大声疾呼。康隆却是一派平静，输赢都那么回事，并不写在脸上，桌面上的钱来来去去，仿佛跟他没甚关系。

余嘉摸上来一张七筒。怀里五六七筒已经成局。多一张没用。余嘉想打出去，玉指纤纤捏着，犹豫。余梦催，"打呀！"白元凯扫了一眼桌面，伸手挡她回来。他的手指扫到她手背，微凉。他做主拆了个北风头子。余嘉没质疑，回头看他一下，白元凯微笑。

信他一次，余嘉想。又走两圈，上来个四筒，余嘉竟听牌了。胡四七筒。余梦等不来七筒，只好拆四筒。一打出来，余嘉胡了。

余梦抱怨："哎呀，小白用大数据对付我们，不公平不公平。"

白元凯呵呵笑,不言声。

余蕊回来,上了口红补了粉,光彩照人。余爽康隆只顾着打牌,根本看不见。只有余梦一心二用,发现其中玄妙。余蕊见白元凯在后面坐镇,又要上场。余嘉本来就不喜欢竞争性游戏,连忙让开,于后面端坐着。

白元凯坐在她旁边,余蕊忽然有了底气似的,打得上了兴头。时不时用余光扫一眼白元凯,心里舒服。第一局余梦赢,跟着余爽、康隆各胡一牌。余蕊存心想在白元凯面前露一手,可着急,越打不出水平,离听牌十万八千里。也奇怪,余蕊上场,白元凯便不再点拨,噤口不言。康隆连着几盘自摸,赢得无声无息。好个冷面杀手!

余蕊财库见底,额头布满一层细汗。再回头,余嘉和白元凯已经不在她身后。两个人面对电视机,旁若无人,小声聊着天。

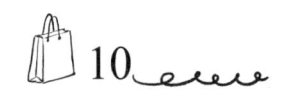

10

余嘉想不到跟白元凯这种人居然有话可聊。

大数据,她不懂。她的世界那些劳什子,他估计不感兴趣。只是,电视里放着昆曲的纪录片。白元凯竟然轻声跟着哼了几句。

"你还懂这个。"她好奇。

海外归来,又是男士,搞技术,离昆曲太远。

白元凯笑说是业余爱好,大学时候进过社团,现在只要有时间,偶尔也会去学校参加活动。顺着电视里的曲子,两人谈起《牡丹亭·拾画》,谁知越聊越深入。

余嘉高中时候就迷昆曲,也拜过师,读大学时是校昆曲社社长,结婚以后,因为家里家外忙,兴趣爱好只能放下。她偶尔睡前会听听,多少个夜,她都是伴着昆曲的水磨腔调入眠。昆曲里展现的是个古典的唯美的世界,那里寄托着余嘉的审美理想。

更令余嘉惊喜的是，白元凯对昆曲，是真喜欢、真研究。非那种只能念出"姹紫嫣红开遍，似那般都付于断井颓垣"的普通爱好者可比。

谈起"拍曲"，他们一致认为，这是学习昆曲唱腔的必要环节。正确的拍曲，是演唱者对唱腔的完美复原。祖宗传下来的拍曲形式对唱曲除了对控制节奏严格的要求，还要唱出抑、扬、顿、挫、转、垫、入、切、掐、受，唱出"肩膀头"来。

余嘉、白元凯相见恨晚。

余嘉谈到《牡丹亭·惊梦·山桃红》。这套曲子她跟苏州的老师学习过，拍曲时颇有心得。白元凯问，余嘉则倾囊相授。"'则为你如花美眷，似水流年。是答儿闲寻遍在幽闺自怜'，'则'入声字须断，但不要唱得过于短促，可从容些。'为你'二字一气连唱，'如花'连唱，从容，'如'可用大嗓，'花'转为小嗓，大小嗓转换须不留痕迹。"

余嘉说得入迷，结结实实当了回老师。白元凯便也双手交握，仔仔细细聆听，老总化身学生。

他们背后，麻将战得正酣，只是，一家赢，三家输——康隆赚得盆满钵满，三位女士意兴阑珊。

余蕊心思在白元凯这边，无心恋战；余爽输钱输得脾气暴躁，摔摔打打；余梦则有点怨康隆太过认真，还撒谎，如此高手，偏偏打之前伪装，太没必要。

终于，打完一个整圈，余梦率先道："差不多了吧。"伸个懒腰，一举一动都是风情。

余蕊推了牌，算牌子结账，输赢都得认。余爽输得最多，很不痛快。康隆认真算钱，一板一眼。

余爽老大不满。就是玩，何必当真，她给，他居然还真要！锱铢必较！不可救药！

牌品见人品，一场麻将下来，她已经想跟栗子男分手。

几尺开外，余嘉解说着，白元凯听着不过瘾，拱她唱两句。余嘉不好意思，多年不唱，生疏，何况又当着这么多人的面。牌局散了余梦凑过来，起哄说想听嘉姐唱歌。康隆纠正她，这不是歌，是昆曲。

余爽没好气，打断："歌曲歌曲，一样！"余蕊凑到白元凯旁边，可惜他全部目光都锁定在余嘉身上，丝毫没注意到余蕊的存在。

余蕊不大痛快，唇膏白补，痴情白付。

"嗓子不行了。"余嘉婉拒。众人又是一番央求。

看来非唱不可。余嘉只好勉为其难，一招一式架起来，提着气，就唱适才教给白元凯的《牡丹亭·惊梦·山桃红》，等于诠释自己的讲解。

余梦在阔太太班听过昆曲的课，不知其精华，云里雾里，她感觉昆曲像蚊子叫；余爽听着觉得犯困；余蕊发愁怎么自己准备了一个礼拜，竟然让嘉姐出了风头；康隆就那么站着听，笔笔直直，面无表情。

只有白元凯一人如痴如醉，是真正的票友。

咿咿呀呀。

余嘉刚唱完最后一个字，他便率先鼓掌，大声叫好。众人在他的掌声中惊醒，不自觉地跟着鼓起掌来，弄得余嘉有点不好意思。

白元凯作意责怪余爽："小爽，你早就应该把余老师介绍给我，现在找个真正懂昆曲的老师，比拉投资还难。余老师根正苗红，曲高人雅，佩服佩服。"余嘉忙说不敢，班门弄斧，贻笑大方。

余爽白了一眼师兄，道："我哪知道你想认识哪个余老师，在座有四个余老师。"

余梦打趣道："一样是余老师，待遇却不一样，咱们也是传播传统文化，却没人给鼓掌。"

麻将也是传统文化。比昆曲还悠久。

余蕊问余嘉，刚才唱的故事主要讲的是什么。余嘉一时概括不清。白元凯大大方方的："讲的是杜丽娘在丫鬟春香指引下去后花园游玩，游园之后小憩和柳梦梅梦中相见的过程。"很官方。

余爽二次概括，浓缩："就是小姐在梦里跟人谈恋爱的故事呗。"

言简意赅，不能说不对。

余梦顺着这话问："小白，谈过几次？"她早就想知道这"秘密"。

白元凯一笑，并不扭捏，伸出手掌，比出五根手指头。

众人心惊。五段不算少，标准答案是三段。

余梦继续问："小康，你呢？"

"三个。"康隆不假思索，有备而来。

"我怎么不知道？"白元凯质疑。他们更熟，他对康隆知根知底。

"哪能都让你知道！？"康隆脸红，显然在撒谎。他一着急，赶忙回攻，反问余梦。这可难不倒老江湖，余梦笑着说："经我认证的，只有和前夫那段。不过在别人的梦里，谈过多少次不太清楚。"

意思说她是别人的梦中情人。

余嘉听着头皮发麻。余蕊害怕康隆继续问下去，便引向其他话题。

几个人谈起保险。老妈去世后，有做保险的朋友向余爽推销。余爽一直犹豫。白元凯的意思是，富人买保险是保值，穷人不需要买保险。小中产，则以自己的情况而定。

康隆突然来一句，"我打算买，就是不知道受益人写谁。"白元凯说你没有孩子，按说写你爸。

康隆道："或者以后再买，等余爽跟我结婚，就写余爽。"

霎时安静。

算求婚么？连见惯了大风大浪的余梦，都感觉这求婚有些吊诡。那意思是，如果余爽不跟你结婚，你就不买保险了？余爽一面惊讶一面惊喜一面惊愕。惊讶的是，她想不到自己掌控着保险业务的生杀大权；惊喜的是，康隆很认真，是奔着结婚去的；惊愕的是，他的求婚方式过于乌托邦。他就这么吃定她？笑话。十几分钟之前，她还想着跟他分手。

11

余梦很快发现女企会根本对她没什么帮助，会里活动，要么喝茶、要么插花，或者就是找地方玩，然后吃、美容，无聊透顶。翁悦看出余梦意兴阑珊，劝她，女人要帮女人，聚在一起，想想怎么赚钱。

道理是这么个道理，余梦相信这些会员私下也接触，有合作空间。可她开个皮包公司，又自诩搞文化，实在没有突破点。当然，活动里也不是没男人。会员自己组织的活动，比如翁悦的驻点，就时不时来几个男的。不是主持人，就是播音员，或者是靠女人吃饭的那种，一来就喊姐，叽里呱啦,余梦听声音就不舒服。

男人不能话多。一多就显浮,不够厚重。

没多久,余梦渐渐发现自己在这个小圈子里的尴尬。其他会员,时不时都会推荐自家产品,轮着来。

就她没有。

她本来就是无中生有,雾里看花。不赚钱事小,跌面子事大。思来想去,她决定向余嘉求助。

"有没有什么著名作家,弄个来做做讲座。"余梦跟嘉姐不客气。

余嘉刚进出版社,又是做行政,手里哪会有作家资源,还著名。

"那些作家,只能闻名不宜见面。"余嘉劝。她学中文出身,多少了解点作家的"真面目"。

"不都在忽悠么。"余梦着急。

"老栾不是认识几个著名作家么。就那刚得奖的,不是还给你们题过词。"余嘉说。

"他不会帮我。"余梦斩钉截铁地说,"离都离了,当没这人。"确切地说,余梦是不想让栾承运知道她的一切动向。

"这是大学出版社。"余嘉为难。

"弄个教授也行,有出场费。"余梦执着。

没办法。有出场费,话还好说点。余嘉只能找上司张主任帮忙。张主任见余嘉平日里老实本分,乐得给她个线索。余嘉按图索骥,果然找到个中年教授,长得不错,可以去讲讲《红楼梦》。

不日,儒雅教授莅临,开坛发讲,姐妹们来了不少,余嘉也全程陪着。余梦面子算挣回来点,只不过,她是在女人堆里有面子,唯一来的男人——儒雅教授,是来挣她的钱的。讲座间隙,余梦站在人群后跟翁悦说话,放眼望去,都是窈窕背影。

余梦对翁悦一笑,半抱怨地说:"跟个尼姑庵子似的。"停一下,又说:"一点荤腥都见不着。"

翁悦懂她的意思,反驳:"什么叫顺藤摸瓜?"

"藤在哪呢,瓜在哪呢?"余梦恨不得一口吃个胖子。

翁悦抱着两臂,沉默。她只能点拨到这,好多话,说得太白没意思。余梦如果连这点智商都没有,也不配在这个圈里混。这些姐妹,本质上需要的并非附庸风雅,而是资源的融合。

余梦想到了白元凯。如果能请他来交流交流,估计会有助益。而且,她可以要求他多带几个人来,如此,男客也有了,两全其美。

余梦给白元凯电话,邀请他来。白元凯以为她让他去讲昆曲,连忙说自己外行,讲不出什么。余梦道:"讲什么昆曲,就讲你的老本行,大数据,讲技术。"白元凯还是推辞,他感觉余梦是个麻烦。

余梦道:"干吗,非得让爽请你才行。"白元凯问:"都谁参加。"余梦简单介绍了一下。白元凯道:"我还想去学学昆曲呢,有懂的老师么。"余梦忽然明白,他这是想互惠互利,真不愧是商人。可懂昆曲的,只有余嘉一个。她吃不准白元凯还有没有兴趣跟嘉姐这样的中年妇女学。

"昆曲那只有嘉姐。"

"就她吧,比我懂的多点。"白元凯的口气听上去似乎有点勉为其难,但好歹同意了。

白元凯讲座的消息一放出去,报名格外踊跃,连很少露头的辛太太都托翁悦留位子。白元凯三个字值点钱。只不过,有的太太是来看白元凯这个人;有的是真来取经,希望商业上联合;有的呢,则是帮儿女们来咨询,白元凯的求学经历难得;也有看白元凯父母的面子,来捧捧场。

小白浑身是宝。只是小白这边同意,余嘉那边又不同意。她觉得这种场合自己不适合出现,没有必要,过去即便在省里,余嘉也很少跟太太们社交。狄立人升迁后,她更是低调为上。

余梦道:"白元凯现在也做政府项目,你不是说老狄他们要帮残疾人吗?做人工智能,不是没有合作的空间。总不能现求菩萨现烧香吧。嘉姐,我跟你说有时候你男人顾不上的地方女人得顾。你现在不光是一名妻子、主妇,要在过去,你将来就是诰命夫人,是个政治角色。"

歪打正着。

余梦的一席话,让余嘉很长一段时间纠结的点忽然畅通。做狄立人的妻子是个政治角色。她也是来到大城市才深刻意识到这一点。多少年来,她作为妻子、妈妈,始终恪守两个字:贤惠。可现在她发现这两个字有点不够用,还得加上……加上……她一时想不起来加什么。但可以确定,肯定得加。加码,她得真正有分量。

前一阵,她是想加上个孩子,生二胎。惨遭抵触。难怪,生孩子只是物理的加，可狄立人现在需要的，或许是化学上的加，要能质变出新东西。于是，余嘉同意，为了狄立人，她愿意闯。

余梦兴奋地说："嘉姐，你知道谁来吗？"余嘉不解，问。余梦揭秘，"辛太太！辛迪嘉！跟你一个嘉。"余嘉好笑，辛迪加，还托拉斯呢。她谁？王母娘娘？齐天大圣？

经余梦再一解释，余嘉也认识到辛太太的重要性——她丈夫背景很厚，她也算圈里的名流，站在社交食物链顶端。搭上辛太太，就等于拿到上流圈子的半张门票。

余嘉问："为什么是半张？"

余梦哎哟一声道："另外半张是自身条件，自身条件不行。给你半张，你拼不起来，还是只能在门外徘徊。"

"真行。"余嘉为余梦担心，路途凶险。余梦叮嘱，你可别说出去，我只跟你说实话。

她雄心万丈。

白元凯讲的东西很有用，虽然大部分，余嘉听得一知半解。她着重留意跟狄立人的工作有重合的部分。比如促进残疾人就业的问题，白元凯提的数据标注，狄立人不经意也提过。白元凯认识做数据标注创业的朋友，他认为人工智能可以给这个行业带来新机会。而坐在下面的小姐女士太太们，一听到要扶助弱小，也都立即表现出极大的关注和极广博的善心。

讲座结束，辛太太请客，余梦订桌。翁悦回宁城办事，这天没到场，错过好机会。余梦趁势而起，理所应当作陪，当然，她少不了左牵右拽，把白元凯和余嘉都敷衍住，目标是取悦辛太太。

餐厅排座位有讲究。白元凯是主讲老师，自然是尊位。辛太太得被安排在白元凯右侧。白元凯左侧的位子，余梦本想安排余嘉坐。小白一来就提，想跟余嘉谈谈昆曲。只是，余梦又不得不考虑一种风险：万一白元凯和余嘉谈得刹不住闸，冷落了辛太太。这顿饭就算白吃了。

思量再三，余梦还是把自己安排在白元凯左手边，做个闸门。话量不够，她就开闸放水，话量太多，她就落闸围堵，确保上游话量适中。

因此，一整个晚上，余梦几乎没怎么吃菜，左右应付，精疲力尽。又是帮辛太太找话题，又是拦着白元凯不能让他在别处太分神。导致白元凯每次要跟余嘉说话——谈谈昆曲什么的——都必须越过余梦这道闸门。

好在，一顿饭下来，辛太太十分满意，认为收获良多。余梦功德圆满，松了口气。

白元凯趁着结束的空当跟余嘉聊了几句。昆曲当然有得聊。不过余嘉也抓住机会问："数据标注我爱人他们在关注。"白元凯哦了一声，问究竟。余嘉简单说了狄立人的情况，白元凯大方地说有空可以认识认识，说不定可以帮上忙。余嘉欣慰，有这句话，今天就算没白来。她很满足，终于能帮上狄立人一点忙。

余梦送客回来，说："小白你先走吧。"

白元凯笑说："不用我送？"余梦道，你不也是打车，又没司机，今天辛苦，咱们改天再聚。说着，余梦招手叫车，拉着余嘉一起。她才没打算把嘉姐放给白元凯。今天活动如此成功。她得在出租车上好好跟嘉姐一起回味回味。

公关天才，余梦给自己贴了这么个标签。

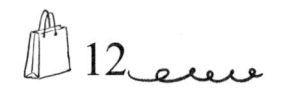

12

有白元凯的加持，余梦得到信任票，很快进了辛太太的社交圈。认识人是重点。余梦发现辛太太周围围绕着不少政商名流。栾承运跟他们比，只能算个不入流的小老板。

呵……咳……呸！

由此，余梦更加确信自己离婚无比英明正确。天高海阔，她凭什么要继续受小老板的气，还挨了羞辱的一巴掌——有什么大不了？她不过是在谈生意时插了一句嘴。他还有理了？这么多年，他在外面风流故事不少！睁只眼闭只眼罢了，她拖着孩子，无从施展，否则早打出来。不过，刚进入辛太太的"领土"，余梦眼下只能捞到个"车夫"和"门童"的"职务"。

辛家旗下企业办大型活动，余梦被叫去"帮忙"，一是接人，二是迎宾。

比如这日，她接了个姓祖的"领导"。领导的车坏在半路，辛太太派余梦去救场。余梦领命，任务完成得特别漂亮。她介绍了自己，是女企会的理事，跟辛太太是好朋友。当然，接人之后，她对祖某人做了全面的资料研究：离异，有个女儿在国外读书，五十出头，少壮派，长相端正，有点某滋补广告男演员的意思。

各方面完胜栾承运。

余梦并不心急，这次接人只是个亮相，她矜持得仿佛不是平时的自己，问一句，答一句，不多说话，但身段气质美貌要展示出来。接到地方，她把人送进去。她呢，则站在大酒店门口帮忙迎宾。

迎头当面，栾承运竟然走过来。

可恶！他什么时候登上这艘大船的！没脸的东西！余梦在心里骂。她本能想躲。可转而又想，老娘怕他什么？

于是继续端然矗立。

栾承运走近了，他面庞又晒黑了点，跟刚从东南亚回来似的。

"新工作？"他挑衅般问。

"让开！"余梦压住声音，脸上还是微笑，对别人。对栾承运她只有怒斥。

"嘉姐话带到了吧。"他又问。

"我不认识你。"

"我同意复婚。"

余梦不得不走开："没空陪你演戏！"

栾承运紧追，语速加快："看上哪个了？要不要帮你把把关，我俩儿子可不好对付。"还是嬉皮笑脸地。

"无耻！"余梦成功被激怒。身边有客人经过，她又立刻上笑容，虽然有点尴尬。

"你应该去演川剧。"栾承运伸手在自己脸面前一下一下挥动，嘴里不忘仿声，啪啪啪啪，"变脸，你最擅长。"

余梦受不了栾承运的纠缠揶揄，只好往会场里疾走，辛太太迎面走过来。余梦像抓住救命稻草一般上前。辛太太抓住余梦的手，说她辛苦，表示感谢。余梦忙说应该的应该的。栾承运上前跟辛先生打招呼。他们在业务上有过一点点交集，辛先生挺肯定栾的为人。

余梦侧眼看着栾承运跟辛先生打得火热，心里很不痛快，她攀上辛太太这条线取得的快乐，似乎瞬间减半。辛太太见余梦老朝那边看，便多一句："那是小栾，我爱人的朋友，什么生意都做，人挺能干的，刚离婚。回头介绍你们认识认识。"说着，辛太太拍拍余梦的手，像做保证似的。

余梦嗯嗯两声，发怔。

"余小姐。"有人叫她。一抬头，是祖领导，他又来找她。可余梦不希望这一幕被栾承运看到，免得他有朝一日根据蛛丝马迹，弄出事来。

余梦连忙走开，临回头小声对祖领导说："对不起有点忙，微信就是手机号。"用余光扫视，她发现栾承运果然在看向这边。

家庭聚会后，余爽觉得自己对康隆的态度有点矛盾。分手不至于。但康的表现并不十分让她满意。爽觉得蕊分析得对，康隆是一块处女地，好处是混沌，坏处，也是混沌。

她必须像盘古一样，开了天地，才能捋顺关系。

长相顺眼，气质书生，是余爽喜欢的类型。只是这个康隆，有时候会让人觉得，他根本不关心你，要不然，怎么买了老婆饼自己吃，赢了钱真算，他考虑不到这些人情世故，是比余爽还要"不食人间烟火"。

偶尔，你又会觉得他很关心你。要不，怎么连保险受益人都要写余爽的名字。余爽开玩笑对他说："你不怕我害了你，然后拿钱？"康隆便强调，"不是说结婚后么。"又提结婚，未来都设定好，可他就是没有正儿八经求婚。这么多年，在两性关系问题上，余爽始终守着一条底线：平等。男女得平等，女的不伺候男的，不惯着。可是，在她内心深处又免不了偶尔间或冷不防地希望男的惯着点她。过去，这个"职位"是老妈在做——老妈太敬业做得太好，以至于衬托得康隆就像是个吊儿郎当不走心不称职的混日子的人。如果是公司员工，余爽把他早给开了，可放到两性关系里不行。

规矩是自己立的。平等。

康隆深表同意："我就喜欢你的平等意识。"

他夸。

余爽听着有点别扭。

康隆道："咱们俩，一开始，就是平等的。"

余爽不理解。

康隆解释，"我妈去世，你妈也去世。平等。"

余爽虽然不太赞同这叫平等，但两个人能结缘，确实因为这个巧合。

"你有一套房，我也有一套房。"他掰着手指头说。

又平等。余爽存心挑个刺："你是博士，我是硕士，不平等。"

康隆连忙摆手："不不，你会做饭吗，我不会，你是会做饭的硕士，等于博士。"

勉强平等。

余爽继续挑："你爸在世，我爸去世。不平等。"

康隆连忙："不不，你有个弟弟，也是男的，对应我爸，平等。"

"年龄不一样。"

"你弟弟有两个孩子，加起来跟我爸差不多。"够荒诞，这也算平等。

不过，两个人的平等法则很快就被打破。清明节，余爽陪康隆去扫墓。回来之后，刚打算再去给爽妈上坟。康隆学校有代表团要去以色列访问，机会难得，不能不去。余爽只好暂时妥协，但心里有气，忍不住跟余蕊抱怨。余蕊劝："我陪你去，这不是特殊情况特殊对待之。"余爽道："办他的事我风雨无阻，到我这就特殊对待？什么人。"

余蕊道："哪能算这么清楚，男女是合作关系，不是并列关系，处处平等，累死。"

余爽没好气："那也没见他迁就我呀！我是女的，我还不应该多占点便宜。"

余蕊笑道："你这就是假女权。"

正说着，手机响，是康隆打来的。他在那边宾馆里，没忘了帮爽妈祷祝。要通过视频念一遍大悲咒。

"念吧。"余爽把手机支在那。她跟余蕊去做面膜。余梦还没回来。余蕊笑道："看吧，这就不错，在耶稣的地盘上都帮你念大悲咒，还想怎么样。"余爽嗤之以鼻，说他就是形式主义。

余蕊又问："你们钱分开用吧。"

"当然。"这在余爽看来天经地义，还没好到财务融合的地步。

"真是平等。"

"有关系了么？"余蕊从镜子里看爽，余爽没反应过来，余蕊比画了个手势，余爽羞得拍她。余蕊道："那时候你要也能平等，才算你能。"

余爽道:"那也得平等,天翻地覆好了。"余蕊哈哈大笑。余爽也跟着笑。

笑好了。余蕊拉住余爽的手:"谢谢你。"

"什么意思?"

"梦姐估计在你这住不了多久,"余蕊说,"我也不能耽误你,你跟康谈,需要私人空间。"

"什么意思?!"余爽猜到蕊说什么。

"我得搬出去。"余蕊说。

"你不怕我跳楼?"余爽着急。

"住得不远。"余蕊上前拥抱余爽。余爽心里各种滋味,"都怪他。"余蕊一笑。

余爽脸上都是护肤泥:"要是不找他,你是不是就一直陪我。"

"那也不行。"余蕊柔软拒绝,她不是她妈。不过余蕊始终没透露,她已经接受史同光的表白,答应做他的女朋友。

第三章

1

余嘉牵线，狄立人跟白元凯通过一次电话，确实有合作空间。

白元凯客气，也用心，很快便联络了搞数据标注创业的朋友，通过远程分配任务，提高了残疾人就业的工作效率。与此同时，白元凯还介绍了自己正在做的人工智能，狄立人把开发区有关企业一整合，白元凯去做示范，先小规模试点，帮船舶、风电、轨道交通企业进行智能优化，提高生产效率。此举受到企业欢迎，狄立人也因整合有功，得到领导表扬。

领导送他四个字：与时俱进。

这几乎是狄立人调任大城市以来得到的最高褒奖。

革命不分前后，职位没有贵贱，都很重要，可狄立人一直想换个岗位，目前的岗位很难出彩。提了一次，领导拒绝，劝他好好干。现在突然冒出些成绩，狄立人认为，总算夯实了基础。将来逢大年，调动机会增大。所以，他更感谢白元凯。两个男人在会上见过一面，公事公办。八项规定以来，狄立人很少在外面吃喝。事情都落定，狄立人定要请白元凯来家里吃饭。余嘉担忧地说实在想请，就在外面摆一桌，何必来家里麻烦。

狄立人脸色稍变："干吗？我这个家见不得人？就是一个朴素的人民公仆的家，不丑！"余嘉连忙说不是那意思，只好张罗。单独请白元凯一个人来，有点怪，余嘉又请余爽作陪。爽当即答应。余蕊搬走，余梦整天不沾家，余爽的工作量减少，周末不用加班，康隆还没从以色列回来。她无聊。

余嘉有点紧张。这是她来大城市后，第一次招待"外人"。她左思右想，极力维护体面。收拾清爽之后，还不忘买了一束雏菊，放在电视机旁边。这是个家，要简朴要温馨。

一个早上余嘉除了煮菜，就是在客厅里收拾。

狄立人嫌晃眼："别乱晃了行么？至于么，又不是接天神。"他什么大阵仗都见过。余嘉道："总得给人个好印象。以后还要合作，对你的工作也有帮助，是用得着的人。"狄立人道："菜瓜打锣，一锤子买卖，我永远管残疾人？"余嘉跟他解释不通，忙自己的。

到时间，余爽和白元凯一起来了。是白元凯接的余爽。

一进门，狄立人就开玩笑："哦，一对。"

余爽忙摆手，不是不是。余嘉讪讪地，"小爽有男朋友，博士。"狄立人道："白总也是博士嘛。"白元凯笑说："博士满地走，学位只是个经历，得实干。"思思从屋里出来，她很爱往白元凯身边偎，又要合照。白元凯今天没戴眼镜，思思说他像韩国明星孔刘。

余爽进厨房跟余嘉谈谈家里的变化。男人们在客厅说话，思思继续作业。

"小蕊搬到哪去了？"余嘉问。

"没细说，说离得不远。"

"你不问问。"

"隐私。"

"一个人住？还是跟她那些个演员朋友合租？"

余爽道："都没说，我要去看，她不让。"锅里鱼头在煮，余爽拿筷子去拨了拨，又说："还别说，前几天一剧里还看到蕊那同学了。"

"哪个同学？"余嘉对不上号。她对余蕊的私人生活了解得没有余爽深。

"长得像王凯的那个。"

"演了什么。"

"演个火族王子，一头红毛。"

余嘉没兴趣问下去，转而问梦怎么样。余爽只说也快搬出去了，最近老外出。余嘉叹："自己给自己找事，离婚，嗳，是好离的么。"余爽反问："假如，我是说假如，假如你是梦姐，你老公在外面有头绪，然后还对你动手了，你离不离？"

余嘉语塞。内心深处，她抱定不离婚原则，可被余爽这么一问，好像不离婚有点太没骨气。她只好迂回地说："也不能一有点头绪就离，谢杏芳不也原谅林丹么。冲动离婚，是让亲者痛，仇者快。动手就更难以定义，不排除有时候是失手。小栾我们都算了解，应该不是动手的人。"

余爽直接道："你意思是梦姐无理取闹？"

"也不是这么说。"

"栾承运关起门来什么样，咱们也不知道，就跟姐夫似的。"余爽朝门外看看，"跟姐夫一样，现在看是人民公仆，关起门来，没准就虎狼了。"说着嘿嘿笑。

"别扯。"余嘉柔声反对。

"三十狼四十虎。"余爽嬉皮笑脸解释道。

无心之语，却点到余嘉痛点。哪来的狼，哪来的虎？狄立人现在要么加班，在单位住，要么在书房睡，他们基本算分居⋯⋯可这种事，跟婆婆都不能说，更别说外人，余嘉心里苦。不过，今天白元凯来了，狄立人高兴，难得有人能跟其谈马克思。白元凯还带了酒，中午一顿不够，两个人边喝边谈，从《1884年经济学哲学手稿》《德意志意识形态》《雇佣与劳动资本》，到《法兰西内战》《神圣家族》，再到《哲学的贫困》《黑格尔哲学批判》，狄立人旁征博引，天马行空，忽而严肃，忽而大笑，这种释放，是他在单位从未有也不可能有的。有些知识，连白元凯也不知道，不过好在他基础硬，足够聪明，做个捧哏的不成问题。

狄立人还对余嘉呼来喝去，不是上菜，就是倒茶，要么偶尔呵斥一句："你懂什么"。在外人面前，余嘉不能驳丈夫面子。狄立人醉了，她得担待。从狄立人突然显现的放浪形骸中，她深刻认识到原来丈夫心中累积了那么多压力，只有借助酒，借助白元凯这么个不相关的、他圈子以外的朋友，才能释放出来。

余爽也第一次见这样的姐夫，男人一喝酒都变王八蛋。她不满狄立人对嘉姐的呼来喝去，可余嘉那么殷勤地忙碌又令余爽无话可说。都是心甘情愿的。

聊到天黑喝到天黑。红的白的啤的全都来。

狄立人已经醉得躺床上呼呼大睡。白元凯隐约有点意识，但仅仅够说出自己的家庭地址。余爽喝了点红酒，酒气没散。余嘉认为自己有义务把客人们安全送到家。余爽道："姐，你别送了，叫个代驾。"余嘉不放心。新闻里刚播过代驾做局。"别说了，开小白的车回去，免得还得来拿。"余爽问那你呢，余嘉说你别管了。她打算无论多远都坐公交车回来。旅客昏昏沉沉，先到余爽家。余梦下来接，一个劲大呼小叫问怎么回事，谁灌的。余嘉不多解释，只说高兴，都多喝了两杯。第二站，是去白元凯的住处。后座，白元凯已经彻底沉入梦乡。

一车子酒气。

余嘉有点后悔，这个局是她组的。她是"罪魁"。路程过半，白元凯忽然从后面扑上来，余嘉吓得失了方寸，车头乱摆，她只好赶紧踩刹车。车子猛停在路边。白元凯弹回后座，继续他的睡眠。余嘉惊魂甫定，喊了他两声，没回应。她整理好，继续开车。

好不容易到地方。余嘉才发现白元凯住在著名的高档小区。社里中年妇女没事就谈房子，买房子、换房子；拾级而上，从普通换到高档，就是人生目标。其中一个说："买房子，买的是地段，更是买邻居。"另一个悲叹，"所以，我们那个小区，我从来不出门。邻居，个顶个讨厌。带孩子的妈妈，个顶个难看。我跟你说差的小区，那男人娶的老婆都丑一点。"停一下，补充说明，"我算例外，误入歧途。"

把人扶上去又是个大难题。余嘉个儿不高，白元凯却身强力壮人高马大。

"能走吗？"她问他。他隐约唔了一下。她把他胳膊架在肩膀上。还行，能走路，好容易开了单元门禁，上了电梯，任务完成一半，谁知白元凯哇的一口，余嘉连忙闪躲，衣服上还是溅到点脏东西。白元凯趁势要倒地，余嘉只能死死把他拽住。他要脏了，她还得帮忙收拾。不知道几点才能到站。终于，到家门口了。

余嘉从他裤子口袋掏钥匙，没有。

再看看，一串钥匙挂在皮带扣上，老派的挂法。伸手取。余嘉才感觉到尴尬。君子慎独。女子更是要防授受不亲。白元凯一阵挣扎，他还在醉乡，上衣却撩了起来。

腹部如巧克力板，平时没少撸铁。

余嘉感到脸上一片烧。这东西，在现实生活中她已经很久没见过。她不去健身房，狄立人肚子上又早就只有一整块，海绵似的。突然给她见到点紧实的，余嘉不自在。

她迅速取下钥匙，拉下他的上衣，挨着个把钥匙插进钥匙孔，开门。怎么都不是，一头汗。

白元凯靠坐在墙角，稀里咕噜说一些她听不懂的话。终于，找对了。余嘉不自觉碎碎念着，说进门进门。架起白元凯，往里面送。刚踏进玄关，面前站着个人，套个大T恤，两条腿光溜溜，披头散发。

"哪儿去了！"灯光下，她睁不开眼。余嘉吓了一跳。连忙把白元凯往她怀里一送，钥匙放在当门小台子上，说了句再见，鼠窜。那女子还在身后喊，"别走呀！就在这住没事……"

坐上夜班公交。余嘉还觉得头皮发麻。也是，白元凯这样一个人，怎么可能没有女伴呢。那光着腿的女人，八成是他的女友。余嘉有点后悔今晚的"送佛送到西"——看到不该看的。非礼勿听非礼勿视非礼勿言，她在心里碎碎念着。她觉得这一晚简直像闹了鬼。

谁知隔天小白来电话，一表示感谢，二是特地解释，说头天晚上家里的那女人是他堂姐——在国外随便惯了，回国还是一派豪放作风。

余嘉没做任何评价，她只是感到奇怪，这种事，何必再提。

是姐是妹是女鬼，与她何干？

电话里，余嘉笑着："年轻人，享受生活应该的。"

口气像大姐。她躲在这种身份里才感到安全。

白元凯道："你不信？"

余嘉只好顺势说："青年才俊，没个人照顾也不行。"没待白元凯往下辩解，她便说还有事，匆匆挂了电话。

2

和史同光确定恋爱关系后,余蕊才发现这个男人的情史并没有她想象中那般丰富。

他的油嘴滑舌是天生的。听久了,你会明白圆熟老辣是三十以后的事。她发现这人本质上还挺贫乏,甚至无味。余蕊大胆揣测,史同光估计没轰轰烈烈爱过(又有几个人有呢)。

赶上大城市拆迁,家里坐地收房,他得了第一桶金,然后一起混世的几个朋友开家政公司又赚一笔。接着开了螺蛳粉店,细水长流。现在靠吃分红过日子——他那几个小皮包公司,比余梦的公司还闲。

史同光生对了地域,赶上了好时候,不过在二十多岁的时候,恐怕没有多少姑娘会青睐他。因此,到了三十岁,他格外需要找余蕊这样的女孩谈谈恋爱,弥补自己缺失的青春。

余蕊从余爽那搬出来,和史同光租在卫星城。房租当然是史包办,筑个小爱巢。余蕊喜欢猫,史同光弄来三只。余蕊早出晚归,史同光做家庭煮男。不想做饭的时候,他就接上余蕊出去吃。余蕊有应酬,他一定去接。

余蕊觉得史同光把她看得太紧,但她能理解他,他有危机感。

余蕊当然恋爱过,因为都付出过感情,所以即便时过境迁,大家还是朋友。可是,余蕊有点受不了的是,史同光太把恋爱当恋爱。以前没经历过,现在免不了用力过猛。史同光恨不得二十四小时跟她在一块,腻着,且疑心特重,虽然他尽量靠修养克制,但仍时不时露出来——像狗时不时龇着嘴,露出獠牙。余蕊一方面觉得麻烦,另一方面又有点可怜史同光——土地干旱了太久,好不容易逢着甘霖,她仿佛感觉有张嘴在她身上吮吸,饥渴地。

当然,在钱上老史不含糊。宣布在一起的第二个礼拜,他就开始送礼物,包,车,就差没送房。有史在,余蕊经济上轻松很多。不过,她也不希望花史同光的钱花得太狠。她谈这个恋爱,是奔着结婚去的,她把史当作一个好的结婚对象来培养。

比自己大一点,不要太帅。不算穷,也不必大富。有正常的家庭。

父母能帮衬一点。最好本地人,有点根基。读过一点书,不要太多。心思复杂,但对她简单、大气。

以上。

余蕊觉得自己能驾驭这样的男人。进而开启她理想的婚姻生活。

晚上十一点,史同光的车在路边趴着。余蕊从酒店走出来,上车,系好安全带。过去她上车总会说一句不好意思,次数多了,便不客套。史同光没说话,车开动。他扭开音乐。是余蕊喜欢的久石让。

"关了吧。"余蕊头疼。闹了一天,任何音乐现在听都多余。

"何必呢。"史同光忽然说。

余蕊不吭。看手机,群里在发局上拍的照片。

"等于挣钱买药吃。"

史同光说第二句,余蕊已经明白他的中心思想,他一直都希望她别出去工作。只是过去,他从未这么明着劝。这次算第一次正面说。余蕊不是没想过,工作确实累,可刚跟史谈,她不可能一下把所有时间都放他身上,太冒险。而且她得做做姿态,即便辞职,也得是他求着她,这样将来花他的钱才理直气壮。

史同光继续:"你就说,这工作做得还有乐趣吗?"

废话,什么工作有乐趣。再有乐趣的事,成为工作也会无趣。

"看你这样我难受,我心疼,我恨不得我……我自己去喝!"史同光有点激动,"我恨不得……"

他恨不得撕了那些男人。

他嫉妒,他是雄性动物。

余蕊道:"挣钱不就这样么。"口气无奈。

"我给开工资,我给生活费,咱们不干了行不?"终于说到正题。

余蕊笑:"那不成包养了。"

"说那么难听,我是你男人,你是我女人,这不应该的么。"

"我这工作挣得可不少。"

"给你翻番!"看来史同光早打算好。

陪一群男人不如陪一个男人。

"那也不行。"余蕊故意挡一下,"工作,不光为了钱,还有成就感。"

"你不是要演戏吗?"

"想来着。"

"艺术家,干吗非找个工作套住自己。"史同光劝,"有好戏你就接,我给你当经纪人、助理,没戏就在家歇着,不挺好么。"

"挺好?"

"挺好。歇歇,也顾顾你那三只猫,再累下去,人都老了。"史同光随口说。

余蕊打了个激灵。老?她现在还不能老。在生活稳固之前,她必须年轻,这话算说到她心坎上。

回到住处,余蕊洗澡。史同光也脱了衣服进来。显然,他要一起洗。余蕊却觉得这根本是打扰。她要洗头,两个人挤在一起太不方便。史同光抱过来,余蕊推开他。糟糕。她觉得有点恶心。

"不行。"她关了花洒,严肃地说。

水花喷洒。史同光上前,再努力一次。

余蕊脸沉下来:"我很累。"

"好好……"史同光有点不高兴,光着身子走出去。

余梦搬出去之前,跟余爽恳谈了一场。核心意思:她建议余爽,早点跟康隆合住,试试看。"反正都奔着结婚去的,直奔主题最好,能过到一块,就可以考虑打结婚证买保险。"

余爽不懂:"买什么保险。"

余梦提醒:"他不是说保险受益人写你么。"

咳咳,老姐姐还记着这茬。

余爽道:"不好,不太知根知底。"

余梦道:"你还要怎么知根知底?小白推荐。他这人,他的工作,他地里的老母亲你都去见了。还要怎么知?现在就是要加快了解。你就当是合租,你租房子给他。"余爽觉得这倒是个办法。不过还是觉得有点违反他们的"公平原则"。

"总让他来我家,不好。"

余梦没见过这么不开眼的丫头,着急:"那岔着来呀,他来你这住几天,你到他那住几天。多有新鲜感!"余爽思忖,终于承认这是个推进关系的好办法,可她又认为,这事不能由她提。余梦道:"我帮你提!行吧!真是,我要生个女儿成你这样,能气死。"

一切顺利。余梦提出来,康隆认为问题不大。他明确表示,自己跟余爽,就是奔着结婚去的。先在一起磨合磨合,从科研层面说,等于培育新品种,很有必要。培育成功,再大面积推广。不过,私下里,余爽和康隆达成一致,可以同住,但暂时不同屋同床。

双方从平等相待为起点进入生活。谁也不欠谁的。余梦的小房子收回来一套,她就要搬走。不过有好多衣服,暂时寄存在爽这。爽房子大,她慢慢再来收拾。康隆就"继承"余梦的房间。余爽叮嘱他:"大柜子别打开。"那里面都是余梦的各类"法宝",康隆哦了一声。

"没什么不良嗜好吧。"余爽问。

"哪方面。"

"吃喝嫖赌抽,坑蒙拐骗偷。"

"偶尔喝一点。"

"准了,"余爽说,"但适可而止。"

"喳!"康隆做了个清宫的请安礼。

余爽笑:"您这是学康熙呢,还是乾隆?康隆先生。"

康隆答:"学尔康。"

余爽扭头,丢下一句:"可惜我不是紫薇。"

"是小燕子也行。"

余爽突然回头,做了个拧人的姿态:"进了这间屋子,你听话,我就是小燕子,不听话,我就是容嬷嬷!"

嚯!康隆就喜欢这种百变烈马。

3

过了好一阵。祖良才突然来加余梦。他微信头像是架战斗机,碧空莹莹。

余梦窃喜。端着！

——当然不能立刻通过。否则显得太是个闲人，太在乎他。拖了一天，余梦才在深夜点了通过，保持礼貌，主动发了个笑脸过去。

"请教一个问题。"祖良才这么开头。不突兀，有问就有答。够聪明。一看就是老手。一来一回搞不好还能牵扯出一顿饭。

"请说。"余梦假装冰冷。依旧彬彬有礼。

祖良才发来两件衣服，都是女孩穿的，洋装。

"哪个好？"

"给女儿的？"

"小孩子过生日。"

余梦胡乱选了一件，并给出了理由，很充分。这是她的专长，活的能说成死的，当然，也能起死回生。

顺理成章地，良才表示感谢，问："后天忙吗？"余梦说有点忙，约了个人谈事。

"大后天呢。"良才又问。还算有耐心。

余梦不能再不给面子，道："大后天也有事，不过可以推一推。祖老师的面子，不能不给。"附上个捂嘴的笑脸。

良才最后问："你主要做什么生意。"

余梦失措，她没什么生意可做，但逼到眼前又不得不答。"原来做茶楼，太累，后来做进出口代理，市场太差，只好做文化啦。"俏皮表情。

祖良才发了个笑脸，又说回头发她地址。

第一回合，余梦凝神，睡不着，她像牛反刍一样回味着跟祖的对话。首先，她对自己的魅力深感欣慰。她余梦只要肯下钩，是能钓到鱼的。宝刀未老。

最关键是这鱼还不错，属于官贵。比一般的有钱人还要高阶几层。

不过他一上来让她帮着给女儿选衣服。等于释放信号，他是有女儿的。这说明他跟老婆关系不好，或者已经离婚。同时也是给她打个底，如果要做后妈，是要先跟女儿关系搞好。余梦没提自己有两个儿子，时机未到，她怕提得太早，人会被直接吓走。

问她做什么生意，是想探探底。如今有钱人也不想找穷人结婚。就是阶层。社会运行的方式，只要三两句就能对号入座，简便快捷。什么人，什么待遇。从而节省了陌生人相互了解的时间。

好了，战斗开始。提气！

穿什么衣服去，余梦足足考虑了二十四小时——做梦都在考虑。最后，还是求稳妥——穿黑色，里外都黑，脚上和头顶是淡粉红色。粉色高跟鞋。粉色宽檐帽子。

良才一身运动装，外套还是戴帽子那种。他的休闲衬得余梦的盛装有点过于大惊小怪。好在是西餐厅，格调氛围配得上。

余梦坐下。菜已经点好，他问余梦有什么忌口，余梦笑笑，矜持地说自己不吃金枪鱼，过敏。良才转头叮嘱服务生。

然后是等菜。这段时间，必须用话填满。

"和辛家怎么认识的？"祖良才问得直接，像搞谍报工作，笑呵呵的。余梦怀疑他早就知道，只是来求证，所以不能撒谎，但可以稍微添油加醋。

她不认为有什么不妥。翁悦离开这段时间，她跟辛太太已经成为好朋友，她还陪辛太太去拍了沙龙照。辛太太扮演白素贞，她饰小青。祖良才把辛先生、辛太太狠夸了一阵，又提到一些他们家在江城的根基、势力。

这些余梦听辛太太提过——

"说起来，他还认过我们老太爷当干爹，"辛太太拖着腔调，老滋老味地，慵懒也是一种贵气，想起来又补充，"不过后来老太爷不在了，他也不怎么提了，"最后补充一句，"你别跟他说这些。"

余梦心里就咯噔一下。难道辛太太已经预料到她和祖良才会有联系？——那时祖良才还没加她。谈完渊源，余梦故意把话题往政治经济时局方面引了引。良才当即开闸放水、口若悬河。这个年纪的男人，对社会、生活都有一套自己的看法，多半是一种冷嘲。

不过良才在位。所以，他还算有建设性意见，余梦就那么静静听着，时不时来两句点评，或是笑着应和。她的经验是，这个时候，女人就该闭嘴，让男人们自由发挥——她此前就是因为不肯闭嘴，才挨了栾承运一巴掌。

一辈子记得。恨！

讲到菜上来，祖良才才笑着说自己话太多。

"我喜欢听，"余梦手握叉子，"祖老师是有智慧的人。"

祖良才道："什么智慧，年龄大了总有点经验。"

"老什么，年轻着呢！"

"过奖。"

"男人四十一枝花。"余梦继续演戏。

祖良才呵呵一笑:"都知天命啦。"

余梦呆了一下,才装作反应过来:"不像,真不像。"

"你也年轻。"

"儿子都上大学了。"余梦不失时机放出来。

良才脸色并没有变化,照旧吃菜。也是,他这种男人见惯风浪,她有儿子可吓不倒他。良才又说:"我总是提醒自己,跟女士聊天,有三个东西不要碰。"

余梦装作有兴趣,点头鼓励他继续说下去。

"不要公开谈性,不要回忆过去,不要教人做人。"他吞了个小汉堡,"否则,太油腻。"

余梦笑得叮铃铃的像林志玲。

"对你这样的女士,更不需要。"他补充。

"讽刺我太成熟。"

"成熟是一种财富。"祖良才分析,"不费劲,心照不宣,得体,懂事,知道进退。这些都是时光给的,年轻女孩不懂这些。"

乍一听像夸,仔细听又仿佛是给自己找退路。

"你是说我们这种女人好骗。"余梦将他一军。保持微笑。

"误会。"

"男人可不希望女人懂得比他多。"余梦笑呵呵的。

这一回合是纯吃饭,什么都没有发生。 高山流水,琴瑟和鸣,天涯觅知音。彼此都觉得舒服。待翁悦回来,余梦去接她,两个人聊了聊辛家的活动。余梦说自己当了接待,接了谁谁谁。她把祖良才混在好几个人中间提,每个人她都问问翁悦来路。

是为障眼法。

几个来回,大概摸清楚,祖良才离过婚,而且离了好多年。他过去当大学老师,四十不到就做教授,后来阴差阳错往上走,这些年一直没再婚。

翁悦最后补充道:"我哥还说想你呢!"

"行啦!"余梦打了她一下。

跳过那个坑,现在翁悦把翁阳当成个笑点,时不时就提溜出来,自嘲。

余梦反过来安慰翁悦："别老想把人推出去。"她留半句话没说。

翁悦没孩子。头一段婚姻离得早，后面这么多年，拼事业，孩子生生错过。不过余梦倒觉得她无孩一身轻，但需要提防老的时候无聊，因此，有哥哥侄女陪着不是挺好？一个人肯吃你的用你的，是负担，也是一种永恒的牵绊。两面看，别太绝对。什么都在变，有走运的时候就有倒霉的日子，多留点后路。

翁悦觉得余梦是饱汉不知饿汉饥。

"我出去绕一趟，耳朵一直灌着，绯闻。"

"什么？"

"还装，"翁悦拧余梦耳朵，"多少人蠢蠢欲动。"

"他们动他们的，我心如止水。水月庵我报名了，随时准备住进去。"越是风动心动，余梦越要反着说，她要制造自己很抢手的感觉。

目前看，一切尽在掌控中。

4

因为数据标注这一仗干得漂亮，狄立人被领导钦点，跟着出去调研。

机会千载难逢，多少人往领导身边钻都没机会，偏让狄立人赶上。不过，余嘉还是为狄立人担忧——她担心他做出头鸟。

收拾箱子，狄立人叮嘱把书带上，书现在是他的枕头。走哪儿带哪儿。

思思还在学英语，时刻准备着脱离父母的管控。这么多年，她跟妈妈生活在一起，没学会余嘉的隐忍，反倒格外讨厌这种隐忍。她一心出去见见世面，呼吸呼吸新鲜空气。女儿铁定要走，余嘉只好找余梦咨询，她俩儿子早早就出去了。余梦立刻表示没问题，住校，孩子们可以相互照应，美国那边也有担保人和朋友。"能出去还是出去。"余梦这么劝，"现在的孩子，得有世界眼光。"余嘉听着，呵呵笑，她没说狄立人想让思思去英国。

余嘉打从心里不认同狄立人和余梦的看法——海归就业率还不如国内院校。如果有世界眼光，就应该让孩子留在国内，适应复杂环境。这里才是原始丛林，能训练生存。

趁狄立人出差，余嘉抓紧时间把"该办"的事情办办。

比如，把私房钱好好整理整理，该买理财的买理财，该存定期的存定期。这事平时也能弄，但狄立人在，她总感觉自己像犯罪——偷偷摸摸不痛快——狄立人也有私房钱，她永远装不知道。

再比如，她叫弟弟余义来家吃饭。狄立人在，除非年节，或者逢要事。她轻易不让余义上门。这些年，余家没少麻烦狄立人。光余义求学，从高中到大学，再到研究生，狄立人托了不少人，卖了不少面子。虽然狄立人没提过，夫妻嘛，帮忙是天经地义，可她知道，狄家老少都瞧不上他们余家。因此，少出现为妙。包括她爸妈，她弟弟。不过如今余义读研，将来若能找到个好工作，或许能帮上狄立人的忙。

余嘉这么布局。

"我想读博。"思思去补课了，家里就余嘉姐弟二人。

"读。"余嘉手上忙着折垃圾盒子，材料是超市的宣传单。

"姐夫能不能……"

余嘉拦话道："也混了几年了，跟导师关系还没搞好？"

余义委屈地说："不是没搞好……这不人微言轻么……没姐夫有分量……博士就招一个人……多少口子排队……没有扎实关系……就照着八年抗战考吧。"

余嘉虽然怨弟弟，"有分量"三个字却敲中她心。

狄立人有分量，等于她有分量。一并光荣。

"怎么不出国读读。"余嘉建议。余义或许可以和思思"打包"出国。她好有个眼线。自家弟弟，究竟放心些。余义挠挠头，说这倒没想过，打算留意看看，双管齐下。姐弟俩聊着，不小心聊到余爽、余蕊。

余义说蕊已经搬出去。这事余嘉都不知道。她来大城市后，生活状态跟其他几个人不一样。消息总是滞后。余嘉猜想余蕊有动静，但又不想伤弟弟的心，只好劝说："你现在就好好读书，其他的别想，男人最重要的是事业，有了事业，什么都不愁。"

余嘉又交代弟弟,让他春节早点回。她看情况,未必回娘家。狄立人爸妈住在他们省城的房子里,等于跟狄立人妹走得近,过年现在很少回老家,她只能跟着去省城侍奉。

不上班后,除了男人出去办事、见人,能有点自由空间,余蕊几乎全天候跟史同光腻在一起。

史同光的情话表里经常有一句:"宝贝,你是我的。"

第一次听有点霸道总裁的意思,听多了则有点贼味。老实说,他们磨合得不错,史对她也还成,他们很快就进入过日子的状态,很有点老夫老妻的样,基本是余蕊料想中的夫妻生活。

不过她总觉得史把她"用"得太狠。他像是一个在沙漠里渴了太久的人,一口气恨不得能喝一桶水。可她余蕊是酒啊,得品!哪能一味牛饮!暴殄天物!

钱,老史给到位。一次给仨月,平时出去他花钱,但余蕊感觉不好。她老觉得史同光在"买",她在"卖"。

不正常。她不要被"金屋藏娇"。

这日,老史要出门。余蕊已经换好衣服,等在门口。

"干什么?"

"陪你。"

"不用。"

"没关系。"

"都是些糙老爷们。"

余蕊一笑:"能吃人?又不是没见过。"

"你就在家,猫还没喂呢。"老史找理由。

余蕊不好再坚持,鱼死网破不是她的风格。看来,她的感觉没错,史同光不想让她出现在朋友面前,他没打算让她"曝光"。老祖还肯介绍点关系,老史没有给她过一条线索,他的关系,全都抓在手里,不放。

晚上老史到家,余蕊还在生气,只不过她的生气不是那么激烈,是羚羊挂角,无迹可寻的,老史还是捕捉到了一点异样的气息。他只能坐下来,手臂圈住余蕊,又回到早上那个话题:"不是不让你去,是那些人,乱七八糟。"余蕊嗤之以鼻,什么人她没见过?男的女的老的少的。

她摆着一张冷面孔——这个理由让人不能接受。

"我的错。"史同光突然举起手来，做投降状，"是我有私心，我怕那些小子们对你……"

"什么。"

"见色起意。"

余蕊不说话，心里舒服点。

"是我不自信。"史同光顺着这条线索继续往下，"以前没找过这么漂亮女朋友，怕人抢。"

话说白了，气顺下去点。

这是真话。他们始终没拿到桌面上来谈，现在老史自揭伤疤剖心剖肝地提了，余蕊那口怨气倒匀，能心平气和聊天了。

"我总得发挥作用。"

"你有作用呀！"史同光又开始油嘴滑舌，"你是定海神针，没你，我立马天崩地裂六神无主！"

余蕊果断蹬了他一脚。

同光一个翻滚，跌到床下。

元旦放假，余爽给蕊打电话，请她"回家"住两天。余蕊劝她好好过，不才刚开始过日子么。余爽坚持："回来，就住两天。"

"康隆呢？"

余爽支吾。余蕊意识到问题严重。"吵架了？"

"不是。"

"不说，挂了啊。"

"蕊蕊——"余爽嗓音不大正常。余蕊意识到问题严重，便跟史同光"请假"，回去陪爽住几天。

时机正好。在大城市，爽那就是她娘家。她跟老史现在虽然没到真正吵架的地步，可因为见不见朋友的事，究竟有点不痛快。她去爽那，理由正当，也算个姿态。

她最近有点受不了老史，年纪轻轻，她不排斥那方面的事。可照史同光那么做，不对劲。再进一步想，她觉得这个男人并没有打算跟她天长地久。

在期不用，过期作废？！

停一停最好。

家里跟被打劫似的。余蕊叫了一声爽，余爽回应，声音从卧室传出来。

"太不像话了吧。"余蕊来到床前，说着就要打电话向康隆兴师问罪。

"别打！"余爽制止。

"到底怎么回事。"

"分了。"余爽利索。

瞠目结舌。

大刀阔斧，像余爽干的事。

"不是……"

"他三观不正。"

余蕊给余爽一个拥抱。这问题她可解决不了。

余爽继续："幸亏住一起试了试，不然还不知道他是这种人。"

"到底怎么了？东西他砸的？"

"我砸的。"

"疯了。"

"他大男子主义。"余爽激动，"认为男人就是比女人强，男人就应该主导，就应该当家，那事儿都要在上面。"

余蕊忍不住咳嗽一声。最后一句是关键。

"就因为那事儿？"

"不是哪一个方面，是全方面，处处，任何事，任何地方！他还让我结婚不要那么拼命工作，男主外，女主内。怎么，他能干的我不能干？他能赚钱我不能赚？"余爽忿然，她生平最恨被男人瞧不起。

"他真这么说？"余蕊怀疑真实性。

"大概这意思。"余爽添了油加了醋。

"怎么打起来的？"

"打游戏。"

"嗯？"

"他不让我，杀了我十盘，认为这是天生的智力优势，我死十回也是死有余辜。"

叹一口气。完全小孩子过家家。余爽在这方面总这么幼稚。

"真分了？"

"果断止损。"

"会不会是他心疼你,为你考虑?"

"《致橡树》听过么?"

"歌?"

"诗。"

想起来了。"跟那有什么关系?"

"我和他,是树与树的关系,不是藤缠树的关系。"

余蕊无奈,只好换个姿势,拦住余爽的手:"亲爱的,你知道男人为什么要结婚么?"

"传宗接代,作威作福。"

余蕊摇头:"现在不像以前,女人也受教育,也能做事,自己能养活自己。男人在家里作威作福,不是没有,有,但少多了。"

"那结屁婚!为了不要钱的妓女?"余爽尺度大开。

余爽晃晃食指:"为了一个穷极无聊的头衔。"

"头衔?"

"家长,至少名义上的。"余蕊循循善诱,"男和女,天生是有差别的,这个你得承认吧。"

余爽勉强承认。

"男人身强力壮,愿意做事情,那你让他做好了,跟他抢什么呢?"余爽指了指客厅,"你们家饮水机上的水,是不是轮流搬,活也轮流干。"余爽点头,说是平等原则。余蕊笑说这有什么好平等的,他能干,你让他干,你就说你搬不动,够不着,达不到。学聪明点,干吗自己跟自己过不去。余蕊又一笑,"天底下男人能做的事,有几个女人不能做的? 有什么大不了的?"

"就不想让他占上风!"余爽道,"我受不了他那个得意样子!"

余蕊说:"亲爱的,以退为进懂不懂?女人做的事情,男人还有做不了的呢。"

"什么……什么事情?"

"生孩子。"

余爽实在不能苟同。

"你被洗脑了。"余爽道。

"女人多伟大。"余蕊感叹。

109

"烦都烦死了，每个月都流血！"

余蕊一笑："亲爱的，这就是生命啊！哪天不流血了你试试？一个女人不流血了，不牺牲了，那就代表她已经不被自然宠爱，甚至都不算是完整的女人。如果我们不流血，跟行尸走肉有什么区别。这是女人的权利、骄傲。"

余爽有点蒙。观点新鲜，她第一次听说。

余蕊道："放聪明点，相互理解。女人可以靠的人有四个：爸爸、丈夫、儿子、自己。男人呢，除了自己，只有爸爸可以靠。像康隆这样的，爸爸还靠不上，很辛苦的。"停一下，继续，"他那么辛苦，还愿意给你靠，为什么不笑纳呢？"

余爽失神。

"不该分？"

"不至于。"余蕊道，"要善加利用。"停一下，又批评，"还有那事，有什么好纠结的，你好好享受不就得了。干吗劳神费劲。"

"不是……我……"

"生孩子很累的，"余蕊笑着，"前期让他们男人辛苦辛苦有什么？牛不耕地，怎么能开花结果。"说得跟她生过似的。

"不是……那个……"余爽语无伦次。

"打个比方，不抬杠。"余蕊说。

余爽凑到余蕊衣服前，动动鼻子："你谈恋爱了？"

"没有。"余蕊想保密。

"有。"

"神经过敏。"

"一股男人的……臭味。"

余蕊拉起衣服闻闻："哪？有么？"

"百分之一百。"余爽笃定。

"你幻觉。"还不承认。

余爽挠她胳肢窝。余蕊只能认了，她最怕痒，她不想瞒。

"什么样的人？"余爽好奇。

"就一普通人，跟你的大教授不能比。"余蕊说。

"让给你让给你，"余爽道，"一堂课，也就三分钟。"又扯到那事儿上。

余蕊大笑，乐得前仰后合。

5

元旦余梦要处理两件大事。

一是两个儿子浩宇、正宇圣诞假期从国外回来，能待到元旦后。余梦和前夫栾承运达成一致，打算趁此机会，将离婚的消息跟儿子们当面公布。

余梦紧张。如果说她和栾承运的关系中，还有什么可忌惮的。那就是儿子们，她必须维护住。假若奋斗失败，母豹子猎不到食物，两个儿子是她的后福。

儿子们的几种反应她都有预期。当场不接受，当场接受，可能性都不大。正宇年纪小，性格内向，可能当场无法接受，慢慢能回去消化。麻烦的是大的浩宇。他脾气冲，又有主见，很难被说服。

余梦和栾承运有个共识：在儿子们面前，他们会维护对方的面子，这场离婚，是和平分手。

第二件大事跟辛家有关。辛太太的儿子要在元旦办个新年音乐会，演奏小提琴，也算个"简单的成人礼"。

辛太太这么说，余梦可不会傻到认为真的很"简单"。翁悦出差，余梦怀疑她还在跟某个老男人纠缠。她本来想找翁阳打听打听——辛太太突然找她一起承担会务工作，余梦受宠若惊，一下便把翁悦抛到九霄云外。

光看辛太太给她的那张邀请名单（都要发请柬的），余梦就已经觉得简直是个巨大宝藏。儿子回来得正是时候，她打算把浩宇带过去。搞不好能跟辛太太的儿子成为兄弟。别小看孩子。孩子从来都是社交的一部分。她现在没有丈夫可以外带，带儿子也不错，何况她的浩宇那么优秀。

除了食物链最顶端的大人物，是辛家夫妇自己通知，其余的人都由

111

余梦寄请柬——辛太太有个办公室，平时没人，但圣诞节前，余梦每天都去那里报到。

是真工作。

她已经协助过辛太太几次活动，不过每回都是迎来送往，奋战在前线，这回在后方运筹帷幄，余梦觉得更不容易，寄送请柬前需要打电话确认地址。这也是社交。如果是别的小姑娘，或者二百五小伙子，可能打过去，确认一下就完了。余梦不是。除了纸质请柬，她还特地做了电子的。电话打过去，她一定是先寒暄、闲聊、恭维几句，帮辛家做面子，然后邀请加微信，这样一来，通知一圈，她等于掌握了许多要人的联系方式。能看到朋友圈最好，方便捕捉圈里动态。

余梦手持座机听筒，指甲在一个一个地往下抠。咦，这个电话她熟悉。自从上次西餐会后，他们一直没联系。

他跟她联系过一次，她推说忙。

余梦认为这是有意义的空白。

男人吃钩，她不能太快起钓。

电话通了。对方喂了一声。是他。

"我余梦。"

"号码还没见过。"声音儒雅。

"说正事。"余梦笑呵呵的，三下五除二把该办的事说了，又说恭迎领导大驾光临。职业的态度，以辛家心腹的立场，余梦认为是给自己加分的。

祖良才报了地址。好像是私宅住址。他没打算让寄到单位去。余梦扫了一眼，看地址，良才算有身家。

"忙什么呢？最近。"祖顺势问。

"不跟你说了啊，都是事。"这句是实话，"到时候见。"又是主人翁姿态。羚羊挂角，无迹可寻，老娘不啰唆。干得漂亮！

哦，差点忘了，白元凯也在名单上。他算辛太太儿子的中学校友，也可能是将来的大学校友。这次分享会，他作为嘉宾出现，说几句，给孩子们打气。

那次分享会后，辛家夫妇和小白也成了朋友。因为白元凯，余梦和辛家的关系才更进了一层。不过眼下，余梦还有个任务。是余蕊找她求助的，要她帮忙解决康隆和余爽纷争。

"怎么解决？"余梦问。

"看看白元凯能否从中说和说和。"余蕊道。

"爽不认识他？"

"她不好意思。"

"打人就好意思，是个男人都得被打跑。"

"梦姐——帮帮忙。"

"你不也认识小白？"

"不方便。"

"哪那么多讲究。"

"我男朋友是……醋缸。"

"真跟那个小老板了？"余梦惊诧，觉得余蕊贱卖。余蕊不解释，话还往找白元凯的事上引。

余梦为显能耐，还是应承下来。打过去，白元凯没接，一直到傍晚，才回了个电话，说在开会。余梦把两件事利索表明。白元凯说辛先生已经跟他说了，给了票。余梦问要不要接。白元凯说他自己开车过去。至于爽和隆的事，白元凯说他听康隆提了，还说康隆不生气，情侣吵架正常。又说康隆也要去听音乐会，到时候一起，爽和隆见了面，就什么都烟消云散。余梦觉得是个好办法。

通知完人，开始忙会务。余梦发现事情比她想象的多得多。协调音乐厅不同等次的座位、准备鲜花、给嘉宾的礼物，还有协同演出的那些校友，上场下场的次序，等等，余梦发现她更像是一个导演，需要协调周全掌控。她需要个帮手，否则根本玩不转，可这个帮手，又必须是对自己没威胁的。多少女人虎视眈眈啊！光女企会里的那些，有的都已经开始嫉妒她。拈酸拿醋风言风语，不是没有。女人多的地方，事多。得小心。找外人帮忙太不稳妥，余梦考虑再三，能信任的只有余嘉。

可巧，这年过年早，元旦后有个图书订货会，那是业务们要忙的活，社里不再申请新书号，事务性的工作减少，余嘉大为轻松。加之狄立人做后台，张主任也乐得睁一只眼闭一只眼。因此，余嘉竟能腾出手来帮余梦的忙。

于是，这日，余郢子的"沉鱼"和"落雁"到音乐厅看场地。看完，余梦又要调试音响。工作人员老大不愿意，嫌麻烦。余梦吼起来："出了问题谁负责？你负责？！负得起吗你？！"工作人员被她两米八的气场吓住，只好带着一处一处落实。

歇下来，余嘉递给余梦一瓶水。

"不值得气。"

"对牛弹琴。"

余嘉环顾四周："这晚会，有必要弄这么大么？"

"不是晚会，是音乐会。"余梦纠正。她觉得余嘉实在太不懂行。

"这么一忙。"余嘉笑着，"值不值得？"她觉得余梦实在辛苦。

余梦诧异地看着她。她忽然感觉这老大姐怎么一点政治头脑没有。好歹跟着狄立人做了那么多年官太太。哪怕是九品芝麻官，那也是官呀！得培养点觉悟。

什么叫值得么？那可是辛家——

辛先生固然位高权重一表人才，辛太太那更是世家，往上数三四辈，祖上那些人恨不得都追随过孙中山（拐了多少道弯），辛太太和辛先生，是强强联合，在大城市根基深厚，不是他们这种小城市来的移民比得了的。余梦想给余嘉上一课。但还是及时刹了车，哼哼，轮不到自己来教训人家，都是姐妹，虽然是一个地界出来的，可老话说，师父领进门，修行在个人，能领悟多少，都是个人造化，不可强求。余嘉不是不知道是辛家办的分享音乐会，居然回去不做资料研究，孺姐不可教。

难怪余梦隐约从别的地方听说，狄立人也曾在外面抱怨——当然没直接抱怨余嘉，他是抱怨自己，单枪匹马闯大城市，没人帮没人靠，老爹不过是个下岗职工，老妈退休妇女，老丈人家全是靠的他，话算说得明。对老丈人家不满，自然对余嘉也不是特别满意。余梦还听说，狄立人很少带余嘉出去。这个太太，只存在于口头上。不不，口头提的都少。也是，嘉姐老了，自己又不太注意，带出去，也不太能给男人添光，免不了坐冷宫。

余梦面上还是笑着："我这人就是，心重，责任感强，答应别人的，不吃饭不睡觉也要做好。都是朋友，帮人帮到底。"

说的是实话。余梦一贯的原则，要么不帮，要么就狠狠帮。带帮带不帮，最后落一身埋怨，吃力不讨好，不划算。这种蠢事她从来不做。

余嘉问："这么大的音乐厅，能坐满么。"

余梦笑答:"还怕不够坐呢。"又补充:"爽也来。还有白元凯。"余嘉问怎么回事。余梦只好把爽吵架,白元凯嘉宾的事说了。小白后来约了她一次,去拍曲。余嘉实在忙,拒绝了,她又问爽怎么回事。

余梦道:"她跟那个康隆,在感情上,都是个二百五。"余嘉说,可能都自我了点。余梦说:"所以说,阿姨去世,也是选时间的。现在还能耗,还能找,这阿姨要再多活几年,伺候小爽几年,更难找。"

话不好听,但余嘉深以为是。她倒不是不能接受一辈子单身,但余嘉始终觉得,单身,是因为没有遇到合适的。可年纪越大,遇到的概率也会降低。说到底,让一个人改变太难。

余梦又说:"小蕊也谈了。"

"是么。"

"跟个小老板。"

"哟呵。"

"着急了。"

"自己喜欢就行。"

"那最好。"余梦分析,"就怕是,喜欢么也一般喜欢,图稳定,把自己打包卖了,最后又后悔。这些路我都走过,跟这些小姑娘说有用么,她们会听么?个个都觉得自己是杨贵妃,命好,可唐明皇到最后不照样弃之不顾。哼,不头破血流不知道厉害!那些个小老板,哪个不是七八个心眼一大堆苦水,钱看得比什么都重。讲感情?皮肉在他们眼里,也是买卖,没差别!跟他们玩,能把你吃得骨头都不剩。真正大富大贵的还有个底线。"

愈说愈生气,听着像痛斥前夫,栾承运的形象定位一直都是小老板。

"人各有命,是清水是浑水,自己蹚蹚就知道。"余嘉劝。工作人员过来喊,说音响可以试了,余梦立刻起身,跟着去操作间,她必须负责到底。

余嘉跟上,累得吭哧吭哧。余梦说晚上她请客,好好犒劳嘉姐。

6

音乐厅入口处,余梦笑靥如花。浩宇先进去了,正宇这日被分配跟着他爸,余梦只带大儿子走场。

一个中年男人走了过来,穿夹克衫,不太起眼。余梦直接叫出他的名字。那人右手伸出来要握,左手伸出根指头朝半空点了一下:"余梦。"余梦连忙说是,说幸会。

她私下已经做了资料研究,打电话通知那些人,很多都能在网上搜到照片,是社会上独当一面的人物,余梦对号入座,迎宾工作做得更加出神入化,叫人如沐春风。

当然,更多重要的客人已经早早走后门入场。演出开始前,辛家夫妇在贵宾室休息,这一小段时间格外宝贵,多少人抢着见他们。

余嘉在后台盯着。独奏穿插合奏,主持人是孩子们的"学长"白元凯。他时间观念强,来得早,候在那儿,确保万无一失。

白元凯见余嘉在也有点无措。"早知道你在我早来点。"

他来得够早了。

化妆师上前,拿着个粉扑子,在他鼻子、额头搽搽。

"忙你的。"余嘉说。

"下次得来啊。"

余嘉不懂他的意思。

"拍曲。"

"知道。"余嘉小声。她不想让周围的人知道他们很熟。她一个中年妇女,跟"学长"太亲密,不合适。孩子们进来了,闹哄哄的,余嘉耐心维护秩序。思思没来,她今晚要英语补习,翘了课不划算。余嘉认为这种场合,跟思思没什么关系。她就算来,也不会形成什么"有效社交"。

迎面一阵风。余梦眼睛发亮。

是狄立人。身边还有位女十,年轻,漂亮。但余梦觉得她是个十足的骚货,看短裙就知道。这个天穿短裙?搞什么?当冷鲜肉?

狄立人也看到余梦。表情没控制住,有点惊讶。瞬间调整好,扭头跟身边的女士低语一句，女士从 A 通道检票进入。狄立人站在余梦跟前。

余梦看着他，微笑不语。

"思思的英语老师。"他解释。似乎有点此地无银三百两。"在门口遇到的。"他又解释第二句。

余梦伸手，问："几排几号？"狄立人出示票。

"这边。"余梦指示了一下 B 通道。又有人来，余梦上前招呼，没顾上跟狄立人多聊。余嘉是工作人员，不用票。她多给了她两张票，意思让她带家人来。

谁知狄立人这次"莅临"，并不是沾老婆的光。他刚从外地出差回来，来听会，是一个老乡的"提点"。

余蕊搀着余爽来了。一碰面，余梦就开玩笑似的批评余爽一句："适可而止啊，你妈世界上只有一个，只有你妈能惯着你。小康不错。"

余爽不知道怎么答，尴尬。追求平等太累。更严重的是，她的世界自成体系，自转就行，似乎不太需要公转。就比如康隆来的那阵，一人住一个屋子，她不觉得他融入了她的生活，充其量只是多了一个合租室友，还有抢厕所的烦恼。

余蕊的分析是："那是因为你还没爱上他。"

余爽问："你是说，一见钟情？这个年纪有点难吧？"

余蕊答："不一见钟情，也可以慢慢培养感情。人是感情动物。"

余爽道："你说的是亲情，不是爱情。"

余蕊只好闭嘴。

余爽反过头追问："你爱他吗？"

"谁？"

"你现在的男人。"

"还可以。"

"那就是不爱。"

"强词夺理！"

"今晚他来接你。"余爽嘿嘿笑。

音乐会结束，史同光要来接余蕊"回家"。她回娘家有些日子了，再待下去，感觉想要分手。余蕊只能同意。

"干吗这表情？"余爽问。

"什么？"余蕊道，"又没表情。"

"没表情就是表情。"余爽分析，她又突然敏感起来，"我看你就是不想回去。"

"我是担心你。"

"行啦！"余爽握住余蕊的手，"随时回来。给你留个屋。"说着，又要亲余蕊。余蕊笑，"你不会是拉拉吧。"余爽嬉皮笑脸的，"现在不是，等是了我告诉你。"停一下，又说，"怎么那个小老板就那么好命呢！"

"跟他有什么关系？"

"我要是男的，我都想娶你。又聪明，又漂亮，又懂事……"

"打住，"余蕊叫停，"聪明两个字画掉。"名不副实。她高考数学四十几分。可余爽跟她说的不是一个聪明。

余梦招呼好一拨客人，又转头跟爽和蕊说话。余蕊出于客气，问浩宇、正宇回来没有。余梦说浩宇已经进场等待看演出。余爽和余蕊从A通道进，她们的座位在前排，余爽觉得很受优待。余蕊道："不看看是谁安排的。"

是白元凯给的票。

坐下来，余爽就看着舞台。地板上的灰隐约可见。真是当了一回重要嘉宾。

余蕊四处张望，没看到康隆身影。再找，她发现栾浩宇在最末排靠墙坐着，她跟余爽支应了一声，便去跟浩宇打招呼。

"小蕊阿姨。"浩宇叫人。余蕊忽然发现浩宇身边还坐着个人，是位姑娘。余蕊只看了她两眼。栾浩宇就解释道："我同学。"

那女孩招呼了一句，便说要去洗手间，起身离开。余蕊笑着，伸出一根手指，"你和她？"

栾浩宇道："阿姨，想什么呢，我还是少年儿童，小苗还没长成呢。"栾家俩小子天差地别，栾浩宇外向，不怕生，长得帅气，从小学开始就有女孩子喜欢。正宇则内向，心思重，不过学习上比浩宇优秀。

余梦也一直说，老大跟她像，老二跟他爸像。两个人又聊了几句，浩宇突然道："小蕊阿姨，问你个事。"余蕊感到奇怪，但还是笑说你问。

"我妈跟我爸，是不是有问题？"浩宇直接问。他和正宇回国，余梦忙，一直没得空一家人坐下来谈谈。某种层面上，余梦也在回避。能拖就拖。至少等到辛家音乐会圆满结束再说。

"这我可不知道。"余蕊立刻反应,很自然地。

"那就是有。"

"顺其自然。"余蕊不知怎么圆话。

"我妈现在都不在家住。"

"她忙。"多么苍白的借口。

"我不是反对他们……寻找……"他清清嗓子,"幸福。"

磕磕巴巴。开明的孩子。

余蕊干脆不说话,听他说。

"我怕我妈过得不好。"

余蕊心疼。好孩子。

"你妈能照顾自己。你妈很厉害。"

浩宇笑嘻嘻的:"你这么觉得?"

"当然。你妈是最厉害的。"

打个招呼打出一身细汗。余蕊掐断话头,回前排坐着。她发现跟浩宇这样的孩子聊天有个难处,那就是你把他当孩子,可他心理状态未必是孩子,但他又有孩子的伪装,进可攻退可守。你永远在明处,暗箭难防。

余蕊一离开,那女孩回来了。

"她谁啊?"她问,"你小姨?"

"阿姨。"

"挺漂亮的。"她夸。

"比我妈还差点。"

女孩本来想说不是一个年纪,话到嘴边又收住。一个儒雅的中年男人上前,隔着好几个座位喊:"兮倩!"女孩连忙起身,小声跟浩宇交代:"我爸叫我。"然后跟着男人朝安全出口走。

人越上越密。音乐厅里嘈嘈杂杂。客人迎得差不多了。余梦进场,扫视一圈,看到儿子坐在最后一排,立刻不高兴:"躲这干吗,前头去!"她不满儿子不活跃。可他一个小留学生回来,谁也不认识,跟谁聊呢。

大多数人却聊得十分热络,三三两两站着。一脸他乡遇故知的喜悦。他们得感谢辛家,要不是这个小提琴音乐会,有些人估计到死也不会单独约出来见面。

见面三分情。真的假的不说——转脸就不能保证。他们打量着彼此的状态,了解彼此的情况,然后,打包回家,分析笑谈一整年。

余梦站在剧场前头朝后瞭望。她突然发现中间的门不断有人往外出。哦——想起来了,余梦喷一声,怪自己笨。怎么能不去贵宾室露个面呢?演出结束后时间已晚,辛家人不会再多作停留。现在是最重要的会客时间。

"浩宇——"余梦喊。

栾浩宇像个土拨鼠一样转头,伶俐气十足。

余梦又喊一声。浩宇三两步到老妈身边。

"跟我走。"余梦下令。

7

贵宾休息室聚了不少人。都是重要人物。辛家大公子已经去后台准备,他拉小提琴十多年,在圈里小有名气。

余梦进场,扫一眼,掌控大概局势。然后,目光笃定,迈着轻柔的步伐,径直走到辛夫人座位前,弯下身子,凑到她耳朵边,拢着手说了几句话。辛夫人咯咯笑,连声说好好好——余梦的安排她很满意。

余梦直起身子,笑眯眯地站在一旁。她和辛夫人的关系大家都看到了,谁敢小觑?余梦拉过浩宇,对辛夫人介绍:"我儿子。"又对浩宇,"叫夫人。"浩宇乖乖叫夫人。辛太太夸一句挺精神的,再没别的话。找她说话的人太多。

有个老年妇女,一进来就握住辛夫人的手。余梦有点不大瞧得起,自己看出她的装束。人就这样,拜高踩低,亏得老太太一把年纪还来趁这个热闹。不甘寂寞。

"妈。"浩宇拉了余梦一下。余梦顾着应酬,没注意。又拉一下,余梦回头,诧异地瞅着儿子。

浩宇远眺状。顺着浩宇的视线,在好几个人头的缝隙中,余梦看到了栾承运的脸。

恶心！怎么回事？！什么？！他旁边是狄立人。

一定是余嘉。是余嘉把票给了狄立人，狄立人又带上栾承运。他们哥儿俩好。

栾承运也看到了余梦。他嘴角微微上扬，坏笑。

余梦连忙调转视线。对，就这样，当他是空气。她正低头思忖着，一双黑皮鞋出现在眼前。再抬头看，祖良才站在她面前。他什么时候来的？她在门口没见着。

哦，风尘仆仆，可能刚赶到。她忙着招呼辛家夫妇，没注意。但良才站得很近，她感觉他胳膊几乎要拐到她的副乳。

不行，有孩子。还有栾承运那一双贼眼，她连忙往旁边站站。

狄立人走过来，凑近辛先生。可却被一个儒雅的中年男人抢了先。他跟辛先生聊得不时干笑。狄立人插不上话，只能站在一旁，像个衣架。窗帘旁边，浩宇又和那个叫兮倩的女孩凑一块儿。兮倩用嘴朝余梦那边努了努："你妈吧。"

浩宇说是。

兮倩又问："旁边那个，你爸？"指祖良才。

浩宇否认。静默片刻。又反问："怎么这么觉得？"

兮倩抱着两臂："当我没说。"

祖良才望着余梦的眼直冒光。

余嘉急匆匆走进来。她找余梦。

狄立人看到老婆也在，有点惊讶。余嘉没注意到他，只是跟着余梦小跑出去。

后台，余梦一进去就翻箱子："不可能！我亲手放进去的，都是做好的东西，怎么会没有。"翻来覆去，就是没有。余梦揉太阳穴，回想，带了，东西肯定带了。没有曲谱，让人家少爷怎么演奏？这等于直接宣布演出失败？！余嘉一脸焦急，她也说，来的时候确认了有曲谱，进后台也看到过。

明白了，一定是有人破坏。不是冲辛家。是冲她余梦来的！她刚才在门口就觉得女企会几个婆娘笑容诡异。不对劲！

不不不不，余梦逼自己保持冷静。看看表，还有二十分钟，解决问题，必须解决问题……

白元凯见余嘉和余梦焦灼，靠过来问情况。嘉和梦只能如实说了。白元凯道："要不用我的 iPad，下个曲谱就行。"余梦认为不妥，翻页不方便。遵嘱咐，全部曲谱要摊开，几页都立在那。"附近有打印店么？"白元凯问工作人员。说是音乐厅外面地下室有一家。

还有十六分钟。余梦立刻安排："小白，把谱子下好发我，嘉姐，我们去打印。"说着，启动小跑模式。

余爽和余蕊见两位姐姐从安全通道旁冲出来，一头雾水。余蕊回头看。嘉和梦已经消失。再四望望，还是找不到康隆。

余爽拉她一下："别看了，爱来不来。"

"可能有事，我问问老白。"

"别问了！"余爽来气。奔着和好来的。他倒好，来个不出现。什么意思？她就这么不重要？旁边一个位子还空着。演出就要开始。舞台上，大灯已经关闭。只留侧灯，全场黯淡，酝酿氛围。

安全出口，辛家夫妇在一群人的拥簇下入场。他们没坐前排，坐正中间。狄立人、承运、良才、浩宇，还有韩兮情和她爸也都如期入场，浩宇故意躲开爸爸，往后排坐。

狄立人和栾承运的座位偏右侧。

祖良才走到前排，在余爽和余蕊旁边的座位坐下。余蕊无意中一偏头，吓得差点站起来。

天地真小。如此故人，居然能隔座看一场演出。也难怪，拿的都是友情票，都受到特殊照顾。看到余蕊，祖良才倒没有太惊讶。

他没说话，拿着演出单，拉远点——有点老花，小声读："梁祝、爱的礼赞、纪念曲……"余爽嫌他烦，看看余蕊，又捏捏鼻子。

良才带来一股沉香木的味，余爽很不习惯。

余蕊感觉自己的脸像着了火，好在光线昏暗，瞧不出来。祖良才老练，他见余蕊有女伴陪着，便装作并不认识，全神贯注打量着舞台。

余梦回来的时候几乎是以百米冲刺的速度往后台跑。白元凯的开场白已经超过五分钟，连辛太太都坐在下面看了几次表。余嘉平时缺少锻炼，跑进后台，气喘吁吁。

余梦把曲谱摆好，阿弥陀佛。一切就位，辛家大少爷准备上台。余梦在后场幕布后一站,灯光师给灯,白元凯接到讯号,幽默了一把,下场。演出开始。

余嘉见白元凯满头大汗,连忙递纸巾。余梦双手合十说对不起对不起,说到激动处,她不禁拥抱白元凯。

白元凯擦着汗,自嘲般:"再多两分钟,我都快不知道说什么了。"

小提琴声响,是梁祝的调子。三个人不说话,静静立在幕布侧边看孩子的表演。余嘉不太懂小提琴,余梦也不懂,但她仍旧时不时轻声夸赞两句——得装懂。白元凯则完全沉浸在琴声中。

独奏过后是四重奏,接着是一个乐队演奏,然后再独奏,最后是乐队合奏。一顺百顺。中场是孩子去送花。演出结束,辛大少爷在台上致礼。余梦又代表亲友,上台送了一大捧鲜花。

结束了,很圆满。余梦如释重负。她帮辛家办成了一件大事。辛家欠她个人情。这是多少钱也买不来的面子、关系。她相信这次她露脸,包括前夫都会对她刮目相看。

过去她是龙翔浅底、虎落平阳,如今稍秀一小下,便大放异彩。

离婚太他妈正确了!

辛家夫妇被人拥簇着离场。余梦凑空打个招呼。辛太太一把抓住余梦的手,表示感谢。又说接下来还得辛苦她。余梦连忙说放心吧。送佛送到西,散场这一会,她一个人就能搞定。

韩兮倩要跟老爸走。浩宇跟她道别。

"回学校见。"兮倩说。

浩宇打了个帅气的手势。

余梦四处找儿子,见到浩宇,她下指令:"跟你爸先回去。"浩宇叫了声妈,欲言又止地。余梦还沉浸在音乐会成功的喜悦中。不磨叽。"什么事说呀?"

浩宇把她往旁边拉了拉。

"什么事?"她意识到问题有点严重。

"你跟爸……"没问下去。

他知道了。栾承运告诉他的?存心捣乱?趁火打劫!栾承运就不是个男人!

"回头跟你说。"只能用缓兵之计。

"没关系。"这是浩宇的第二句话。

余梦愣了一下："回头说。"她还是觉得现在不是合适时机。栾承运向这边招了一下手，余梦连忙背过身子，不看他。浩宇跟着老爸往外走。

余嘉找到余梦，问还有什么事情。余梦连声道谢，又说让她先走，没什么太多事，赶紧回去休息，这几天太辛苦。白元凯跟辛家夫妇打完招呼，又折回头找余嘉，他想再邀她拍曲。

狄立人顾大面场，也凑到舞台前，夸了白元凯几句，又赞余梦有能耐。

音乐厅经理喊余梦，她赶着去处理后面的事。余爽和余蕊也从座位下来，跟白元凯站在一边说话。

见人散了点，余嘉小声问丈夫狄立人："跟老栾一起来的？"余嘉的意思是，他难道不知道栾跟余梦关系紧张。余嘉看不上栾，觉得他对余梦的种种行为太不地道，包括离婚，包括离婚分钱。因此，她不希望狄立人跟栾承运走得太近。

狄立人没作声，他甚至看都没看余嘉一眼，抬腿朝外面走。余嘉不知哪句话不合他意，喊了一声老狄。他脚步更快。余嘉匆匆跟白元凯和爽、蕊点了点头，追着丈夫出去。

白元凯话还没说，想追着余嘉再讲两句，却被蕊和爽绊住。"到现在都没露头。"余蕊忍不住替爽出头，是说康隆。白元凯明白她的意思，说这个他得替老康解释一下，今天有突发情况，领导找，必须陪，这会儿应该到了。

余爽骂："陪什么？陪吃栗子？他是来听音乐会的？散场了才来？"

"他是来看人的，见到人就值了。"

白元凯真会说话。余爽还是不解气。她认为这不平等，康隆不尊重她。整场会下来，小提琴声在耳边吱吱呀呀，余爽一个音符也没听进去。余蕊的话，还有先前余嘉的话，包括白元凯的话，康隆的表现，还有最重要的，她自己的感受——她觉得自己和康隆的相处，包括这一段同一屋檐下住着，她之所以感觉不舒服，是因为眼看要奔着结婚去。

一想到要结婚，要短时间适应一个男人，余爽就觉得精神压力很大，人也变得挑剔起来。她喜不喜欢康隆？扪心自问，第一感觉挺好。各方面条件合适，人也相对单纯。可她就是没想好，要不要跟他结婚。

三个人正说着，康隆逆着人流往里挤，老远就伸手打招呼。余爽背过脸,说别理他。余蕊帮她扭过身子。白元凯和余蕊对看一眼,心照不宣。

是时候撤了,得给爽和康隆留空间。余蕊拉拉爽的手:"好好谈。"余爽连忙说别走呀。白元凯走过去跟康隆说了句,好好道歉。

康隆道:"我又没错。"

白元凯说:"你说实话。到底喜不喜欢她。"

康隆说:"喜欢。"又补充,"我们都是弃儿。"

白元凯略不耐烦,"别扯这些,"他把手放在他心口,"问问这儿,喜欢,就坚持,咬住,她不错的。"

余爽迎面上来,往出口去。

康隆贴上去:"对不起,真有事。"

余爽道:"扯平了。"

康隆追。

余爽站定,回头,"我摔东西,你迟到,扯平了。"

康隆支吾:"其实……"

余爽道:"别其实,来了正好,我有话跟你说。"康隆哦了一声。余爽挥挥胳膊,说出去谈。

8

音乐厅外小花园。天冷。月黑风高。

"咱们分吧。"余爽单刀直入。

"不至于。"

"我想明白了。"

"可以慢慢磨合、适应。"

"问题不在这。"

"你讨厌我?"康隆没用喜欢这两个字。

"没有。"

"那为什么一定要分。"

"怪我,"余爽缩了缩脖子,"怪我一开始没说清楚。"

"现在说不迟。"

余爽吸了吸鼻子:"不行,那样对你不公平。"

"没关系,我是男的,吃点亏没什么大不了。我鲁莽,我道歉,我应该尊重你,不应该……咳……大男子主义。"康隆停了半秒,道,"你也不能大女子主义。"

"那是应激过当。"

康隆继续说:"我们一样。"

"什么?"

"都是孤儿。"

"你有爸。"

"那你有弟弟。"康隆道,"年龄、职业、追求,我们都比较合适,有结合的基础。"

余爽快速打断他:"我现在不想结婚。"

康隆看着她,不说话,他在科研中运用的论证方法,在余爽面前看来不适用。"我不想结婚,"她又说一遍,强调,"起点就弄错了,我妈走了,我难受,怕以后一个人过,所以才找到你,可是现在我发现我根本还没做好结婚的准备,一想到要结婚,跟一个人没日没夜……"余爽激动得两手上下摆动,像鸡爪子,"没日没夜待在一起,我就……我就受不了……"

"理解。"康隆口吐白气。事到如今,他只能理解。他也认为婚姻生活对人是种消磨。每天纠缠在俗常的日子里,做饭,带孩子,处理不完的家务,鸡毛蒜皮的争吵。

麻烦。

"所以,"余爽左手抓右手,下撑,有点少女的样子,"分吧。"

"我不同意。"

"不公平的事我做不出来。"

"不结婚就不结婚。"康隆说,"其实我也没做好结婚准备。"他停一会,又说:"跟你一样,我妈去世,我有点慌。所有人都告诉我应该结婚,有个家庭。"

"可是……"

"公平。还是公平的。"

"但是……"

"不提结婚，那就做情人。"

"情人？"余爽看着康隆。她怎么也想不到，这个词会从老派的康隆嘴里说出来。

"情人？"余爽重复，"情妇？情……"越想越离谱。

康隆伸手轻轻点了她头一下："什么脑袋。情人，有情的人。"

入口大厅，余蕊和白元凯聊兴未减。这次见面，他们都更轻松。何况刚经受古典音乐洗礼，心情愉悦。余蕊忍不住夸白元凯。白元凯直接接受，丝毫不"受之有愧"。

优秀是一种习惯。余蕊喜欢白元凯这种直白的态度。她现在交了男友，反倒能以一种释然的心境欣赏这个男人。

是欣赏，不想着占有。心理负担放下，交流起来更自然。白元凯也觉得这天的余蕊很有魅力。人淡如菊，呵气如兰，分析古典音乐头头是道，对舞台表现也有专业的评判——他差点忘了，她是演员，受过专业训练，在这方面，她可以做他的老师。

余蕊看看表。史同光还没到，她在等他。白元凯见余蕊看时间，以为太耽误她，连忙结束话题，又问要不要送。余蕊婉拒。"打车不方便，我送吧，顺路。"白元凯保持着绅士风度。

"真不用。"余蕊有点为难，"我等个朋友，你先走。"她不说是男朋友。本能地，她不想让白元凯见到史同光。至少不是在这种场合见到。

出口跑出来几个孩子，蹦蹦跳跳的，冷不防撞了余蕊一下。她鞋跟高，被撞得打了个趔趄。白元凯连忙伸手抓住她胳膊。

她胳膊真细啊！白元凯第一感觉。

事发突然，力道太大，余蕊被拽回来，险些跌进白元凯怀中。他只好扶稳她，让一切恢复平衡。余蕊脸红扑扑的，也不晓得是刚从音乐厅出来太闷，还是因为别的什么。

身后有人叫小蕊。

余蕊匆促回头。史同光来了，小跑着。

他看到刚才那一幕了？余蕊嘀咕。又不好解释。本来没什么，不必此地无银三百两。老史到面前。两个男人面对面，余蕊只好做官方介绍。对史同光说这是白总。对白元凯说，这是我男朋友。

轮到白元凯意外了。找了这么个男朋友？不过这种质疑只在白元凯脑中停留了一秒便烟消云散。男人无丑相，比如某云，比如某林。白元凯不算太以貌取人，尤其对男人。

男人要看实力。

既然余蕊这么个优秀的大美人选择他，那一定有其过人之处。

握了握手。史同光找白元凯要名片。

白元凯四处摸摸："好像没带。"他今天做嘉宾，穿的新西装。"车里有。"他说。史同光真要跟他去车里拿，余蕊拦阻，"同光！算了。"这年头谁还执着于名片。她明白史是对白这个人好奇。

通道拥出来几名妇女，花枝招展。是女企会的成员，见到白元凯，跟狼见到肉似的，立马围得密密的。

护送余蕊走远了，史同光扫了一句："师奶杀手啊！"

余蕊没接他茬儿。

她已经能闻到醋味。

上了车。史同光果然开启十万个为什么模式。

"那人干什么的？"

"爽姐的朋友。"

"做哪行。"

"不太清楚。"

史同光哂笑："不清楚聊那么欢。"

"你想说什么。"余蕊也有点不高兴。说几句话，多大的事？周围都是人她能怎么着。何况谈的都是艺术。

艺术。懂么！

她白了他一眼。

"不是……"同光软下来，"不是那意思，我是看他有点……"

"行了。"

"他不会是你前男友吧。"他开玩笑似的问。

"你心眼就这么大？"

同光哎呀了一声，道："是就是不是就不是，谁没有点过去，没什么。"

"是！"余蕊索性认了这假账，"怎么着吧？"

"别激动别激动……"

余蕊索性点透了："是不是要说，我放着这样的男人不找，我找你，肯定是图你钱，不是图你人。"顿一下，继续批评，"史同光，你能不能有点自信？"

史同光找补："我有自信我怎么不自信……不就自信么我有……从小什么都缺就不缺这个……我就随便问问你还扯出那么多……"

"停车。"余蕊拿出杀手锏。

"别啊——"史同光讨饶。

"停。"

史同光哎呀一声，只好坦白："我错了行吧，我承认，我小心眼，其实平时我心眼挺大的，不知道怎么的，一到你这，立马缩小，跟进了银角大王的紫金葫芦似的……其实吧，都怪你。"他倒打一耙，幽默地说。

余蕊本来只是作戏，见老史这么说，火下去了点。

"屎拉得够歪的。"

"谁让你长那么漂亮。"

"这也是错？"

"我的错。"

"长得跟猪八戒似的你要吗？"余蕊犀利地说。

"我的错我的错。"干脆全认下来，息事宁人。

余蕊闭上眼，后靠，她觉得累。

9

受人之托，忠人之事。音乐厅人快走光了，余梦还留守阵地，她想把这场会办得圆满、漂亮,淋漓尽致展现自己的能力。一面要跟音乐厅工作人员交接好,一面要把所有的鲜花拿到车里,一面她还不忘认真检查每个座位,如果有嘉宾落下随身物品。

她代为交还,一来一回,又是一次社交。

工作人员去拿结算单,准备交给余梦。

灯光黯淡下来,保洁还没到。

余梦迈着轻盈的步子,把座位一个一个抬起来,嘴里哼着歌。是邓丽君的那首《你在我心中》,是王菲翻唱版本的调子。

抬头一个黑影!余梦啊地叫出声。

定睛一瞧,前排座位上有一大团。不是鬼,是个人。

"散场了。"余梦对着他嚷。示意他离开。

简直剧院魅影。

那人转过脸,站起来,入口的光薄薄打在脸上。

余梦又是惊又是喜。

是祖良才!

"还不走?"她口气俏皮,心放下来。

"等人。"

"辛家人都走了。"她以为他候着辛先生。

"等别的人。"

"谁?"

"等你。"良才声音充满磁性。很深沉,有力量。

他守株待兔。静候良久。

余梦咯咯笑着。上次会餐后,她故意减少了和他的联系。欲擒故纵。

"没事做是吧,没事做帮我……"余梦话没说完,黑暗中,祖良才直压下来,一手从后面圈住余梦的腰,一手捉住她胳膊,嘴唇贴紧。

泰山压顶。无处可逃。

余梦猝不及防。仿佛孙悟空被五指山制服般躺在座位上。"有人!"她终于把嘴拔出来。良才还那么压着。保洁打旁边走过。两个人仿佛打埋伏一般,一动不动。待保洁走过去,安全通道门咣当一响。

烈火才重新点燃干柴。

吻了近一分钟。

工作人员叫余老师。他来给单子。

余梦狠狠起身。简单收拾好头发，衣服，又故意转头对祖良才："你去把车开来。"

"好的，余总。"祖良才十分配合。

打这个吻起，祖良才和余梦才算真正对上了点，接上了头。这一夜，少不了颠鸾倒凤，不知天地为何物。都这个年纪的人，没必要羞羞答答。

直接切入主题。

祖良才本要去自己的房子，偏远点，余梦不同意，选了个五星级酒店。放心，不用他登记。用她的身份证开房——对他是个保护。憋了太久，一场鏖战，两个人都全身心投入，余梦对祖良才满意。五十郎当岁，携虎狼之年余韵，还能再战。祖良才则感觉余梦甚至优秀得超出他的预期。这是个好女人。他遗憾自己没能早十五年遇到她——如果那时节遇到，他们一个是吕布，一个是貂蝉。美女配英雄，不过现在不算晚。

人生得一知己，足矣。

翌日清晨醒来。祖良才睡眼蒙眬。毕竟有年纪，一夜春宵需要体力。盥洗室里传来吹风机的声音。

余梦赤着脚走出来，身轻如燕的样子。"叫个早餐。"他温柔道。

"我还有事，有个会要开。"她故意说。

分明是天字第一号闲人。

"我马上好，一起走。"

"不怕被人看到？"余梦笑着。

"你单身，我也单身，我们有恋爱的自由。"他壮着胆子。

"算你明白，不过，我不是你的情妇。"

祖良才纠正："我从来就没有过情妇。"又说："正常恋爱，合法合理的情感需求。"

"那也不对。"余梦还是带着笑容，迅速穿衣服。

"哪里不对。"

"不是说过了一个晚上，就代表恋爱了。"余梦甚至没给祖良才多说话的机会，便继续穿好鞋子，"回头见。"说着，真就头也不回地出了门。

内心深处，余梦忍不住为自己叫好。对，就要这样，洒洒脱脱，她不能像寻常女人那样，过了一夜也黏住缠住男人。心态要摆正，她不是猎物,是猎人。在目前这个阶段,她需要做出姿态——鱼吃钩还不稳,不能贸然上拉。

最理想的状态是姜太公钓鱼,愿者上钩。直钩也能钓到大鱼。

余梦自认了解男人——男人喜欢追逐,不让他们费一番力气,他们永远不懂得珍惜。

游戏才刚刚开始。

相对比,余嘉这一夜过得可不痛快。从音乐厅出来到家,一路,狄立人一言不发,到家就钻进书房,还是分床睡。次日,晚间回来,继续看他的书。余嘉不晓得哪里做得不对,左也不是,右也不是,鼻子不是,眼也不是。

终于她忍不住:"老狄,你要对我有什么意见,可以明说。"

狄立人放下书,这会可以看到全脸。耷拉着,阴沉沉的。思思每次翻过去的照片,都会说,爸爸长变了。狄立人不说话,余嘉只能帮丈夫解释:"胖了,年纪大了都这样。"女儿信以为真。其实何止是胖了这么简单,相由心生,上了岁数,从脸面能看出内心状态。狄立人这张脸,过去,帅气;现在,戾气。都是被逼的,想得多,愁得多,欲望太多。余嘉心疼丈夫。

"什么事没必要瞒着我。"狄立人道。

余嘉诧异。

狄立人抱怨:"认识辛家也不说。"

哦,是这事。一场音乐会下来,余嘉算看明白了,所有人都想结交辛家。狄立人也不例外,只是她只是个帮忙的外围人员,八竿子打不着。

余嘉只好解释:"我不认识。是余梦认识,找我去帮忙。你不在家,所以没跟你说,也就这几天的事。"

狄立人道:"余梦认识没听你早说。"

余嘉也有点不高兴:"她认识谁会告诉我?"

狄立人不作声,来到大城市后,压力大。不来不知道,来了才明白其中盘根错节,谁没有个投的靠的,就他势单力孤。当初家乡那些老干部撺掇他来,说他年轻有为,该再进一步。狄立人也的确想进步。现在明白了,那些老人不是不想来,是不敢来。躲在老家做好歹优游,在这里呢,不进则退,只能披荆斩棘。

余嘉看出狄立人的心思:"知道你辛苦,但你为什么来要弄清楚。你来了就是为人民服务的。其余的不要多想,该是你的,早晚是你的,不是你的想也没用。"

狄立人觉着余嘉这话说得像他领导。或者像高中政治老师。"不用你说!"狄立人恼火。

"实在不行,将来找机会再回去。咱就过平平常常的日子,有什么不好。"余嘉发自内心地。

这句话却深深刺痛了狄立人。回去?怎么回去?降级回去?那不等于他狄立人打了退堂鼓?英雄变狗熊,不被人笑掉大牙才怪!不能当叛徒!前进前进再前进!

"感觉这也是个挺没意思的地方……"余嘉分析着。

这是她的真实感受。大城市,每个人都忙忙碌碌,那种无形的压力,是这座城市给你的,是所有人形成的共同气场给你的,是几百上千万人的共同意念给你的,必须成功,只能成功。

不成功就成仁。

余嘉从来没把自己的人生追求定位成"人上人",当初她嫁给狄立人的时候,他还在乡镇,她就想着,将来能到市里,买套房子,有个工作,孩子能上大学就行。没承想一浪赶着一浪,硬是走到这里。

"还不如……"余嘉低着头,手里抓着抹布,吃完饭要擦桌子。

"当"的一声。桌子上的茶杯恨不得像玩蹦床。

"不可理喻!"狄立人吼完,扭头钻回书房。

留下余嘉一个人愣在那儿。

女儿思思在屋里喊:"妈!小点声!这听听力呢!"

都在怪她。余嘉莫名其妙成众矢之的。

10

离婚的消息怎么跟两个儿子说，对余梦来说，有点困难。她原本想把这个任务踢给栾承运，可又怕自己丧失话语权，一旦缺席，谁也不能保证那个男人会把她描述成什么样子。她跟他沟通过，栾承运认为可以暂时不说。

"也不是什么大事。"他这么判定。

余梦一下就识破了他的险恶用心。

不公布离婚，没准他还想着复婚。他不想另起炉灶——小姑娘虽好，能比她余梦好吗？上得厅堂下得厨房，有经验有魅力，她是蜜桃成熟时，诱人，小姑娘们只是青梅挂枝头，能看不能吃。不过余梦下定决心不再给栾承运机会。在一起这么多年，够够的。因此，她更加要对儿子们公布离婚消息。

她还要谈朋友，名不正则言不顺。如果儿子们不知道妈妈已经离婚，她谈朋友的消息一旦走漏，她等于被贴了出轨标签，会遭万人唾骂。到时候就算不是事实，儿子们也会先入为主，她处境将非常糟糕。

余梦下定决心，硬着头皮，演一出和平分手。

餐厅是栾承运定的。很好，就让他出钱，出点血。

大圆桌，四口人溜着一边坐。栾承运和余梦一人一边，中间夹着浩宇、正宇。余梦照例问问学习情况，又问生活情况，然后提醒浩宇，如果谈恋爱了，一定要跟妈妈说。提醒正宇，要听哥哥的话，开朗一点。

余梦本想问浩宇那天音乐厅里跟他坐一块的女孩是谁。可问来问去，脑子都在离婚的事上，一转脸就忘了。吃得差不多，四口人坐着，栾承运掏了支烟。

"放回去！"余梦呵斥。她吸二手烟吸了那么多年，深恶痛绝。现在离了，更不能忍。栾承运笑呵呵的，放回去就放回去。

余梦对儿子们："你们别学！"

浩宇拖着腔调："知道啦，不抽烟、不喝酒，更不能碰那啥啥。"美国学校爆出大麻丑闻。余梦三令五申，叮嘱儿子们把控好自己。

"能走了吧。"浩宇站起来。

"坐会儿。"余梦道。她看栾承运,意思让他开口。栾承运翘着二郎腿,不紧不慢品着香茗。余梦伸腿,从桌子底下踢了他一脚。栾承运差点跌倒。

余梦瞪眼。

栾承运坐稳了,把茶杯推远点,清清嗓子,才说:"儿子,有个事。"浩宇正宇静静的。这么严肃,应该有大事。

"我跟你妈,好聚好散了。"

浩宇早就猜到个八九不离十,并不意外。正宇脸色发白,他还是个孩子。

余梦连忙接话,安慰道:"每个人都有自己的路要走,现在爸爸妈妈要走的路不一样,所以只能各走各的……但是不用担心,爸爸妈妈不会变,还是像过去一样爱你们……会更加爱你们。"

浩宇觉得老妈的话有点肉麻。正宇要哭了。

"谁甩的谁?"浩宇问。

"你妈甩我。"栾承运不假思索。

"栾承运!"余梦喝道。

怎么能这么说?虽然是事实。可怎么能在儿子们面前把她塑造成抛夫弃子的女人。余梦转向大儿子浩宇:"不存在谁甩谁的问题,和平分手。合适就在一起,不合适就分开,这不是什么特殊的事情。你们在国外留学,更应该理解爸爸妈妈。"

还是很书面。说的时候,余梦感觉自己舌头都有点打结。"You don't love my dad anymore(你不再爱爸爸了)。"浩宇来了句英文。余梦听懂了,简单的听说她会。她连忙摆摆指头,说 no no no no……浩宇换个中文,"那就是还爱他。"

"NO!"余梦词语匮乏。

浩宇转头看爸爸。

栾承运迎上去:"我没变。我还爱你们的妈妈。"

厚颜无耻!你有什么资格还爱!余梦心底呐喊,看来和平分手不切实际。正宇眼泪下来了,浩宇对弟弟:"哭什么,就离个婚,又没人死。"

思维真粗暴。

余梦只好换个角度:"谁对谁错交给时间,浩宇、正宇,爸爸妈妈分开了。两方都有错,不是哪一方的错误。婚姻失败很遗憾,但我从来不后悔生了你们两个。"

真情实感,浩宇不再碎碎念。栾承运说要去趟洗手间。余梦把两个孩子拢在怀里。正宇大哭。

"以后谁打钱。"浩宇有理智。

"问你爸要。"余梦很坚决。

把儿子们送走,余梦重新把栾承运的号码拉黑。她又自由了。她先跟翁悦见了面。老翁从外面回来了,鬼知道她处理什么事情,但翁悦说,是任女求学的事,她不得不回去伸把手。"我哥也来了。"翁悦提醒。余梦不接茬。虽然她恢复单身之后,理论上欢迎所有的追求者,括号,除了前夫。不过翁阳这样的男人,实在提不起她的兴趣。

充个人场可以。她是花,总得有绿叶衬着。翁阳这个迷弟的存在,多少证明了她的魅力。

翁悦又问辛家音乐会的情况,余梦轻描淡写简单说了。翁悦拍她,说行啦,谁不知道你能干。

"还有人害我呢!"余梦故意提琴谱丢失的事。

"哪至于,估计是你自己忘了。"

"绝对没有。"

"你不也巧妙处理了么。人往上走,谁没几个对立面,看轻看淡就好。"翁悦劝。这话没错。余梦本来也没放心上。音乐会后,女企会那个娘们儿对她的态度明显转变。她们似乎完全不再介意余梦只拥有一个皮包公司。

"没什么动静吧?"翁悦故意问。余梦说我能有什么动静。翁悦道:"这龙腾虎跃的,一个都没看中?"

"重心在事业上。"余梦呵呵道,"男人有事业就有爱情,女人么,一样。"

翁悦含着笑,不语。余梦那点"事业",她了若指掌,但她希望有余梦这样一个女伴在身边。翁悦秉持一个观点。女人还是应该帮女人,越往上走,越应该这样——高处的牌桌上都是男性玩家,偶尔有几个女人,再不想相互搀扶,简直要灭绝——尽管她同时认为女人有时候特别爱互相伤害。

翁悦带来一只珊瑚,一块蜜蜡。余梦说,干吗,给我的?翁悦笑说,是，你现在是红人，不得不奉承你。余梦接过蜜蜡，实在喜欢。跟上次某节目中看到的刘晓庆脖子上戴的那块相似，搞不好价值连城。

余梦要戴，翁悦阻止。余梦不悦："多少钱，给你。"翁悦这才说，这两个都是给辛太太的生日礼物。她年里头过生日，今年又是虚整数。不表示表示说不过去。她说珊瑚算我送的，蜜蜡算你送的。余梦诧异："干吗，有事求我。"翁悦道："感情投资提前做，以后你飞黄腾达，鞭梢子都抓不着。"余梦还是不信。翁悦道："那收回。"余梦连忙阻止，别，还是送。翁悦神神秘秘的："听说最近你们家老栾拿下个大项目。"

余梦不屑："癞蛤蟆上秤盘。"又补充，"他跟我不是一家。"

翁悦又道："说多少个亿。"

余梦一口水差点没喷出来。

仇人发达，世间恨事。

"干吗了多少个亿，印钞票？"

翁悦又说不太清楚。

都忙完。年前余梦还要请姐妹们聚聚。尤其余嘉，她觉得特对不住。那天忙后，跟着大歇，随后是碎碎叨叨小忙。一直说约饭，总碰不对时间。

公司回撤几个部门，余爽抓着，一下忙起来，只有周日有空。狄立人和余嘉冷战，她心情不大好，年前的同乡聚会，狄立人压根没和余嘉说。

是余义回来向姐姐汇报的。余嘉问："都带家属了没有？"余义说有带的，也有不带。"不过姐，你也算同乡。"

她不完全是家属，还兼着另一重身份，应该出席。

只能理解为，狄立人不想带她，通知都不通知。余嘉忍不住怀疑，是不是自己现在丑到带不出去？

鱼尾纹、法令纹、悬针纹、颈纹……她憔悴。平时照镜子，她囫囵吞枣。走场子用个兰蔻BB霜，一白遮百丑。

不讲究。将就。

回头想想，自己最讲究的时候就是在学校当昆曲社长那会儿。人家都说她扮杜丽娘最有神韵。跟狄立人之后就放松警惕，生完孩子，更是美丑均不自知。

思思推门进来，嘴里念着英语，她铁了心出国。余嘉问："你妈老么？"

思思摘掉一只耳机，反应不过来："谁是我妈。"

"我。"

"哦——"

"老不老?"余嘉抚面。

"看从哪个方面说,看跟谁比。"女儿客观地说。

"直观印象,能看么。"

"看——是能看。"思思踮起脚,身体前倾,去观察老妈那张脸,像一名指战员在研究军事地图,"就是不能……细看。"

余嘉忧愁。

"去七院打打针。"女儿建议。

"你妈没病。"

"妈,能不能不要那么落伍,这是基本护理,有什么关系。天天还跟小蕊阿姨混,还有梦大姨,没吃过猪肉,还没见过猪跑。"思思点点老妈的脸颊,"就你这大腮帮子,还有这皮肤状态,啧啧,我也就是你女儿,不嫌娘丑。你看人家王菲那英刘嘉玲,越活越年轻。"忽然作痛心疾首状,"你以为年轻白来的?都是要花钱下本!"

"你妈还没到那岁数。"根本不同年代。余嘉不认这比方。

"该花的就得花。" 思思从来不省钱。

"行行行,"余嘉不耐烦,她跟女儿三观冲突,现在的小女孩懂太多,心太活,"等你能挣钱再说。"

有人敲门,是快递。思思去开门。货取进来,打开,三个皮搋子(即水拔子,疏通下水道用)。

红黄蓝三色。

思思绝望地说:"妈,就这个你也买三个退两个?服了!"余嘉脸上挂不住,硬找理由,道:"你知道什么,这是高级货,超市买不到的,小爽阿姨小蕊阿姨一人要一个,不是只有我们家。"这一次,余嘉不打算退货。

第四章

1

聚会要带上皮攥子——思思陪妈妈去,余嘉必须践行"承诺"。只是吃饭捎带这东西实不雅观,余嘉只能用快递纸包好,放进两个体面的塑料袋里。

看上去像个礼品。

思思看出老妈的心思,道:"也知道格格不入了。"

余嘉轻拍女儿:"去了少说话,多吃菜。"

到地方,另外三个已经等着。见有礼物,余蕊连忙接过去。余嘉分配,说爽一个,蕊一个。余梦问怎么没我的。余嘉只能说:"你不需要。"余爽要拆。余嘉连忙说:"回去再弄。"

人到齐。进入吃的环节,只是,一桌五个人。余梦和余蕊都正处在一段感情中,需保持身材警惕,嘴上提溜着减肥二字。余嘉因为狄立人闹别扭,没心情、没胃口。思思本来饭量就小,姑娘大了,也开始爱美。平时就扣饭,晚上这顿更是尽量少吃——吃多了头脑昏沉,影响学习。

于是乎,一桌上只有余爽大快朵颐。

一会儿,思思吃完,先撤,英语课不能落下。

爽还没停筷子。余梦知道爽率真,便上赶着逗她:"跟那栗子博士,怎么样了。"

余爽答:"当朋友。"

"什么意思?"余嘉也好奇。

"我现在不想结婚,先处着。他同意。"

余梦惊讶道:"够横!"

余嘉笑:"一般都男的不想结婚,女的催,你倒过来。"

余蕊不言声。爽这事她知道,她理解是,爽占了一个工作好,有财产,有学历,长相上乘,所以有"耗"和"挑"的资本。如今男人也乐于从实际出发,找老婆,找个有钱不拖累的,日子轻松,少奋斗多少年。

等年纪大了,自己起来了,或者离婚,或者再找红颜知已——这是天底下男人经常犯的错。

当然也有从一而终的。少。

余梦曾经有个观点,经常在姐妹们面前宣扬。"帅的也要偷人丑的也要偷人,那当然找帅的。不然晚上睡觉醒来,开灯一看,旁边睡个猪头,干吗?"

的确,美到像梦姐那份上,年轻的时候可以"恃靓行凶",她找的栾承运,黑是黑了点,眼睛小是小了点,但现在却偏偏属于别具魅力的男人。不过就算眼下梦姐已经到了青春的夕阳,她挑男人,似乎依旧是在五十岁的男人里挑长得体面的。这个年纪的男人想要看上去舒服,那是需要"成功"加持的。

有的帅气男人,因为不得志,到了知天命的岁数,也会颓然难堪,不说大腹秃头,气场上首先就输了;而有的人年轻时相貌平平(甚至丑),因为成功,钱权加持,修炼到位(健身、打高尔夫、写书法、徒步登山等),反倒形成一种成熟男人特有的魅力,指哪打哪,挥斥方遒。

余蕊吃过亏,不敢轻易再碰那个年纪的男人。男人到了那年纪,凡成功者,无不有千年道行,一般女人玩不过。梦姐这样的段位,或许可以试试。

余蕊想得出神:余梦拍了她一下:"问你呢,愣什么。"余蕊忙说什么事情。余嘉说:"过年怎么安排。"

余蕊道:"就在这过,我妹过来。"她妹妹余憩还在读书,也是个小美女。余嘉说了声也好,又问余爽。

爽道："可能去我弟那。"她弟弟余庆一大家子。

余梦说："康隆去不去？"

余爽答："他去干吗？他有爸。"

来了个电话，余梦到旁边接。话题断了。余嘉没深问，她怕又触到余爽的伤心事。爽妈去世，小家离散，一到过年余爽连个地方都没得去。去弟弟那，也就是看看，毕竟世上只有这一个亲人。可余庆那边大家都知道，一个老婆，一儿一女，两位老人，他一个人要养五个人，压力实在巨大。余嘉认为，爽未必没想过让弟弟来大城市过年。可来了怎么办呢。全都靠到爽身上？别的不说，看到爽那大房子，估计弟媳妇都能惦记上，不住白不住。

余嘉见余爽神色有些失落，随即道："我们回老家也就几天，年初五你过来，一起迎财神。" 余爽道："姐，别担心，有人陪我玩。"余嘉猜到是康隆。余爽仿佛看到余嘉的心思，"不光是老康，还有老白。"哦，是白元凯。余蕊在一侧听了，皮像过了电，她到现在听到白元凯三个字还会有异状。

"他不在家过年？"余嘉问。

余爽说白元凯父母都在国外，且已经分开，国内就他一个。余嘉又问："他没有女朋友？"余爽说好像没有。余嘉沉吟。这么优秀的人才没有女伴，不可思议。余蕊动了动屁股，等着听爽的拆解。

"以前有，现在是挑。"余爽拿起筷子，继续吃，"他在国外的时候说是不挑食的，中餐西餐白餐黑餐，什么餐都吃过。"

余嘉不懂什么意思。

余蕊听明白了，惊叹，转而又觉得理所当然。像白元凯这样的男人，你不能指望他一片空白等着你去涂画。

"什么不挑食？"余嘉见余蕊笑，偏头问她。

"各个人种都谈过。"余蕊解释。

天。那世界离余嘉太过遥远。

余梦接电话回来，余嘉问她过年安排。余梦刚准备说话，电话又响了，这回她没避开，当着姐妹们的面接听。

隐约能听到是个男人的声音。

余蕊靠得近。听了三四句，似乎还有点耳熟，但猛一下又想不起来。

男人每说一大段,余梦只会给一个简短回答:"回头看看……不确定……还要开会……得看看签证……我对日料过敏……我还有事……"真话夹杂着谎话,更能体现余梦的手段和身份的尊贵。虚虚实实,男人都吃她这套。三个女人盯着她,等她"解释"。

余梦扫大家一眼,一笑,无奈摊手:"都约我……"余嘉当着爽和蕊的面,不好深问,"法不传六耳",她得给梦留面子。有些话只能单独说。

余嘉再问了一次她过年的安排,余梦道:"儿子不回来,我得过去一趟。"栾承运过年"有安排"。不能去看儿子们,余梦怀疑不出几个月,就会听到他再婚的消息。她知道,栾承运没女人过不了。

余嘉没再深问,她忽然想起来美容的事。马上回去过年,在亲朋面前,余嘉也想显得年轻些。既然来了大城市,回去就应该像"衣锦还乡"的样子,是为自己,也是为狄立人争脸面。

余嘉摸摸余梦的脸:"你这是真的?"

"当然真的!"余梦莫名惊诧,"原装。"

余蕊抿嘴笑。

余爽道:"嘉姐,梦姐这脸,特贵。"

余梦自抚:"那是。靠脸吃饭的。"余嘉笑:"小蕊才是靠脸吃饭呢。"余蕊是演员,标准靠脸。

余蕊打趣:"这口饭不好吃。"

余梦又伸手去捏小蕊的脸颊,对余嘉:"这都是有投入的,架子有,肉得消。"再拍拍自己的脸:"咬肌天生大,肉毒必须打。"

肉毒,余嘉听过,但她没想过自己也会动打的念头。

"安不安全?"余嘉还有担忧。余梦笑说你想开啦,安全,有什么不安全的。她仔细打量打量余嘉的情况,道:"你就来个水光针,咬肌打一打,眉头这纹打一打。"

到年没多少天了。余嘉怕弄了不自然。余梦劝说那个医生特棒,让他注意点,完全没问题。余嘉问余蕊,余蕊也说现在医美进步,梦姐介绍的,应该信得过。

"真打?"

"我帮你约。"余梦拿起电话,她跟医生熟络——经常去送钱。"除皱针、水光针、瘦脸针。"她念叨。

都是针。余嘉晕针。

"等会儿!"一举手,她犹豫。

2

手握皮搋子——把手形态设计得像奥斯卡奖杯,一个小人举着双臂立在中间——余爽不知道嘉姐为什么突然送这个给她。难道她知道康隆在这住的时候,曾经拉硬屎堵住过马桶?康隆自己说的?

……

想来想去不得要领。

行吧。皮搋子是个好东西,试一试,过去这是老妈的工作。

余爽拿着皮搋子,上战场一般,去抽水马桶狠狠拔了几下。得劲。能用。以后堵上了,不用打电话给物业。试用完毕,余爽拿着皮搋子去洗手池冲水。

一想,不对,这是面盆。连忙抬起。谁知面盆上的水龙头本来就有点不牢固。遭皮搋子一袭击,接口处喷出水来。余爽连忙去堵。水花乱溅!愈演愈烈,弄得她一脸湿!

狼狈!

赶紧打电话给物业。

十万"水"急,跟着,三两处接缝处喷水,整个洗手间像安了喷泉。地漏淌不及。客厅木地板很不幸,浸了水,物业只是来关闭总闸。

余爽暂时从水灾中逃脱。

灾后重建工作十分繁重。一方面是自家灾区的重整,另一方面是楼下住户索要赔偿——他们吊顶花了大价钱,浸了水,是项巨大损失。以往,邻里关系都是爽妈来维护。恨不得小区几个楼的人,她都认识——在楼下跳广场舞也是社交。可爽妈走后,余爽谁也不认识,谁也不想认识。康隆提出过这个问题,说远亲不如近邻。余爽答:"我认识他们干吗,又不靠他们吃饭。"

康隆在这住的时候发生过一件事。老妈去世前，余爽睡眠良好，基本倒头就睡。老妈走后，她突然变得神经过敏，一点光一点声音，都能搅和得她心烦意躁，难以入眠。去医院，医生开了点谷维素。余爽一看说明，有一条是：用于更年期综合征的镇静入眠。

更年期？不不不，她拒绝服用。

可是，一到晚上九点多，楼里有一家弹钢琴，每次都能让余爽烦躁不堪。向物业投诉，打了两次电话，物业态度良好，说马上让保安队长去处理。他们问是哪一家，爽说是四楼。第三次投诉时，物业死活不去处理，说除非业主愿意跟他一起去找，对峙——上两次都冤枉了好人。余爽不愿意下楼。好在康隆在。他出马，一个单元一个单元找。终于在隔壁的二单元找到了"肇事"家庭，仔细沟通。

余爽有了个好睡眠。

因为这事，她老觉得自己欠康隆的。她不能跟他结婚，又占着"资源"。所以，音乐会那次，她决定跟康隆分手，谁知康隆愿意跟她做"有情的人"。

这次跟楼下那户的沟通，是康隆出面。木地板，是康隆起的，水管子也是他修的。余爽发现，这男人除了隐藏得很深的大男子主义外，还有"堪大用"的地方。工作中，她是女超人，生活中，她是女废人。因此，康隆更加可贵。

看着康隆在地板上一会东一会西地修补，余爽有点开不了口，她还有事想找他帮忙。"栗子，"她偶尔叫他栗子，"过年我陪你去你爸那吧。"

"前几天去过了。"康隆没抬头。他跟老爸关系一般。老爸有了新家庭。年节没他什么事。

"那我陪你去给你妈上坟。"余爽求表现。她不想欠他的，做情人，也要"等价交换"，要有基本的公平。

"有事？"

"那个……"余爽开不了口。她要单枪匹马去弟弟那绕一圈，过去老妈在，都是弟弟带着老婆孩子来过年。是余爽的主场。如今，主场变客场，弟弟家又有老丈人和丈母娘驻守，她本能地觉得不妙。让弟弟来大城市，也不切实际，她怕弟媳妇他们提搬家。余庆工作不稳定，有换个城市发展的意愿，只是拖家带口，辎重过重。但如果有余爽这个落脚地，大不一样。让康隆陪着去，一来有人壮声势，二来表明自己有男朋友，不用被老人和弟媳妇催着"相亲"或者生孩子。有人陪，能少待两天，顺带去周边玩玩，散散心。毕竟，她和康隆也在相处，是情侣，需要创造机会相互了解、磨合。而且到过年凑在一块，还有点相互取暖的意思。用康隆的话说："我们都是孤儿。"

"有事说啊。"栗子博士放下手中工具。

"过年，得去我弟那一趟。"

"我陪你。"康隆立刻回答。这才叫默契，这才叫男人。因为这爽快，余爽觉得狠欠这个男人两份人情，还没启程去弟弟那，她便存心想着怎么还了。

学校放假，余憩先在学校待着，接到姐姐余蕊的电话，便启程去大城市。父母不在了，姐姐在哪儿，哪里就是家。事实上，这么多年，也是姐姐余蕊支持她的学业。余憩比较简单，那也是因为余蕊的保护，不过，家道坎坷，余憩比同龄人还是多了几分成熟，她比余蕊还寡言。余蕊是该说的时候说，不该说的时候不说。余憩呢，是基本不吐露心声。好在这么多年，许多事情，姐妹俩心有灵犀、心照不宣，因此，更加唇齿相依、肝胆相照。余憩喜欢文学，以前读三毛，后来读张爱玲。她很怕自己和姐姐活成《半生缘》曼桢和曼璐的样子。从这年开始，她已经不要姐姐的钱，宁愿勤工俭学，多挣一点。不给姐姐添麻烦。演艺界的流言本就多。余憩得知姐姐如今基本退圈，找了个男人准备安定下来，打心眼里为姐姐高兴。

余蕊不打算让妹妹住"家里"，老早就订好了宾馆房间。

她不想让妹妹近距离观察她和史同光的生活状态。她和妹妹，可以亲密无间，但中间夹着个史同光则不可以。

同光得知，说你们住你们住，我回家。

回他自己的家，他爸妈那。

余蕊坚持说不用，房间已经订好，余憩也来住不了几天。不过，甫一见面，史同光一张嘴余蕊就感觉很不舒服。"漂亮，有其姐必有其妹。漂亮。"史同光称赞着。

说实话，这种夸赞，余家姐妹自小听得多了，反倒愿意听到别的夸赞点。或者就干脆别说这些个有的没的，显得轻佻。光一个漂亮，然后呢，只能卖漂亮？成何体统？

史同光的第二句话更是让余蕊冒火。"名字取得好,一个甜一个心,天生甜心。"

余蕊斥道:"识字么?舌字旁一个自。跟甜没关系。"

史同光认了个错。一笑而过。

接风问题上,他表现不错,山珍海味招待着。妹妹来,是大事。余蕊就这一个妹妹,一个家人。余憩叫他姐夫。史同光也自自然然领受,仿佛他和余蕊已经铁定要做夫妻。

医美医院。躺倒几次,余嘉又反弹回来,坐起,要下诊疗床。不行,她怕有针孔。余梦在旁边给她打气:"看不到的,跟蚂蚁咬了一下差不多。"医生也在旁边笑说:"放心,安全。"余梦接话道:"美容跟吃饭有区别吗?饭可以吃,容不能不美,医学进步,为什么不享受进步的成果,你看那些个明星,成名前,一般般,成名后,越变越好看,为什么?钱到位了呀!心放肚子里,你不是想让你们家老狄对你刮目相看吗?过年,也该风光风光。"余嘉想说这可不便宜。但当着医生的面,又觉说那话太掉份。幸好年终奖早早发了,她就当是给自己一年辛苦劳作的奖励——跟过去每到过年一定要到理发店做头发一个道理。她是大城市人了,就要跟上大城市的节奏,享受大城市的规格。眼一闭,任其操弄,起来,皮肤似乎真好一点。余梦当即恭喜。余嘉对着镜子:"好像没什么变化。"余梦笑道:"仙丹也得消化吧。回去怎么弄,遵医嘱。"余嘉仔仔细细记了。

隔了一段,是思思先发现的。母女俩都在洗手间,思思点了一下老妈眉心,"妈,动动。"余嘉果然努力动动。不妙,动弹不了。思思咯咯笑,又指指她颧骨附近,"再动动。"

余嘉对镜子,微笑。美美的一个妇人。

皮笑肉不笑。

"花了多少?"思思问。都是女人,全天下的女人是一样的,没有秘密。

"别跟你爸说。"余嘉担心这个。她只希望他看到最终结果。美的结果,化茧成蝶的过程,请忽略不计。

思思道:"妈,我可跟您说好了,等我上了大学,第一件事就是去做鼻子。"

"你疯了?!"余嘉手里的乳液瓶差点抓不住,"这鼻子哪不好,随你爸,当初你妈我还就是看上你爸的鼻子。"

"太矮。"

"哪里矮。"余嘉伸手捏女儿鼻梁。

"鼻头也太大,蒜头鼻。"

"我跟你说想都别想!你才多大,自自然然就是美,我像你那么大的时候,都不知道什么叫化妆,涂点蛤蜊油雅霜,照样好看。还整容。你这鼻梁算矮?到哪说得过去?哦,非要弄成跟一道屏风似的。不怕挡眼睛?左边能看到右边么?"余嘉一口气批评下来。

"你能整我就不能?我找爸说去。"

"年龄不一样!"余嘉大声,"你去说试试,看你爸不剥了你。我不救你啊……"

思思喊了一声,从镜子里看老妈,给她一记白眼,嘴里碎碎念,跟施咒语似的,"皮笑肉不笑,皮笑肉不笑,皮笑肉不笑……"

余嘉扬起梳子要打,思思连忙跑了。

3

年前材料突然多起来,狄立人忙得昏天黑地,晚归是常态。余嘉觉得这未尝不是好事,他在家时间少,回来就睡觉,她好安全度过整容的"狰狞期"。

最后给他个惊喜。

只是,过了几日,余嘉又有点失落。因为狄立人完全视她为"无物"——她的变化,他一丁点儿都看不到,他似乎很少直视她的脸。仿佛她只是一个符号,一个标记,代表妻子,像商店橱窗里的人偶模特。在他眼里,她就是洗衣服做饭,无尽的唠叨。除此之外,没有别的功能、别的惊喜。

连单位同事都发现了她的变化。顶头上司张主任打趣:"余姐,最近心情不错呀。"余嘉说哪里哪里。张主任换种说法,"状态不错,人逢喜事精神爽。"余嘉说哪有什么喜事。张主任小声道:"你爱人是不是又要升了?都传。"

余嘉的单位跟狄立人算一个大系统。

又要升?她怎么不知道?狄立人保密?跟她不应该。也许是真的,组织有组织的规定,必须遵守,小道消息每次又总能传出来。余嘉笑呵呵的,说我都不知道,主任你消息真灵通。

听到丈夫又要升职,余嘉喜忧参半,午休都有点睡不着了。升,当然好,那是狄立人的愿景。只是,再升,夫妻之间的差距就……狄立人是大鹏展翅火箭上天,她落花成泥原地踏步,还在地面上……匍匐……她倒想"进步",可哪里有路走呢。

她只能在"贤惠"二字上下功夫。无声地。

做女人、做妻子、做儿媳做那么多年,余嘉深谙一种"真理":在家里,女人一定要示弱。

示弱不是软弱,往往以弱能胜强。

就比如现在狄立人回来晚。她一定会在餐桌上留好饭,两只碗,两双筷子。仪式感十足。女儿吃,她等着狄立人回来一起吃。狄立人说:"不是让你先吃吗?"余嘉道:"没事,不饿。"晚上这顿,本来就可有可无。她正在减肥,准备回乡大放异彩。

冷不丁白元凯给余嘉来个电话,约去拍曲。余嘉婉拒。返乡日子逼近,她忙着给大家准备礼物。再者,脸部尚未恢复——什么时候恢复不知道,视个人体质而定。

美似乎是美了不少。

"过年在哪过?"余嘉随口寒暄。话说出来才觉失言。余爽说过,小白父母都在国外。再往下想,哦,他谈过不少女朋友。寂寞不是问题。

"一人吃饱全家不饿。"白元凯道。

余嘉没再多问,两个人又谈了谈结社拍曲的事,白元凯说正在学《艳云亭》的"痴诉"。曲友们很踊跃,余嘉心里痒痒,动了几分去的心思,可一合计,还是等年后再说。

白元凯发来几段他唱曲的小视频,那身段、唱腔,都很有点味道。"我们年初五回来。到时候余爽来,你一起。"余嘉发信息说。她当他是个优秀的弟弟。

在婆家时间待得长，娘家只能打一头。余嘉叮嘱弟弟余义早点回家陪着。女儿是嫁出去的水，没办法，儿子应多尽尽孝道。余义问姐姐考博打招呼的事。余嘉跟狄立人提了，一直没回音。她只能说，你姐夫知道了，还有时间，过年再问问，你自己也努力努力。

余义问余蕊过年回不回郢子。余嘉知道弟弟还惦记蕊，可人家既然已经有男友，多想无益。跟弟弟她不遮着瞒着："你得找个围着你转的，不能找你追着跑的。"弟弟娶媳妇，不光是为自己，还关系到爸妈。

余嘉知道自己爸妈势利，打狄立人去大城市第一天，他们就拜托女婿多照顾小舅子，其中重要一条：一定要帮找个朋友。括号，女朋友。再括号，最好有房。

他们觉得自己儿子优秀，配得上有房的女人。

"大点没关系。"余嘉爸这么叮嘱。女大三，抱金砖。狄立人学话给余嘉听，有点嗤笑的意思。余嘉气得脸绿，又不发作，爸再不好，也是她这边的人，骂，只会伤了自己脸面。

所以近些年，余嘉回娘家，脾气好一阵坏一阵，他们坠着狄立人，什么事都找他，间接等于坠着她。

弄得她和狄立人关系浅淡，夫妻缘分被耗损不少。

直到坐上回乡的列车。狄立人似乎才发现余嘉有点不对劲。端着保温杯，他从列车那头走过来，D座是他的，余嘉在F座。思思已经跟小舅余义先回去了。狄立人站着，目光在余嘉脸上停留了几秒，像下去检查工作似的。

余嘉立刻直了直腰板，女为悦己者容，好歹没白忙。

她等着他的夸赞。

"这发型挺适合你。"狄立人指了一下。

然后就没了。

夸奖到此为止。

他难道看不出来，她皮肤好了皱纹少了脸颊小了？当然，发型也稍微变了变，可那是锦上添花的花，不是锦本身。是他太粗心大意？还是他根本不在意不在乎她？是不是男人到了这个年纪，身边的女人什么样根本不是重点？

只要有个人就行？

余嘉有点气闷，但也只能自己劝自己，狄立人有的地方心细如发。也好也好，省得她围追堵截。不过，自打来大城市，他们竟然一次夫妻生活都没有过。

在大城市，狄立人只是单位的一分子，坚决为人民服务，过年回家，他则是大红人，群众围绕着他。除夕和初一是一定在家过的。

狄家全家，把狄立人捧成个活龙。连带狄立人父母也鸡犬升天，到哪都一副趾高气昂的样子。余嘉不喜欢，但必须尊重。她得看清自己的位置。

初二回娘家，余义开车来接，两个城市离得不远，但时间紧迫，只能吃顿午饭。余嘉父母把这午饭弄得格外盛大，家里凡有来往的亲戚都到，屋子里坐了一窝巴，像来赶大集。

大家都是来看狄立人的。也有的人带着上访材料，各种冤屈要诉。余嘉喝，工作是工作休息是休息，下来再说！虎啸鲸吼，那人吓得连忙后退。

余嘉，还有思思，都免不了沾狄立人的光。

亲戚们夸思思聪明。从小就这么漂亮。思思倒实事求是，分析道："我鼻子不好看。"有女亲戚立刻不同意，"不不不，有福气，盛得住财，旺夫。"

余嘉更是众人吹捧的对象。她们倒是发现了她脸上的不同，但只归结为两个字：年轻。上了年纪的，则追根溯源地夸，小的时候我就知道这丫头贵气。八字好，金水格局，主大富贵，晚年比范冰冰福气还大。余嘉被夸得不好意思，道："什么富贵，普通人，为人民服务。"虽然嘴上这么说，她心里还是美滋滋的。

钱没白花，针没白打，过去老同事聚会合照，一眼看过去，就她最上相。同事们都夸：不一样，就是不一样，说这就是大城市陶冶出来的气质。懂么，气质！

只是，横看成岭侧成峰的，狄立人妹妹和妈妈却从另一个角度瞧出余嘉的"异变"。

"真行，"狄立人妹妹道，"没一点笑脸，"说到这，又纠正，"不对，有一点，蒙娜丽莎的微笑，笑了，跟没笑似的。"

狄立人妈躺在沙发上，拿个小皮锤敲着大腿内侧。她幽幽地："照相的时候，思思不都说了么，她妈是皮笑肉不笑。"

"跟咱不亲。"

"咱无所谓,就当是个屁,听得到,看不到,苦的是你哥,天天回家瞅着这么个皮笑肉不笑的,能不长针眼?"狄立人妈在女儿面前敞开了说,"也没个后。国家政策放开了,你倒是努把力呀,屁股倒大,屁用!"

"是哥不想要?"狄立人妹在外头混,知道日子艰难。这一点,她同情嫂子。她个人不想要二胎。婆家催。

"不能提。"狄立人妈放下小皮锤,伸手揉太阳穴:"提了头就疼,一嘟噜屁。"大年下,她跟屁干上了,张嘴闭嘴离不了个屁字。她女儿忍不住嗔:"妈,别老屁不屁的,我都快闻到味了!"

4

余爽去弟弟那之前,余蕊带余憩跟她见了一面。妹妹来大城市过年,照理说该主动拜个码头。可余蕊宁愿叫史同光多花两个钱,也不想给爽添麻烦。

只是,听憩说住宾馆,余爽立马不答应,钥匙拍桌上,笑道:"现成的房子不住,花那冤枉钱。我妈不在了,你们都是我的亲人。"余蕊一个劲说太麻烦。余爽说:"康隆过年跟我过去,平时他也不在我那住。"

余蕊感叹,说多好的男人,得抓住。

余憩不失时机地说:"恭喜爽姐。"

余蕊强调:"是个博士、教授。"

"副教授。"余爽纠正。

"过几年就正了。"余蕊笑呵呵的。

"哎哟,天,"余爽为难,"别说这个,我有压力,给不了人家什么,也怕欠人的。反正我说了,就是交朋友。结婚什么的,现在不想。"余蕊和余憩都不说话。余爽继续道:"你看人家梁朝伟刘嘉玲,吴君如陈可辛,多少年结婚照样在一起,那就是一张纸。"

余蕊跟她的观点不一样。在这个问题上，她和余嘉的看法类似，在做法上，她又跟余梦相仿。余蕊结束话题："行啦，别在我妹面前说这些。回头都成女光棍。"

余爽道："说那么难听，我是选择性不婚，跟没人要是两码事。"又问："你跟那小老板怎么样。"余爽的用词让余蕊脸上有点挂不住。在妹妹余憩面前，她从来不叫史同光"小老板"，这词在她看来有点贬义。可余爽就是口无遮拦的人，而且人刚给了钥匙，不能让她下不来。

余蕊还是平和地说："先处处看。"

余爽又对余憩："你见过了吧，觉得怎么样？从亲属角度。"

"我姐喜欢就行。"余憩四两拨千斤。

对外说先处处看，对内，余蕊却是"螺丝在拧紧"。她认为自己跟史同光的恋爱不宜战线拉太长。

夜长就梦多。

余蕊倒不是对自己没信心。她只是习惯性地要求，实现阶段性目标。关系开了头，就必须往前推进，不能一直徘徊不前。史同光很少带她见朋友。往好的方面理解，是他占有欲强，怕失去她。往"严肃"的方面理解，是他不想把自己的资源放给她，还提防她。

余蕊不认为自己是"捞女"。她认为恋爱和进步，是合二为一的，每一段爱情，她都真情投入。没有感情、没有感觉，她不会陷入恋爱，但她不是无所求。余蕊喜欢拿张曼玉做例子，他们演员行里顶尖人物。"她不谈恋爱，进步能那么大么？最后拍的那部《清洁》，对，就是拿大奖那个，导演就是她前夫。"

那么眼下，春节，史同光带不带她去见他父母，成为摆在桌面上的问题。过去他可以躲，现在不行。为了迎接这场会面，余蕊做足了准备。还是妹妹提醒她的。

余憩问："姐，你现在真不工作了？"

"怎么不工作，我演员，演戏。"

演员是个职业。但在中老年人眼里可不是什么好儿媳应该有的工作。为装点自己，余蕊给余梦打电话，说想要个头衔。余梦正和翁悦在国外。看儿子、顺带旅行。不过余蕊一提，余梦就知道她什么意思。这不跟她余梦刚离婚时一样么。得有个头衔，有个面目，然后才好去社会上施展。

余梦不点破，当场同意。让她做皮包公司的总经理助理。总助，好听。

万事俱备。接下来是怎么提。当然不能直说，太没水平。他妈也不是慈禧太后。犯不着明着说求见。

余蕊认为可以引导。

引导的话也不能自己说，最好让余憩说。如此看来，妹妹这回来大城市，可谓恰逢其时。

这日，史同光和余蕊带余憩配眼镜。平时她戴隐形的，但也需要备近视镜。头天不小心，一屁股坐下去，腿折了两根，必须重配。余憩戴着验光眼镜来回走。验光师在后面说对，试试，晕不晕。余蕊和同光在旁边站着。

办了加急。没多大工夫，新眼镜到手。三个人到小饭店用餐。余憩还在摆弄眼镜，冷不防，她笑着说："有这副，我才敢出门，不然隐形坏了，真的连车站都摸不着。"她近视八百度。摘了眼镜天地一片模糊。

余蕊和史同光笑呵呵的。

余憩又道："姐、姐夫，过年你们都别管我，我报了个两日游。你们忙你们的。"

"什么两日游？"史同光笑呵呵的。

余憩接着道："你们是一家子，姐夫，我总不能跟着你们去见您爸妈。"停一下，"我不去，你们团圆，我自己玩就行。"

问题抛出来了，看史同光怎么接。

史同光依旧笑呵呵的，顾左右而言他，没下文。余憩提出的话题，仿佛水过沙滩，很快了无痕迹。余憩想要二次进攻，余蕊给妹妹一个眼色。

余憩只好鸣金收兵。

他不愿。这已经是态度，再问下去没意义。很多事情，有阻力的时候不要硬去做，等到都同意了，心甘情愿，自然而然就快了。

余蕊免不了有点失望。他还嫌弃她？她找他，自认为是从高往低了找，样貌、才学、能力，他哪样出类拔萃？他还觉得委屈？

余蕊换个话题，笑道："小憩，你说得对，过了年，我还是得弄个正经事情做，年纪轻轻的游手好闲，太荒废。"

这也是撂话给史同光听。

"演演戏。"他说。

余蕊沉默。

"总不能又回去上班。"他又说。

余蕊一笑:"有什么不能的,我得有我自己的事业,靠谁靠得住?"史同光脸上有点挂不住,如果在过去,他一定大包大揽。只是刚才的题目没答出来,小憩又在旁边,他只能含蓄点。

退了房,余憩搬到余爽那住,余蕊跟着,一住不回。姐俩躺在余爽家的客房,过去这是梦姐住的,还有衣服放在这。

余憩试探性地说:"姐,我不报团了,没意思。"

余蕊喷了一声:"你玩你的。"

余憩还想深问,但一见姐姐情绪不佳,只能住嘴。年二十九,史同光来了。

余憩去书城转悠,余蕊一个人坐在余爽家里,一身睡衣,清锅冷灶。过年,她并不打算开伙。做演员以来,吃得一贯少,美是第一位的。她始终记得前辈的那句话,"你要吃手里这碗饭,就吃不了摄影机前那碗饭"。只是,事到如今,余蕊危机感深重,她还是没有一碗安安稳稳的饭吃。可笑,安稳,什么是安稳?从小到大,余蕊都在风雨飘摇中。

史同光站着。余爽家客厅摆着个巨大的干树枝。是康隆的"杰作"。他懂点易经,会看八字,他说余爽命里缺木,所以在客厅东南角摆树干破解。

"不用管我,你忙你的。"余蕊轻声说。

"又生气。"史同光还是笑呵呵的。

玩世不恭不可能次次解决问题。

余蕊不高兴:"生什么气?莫名其妙。"

"就几个小时,吃个饭,吃完就回来陪你。"

"不需要,是你非让我陪你。"余蕊抢白。

"知道你委屈,可这大年三十,总不能不回去露一面,我是孝子。"还是嬉皮笑脸。润滑无效。

"跟我有关系吗?"余蕊提着气,眉梢吊着。

"我爸妈的脾气你是不知道。"

"属虎的?吃人?"

"轴!"停一下,史同光乜斜她一眼,继续,"其实有些事我没跟你说,不是故意隐瞒,是觉得实在没有必要,我爸非说我跟有个女的合适,说青梅竹马,知根知底。"

果然。余蕊早有预感。居然还大言不惭说出来。

"可是我不喜欢啊,根本不可能,还在掰扯,所以没告诉你。一是怕你生气,二是估计也就是一阵,都什么年代了,马不低头强按?不可能嘛。"史同光嘴不停,"退一步海阔天空,咱们是小辈,亲爱的,知道你受委屈,这个生活费……"

"别跟我提钱!"

"不是,我是说,等过了初三出了年,咱们就出去玩,随便挑,说走就走!"还是大肚能容的样子。

史同光肯低头,余蕊胸中的那股气已经消了一小半。算了,态度还算诚恳,留校察看。

"那女的什么样?"她绷起面孔,故意逗他。

"丑!跟你不能比。"

"我看看。"

"哎哟,还真不一定有。"史同光拿出手机,翻找。还真找到一张。自拍。余蕊伸头过去觑了一眼。

跟整容前的某些韩国女子差不多。

"跟你挺配。"她不动声色。

"那……这个……"史同光摸后脑勺。

处理好情绪,稍微坐了一会儿,史同光走了。他有他的家,她跟他还不是一家。

万家团圆。虽然有妹妹作伴,但此时此刻,家的感觉被媒体以及周围的氛围放大。余蕊忽然格外想要一个自己的家,有一个丈夫,有个孩子。她脑海中总是浮现出这么一幕,丈夫抱着孩子坐在草地上,孩子咯咯地笑。因为这,余蕊有点不能理解坚持单身的余爽,还有坚持离婚的余梦。活着就是忍耐,婚姻更是。在结婚这件事上,她和余嘉同一阵线,不过,余蕊不会找狄立人那样一个丈夫,太古板、太严肃。她只期望一份还算说得过去的中产生活。比上不足比下有余。

快到中午,余憩回来了。她掐着点,怕姐姐没人陪,早晨出门其实是为避开姐夫。余憩买了本皇历,挂在门上那种。小时候家里永远有一本,每天撕一张。感觉不错。"走,出去吃饭。"余憩道。

"自己做。"余蕊说。

"唔?"

"去超市。"余蕊下令。

自己动手,丰衣足食,姊妹俩去超市采购,余蕊炒菜,余憩包饺子,弄到下午两三点,终于到嘴。余蕊笑说,当你能一个人为一家人办一桌菜的时候,说明你就是这个家的领头羊了。

"忘了买酒。"余蕊才想起来。去余爽的储物柜扒拉扒拉,有两瓶。她觉得有必要先打电话跟余爽说一声。客气点,她照价收购。

电话打过去。余爽立刻表示同意。

"怎么了。"余蕊听出那头情绪有点不对。

"没事。新年快乐。"余爽极力控制。

康隆坐在她旁边,不出声。余蕊的感觉没错,余爽在生气。且气得不轻。

5

几乎是下了车,进了余庆家门,刚把给侄子侄女的礼物送出去,跟余庆的丈人和丈母娘打了声招呼,弟媳妇刚出现在她视线中,余爽立刻就像炮仗被点着了般,炸了。

弟媳妇又怀孕了。肚子已经能看出来,行动颇不便。她一副安之若素的样子,像只母鹅,踱过来跟余爽问好。

怎么没听余庆提?这么大的事,木已成舟还不说?要眼见为实才昭告天下?妈走了,她不就是这个家的家长,余庆闷着什么意思?!当她不存在?!

余爽瞅瞅弟媳妇的肚子,再瞅瞅余庆,又瞅瞅他丈人和丈母娘。老人在,她不好发作。

忍字头上一把刀。

康隆跟在她身后。

弟媳妇问:"姐,这位……"

"我是余爽的男朋友。"康隆代答。

奉上礼物。

丈人和丈母娘笑呵呵的:"好好好,终于有男朋友了,好事好事,怎么今年年下,咱们家好事那么多,好事成双。"

可恶的"终于"。

一家人热热闹闹的,围着康隆问东问西。

余爽愕然。这些人都怎么想的?外星人?不活在这个社会中?她没心情多坐,点了个卯,便立刻说自己不舒服,要回宾馆躺一会儿。

不是扯谎。她的确头疼,不舒服。余庆丈母娘留她在家躺。余爽苦笑。躺?放眼望去,有地方躺吗?这是一个被老人孩子"糟蹋"过的家,几乎没下脚的地方。

到宾馆余爽才真正发作。仿佛她是原告,康隆是陪审团。她上气不接下气地:"有意思吗?国家是鼓励生育,可有必要支持到这个地步?已经有一男一女,已经凑成一对好字,哦……还是心甘情愿的,不是意外,处心积虑就是想要!"余爽鼻孔哼出气,"自己工作一塌糊涂,厂里都没跟他签长期合同,一个人要养着五个人,还嫌没负担?还要?!他那丈母大(dá)丈母娘都吃药,月月还有没法报销的,退休工资么也没(mò)。那戆气老婆七八年没上班,再来一个!又是三四年下去!三个孩子一起吃,不吃死你?!现在不是过去,家里七八个都能养,这什么城市?养孩子什么成本?不是给口饭吃就行的,要教育要负责!负责到底!"

余爽气得丢枕头。

还有没说的呢!当着康隆不好说——

余庆就她这一个姐姐一个亲人,再生,困难升级,将来有问题解决不了,他能张嘴的,还不是只有她。

他的事,搞不好最终成她的事。

妈走了,弟弟不能一点不顾。余爽不是绝情的人。可她自己清清爽爽半辈子,连结婚都嫌麻烦,如果惹上这么一大家子,那她的生活必将毁灭。

天!这造的什么孽!

康隆没经历过这些,一时不晓得怎么劝。只好说他们想吃苦让他们吃去。余爽抱着枕头,"不是吃苦不吃苦,是脑子的问题,思维的问题,是对自己有没有正确判断的问题,这样是要穷一辈子的。生孩子,不是养小猫小狗!"她还没说超生要罚款。

康隆能理解余爽的话,某种意义上,他和余爽的认知在一个层面上。他也怕麻烦,父母婚姻失败,也让他对婚姻不抱信心。他暂时对传宗接代目前没太大欲念。他只想做做科研,有个人能交流,不要太大的负担,共同前进。他希望到四十多岁的时候,财务上能够稍微自由,然后,好好享受人生。可是,从余庆和他老婆的角度看。他们有生育的自由。说一千道一万,生三胎无非是一种选择。至于后果,自负。他没有考虑到余爽可能有的麻烦。而且以康隆的性格,就算他能想得像余爽那么深。他也觉得这不是个问题:不能帮的不帮,划清界限不就好了。

"你把余庆叫出来。"余爽抬头说。她鼻孔像是要喷火。康隆打的电话,余庆很快出来,他以为姐姐病情加重,结果进了宾馆,才发现姐姐生龙活虎,她还像以前一样,跳起来打他。

这一次的武器是枕头。

一番"暴打"过后,余爽才把自己担忧,现实的考量,处境的分析,未来的可能性统统说给余庆听。"你要一个人养六个人,什么概念,老弟,醒醒!"

余庆却不那么认为,他的判断基于另一种人生观。他不认为自己会永远穷下去。十年河东转河西,他会一直倒霉吗?开玩笑!生三宝,搞不好会给他带来好运气,养六个人算什么,到时候养十个人一百人都没问题。

余爽痛心疾首地说:"小庆,你这些都是臆想!幻想!空想!毫无根据!是把自己往火坑里推!到时候按下葫芦浮起瓢,你完蛋!"

余庆打断她:"姐,我知道你看不起我,在你眼里我就是颗小鼻屎,永远翻不了盘!走不了好运!赚不到大钱!"

"人得认命!"余爽喝。

康隆在旁边吓了一跳,二郎腿放下来。

这不是谈判,是两军对垒。战火能把房子点着了。

"我不认命!"余庆不示弱,"你让我认命,你认命了吗?你要是认命,就不会到现在不结婚不生孩子!你看看周围,千千万万的女人都什么命,不就是结婚生孩子吗?!你为什么不?你怕麻烦,你怕男人麻烦你,你怕我麻烦你，姐，我现在就可以告诉你，我的孩子我自己负责，要饭也不会要到你门上。承认吧，我们都不认命，我余庆这辈子一定要发财！己所不欲勿施于人，我没读多少书都懂这个道理！"

余爽脑子嗡嗡的，仿佛有几万只蜜蜂在绕。

振聋发聩。她的人生观抖了一下。

余庆胡搅蛮缠，可他说的也不是一点没道理。她有她的倔强，她追求一身轻松，她在人与人的关系上有洁癖。除了老妈、弟弟这种斩不断割不裂的天然关系，她和外界建立关系总是谨慎，包括和康隆的关系也是这样。

"你给他看看命。"余爽对康隆说。缓兵之计，他懂一点算命。

"大哥，你会？"余庆凑近了。他感兴趣。

余庆伸出手，掌心朝上。

康隆咳嗽一声。

"不好？"

"不看手相。"康隆说。

余庆坐下，端端正正地。他伸出一根手指在脸上绕了一圈。

"看八字。"康隆说。

余爽脱口而出，报弟弟的八字。康隆拿手机捣鼓一阵，抬头："嗯——八字身强，日主庚金，是能在社会上闯荡的人。"

"能发财么？"余庆问。

余爽不耐烦，冲弟弟："发财发财，就知道发财，除了钱你眼里还有别的？"又对康隆，"看看他的婚姻。"

康隆又看了看："时柱自坐强根，子嗣挺旺。"

"命里有几个孩子？"余爽问。

"四个。"

余爽、余庆同时哑口无言。

"也可能是三个。"康隆又说，"现在不是最好的时候，四十一岁之后走己土大运，能发财。"

余庆气馁，嫌等太久。

余爽骂："有赚你就祷告吧！"

余庆又问："你给我姐算过没有？什么时候结婚？什么时候生孩子？"

康隆语塞。

余爽再次挥起枕头:"这臭小子!"

余爽没算过命,也不信命。也是,穷算命,富烧香,除了老妈去世这个打击,她在成长过程中几乎一路顺风顺水,不太需要从算命中寻找生命的答案。余爽近来信奉一句鸡汤,"一切都是最好的安排"。康隆的出现也是。那么,都是好安排,还算什么?所以她从来没要求康隆帮她看过命,或者看看他们之间的关系。不过保不齐康隆私下看过。但他从来都没说。

不过,经余庆不遗余力"宣传",正儿八经上门过年这天,余庆全家都把康隆当重要人物,座上宾,上到六十二,下到二岁的孩子,八字纷纷奉上,请康隆看看运道。没办法,碍于余爽的面子,康隆只能耐心地一个一个看。

余庆丈母娘兴致最高,信得也厉害,当康隆说她二十一岁到三十一岁时大运不太好,丈母娘当即拍手,又指着丈夫叫道:"可不,嫁到他家!"

众人皆笑。

余爽坐在一边,不知怎的,本来她很抵触这个家庭——是人都不会喜欢,一个男人,养着五个人,其中两个是病人,还有两个是毛孩子,另外一个,不工作的妇女。这种家庭像麻花,一窝都拧巴,恨不得是扶贫的对象。可是,真等到身处其中,余爽又不禁被那种说不清道不明的"人间气"感染。

相比于自己那空荡荡的三房一厅,这里太拥挤热闹。可她却发现弟弟一家竟然没有丧失对生活的热情。他们每个人都坚信,这个家还有希望,会时来运转,这一代不行下一代,虽然这希望在余爽看来是那么渺茫。

余爽不自觉重新审视生活的意义。

中午这顿,丈母娘、丈母大下厨。为了过年,他们准备了近一个月。腌肉、熏鸡、臭鳜鱼,都是老家的味道。还有一条糖醋大鲤鱼,足足有五斤重。上桌的时候,丈母大一定要让鱼头朝着余爽,说是吉利。

余爽下第一筷子。

夹给大侄女,春儿。弟媳妇拿筷头剥了点鸡肉,嚼吧嚼吧,又吐出来,送给怀里的老二吃。余爽看着直犯恶心。

谁知刚吃下去,小家伙就剧烈咳嗽起来。

康隆抱过孩子,把住孩子下颌骨处,将婴儿面部朝下,在背部肩胛骨连线中点拍打5次,把孩子翻转过来后,保持头低脚高,果然一块不大不小的鸡肉从嘴巴里吐了出来。

全家人惊异，余爽问这是什么方法，康隆道："海姆立克。"

6

孩子被鸡肉哽住了。

余庆急得眼珠子通红，骂他老婆干什么吃的。他老婆吓得要哭。他大女儿春儿已哇哇哭了。丈母大和丈母娘一个说用干饭噎下去，一个说用镊子夹。匆匆忙忙，干饭和镊子都拿来，可孩子嗓子眼太细，两样都不可取。

余爽蹲在旁边，心急火燎，她把侄子看得重："赶紧送医院！"她觉得这一家人都在胡闹。

"我来试试。"声音从背后传过来。是康隆。余爽说你有什么办法，你比别人能？康隆却很沉稳，余爽顾不上细问，凑过去看侄子。余庆老婆刚才还抹泪，这会已然欢天喜地，跟儿子玩逗逗飞。

"ma——"短促的叫喊。清清脆脆。

全场静默。

又来一下。是小孩叫的。

这是他人生叫的第一声妈。

余庆老婆先是惊，再是喜，大女儿第一声叫的是爸，二儿子第一声叫的才是妈。是她！到底儿子亲。儿子叫妈啦！余庆老婆呜呜哭了起来，十月怀胎，经历剧痛，孩子来到人间，又要哺乳养育，不知受了多少罪。

全部的苦楚似乎在这个瞬间都融化在这一声叫喊中。余庆老婆拥着儿子，又是亲又是蹭，泪流满面。

丈母娘在一旁提醒："慢点慢点，小心孩子，肚子不能压。"

回到宾馆，余爽脑海中都还是弟媳妇拥着儿子的画面。从哭到笑，再到又哭又笑。这情感的浓度，仿佛一颗核弹爆炸。心海掀巨浪，叫人久久不能平静。

　　这是生命的喜悦。和穷富、阶级都没关系。那一瞬间，一切回到原点，回归到生命本身。余爽恍惚。过去，她是那么不喜欢孩子，不喜欢带孩子的妈妈，每次在小区里遇到，她都绕着走。她觉得那是麻烦。可这日的一哭一笑，赤裸裸、原生态的情感冲击，又不自觉地引她反思。

　　生命是个过程，体验本身就是意义。谁规定这孩子一定更大富大贵，谁规定他就一定更要成功，谁的生活又真的完美？人生不过百年，算计有什么用？归根到底，万般皆是命，半点不由人。真正属于自己的，只有这一份体验，一份回忆。

　　想到这儿，余爽不禁有些怅然。她是要错过这种体验吗？不知道。似乎还来得及，但她下不了决心。许久，她就那么呆呆坐着，原本顽固的三观隐约有点松动。

　　康隆推门进来。他和余爽各住一个单间，跟在家的格局一样，不影响彼此睡眠。从余庆那出来，康隆便感觉到余爽的失落。的确，那一幕，他一个男的都觉动容。弟媳妇比她还小几岁，马上是三个孩子的妈。她呢。

　　好多事不容细想。一细想，免不了自怜。

　　他约她出去走走，说附近有个园林，值得一看。余爽换了衣服。天冷，她加了个帽子。两个人到园林一看，那么小。过去是个富绅的私家花园，江南风格，三寸牙雕。

　　出来见有不少年轻人在江边等船，要往江心岛去。康隆问去不去。余爽说去看看。康隆笑说也不知道是什么。余爽来一句，"随遇而安。"

　　登船，过江。到江心小岛，才知道江那边今晚要放烟花。岛上的摩天轮是最佳观看地点。

　　"坐不坐？"他征求她意见。

　　"来都来了。"余爽说。她已经告知余庆，晚上不过去。隔天再吃一顿饭就走。

　　白元凯来电话，打的是康隆的手机。两个人互道新年好，康隆又把手机给余爽。白元凯第一句就问："有没有欺负老康？"开玩笑的口吻。

　　余爽不客气："刚送了新年礼物。"

　　白元凯上钩，忙问是什么。余爽笑答："什么？呵呵，一顿好打。"

　　两个人随即哈哈大笑。

白元凯问余爽他们在哪呢。

"等摩天轮。"她说。

"玩浪漫。"

"你呢。"余爽问。

白元凯说他没出去,跟几个团队成员一起过年。余爽道:"找个女人照顾照顾你。"

白元凯回击:"操心操心自己吧。"

跟着又是一阵笑。

天黑了。冷飕飕的。好在风不算大。摩天轮边排起长队,只等着烟花鸣放,才开始登轮。终于,江对面绽放万般光点。康隆和余爽排在前面,率先登轮,轿厢摇摇晃晃,朝半空中去。

五光十色,琉璃世界。真美。

余爽不禁双手合十。慢慢到顶端。

康隆问:"要不要来一个。"

"什么?"

"吻。"

这种氛围,似乎是需要一个吻配合。

余爽欣喜,但还要假装不在乎的样子,不耐烦地:"要来就来。"都是"中年人",接吻什么的,不是大事。康隆站起来,凑过去,轿厢突然失去平衡,猛烈摇晃。余爽连忙说坐回去坐回去。

康隆只好重新把屁股摆回座位,伸着脖子,仿佛天鹅啄水般献上嘴唇。

余爽闭上眼睛不动。康隆也不动。江对面烟花噼里啪啦炸得厉害。余爽等了半天没动静,这才睁开眼,气急败坏地:"你得主动呀!你是男的!"

好好好。

康隆只好又探着身子,一只脚留在原地维持轿厢平衡。好不容易,把这吻完成。

轻描淡写地。

这糟糕的吻!

余爽不耐烦:"行了行了。"赶紧结束为妙。刻意为之的浪漫,已然酿成车祸现场,狼狈得很。

轿厢开始下沉。一只鸟从窗边飞过。远处是江,近处是鸟,漫天烟花,此情此景,康隆诗意大发,随口念道:"问世间,情为何物?直教生死相许。天南地北双飞客,老翅几回寒暑。欢乐趣,离别苦,就中更有痴儿女。君应有语,渺万里层云,千山暮雪,只影向谁去?"

轿厢落地。余爽听得起鸡皮疙瘩:"好啦,大博士,下去吧。"康隆嘿嘿笑,他是诗词爱好者。

一夜安睡。次日又是一番热闹。如果说头一次见,余爽对这种热闹惊异、感动、羡慕,那么到第二次,她则有了免疫——她有点躲避。

吃了饭,给了压岁钱——三份。肚子里那个她提前给。做姑姑的一年也来不了几趟,也是为了余庆做面子。大面场顾好,当晚就走。她似乎也没心情冶游,直接回大城市。

康隆感觉到她的低落。

他不问。

在列车上,余爽连着叹了几回气。

康隆觉得不吉利,才问:"干吗老叹气。"

"有吗?"

"好几次了。"

余爽摸摸胸口。

"不舒服?"他关切地问。

"没有。"

"羡慕了?"康隆转了个话题。

余爽心事被看穿。反弹剧烈,大声喊道:"没有!"

"想结就结,想要就要,没什么大不了的。"

"说了没有!"她脸色陡变,反攻,"干吗,后悔了?"

"什么意思。"

"后悔跟我在一起。"

"别太敏感。"康隆说,"你知道我不在乎这些。"

余爽扭过身子,和他脸对脸,郑重地:"别为我勉强。对你不公平。"

"没有的事。"

余爽心情瞬间好转,一笑:"我有那么大吸引力么?"

"你美得不自知。"

"不自知？自己不知道？很重要吗？"她不自觉单手摸摸脸蛋。

"跟栗子一样，"康隆打比方，"不剥毛的栗子最可爱。"

"那剥了毛呢。"

"剥了就有点油腻。"

"什么意思。"

康隆换个坐姿道："不管男人女人，一旦意识到自己很漂亮，并且开始利用这种漂亮，就有点油腻。"

"你讽刺梦姐。"余爽毫不留情地问。

"欢迎对号入座。"康隆耸一下肩，幽默。

余爽被逗乐了："那么说，我们之间，眼下，现在，此时此刻，是有爱情的。"她反过头戏耍他，她要"玩弄"男人。

"有的。"康隆很配合。

"然后呢？"

"然后我都想向你求婚了。"

"打住，俗。有爱情就得结婚，那刘嘉玲和梁朝伟……"

康隆怕听这两人的例子："结婚也未必都是因为爱情，只要不讨厌，就可以结婚。"

"我不行。我必须因为爱情。"

"我们不是有爱情么。"

"行啦。"余爽不耐烦，"以后不许念诗。头疼。"

康隆笑着，头向后靠，嘴里念叨："鹅鹅鹅，曲项向天歌，白毛浮绿水，红掌拨清波……"余爽戴上耳机，瞧窗外。过了好一会，车厢里安静了。康隆侧身，面朝余爽。她背对着他。

"是不是羡慕你弟媳妇？"他轻声问。

余爽微微动了一下。也可以理解为是车厢晃动导致的身体微颤。她闭上眼，假装睡着。

她不想回答这个问题。

7

余梦起初不明白,翁悦为什么愿意春节陪她出国看儿子。她有哥哥、有侄女,农历年这特殊时刻,她应该跟他们阖家团圆。或许是嫌翁阳累赘?可是就算哥哥不争气,做姑姑的,总该顾及侄女的感受。

翁悦没孩子。大侄女挺重要。一大意可能是她晚年的重要伴随。

不过,到学校,见到浩宇、正宇,翁悦突然说去看个朋友——小朋友。一个女孩。

余梦恍然大悟。

这女孩才是翁悦的目标。哦不不不,不是女孩本身,八成是女孩背后的男人,比如说,她爸爸,是翁悦的目标。

翁悦还没认命,在"曲线救国"。

余梦让儿子浩宇打听那女孩,浩宇吓了一跳。他老妈打听的不是别人。是韩兮倩,他正在和她甜蜜热恋。

"就一普通女孩。"浩宇打马虎眼。

这答案余梦不满意。

"家里挺有钱的。"浩宇补充。

这下余梦满意了。苍蝇不叮无缝的蛋。没钱人家的女儿,翁悦会赶着巴结么。浩宇见老妈神色阴晴不定,连忙下猛药。

"爸来过。"

栾承运?他不是没时间么?

出尔反尔。奸商。

"说什么了吗?"

"没。"

"生活费给了吧?"余梦关切地问。她还在恨他离婚分给她的太少。

"给了。"浩宇答,"妈,我坚决站在你这边。"

提起前夫,余梦心神大乱,没情绪问那女孩的事。不过,这点小事可难不着余梦。趁着翁悦带女孩出去吃饭买东西的空当。她已经打听出女孩背后的关系。她老爸叫韩广。似乎跟翁悦在同一家公司共事过,不过,他比翁悦段位要高许多。翁悦是一家公司的董事，韩广则是好几家公司的董事。网上有韩广的照片。出席活动的几个小影。人多，他藏在里面，看不太清楚，但可以确定，长相相当一般，跟祖良才没法比。

年前祖良才也联系过她。她说出国。他没往下约。他有职务在身，不能随意出国。陪是不可能了。但他要了她的行程表，又说回来去机场接她。

姜太公钓鱼，愿者上钩。

余梦觉得，到目前为止，在和祖良才的关系里，她是占上风的。不像翁悦，哼，可怜到要巴结人家女儿。不过恰因为这一点，余梦又觉得可以和翁悦做朋友。她们都是没有男人不能活的女人。即便是像翁悦一辈子已经没有财务压力的女人，也希望得到男人的爱。

这跟钱不钱的没关系。

钱，往往只是价值实现的附加品。女人需要男人宠，男人需要女人折磨，这是天道……道生一，一生二，二生三，三生万物。有天就有地，有阴就有阳，男人和女人天生应该在一块……余梦十分不理解余爽苦修尼般的独立和坚持。

连着多少顿西餐，余梦和翁悦逃到唐人街吃烤鸭，拯救胃口。端上来。跟国内的不是一个味。就那也吃。

"所以我不愿意出国。"余梦说。

翁悦笑道："在国内也没见你吃多少。"

"有了就不在乎，没有又想要，人就这点贱皮。"余梦道，"坐一望二拿三要四，不知足。"

"真羡慕你，俩大儿子。"翁悦半真半假地说。她年轻时候打过胎，数次，还能不能生是个悬案。

"你也可以生。"

"哪那么容易。"

"哎哟，"余梦摆着胳膊，海带般柔软，"我的翁总，你想要个孩子，那不分分钟的事。"

"生好解决，问题是跟谁。"翁悦提出关键问题。也算嘴硬。

余梦没往下接话，她当然没傻到直接提韩广，有些事情，只能从翁悦自己嘴里说出来。她要主动提，就是罪过。"那小姑娘挺漂亮的哦。"余梦抛出个引子，她陪翁悦见过韩兮倩，还偷拍了人家小姑娘的照片。

翁悦不吭声，卷了个烤鸭塞嘴里。

这个话题不能谈了。

余梦转而道："女人，千万不能太主动。"

翁悦冷不冷热不热的："那是你。"

"真的，不管美女、丑女，太主动，人就觉得你不值钱。"余梦在传道，她的恋爱经，尽管她也就那么几次可怜的爱情，"得铆住。"翁悦反驳她几句，嘻嘻哈哈着。

来了两个人。一男一女。

翁悦正对着，率先看到，笑容消歇。

"干吗？"余梦放下筷子，回头望。

一个女人挽着栾承运，两个人走到余梦她们旁边的座位坐下，余梦感觉像吃个苍蝇。怎么哪哪都有他！？还带了个女的！他来看儿子就带来了？怎么没听浩宇说？王八蛋，还说什么复婚，口是心非的东西！

男人的嘴，说谎的鬼！

唏！哼！呸！

"别看他。"余梦压低声调，对翁悦说。

翁悦笑着调整视线。

余梦又啐："什么品味！带野鸡！这可是鸭店！"

翁悦劝她小声点。

余梦道："他都不要脸皮，我们怕什么。"

翁悦把食碟往前推推："不是你想的那么简单。"

"复杂在哪儿？"

"也许人家是来谈生意的呢？"

"我不关心！"

"老栾现在可是亿万富翁。"

这是翁悦第二次提这个话，看来没少调查研究。余梦脑子里叮铃一下，难道翁悦对栾承运感兴趣。不对，她对姓韩的那女孩感兴趣是真的。但也不排除她广撒网，女孩爸是她的菜，搞不好老栾也是。翁悦抬头，栾承运正朝这边看。翁悦提醒："看我们这边呢。"

"吃咱们的。"余梦道。

"一个招呼都不打？还是朋友。"

余梦不接话，大口吃，就是态度。

过了一会儿，栾承运和女伴起身离开。

经过余梦和翁悦的桌，他站定了，笑着："世界真小。"

余梦盯着烤鸭骨头。

翁悦回报以笑容："缘分。"

栾承运又说："儿子的学费已经交了。"说给余梦听，也说给翁悦听。余梦依旧硬着脖子。离婚了，就不再是朋友。

女伴再度挽起栾承运，优雅离开。

等人走出店门，翁悦才说去结账。一转脸又回来，翁悦笑着："老栾帮咱们结了。"

多事！臭显摆！

一直回到住处，余梦都觉得心里堵着一块石头，儿子的学费到位，有人帮忙付账，本来是好事。可做的人是栾承运，而且又当着翁悦说出来，那就有点故意让她难堪的意思。他有钱也没见离婚的时候出点血？现在"加密"生意做大了，就可以胡作非为？翁悦知道余梦不悦，过来劝，但听上去像讽刺："有两个宝贝儿子，人家又赚到钱了，还有什么不满意。"

"不是钱的事。"

翁悦擦头发："那是什么？感情？这么多年了爱情肯定要转变成亲情，都是正常的。"

"说得跟你结婚多少年似的。"

"没吃过猪肉还没见过猪跑？"翁悦道，"老栾不错。"

余梦第一感觉：是他派她来的？当说客？不像。那她怎么老为敌人说话。很多苦衷，余梦有口难言，说得直白脸上无光。她能说栾在外头有头绪，跟不少女人不清不楚吗？她能说他打了她吗？能说自己感觉不受尊重吗？能说这么多年一直在他的暴力统治下吗？她离婚，等于是起义，比巴黎人民攻占巴士底狱还伟大！

她只能开玩笑说："让给你。"

翁悦哎哟一声，笑："我要真跟他生个孩子，你受得了？"

显然受不了。余梦嘴硬，"随便生，生个足球队都没人管。"

翁悦道："梦，说真的，你真不要的话，有机会我得把老栾推推优。肥水不流外人田。"

"随你。"余梦没好气。

次日又是带孩子出来吃饭。余梦叫浩宇正宇,也有点跟栾承运抢人的意思。她不带儿子,他估计得抢过去,她不想那样。翁悦请韩兮倩出来,小姑娘说没空。

还得逗留几日。

翁悦和余梦选了半天,决定去周边的一个高山湖区玩玩。台湾人在湖区开了个网红酒店。临着高山湖泊,水不深,水面很静,有不少人去那打卡泛舟。

正宇学校不放人,浩宇要跟同学去韩国城玩,都不愿跟妈妈。余梦的旅伴只有翁悦。韩兮倩也不肯来——小姑娘对大自然不是很感兴趣。

去,顺利,入住,顺利,湖区风景确实漂亮,她们都说像徐志摩的康桥。早十年,她们都是徐志摩的粉丝。

余梦说:"那是河,这是湖,不一样。"

翁悦改口:"梭罗的瓦尔登湖估计跟这差不多。"阳光明媚,两个女人游兴大发,租了条船就要下湖。只是,船刚漂出几丈远,翁悦就连人带桨摔了下去。

8

是栾承运第一个冲下去的。

林区的救护员来晚了,姓栾的拔了个英雄救美的头筹。

余梦觉得,这片野湖估计每年都得淹死几个人。

她目睹了栾承运救人的全过程,有敬佩,但更多的是恶心。栾承运还给翁悦做人工呼吸。有那必要吗?救上来的时候还能说话。

她保证栾承运肯定把舌头伸了进去。

他喜欢这样。

急诊室门口，余梦抱着双臂站着，栾承运站在另一边。翁悦还在检查中。余梦越想越觉得蹊跷，哪哪都有他！看儿子有他，吃饭有他，划船有他。他就像个鬼影，缠绕在她们身边。

难道他对翁悦有兴趣？还是为了气她余梦，故意对翁悦下手？

哼哼，徒劳！她才不在乎。

不对。难道他对她还有余情？已经闹到这个地步，他还觉得她好？余梦不禁为自己的魅力欣喜。但她已经下定决心，坚决不走回头路，他们各方面都不合适，他是那么粗暴直接，不解风情……

他是施虐狂，她不是受虐狂。

即便成亿万富翁也没用。别看赚了不少，其实是泥腿出身。

土！俗！

看着人模狗样。一张嘴还有黄牙！说了多少遍都不去洗……

大蒜味能熏死几头僵尸！余梦不敢往下想了，他刚刚和翁悦嘴对嘴，不晓得有没有大蒜味，哈哈哈……余梦忍不住笑出声。

栾承运走过来，开头一句，一副玩世不恭的样子。"真遗憾。"他说。

"遗憾什么，没吻够？"她讥讽着。

"落水的不是你。"

余梦道："你咒我死？"

"不不，是我少了个表现的机会。"

"谢谢你的好心，我会游泳。"

"什么时候飞香港？"他突然问。

妈的！她心里骂。他怎么知道她要去香港？浩宇说的？她根本没跟浩宇提啊！他查她？！

余梦笑笑，掩盖："直接飞上海。"

栾承运道："巧了，不会是一班飞机吧？"

余梦转换话题："那女人呢。"

"走了。"他答得模糊。

倒是愿意承认，栾承运有个优点，无耻得比较坦荡。

"这么多年，"余梦道，"从我这所学校学了那么多，看女人这门课，你还是不及格。"给他一白眼。

栾承运哈哈大笑。这笑声放到急诊室外似乎不合适。"我还没入学就已经满分了,不然怎么找了你。"

肮脏!腌臜!龌龊!

谁不知道谁?!他们见过对方灵魂的底色,连心底最细小的微尘都照得一清二楚。

翁悦很快出院,她不过是喝了点山泉水,顺带跟栾承运来了点亲密接触。

余梦的航班不能等。

韩兮倩接到消息,说要来看看"阿姨",但一直没出现。栾承运守着,余梦没心思管——何况翁悦现在似乎也不怎么需要她,"不用管我……你去你的……机票难调……"翁悦手直摆,轰人了。

余梦依依不舍地——做样子——还是走了。她怀疑翁悦想跟栾承运谱写浪漫曲。哼,随他们去!她余梦吃肉,也得允许别人喝粥,就当扶贫。

落地就有人接。

祖良才已经在港等她。

两天时间,余梦在飞机上就已经安排好。第一天,温存。第二天去朋友的画廊看画,然后,购物。她得试试祖良才的经济实力,最关键是,肯不肯给她花钱。

余梦自认不是捞女。她选男人,经济实力很重要,地位很重要,不是因为这些东西本身重要,而是营造一个浪漫的氛围,优雅的生活,缺了这些打底,是万万办不到的。

年还没过完,狄立人便对余嘉有四项不满。

第一条,他终于知道了老婆微整形的事。从妹妹那听说的,他老妹也打算做。

狄立人觉得,这根本就是作!

"你还嫌自己不够一本正经?"狄立人批评。针对照片里余嘉皮笑肉不笑的状况。

冤枉。余嘉自认比窦娥还冤!她做微整形,不也是为了提高自身素质,让大家看着舒服。尤其是对狄立人,有个赏心悦目的妻子有什么不好。

"这就是爱慕虚荣!"狄立人给余嘉下判词。

爱美之心人皆有之,一点微调,怎么就是爱慕虚荣了呢?

第一个锅,余嘉不背。

"谁让你跟妈说是我不想要二胎的?"狄立人质问。

这是第二条罪名。

余嘉委屈。太委屈……是,她说了,那是因为婆婆问,当着那么多人的面,她下不来台。只能据实相告。

"事实不就是这样吗?"余嘉申辩,"我要生,你不同意。"

狄立人立即道:"什么叫我不同意,那只是表象!我不同意是因为条件不允许,时机不成熟,刚去,还没立足,正是走上坡的时候,好不容易思思大了,还给自己找负担找麻烦?好多话一定要说到这个地步吗?你不会打个太极、周旋周旋,说还在努力。老人只是随口问问,生不生还不是在我们?怎么一点策略性都没有,没有觉悟。"

上升到政治层面,余嘉无言以对。

第二个锅,背着。

她有委屈没处说——夫妻都不同床,谈什么二胎——这话不可能告诉婆家,连娘家都不能说。做妻子的,引起不了丈夫的性趣,也是失败的一种。相反,丈夫要是令妻子没兴趣,那同样是妻子的不对。女人应该忠贞。出轨?想都不能想。余嘉当然没有想过,她只是失望,对一切结束得太早失望。

"还有,余义那儿怎么回事?还有你三舅那事,房子拆迁不很正常么,怎么就他要求高?他要是不平,可以上访,走正规程序。"狄立人语气加重,数落着,"公是公私是私,为什么不能分清楚?我是为人民服务的,不是为你们家人服务的。"

这一条余嘉连一个字都不能辩驳。

家,家人,是她永远的牵累甜蜜的包袱,老实说,狄立人做得不错。这些年帮了不少忙,是她家那些人索取无度。

因此,余嘉要格外对狄立人好,对狄立人家里好,作为她家人索取的补偿。

他们的债,她还。

狄立人继续教育老婆:"毛主席当年进京,韶山来信说要帮忙。老人家坚决回绝,人要靠自己,不能总靠别人。自力更生,艰苦创业。"

余嘉噤口不言。

"还有那些老同事，那些饭局，去干吗？"狄立人继续批评，"有的就是给你挖坑，要么是看看你这人，参观参观，要么是找你办事，有意义吗？无效社交。我们现在要时刻警惕，越是进步，越是要防微杜渐。"

余嘉沉着脸，像犯错的小学生，被老师批评得不敢抬头。

狄立人道："你别不高兴，你要不是我老婆，我才懒得跟你说那么多，人要有觉悟。"

觉悟，这个词狄立人提了好几遍。

余嘉愈发觉得，如今，做狄立人的妻子是政治角色，但她在他眼里却不及格。

没出年，狄立人就提前回大城市了，说单位有急事。思思的假期还长，奶奶留着住几天。狄立人让余嘉也留下，说一年到头见不到老人几次。

余嘉从命。

车票改期。可赶着上班点的票已经没了，只能退掉老票，随时刷刷，看有没有退票好捡个漏。

不过狄立人一走，狄家人的热情立刻跳水——倒不是故意给余嘉脸子看，只是没必要再巴结。狄立人妈一天两场麻将不能少，小姑子和她老公回婆家，狄立人爸满嘴教育经，余嘉时不时被耳提面命，思思见了笑。一物降一物，老妈也有当学生的时候。

有意思的是，在思思出国的问题上，狄立人爸跟余嘉一个立场，不同意孙女出国，但出发点不同，余嘉是认为没必要，狄立人爸则从"百年大计"看问题，觉得出国学了那些洋派作风，将来嫁人成问题。当然，爷爷的话，思思是不会听的。她集中努力的成果显著，雅思过了，去英国势在必行。老人说就让他说，过过嘴瘾，她该怎么还怎么，认准了就一条道走到黑。

晚上忙到快十一点。婆婆回来，她给热夜宵。然后才能进屋，刷刷手机。票买到了，中午发车，晚上到。只不过提前了一天。

单位开班就要迎接上头检查，张主任通知她早一天去做准备工作。领导都在，她不好缺席。

余嘉躺在床上，日光灯关了，只留床头柜一盏黄灯。这间房是婆家给狄立人留的——"永远的房间"。代表狄立人永远是这个家里的人，不是也得是。好不容易出个有出息的，还不抓紧了。

正前方墙壁上，挂着她和狄立人的结婚照。有些年头了，褪色，油画框框着。照片中她似乎是半坐着，仰着脸，闭着眼，等着他来亲吻似的。那时候她美得不可方物，纯天然的。

余嘉忍不住摸摸现在这张脸。拿镜子，就在灯光下照照。看看墙面那个人，又看看自己，差别太大，余嘉有点伤心。可是能怪谁呢？是自己疏于保养，不对，不光是皮肤。细细看。余嘉觉得自己气质也变了，眉眼间有点愁苦，甚至狰狞。

她不快乐。

她不得不相信相由心生。

她和狄立人的关系现在一步一步走向冰点。他不说，她能感觉到。接连的升职是导火索。但最核心的，她认为是两个人追求的不同。他是要追求成功的，更高更快更强，要当人上人。她呢，小富即安，小日子就满足，一切都小。他嘲笑她觉悟低，这也是小的表现。

她有危机感，她正在拼尽全力缩短两人之间的距离，可努力的结果反倒是渐行渐远。狄立人不正眼瞧她，不碰她，两个人长期两地分居，到了一个地方依旧分居。她和他现在是有夫妻之名，却无夫妻之实。

余嘉不敢往下想。他可是她前半生的骄傲啊！

她曾经自比红拂，狄立人是李靖。是她在他一文不名的时候发现了他，嫁给了他，陪伴了他，见证了他一路以来的艰辛，并终于走向辉煌。

十几年，连跳四级，他创造了一个奇迹。这里面没有她的功劳吗？她不同意。潜力股大涨，她不应该是最大的受益者吗？可是，她现在偏偏没觉得受益，反倒感到受害。如人饮水，冷暖自知！可她这些苦恼，没办法跟任何人说。包括女儿。

说了别人也不信！

女儿不是没表露过自己的观点。思思认为，爸爸是好学生，是妈妈不肯进步。在她眼里，妈妈是落伍的，不讲究的，抠门的，没有大出息的，格局特别小的，就连妈妈喜欢的昆曲，她都认为是落伍的人喜欢的落伍的东西，她喜欢流行的、时尚的。余嘉为此很伤心，为了安慰自己，她只能把女儿的"叛逆"看成是正常的代沟。

临走，余嘉又给公婆塞了钱。并叮嘱思思，一定要听爷爷奶奶的话，别乱跑。回头等小舅余义来，接她一起回大城市。

一路昏沉，晚上才到家。

屋里静悄悄的，灯亮着。

卧室的门露一条缝。

余嘉以为狄立人在学习，悄声走过去，推开卧室门。

当即吓得惊叫了一声。

狄立人的手机摔在地上，视频还开着。

他在解决生理问题。

有个人在帮他，视频里那位。咳咳……美女？只闪了一下，鬼影似的。

狄立人迅速穿好衣服。

余嘉坐在客厅，抚着胸口，脑中纷纷乱乱，不知道该怎么办。看都看到了。总不能视而不见。

一会儿，狄立人从卧室走出，没跟余嘉说话，直接去上洗手间。

细密的淋浴声。

余嘉深呼吸，却怎么也消磨不了适才的尴尬。

老夫老妻，在这一瞬，却形同路人。

余嘉的脸烧得厉害。

9

还是分床。

余嘉几乎一夜没睡。

这就是狄立人的秘密？不新鲜。人总要找个出口，只是以这种方式撞破丈夫的秘密，太……尴尬……如果不知道，一切还能像往常一样，暗流永远是暗流，现在不小心知道了，这件事、这个问题等于摆上台面，谁也不能视而不见。

早饭狄立人没在家吃，走的时候随身带着书。

余嘉心里揣着事去单位，上头要来视察工作，出版社鸡飞狗跳，中层全员到岗，像余嘉这种行政岗的也得到位，随时待命。

余蕊找她，白元凯也发消息来。余嘉才想起年前的承诺，可手头事情太多，她只能说抱歉再约。

无论做什么，狄立人的这件事都在她心头放着，疙疙瘩瘩，消化不掉。

是她失败么？

余嘉不愿意承认，别说七年之痒，他们都十几年之痒了，对彼此身体熟悉得仿佛左手和右手。失去兴趣，正常。

余嘉感到庆幸，狄立人是有分寸的。他有身份有地位，还不至于乱找人——这不能算出轨。

对对对，余嘉反复告诉自己，应该原谅他。

他如果不提，那她也不提，这事就算过去了。他如果提，万一，是说万一……那她一定要当场表现得宽宏大量。她不是小肚鸡肠的女人，人嘛，谁没有点需要。男人本来就有动物性。这说明她丈夫还有活力……

在一会儿宽慰、一会儿激动的情绪博弈中，余嘉慢慢做妥了自己的工作，只是，一旦手中的活计停下来，她还是立刻就能感觉一种淡淡的悲哀弥漫。

余嘉埋怨狄立人，遇到困难，为什么不跟她说。

这也是困难啊！

有欲望，发泄、克服怎么都好。她可以帮他想办法——她不明白，这种事情，一摆到台面上反倒没有了滋味。余嘉想要调查调查狄立人周围的情况，最坏的情形无非是，他在外头有人。

两地分居这么长时间，余嘉不是没有这个思想准备。以狄立人眼下的情况，怎么也不至于跟她离婚，忍一时风平浪静，就算在外头有点头绪，终究也是兔子的尾巴。

他这样的男人，需要有个体面的家庭。

晚上回家，余嘉把从老家带来的香肠、腊肉、竹笋弄了点出来，匆忙做了几样，合着等狄立人一起吃饭。

到八点他还没回来。

她也不打电话，就是等。一直到十点，她认为没什么希望，才给他发了条消息，说饭菜在桌子上，她准备休息。

他没回复。

余嘉坐在沙发上,电视声音开得小小的。不行,这事迟早得破题,说开了就好了。夫妻之间,有什么不好意思的。

对,要说开。他不提她提,表明姿态,让他放心。

一连几天,狄立人都在单位宿舍住,余嘉本想去找他。临出门又感觉冷一冷也好。现在谈,很有可能激化矛盾,起反作用。就这么停了几天,余义送思思回来,狄立人才重新回家,在女儿面前他还是要做做表面工作。

回来依旧分床,看他的书,多余的话一句没有。余爽和康隆在外头绕一圈回来了,打电话给余嘉,问过年的情况。

余嘉简单说了,余爽说要聚。

余嘉没心情。只问爽跟余梦和余蕊有没有联系。

"都回来了。"余爽说,"找时间聚。"

刚开年,余爽的公司不算太忙,孩子们还在放假。挂了电话,白元凯打来,又是拍曲的事,余嘉再度婉拒。拒绝过后她才灵机一动,觉得应该借助朋友们缓和她和狄立人的关系。起码聚个餐,缓和缓和。

但不能是她攒局。

得是个有面子,在狄立人这说得上话的。栾承运比较合适,他跟狄立人关系好。可中间有余梦夹着,余嘉不好越界联系。而且栾承运本身是个浪荡子,又离了婚,她怕近墨者黑,带坏狄立人。

白元凯似乎合适,他跟狄立人有业务往来,狄立人也算欣赏他。只是,让人家请客太过唐突冒失。

试试吧。

余嘉给余爽打电话,简单说了她跟狄立人闹别扭的情况,说想请客缓和气氛。

余爽爽快地说:"我请不就得了。"

余嘉说不行,你请老狄估计不会同意。余爽问那怎么办。余嘉这才说白元凯可能是合适人选,余爽立刻揽下事来。

余嘉叮嘱,说千万别说我跟老狄有别扭,就说吃个便饭,他请客,你付钱,私下我再补给你。

余爽笑道:"行啦姐,跟我还钱不钱的。"

很快有回音。白元凯愿意赴约,他还要请客,邀请他们去他家里做客。

余嘉受宠若惊。又问："可不可以让他打给老狄呢。"余爽表示没问题。

煞费苦心。

老狄竟然同意了——他接下来还有事求白元凯，于是恭敬不如从命。约好时间，就要去白元凯那热闹热闹。聚会这天，余嘉起了个大早，礼物准备好，她还要化妆，脸已经自然多了。思思不情不愿起床，睡眼惺忪道："妈，我能不能不去……"

"不行。"余嘉对着镜子涂脸。

"这是要去哪呀？"思思问。

手机在水池边。"你看看，小爽阿姨发来的地址。"

思思拿起手机瞅瞅。遥远的地方，距离她家三十六公里。

"鸟不拉屎。"再看，思思一下醒了，"这可是好多明星住的地方！那谁谁去这看过楼盘。"瞧瞧，这她都知道。

余嘉腾出手来看。她记得白元凯家离爽家不远。她打给余爽问是不是搞错了。余爽解释说这是人家的别墅，快来快来，她头一天晚上已经在白元凯家烤了烤肉。

狄立人起来挑了套西装。余嘉想提醒他，是不是夹克衫更合适。这种场合，休闲，可又担心多说多错。

西装就西装吧，脱了里面是衬衫，不算不妥。

过了门岗，车缓缓在园区内开，余嘉和狄立人都有些震动，他们知道白元凯成功、富有，但没想到富到这个程度。思思打开车窗，深呼吸，感叹："这才叫生活呀。"

余嘉低喝："别毛毛咕咕的。"

余嘉忽然觉得自己带的几盒茶叶有点寒碜。好在后备箱有套摆件，是《红楼梦》十二金钗泥塑像，家里亲戚"进贡"的，一直没拿出来。虽然不值钱，但好歹有点趣味。余嘉打算送给白元凯。

开门的是余梦。满面春风。过个年，她似乎更精神更年轻。

别墅两层。房间一下数不过来。思思刚踏进去就哇的一声。房间里大大小小都是雕塑。挂画，还有些古董。

余嘉的礼物立刻又不合适了。

余爽和康隆从楼上下来。旁边还有两位年轻男士。说是白元凯的同学。关系都不错。一起来玩玩。

余嘉和狄立人进客厅。白元凯系着围裙从厨房走出来,身后跟着余憩。余嘉有点意外。

都来了。

余爽笑说:"人少了没意思。咱们宰老白一顿。"

余憩许久没见余嘉,连忙上前招呼。余嘉问她姐姐呢,余憩说余蕊出去买料酒了。

这次来做客,余蕊没带史同光。一来担心他吃醋,二也是给他点颜色瞧瞧,报过年的"仇"。

"随便坐。"白元凯笑着,又跟狄立人招呼。

狄立人环顾四周,笑笑:"你这样的人还猛拼,其他人怎么活。"又问:"来根烟?"

余嘉连忙说:"你们聊,我去厨房。"做菜是她的专长。

思思四处晃荡,大开眼界。余梦领着她参观,仿佛她是女主人。

余爽和康隆坐在沙发上嗑瓜子。

只有余憩尾随余嘉进厨房。

厨台上都是铁钎子,预设了烤肉环节。一会儿,余蕊回来,拿着瓶料酒,还买了提味鸡汁。她跟余嘉招呼了一声,三个女人便忙碌起来。厨房里都是原材料,要变成成品,且得好大一番功夫。

狄立人故意躲着余嘉,吃饭俩从没坐在一边。不过冷眼瞧着,余嘉觉得狄立人今儿个心情不错。饭桌上说的话,比在家半个月都多。思思也大快朵颐,凑在白元凯旁边,说沾沾留学生老前辈的仙气。

余梦因为跟祖良才恋情升温,心情大悦,大家都跟着受惠——她在饭桌上把所有人都夸了一顿。说狄立人额头宽,有官相;说白元凯眉毛英武、鼻子挺拔,运气一定不差;说康隆学富五车,基因优良;说余嘉贤惠,是贤内助女王,她要是男人都抢着娶她;夸余蕊温柔可亲,懂事周到;赞余憩单纯又善良,是个好姑娘;夸思思一双眼睛有灵气,就连第一次见面的白元凯的两个男同学,她都夸他们嘴方耳大,福气绵长。

听了一圈没自己,余爽不干了,问:"姐,我就没优点?"余梦促狭道:"有,当然有,你独立自主,聪明能干,是从女儿国来的。喏,喝了这酒,就能生出孩子来。"

众人大笑。

余爽回击道:"我生孩子不要紧,梦姐别再弄出孩子来。"气氛陡然降至冰点。

康隆用胳膊肘拐她一下。余嘉打圆场,换话题:"都留点肚子,一会儿还烧烤呢!"

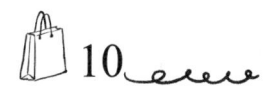

10

二楼斜伸出去有个露台,搭了玻璃天棚。

要烧烤,就得把玻璃窗支开。男人们支窗,女人们摆上烤肉炉子。人多,一边一个烤架,男女分开。男人们一边烤,一边海阔天空聊着,声音很大。女人们则窃窃私语。

余梦烤着烤着,哼起小曲。

余爽问:"梦姐,有好事?"

余梦笑道:"能有什么好事,失婚妇女,又是中年,最弱势的群体。"正话反说,她正得意着呢。

姊妹们都笑。

余梦才意识到思思也在,叮嘱道:"今天有小孩,今天咱们不谈男人。"

余爽讽刺:"你不难受?"

余嘉看了余爽一眼。又看看余蕊。余憩低头,忙着烤肉。余梦道:"我是巴不得全世界的男人都死光,女人统治世界,没那么多烦心事。"

余蕊接话:"要是女人统治世界,事没准儿更多。"

余梦道:"女人爱好和平。"

余嘉这才说:"那些宫斗戏都是男人在斗?"

余梦说:"那是女人没掌权。"

思思插话:"男人死绝了也不好,我们女人就得自己干活了,还不如让男人当女人的奴隶。"

"狄思思！"余嘉轻喝，女儿的思维太活跃，"最后两串！"思思挽住梦大姨，"妈，不是说要来今天全面放松的么。"余嘉道："你已经够放松了！没女孩样！"

战火一触即发。

余蕊连忙让妹妹余憩带思思进屋去玩。烤肉区只留四个女人。

余梦感叹："哎呀，倒回去多少年，谁能想到咱四个今儿个能在这儿聚着。"

"托爽的福。"余蕊说。

"别，"余爽连忙，"托嘉姐的福。"

余嘉纠正："什么托不托的，干了这杯！"她举起啤酒杯。

玩得太累，女士们打算在别墅住一夜，第二天再走。白元凯公司临时有事，得去一趟。两个朋友和康隆都跟着他车走。余嘉一定要走，姐妹们劝也没用。

这次聚会效果良好，她觉得应该趁热打铁，跟狄立人恢复感情。

没想到狄立人却劝她留下。"我带思思回去，你好好放松放松。"他故作关心道。

话撂出来，余嘉不能不给丈夫面子，只好顺水推舟。

晚上，女人们都敷着面膜，余爽例外，她歪在一旁玩手机。余梦从香港带了不少化妆品，分给姐妹们。

余爽只要了个补水的，外加一瓶乳液，其余全让。余蕊挑了一瓶精华、两个彩妆，不好意思要太多。余憩平时买不起大牌，但好在化妆少。余蕊帮她要了爽肤水、面霜和防晒。

余梦帮余嘉调整面膜位置，端详着："啧啧，年轻起码十岁,钱没白花。"余嘉苦笑，看上去是年轻了，可狄立人视而不见。

"什么时候去的香港，不是去看儿子么。"余嘉问。

余梦眨眼，微笑道："就不能有点私生活？"

余蕊凑话道，"嘉姐，梦姐八成有情况。"

"真的？"余嘉紧张，抓住余梦手腕。

余梦略不耐烦，嫌她们大惊小怪："什么真的假的,我的情况就没断过,主要看什么情况。"

"谁陪着去的。"

"一朋友。"余梦简短地道。

"什么性质的朋友。"余嘉追根究底。

"普通朋友。"余梦有点不好意思。

"多大？"余嘉还问。有点不知趣了。

"我的老姐姐，"余梦不得不挡着点，"你不是还要问，哪里人，干什么的，一个月收入多少，有多少套房子，有没有老婆孩子？"顿一下，"就一普通朋友，处着，哪那么多复杂道道。我现在是什么都不想，跟着感觉走。"

她不想？可能吗？余蕊思忖，但这就是余梦高明的地方。男人吃这套。

"注意安全。"余嘉叮嘱，很老派。仿佛妈妈在叮嘱女儿。

余梦无话。

余嘉又问浩宇、正宇的情况。余梦拿手机出来刷照片。一张张看过来。自拍里，翁悦也在。余嘉问这是不是就是那个董事朋友。

"去香港的不是她。"余梦脱口而出，"她在美国淹了一下。"说完后悔，不能往下说了。淹了一下？余蕊以为是阉割的阉，不懂什么意思。

余梦手刷过去，到了香港部分。余梦秀画展的照片，还说自己也买了几幅画。其中一张蝴蝶牡丹图，说是晚清宫廷画家的手笔。

余蕊眼尖，看到有张照片里有人影，是从不锈钢雕塑里映照出来。

是个男人。站在余梦身后，两手背着。

祖良才？！

余蕊还想细看，照片却已经翻过去了。

是他！化成灰她也认识。

余蕊一颗心怦怦跳着，祖良才怎么会在梦姐的照片里。难道……余蕊不愿往下细想，可又不得不想。

直到躺在客房里，余蕊还在思考着，余憩见姐姐出神，问她怎么了。余蕊摆摆手说没事。白元凯回来了，各个屋问好。

余蕊余憩姐妹一间。余梦和余嘉住一间。

余爽单住一间。她不喜欢跟人合住。

余梦洗好澡，又跟余嘉试文胸。她强调这次买的都是大牌。男人看了没一个受得了。

余嘉无奈。她现在就是贴上金、抹上蜜，恐怕也没人在乎。拗不过余梦盛邀。她还是穿上那套黑的——红的实在接受不了。余嘉难受，也不好看。又连忙脱了，穿回她的中年妇女款。

"穿了给谁看。"余嘉叹。叹自己，也说给余梦听。

余梦愣了一下，道："给自己看。"停了几秒，又说，"你美不是应该的？这么多年，你为老狄家付出多少，煮干的，熬稀的，起早的，贪黑的，功劳大大的！"余梦都懂的道理，狄立人装不懂。余嘉心酸，可还是得笑，披上幸福的画皮。

又摆弄了一会儿，两个人上床躺着。余梦跟余嘉约时间，下个月她过生日，嘉姐一定要来。

余嘉没打磕巴："到时候我请客，把人都叫上，帮你庆祝庆祝。"

"别，"余梦摆摆手，"就叫你一个，小范围的。她们我都没说。"

次日一早余梦去机场接翁悦。走的时候撇开她，回来的时候接风算道歉。

史同光说要来接余蕊，他又让余憩接电话，确认姐妹俩在一处。余蕊明白，这是在查她。

头日玩得太累，余爽呼呼大睡，不肯起床。

白元凯只能由着她："我们要出去啦，你要走记得锁门。"余爽摆摆手。

白元凯要去拜见昆曲名家周艺芬。约了好几次，老太太身体不好。

年后稍安。

白元凯跟她学《艳云亭》里《痴诉》一出拍曲。余嘉也想去。这出曲子她从前就拍过，但总觉得拿不准味道，周艺芬又是圈内有名的人物，如今年纪大了，见一次少一次。只是昨个玩了一天，今天还不回家，她怕狄立人担心。再者，单独跟白元凯去，多少有点尴尬。

余蕊看出嘉姐的为难，便安排妹妹余憩陪着过去——余憩对古典的东西感兴趣，余蕊也想让她多和白元凯接触接触——她余蕊已经没希望了，可小憩说不定有机会。

余嘉往家里打了个电话。思思说老爸去加班了。余嘉看时间还够，便和余憩一起上了白元凯的车，三个人往周家去。

一路上，白元凯和余嘉谈《艳云亭》谈得兴致高昂。余憩插不上话，颇有点尴尬。余嘉见状，故意抛个话头，让白元凯解说《痴诉》一折的内容。

白元凯笑道:"女主角叫萧惜芬,是枢密使的女儿,后来因为政敌打击,惜芬不得不装疯避祸,她去找懂占卜的诸葛求助,诸葛却以为她是真痴真疯。如此一诉一拒,一悲一怒,使得这出戏悲喜交集,庄邪皆具。"

拜会周先生。

先生这日精气神不错,寒暄了几句,问了问余嘉、余憩学曲的情况,便开始教《艳云亭》拍曲。走一遍,再细讲解每处注意事项。白元凯拿本子记,余嘉在心中暗暗比对,名家就是名家,简单点拨,茅塞顿开。

余憩听不太明白,只是盯着白元凯的侧脸看。她只恨自己阅历太少年纪太轻,无法跟白元凯琴瑟和鸣。

一会儿,白元凯和余嘉试拍。唱着唱着,余嘉不自觉代入情景,想到萧惜芬,又想想自己,不禁悲从中来,有些哽咽。余憩以为嘉姐太过投入,白元凯却隐约感觉不对头。实际上,打在别墅见到余嘉和狄立人的第一面。他就体察出这对夫妻貌合神离。只是,眼下当着周先生和余憩的面,白元凯不好细问。

就任她躲在戏文里悲愤着。

"动感情了。"唱完,白元凯笑着喝彩。周先生老于世故,到上了年纪,对感情之事早已置若罔闻,几个人又谈了谈曲子。白元凯便带两位女士告辞。

先送余憩,再送余嘉。

等车上只有两个人的时候,白元凯才说:"没事吧。"

"没事没事。"余嘉连声说,她后悔失态。

"昨天只顾着玩了,招待不周。"

"不不不……跟你没关系……"余嘉摆手,可这等于承认了自己在曲中是真哭。

"有什么困难,别跟我客气。"白元凯说。

"真没事。"余嘉说,"就是萧惜芬……太可怜……"她尴尬地笑笑。

只好把问题往古人身上引导。

余憩到家,余蕊问她玩得怎么样。史同光出去见客户,屋里就余蕊一个人。

"挺好。"

"是曲挺好还是人挺好。"余蕊笑着。在余憩面前,她是大姐。

余憩一怔，撒娇道："姐——"

"跟姐还藏心思。"

"不是……"

余蕊抓住妹妹的手："就是让你去见见世面，多跟优秀的人接触接触，免得被学校里那些毛头小子糊弄住，吃亏。"余憩不说话，她对白元凯有好感，但两个人注定更不可能。都不在一个城市。她能感觉出来，白元凯把她当小妹妹。

"再过两年，你姐我要还在这，你也来，"余蕊无奈畅想着，"不过两年时间能发生多少事啊！"顿一下，继续，"现在人都精，男人也都学得现实，漂亮的、没钱，和有钱的、不漂亮，十个有八个会选后面的。漂亮不能当饭吃，娶老婆求稳妥。"又补充，"特别有钱的，富豪，除外。"余蕊没接触过几个真富豪——富豪更需要强强联合。

听到这种理论，余憩为姐姐担心。史同光只是"小富"，免不了现实，而且一个年过下来，余憩明白姐姐的苦衷——他都没带她去见父母。她随即道："姐，你喜欢谁就选谁，你还那么年轻，不用考虑我。毕了业，找份工作，我就独立了，你就找你自己喜欢的。"

余憩有点语无伦次。

过去，余蕊总说为了妹妹。可是贫贱夫妻百事哀。

只是，躲在为妹妹着想的借口里，好歹能消除一点"嫌贫爱富"的罪恶感，她还没进化到余梦那段位。

余蕊想给祖良才打一通电话，琢磨了一会儿，又觉得还不是时候。

11

余梦没有罪恶感，她就是奔着有钱有权去的，毫无负担，余蕊却还残留一点"古怪的良知"。余梦是大杀四方的。这不，祖良才就进入了她的狩猎范围。

祖良才跟余蕊谈认识的时候，职位偏低，现在却已是响当当独当一面的人物。余梦不说，祖良才不提，余蕊不好问，这事跟她无关。不过余蕊还是忍不住为梦姐担忧。因为她知道，祖良才不会再跟任何人结婚。

气温升得很快，眼看能穿裙子。

余梦心情大好。

两个因素：一是她听翁悦说，栾承运在生意上遇到点困难，关键的环节没打通，卡在半道，资金全占住，为谋周转，他卖了别墅。

栾承运希望托辛家疏通。

余梦柳叶眉一挑，问："他让你告诉我的？"翁悦连忙说想哪去了。余梦心说，想也没用，她不可能帮他去找辛太太求情。离都离了，敌方的灾难就是我方的幸福。

其次，她跟祖良才的关系，也跟这天气一样，厄尔尼诺现象，反常，热得爆表。余梦真心觉得，祖良才是个绝佳的恋人。大气、儒雅、有担当，最关键的是，他很解风情。一招一式，都有回响，真正将遇祖良才、棋逢对手、势均力敌。

余梦把祖良才比作一栋房子，她目前没有产权，却有使用权。她深感对男人的这种随意调动，是她作为美丽女人的特权——尤其在走入婚姻之前。

余梦半夜也会给祖良才打电话。往往是他刚从办公室出来，开着车接。

"过来。"她在电话里说。

"明天去找你。"他很累，为了顶住工作，他得含西洋参片。

"现在来，我难受。"她说。

他想了想，只好调头，遵命。

从最繁忙的人手里抢一点时间过来，余梦成就感满满。不过有一回，她故伎重演，祖良才照办。只是剧本走到一半突然有了差池：祖良才半途出了车祸。

电话打来还是云淡风轻，说可能晚点到。

"什么情况？！"

"碰了。"

"在哪？"

"没事,你别管。"

"在哪?!"余梦激动。

风里雨里的,她赶到了。事故已经处理完毕,没惊动交警。祖良才和肇事司机私了。他的身份,不适合去交警队登记。"没事吧。"四下无人,余梦下车,上前捧住祖良才的脸。"小事,叫你别来。"他笑着,一张脸在她双手间像个孩子。她猛地抱住他,喃喃说对不起对不起,她的任性差点毁了他。她叫他来不过是想让他喝一碗她做的绿豆沙。

"为你,死也认了。"祖良才认真道,肉麻。路上没有人,车都很少。余梦握着方向盘,她当司机,带祖良才回家。

因为祖良才那一句话,余梦心满满的。一个日理万机的人为了来喝一碗绿豆沙而出了车祸差点丧命,却依旧无怨无悔。这不是浪漫是什么?

太刺激了!太浪漫了!余梦很满意。

不过,反过头来。祖良才偶尔也会给她出题。

比如这日,过十二点,祖良才来电话,叫她过去陪一下。余梦想了想,还是换了衣服,略施粉黛过去。四个男人在打麻将。一个老赵,在航空业;一个老鲁,做能源生意;还有一个小廖,具体做什么不清楚。一个晚上,余梦就坐在祖良才身后,不多说,不多问,微笑得脸部肌肉僵硬,但仍旧坚持。麻将打了一夜。

对于这个局,余梦喜忧参半。

喜的是,叫她来这个局,意味着祖良才已经把她当自己人。这次亮相,有点类似于介绍圈子给她。约等于向小圈子里的人昭告:这是我的女人,都多关照。余梦梦寐以求的"打开圈层",从这一晚开始才算有了突破性进展。

从翁悦,到辛太太,再到祖良才,层层递进。她有了斩获,应该高兴。

忧的是,这么一来,她觉得自己很像传说中的"情妇"。男人打麻将,她在后面坐着,又是那么个时间——深更半夜,随叫随到的样子。

有点不受尊重。

好在,余梦到底见过世面,一来二去,自己给自己做通了工作——想要钓到大鱼,这些都是必经之路,男人的牌桌,她现在还没有资格直接上场,能在旁边陪着,算肯带你玩进门再说。

何况,祖良才到底有多大能量,她到现在还没摸清。他那些纷纷扰扰的社会关系，直到这场牌局才算向她露了一点。

冰山一角。

余梦坚信，只要继续努力，从情人、情妇晋升到太太，指日可待。他离了婚，前妻和孩子都在国外，可谓黄金单身汉，不结婚干什么呢？身边有个女人也好应酬——祖良才的妻子，是个政治角色。余梦认为自己完全能胜任，乃至于锦上添花。她能确认，在这场游戏中，两个人都投入了真感情。同时她也明白，像祖良才这样的男人，逢场作戏惯了，一次两次真感情也不能代表什么。想让他昏了头再次走入婚姻，那还得再加把火。

余梦打算在自己生日那天做做文章。

开工后，余嘉家又过上了"正常日子"。

狄立人上班，特别忙，基本就回来睡个觉，夫妻依旧分床，余嘉觉着每天跟睡在坟里似的。思思忙于学习，雅思过了，开始申请学校，狄立人找了中介，余义也来帮外甥女。不过令余嘉欣慰的是，狄立人已经托人跟导师打了招呼，余义考博大有希望。因此，余义更加勤力为思思打点。

余嘉看在眼里，教训弟弟："自己也活道点，为人处世，要有眼力见儿，不能总靠你姐夫。"余义道："知道，姐夫也看姐的面子。姐对狄家，那是劳苦功高。"

这是弟弟说的，狄立人可没说过这话。

翻过年，狄立人和余嘉的话更少。简直像口枯井，一瓢水也别想淘上来。

对于"那事"，两口子黑不提白不提，似乎就那么过去了，可余嘉知道，两个人心里都还有疙瘩，有阴影，尤其是她。她有点自责。作为女人，怎么才能让丈夫有兴趣，实在是个巨大难题。可是，她又能跟谁商量呢？即便跟余梦也不好意思。上网查查，多半是些纸上谈兵的帖子，余嘉不相信会有作用。

那么，在出现突破之前，余嘉决定给丈夫一点"自己的空间"。

比如，礼拜六和礼拜天的上午，思思去补课，余嘉也会跟着出去，买菜，或者去商场转转，如果实在没心情，就去肯德基坐着，蹭网。

临走之前，她通常伸着脖子朝狄立人那屋喊一句："我出去啦！买菜，去新泰市场，大概十一点以后回来。"他哦了一声。她怕他没听到，再说一遍，"我十一点以后回来！"

狄立人嗯了一声。这次音量大点，他知道了。于是，从九点到十一点，余嘉腾出时间和空间，供狄立人"自由活动"。在这两个小时之内，他做什么她都不管，要视频，要解决生理问题，随他。

算是婚姻的一个出气口吧。

她怕他憋死。也给自己一点缓冲，尽尽做妻子的"义务"。

比如这周末又是这样。余嘉坐在肯德基里，上班太累。上头检查的余韵还在，领导忙于"自查"，材料堆成山，张主任安排余嘉弄，她不敢不从。关键是中午这顿饭还不能保障。学校有两个食堂，一个装修停业，另一个人满为患。余嘉和同事挤不上，去外面小餐馆又怕不卫生。最后还是同事神通广大，弄了个隔壁学校食堂的卡，几个人一起去那凑合。

就是在那个食堂。余嘉看到不该看到的——周三和周五，她都能看到康隆和一个女的在食堂吃饭，她才意识到康隆的学校就在她旁边。举止亲密，康隆还帮那女的拿包。他是老师，不可能跟学生这样，或者是同事？也不会在公众场合如此亲密。那余爽呢？跟康隆到什么状态了？

不结婚多危险。

余嘉举着手机，有点为难。她想直接给余爽打电话，又担心是误会。号码拨出去又挂断。余爽回拨，问什么事。余嘉慌张道："拨错了拨错了。"又随口，"跟小康约会吧。"

余爽道："他有事，这个礼拜没过来。"余嘉更担心。

看看，已经不过去了。

跟余梦说说？让她做工作，她面子硬。想想还是不行，余梦太直接，搞不好起负面作用。

跟余蕊说呢？似乎合适。余蕊柔和些，也有城府，如果她能做工作，去提醒，就不需要她余嘉直接出面。于是余嘉打电话告诉余蕊她的所见。

余蕊反倒站在男人的角度考虑："早就跟爽姐说这样不行，这种关系太开放，没点束缚，谁能保证不擦枪走火。"

余嘉道："我就怕爽被骗。"又叮嘱余蕊不要暴露她，余蕊让余嘉放心，她会想个妥善办法。

"你在这干吗？"

余嘉收了手机，抬头，狄立人站在她面前。

他下楼买烟，尿急，借肯德基厕所一用。

"那个……"

"菜呢？"

"我……就是……"余嘉实在编不出借口。

狄立人已经转身。

"肚子疼，"余嘉跟着出去，"小蕊又来电话……她跟她男朋友又闹别扭……我只能劝几句……一说话就多……"她讪笑着，说得断断续续。

"时间也太长，"指买菜。狄立人在前面走，"你不用躲我，我可以出去。单位还有好多事。"

"不是……"他误会她。她偏偏没法解释，能怎么说呢？说我出来是为了你留时间"自由活动"解决生理问题？难以启齿，说得太直白只会更加激怒他。

"是不是迷上网贷了？"狄立人站住脚，问。

"没有没有……"余嘉保证，"怎么可能碰那东西……不会不会……放心吧。"

狄立人上电梯。

余嘉连忙跟上："那个……我下次注意……"及时承认错误，免得节外生枝。注意什么不知道。

"中午叫外卖吧，老吃一个味。"

余嘉哦了一声，表示同意。她隐约觉得狄立人在一语双关，饭老吃会烦，人也是一样。电梯上行，余嘉的心却在下沉，她无计可施。

余梦来电话，余嘉在家门口接。狄立人觑了她一眼，她只好捂住听筒，对狄立人交代一声"是余梦"，然后才继续说话。余梦叮嘱余嘉，生日那天，她得来捧场。必须。

第五章

1.

史同光有个变化：他敢在余蕊面前放屁了，而且有点肆无忌惮。嘟噜噜噜地，水屁。

余蕊认为这不是个好现象。

这"症状"多少意味着，史同光对她的迷恋已经减退，爱情是昏了头，终究有苏醒的一天，只是没料到他苏醒得那么快——以色侍人，色衰而爱弛。问题是她还没衰呢。

结婚不太有希望。

清明和端午，史同光既没有带她去见祖上的死人，也没带她见家里的活人。余蕊觉得没意思，对这场婚姻不抱信心。而且，最关键的是，她也不想跟他结婚——原本是怀揣着就义的心态，一咬牙，一闭眼，算了，找这么个稳妥的人走入婚姻，把 辈子交待了。谁能想到他还磨叽，不爽快。

余蕊开始为自己想后路，原则是：不能人财两空。

她不会把问题说得太明，过去多少次分手，她都给对方留面子，给彼此留有余地，为的是将来好见面，还是朋友。

不过，余蕊最终还是考验了老史一下：黄旗从外地回来，余蕊带着老史请老同学吃了个饭。席间笑谈，打打闹闹，史同光基本没什么反应。

余蕊彻底明白,这个男人也想分手了,他可能在等她提出来。

"也不能总这样。"一天,余蕊冷不防说。

"什么。"

"我说我,不能总这样在家待着。"

"跑跑组?"

"一去几个月,你受得了?"

史同光不说话。

"我想了很久,也考察了,现在开个美容店还是能赚钱,雇两个人,也能顾着家、顾着你。"余蕊笑笑,"等于有个根据地,咱们随时可以过去。"

"干吗这么累。"史同光道,"这世面,不乱花钱,就是挣钱。"

余蕊不高兴。什么叫乱花钱。

"我是去挣钱。"

"生活费不够?再加点。"

余蕊抢白:"不是钱的问题。我总得实现自己的价值。我想当家庭主妇,结婚、带孩子,生个三个两个,又去哪当呢?我也很痛苦你知不知道。"

静默几秒。

等于问题抛出来,看史同光怎么接。

"再看看。"他说。

模糊处理。

余蕊没乘胜追击,她给他时间。她要一百万,这个数字,她认为是史同光的上限,需要很大的决心才能拿出来。

停了三天。史同光果然问她要多少。余蕊当即报数,不含糊。既然没有未来,就没必要为他省钱。

"你算股东,有分红。"余蕊嬉笑着。

又过了几天。史同光说等等,最近公司财务周转有点问题,等账要回来就投。余蕊嗯了一声,心里头老大不高兴,脸上却不表露出来。

那就耗,那就等。

周末见余爽,余蕊把自己烦心事跟好姐妹提。四大美人里,她对爽最放心。嘉太过保守,梦有点刻薄,只有爽,心大嘴巴牢。

余蕊说打算跟史同光分手。

"不是要结婚么?"余爽吃惊。

"人家根本没这安排。"

"为什么?凭什么?"

"谁懂,呵呵。"余蕊吸一口气,"可能想找个像你这样有房子的富婆。"

余爽啐:"真他妈的,什么男人!狗屁!"

立场十分鲜明,她坚决跟蕊一头。

"好像在外面有人。"余蕊谎撒得真。

"靠!"余爽从床上站起来,能把天顶出个窟窿,"你这样的他还不满足?想干吗?!"

"张培娜,"余蕊点烟。余爽一脸蒙。蕊又解释:"就那性感女星,她老公不照样嫖娼?"哼了一声,继续,"梦姐说得对,帅的偷人丑的也偷人,那干吗不找帅的。妻不如妾妾不如偷,爽,真佩服你,老康就这么散养。"

"他不敢。"余爽手一挥,"老实巴交。"

"知人知面不知……"心字吞下去。

"有情况?"

"没有。"余蕊不好意思。不能说得太明。更不能把嘉姐供出来。"真不打算结婚?"

"不就一张纸么?有什么用?真要偷,有那张纸就不偷了?刘嘉玲和梁朝伟不就……"

余蕊听不得这个例子,插话:"人家最后不也结了么。"

"那也是十几二十年后。"

"疯了。"余蕊苦笑。

余爽道:"你不能去担心男人,得让男人担心你。"

余蕊纠正:"男女有别。"

"我看没太大差别。"

"男人风流一夜就能有孩子,女人得劳动十个月。没差别?"

余蕊的话,余爽无从反驳。她和康隆的关系,目前看像个悬垂摆,无非是从这头摆到那头,无限循环下去。有时候余爽也在想,她和康隆有爱情吗?他说有。她不确定,爱情不应该是疯狂吗?可她不够疯狂,他们的感情,对,是感情,不是激情,还不至于昏了头让人步入婚姻。

老妈去世后,余爽认为她在这个世界上除了对弟弟负有一点连带同情的责任,她不需要再为任何人负责。她只负责让自己快乐。可是,当余蕊提出男人花心的观点,余爽还是有了些危机感。不过,她不藏着掖着,累心。

她直接跟康隆提出来。

康隆来吃饭。煮了饺子。余爽道:"老康,你如果有什么变化,随时告诉我。"

"什么意思。"

"我是说假如,假如你爱上了别人,我可以退出,没问题。"

"目前没有。"康隆不太会用筷子。一夹,饺子顽皮地跳回碗里。

"不用有负担。"

"醋被你吃了。"康隆开玩笑。

"我们之间……"余爽还要解释。康隆拦话,"是不是嘉姐告诉你的。"余爽说跟她有什么关系。康隆说我在食堂跟女同事吃饭,看到过嘉姐几次。没来得及打招呼。也许有什么误会。

"没有误会。"

"你这么提醒就是怀疑我。"康隆倒打一耙,"让人很不舒服。"

"我是让你不要有负担。"

"那你呢,你就不跟男同事说话?"康隆道,"你整天混在男人堆里,我也不舒服,我不也在忍吗?"

"那是工作需要。"

"我跟女同事吃饭,也是工作……之余的需要,总不能一个同事都不团结吧。"

"我说了跟吃饭没关系。"

"爽,我们之间,得划道杠杠,说清楚权利和义务。是,我们没结婚,是松散的关系,没有法律的约束力,但这不代表彼此心中没有红杠杠。"

"说你的红杠杠。"余爽痛快道。

"我不能接受你什么事都不跟我打招呼。"

"比如。"

"比如你临时外出,或者跟同事吃饭,或者出差,或者去哪里,不管,任何地方,任何事情,"康隆一口气,"我们现在不住在一起,我觉得我有义务掌握你的行踪你的情况，"余爽要说话，康隆伸手挡了一下，意思让她暂停，他继续，"这不是说要控制你，这代表我们相互通联，你一个独居女人安不安全谁能保证？万一……"康隆没往下说下去。恐怖的画面。

余爽自动补足："万一我出了车祸，被谋杀了，绑架了，或者煤气中毒死在家里，你能第一个赶过来替我收尸。"她笑笑，满不在乎的，"这个有道理，通过。以后行踪随时通报，你当我的备忘录。"

停一下。余爽说："该我了吧。"

"请说。"

"我不想总是听到关于栗子的话题，我不是你的论文指导老师。"

"我的错。"

"希望多一点花样。"

"花样？"

余爽咳嗽一声："某些方面……我们……太单调了。"

"什么方面？"他还是没理解。

"On the bed（在床上）。"余爽躲在英文里，开放的女孩。

这康隆可不承认，他放下筷子。"我是怕你受不了。"他有健身的习惯，自认健壮。他走过去，吻住余爽，想要横抱。

猝不及防。余爽给了他一巴掌，打在脸上。康隆不出声，他认为这一巴掌也是情趣的一部分。

这次谈判过后，余爽果然按照约定，时不时向康隆汇报自己的行踪。通常是，"出门了""在开会""开完了""现在下班""跟同事吃饭""在医院（陪蕊）"……康隆的回复通常是，哦、喔、噢三个字。

字里行间，两个人似乎都没什么感情。可是，康隆却结结实实真真切切感觉到了感情的存在。他心里很满足，好像他是长官，余爽随时向他汇报。他有种掌控感，他们还是一体的。

余嘉找了余爽一趟，她给她一套曲谱，是多年的珍藏。她拜托她转交给白元凯。余爽不解，"不是有联系方式么。"余嘉的解释是，住得远，单功跑一趟怪麻烦的，今儿个是刚好路过你这，顺带而已，余爽说我也不经常见他。

余嘉道："你不见，小康估计能见。"余爽这才反应过来，两个人聊了会儿闲话。余爽没提蕊要分手的事，自己答应她保密。余嘉也没提余梦生日宴会的事。她也必须守口如瓶。

生日宴这天。余嘉跟狄立人请了假，说明情况。狄立人没说什么。思思申请有眉目，全部心思都放在出国上，无心赴宴——也不能让她去。这是成年人的聚会。余义还在帮外甥女的忙。

余嘉为穿什么衣服发愁。当然不能穿得太触目，余梦大寿，她才是焦点；但也不能过于寒碜，她这个绿叶得恰到好处。

终于，选了套装。配风衣，晚上风大。

"不用等我。"临走时余嘉说。

思思和她爸都没回应，他们原本就没打算等她。

推开餐厅的门。余嘉脑子轰的一下，瞬间明白余梦为什么只请她一个人来。

2

余嘉当然想到自己是来做绿叶的。

她只是没想到竟然要做这么大一片绿叶——大圆桌围了十几个人，除了余梦，只有她余嘉一个是女的。

意图很明显，如果余梦"单刀赴会"，太单调，而且女人没闺蜜，总有点问题，可是闺蜜抢了自己风头又是大忌。

余爽对陪着老男人喝酒不感兴趣。

余蕊呢，毕竟年轻，是个威胁，请来，往那一坐，就算再人淡如菊，也会分散余梦的光芒。

于是只有请她余嘉来恰到好处。

大姐，已婚，德高望重，能压阵，没威胁。

余嘉看破不说破，她能理解余梦。情场如战场，这场聚会，欢声笑语却也刀光剑影。她衷心祝愿梦儿能有所斩获，美梦成真。

刚踏进来，目光便唰地集中到她身上，余嘉虽然多有修炼，也觉得寡不敌众，浑身起鸡皮疙瘩。

余梦摇摇曳曳走过来，她今天特别漂亮，头发随意散着，笔直，化了点淡妆，在灯光的笼罩下，竟有几分少女的娇柔。余嘉牵住余梦的手。余梦对大家说："介绍一下啊，我姐，嘉姐，领导夫人……"余嘉连忙制止，不让她往下说。

祖良才在座，他在辛家的音乐会上见过她。见余嘉往这边望，祖良才对她点了点头，余嘉报以微笑。

跟着是余梦介绍在座诸位。各色男人，其中百分之八十对余梦有意思。余梦办这个生日会，也是让祖良才有点压力。

肉，抢着吃才香。

挨个数下来，这个总，那个董，这个秘书长，那个主任，还有画家、书法家、旅行家、等等，余嘉几乎分不清谁是谁。都很优秀，都是人物。他们当中有没太太的，也有太太还健在的。余梦可没把那些有太太的男人放在眼里，她不想背负骂名，让世人说这些男人是因为她离开了太太。

某集团董助（董事助理）翁阳也位列其中。他被最后一个介绍。妹妹翁悦出差日本——实际是去整容。他代替翁悦来给余梦祝寿。他是余梦的死忠粉，看余梦的眼神充满迷恋。

余嘉觉得那眼神有点恶心，像贪吃的小孩伸着舌头舔冰淇淋。

酒只喝茅台，是一位"总"带来的。他是余梦的追求者，历史悠久，但从未得手，但人家没放弃，精神可嘉。这人钱是有一点，余梦却觉得他不够贵气、体面，干到什么时候都只是个小老板。所以，四两拨千斤地，这么多年，大家一直都是朋友。

喝上了，刚开始都有点矜持。几杯下肚，渐渐放开，很快就进入"今宵酒醒何处，杨柳岸晓风残月"的状态。也巧，这个包间就叫"晓风残月"。

余嘉感觉自己像个护法，或者说，像是贵妃身边的姑姑，陪着贵妃到处游赏——梦贵妃今晚铁了心要"醉酒"。

饭已经吃了一个多小时，快九点了。那位画家提议，说今天是梦梦的大寿，咱们助助兴，一人唱一句祝寿歌，不许推辞！五音不全也得唱！

余梦当即双手合十鼓小掌。

男人们被拱上前台，得唱了。只是歌要选得应景有趣，有点难度。

画家第一个唱："女人花……摇曳在红尘中……女人花……随风轻轻摆动……"

有人接话："咱们梦梦比花还美。"

众人皆笑，喝了一杯。第二位是个"董"，他急忙拿手机搜了一曲，用歪歪扭扭的声调唱道："爱我的人对我痴心不悔……我却为我爱的人甘心一生伤悲……"

满桌哈哈大笑。

余梦打趣："了解了。"又喝一杯。

第三位是个"秘书长"。他嗓子不错，开口便唱，是粤语，"喜欢你……那双眼动人……笑声更迷人……愿再可……轻抚你……那可爱面容……"

达到歌手水平，众人叫好，喝一杯。

轮到下一个。

再下一个。

又一个。

还有一个。

……

终于轮到祖良才。

老实说，看到这一屋子男人，他不是没有危机感，但他毕竟历练红尘多年，有涵养，有谋略，他要求自己大度。他跟余梦有契约么？没有。许过承诺么？也没有。他修行那么多年，当然明白余梦请那么多人来的意思。

她越要刺激他，他越要冷静。祖良才酝酿了一下，微微清清嗓子。

一桌子人都看他。

祖良才说话声音低沉，唱歌却高亢几许，有一种说不清道不明的磁性。他注视着余梦，唱道："你这样一个女人……让我欢喜让我忧……让我甘心为了你付出我所有……"

一瞬间，余梦全身像过了电般。

余嘉抓着她的胳膊，甚至能感觉到轻微颤抖。

他懂我。余梦想。听了一圈歌，这首最贴她心。

她不就是想要做这样的女人么。让人欢喜让人忧，欢喜的是，她那么优秀，那么迷人；忧愁的是，随时都可能失去她。她要让男人提溜着一颗心。真正美的东西，包括人，都必须使人有点感伤。

包间门开了。一辆小推车缓缓驶入。上面摆着蛋糕，中间插了根蜡烛，火光跳跃。一男一女两个服务员，男的护送着蛋糕，女的怀抱一捧鲜花。

余嘉连忙起身。指了一下方向，示意服务员余梦是"寿星"。

男人们开始唱生日快乐歌。有好几人拿出手机，拍照的拍照，录像的录像。在"祝你生日快乐"的歌声中，余梦站起身来，像女王，也像公主，双手合十，脸上擎着笑，看看四周，最终微微低着头，朝向蛋糕所在的方向。

她接过花。又递给余嘉，请她帮忙抱着。

对着烛光，她许愿。男人们都站起来了，围成个圈。余梦撩了一下头发，弯下身子吹熄蜡烛，连声说谢谢。

余嘉提醒："还有献花呢。"翁阳连忙跨过三个凳子，从余嘉手里取过鲜花，递到余梦怀里。这花是他订的，不能被别人掠美。

画家起哄："看看，这么帅的帅哥给你献花。"

余梦笑得艳美，还是说谢谢，低头看看花，夸好漂亮。

有人起哄："抱一个，抱一个。"

某董上前，这局是他请，他理应第一个拥抱，余梦也大方，果然上前拥抱了一下。

翁阳拿手机录像，他问："有什么话要说的。"

余梦依旧只有谢谢两个字，面带娇嗔。

某董却道："要说的话挺多的，心想事成！"

祖良才还候在那，等着拥抱。谁知某董过后，拥抱环节戛然而止。余梦是这么安排的。对祖良才，她要采用"饥饿营销"的办法。

跟着又是一番痛饮。

闹腾到快十一点，终于要散场。桌子上菜剩了一半，尤其是中间的大菜，几乎没怎么动筷子，大家只顾着喝酒，菜被冷落了。余嘉觉得丢了实在可惜，便问服务员要了打包盒，仔仔细细挑选着。

男人们基本有司机，没司机的也叫了车，安全到家没问题。

余梦凑过来挽住余嘉的胳膊，撒娇似的："嘉姐，谢谢你。"

余嘉忙着挑菜，敷衍道："行啦，生日也过了。开开心心平平安安。"

余梦道："我很开心，我很平安。"

翁阳跟余嘉家住得近，余梦拜托他送嘉姐到家。

余嘉连忙拒绝，饭局结束，她不想再继续应酬这些人，来之前她已经查好了线路，回去坐夜间公交，省心，自在。不过，她对余梦却说叫了专车。

余梦故意大惊小怪："姐，安全么，这半夜三更的，别被劫财劫色。"

余嘉连声说安全，放心吧。

酒尽更残，余梦一个人坐在大圆桌旁，对着残了的蛋糕，服务员进门，她打发他下去，说要再清静一会儿，歇歇。服务员问要不要茶水，余梦说不必了。也只有到这个时候，余梦才蓦地坠入感伤。

又大了一岁。落地窗帘露个缝，外面是缤纷夜色。不知怎么的，她脑海里依旧响着祖良才先前唱的那首歌，"你这样一个女人，让我欢喜让我忧……"

不禁笑出声。

手机响。是浩宇发来的视频，一段祝福，跟着是正宇的。兄弟俩对好点，齐心协力祝妈妈生日快乐，余梦欣慰。

过了一会儿，她才站起身，稍微有点站不稳，她扶住椅背，等了一会儿，才往包厢内的私人洗手间去，她要补补妆。不为别人，只为自己，美要美得彻底。

一推门。里面站着个人。余梦吓得后退半步，跟跟跄跄的。那人却一把将她拉进去。余梦只觉得一阵比龙卷风还大的力道吸她进门，身子突然升起，她被托到洗手台上坐着。

定睛一看，是祖良才。他故意的，一直藏着。

"干吗？打埋伏？当游击队员？这可不是你们沂蒙山区。"余梦面如桃花，美得不可方物。

祖良才省却甜言蜜语，直接把嘴凑过去，吻住她。余梦挣扎，祖良才强吻下去。

啪！

赏了他一耳光。她在心中叫好，这打的可是祖大领导呀！过瘾！但表面上，她还是微笑着，不失幽默感："帮你醒醒酒。"

祖良才并不生气，但也没有笑容，喝了酒，他变得更加严肃。他靠近余梦的耳畔，"不愿意？那走了。"着意真要走。

余梦连忙说:"把那歌再唱一遍。"

祖良才愣了一下,果真开始唱,饱含深情:"你这样一个女人,让我欢喜让我忧……"还没来得及往下唱,余梦便俯下身子,死死吻住他。

一阵扑腾,洗手液瓶子滚在地上。高跟鞋也受不住地心引力,哒哒落地。

……

到公交站,余嘉才想起来菜忘了拿。打包费了半天事,临走却因为跟余梦说话忘了拿。都是好菜,不带实在浪费。余嘉想了想,终于折回头,往酒店去。

包厢的灯还亮着。厅里静悄悄的。那个蛋糕还在,像塌了方的山。服务员还没来收拾房间。余嘉见打包的菜还在椅子上,拎了就走。

到门口,忽然想去个洗手间。路途遥远,公交车不知什么时候来,出去吹了冷风,尿意更浓。还是方便一下。

余嘉拉拉衣服,迈着沉稳的步子往洗手间去。这晚她喝得不算多,光喝饮料了。

推开门,一抬眼——余梦坐在洗手台上,祖良才吻着她。

洗手间仿佛刚经过世界大战!

余嘉忍不住惊叫,又连忙捂住嘴,尿被吓得悬停、倒流。

她扭头就跑。

这叫什么事!

慌不择路,余嘉竟忘了包和菜,直朝外面逃去。真叫"屁滚尿流"。

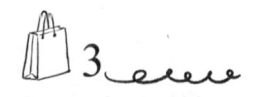

3

余嘉在冷风中站了快二十分钟才返回酒店。服务员在收东西,已经快打烊,包厢灯还亮着。

余嘉吸一口气,硬着头皮走进去,仿佛做错事的是她——她的确做错事了,她就不该来拿什么菜,后悔要上厕所,后悔来这个饭局!

洗手间那一幕,她幻想过,也听说过,但却从没见过。这次算开了眼界,见了洋荤,更何况是发生在好姐妹余梦身上。激情程度加倍。

余嘉进门。余梦连忙站起来,叫了声嘉姐,低眉顺眼的。余嘉不看她,仿佛多看一眼都脏了自己眼睛。她是良家妇女,可余梦却放着良家妇女不做,成了……成了……余嘉不愿意往下想。

余梦本来觉得没什么,男未婚,女未嫁,处着朋友,四下无人情难自已……她不认为这是犯罪。余嘉未免太大惊小怪。

今天这场宴会是办给祖良才看的,要刺激他,推动他,目前看效果良好。可是,看着余嘉那为难的脸,余梦还是忍不住心生愧意。

余嘉小步快走,抓起包。

余梦忙道:"菜!"

"不拿了。"

"拿上拿上。"拎过来,递到余嘉手上。

余嘉只好抓着。她叹了口气。

"嘉姐——"余梦只好打感情牌。她相信余嘉不会说出去,说出去她也不怕。

"外面风大不大。"余梦说,"外套穿好。"

终于,余嘉望着余梦,语重心长地说:"我不反对你谈男朋友,我今天来,就是支持你。"

"是。"余梦唯诺。

"可总得……"余嘉舌头有点打结,"总得……有张床吧!"

也不知是酒劲还是怎么,余梦被说得脸上一阵烧。

总得有张床吧……振聋发聩!

内心深处,她又免不了觉得余嘉太装。这种场景她从未幻想过?新鲜刺激!不失为人生一种体验。她余梦不小心付诸实践,良家妇女们只能想想罢了。而且不过是个吻别,比张学友的歌还纯情,并没有什么实质性突破。

余梦领了教训,怏怏的。待余嘉离开,她才觉得这人没劲,难怪狄立人对她没兴趣。

又坐了一会儿。等完全平静下来，余梦才叫车回家。到门口，一大束玫瑰花靠在门上。花上夹着张卡片，只写了"余梦小姐"收。

狂蜂浪蝶飞舞。她不客气地抱起花，开门，进屋，脱鞋，放水，洗澡。然后，来个香甜的睡眠。明天的事，明天再说吧，现在还是她生日，她最大。

接连几天，余嘉都心神不宁。那晚那一幕刺激太大，她不想去想，可那事还是顽皮地跳出来，逼着她去想。

余梦的生活，是她想都不敢想的。余嘉认为，可能这就是大城市，但一转念，又觉得是自己狭隘，小城市就没有这种事吗？只要有男的，有女的，男盗女娼就在所难免。

她不应该大惊小怪。

思思发现了老妈的异常，她跟老爸狄立人揶揄老妈："玩得魂儿都没了！"

狄立人不予置评。这些天他忧心忡忡，跟了新老大，算投靠了山头，可跟着就是人事调动，风传他拜的新老大要往西部调。

这对狄立人来说可不是个好消息。

谁都知道他跟这位老大走得近，他本来想低调点，可架不住老大对他的赏识，不少人嫉妒。如今老大一走，狄立人的处境就不妙了。新任领导定然不会用他，他是"前朝"的嫡系，用了不放心，他等于又陷入无边的等待中。

不过这些话狄立人都没跟余嘉说，没用。说了她也没办法。他跟她现在，就是名义上的夫妻。而且自从上次被撞破"那事"，狄立人顿感无趣。仿佛一件小秘密被人发现，再做，就没了刺激感。

他明白，余嘉每每反复说明自己几点出去，几点回来，就是要给他留空间，行个方便，可看破了之后，狄立人感觉一点意思没有。他需要她这样可怜？故意出去，留点时间给他放风，释放自己？他狄立人很抢手好吗？只要他愿意，他完全可以靠婚姻再翻一次身。轧情人不是手拿把掐？什么大不了的事？！

这一向天气不正常。忽冷忽热。

黄旗回来了，余蕊约他见面。黄旗说在市区碰，余蕊却坚持去黄旗的出租屋。他租房后，余蕊算第一次去。

是个城中村，道路曲里拐弯的，两边是那种小理发店、小饭店，道两旁脏兮兮的，时不时能看到些面目土气的中年人进出。

黄旗的房间有十平米。一张单人床，床上一只枕头，一床薄被。看来是一个人住。

床边靠墙摆着一对哑铃，哑铃旁边是拉力器。墙上有个空调，最差的牌子。靠窗放了张长条桌子，上面摆着护肤品。桌角有一袋胡萝卜，干瘪瘪的，余蕊好奇它居然没有长霉。

黄旗出去拍戏几个月，过年不休，这次他演了个男四号，"死"在第十六集，但还是要全程跟组。

黄旗兴奋地聊着剧组的事。余蕊静静听着，仿佛妈妈听儿子汇报学习成绩。在余蕊面前，黄旗是不设防的，反过来一样。大学同学，算青梅竹马，还做了同行，很多事情心照不宣。

余蕊到黄旗这感觉像回家，放松，自在。

开店的事，她跟史同光又谈过，这回不是曲里拐弯，是开诚布公谈。史同光便也开诚布公说，公司有困难资金周转不过来，投了可能回不了本，客观地劝她慎重。

她知道史同光开始跟一个姓柳的女人约会，她在他手机里看到的，她猜得出他的锁屏密码。

他已经开始找后路。之前规划未来的"美好蓝图"变成了余蕊的一厢情愿。

这算出轨。他现在根本不怎么回来，偶尔来一次，饭都不吃，总说忙着谈生意。余蕊本来想跟他吵，可静下来想想，有什么意义呢？

就差正式提分手。

余蕊能感觉到，史同光在等她开口，这样一来，他或许能装成受害者，全身而退。

余蕊忍不住悲叹，她终于明白为什么那些美艳绝伦的女星丈夫总还去偷吃，两个人在一起，光靠外表吸引能撑多久？总还需要经过相濡以沫、相依相伴，才能最终相敬如宾。婚姻生活，绝对不是爱情的升级版，而是融合了爱情、亲情、友情、恩情等等。婚姻是个大杂烩，必须你欠我我欠你，肉烂在一个锅里才行。

她和史同光注定不可能。

这个月，史同光迟迟没往她卡上打钱。余蕊意识到必须快刀斩乱麻。

偏偏在这个节骨眼，余蕊发现自己——怀孕了。

是老史的种。年前有几次老史癫癫狂狂要练什么"玉女心经"——当时她为见家长，讨好他，胡乱同意了……她警告过他，可慌慌张张地……

后悔也来不及。只能朝前看，解决问题。老实说，余蕊从来没想过用孩子来逼婚，即便是她最想结婚的时候也没用过这招。只不过，此一时彼一时。若在过去，她肯定会跟老史商量，两个人可能会要这个孩子，他们可能结婚。

但是现在，就算他要结婚，她都不会同意。

但一想到要打掉孩子，余蕊又有点恐慌。身在这个圈，传说到处都有，比如某女星在家流产大出血差点丧命啦，比如某演员早年流产过多影响生育啦……余蕊还想到《广告狂人》里的佩吉，刚入职场跟男人鬼混生了孩子，最后只能送出去。她不要那样，与其生离，不如死别。她摸着肚子，平平坦坦，小种子还没发芽。她念了三天大悲咒，她希望帮孩子求得一份解脱。

流产是大事。她想找人商量，必须可靠、稳妥，不会背叛她。

余憩？不，她太小。而且余蕊也不希望自己的形象在妹妹心中坍塌。

余嘉同样不适合，她是良家妇女，接受不了这种"乌七八糟"的事情。解释不清。

爽更不合适，她是炸弹。

刚好黄旗回来，行了，他最合适。

余蕊坐在床边上。

黄旗很少这么多话。他说着剧组的种种，女主角多漂亮，他跟男主角喝酒，聊得多好，这次终于懂演戏了，片酬也提高不少，副导演说有戏再介绍给他……

话与话的间隙。

余蕊插一句："我怀孕了。"

黄旗呆在那儿。

余蕊又说一遍。

"谁的？"他问。

"还能是谁的，史。"

"他不想负责？"

"是我不想要。"

"需要我出面吗？"

余蕊有点感动，苦笑："干吗？打他？"

"你对他没感情。"他下判断。

"说不清。"余蕊还想遮掩。

"让他出血！多要点！"黄旗够直接，见怪不怪。为了拿到角色，他也曾做出过选择。各取所需。他不觉得罪大恶极。

黄旗的话点醒了余蕊。原本，她是想过，也向往过和史同光有一个温暖的家。一个宽敞的客厅，一个可爱的孩子，还有不那么帅但体贴的史同光。可现在是他不要她了，这些幻想也就碎了。为今之计，打掉孩子、拿钱走人，是最佳方案。黄旗只是客观地说了出来。

这是余蕊的第一个孩子，现在她已经觉得自己是个母亲了。自己有义务保护他，但现实却是无能为力。

万一他要这孩子呢？

余蕊想着，念着这份希望往回走。

出了城中村，余蕊一个人坐在出租车上，涕泣良久。司机张皇，险些不会开车。余蕊只好反过来安慰他，说没事没事，我没事。她刚和黄旗商量好，如果做手术，他愿意陪着去，冒充孩子的爹。

4

接下来是谈判。

余蕊觉得这是她遇到最难的一次公关。

材料准备好，严阵以待。

史同光从外面回来，余蕊坐在沙发上，电视没开。

纯静坐。气氛低沉压抑。

"怎么不看电视？"他问。

"跟你说个事。"余蕊很严肃。

史同光去冰箱里找水。

"过来。"余蕊又说。

史同光拿了水，扭开，喝了一口，不情不愿走过去。

"坐。"

他果然坐下，叉着两腿。"我知道我明白，再等等。"

想用缓兵之计。

"我怀孕了，"余蕊吐字清晰，"你的。"

她不能等。

史同光有点蒙，眼睛睁得跟被火柴棍撑起来似的："不是……"顿一下，"这个……"

余蕊把检查单子摆在茶几上，推到他面前。

史同光吸一口气，"这不胡闹么。"

胡闹？！她讨厌这两个字。到底是谁胡闹。

"怎么办？"她问他。

"你怎么想？"他反问她。

"你是孩子的爸爸，尊重你的意见。"

史同光想了半天，道："最好别要，不合适。"

意料之中。

"打孩子很伤身体。"

"费用我来付，不用担心。"

"包括什么。"

"手术费用。"史同光的口气有点无耻。

"要不生下来。"余蕊摸着刺激他。

"不行！"他很坚定。

"生下来，我们结婚。"余蕊故意说反话。

"宝贝，不要闹了好不好，两个人快快乐乐的不好吗？干吗非要孩子，二人世界还没过够呢。"史同光来软的。

"打孩子是犯罪，要下地狱的，精神上受不了，我是佛教徒。而且对身体伤害也大，万一影响将来生育怎么办。"余蕊摆事实讲道理。

"那你说,怎么办。"史同光失去耐性。

"结婚。"余蕊坚持到底。

"我也没说过恋爱就一定要结婚吧,这种事情谁能保证呢?"他开始耍无赖了。

"不谈这个,没意义。"余蕊说。

"我就知道你看不上我这种其貌不扬的穷人,"史同光说,"我不是金矿,挖不出金子。"

"你是孩子的爸爸!你不是为我,是为你自己负责!为你自己的后半生负责!"

"你知道你这样像什么吗?"

"轮不到你来审判我。"

史同光一笑:"活在这世上,谁都得卖点什么。没什么大不了的,能理解。不过不劳而获可没那么容易。"这句话一出,余蕊愣住,最后的希望也灭了,她没想到史同光会如此形容他俩的这段感情。过了一会,余蕊抬头缓缓道:

"我付出的已经超值了。"

从史同光租的房子出来,余蕊在路边放声大哭。她还得在那住一阵,否则要流落街头。打完孩子,她必须在那休养生息,等身体稍微恢复,外人看不出来的时候,她就可以搬到余爽那借住。抱团取暖。

不过这事除了黄旗,不能让第二个朋友知道,尤其是她的这些女性朋友,她丢不起这个脸。

她抱着恋爱的心情结婚的目的走入一段关系,可走到最后,无论是精神还是身体,受伤的竟然是自己。作为母亲,自己没有能力保护自己的孩子,她满怀罪恶感。

她是坏女人,坏妈妈,可她没办法,她为自己不值。她忽然意识到自降身价没有意义,她现在等于悬置在半空中。

她认为自己根本犯了战略性的错误。古人云,取上得中,取中得下,取下,可能什么都得不到。到最后竟然只换得一点可怜的补偿金,外加元气大伤。她必须尽快处理。

当晚,她打电话给黄旗,说准备去医院。黄旗问:"付了么?"那口气让余蕊伤心,她更加觉得自己在做一场见不得人的交易。史同光搬走了，迅速地。他先付了一部分钱，说剩下的做完一次性付清。余蕊只好满怀屈辱地找了间私立妇产医院，黄旗陪着。医生问，他就说他是她男朋友，现在两个人都不想要这个孩子。

医生是个中年女人，脸上很多雀斑，一副饱经风霜的样子，听口音是外地人，可能来自东北。或者从前做过妇产科，但来大城市只能在私立医院坐诊。余蕊咬紧牙关刮了宫，痛是真痛，可她一句也没有喊出来。做完她给史同光发了治疗单，史同光还算爽快，当即打款。然后，拉黑，永不联系。

余蕊知道，她这是没出名，如果将来她在演员这行混出名堂。保不齐史同光又会跳出来，说他过去睡过某某某，她还为他流过产堕过胎。

病床前，黄旗站着，余蕊伸手，他坐下来，握住她的手，仿佛要给她力量。"别跟别人说……"她还在乎名声，这很重要。"放心。"他说。

黄旗又接了一个戏，马上要离开大城市，到东北去。他坐了好一会儿，又给她买了粥，余蕊想吃皮蛋瘦肉粥。

吃完，她说："去吧。"

"能行么？"

"没问题，这算什么。"她一副天塌下来也能顶住的样子。

余蕊又痛哭过好几次，一个人的时候。躺在客厅沙发上——回到住处，她不愿意睡原先那张床，史同光睡过。她轻轻抚着小腹，平平坦坦的，孩子走的时候肚子也还没鼓起来，但不一样，有他没他大不一样，心里感觉不一样。

生命，她毁掉了一个生命，这是第一次。他从她身体中被剥离时，她感受到生命给予她椎心刺骨的痛。心里的痛要慢慢消解，交给时间。只是她认为这痛会像埋在土里的塑料，恐怕得用一生的时间降解。

余蕊也反思她和史同光这一路，是她没有真心么？未必。是他没有真心么？也未必。刚开始，两个人都有真心，只是走着走着，就变味了。他拒绝带她见家人、朋友，金屋藏娇，他的未来里没有她，他始终觉得她是图他的钱。

吃一堑长一智。不过这亏她只能自己吞，闷亏，不能让更多人知道。只是，真拿到"尾款"——史同光还扣除了房租钱，他要求共同分担，什么男人！——余蕊又舍不得开店了。这真叫血汗钱，是她支撑未来生活的一点老本。

　　休息了一个月，余蕊跟几个女演员一起去日本玩了一趟。到地方猛拍照，玩到一半来生意，直接从大阪转道，飞印尼。余蕊感到心酸。谁比谁伟大，谁比谁轻松。她讨厌老史，但她同意他说的一句话，人活在这世上，总得出卖点什么。有人卖脸，有人卖才华，有人卖灵魂……都没关系。余蕊现在认清楚一点，活着那么艰难，别亏待自己。

5

　　人事任命下来了。老大得走，去青海。
　　狄立人有些发愁。他觉得自己陷入到一种尴尬境地。
　　跟着走，这边刚起步，就算借调，去了什么时候能回来，难说。不走，新官一上任，他被边缘化的概率很大。他没有背景、靠山，孤零零一个人，寻找新的靠山，更难——领导们喜欢一张白纸，培养自己的人，谁会接手上一任留下来的老臣，何况他也不算老臣。
　　见识了大城市的风光，更见到凶险，狄立人如今才明白，当初那些老人不愿意调任，把机会让给他，与其说是不自信，毋宁说是深知大城市水太深。在"根据地"做个中层，关系网是通的，一家老小都能照顾得到，就这么一辈子，安安稳稳，挺好。
　　何必披坚执锐往前冲。
　　不过，他们不明白，狄立人是有抱负的。他确实想为大众服务，确实想做出一番成绩，不说彪炳史册，起码建功立业。只是这一切的实现，没有权力是不行的。掌握权柄，才能更好地开展事业。可其中的难度，不是一两句话说得清的。
　　归根到底，他根基太浅。
　　到了大城市，他开始后悔结婚太早，缺乏战略规划，有点感情，享受点温柔,大学毕业二十出头,他就把自己规划出去。

现在看大错特错。

婚姻跟打仗一样,选择战友太重要。尤其是他这种想要走仕途的人。不借力打力能行吗?别说仕途,就是从商,看看那些成功商人的岳父,傻子都知道其中的玄妙。狄立人结婚的时候还是太年轻,冲动。家里人又不懂得掌舵,才导致偏离了航向。

何况他现在跟余嘉根本无话可说,她关心爱护他吗?

特关心、极爱护,十个有九个半都会那么说。这就是余嘉长期以来塑造的人设:贤妻。

可狄立人觉得,那不叫关心爱护,那叫巴结。看他发展得好了所以巴结,她全家都那样。不成器的弟弟,他硬是帮忙扶到博士。麻烦一大堆的老丈人、丈母娘,还有七七八八的亲戚。他还没飞上天,他们恨不得就把他拽下来。

他见不得这些人蝇营狗苟的样子。

他在外头拍领导马屁,回到家这些人拍他马屁,他老感觉像在看自己的影子演戏,提醒他,"你有多可笑"。

狄立人喜欢那种任性妄为的人。因为他永远别想做也做不到。

狄立人还觉得,余嘉根本不理解他。她甚至提过要一起回去。那不等于宣布他前半生的奋斗全是徒劳,等于宣判他是一个逃兵?在人生的战场败下阵来,埋葬了自己的理想。

人往高处走,来大城市,来为更多的人服务,产生更大的影响,这可是他的理想!理想!理想!知道什么是理想么!那是可以让人为之献身的东西啊!她就不能提,不该提!愚加蠢,愚蠢!虽然可能直到现在,狄立人也没能搞清楚理想和欲望的界限。反正,他跟余嘉谈不来。

两地分居的时候好一点,她作为一个名义上的妻子而存在,真到眼前,同一屋檐下,他受不了,别扭。

就比如这次老大变动,他不可能跟余嘉讨论。她一定大惊小怪,她一定首先想到自己。

还有上次撞破"那事"。余嘉那种宽容大度的样子也让他难受。他宁愿她闹一场,她都不知道自己现在有多乏味。上次"夫妻夜话"是什么时候?他不记得。他只知道她沉闷至极!

他跟朋友说的话还比跟她说的话多，他不是没想过离婚，几年前就想过。每当这个念头产生，他总要告诫自己，还不是时候。

栾承运找他找得正是时候。

如果在过去，狄立人可能会推掉，无事不登三宝殿。栾承运大概要找他办事。不过现在，狄立人心里烦闷，有他这个哥儿们打打岔也好。他们在不同领域，没有直接竞争关系。

狄立人在栾承运面前，可以稍微放松。

曲水兰亭，雅厅，栾承运站在大理石案几边，举着根大号狼豪笔，练字。狄立人在旁侧看。

刚写了忍字头上那把刀，手机响，栾承运接。是女人的声音，聊了几分钟，挂了。

翁悦打来的，谈点生意上的事。栾承运解释了一下。

狄立人笑说："这下行了，放飞自我了。"

"生意伙伴，"忍字写完了，栾承运放下笔，远观，"是你自己想放飞吧。"

"再婚的帖子别发给我，发了也不给钱。"狄立人开玩笑。

"从来没想过，"栾承运换了张宣纸，让开，把笔递给狄立人，"不找那麻烦。"

狄立人站到案前，两脚打开，扎马步似的，一落笔不犹豫，写了个"畅"字。

栾承运随口注解："惠风和畅，青山不碍白云飞。妙！有大通必有大塞，无奇遇必无奇穷。"

狄立人叹："还是一个人好，自在，想干吗就干吗。"

栾承运向前半步，走到他身边，小声："别离婚。"

狄立人每次见面都这个状态。栾承运早猜出他在婚姻中的倦怠，其余的，可想而知。

狄立人一怔。他惊叹栾承运看透他的心思。好在他一贯稳得住，面上看不出什么，随即笑道："听听，可不可笑，自己离了婚，却劝别人不要离婚。"

"麻烦。"

"我看你挺享受。"狄立人略带揶揄。

栾承运道:"男人,只要你离了婚,只要你还有点钱,不算太老,铁定有人打你主意。"

"那是你意志不坚定。"

"我也是人,我也有需要。"

"哦,知道了,把人肚子搞大了?"狄立人递笔给栾承运,"你小心点,企业家玩女人,就是堕落衰败的开始。"

"别,没那癖好。"栾承运道,"你要有,跟哥儿们说,我带你去,你玩,我歇着就行。"

"你应该被逮捕。"

"冤枉。"

"腐化堕落,说的就是你们这种人。"

"我可是守身如玉,想着复婚呢。"栾承运嬉皮笑脸的。这话说得有点出乎狄立人预料,他知道栾承运说话,一向半真半假,真真假假,不熟悉他的人,容易被绕进去。但他狄立人却能分清哪句是真,哪句是假。"想着复婚",这句话是真的吧。不过,狄立人跟祖良才认识,虽然不算熟——祖良才职位比他高。拐着弯的,风闻祖良才最近谈了个女朋友。说是还陪着打麻将,那人便是余梦。

狄立人当然不会跟栾承运说,他只是觉得栾承运的痴心有点可怜、可叹,还有几分可笑。

栾承运提笔,写了一个"和"字,自言自语道:"室雅人和,和静自然。"写累了,两个人又去喝茶。栾承运做生意发了点小财,但别墅抵押出去,款子一直回不来,所以等于是空财。没落袋,都不能算是自己的。他急于打通关系。找狄立人,就是想问问还有没有其他路子。此前他都拿钱生砸,披荆斩棘地,事倍功半。狄立人没多说,只说自己老大要走。栾承运便不多问了。皮之不存毛将焉附,问也没用,他晓得狄立人也是势单力孤。

狄立人说:"找找辛家试试。"栾承运不说话。他觉得不妥,这个关系养了有些日子,不能轻易用。而且现在环境微妙,辛家也不可能轻易出手。说白了,他跟他们什么关系?太淡,连共同的利益都没有。

喝上茶,两个男人沉默,各想各的事情,各愁各的烦恼,能这样相对饮茶,已经算难得。

一壶下去,栾承运觉得有义务聊点什么,随口一句,"嘉姐最近怎么样。"

狄立人快速扫一句:"还那样。"看他口气,栾承运意识到没必要继续往下问。

"没意思。"栾承运忽然说。

"什么意思。"

"到这个年纪没意思。"栾承运感叹,"什么都是假的。"

狄立人长吁:"你小子好日子才刚开始,少在这说风凉话。"

"是么?"栾承运问。手机又响,还是翁悦。狄立人听到点声儿,知趣走开。

考虑再三。狄立人还是找"老大"委婉表明态度,他愿意跟随,去青海。老大没说行,也没说不行,只是说在哪都是为人民服务。还不是给答复的时候。狄立人知道,即便走,也不会是跟着老大直接过去,估计只能用借调的法子。不过,走,还有路,不走留在这,死路一条。他现在只能学"上井冈山",去开拓革命根据地。

思思出国,基本定了,余义跑前跑后,全程辅导——他一个没出过国的,反倒辅导要出国的。

狄立人给余义介绍了个对象,某得力大姐的女儿,本地户籍,本科毕业,在某医院检验科工作——那医院不是随便什么人都能进去的。

小姑娘……哦不……老姑娘对余义还算喜欢。余嘉当然说好,余义却有点意见。尽管他不敢太露出来,里面有姐夫的面子。他希望最理想的结局是:女方看不上他,大家自在。余嘉劝弟弟,找个本地的好,她家里能帮上忙,没那么累,少奋斗二十年。

看着姐姐说教的嘴脸,余义一方面认为,她确实是关心他,毕竟是亲姐姐,另一方面,他又觉得姐姐太不了解男人。他读到博士,就是为了"入赘"?他为什么不能找一个自己喜欢的,男人追逐才快乐。他讨厌那女孩的一张大嘴,笑起来牙床露在外面,他怕她生吃了他!

他还是喜欢余蕊,哪怕她穷得住牛棚,野得他驾驭不了,她永远都还是他心中最美的一道月光。得不到,想想总可以吧。相比之下,检验科女孩简直俗不可耐。余蕊在奋斗,她呢,无非是投好了胎,全靠父母。一点不可歌可泣。相反,余蕊身上却有一种史诗般的美与苍凉。

余嘉看出弟弟心思,道:"还想小蕊呢,她有三颗心,你应付得过来?

趁早收摊子，你这脑子，只适合安安分分过日子。"余义叨咕："这么多年，姐，你倒是安安分分过日子，得到什么了？"声音很小，余嘉还是听得真，她大喝一声："小义！"余义连忙逃窜，他怕听姐姐唠叨。

6

在食堂又遇到康隆，他主动上来打招呼，余嘉尴尬。

康隆介绍身边女伴，说这是我同事，研究松树、松子的方博士。又说好几个人都是饭搭子。有点刻意解释的意思。

余嘉一听，晓得余蕊可能传过话了，搞不好，康隆知道是她余嘉看到的，所以格外来申明一下。谁知余嘉身边的同事，一个半老不老的大姐，不知趣，笑道："都是研究干果的。"

康隆不介意，笑着说是。

"有研究核桃的吗？"

康隆回头指了一下，说真有一个，在排队打饭。

余嘉给大姐眼色，示意她不要继续问下去。大姐根本看不见，径直问："博士，问你个学术问题。"

"请讲。"栗子博士、松子博士异口同声。

"麻核桃和小核桃，哪个更补脑。"

松子博士见她问得有趣，促狭道："中国有句老话，以形补形。栗子，像肾的形状，它补肾，松子补眼，核桃补脑。注意，麻核桃外表也像脑，所以比小核桃更补脑。而且它大呀，大脑大脑，就是得大，要补大脑，就吃麻核桃，补小脑，吃小核桃。"

同事大姐眼睛上翻，作醍醐灌顶状。余嘉连忙打岔把她拽走，实在丢人。

趁午休，余嘉给余蕊挂了个电话，问上次提到康隆的事，她有没有跟爽提。余蕊知道嘉姐心重，只说没提，不过她正好有事找余嘉。余蕊在日本旅行的时候，余梦联系她，希望余蕊能组一个局，人多点不怕，她请客，最主要的是把嘉姐请来。

为什么单独提嘉姐。余蕊知道里头有事，但她不问，当即应承，说等回去就张罗，余蕊没说跟史分手的事。她不打算立即公布，想等慢慢淡了再说。

"姐，也该聚聚了。"蕊带着笑。

"再等等，我找你，思思快出去了。"

"去哪儿？"

"英国。"

余蕊笑说那离得远，浩宇正宇没法关照思思。

余嘉说："我这女儿，比男孩还痞，让她出去摔打摔打。"挂了电话，余蕊打给余梦，说了约人的情况，余梦有点犯嘀咕。余蕊说："是真有事，思思要出去了。"余梦这才放心。

餐厅事件过后，余梦总觉得自己没面目见大姐，倒不是不敢约，是怕余嘉尴尬。她拜托余蕊组局，大家混在一起，冲淡冲淡，真见了面，什么也都抹开了。余蕊还没挂电话。余梦问："还有事吗？"余蕊笑说没事，挂了。她原本想侧面敲敲祖良才的事，可话到嘴边，又不知道怎么问。她眼下待业在家，又无戏可接，少不了厚着脸皮去麻烦祖良才。一来二去，恐怕余梦知道是迟早的事。她余蕊跟祖良才是不会有故事——甭管他多大的官，可余蕊不想让好姐妹误会。

她绝对不是余梦的竞争对手。不过，她和祖良才的过去，她也不想让余梦知道。这是道太难的题，她一时想不好如何入手拆解。

租约到期前，余蕊去找了爽一趟，坦白说自己已经分手，问能不能搬过来暂住。余爽当她要疗心伤，连忙答应。可还是惊诧："这就分啦？"

"分了。"

"谁提的？"

"我。"

"原因呢？"

"性格不合。"余蕊搪塞。余爽哦了一声，这在她看来，的确是个再恰当不过的理由。

"难受吧？"

"没有。"余蕊强笑。

"瘦那么多，还说没有。"

"减肥。"

"行啦！"余爽要给闺蜜拥抱，"要哭就哭吧！"

"没有——"余蕊着意推开她。

"哭吧，跟我不用忍着，肩膀借你一下。"余爽靠过去。余蕊只好把头在那肩膀上放了放，装作很忧伤的样子。

"我看那人也不行。"余爽开始挑史同光，"相由心生，跟他搁一块，生出来的孩子估计得每况愈下。"

余蕊的心动了一下。孩子，擦肩而过的孩子。

没缘分。

她险些当了母亲。

她还不够格当母亲。

余蕊这才真正鼻子发酸，眼眶一热，泪水流下来。不能说，她什么都不能说，即便跟爽也不能说。爽要是知道会看不起她吧。像爽这样的女人，不会懂得她的苦处。见惯了繁华，只能往繁华奔，再回头，太难。

"什么时候搬，我把康隆叫着。"余爽道。

"千万别，找了搬家公司。"

"把老白也叫着。"

"不用！"余蕊喊出来。她可不想让白元凯看到她这副狼狈样。余爽认真地，"三心姑娘，你就应该找老白那样的。"余蕊哽咽着。他哪能瞧上她呢，她没自信。

"我帮你说，"余爽道，"放心，我委婉点。"

"真的不用。"

"哎呀，缘分来了。"

"不用！"余蕊更大声。余爽愣住，只好说，好好好不用不用。"别去打扰他。"余蕊变回柔和模样。停一下，又悄声，"不好。"余蕊又故意问，梦姐最近怎么样，余爽说没联系。余蕊向来周到，余梦此前生日，毫无动静，可她还是从日本带回来条珍珠链子，算作礼物。离了史同光，一切从头开始，这层关系，必须处理好，毕竟余梦手上，资源丰沛。

"梦姐跟嘉姐闹别扭了？"她又问。

"没有吧，不知道。"余爽并不把这事放心上。

翁悦从日本回来，变美了。很明显。没大动，只做了微调，但却有画龙点睛之功效，整个人看上去提升了一个档次。原来她是戊土型女人，再点缀，也一股子笨拙劲，如今稍稍一改，鼻子、眼头、下巴、脸颊，似乎哪都动了，又似乎哪都没动，她成乙木型女人了。春风中的桃花，一下便能抓住人的眼球。

余梦真心夸赞翁悦，说不得了不得了，但内心深处，她又深觉安然。是，翁悦是变美了，但那得看跟谁比，跟她余梦比，还是少了一段自然风韵。人工再奇巧，终究是不敌天然的。不过，从去日本这件事上，余梦看得出翁悦的风格。她做什么都喜欢明修栈道，暗度陈仓，说大城市的好，转脸去了日本，说要推颧骨做下巴大刀阔斧干，其实只敢小动，还是偷偷摸摸的。余梦知道她还在较着劲。

翁悦带来点栾承运的消息。

余梦不高兴："你还跟他有联系？"

"生意上的事。"

"他能有什么正经生意。"

"梦梦，"翁悦批评道，"这样就不好了，分开了，更应该做朋友，多条朋友多条路。"

"用不着。"

"听说他打了你一巴掌？"

"胡扯！"余梦激动。听谁说？这事能有谁知道？一定是栾承运自己嘴大。滑天下之大稽，犯罪分子自己主动张扬罪行，想干吗？

"我打他还差不多。"

"谁打也不行。"翁悦正色，"法治社会。"

余梦不说话，下剪刀，剪掉蔷薇的枝干。一下下狠了，只剩个花头。翁悦见她不高兴，又转换话题："行啦，这么多人围着，还有什么不满意的，我看你是挑花了眼。"

"谁围着？孤家寡人。"

"翁阳都跟我说了。"

"男的别这么多嘴多舌。"

翁悦说自己:"众星捧月,万绿丛中一点红。"剪了手上的花,继续说:"你可得擦亮眼睛,这些老男人,都成精多少回了。"

老男人三个字有点刺耳。余梦从不把祖良才当老男人看。她只当他是成熟男人。有魅力有魄力有实力的成熟男人。少壮派,多少人求着巴着。男人有事业就不老。

"我只谈感情。"余梦说。她没说爱情,说感情。

装什么蒜!

翁悦看着她,不说话。心里骂了好几遍,这绿茶,倒是够抗氧化。两个人不再提生日宴的事,翁悦说打算约辛太太吃饭,想让余梦陪一下。余梦现在是辛太太跟前的红人。

"有事?"余梦问。

"没事就不能见面啦,都是朋友。"翁悦道。

"我也好久没见,约了几次,都说忙。"余梦道。果然,翁悦再去约,辛太太推说身体不舒服,事也多,没见。辛先生最近去外地调研,不在家。风声紧,有事的怕,没事的也老老实实的,事不来惹你,你千万别惹事。

翁悦只好作罢,事情放下。她打电话给栾承运,让他换条路走。栾承运没说什么,为今之计,只有砸钱,就怕送不出去。

7

冷不丁地,狄立人找余梦,约了个喝茶的地方,包厢。余梦到地方,发现只有狄立人一个,余嘉不在。她东看看,西看看,找人状。

狄立人笑说:"别看了,没叫她。"

余梦疑惑。什么事得背着余嘉?她坐下,狄立人奉茶。她本能觉得不妙。

栾承运跟老狄关系不错,别是那条线上的事。

"说吧。"余梦坐着,腰板很直。

"喝点水喝点水。"狄立人和和气气的。

"不会是栾承运派你来的吧。"余梦单刀直入。

狄立人一笑:"他能派得动我?别多想。"

"那什么事?"

"没事就不能找你啦。"

"哎呀我的大领导,别掖着了。"

狄立人依旧撑着。

"跟余嘉吵架了?"余梦问,"让我去说和?"

"不是。"

"不说走了,约了做脸呢,不好迟到。"余梦眼神向下,看看指甲。

脸的事,天大。

狄立人动了动屁股,只好把自己目前的处境、面临的困难,简单说了。余梦理解。无非就是靠山要走,他也想撤,怕人家不带他。可是,跟她说有什么用,她对这些事不了解也不感兴趣。

于是她直白道:"同情。不过我手没那么长,管不了衙门里的事。"

狄立人走了一圈茶,给余梦换杯子,才觍着脸,笑着说:"能不能稍微帮个忙,做做祖局的工作。"又突然激昂地说:"你放心!肯定不白帮!余老师,也是真的没办法了,你看看这,上不上下不下……"他叫她余老师。少有。

余梦脑袋瓜子嗡的一下,像瞬间被打满糨糊。他是怎么知道的?她和祖良才的关系,都传到狄立人这儿了?是余嘉说的?不对,如果是嘉姐透露的风声,他没必要不带她来,夫妻俩一起求人办事,总比一个人声壮势大。不带余嘉来,是狄立人给她余梦留面子。声不传六耳,保密工作特别重要,到底是混机关的。

可这算什么呢?找她去给祖良才做工作,怎么做?吹枕头风?那不等于坐实了她是情妇?妈的!谁他妈是情妇,人家是女朋友!情妇是贬义词,是男人对女人的轻蔑,她不要,她光明正大……

内心天人交战着,余梦望着狄立人充满期待的脸,忽然间又觉得有点自豪。过去,这位"姐夫"可是大家巴结的对象,现在他却来巴结她,就因为她搭上了祖良才这艘大船。风水轮流转,今年到我家。这滋味说不清道不明，但不可否认，很好，非常好。她进而深刻明白了这么多年余嘉为何一直死死咬住狄立人不放，要在古代，余嘉要盼着当诰命，有加封的。不过，余梦还并不打算答应，因为她并不知道祖良才的意思，不能打无准备之仗。

"你找错人了。"余梦稳住心神，茶盏擎在唇边，"我和祖老师就是普通朋友，"顿一下，改口，"哦不，普通朋友都算不上，算熟人吧，"小抿一下，又改口，"不对，熟人都算不上，只能算认识。"

她叫他祖老师。私下也这么叫，她觉得祖良才特有学问。

狄立人愕然，余梦不简单。她自己给自己定位好了。他能怎么说，总不能说，你们就是近，你是他的情妇，枕头风最管用，县官不如现管。

狄立人道："你说话不是有分量么。"

无理搅三分。

余梦故作不解："好笑了，我怎么就有分量，谁告诉你的？"

他有途径知道，余嘉也说过。余梦生日会上，有人唱歌，最喜欢的一首是"你这样一个女人，让人欢喜让人忧"。余嘉哼这个歌哼了五天。

魔怔。

"你说话，别人都爱听。"狄立人只好硬说下去。

"领导，我是真帮不上忙。"余梦笑呵呵的，"你是谁，嘉姐的老公，多年的朋友，但凡能帮，我能不伸把手吗？"狄立人见话赶话说死了，只好拿出最后一招，叹气，"来这以为是阳关道，谁知走了华容道。算了，天命如此，死就死吧。"跟着泫然，"我就是觉得，对不起孩子，对不起嘉嘉……"

刹那间，余梦心软了。她正想着跟余嘉缓和关系，那天生日会，嘉姐帮了她大忙，后来来给她"箴言"。余梦一直信奉着，后来她无论如何也有张床……

"行啦！"余梦放下茶盏，"具体再说说，不过不能保证啊，你得有心理准备。"

狄立人当即身子一折："请受小生一拜！"

凑空，四个人小聚了一次。余蕊通知，在爽家吃火锅。余梦和余嘉都拎了菜来。余梦叮嘱，说嘉姐，你买蔬菜，荤的你不用管了。余梦包荤菜。

厨房水池边洗菜，余梦站在余嘉身边，她没提狄立人找她的事，余嘉也没提。余梦认为她可能还不知道，可是，她总觉得不太合适——她已经跟祖良才吹了风，说了这层关系，很重要，很铁杆——她还是希望余嘉担她这个人情。

这回见面，余嘉又是一派沉稳柔和，上次生日会的事已经过去了，像个宝藏沉入大海，余梦不捞，余嘉更不会主动去捞。

过去就过去了。

四个人围着，余梦给余嘉夹了片羊肉卷。

余嘉轻轻叹气，余蕊刚公布了分手的消息，余蕊没什么，余嘉却愁得不行。

"旧的不去新的不来。"余梦鼓劲。

余嘉道："我就是愁，咱们这些个人，什么时候才算安定下来。"

余爽用哲学观点分析："不变是相对的，变动是绝对的。"

余梦伸手拍拍嘉姐，算安慰："乐子得自己找。"

余嘉看看余梦，又看看余蕊，最后看向余爽："找个像余爽找的那样的，大学老师，平平淡淡过。"余爽连忙，别，我没打算平平淡淡，以后什么样谁也说不好。

余蕊微微颔首，余嘉的话，她听着老感觉像是在给余义拉纤。余义将来是大学老师，跟康隆类似，可她就是不喜欢。尽管她知道，余义单纯、可靠，是个不错的结婚对象，只是经过史同光那一站，余蕊更加了解自己，她喜欢成熟男人，喜欢成熟成功的男人。

在这个问题上，她和余梦不谋而合。

她还年轻，还有机会，不至于入得宝山空手回。余蕊觉得，跟史同光一场虽然损失惨重，但不是没有收获——她精神上更抗摔打，更明晰目标，更坚定。她不是那个慌里慌张的小女孩，不会再退而求其次。

余蕊出神。

余嘉问："接下来怎么办？"

余爽抢着代她答："演戏。"

余蕊淡笑："跑跑组，再找找事。"

余梦插话说："到我店里来。"三人忙问什么意思，余梦这才说跟朋友合伙开了个美容院。"那个翁？"余嘉问。余梦又说不是，大家不好再深问，余爽照吃照喝。

自生日会后，余嘉认为梦的社会关系复杂，弄个店，不意外。余蕊有点意外，她意外的不是开店本身，而是她比自己早先一步开店。她费尽心机，耗了元气也没能把店开起来，怎么到梦姐这，就四两拨千斤，举重若轻，美容院，挺清楚了，是院，不是小店。

愣生生拔地而起。震撼。

余梦继续说："刚开始创业，缺人，蕊，要是不演戏，可得来帮帮你梦姐，店长的位子给你留着。"

余蕊嗳了一声，不能当场答应。说不定人家只是客气客气，做姐妹可以，当上下级就难受了。何况余蕊想当的是老板娘，不是店长。

余梦又说："不过来我这可没有男人，做美容只有女客户。"余蕊笑不出来。余嘉听着不祥，用别的话岔开，她跟狄立人的关系降温冷冻后，她不喜欢听什么男的女的，在她看来，全是男盗女娼！

几个人聊着点别的，提到康隆，也提到白元凯。余爽说，白元凯又有新成果，入了一个什么百强榜，又做了什么演讲，受到多少肯定，演讲的题目据说"上善若水，有容乃大"。听到白元凯的名字，余嘉想到昆曲，余蕊却有些淡淡惆怅。她连忙涮辣锅，仿佛这浓重的味道，能把那惆怅盖住似的。

8

隔了好几天，余蕊才反应过来，还是做梦的时候想到的：余梦的美容院，会不会跟祖良才有关？

不对，过去他出手可没那么阔气，说一千道一万，祖良才不过是个公职人员，没那么大能量。

他也不敢。

他能帮的，不过是介绍介绍工作，打点打点事情——不得不说这是余蕊的天真。原本，人脉也是钱。美容院是老赵老婆弄的，老赵做生意，祖良才帮他说了句话，关节打通，万事亨通。为感谢祖良才，人情还到余梦身上。

余梦乐得笑纳，做了多少年的皮包公司，终于有了点实业，女企会的人谁还敢笑话她？她余梦必须扬眉吐气！

祖良才当然也亲手送过她东西，比如戒指、手链、项链、耳环、手表……不过余梦最在乎的不是这些，她在乎他的心。如果心都是她的了，这些东西算什么呢。

余梦越来越懂得品味祖良才，品味他的成熟魅力，他是那么的性感迷人、浪漫温柔，有时还有点滑稽可笑，像个大男孩儿。余梦相信，他的这一面，只会在她面前展现。

恋爱谈到最后，女人都应该展现出母亲般的包容。男人在外面奋斗，累，她是可以停泊的温柔港湾。他们有时候也会玩点小游戏，出其不意地。

比如，有时候祖良才会突然拿出一本按摩的书。"你翻。"他说。余梦接过去，果然翻出一页来。于是他就按图索骥，按照这一页的指示给她按摩，有一次，刚好翻到按摩胳肢窝。祖良才照旧执行，余梦怕痒，被挠得嘎嘎笑。

现在余梦相信一句话，爱，不是陷进去不陷进去，人会在爱情中成长起来。每次照镜子，余梦都觉得自己皮肤闪着光泽。这是爱情的力量。

相比之下，余爽则没那么好的状态。余蕊来了，她偶尔也跟蕊说两句，康隆不上门，她也不去找他。

完全散养。

余蕊为她担忧。爽却总说："顺其自然。"这日，巧了。余义和康隆同时上门，一个找余蕊，一个见余爽，四个人分散在两个屋。

余义来了，意料之外，情理之中。上次聚会后，余蕊就有心理准备，嘉姐会跟余义说她的情况。或许在余嘉、余义看来，现在是个好机会。她刚失恋，比较脆弱，需要关心，余义适时出现，搞不好能水到渠成。

余义放下手中的巧克力盒子。

"坐啊。"余蕊微笑着。她比过去任何时候都更坚强。曾经，她喜欢迂回，现在，她选择直面。说真话比说假话好，有效，无论是对他人，还是对自己，都应该诚实。

余义坐下，她问他口渴么，他连忙说不渴，她还是出去给他拿了一听饮料。拉开，余义小心喝着。

"听说了吧。"余蕊先发制人。

"哦，嗯。"余义清了一下嗓子，像在论文答辩。

"没办法。"她苦笑。

"是他不识货。"说出"货"，又连忙纠正，"不识……好人。"

"我是好人。"余蕊反指自己。

"大好人。"

"你也是好人。"好人卡的好人。

"其实……"余义准备剖白。

"我知道你的意思，"余蕊抢先说，"谢谢，我只能对你说谢谢，这么多年，我们虽然算青梅竹马，但你不了解我，我也不算了解你。说实话，我挺欣赏你的，聪明，肯下苦功夫，学习这条路你走出来了，我为你高兴，也为你骄傲。可是你想过没有，你，我，我们都是不能走错路的人，你适合一个能跟你谈得来，共同进步的女孩。"

余义想说话。

余蕊上前："我知道你会怪我。可我们都得诚实，对对方诚实，对自己诚实。"

余义笑笑，这才放着胆子说："其实……我来之前就想到了……可我还是想来当面说说……小蕊，我心里一直有你，哪怕你拒绝我，我也要说出来，要让你知道……你跟我不是一种人，我老觉得你迟早要做出什么大事。"

余蕊嗤笑："能有什么大事。"

余义又说："无论是高兴的，还是悲伤的，都是短暂的，平平淡淡才是常态。"余蕊愣了一下，她想不到余义嘴里竟能说出如此具有哲学意味的句子。

平平淡淡才是真。她过去也这么告诫自己，她也是这么去做的，找个差不多的人，过个差不多的日子，平平淡淡，生儿育女，慢慢变老。

事实证明，你平淡得了吗？

逆水行舟，不进则退，她长了一副美丽的皮囊，你不出击，别人也会打你的主意。像她这种女人，多半会树欲静而风不止。

226

"你很勇敢。"余蕊说。

"祝你幸福。"余义说。

不知怎么的,心门打开,开诚布公,两个人竟都有点感动,红了眼眶。为对方感动,为自己感动,为生活感慨,为命运感伤,余蕊认为有义务大度一点,她张开双臂,做了个拥抱的姿势。

余义迎上去,抱住她,转两个圈。余蕊双脚离地,在半空飞转。她哭着,也笑着。尴尬消失,余蕊很庆幸自己还有这个朋友。

另一个屋子。余爽对着电脑,屏幕上开着 Excel 软件,突发工作任务,必须马上处理。康隆站在一旁。余爽嫌他碍事,让他过去点。

"有事吗?"她抬头问。

"有一点。"

"一会儿说。"余爽双手不停,集中注意力,忙碌着。

康隆只好站在一旁看书。中间余蕊和余义来招呼,说下楼去买点东西,余爽也顾不上招呼。过了好一会儿,她才停下来。去冰箱拿冷饮,递给康隆一瓶。

他接住了。

"余爽。"他叫她大名。

余爽怔了一下,他很少这么叫她。

"我们之间……应该坦诚。"康隆这么开头。

这句也令余爽意外,"是,坦诚,我对你很坦诚。"

"我是说我自己,我也应该对你坦诚。"

"没错。"

"你上次也说,有变化要及时告诉你。"

"你说。"余爽喝了口饮料。

"我也有点为难。"

"不用,说吧。"余爽做好准备。

"我喜欢上一个人。"康隆径直地说。

余爽差点没站稳。就算关系再松散,她再散养,她也料不到康隆会跟她坦诚到这个地步。"我得像萨特,你是波伏娃,有变化我必须告诉你,你有权利知道。"他解释着,语气并不慌乱。

"然后呢?"余爽深呼吸,把饮料放在写字桌上。

"不知道。"

"要分手？"

"没想分手。"

"你的意思是，你要同时跟两个人谈？"

"我对你有感觉，对她也是。"

"她是谁？"

"同事。"

"发生关系了？"余爽大刀阔斧。

"没有。"他依旧坦诚，"就是感觉挺好，聊得来。"他欲言又止。

"然后？"

"亲了一下。"

嘣的一声！余爽拍了一下桌子。

"她哪好？"

"你有点激动。"

"你这是什么知道吗？"

"还没有。"

"你是真傻还是装傻。"

"我也担心，我也迷惑，所以才告诉你。"

"聊得来，她是你同事，"余爽低头，叨咕着，像一头发怒的母狮，"她什么职位？研究什么的？谈什么？"

"松子。"

"什么？"

"研究松子。"

"你栗子，她松子，很好，你们过去吧！"余爽终于发出火来。

康隆道："跟你坦诚又生气。"

"不聊了！"余爽朝外走，直接出门，她几乎忘了这是她家。

一个表白，一个坦白，这一天，余爽和余蕊过得颠颠倒倒，余爽气哭了，这是余蕊第一次见爽因为感情的事哭。是嫉妒吗？余蕊是这么认为，原来余爽也会嫉妒，也要吃醋。不过康隆和余爽的相处模式、感情，却超出余蕊的判断，康隆单纯得叫人害怕，这种事，藏还来不及，他反倒一片袒露。不过余爽却不承认自己是嫉妒，她管这叫：违反相处条例。

余蕊安慰道:"不结婚,就是这样,他就是随时可以找别人。"

余爽反问:"结了婚就不会找别人了吗?梦姐前夫是怎么回事?"余蕊无言以对,归根到底,是自己内心道德界限的问题。

"打算怎么办?"余蕊问她。

余爽目光呆滞。

"要不趁热打铁,力挽狂澜,干脆……"

"不……"余蕊话还没说完,余爽就给出答案。

"别任性,机会不多,抓住。"

"分手。"余爽眼露寒光。

"啊?"

"也许从一开始就是个错误,"余爽嚷嚷着,"我就不该找人……我就适合一个人过……我就……妈——你怎么就突然走了呢——"她突然转向余蕊,"你不能走。"

"不走。"余蕊保证,"不走不走。"

在余蕊面前,余爽像个孩子。

9

分手的事,余爽要求余蕊严格保密,即便和嘉姐、梦姐也不能说。

余蕊也没心情说。近来她四处跑组,虽然手里有两个钱,危机感却十足。跑了一阵,剧组没什么斩获,倒接连接到几个广告,有洗衣粉的,有视频广告,有VR公司的宣传片,还有电影城的宣传片以及内衣厂家拍的内页广告。拍内衣广告,余爽陪着,摄影棚一派"酒池肉林",几近赤裸的男女模特走来走去,余爽不懂,为什么会请余蕊。她个子不算高。可等蕊一走出来,她瞬间明白了,余蕊的身材曼妙,杀伤力特大。

只是余爽又不明白,这是男士内衣广告,为什么要找女的来拍。余蕊下场才解释："搭配着，女人是男人的欲望对象。"

余爽注意力不集中，看男模特。

余蕊笑着说："喜欢哪个，帮你介绍。"

余爽道："干吗，开店啊？"

余蕊哟一下："做做朋友，想么多。"

余爽小声，试探性地说："那就是这种……男模特女模特，男演员女演员之间……"

还没说完，余蕊立即："有。"

"这……"

"生理需要。"

"你也是？"

"我没有。"余蕊否认，"你可以有，你单身。"

"你不也单身。"

"单纯的性有意思吗？"她叹气，"早就不是那个年纪了，而且……"

"而且什么？"

"而且你不能跟他们说话。"

"为什么？"

"一说话就觉得，"余蕊形容着，"真浅薄。"

余爽笑道："你是吃惯了大鱼大肉，反倒怀念小米稀粥。"

"小米稀粥？对，吃小米稀粥。"余蕊恢复乐观。只不过她没说，她想要的小米稀粥，里头是要海参配的。这样才高级。

"哪呢？"

"是说晚上吃小米稀粥，去粥店，"余蕊轻拍了余爽一下，"眼神收收！别老盯着人拔不出来。"

"不正常么？"爽骇笑。

"吃豆腐吃得有点多。"蕊直说。停一下，又道，"不过这样我也放心。你还是喜欢男的。"

"干吗，怕我爱上你。"余爽问。

"怕倒是不怕，你这一辈子，一般人伺候不了。说真的，康老师够难得的。"

"别提他。"余爽不想谈这个话题。

"喜欢哪个？"余蕊问，"单纯从美学角度。"

余爽指了一下左边第三个。

"脸肯定丑。"余蕊判断。

"是么？"余爽不相信。碎碎念着，转过来转过来转过来。模特们真转过来，左边三个，长得像牛魔王，鼻孔特大，呼吸像喷气机。

爽、蕊哈哈大笑。

天下没有不透风的墙。分手的事，康隆跟白元凯提了。白元凯认为余爽是气头上，说气话，缓一阵会好。他又批评康隆："你以为感情是做科研，实事求是，你喜欢松子也不能跟余爽说。"康隆说怕自己犯错误。白元凯道："错了又怎么样呢？"他正谈着个"女朋友"，家里介绍的，一个入了英国籍的女孩。他不喜欢，他讨厌她的装腔作势，爷爷那辈是抗战出来的，才过了两辈，就一口一个不喜欢河南农村。迫于家庭压力，只能先谈着。"就比如我跟艾瑞卡，我不喜欢她，但我不能立刻说不行。"白元凯拿自己举例子，"你懂我的意思吧。"康隆道："我知道，得装，我又不傻，可我跟爽不是约法三章，要坦诚要诚实，我跟爽是君子之交，君子恋爱。"

白元凯无奈，"是，君子约定，可你别忘了，你恋爱的是女人。"

"女人怎么了？"

"怎么了？爱吃醋，不讲道理，无理取闹，都是她们的特权。"

"我不喜欢这样的女人。"

"你就说打算怎么办吧。"

"复合。"康隆道。复合可没那么容易。白元凯打电话过去，余爽猜到他是来做说客的，挂断，回消息道："他派你来的吧，谁也别劝我！"

直接劝看来无效，只能曲线救国。白元凯找余嘉求助。她是姐妹帮里的老大，讲理，说话有分量。白元凯一描述，余嘉虽然感觉康隆嫩了点，但这也佐证了她最开始的判断，康隆跟他同事，确实日久生情，她提醒得对。只不过，这一回，她并不打算再介入到爽和隆的感情中。她建议冷处理。过了这一段，吃个饭，赔个不是，爽消了气，估计就有回头的余地。

白元凯顺带约拍曲。余嘉婉拒，不是不想去，想，她喜欢昆曲，嗓子也痒痒，可眼下实在没心情。思思要飞伦敦，她要送一趟，女儿不让，说那边有人安排，而且狄立人也托了朋友。可余嘉坚决要去，票都买好了。

思思嚷嚷:"妈,你一去,感觉就像把我押送到刑场!"

余嘉耳朵硬,随她怎么说,她是妈妈,思思只是个高中生,狄立人心大,她不行。

狄立人跟她还是不咸不淡的。最近,他情绪起伏大。顶头上司要走,欢送会,狄立人醉得一塌糊涂。老大到走也没给他个准话,狄立人问余梦。余梦说已经跟祖良才打了招呼。祖良才这人守诺,答应就一定会去说。只不过,管不管用就不知道了。狄立人心里打鼓,只好借着酒劲,继续向老大表忠心,顺带,浇自己心中之块垒。

回来吐得一塌糊涂,滚在床上,床单脏了,余嘉赶紧换。狄立人哭一阵,笑一阵,说的都是酒后真言。

全跟工作有关,自己的委屈、不甘、担忧、烦恼,断断续续……余嘉听着,努力去了解丈夫的心路。他确实苦,可他应该跟她说啊,他们是夫妻,夫妻,夫妻!为什么不说……为什么呀……

看着丈夫痛苦的样子,余嘉流泪。来大城市图什么?表面风光,心里跟扎了几万根针似的,哪有老家舒服。余嘉后悔来,可她知道,已经回不去了。

酒醒之后,狄立人开始失眠,去医院拿了药,吃了,没用。狄立人在床上翻来覆去,不行,抱着书看,也没用,过去这书是最好的催眠良药。女儿睡了。深夜。余嘉听到声音,赤着脚,从隔壁房间走过去。无声无息。狄立人一翻身,看到有个人影,吓得哎哟一声。

"干吗?"

余嘉语塞。干吗,还能干吗。关心他。

"要不要陪你一会儿。"她问。

狄立人让出点位置——右半边床本来也是余嘉的。她顺手抽了件卫衣,迅速叠成个长方形,当枕头,躺下。狄立人不说话。夫妻俩就那么躺了二十分钟。

狄立人道:"还是去那屋吧。你在这我睡不着。"

余嘉坐起来。

狄立人已经抢先起身了:"你别动了,我去那屋。"他要换个屋子睡。四周一片黑暗,余嘉忽然觉得有点悲哀,他在她身边竟然睡不着。什么时候走到这一步的?这婚姻跟这眼前的黑夜一样黑,可是,她能跟谁说?她又怎能说出口?她的自尊也不允许她这么做。大家都以为她跟着丈夫飞黄腾达,幸福得像泡在蜜罐里。她必须坚持。

磨了几天,狄立人认为睡不着是被子的错。被子四周漏风,伤了气。余嘉认为是无稽之谈,可既然丈夫说了,她只能围绕着这个中心思想去找解决的办法。最后,她从网上买了条睡袋,狄立人晚上钻进睡袋,头一蒙。问题解决。

丈夫不闹腾,余嘉才分出心来仔细打点女儿的事。她找了余梦,问当初浩宇、正宇出国的情况,余梦不太清楚,这些事都是栾承运一手操办的,不过余梦才不会承认自己是个不了解不关心儿子前途的妈妈,她简单说了几句,又把浩宇、正宇的联系方式给了余嘉,说:"有什么直接问没关系,你是他大姨。"余梦提醒余嘉,干吗不问问小白,现成的大神。

的确,多少人围着白元凯取经,她竟忘了这茬。余嘉本不习惯麻烦别人,尤其是男人,但为了女儿,她还是给白元凯打了电话。他以为她想通了,打算参加拍曲,没想到她却是来问留学的事。

白元凯认真答了,余嘉小本子记好。他说得真详细,每一处细节,从学习到生活,甚至就连哪个航班得注意些什么,他都条分缕析,倾囊相授。他还说自己在英国有不少朋友,会请他们多关照思思。

余嘉听了,道谢不迭。白元凯道:"社员都等着你呢。"指昆曲社。余嘉笑说等忙完这阵,一定过去。白元凯问余嘉去不去参加余梦美容院正式开业典礼。他接到邀请了,打算去捧捧场。余嘉深表惋惜,余梦提了,可她错不开时间,美容院开业那会儿,她应该正在英国陪女儿入学。

10

美容院开业,真乃一时之盛景。余梦又是这景里的绝对核心。一席阿玛尼套装,一脸彩妆,弄得像要去走奥斯卡红毯。

余嘉在国外无法到场,狄立人给送了花篮。

余爽来了,站在一边,纯观摩。

翁悦在内场忙——她率领几个女企会的姐妹们观摩、试用店里的项目,比如什么呼吸净化盐疗啦,死海矿物舒压SPA啦,心灵漂浮啦,超低温全身冷疗啦,都是新鲜玩意。

所以,实际上,朋友里只有余蕊真正能帮着招呼客人,她做过公关,特别周到,花篮的位置摆放她都深知其讲究。时不时,她会喊一声,"喂!爽!搭把手!"余爽连忙放下手机来帮忙。高位者的花篮,是不能列在低位者后面的。

活动闹哄哄的,余蕊最关心且认为最值得玩味的有三个点:

一是栾承运送了花篮。什么意思,是讽刺,还是不忘旧情,余蕊不太明白。不过余梦的态度却很明确,祝福语摘了丢掉,花篮留下,她不想浪费任何一个花篮。哪怕它来自于,呵呵,前夫。众人拾柴,她点火就好。

二是白元凯的发言令她迷醉。他说的每一个字听着都那么舒服。既高深又通俗,深入浅出,不失幽默感,哪怕仅仅是一段针对美容院开业的讲话。余蕊趁机跟他说了几句话,她不晓得他是否知道她已经跟男朋友分手,她想要以一种巧妙的方式把这消息露给他。当从余爽那得知,白元凯正在跟一个女孩交往,余蕊顿时失落。小伎俩没必要了,安心工作吧。余蕊自嘲,就算他没有女朋友又能怎么样,自己是打过一次胎的女人,他能接受吗?她把他想得纯白,她遗憾自己有"污点"。

三是余蕊觉得整场活动中最幽微的地方。现场有个花篮,看上去跟其他花篮并没有什么两样。不过,署名是:司徒连。这是祖良才的笔名呀!虽然他几乎没用这个名字发表过文章。她跟他交往那会,他从来不许她叫他真名,就叫司徒连。

也可能是巧合,他只是余梦的普通朋友,或者就算是情人,这美容院也未必跟他有什么关系。余蕊愿意这样想。不过,她还是打算好好调查一下,她可能很快还是得去找祖良才一趟,说说工作的事。如果,她是说如果——如果这个美容院是祖良才送给余梦的话,余蕊会感觉特别不舒服,毕竟,当初她跟他在一起,只得到那么一点赞助,和一份差点将她引入万劫不复的工作——她在那份工作中认识了史同光。

活动快结束康隆才来。小白给他报的信,说余爽也在。演讲完,白元凯还有会，先行离开，余蕊招呼客人，余梦在忙着展示医疗器械，余爽在角落里站着玩手机。康隆径直走过去。

"借一步说话。"他说。

余爽站着不动，跟条桩钉在那似的。

"我想清楚了，你更重要。"

余爽看着他，眼里像能冒出激光，"没人让你做选择题，我不是白菜，不用人这么挑来挑去！你想跟什么松子麻子疯子傻子玩，玩去！"

康隆刚想解释，余梦带着一拨中年妇女朝这边移动，到康隆和余爽这停住脚步。她拉住康隆道："比如这位，大学老师，高级知识分子，也很适合我们的项目，搞搞清楚哦，我们的项目不是只有女的能做，男的也能做。心灵漂浮不分男女。"

康隆被临时活捉，只好配合演出，点头说是。余梦继续介绍："心灵漂浮，肌体舒压，深度放松，对于这种高焦虑的人群，特别有效，"转头对康隆，"对吧。"康隆只好配合，说是，焦虑，论文搞不出来最焦虑。

妇女们笑了。

余梦拽着康隆往前走，余爽和余蕊在人群后面跟着，看康隆的尴尬样。余梦还在喋喋不休着，说我们的漂浮仓就一台哦，美国进口的，整个疗愈过程七十五分钟，你要冥想，有五个部分，"自爱""减压""憧憬""感恩""原谅"……我们这个浴盐是以色列的……自己来就行了，什么都不带，来个人就行……康隆被抓着，眼看就要去沐浴，准备开始他的幸运嘉宾体验服务。

余爽对这个倒有点兴趣，跟着，就当在看外星人在戏弄地球人。余蕊也等着看康隆治疗后的"神采奕奕"、"焕然一新"。一会儿，康隆沐浴出来了，裹着浴袍，不是纯白的那种，而是特别定制的描金绣龙的那种。众人在外观摩。

可怜的小白鼠。

等着进蒸锅的唐僧。

手机响，是余爽的。

掏出来看。咦，是弟媳妇打来的，一接通就带着哭腔。

余爽也慌了神，问清楚，脸色立刻刷白。

"梦姐，车借我开一下。"余爽叫。

余蕊不知怎么了，拉住余爽问。

"帮我买一下车票，去我弟那的。"说完，余爽冲了出去。康隆见余爽往外跑，又看她脸色不对，也顾不上什么疗浴体验，穿着浴袍跑出去。

停车场，余爽疯狂地按车钥匙，车太多太密，她怎么也找不到。

一辆车停在她面前，"上车！"是康隆。

余爽顾不了那么多，迅速上车，说了声去高铁站。车子启动。"快点！"车上路了。余爽喷泪。康隆只好加大马力，只是大城市交通不容乐观，偶尔堵车，康隆只能想方设法找最迅捷的道路。

他一边开车，一边问她要去哪儿。余蕊打电话来，说票买好了，康隆报了身份证号，他拜托余蕊帮他也买一张。到底发生了什么，他不问。可看余爽的状态，一定有大事。暑假还没结束，他有空，不管发生什么，他决定陪在她身边。

列车上，余爽时不时看看手机，一言不发，双目赤红，脸色凝重像随时要下雨。康隆张罗着换票。好容易协调好，他坐回余爽身边。

周围有旅客吃泡面，香味四溢，康隆打算去餐车看看。一起身，浴袍带子没系紧，露出半面胸，B座的中年妇女正面观看，啊的叫出声，康隆连忙收紧衣襟。他这一身太不合时宜。这浴袍，款式介于睡衣和风衣之间，整个包起来，没有内衣——脚上是一双皮鞋。怎么看怎么像"怪蜀黍"。只好把腰带勒紧了，权且当一回时尚达人。

餐车旁，康隆站着买东西，手里抓着手包——他有个好习惯，随身带包。乘警走到他跟前，上下打量了一下，"身份证看一下。"康隆照办。乘警有幽默感，对着身份证念："康隆，"又觑他一眼，"你这一身，是学康熙乾隆？"康隆只好前前后后一番解释。警察不懂什么太空舱心灵漂浮，但大致原因理解了，于是放他过去。

康隆拿了两盒饭回座。余爽却干脆利落说："我不吃。"这是她的第一句话。康隆也陪她不吃，他悄悄伸右手，抓住她的左手，余爽转过头，眼神里充满绝望、紧张还有感激，眼泪终于夺眶而出。

11

连续加班七十二个小时。余庆脑血管破裂,倒在工位上,送到医院已昏迷不醒,经抢救,收效甚微。他一直发烧,余爽和康隆赶到的时候,院方刚给下了病危通知单。

见大姑姐来,余庆老婆哇哇大哭,抓着爽的手,浑身乱颤。他丈母娘陪着,虽不至老泪纵横,但也一脸愁闷,丈母大得知女婿发急病,血压心跳突升,差点背过气去,眼下正在急诊吊水。

余庆老婆挺着肚子,披头散发,她快生了,按理说不能太激动。她一个劲说,怎么办怎么办。余爽听得心里发毛,急得拍她手背,没事,能救!得救!

当然得救。只是,医院给的两个方案听上去都像在刀尖上行走。一是保守治疗,用药,争取先把烧退下来,但目前看有难度。余庆一直烧;二是开颅,可能还有一线生机。余庆老婆无法下定决心,开颅,那可是把脑袋劈开呀!人还能好吗?余爽着急:"必须下决断了,死马当成活马医,只能这样!"余庆老婆抽噎着,看着大姑姐:"那万一……"

"没有万一!"余爽不敢想那个万一。真的,老妈去世,她觉得世界塌了,那时候她还没意识到弟弟的重要性,她觉得弟弟是累赘,是拖累,可到了生死关头,余爽脑中闪过一念:弟弟真不在了怎么办。这个世界上,真就没有一个人跟她有直接关系。她就是个彻头彻尾的孤儿,她对不起老妈,她没照顾好弟弟,可是这种事情,无外乎生死有命,富贵在天……余爽连忙打乱纷扰的念头,不去多想。

丈母娘在旁边双手合十,祈祷,一会儿,又自暴自弃,顿足捶胸:"小庆要真要那什么……我就……我就往金鸡湖里一跳……我也不活啦!"余庆是顶梁柱,没了他就没了衣食来源。

都是没用的人。

不能等。无奈之下,余庆老婆还是颤抖着签了字,开颅。没有现钱垫付,她穷。余爽走得急没装钱——她不习惯在移动支付里放钱,最后还是康隆救急,先把钱垫上,又急忙找人,问他在此地的同学,再打电话给白元凯,让他也帮忙，看能不能找到最好的脑外科专家来手术。

还算幸运，白元凯操心，拐弯联系到院方最好的专家朱主任，他同意主刀。大家仿佛看到了希望，一个劲向天祷告。

定下来了。隔天十点手术，余庆丈母娘回家休息，家里还有一个老人，两个孩子要带。余庆老婆不肯走，就走病床前看看。余爽道："歇歇吧，还有个孩子。"指肚子里那个。余庆老婆有点羞愧，这孩子来得不是时候，当初大姑姐劝他们别要，余庆一意孤行，现在好了，怎么弄。

只能哭，用眼泪偿还。

余爽见不得她这样子，又让康隆去附近宾馆帮她弟媳妇开了间房，先休息，她守着弟弟。

都弄好已是天黑。康隆回来了，蹲在余爽旁边。"辛苦你……谢谢你……那个钱……"她这才顾上道谢。

"现在别说这个。"康隆拦阻道。

余爽深吸一口气，泫然："就是让他们别生别生……非要生……有两个还不够累……这下好了，"她吸了一下鼻子，康隆抓住她的手腕，"活活累倒……"

余爽心疼弟弟。

好长一阵沉默。

余庆平躺着，表情似乎并不痛苦。余爽望着弟弟，心跟被油煎似的。

"不准。"她蓦地吐出这两个字。

康隆没听明白，嗯了一下。

"不准。"她盯着康隆。

"哦。"

"你算命不准。"

康隆深吸一口气。都什么时候了。

"不是说他能富贵吗？"她诧异，"在哪呢？"

"不是……这个……还有……"康隆解释不清。

"骗人。"余爽忧伤。

"小爽……"

"怎么办？"余爽绝望。

康隆只好安慰说没事的没事的。

浩宇要去新加坡领个华人青年科技创新的奖,这是他人生第一个重要奖项。

他邀请爸妈都去,见证他的成长。儿子的重要时刻,余梦不想错过,可她又担心遇到栾承运——一旦去了,相遇不可避免。美容院开业,他不晓得从哪里得到的消息,巴巴地送来花篮,是看笑话?还是刷存在感?敬酒不吃吃罚酒。考虑再三,余梦还是决定去一趟,为了儿子,忍受前夫几分钟,值。

临走前,她跟祖良才打了招呼。祖良才不过问她这些事,他有个女儿,也很少提,说在美国,二人世界还没过够呢。余梦认为,这些啰唆事,等到步入婚姻前处理就行,无须提前烦恼。

她相信水到渠成。

入住酒店。她八楼,栾承运住三十八楼,这酒店离会场最近。是浩宇告诉她的,说老爸就在楼上。

余梦问了问正宇的事。浩宇说,正宇马上有个考试,正在抓紧复习。她又问了问浩宇学习、情感、生活情况。浩宇见招拆招,应对自如。正事问完,余梦煞有介事,道:"儿子,我跟你爸现在是这么个关系,以后,你可得有立场。"

浩宇立即说:"放心,我肯定站你。"

"哟,"余梦欢喜,"是不是跟你爸面前,说的是站你爸。论砸钱,我可比不上你那有出息的爸爸。"

浩宇随口:"他现在穷了。"

余梦不禁提气:"短你生活费了?"

"没有。"

"那穷屁。"

"房都卖了。"

"该!"余梦道,"心比天高,好么,给天戳了个窟窿,撅屁股堵吧!十年河东转河西,三穷三富过到老,做人,别太嚣张。"

"好像要给找个后妈。"浩宇又放大料。

余梦想起上回在烤鸭店看到的"鸡"。

"不意外,他能干出这事。"

"说在挑呢。好几个备选。"

"臭德行。"

"妈,你要给我找后爸,可得经我们审核。"

余梦如临大敌:"说说,你什么标准。"

"得让我服他,得是真优秀。"

余梦放心了。谁不服祖良才呢,去哪找比他还优秀的呢?有权有势大气磅礴,在她眼里祖良才除了不再年轻,几乎没缺点。哦不,年龄也是他的优势。在那个特殊的领域,祖良才算青年,荣耀刚刚开始。

晚上睡得不好。来了三个电话,都是座机。接了又没人说话。闹鬼?最后拔了线,次日向前台投诉。

前台也查不出来。不是外线。

余梦心想,十之八九是栾承运搞的鬼。她站在大堂,用蹩脚的英语跟前台理论。

一道身影飘过。

头是头脸是脸的。

栾承运西裤,衬衫,夹着背带,喉前还配了领结,弄得跟老绅士似的。干吗?!又不是让你去拉小提琴!他倒容光焕发。

余梦不甘落后,赶忙回房间一番捯饬。美,美,她要美!绝不能让栾承运压过她。

坐在台下,鼓掌,浩宇上台领奖。余梦和栾承运分坐东西两头。是余梦故意躲开,山高水远的样子。奖都颁完,合照环节,躲不过了,儿子邀请爸妈上台。余梦和栾承运从两头出发,汇聚到台上。

儿子还是站在中间,爸妈一个在左,一个在右,说茄子。会务摄影师咔咔一阵拍。该下台了。余梦小心下台阶,一回头,却见栾承运跟她下来。

该死!

观众还没散去。都是学生家长,也有本地学生来观摩。挤得很。余梦暂时无处可逃。栾承运簇到她身边。余梦厌恶地缩胳膊。他一偏头,用汉语,呵呵道:"你没闲着。"余梦诧异。什么意思?没闲着?是说她创业还是指她找男朋友?他管得着吗?没头没尾这么一问。

她回怼:"你也挺忙。"

栾承运放声大笑。

余梦吓一跳。

这人得精神病了。

"梦梦。"笑完了，他这么叫。

余梦觉得恶心，压着嗓子，肃然道："请自重！"

"我们才是最合适的。"

"放屁！"她气极，无法端庄。

这是性骚扰！

"你真认为他会跟你结婚？"他又来一句。

余梦脑袋蒙蒙的。他又知道了？消息真灵通。他想怎么样？想对谁不利？他敢吗？祖良才是何等人物，他就是嫉妒！就是见不得她好！就是不愿意看到她甩开了他，独自幸福！

"叫你的小姐去吧！"余梦不客气。

主持人下来找人采访，摄影机跟着。到余梦和栾承运这停下来。他们是优秀获奖者"Luan"的父母。话筒举到余梦嘴边，她英语蹩脚，说不出个所以然，憋了半天，只能说出"my son is very good（我的儿子非常棒）"，为了避免前妻继续出丑，栾承运不得不接过话筒，用流利标准的美式英语接受采访。

不认识他的人，都觉得他是位优雅绅士。

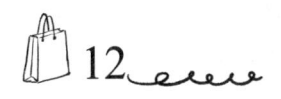

12

手术很成功，可惜余庆没能挺过术后最危险的三十六小时。那一夜，余爽会永远记得。她趴在弟弟床前，扶着他胳膊，到了下半夜，余庆的体温越来越高，余爽哭着叫，体温开始下降，越来越低，正当余爽怀抱着希望的时候，余庆停止了呼吸。他到头来也没醒，直接去天国找妈妈了。

余爽扑在弟弟身上纵情大哭，天地茫茫，宇宙洪荒，这世上再没有一个人跟她有直接的颠扑不破的关系。她像被切断了信号的发报机，陷入黑暗中，找不到出口。

绝望，彻底的绝望。

余庆老婆得知丈夫死讯顿时晕了过去。他丈母娘只好先顾着女儿，拉到急诊，送汤喂水，女婿没了，她不能再没有女儿。何况肚子里还有一个，眼看就到预产期。余庆老丈人又在家照顾孙女孙子，抽不开身，所有的善后事宜，几乎都是康隆在跑在弄。

余爽恨！恨弟弟不听话，恨弟妹劝不住弟弟！这不就是活活被累死的么？为了多挣两个，猛加班？穷家破业，就别生那么多！两个不够还三个？！当闰土？！

余爽同情弟妹，看余庆老婆那大如母蝈蝈的肚子，她也想不出以后这个女人怎么办，这个家怎么办，三个孩子、两位老人、一个女人，又没有工作，天……余庆连人寿保险都没买，她提醒过他好几次，有一回，她甚至都要帮他签单。余庆坚持不肯，说用不着，他马上转运，财源滚滚……结果呢，上天给他来了个急转弯，人直接被甩到地底下去。

一切对余爽来说，是悲剧，是噩梦。她过去从来不信命，但她现在也想问问老天，到底是怎么了，这二年损兵折将，活活把她剥成孤家寡人！怎么活？！

后面的事只能先放放。丧事办出经验。哭完，人烧了，余爽领了弟弟的骨灰，由康隆陪着，大侄女和二侄子跟着，去老家把小庆埋了。跟他老妈葬在一处。余郢子老少皆感慨万分，吊唁者不绝。见康隆，郢子里的人没多问，不过私下都认准了是余爽的另一半，纷纷感慨，一奶同胞，弟弟的福气被姐姐占了不少，又听说余庆还有个遗腹子。余郢子里免不了又有传闻，认为有可能是那即将降生的孩子命硬。还没出来，就克了父。

在余郢子里办丧事，消息自然传到大城市，余嘉刚从伦敦回来，就听到这坏消息。余梦从新加坡回来就直奔余爽家，家里只有余蕊在。她们不由得感叹爽命苦，可事情发生了，眼下能做的只有两件事：一是随礼，是余郢子的老传统，礼数得周全；二是等爽归来，再聚在一处，好生安慰。

当得知康隆一路追随，余梦当即夸赞："这就难得，遇到这种大坎，真不是钱的事，身边得有人。"

是的，这一点，余爽深有体会，她带着侄女、侄子暂回大城市，一路都是康隆照看。从去到回,前前后后那么多事,康隆无怨无悔做着,她欠他太多。医院的钱都是他垫着的,更别说耗了多少神费了多少力。余爽意识到身边有个人的重要性,就算她再坚强,也会有无助的时候,也会想有个人靠一靠。康隆不失时机地扮演了这一角色,这不是恋爱两个字能够概括的。

余爽明白了,人与人之间的感情,风平浪静时不容易看清,只有到困难时,风高浪急那一刻,才能"路遥知马力,日久见人心"。两个人在一起,得能一起经事!大难临头不各自飞,才是真的珍贵。可是,她和康隆的君子协定,不是说谁也不欠谁的吗?要公平,要自由,要过爽利的生活。这一圈走下来,她欠康隆的就多了。怎么还?欠钱还有还清的时候,人情债,格外难还。

坐在列车上,余爽长叹,她闭上眼,好多事情还是不自觉浮现在脑海。怎么办,以后这孩子怎么办?三个孩子都姓余,她做姑姑的,能不管吗?弟媳妇那么年轻,这么守着一辈子寡?现实吗?可是,她带着三个孩子,又怎么再嫁呢?无解!头疼!睁开眼,康隆带着大侄女二侄子玩手机游戏。她很想对康隆说一句谢谢。可又觉得两个字感谢实在单薄,说不出口。

刚出站,嘉、梦、蕊就跟爽抱在一处,痛哭。这眼泪是为哀悼余庆,过去,她们似乎从未感觉这个顽劣的男孩有什么重要,可现在,却是他让姐妹们再次紧紧团结在一起,说一千道一万,大家都姓余啊!

短暂的调整。

这是余爽家死第二个人丁。接二别连三,余爽原本是唯物主义,可现实的打击令人恍惚,她开始怀疑,人是否真的有命数。康隆分析,古人云,一命二运三风水,四积阴德五读书。余爽不耐烦,"说人话。"余蕊感兴趣,在旁边央求康隆解释。康隆一手拉着一个孩子,余爽的侄女侄子来这几天,都是康隆带着玩,这个博物馆,那个公园,不亦乐乎,孩子跟他也亲。康隆随即道:"一命二运,是天时,这是有科学道理的,其实就是把人本身也看作一个天体,在你出生的那一刹那,宇宙其余天体对你的影响,铸就了你这个人,铸就了你的物质形态,这是先天的,就是命。"顿一下,继续说:"运呢,就是你在接下来的生命中,其余天体对你的影响,有好有坏,十年一个大运,所以说十年河东转河西。"

余爽和余蕊都听得入迷。余梦从外面进来,余嘉从厨房走出来,也坐在旁边听。

康隆继续说:"三风水。就是指地利对人的影响。"

余梦插话道:"小康,回头来我家看看风水,我老觉得那房子阴。"

余嘉嘀咕,"你还看,走着大运呢。"

康隆继续说:"四积阴德五读书,这两个讲的都是人和的范畴。什么叫积阴德?"

"做好事不留名。"余爽道。

"对,"康隆撒开孩子的手,"积阴德,它的理论基础是因果论。这个世界是由因果来推动运行的。你积阴德,就是说让你去造一些好的因。做好事,做善事,积累多了,就有增大有好的果的概率。"

"那读书呢?"余嘉问,她对这个感兴趣。思思正在伦敦读书。

"读书,是增长你自己的智慧,是从自身入手来提高,读书其实就是一种修行。修自己的智慧,修自己的德行。那当你的智慧、德行提高了,也是可以转变运气。"

余蕊轻轻鼓掌。余梦也笑说,小康这能上百家讲坛了,余嘉要请康隆帮算命。余爽一面说他算得不灵,一面又说:"那你意思是,我这么倒霉,是因为我命不好,也没有智慧,没有德行,没做善事?"康隆嘿嘿笑:"还是得从人和下功夫。"

余梦一把搂住余爽和余蕊,又伸手去抓余嘉,问:"这还不够人和?"康隆笑呵呵说是泛指。

几个人又坐了一会儿,陪得差不多,余嘉和余梦还有事,她们叮嘱余爽别多想,改日再来看她。不过临走之前,两个人都加了康隆的微信。又待了一会儿,天黑了,孩子们准备洗澡休息,余爽也累了,倒在沙发上眯瞪着。余蕊在,康隆不好留宿。余蕊送康隆下楼。她趁机说:"康哥,以后还得你多照顾照顾爽姐。"康隆说知道。余蕊道:"我可能要跑组,不能在这常住,等我搬出去,你如果方便的话,就搬进来。"

"余爽说的?"

余蕊苦笑:"她现在哪有心情计划。我的建议。"

康隆哦了一声。

余蕊加把火:"你是男的,又那么儒雅绅士,主动一点不吃亏。"康隆不好意思,摸摸后脑勺。余蕊又问:"你那么会算,怎么不算算你跟爽姐。"

"我跟她?"康隆停住脚步,"乙庚合金。"

"什么意思?"

"她对我有吸引力,但跟我在一起可能会丧失自我。"

"怎么丧失?"

"当不了头儿?不做女强人?可能是这样。"康隆笑着说。

余蕊打趣说那也挺好,"我呢,帮我算算。"

"现在?"康隆诧异。

余蕊已经在手机备忘录上打出八字。

康隆看了,又上排盘软件查四柱。看完沉吟不语。

"干吗?短命?"余蕊紧张,但面上看不出。他们走到便利店门口,灯光映着。

"没有。余庆的才是短命。"

"你这是马后炮。"

"他是三亥冲一巳。"

"不早说。"

"说了也没人信。"

"我的怎么样。"余蕊绕回自己。

"挺好。跟李嘉欣一个八字,辛日主。"

"什么意思?"

"辛金,取象是珠宝,以后能嫁个有钱人。"康隆一本正经地说。余蕊咯咯笑,心说按这说法,倒是求仁得仁。

车来了,康隆跟余蕊道别。刚开出去十几米,手机接连跳信息,康隆点开看,余嘉和余梦都报了自己八字。请他算算。一路无事。康隆分别看了。

余嘉是戊土命,包容性强,但命带比肩,和丈夫关系不好,可能到不了头。

余梦是丁火命造,正逢着天克地冲。不过康隆吸取教训,回复得十分和缓,他说余嘉是敦厚包容的命格,能包容丈夫,生活幸福,说余梦天生吸引男性,且有一个特别大的优点,她长寿。

都是二位爱听的。

13

弟媳妇生了,余爽得带两个孩子回去,连带安顿以后的事。康隆请缨,要跟着走,余爽不大好意思老麻烦他,可侄女侄子离不开康叔叔。余爽见康隆真心帮忙,便允他同去。

小三子是个女孩,一生下来弟媳妇和她父母都不大喜欢,虽然没有依据,可他们跟余郓人的想法一样,认为这娃子克了爸爸,就怕接着克妈妈。

弟媳妇没奶水,孩子饿得哇哇叫,余爽一到就立刻采购奶粉,进口的,先把老三嘴堵上再说。余庆刚死,又迎来了新生命,弟媳妇精神状态、身体状态都不佳,余爽面对这样一个比她还小的女人,又恨又怜。

恨的原因还是那个:她觉得弟弟余庆是活活被累死的。家累太重。怜自不必说,三个孩子,弟媳妇以后怎么弄。余庆老婆只知道眼泪啪嗒地叫姐。

余爽这次来,没少贴补。钱塞给他丈母娘。丈母娘嗫嚅,"庆他姐……这……这日子……"

都是泪串串。

要搁过去,余爽指定骂:"谁让你们要三个?!"可事实摆在眼前,只能面对。骂有什么用,骂狠了,弟媳妇一闭眼朝湖里一跳,老的老,小的小……

不敢想象。

劝慰是有效果的。好不容易,弟媳妇打起精神,明确表示要出山,要工作,老的老了,小的小着,她必须接过余庆的担子,撑起一个家。余爽感动得差点落泪,多伟大的母亲啊!打心底里,余爽定了主意,以后每个月都要贴补弟妹一点——不是为弟妹,是为她三个可怜的侄,新一辈的余家人。

康隆托人打听工作,他又打给白元凯,白元凯也帮着想办法。余爽弟妹感激涕零。

都安顿好,余爽快走了,各人有各人的日子。帮急不帮穷,她还有她的工作要做。这日,余爽和康隆在宾馆房间里聊着善后的事。

余庆丈母娘来了。

"伯母。"余爽客气地说。

丈母娘瞅瞅康隆。余爽明白,忙说:"老康,你去买两瓶水。"

康隆知趣离开,屋子里只剩两个女人。

丈母娘坐床沿上,有点扭捏。

"伯母,怎么了?"

"他姐,这段时间谢谢你。"

"不应该的么。"

"小庆冷不丁走……我心里……难受……"尾部有颤音。

余爽食指点了一下内眼角,一提弟弟她要落泪。

丈母娘两手叠着,又沉默。

余爽以为是钱的事,便直问:"还有什么困难?"丈母娘摆手。余爽已经去包里翻钱夹子。

丈母娘连忙说不是不是。那为什么?肯定有事。

余爽只好重新坐好,等她下文。

他丈母娘又说:"那时候我就不建议要,小芳也为难,小庆非要要,可劲说多子多福,要为老余家多留两根脉脉,我和你伯也劝,可小庆那性子你知道,他是一家之主,他嘴大,谁能说过他?"

余爽讪讪地,"是欠考虑。"

丈母娘道:"现在好,眼前能见着的,大的两个要上学,小的刚秃噜出来,小芳没奶,家里请不起人买不起奶,孩子饿得嗷嗷叫,我心疼……我和你伯是活够本,哪天眼一闭,不累,可孩子日头还早呀!将来小芳一个人,也没个三头六臂,怎么搞?"

余爽说会照顾,会帮着打点。

他丈母娘委屈地说:"顾一时不顾一世。"

余爽不吭声。

丈母娘忽然提着气:"他姐,要不老三过继过去,陪你。"余爽大惊,两手下意识乱摆。丈母娘却不给她机会拒绝,跟着道:"你放心,老三还小,不认人,过给你你就是她妈,养比生大,以后咱们都不多嘴,她就喊你一个人妈妈。"

余爽语无伦次,插不进话。

丈母娘脸色陡然一转,泫然欲泣:"他大姐,自己个儿身上掉下来的肉,谁不知道疼?!实在没办法哇!姑是亲姑,侬(nǒng,土话:侄女)是亲侬,你要真不管……这孩子只能……只能送出去……"

啊!

余爽惊得魂丢了一半。

康隆买水回来,进门。丈母娘拍了余爽的手,说让她再想想,起身走了。

良久,余爽回不过神,当初余庆死活要第三胎的时候,余爽就想到了可能会殃及池鱼,但她没想到,最后竟然是不卸磨,换驴,她就是他们选中的新驴。看丈母娘那口气,如果她不接手小三子,他们真可能把孩子送出去。姑是亲姑,侬是亲侬,她心尖尖疼。弟媳妇一个人带着两个孩子,两个老人,负担太重,她能理解他们"出此下策",可一切来得太突然。

不是钱的问题。

她跟康隆相处到现在,都没有缔结盟约,始终保持松散的关系。就是为了维护个体自由。来个孩子算怎么回事,那可是一辈子的牵绊!母子之情她不是没羡慕过,可她真是没做好准备。

康隆问:"她干什么。"

余爽直接答:"他们想把孩子……过继给我。"

康隆哑然。他的世界没这种事。

余爽望着康隆木讷的表情,深深理解他的震惊。像他这种自由派的人,怎么会接受孩子,还是别人的孩子。进一步地,余爽知道如果接受这孩子,她和康隆的关系很可能也会发生变化,就算他愿意,她也不能把人家卷入麻烦中。

"打算怎么办?"康隆问。

"不知道。"此刻余爽比哈姆雷特还纠结。

"收养怎么样?不收养又怎样?"康隆提供了一个思考办法。

余爽神色落寞,"收,我疯,不收,他们就把孩子送走。"

康隆再度沉默。

史同光结婚了,跟那个姓柳的,家里挺有钱。他恨不得昭告天下,结婚照发得满世界都是。很不幸,余蕊看到了,相当不快。不过史的结婚倒给了余蕊前进的动力,她告诉自己,不能继续这样下去。

休息够了，伤心够了，她还是个女战士。她打算跟梦姐靠近，看齐。余蕊想要先捋顺人物关系，比如，跟祖良才，她得先通通气。她也有事找他，还是为工作。

尽管她还不能百分之百确定余梦的美容院和祖良才的关系，但很多事情几乎是明摆着的，刚离婚，没有什么才能，家底也就那样，怎么会突然崛起。

不用说，背后有人。

余蕊决定顺带试探一下。

又约在海边。祖良才还是来了。不过这次见面，余蕊没有上一回的感慨，往前推算，上次在音乐厅那回，祖良才就应该跟余梦扯上了关系。

"你没什么变化。"他先说话。

"你变得挺多。"

"哦？"

"年轻了，容光焕发，"余蕊笑着。又补充，"肯定有好事。"

"你想说什么。"

"恭喜你升了。"

他呵呵一笑，没接话。突然约见面，态度很坚决，不会没事。祖良才料想，估计是上次的工作不满意，想换一个。

这不难。

"专程恭喜，劳神了。"他说。

她得摊牌了。

"余梦是我姐。"

祖良才心里咯噔一下。他第一次把两个余联系起来，疏忽大意。余梦很少提自己老家，说过几次，都是轻描淡写。余蕊老家倒是知道，只是年头久了，他记不真切。

"是么。"

"邻居，发小。"

"一个爹一个妈？"

"那倒不是。"余蕊说。

祖良才沉吟不语，喝茶。他倒不觉得这事难处理，他相信即便他把真相和盘托出，余梦也不会在乎。他们都是过尽千帆的人，一点过去算什么。他看余蕊的表情，似乎她很在乎。可以理解，她还年轻，事实上，他当初喜欢余蕊，是真的，是秘密的，天知地知而已。不合适的感情，最好的方式就是不戳破。即使知道双方有意，但在错误的时间遇到了对的人，那结果就是遗憾的。余蕊伸手在嘴巴上比了个拉链手势，笑笑。

祖良才笑道："我一向尊重历史。"

"梦姐未必这么想。"

"她知道了？"

"应该没有。"

"今天来就为了说这个？"祖良才收起笑容。

"我想跟你达成共识。"

"哦？"

"不要让梦姐知道过去的事，我怕她心里有疙瘩。"

"只要你不说。"

"我当然不会说，她是我姐，我尊重她。"余蕊道。

祖良才放下茶盅："本来没什么，这么一弄，好像刻意隐瞒似的。"

"我是怕她想太多，影响你们的关系。"

"谢谢关心。"祖良才道，"还有其他事吗？"

"我想再找份工作。"

祖良才点头沉吟。

"不用太累。"余蕊进一步。

"不演戏了？"

"三分努力七分天意，看透了。"

"大彻大悟。"

停了一会儿，余蕊问："打算怎么办？"

"问问再告诉你。"祖良才起身倒水。

"我是说你和梦姐。"

"她很好。"

"然后呢？"余蕊大着胆子问下去。这是她关心的。

"她让你来问的？"

"当然不是。"余蕊道，"我都说了，她不知道我们过去就认识，最好以后也不知道。"

"活在当下。"

"你不会跟她结婚。"余蕊说出关键问题。她了解他这一点。不是他直接告诉她的,是她从他点点滴滴的言表中揣测出来的。他告别第一段婚姻后,没有再婚打算。

"不好说。"祖良才道。这是实话,也是个滑头的表述。广义上说,有什么是一定的呢。没有,谁也不知道明天是否还活着,谁也不知道未来地球还存不存在。但从狭义角度,"不好说"就是不愿做承诺。

余蕊没再问下去,她知道,从祖良才嘴里要个承诺比登天还难,他想做的,不用你说,他已经帮你做了,他不想、不能做的,你就是再要求,也不会得偿所愿。

人在江湖,他有他的身不由己。

"老给你添麻烦。"最后,余蕊见外地说。

"以后都不能见面了?"

"再次认识之后,可以有联系。"余蕊道。她是铁了心要成全梦姐。

14

余嘉觉得狄立人最近心情不错。

原因她猜想:一是女儿去国外读书,一进校就拿了个羽毛球比赛冠军,还没正式升本科,便当了回小名人。

当然要感谢白元凯,都是他的朋友招呼,打点,又临时做陪练,思思才能取得好成绩。白元凯的朋友在学习、生活上也帮助思思很多。括号,女性朋友。

余嘉没多问,但凭借直觉判断,那女的应该暗恋白元凯。要不然,怎么白元凯一说,思思是他外甥女,那女的立刻闻鸡起舞。思思进步,狄立人自然高兴。他为女儿骄傲,虎父无犬女。

251

其次，在工作上，狄立人似乎不再那么纠结，现在在看古书，最近在看敦煌学的东西。是他一直感兴趣的。余嘉中文出身，字认识得多，可惜丈夫爱看的书，她基本插不上话。她没去过敦煌，她只知道飞天，还有就是余秋雨散文里描述的那点外国人偷文物的事。

夫妻俩依旧分房睡，依旧没什么话说。即便如此，余嘉却很满足，气压升高，天气晴朗。

一点一点进步吧。

出版社最近一阵忙乱。新来个社长，三把火烧起来，全社都跟着转，孕妇和妈妈们怨声载道，"累倒"好几个，像余嘉这样年富力强的，只好顶上，所有的会都要跟着开，开完还要整理录音。好歹不错，来了个小孩，能帮着余嘉弄。张主任也忙。部门人忙到晚上十点才下班。余嘉到家，狄立人已经睡了。

余嘉跟思思通了视频。思思惊诧："妈，几点了还不睡，爸又折腾？"余嘉懒得解释，只让女儿一切小心。隔天又去上班，忙了半天。事情告一段落。总算得了个调休，余嘉饭只吃了几口，就回家冲着床上补觉。

一觉醒来，已经是晚上八点。她听到外面有动静，喊了一句。狄立人回应。余嘉连忙起身，去洗手间收拾收拾，出来，见电视前的小茶几摆得丰盛，五六个塑料袋开着口子，都是卤菜，狄立人喝着小酒，用筷子夹花生米吃。狄立人招呼她一起，余嘉受宠若惊，拿了筷子，坐在丈夫身旁。

猪耳朵、鸭舌头、鸡肫、猪蹄子……简直开了熟食铺子。电视打开，看焦点访谈。狄立人又要给余嘉斟酒，余嘉只好又去找小杯子。

满上后她问："有好事？"

狄立人微笑不语。停一会儿才道："老大要带我。"

余嘉下意识说好事好事，等这句话在脑子里过了一遍，才发现不太对劲，"带去哪？"

"青海。"

"什么时候？"

"快了，算借调。"

"那我得收拾收拾，那边海拔高，你还行，可能得适应适应，"她自顾自说，"我们单位不知道放不放人，算随任。"她开始打算未来。

狄立人打断她，半笑着："又不是出国当大使，随什么任，你还是干你的工作,我一个人去。"

余嘉愣住。心里像打了个炸雷,她又被撇下了?狄立人要一个人去。

"去多久?"

"不好说。看老大干多久。"

"你得有人照顾。"她声音有点发颤。

"放心,组织会照顾我。"

"能行么?"

"怎么不行,你有你的工作,我有我的工作,干吗非要黏在一块,老夫老妻,有什么不放心的。"

"两地分居……不好。"她脸上发烧,可能是酒劲。

"以前我在这,你们在省城,我看比现在还好。"

"夫妻就得搁一块,长期两地分居会出问题。"

"什么意思?是不放心我?还是不放心你自己?"狄立人面色深沉,放下筷子,"思思出去,让你跟着,你不愿意,我出去不需要跟,你又非要跟,为什么总是逆潮流而动?工作也给你安排好了,孩子大了,咱们都好好沉下心拼几年不好么?这几年最关键,上不去,就得下来。人要有理想,不然活什么劲。"

"我是在帮你,不是害你。"余嘉苦口婆心。

"红军长征妇孺有的都留在根据地,不是不想带,是不能带,那是青海、高原,我是去做工作,不是去旅游,硬带就是拖累。"

"你是不是早就觉得我是拖累。"余嘉悲怆地说。

狄立人愣了一下,他没想到余嘉说出这话:"是,拖累,你是拖累,你一家人都是拖累。可我告诉我自己,该做的得做,就算是责任。我认。但我也是人,我也会累,我也得透透气。"

余嘉震惊到极点,外表反倒平静。"我能理解,你现在上来了,有地位有头有脸,我还是家庭妇女,我们差距大。"

"你什么意思?"狄立人怒道,"别把我说得跟陈世美似的,我在外面可没头绪,就想简简单单干干事业!就这么难么?!"

"我和你的事业有冲突吗?"

"你怎么就不明白!"他着急,"我们变了,时代变了,天时地利还有人一切都变了。"

"我没变。"

"我变了！行了吧！"他猛然往后一靠，放弃一切的样子，"你都没感觉吗？咱俩这日子过成什么样了？有意思吗？"

"有问题就解决问题，"余嘉道，"可以改。"

"不用你改，你没错，我也没错，女儿长大了，你有你的自由，我有我的自由。没必要非绑在一起。"

余嘉眼眶发红，手颤抖着："你这样……我很难受……"

"我就不难受吗？！"狄立人大声道，"你以为我想胡乱解决生理问题吗？你以为我不愿意有人能心灵沟通吗？你知不知道你的所谓贤惠让人觉得很压抑？你知道女儿为什么一定要出国吗？她跟我说了，受不了你的管束，我们都是你的奴隶！你知道女儿把你比作什么吗？说你是盘丝洞洞主，你编的这个温床，能把人缠死！憋死！你知道自己现在什么样吗？"说着，狄立人随手抓起沙发边放着的淘宝货，几件同款不同色的弹力裤，"这种东西都要买买退退，真的，放过自己，别活得那么累，我们还有多少日子？"

余嘉哭了。

泪水里满盛恨意。

这么多年，对女儿对丈夫，她的付出都白费？不，白费还算好的，现在是起了反作用。他们都恨她，讨厌她，迫不及待离开她。她犯了什么错。她不过是要营造一个家庭，一个社会单元，一种体面，过一段不偏不倚符合公序良俗的生活。可到头来，怎么全成了她的错误。

狄立人站起来，长长呼了口气，如释重负地说："真的，分开吧。"

又是一记炸雷。

他有备而来。

瞬间，余嘉的五感全部封闭，整个人像沉入无边黑暗中。分开，是分手吗？还是离婚？这是她生平最厌恶的词。居然从狄立人嘴里说出来。停了三秒，她才逐渐看清眼前景象。狄立人还站在那。她的恨意终于慢慢从胸腔上浮，没过喉咙，她想喊，想大吵大闹，可嗓子却像被封住，什么话也说不出来。

"你再想想。"狄立人很平静。

余嘉猛然抓起一块猪蹄，朝他砸过去。

正中前胸。

衬衫染了块油迹。

狄立人不恋战,抓起外套,带上敦煌文献出了门。他打算在单位过夜。

睡不着,翻来覆去。余嘉没弄清楚"分开"两个字的含义。是暂时分居,冷静冷静,他去他的青海,她留守大城市,还是算提出离婚。分居她还能承受,要是离婚,她想好了,最坏的打算,无非一哭二闹三吊,她要找组织评理、做主,谅他狄立人不敢胡来。

她害怕离婚,不愿意离婚,离了婚,意味着她前半生的彻底失败!能被人笑死!不过她仔细分析,她相信狄立人也不至于离婚,离了婚,甭管他是不是变心出轨,舆论也会认定他是陈世美。一朝中了状元,就移情别恋,抛弃原配发妻,罪大恶极!

余嘉深感庆幸,她还有社会舆论可以仰仗,还有最后一张牌。狄立人走仕途,名声比命还重要。

夜深了,屋子里静得可怕。余嘉脑子乱哄哄的,她不想再想,索性起床,拿起那半瓶酒,灌。醉了就能睡了,可黄汤下肚,她却反而更清醒,在床上折腾到凌晨才眯一会儿。

她后悔给了他一猪蹄子。

天亮了,余嘉危机感更重。狄立人一个电话一条消息也没来。她现在不能去找他。冲突刚起,必须冷处理。可她又觉得心里难受,想找人排解排解。跟余义说?她怕弟弟炸毛。找余爽不可能,就算余庆没死,爽也不是好的倾诉对象。蕊倒懂事,可她没经历过婚姻。

只有余梦能懂。

余嘉跟张主任请了假,又打给余梦。余梦心情不错,立刻说来接她。余梦说找个地方吃饭,余嘉说没心情,让余梦开车回家。

进门,余梦泡好茶。她一路没多问,看嘉姐眼泡子肿了,知道有事。估计问题出在老狄身上。除了他,余梦不晓得眼下谁还能让嘉姐哭。

余嘉端着茶杯,接连叹气,好多话不能说,她一时又撒不好谎。

"怎么了嘛?"余梦挽住她,"你现在还有什么不满意,孩子出去了,老公要升了……"

余嘉脑中叮铃一下,打断她:"你怎么知道他要升?"

余梦得意地说:"我的老姐,老狄托我找过关系。"

"找什么关系。"

"找关系表忠心,对他老大忠心。"

"你找了吗?"余嘉直起身子。

"找了,"余梦口气轻蔑,得意道,"好像还有点作用。"她帮了狄立人的忙,可得让余嘉领这人情。

"谁让你帮的?!"余嘉失控,大声。

"不是……"余梦傻眼。

"瞎帮!胡帮!"余嘉嗓子哑了,"他现在要去青海!我们又要两地分居!"

余梦委屈,狄立人跪地磕头请她帮忙,她帮了,却在余嘉这落了一身不是,这夫妻俩怎么两条战线。

余嘉在气头上,余梦只好劝:"怎么这样……我真不知道……消消气消消气……你都不知道这事吗……你说我这做好事的……怎么……"

嘴上说着,余梦心里也犯嘀咕,去青海有什么大不了,就是去南极,不也能跟着。哦,她明白了,是老狄要撇开余嘉。问题由来已久,这只是个爆发点,刚巧,她余梦做好人,撞枪口上了。找谁说理去!

事到如今,她只能站在余嘉这边,跟着啐道:"这老狄,太不像话!放心啊嘉姐,怎么弄上去的,我再怎么给他弄下来。"余梦自认有翻云覆雨的本事。

"行了!还添乱!"余嘉欲哭无泪。

15

余嘉暂且在余梦这住下。吵也吵了,闹也闹了,女方得有点姿态,至少余梦这么认为。

狄立人借调,是她帮了忙——倒忙,余梦觉得自己有义务帮余嘉修复夫妻关系。将功补过。虽然这个过，实在太冤。

余嘉怕余梦惹祸，强调两条：一、不要再去找领导，不要把狄立人死摁住，那样的话，影响了狄立人的仕途，他只会更恨她。夫妻关系更没有转圜的余地。二、不管怎么闹，她希望余梦把握住底线，她不要离婚。

余梦自己离过婚，没感觉有什么大不了，不过她能理解余嘉——她虽然贵为余郢子"四大美人"之首，可这些年熬啊累啊，疏于管理，江河日下，虽然还有点古典气质，但已经跟时下的审美差得远。

如果离婚，那真叫打了无准备之仗。

被动。不妙。

而且有的话余梦没问余嘉，没法问，但余梦心里有答案——她想问余嘉，你还爱狄立人吗？他那么厌恶你，你还爱他？他究竟为你做过什么？你到底爱的是他这个人？还是爱他的地位？又或者是爱作为他妻子的地位？想到这儿，余梦觉得自己好笑，人是社会动物，这些能分开来看吗？荒谬。

余梦直接去单位找狄立人。狄立人不能不理，不看僧面看佛面，他忌惮她背后的男人。于是连忙说，找个餐厅，忙完马上到。

余梦不客气，选了个特贵的日餐馆，坐等狄立人上门。午饭时间，狄立人笑呵呵地到了，似乎完全没受家庭纠纷影响。

余梦狠点了一通，前菜、汤品、海品、烤品、炸品、饭品、水果、甜点，一个不能少。

她替嘉姐点，吃不了，兜着走！

阖上菜单，余梦呵呵道："行啊，领导，这招借刀杀人，玩得漂亮。"

话还没落地，狄立人便接住了："别别，余老师，冤枉！借哪把刀杀哪个人呀？这不都得往前奔么。咱能不明事理吗？艰苦的地方，人不愿意去，我去，基层事多，人嫌麻烦，我不嫌麻烦！不拈轻不怕重，舍小家为大家，我还觉得光荣呢。"

余梦高举双手，轻轻鼓掌，"真不愧是当领导的，弄得我都一愣一愣的。"稍停一下，又说，"我就问你一句，你跟嘉姐，怎么弄。"

狄立人深叹一口气，气氛立刻肃穆："这么多年，我想你也知道，我和余嘉的情况，跟你和老栾的情况差不多么，你对老栾什么感受，我就对余嘉什么感受。"

余梦有点吃惊。她没料到狄立人如此推心置腹，而且还拿她和老栾打比方。她烦透了老栾，那么，狄立人也就是烦透了余嘉。只不过，她是女的，他是男的，女的提离婚充满正义性，事实上她也抓住了一个小辫子——老栾出轨、家庭暴力。不知不觉地，余梦有点动摇了。情感上，她倒向狄立人这边，有什么，不爱了，就放手；理智上，她又必须站在余嘉这边，她是带着任务来的，她立了军令状。

于是余梦反驳，"别跟我打马虎眼，我跟栾承运，是有原则问题，你们有什么问题？就算古代七出，也得有个理由吧。"

狄立人随即道："谈不到一块，没有共同的志愿共同的理想，精神上无法沟通，生活上没有共振、共鸣，这理由还不够充分吗？是，外人看，好像是我飞黄腾达了把老婆甩了，能这么看的人我只能说他们不懂！他们庸俗！不是我想怎么样，这是命运的安排，我一步一步走到这儿了，她还在原地踏步，距离是明摆着的，别人能视而不见，我们能自己骗自己吗？过去困难，相濡以沫，还有个共同的东西面对，还有孩子。现在都幸福了，孩子留学，她户口也弄过来，工作安排得好好的，她弟上学，老家人看病，七七八八的事情，我不都安排了么？我说过不顾么？就算分开，不是仇人！还是朋友！该做的我一样不会少做。余老师，你是经过见过的，一定明白我的感受，我们多大了？再不拼再不闯，就等着进养老院吧。"

狄立人的话，余梦无从反驳，她险些被说服了。都是实话，接近真理。但她不能被说服："那你说要分开是什么意思？"

她直接问关键点。要他名词解释。

"你对老栾什么意思，我跟你一样。"

"不行，"余梦话有千斤重，"你要硬来，我就再找领导打招呼。"

狄立人连忙伸手："别啊！余老师！有问题解决问题，我知道你跟余嘉好，恨不得穿一条裤子，一条裙子……可这个……这个这个这个……干吗在一棵树上吊死呢……"

余梦道："反正不行！至少现在不行。你这事，是我打招呼惹出来的，你要硬来，余嘉恨我一辈子。我跟你说我要早知道你弄这屁事，压根我就不会帮你说！你这是陷我于不义你知道吗？"

狄立人皮笑肉不笑地说："没那么快没那么快，就是有个意向，我这马上下基层，正好，都冷静冷静。"

"反正，那两个字，你别提。"

狄立人说:"不至于,真不至于,余老师,你看看这篇文章。"说着,他从手机上转给她。余梦低头看,名字叫《放妻书》,说是敦煌的文献。讲古代人离婚的。"你给余嘉也看看,人得通情理。"

余梦听不下去,起身要走。

狄立人劝:"别走啊……没吃完呢……躺贵的……"

余嘉躺在沙发上,一手支着头。

余梦给她念《放妻书》。"……凡为夫妻之因,前世三生结缘,始配今生夫妇。夫妻相对,恰似鸳鸯,双飞并膝,花颜共坐;两德之美,恩爱极重,二体一心。……解怨释结,更莫相憎;一别两宽,各生欢喜……"

余嘉苦笑,喃喃道:"一别两宽,各生欢喜……"

余梦劝:"真的,别想太多,在我这住两天,回去。他不敢!你这样的贤内助,他去哪找?等过一阵,他去荒天野地里吃吃苦,就知道老婆孩子热炕头的好,管男人像放风筝,不能拽太紧,绳在手里就行。"

余嘉苦笑,问:"回去?"

余梦肯定地说:"得回。"

隔二日,余嘉打道回府,下午下班提前走一会儿,到家,打扫,做饭,等狄立人到家,她已经好菜好饭等着。

见到他,她没说话,他放下包,她起身去厨房盛饭。夫妻俩跟演哑剧似的,电视也不开,无声吃饭。

狄立人先吃完,用筷子扒拉桌子上的剩骨头。

余嘉道:"放那吧。"

狄立人放下碗筷,道:"我过几天走。"

余嘉嗯了一声。她没法反对,反对无效。

"《放妻书》看了吗?"他突然问。

都什么时候了,还问这个。余嘉怕他说出一别两宽,各生欢喜八个字。她又嗯了一声。

狄立人跟着道:"一千年前跟一千年后,情况差不多。"

终于还是来了。余嘉感觉自己全身的皮紧缩,肉压得难受。狄立人转过身子,对着她:"如果你同意,我净身出户。"

余嘉心一阵狂跳,像要蹦出来。

"你说句实话,是有人了吗?"余嘉不敢相信自己能问出口。在余梦那她就反复思量,如果狄立人坚持离,外头有人的可能性很大。"就是网上找的那个?"

"没有。"狄立人单举一只手,作发誓状。

"那为什么?"她声音颤抖。

"《放妻书》没读明白吗?"他掏出手机,开读,"结缘不合,反目生嫌,猫鼠相憎,狼羊一处。"

"哪里生嫌,哪里相憎。"

"不讨论了,你再想想。"狄立人起身,拿起沙发扶手上摆着的书,进了书房。

一晚上没再出来过。他阐述完毕,剩下的,就是她考虑,她决断。

余嘉越想越气,她觉得自己不应该是如此待遇,如此下场,哪怕她是老狄家雇用的一个保姆一个老妈子,也不能说解雇就解雇!这等于拿她的脸在地上摩擦!她怎么回去见江东父老!憋了好久,余嘉终于站起来,走到书房门口,敲了两下。

她没进去。隔着门板,大声表态:"我不同意!我不离婚!除非我死!"态度很坚决。

书房里静悄悄的,没有回应。

余嘉深呼一口气,她曾经深以为傲的婚姻,真的走到了生死关头。

列车上,余爽坐中间。靠窗是个小姑娘,拿着本书,认真阅读着。靠过道坐着康隆。小姑娘叫余春儿,是余庆的大女儿,余爽的亲侄女。余庆老婆、丈母娘、丈母大想把刚生下来的小女儿过继给爽。

余爽再三考虑,又经谈判,决定带大侄女回去一起生活。她不想当小侄女的妈,更不想过继,她可以帮忙,帮忙照顾大点孩子的生活。侄女就是侄女,姑姑就是姑姑,她不要混淆视听,不要李代桃僵。

她觉得和春儿这样的关系就很好,她已经上小学,有自己的判断,知道人物关系,她抚养她,纯粹是因为看在死去弟弟的面上,顾着一点血肉亲情。她不指望春儿回报,她想好了,若干年后,春儿会有自己的生活。她和春儿之间,应该是平等的。

尽管余庆老婆反复叮嘱春儿:"那边条件好,要听话,以后就叫姑妈,是姑也是妈。"

春儿懂事，少言寡语，但登上列车之前，她已经开始叫余爽姑妈了。余爽觉得别扭，纠正，"就叫姑，我姑，姑姑，"又补充，"也可以叫娘娘，阿娘。"她不想添那个妈字，尽管她眼看就要承担妈的责任。

余爽觉得很对不住康隆。家里凭空多了个孩子，她和康隆的关系又一大转。她不能让康隆帮她背包袱，不能拖累他，这不公平。

康隆端着盒饭过来，递给春儿。余春儿道："谢谢姑父。"清脆响亮。

余爽听着别扭。

趁饭后康隆去车厢接合处透气，余爽跟过去。

"委屈你了。"她说。

"唔。"

"当姑父了。"

康隆嘿嘿一笑。

"你有自由。"余爽说。

"什么。"

"我这的情况你也看到了，不能拖累你，这不公平。"

"你的意思是？"

"要不你走吧，跟松子博士。"

康隆愣住，又笑道："拖不拖累的我说了算，也许我喜欢呢。"顿一下，补充，"甜蜜的负担。"

余爽一时不晓得怎么应对。反正，态度她表明了，他如果一意孤行，那就是愿打愿挨，"那随便你。"

余爽转身回座，却发现春儿不见了踪影。余爽头皮一紧："春儿！"她大叫，康隆回来。余爽焦急道："刚刚还在……"康隆安慰她别急，列车没停，是封闭的，人不可能丢。两个人连忙分头找。洗手间门口，余爽敲门，喊春儿。里头却传出个男人声音，"等会儿！"连忙说抱歉，继续找。洗手间门锁着，她又敲，叫春儿名字。

"姑妈，我在！"是春儿。

余爽的心这才落下，放回肚子里。

"乱跑什么！"她发火。

"肚子疼……"春儿答。

正式当姑妈不到一天，余爽已经感觉到肩上的担子、心头的压力。

第六章

1

余蕊自己找了份工作，没麻烦祖良才。

当董事长助理，薪酬不错。她发现有时候求人不如求己，别人找的，未必合心意，自己撞大运，反倒柳树成荫。而且现在因为余梦，她要跟祖良才切割关系，如果祖良才打招呼安排工作，保不齐余梦知道。

难处理。要断就断得干干净净。

余蕊跟祖良才知会了一声。祖良才没说什么。余蕊主动删掉他的联系方式，换上套装，重新开始。

余爽带回来个大侄女养。余蕊从她家搬了出来，租了个小房子，离公司不远。她又开始谋生，顺带谋爱。

进公司后，余蕊发现三件事情很有趣。第一，关于她的职位。她其实不是正牌助理，而是助理的助理。她压根见不着董事长的面。

只知道他叫韩广。怎么发家的不太清楚，他上面似乎还有"婆婆"，但不多，集团涉足医药健康、文化娱乐、金融证券等多个领域。她的顶头上司叫叶察，男，比她大不了几岁，是韩广的助理（之一）。据说别的办公室还有其他助理。叶察的主要任务，是帮韩董起草文稿，大到文件、合同，小到朋友圈公关文，都要他负责，叶察经常忙得四脚朝天。熟悉环境数日，余蕊不清楚叶察的学历、经历、情感状况。她也不问，这是规矩。她现在叫爱丽丝，进了公司，人人都有个英文名。

第二，是她发现白元凯竟然跟她同一幢大楼。每天用同一部电梯，去楼里为数不多的几个餐厅吃午饭。刚上班两天，她就在一楼大厅遇到过他一次。她自信地跟他打招呼，他报以微笑，问了问情况。她如实作答。不知怎么的，自己找的工作，哪怕职位不高，余蕊却有种前所未有的理直气壮。她能跟他在一座大楼工作，说明自己往前迈了一步。

很好。慢慢来。

余蕊心里的小火苗又烧起来。是有机会的，她告诉自己。是的，跟过去说再见了，她是爱丽丝。

第三个有趣的，跟她的工作内容有关。她经常需要去借衣服、礼服、套装，她发现正因为这项工作，叶察才说服老板雇用了她——叶察不懂女人的着装，据说他每次借的，穿衣服的人都不满意。更令余蕊意外的是，穿衣服的人叫翁悦，大家都叫她翁姐。居然就是梦姐嘴里常说的那个闺蜜？世界简直太小了！翁悦不提，余蕊不问，她也没向余梦求证，公事公办。不用说，翁悦和韩广有着不可说的关系，深是肯定深，但也未必深不可测。

不是夫妻，不算朋友，以前是搭档，现在分属两间公司，都做董事，都很成功。虽然，翁悦和韩广不是一个量级，但女人能爬到这个位置，已算翘楚。

余蕊还发现像翁悦这样的有钱人，自己的衣服，竟都平平，不是不贵，是衣品有问题，没与时俱进，不过他们对借的衣服要求却很高。幸亏余蕊是演员出身，对美有一点见解，她不但是借衣服的助理，还是翁的形象顾问，破天荒的，翁居然也愿意听听爱丽丝的意见。

美其名曰："吸收点新东西"。

爱丽丝有时候建议翁姐走王菲的路子，不算绝色，但有气质；有时候又建议她走那英的路子，性格女性，用套装镇场子；另外一些时候，她则建议翁董参照刘嘉玲——身材，该露就露。这一向翁姐应酬、场子特别多。衣服不能重样。于是余蕊，哦不，爱丽丝就魔术师般地帮她借。

租衣公司，入会费二十万。余蕊惊讶不已。真是宝藏啊！梦姐那些藏品跟这里比都小巫见大巫。借此便利，她恨不得每一件都借出来跟身上走一遍。

纪梵希、思琳这些就不用说了，她喜欢思琳，简约的设计，个性的时尚态度，翁姐也适合思琳，经典款永远不会出错，当然也有像艾莉·萨博的仙裙、斯蒂芬·罗兰的礼服，大活动，就用纪梵希加持，偶尔也会来点不一样的。比如某次出游，爱丽丝就帮翁姐选了一件乔治·阿玛尼的披口雪纺罩衫，还有豹纹裙。

余蕊还发现一个情况：叶察最开始其实是翁姐的助理，后来又助韩广。

保不齐是个小密探。不过爱丽丝不管这些，她做工作做得头头是道。

由此，翁姐"起死回生"，在社交界大放异彩。用别的太太的话说，"简直是明星派头"嘛。辛太太也发现了翁悦的变化，问："怎么着，跟设计师谈上了？"翁悦故作玄虚："腹有诗书气自华。"

扯！

余梦也秉持这个观点。加一个字，鬼扯！

她认为翁悦变美，第一，微整形起了很大作用；第二，肯砸钱，那个租衣中心，翁悦也邀请过她。可余梦觉得自己没有那么多场子，用不着年年砸二十万；第三，请到高人了。脸可以变，衣品可不是一朝一夕的事。她翁悦什么时候能跟她余梦斗衣品。

余梦不满的还多着呢！

祖良才玩失踪，虽然理由充分，马上要换届，好多关系要协调，可那些酒局饭局，他一次也没带着她。更没时间陪她。

好，换届大过天，余梦理解，可电话、消息总该有吧。余梦觉得有问题。不妙。

过去，是她掌控着祖良才，令他欲罢不能，现在天平似乎微微倾斜，他有点脱钩了。是不爱了吗？应该不是。他们曾经爱得那么火热缠绵，珠联璧合。

那就等。

美容院的生意不像刚开业那么火爆，美国的漂浮机，中年妇女不大接受。尤其是超低温冷疗最受冷遇。搞什么，这些女人本来就空虚寂寞，还冷疗？人家要照温暖的！好在有老赵老婆顶着，不亏。余梦忽然意识到，光有钱是不行的，还得有名。

翁悦的这次出击格外刺激她。

老翁竟然当上了某区青年组织的副主席。我的老天！余梦在心里叹，何德何能呀！再说，她算青年吗？不是去日本整了容就是青年！一深入研究，她才发现翁悦真叫四面出击，不光是青年组织、妇女组织、商业组织，这组织那组织，只要有缝儿，人就钻，钻窟窿打眼，打入各个领域。

随之而来的，关系网越来越大，门路多了，场子多了，自然需要衣服撑门面。要在穿上下功夫。于是她最近衣品提高也顺理成章——属于工作需要。

好不容易见到祖良才一面。余梦把问题提出来。

祖良才没说行，也没说不行。余梦了解他，他是没有十足把握不会承诺。但只要不说话，他就一定尽力。

"她都能做副主席。"余梦不忿，"我还不做主席？"

"不是你想的那么简单。"

"背后有人，不用说。"

祖良才道："知道她背后那人，一年支持联合会多少吗？"余梦忙问多少。祖良才伸手比了个数。余梦秃噜嘴："个十百千万？"祖良才笑而不答。余梦惊叹着："哎哟哟，有钱了又想要名，真要名垂千古了。"

祖良才被余梦逗乐。

余梦又埋怨见面少。祖良才温柔地说，"理解理解好么，关键时期。"这次要选不上，祖良才不出两年就得退。这可不是好消息。

狄立人西去赴职，余梦出面摆了一桌，送行。她一直觉得对不住嘉姐。另外，大家伙都在，对狄立人也是一种震慑——余嘉有那么庞大坚强的后盾，你狄立人掂量着点。

姐妹们也好久没聚。余蕊一个人来。余梦和余嘉问了问她新工作的情况。余蕊简单说了，没提翁悦。

余爽和康隆带着春儿到，众人见多了个孩子，都问怎么回事。当得知是余庆的大女儿，都一阵猛疼惜。

余梦给余爽鼓励，"这样好，提前当妈,实习实习。"又拍拍康隆肩膀头，"加油啊！"康隆尴尬。余爽嗔怪。实际上，春儿和康隆像朋友，爽像他们两个人的妈妈。春儿的学校刚安顿好，余爽已经感觉到家里有个孩子的辛苦。春儿说不让接，自己坐车没问题。可余爽不放心，人在办公，心里老担心出问题，还是去接。

早送晚接，中午一通电话，还有生活、学习各方面操心。她感觉自己的生活硬是被孩子切割成一小块一小块，像她名字里那个爽字里的叉叉似的。她不爽，但暂时只能咬牙坚持。

饭吃上了，已经有离别的氛围。余嘉面无表情，看不出任何情绪。狄立人倒兴致高涨。

白元凯中途才来，罚酒三杯，他擎着酒，送狄兄一句诗，叫"劝君更尽一杯酒，西出阳关无故人"。

狄立人回敬："但使龙城飞将在，不教胡马度阴山！"

余梦插话道："我祝你取经路上顺利，九九八十一难平安，早日归来！"话里有话，只有狄立人和余嘉懂。

散场。余蕊和白元凯坐同一辆车，他们都回公司。余爽和康隆先送孩子回家。余嘉面对一桌残羹，心中凄凉，明儿狄立人就走，一别不知何时再见。

操作间，狄立人和余梦站着说话。

余梦收拾茶叶，带来的，没喝完，还是让余嘉带走。

狄立人劝："那个联合会的职务，你最好别去争。"

余梦看着他，诧异，他怎么知道的？一个要西去的人，连这个都打听到了，真是小圈子。她不说话。狄立人道："你是我的恩人，我才跟你说这话。那个位子，早有人盯上了，很有代表性，实力雄厚，别鸡蛋碰石头。"

余梦眼一翻："我也有代表性。"

"不一样。"

"谁告诉你我要争？"

"反正，我提醒到。"

"谁，说。"她咄咄逼人道。

狄立人为难。余梦着急："你这人之将走，其言也⋯⋯"想不到怎么形容，"其言也真，说。"

"老栾的消息。"狄立人道。

这⋯⋯去他妈的！

余梦哈哈大笑："行了，我知道了。"栾承运啊栾承运，凤凰要高飞，你一个野鸡挡得住？你不想我当，我偏要当！

余梦瞬间充满斗志。

狄立人转身出操作间。见余嘉站在那儿。夫妻俩对望了一眼。终于,他还是扭头出门。

她被他留在身后。昨天晚上,狄立人就已经带走了行李,桌子上留下一份离婚协议书。他说到做到,净身出户,但余嘉下定决心,不签。

2

做助理的助理有段日子,余蕊从未见过韩广真人。韩广只作为传说而存在。上网搜索,只有几个侧影,也有正面照片,少,多半模糊,是多少年以前的。余蕊问叶察,叶察探过头来证实:"假照片。"

来这里工作之后,余蕊忍不住反省,此前找史同光那样的小老板,绝对是个错误。是没有进取心、缺乏眼界的表现。过去,像韩广这个量级的男人,余蕊是想都不敢想的——现在也不想,余蕊拿笔轻轻敲自己的脑袋,默念,认真工作,认真工作。

跟叶察混熟了。他倒是透露了一些韩广的信息。做雨伞、竹器起家,后来做电能表,再后来就是金融、地产,现在开始做文化等等。韩总还信佛,在九华山供了长明的大海灯。"韩总就是个谜。"说这话的时候,叶察一脸崇拜,看得出来,他不是演戏,完全发自内心,叶察手舞足蹈。"那种战略眼光,那种敏锐,那种气场。"他面部微微抽筋。余蕊忍住笑。她甚至感觉叶察有点爱上了韩总,像随从爱上东方不败。余蕊怀疑过叶察的取向,因为他完全不在意她,对她的脸、胸、屁股视而不见。

余蕊从翁姐那隐约得到个线索——翁姐从不在她面前提韩总,不过有一回在电话里,她提到了韩总,提到了辛家,很着急的样子。余蕊猜想,这几队人马之间一定有千丝万缕的联系。余蕊提醒自己,小心,一切小心。可是,冷不防的,她还是出了个大丑。

集团招聘,这次主要招的是中层偏下的管理,作为部门负责人,叶察也被叫去参会,长长眼。他安排余蕊在门口维持秩序,负责签到。来应聘的大多数三十出头的男人,也有年纪大的,四十左右,但无一例外都有较丰富的职场经验。余蕊坐在门口,打量着来应聘的男人们,他们有的穿西装,有的穿便装夹克,头发打理过,显得精神,但面部表情都很肃穆、紧张。有个人出来了,应聘者一窝蜂围上去问情况。这是职场大忌。那人似乎也愿意传授经验,苦笑着说问了什么问题。余蕊见状,不得不驱散他们。

没人听。余蕊只好喊一嗓子:"都注意点!里头是面试,外头保不齐也是面试,摄像头都照着呢。"应聘者猛然反应过来,公司套路多,不问为妙。

走廊里渐渐安静,偏偏有个不知趣的,走到余蕊面前,隔着个小桌子问她:"里面情况怎么样?"

余蕊抬眼看了看他,拒绝回答。

"上午能面几个?"他又问。余蕊这才仔细观察这个不知趣的男人,看上去四十多岁,眼睛不算大,方下巴,脸上没什么肉,所以整张脸显得干净利落,他头发没打啫喱、发蜡,蓬蓬松松,像刚洗过澡,上身一件黑夹克,旧的,下身是黑裤子、黑皮鞋,衬衫是淡蓝色。

"应聘的吧?"余蕊问。男人没说话。余蕊拿笔过来,摆到他面前,"签到。"

她每一句话都很简短,公事公办。那男人拿起签到表,看了看,又放下了。这什么意思?藐视招聘?余蕊不理他。男人找了个空地,站在一边。一会儿,叶察出来去洗手间,见到那刺儿头的男人,竟像接天神一般接进去。

余蕊这才意识到自己闯了祸。

他就是韩广。

真是的,有钱人就爱玩这种把戏,又不是康熙微服私访,有必要吗?故意设计让位置比自己低的人轻慢他,然后再来个反转,让轻慢者无地自容。这是戏瘾,是病,得治!余蕊在心中暗叹,完了完了,搞不好又得失业。

过了几天,没动静。余蕊——爱丽丝也没向杰克——叶察汇报,也许黑不提白不提就过去了,不打自招,只能换来叶察的一番嘲弄。

跟着又是忙,帮翁姐借衣服。但有一次比较特别,她要借一套小姑娘看着舒服的衣服。余蕊不懂她的意思。受众是小姑娘?

"多大年纪？"她问。

"十八左右。"翁姐答。

"看着舒服是指？"

"让她接受你。"翁姐已经有点不耐烦。

挑来挑去，还是思琳保险。不过，很快又让她把衣服退回去。活动取消，似乎是小姑娘又不来了。这天晚间，余蕊刚做完面膜，突然接到叶察的电话，紧急任务，他让她去机场接一个人。姓韩，名兮倩。韩广唯一的女儿。

从家到机场，余蕊捋了一遍，大概把前前后后的有效信息完型出一道因果链条。翁姐借衣服，是为了见韩兮倩穿的，但因为种种原因人不愿意见她，所以，思琳取消。但小姑娘其实回来了，又必须有个人接。叶察怕伺候大小姐，所以临时把她推上位，作随扈。推得：韩兮倩是个非常难缠的女孩。

不排除一种可能：她讨厌翁姐，因为这个女人老想着跟兮倩老爸韩广结婚。那么，怎么做最妥当呢？余蕊思忖着。不能得罪小姑娘，因为她在韩广那有话语权；不能得罪翁姐，她跟韩广的交情很深。

余蕊认为她必须传达出一个信号：她是一个无欲无求，不争不抢的女人。

还好，出门打扮得潦草，套头衫很臃肿，平底鞋没气势。见到小姑娘之前，她已经卸了妆，看上去憔悴弱势。

人接到了，乍瞧普普通通一小姑娘。不过韩兮倩一张嘴，余蕊就尝到厉害。"你是谁雇的？"

"叶察。"余蕊照实答，"哦不，杰克。"

"什么杰克！驻马店来的。"小姑娘对叶察"知根知底"。"接下来都是你陪我？"她又问。余蕊不敢确定，但还是先应承下来。当晚住酒店，叶察安排好了。接下来，余蕊的任务是陪大小姐几天。韩总去中亚考察项目，一时回不来，韩兮倩过境中国，逗留几天，得有人陪着。她不要翁悦陪。上次过年，她已经给够这女人面子。能不见就不见。她讨厌她故作关心的假笑。她的目的谁不知道？多少年了！黄鼠狼给鸡拜年。

余蕊以为韩兮倩要吃喝玩，但一觉醒来，兮倩直接要去公司。余蕊只能陪着。上电梯，门一打开，迎面遇见白元凯。兮倩兴奋地要去握手，"白老师！"白元凯一头雾水。见余蕊也在，他向她微微点头。

白元凯在美期间的丰功伟绩，韩兮倩如数家珍，她视他为偶像。坐在老爸的大椅子上，小姑娘感叹，要是能跟白老师白师兄吃一顿饭就好了。叶察听闻，找余蕊协调，"你不是认识那个白吗？"余蕊不愿出头，说不认识。叶察着急，"行啦，跟电梯里眉来眼去好几回，你当我瞎，赶紧安排，你别看小姑娘小，以后搞不好就是你我的新老板。"

有远见。

于是余蕊豁出面子，说是工作需要，白元凯当即同意，午餐成行。兮倩高兴得乱转，说见明星都没那么兴奋。

"日本提出单件流的理念，即工厂生产部件从原材料到生产加工再到最后的产品，所有的生产节拍都是非常稳定的，整个过程中没有任何的停顿，也没有返工的过程，部件的一次通过率非常高。通过这样的标准化流程管控，有工厂可以做到公差9.6个西格玛，即每100万个零部件中只有1.5个残次品。"白元凯谈起专业来尤为迷人。

难得，韩兮倩能接上话："人工智能技术进入工业领域，应当是融入的方式，而非颠覆者的姿态……"

余蕊在一旁听着，默默地，她欣赏白元凯，他依旧那么有朝气，有理想，放着光，她羡慕兮倩，好的家庭出身，让她人生的前半段就接触到很多有用的东西，从而与普通家庭的孩子拉开距离，这就是"知识的鸿沟"。不像她，纯吃老本，靠天收，上了年纪，又只能在人物关系上开疆拓土。他们都是技术出身。

她呢，是生活的政治家。

"谢谢你。"午餐结束，趁兮倩去洗手间，余蕊跟白元凯握手。

"很愉快。"他面带微笑，上前拥抱了她一下。余蕊忽然发现，自己对眼前这个男人，是没有欲念的——肉体的欲念。他是那么清澈、简单，本来年纪也不大。

饭后兮倩评价白元凯："谦谦君子，温润如玉"。又问："你跟他认识多长时间？怎么认识的？"余蕊道："没多久，工作上认识的。"她撒了个小谎。兮倩又问："他现在有女朋友吗？"余蕊表示不太清楚。

兮倩又说："学长以前的故事，啧啧，一部大片。"

余蕊不懂她什么意思。

"他跟阿拉伯的一个什么酋长的女儿谈过。"

劲爆新闻。余蕊尽量稳住情绪。

"他可以一辈子什么都不做的。"

这曾是余蕊的梦想。

"但他没这么选。"兮倩说。"值得人敬佩，"顿一下，又说，"人活着，总得体现自己的价值。"

3

康隆不住余爽这，但几乎每天都到。他跟春儿的关系，比春儿跟余爽的关系还好。余爽早晨送，他就尽量承担接的任务，偶尔还帮春儿辅导作业。

余爽省心。

可她过意不去。

从去给弟弟家收拾残局，到领春儿回来，康隆的表现上佳，但他越这样，余爽越觉得还不清。她宁愿他划清界限。她跟春儿也这样说："我不是你妈，我想不到的地方，你可以提出来，我们商量，记住，你跟我是平等的。我是你的朋友。"春儿小声道："姑姑，以后我会还你钱的……"余爽着急，"这孩子，不是那个意思……"临走前老妈和姥姥交代春儿，姑姑有钱，咱们都得仰仗姑姑。在春儿眼里，钱，是从小到大都压迫她的东西。

"你爱钱么？"余爽问。

春儿发愣，从没有人问过她这个问题。

"鲁迅恨钱，所以他把钱放在鞋垫下面，踩着钱。"余爽继续说，"你如果恨钱，也可以这么做。"停一下，又说："但我不希望你恨钱，钱是没有属性的，看你怎么用它。你不要怕它，好好读书，学好本领，将来你也可以像姑姑一样。"

像姑姑一样什么？余爽没说。她的意思是像姑姑一样驾驭钱。可春儿没明白，她只知道老爸老妈过去经常说姑姑，不结婚，自私，就为自己。她不想像姑姑一样。"春儿，"余爽很认真地，"你的理想是什么？"

"理想。"春儿重复一句。

"就是将来你最想做什么，最想实现什么。"

"想结婚，"春儿不假思索，"有自己的家，有个孩子。"

乖乖！这什么价值观！余庆两口子把孩子荼毒成啥样！余爽愤怒！可小树已在生长，她该怎么把她扳过来呢。余爽深刻意识到，大侄女可不是她的接班人！偏偏她也说不出个"不"来，结婚，有家庭，生孩子，千千万万的人这么做着，有何不妥？她自己才是异类。

余爽只好换个话题，"以后不要叫姑父。"

春儿眨巴眼。不开口。

"叫康老师。"

"我怕老师……"春儿怯怯的。老师跟她是猫和老鼠的关系。

"叫叔叔，康叔叔。记住了。"余爽下令。

春儿点头。

康隆带了栗子来，要做栗子馅的糖包子。春儿也要帮忙，余爽怕她添乱，打发她去做作业，她站在厨台边看康隆做事。

"你上辈子是不是女的？算过没有。"她问。

他不作回答，忙手里的事。

"要么就是骗我。"

"骗你什么。"

"你是不是结过婚，有过家庭生活。"

"那倒没有。"

"活干恁利索。"她笑。

"不是你锻炼的么？"

余爽啧啧两声："怪我，把大知识分子腐化成家庭妇男。"

康隆道："没腐化，不还没进围城吗。"康跟她说过，以前太专注学术，等评上教授，准备歇歇。余庆去世对他也是个直观刺激。

人生苦短。

余爽换一种柔和的口气:"别来那么勤。"

"嫌我烦?"他道,"跟孩子挺谈得来。"

"耽误你时间,太麻烦你。"

"你还那样?"

"什么?"

"怕欠我的。"

点中红心。余爽连忙否认,说没有。

康隆又道:"马上让我来我也来不了。"

"又要访学?"

"不是,回家一趟。"

"什么情况。"

"我爸的事。"

余爽惊:"他怎么了。"

康隆道:"那个阿姨,去世了。"

余爽脑子转了几个弯,才弄明白故去的是康隆爸现在的妻子,她礼节性地露出悲伤神色。她知道,康隆不喜欢这个阿姨。他只在她面前提过此人一次,还是负评——他说她市侩。生老病死,人生之大关,余爽认为这或许对她来说是个机会。余庆走,康隆忙前忙后,现在该她伸把手。余爽豪气地说:"有什么需要帮忙的,尽管说。"康隆嗯了一声,走了。过了没几天,又回来了。还没出头七。

余爽问情况,康隆说该做的都做了,阿姨自己有孩子。

"你爸呢。"她问。

"他有心理准备。"病了不是一两天。康隆给老爸算过,他克妻。

"他以后怎么办?"余爽关切地问。

"有可能再找。"

余爽惊诧。结婚真那么有瘾?两次还不够?这年纪还要再来一春?匪夷所思。

"在那之前呢。"余爽着急还人情。

"不谈这个。"

"你就这一个爸。"余爽循循善诱,"以前我不觉得,老妈走的时候,我伤心,老弟走,我绝望,天底下好像就我一个人。"

"不还有春儿么，亲侄女。"

"不一样。"

康隆木然道："他跟我，就不能在一个屋檐下，相互看不顺眼。"

余爽当即表态："来我这呀，让你爸来我这，我这地方大。"

康隆又感动又感叹："别傻了，他跟你什么关系，他要问你是谁，你怎么答。"

"女朋友。"

"女朋友为什么要做到这份上。"

"那就未婚妻，反正，先糊弄住。"余爽想办法，"我跟你说现在是危险时期，他又是老年人，太孤独，搞不好就……"她那时候想过自杀，活活饿死——后来还是本能地想吃东西，没死成。"有爹早点孝敬，别后悔。"余爽神色端然。

康隆心里一阵柔软，真是个善良的女人。不过他也懂，余爽的行为符合他们之间的守恒定律——公平。类似于善有善报。于是，在余爽的敦促下，康隆向他老爸——一个发电企业的退休干部，表达了想要接他一起生活的意愿，康爸爸当即拒绝。

"还没到不能动不能行的地步，你要孝顺，就早点结婚！"康爸敦促道。康隆老大不痛快，学话给余爽听，余爽也觉得悚然。儿子迟迟未婚，老爸已经走过两段婚姻，的确是两种人，不摆在一起为妙。

"我爸觉得，我是种污染。"

"污染什么？"余爽不懂他的意思。

康隆苦笑道："以前跟老妈住，他就说我是被老妈污染。结婚的人，看不结婚的，就觉得是种污染。污染了社会，污染了他完美的家庭生活。"

"那我也是污染。"

"你是。"康隆摸摸她头。

"过去，白人看黑人是污染，男人看女人是污染。"

"现在也是，歧视女性。"

"你不是挺自强。"

"富人看穷人是污染。"康隆感叹，"在富人眼里，穷人天生邋遢，不礼貌，少教养，不适合做脑力劳动。"

"富人占了先。"

"没错。教育、行业……各种资源。"康隆说。

"难怪哈利波特到第七部才能掌握魔法。"余爽说。

"什么意思？"

"他爸妈死得早呀，他是别人收养的，没有资源。"

真会举一反三。康隆笑道："好好培养春儿。"

丈夫去了山那头，女儿去了海那边，余嘉的时间一下空出来许多。淡季，出版社事也少，很多同事休假。余嘉没休，她打算省出假来，集中去看女儿。她不敢提去看狄立人。狄立人走后，每周会来一个电话，问问家里的情况，也简单说说自己的状况，他没再提净身出户呀离婚呀什么的。余嘉认为他冷静下来了。她给了他自由，离不离还有什么差别。尽管他们已经貌合神离，可是，貌合同样重要啊！

她还是狄立人的妻子，占着这个名分。别小看名分，有用，人都是狗眼，只要她还是"官太太"，周围的人少不得高看她一眼。

狄立人刚下地方就立了个功，说是救了个牧民的孩子，完全是巧合。系统里表彰了。出版社这些人立刻有反应，张主任对余嘉笑呵呵的，她的任务量也少多了，偶尔不来，没人问。

余嘉也感觉到，狄立人这次是下定决心做出点成绩来。

他有这个能耐。

在领导面前，他隐忍、周全，在百姓面前，他有大爱无疆，在女儿面前，他宽容伟岸，在亲戚面前，他一言九鼎。

狄立人是个好演员，可他就是不肯在她面前演！也是，如果跟她都演，那活得也太累！可她不累不苦吗？！

家里倒是有好事。余义博士读上了，还找了个女朋友，等于一次解决两件大事。余嘉让弟弟把人带回来吃顿饭。

名牌大学博士，学物理，比余义大两岁，山东临朐人，最喜欢羊肉。余嘉做了一大锅子。见到真人，余嘉比弟弟还失望，余姓一族，向来以外貌取胜，可余义带来的女友，却是一张方脸，卡个眼镜，戴着牙套，皮肤粗糙，不化妆能演丑女无敌。可是，既然弟弟看中，余嘉只好捏着鼻子吃棵葱。只是她不明白余义为什么从一个极端，走到另一个极端，过去非余蕊不可，现在选这么个老婆。她有点为余家子孙后代担忧。

不过一顿饭下来，余嘉见女博谈吐自然，自信大方，虽然吃相豪放，但也算不错的女孩。她问女博喜欢小义什么。女博士放下羊排，本着实事求是的精神："老实，长得不错。"

缺啥补啥。

余嘉仔细揣度，认为可能这女孩身上有种余义急缺的真的自信。

狄立人远走。余嘉需要朋友，也愿意关心朋友。她去看余爽，关照爽，关照春儿，又问她跟康隆的情况。又在家摆了一桌，把梦、蕊、爽都叫来。单纯姐妹聚会，没有男人。余梦知道余嘉的心事，饭桌上劝："姐，你现在多自在，正好干点啥。"

余嘉强颜欢笑，"能干什么？上班下班。混吃等死。"有点悲观，但这就是事实。

"创业呀，找点事干。"梦意气风发，她开美容院，又兼着社会职务，马上某联合会她也能打进去。祖良才在运作，已经发出邀约，请联合会主席吃饭。

未来无限美好。

余梦有种人生刚刚开始的错觉——过去被栾承运耽误，浪费大好年华。

还有余蕊，状态也不错，新工作，新生活。一切都是新的。余嘉的生活也是新的，只不过，这种新生活像遇着个阴天。她提不起劲。

药劲过去，脸又变了，开始慢慢恢复"本来面目"，皱纹是皱纹，腮帮子是腮帮子，繁华落尽见真淳，凡是假的，都禁不起推敲，就像她和狄立人的关系一样。

4

翁悦拿下某民间组织重要位子。余梦很郁闷，可是表面上还得说恭喜。翁悦不失时机在女同胞里显摆了一番，锦衣不夜行，活着图什么，风光！

既生瑜，何生亮，在这条路上，翁悦比她起步早太多。不过余梦没丧失信心，竞争才刚刚开始。她迫切想知道翁悦背后那张牌。她查了，有人说是江寒制造的老王，也有人说是有天产业的吴某人，还有人说她就是白手起家。屁！据余梦判断，都不准确，这些人的能量还不至于助翁悦攻城略地。还有。白手起家是没错。但也不是没有贵人扶持。

不用说，贵人是男人。

翁悦曾经说过一句话，很得意地说："我就是藤萝系甲，可春可秋。"藤萝是她，甲是大树。还是有得靠。正当她觉得无迹可寻的时候，余蕊给她带来点线索。她在嘉姐家听到余蕊接电话，扫了一眼屏幕，翁姐，再听声音——听筒里露出来的，似乎有点像是翁悦？没几天，余梦把余蕊约出来，一问，了解到余蕊现在的服务对象之一，竟然就是翁悦。具体内容，借衣服，这事儿余梦门清。

"怎么不告诉我。"余梦问。

余蕊解释了一下，说不清楚她们的关系。

余梦拉住余蕊的手："蕊，我是你姐，咱们是一个地方一个姓一族一伙的，有我就有你，姐姐永远不会害你。"

余蕊笑说明白。一荣俱荣，一损俱损。

"她是你老板，我是你姐，哪个亲。"

余蕊笑而不语。

"知道她背后是谁么？"余梦问得直接。

余蕊说不太清楚。余梦让她去打听打听，跟谁走得近，参加什么活动。余蕊犹豫，她一时不知道站在哪一边。不用说，翁悦背后的人是韩广。但他们是什么关系，她也吃不准，两人几乎不见面，但翁悦的生活里随处都有韩广的影子。连助理叶察，都共用过。

"查查，姐不亏待你。"余梦信誓旦旦。回到家，余蕊考虑再三，她不能直接跟余梦说韩广的名字，到底站哪边，难办，翁悦财大气粗，根基深厚，余梦是多年的姐姐，何况她现在攀上祖良才，以梦姐的手段，未来可期。

余蕊只好隐约表达了集团跟谁有业务，翁姐的公司跟谁合作多。指向性很明显，余梦简单一查。是韩广无疑。其实她跟余蕊散场后，就想起来那年春节翁去美国见的那个女孩，也姓韩。

王八蛋！姓韩的这么帮她。她哪里好？一张脸有几个真东西？摸清了翁悦的路子，余梦更加明确，逼祖良才去发力是正确的道路。

催了两次。祖良才终于请到联合会主席吃饭，是个女的。余梦没出席，她是当事人。祖良才请了两个朋友作陪，三对一，做她的工作。

余梦就在外面车里等着，焦急。快十点，祖良才从饭店出来，余梦开车过去，祖良才上车。余梦一边开车，一边问情况。祖良才说走远点再说。绕着环城路前行，终于找到个空地停车，余梦几乎失却耐性，道："别慎着了，到底怎么样。"

"没说行，也没说不行。"

"她是主席她说了算啊，不表态什么意思。"

"除了不能动的，就剩两个席位。三个人争。"祖良才分析，"她为难，都不愿得罪，要平衡，实在不行只能公平竞争。"

"公平？都是指派，怎么公平，这是踢皮球。"

祖良才把车窗开点缝，他想抽烟。主席闻不得烟味，他憋了一晚上。"一个老资历，基本板上钉钉，撬不动。"

余梦接话，"那还剩一个。"

祖良才道："翁悦也在争。"

余梦简直不敢相信自己的耳朵。"翁悦？她也在争那个职位？她不是当过五年？还不走？"祖良才说："走？她认为她继任是天经地义。"

贪得无厌！贪心不足！贪婪成性！另一个会她不刚当了副主席？到底手里要抓多少？！而且她余梦选联合会的事，翁悦知道，可听了也不吭声，现在好了，背后偷偷搞动作。

不行！不是你死就是我活！

"韩广。"余梦怔怔地说，"他在弄。"

她更佩服韩广，他对翁悦，是真走心！是真爱！因此，她也得要求祖良才。这不光是争一个位子，也是对爱情的一场大考。

祖良才笑笑。他知道翁悦跟韩广的关系，但因为是余梦的朋友。他担心敏感，没提过。他话从来不多。

"多少年的老关系了。" 他说。

"你知道？"

"听说一点。"

"那你不说。"

"这没什么吧。"

"没什么？很重要！"

"说是小时候就认识了。"

"天！青梅竹马。"余梦说，"那她没嫁给他，不还照样嫁别人，"说着，余梦伸出一个手指头，"我知道了，旧情复燃。"

"她在外面，是大女人，在他面前，是小女人。"

"还有这情况。"

"酒桌上，只要韩广在，翁悦一定是把酒换成水。"

余梦哼了一声："装！韩广不在呢？"

"不在，"祖良才也笑，似乎觉得滑稽，"大壶喝。"

两个人随即哈哈大笑，都被大壶这两个字逗乐。笑完了，余梦忽然正色："你爱我么？"

这问话来得没头没尾，十足凶险。说爱，立马就有要求，说不爱，万不可以。

"知道还问。"祖良才有经验。虚晃一枪。

"正面回答。"

"爱。"含混不清，像吞了个苍蝇。

"爱就拿下，这一仗，咱不能输！"余梦神色肃穆，搞得像要参选总统。祖良才本来想说尽力，但为了不惹余梦激动，最终缄口不言，他今晚想睡个好觉。

一切悄无声息，一切又都在运行中。女企会活动，余梦和翁悦都到了，两个人还是笑呵呵的，都不提，事情一办完，分别坐在沙发的两头，不沾。

大家心照不宣。不过，余梦认为祖良才提醒她提醒得及时，怎么忘了辛家这条线呢。如果辛太太肯出面帮忙，哪怕多花两个钱，面子挣回来，出了名，也痛快。谁知约了几回，辛太太都说在外地，余梦只好觍着脸再约，辛太太抹不开面子，余梦终于得见真佛。见了也不藏着，直接提了要求。

辛太太为难，劝："小的没意思，将来，你弄个大的倒不错。"余梦连忙说："一步一步来，从基层做起，姐，我也是没办法。"

辛太太见实在避不开，余梦没少给她当牛做马，翁悦更是多年的关系，韩广、祖良才，她都认识，怎么弄，她只能说："手心手背都是肉，我都疼。"

余梦明白了，翁悦已经先行一步，也是，辛太太这条线索，老翁怎么会放过，是她自己傻，到现在才来烧香。不过辛太太能这样说，余梦已经感谢，她不出手，不偏不倚，那这场戏谁唱得响还难说。

哼哼，好你个老翁，你是白蛇，修行千年，我小青也不是好惹的！余梦气得牙根疼。要斗就斗吧！

余梦绞尽脑汁，搜索全部能用的关系。终于想起来，小白或许能帮上忙。他是科技口。还有狄立人，一点老关系，县官不如现管，如果有，也得用上。不含糊，这是为荣誉而战。余梦打给白元凯的时候，他正在康隆家帮忙，康爸生活不能自理，跟保姆又合不来，只好暂时迁居，跟儿子同住。白元凯来看康爸，顺带调和康氏父子的关系。

老爸来，康隆没跟余爽说。他怕她掺和进来——康老头可不是什么好惹的主。

电话里，余梦简单说明情况，白元凯明白了，只是一时想不起线索，得再找。他答应梦姐，一定尽力。

余梦又给狄立人打。那边信号不太好，有突突声，余梦换了个隐蔽地方，大声说明情况，狄立人也大声，说知道了！回头联系！他欠余梦一个大人情，肯定尽力。

余梦问："你在哪呢！这么吵！"

狄立人喊着："车上！三轮车！突突！我们现在下乡！进山！"真是好干部，余梦啧啧称叹。

"把基本情况发手机一份！"狄立人还在喊。

"马上！"余梦也不自觉吆喝起来。

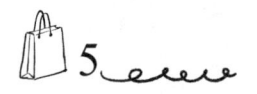

5

心里有气没处发泄，栾承运还来添乱。

他竟然让小儿子正宇来"传话",劝她别那么累,别争来争去,很多都是坑,跳进去就出不来——这是小孩的语言么,正宇那么单纯,能说出这种不着调的油腻话来?

余梦一阵拷问,正宇招了,说是爸爸让他说的。还说,爸爸说了,是善意的提醒。

余梦冷笑,第一反应是,栾承运是翁悦那头的?还是他看不惯祖良才比他成功?嫉妒!他心眼比针眼大不了多少。余梦找余嘉排遣,她没提请狄立人帮忙的事,只把眼下的状况说了,也没说祖良才在帮忙,显得好像是公平竞争。

余嘉劝:"退一步海阔天空。"

余梦不乐意:"姐,人家现在是要骑到我脖子上拉屎了!还退!"她留半句没说,你余嘉就是一退再退,狄立人才敢那样。

两个女人坐在咖啡店,各怀心事。能说的都说了,剩下的都是不能说的。不过,凑在一块,似乎就能给彼此力量。

余嘉也烦恼着,狄立人西去,同事们对她态度有微妙变化——坊间已有传言,说余嘉夫妻关系不好,连带着,同事们背后也瞧她不起,不过,狄立人在全系统受到通报表扬,大家对她的态度又回温,连张主任都拍拍她肩膀:"余姐,以后多多关照。"

余嘉感觉狄立人是海,她是船,随着海的波浪起起伏伏,她前半生的荣辱爱恨欢笑泪水,都跟这个男人有关,她怎么可能轻易放手。

狄立人没再提离婚。不过离婚协议还摆在抽屉里,余嘉把它压在最下层,像五指山压着孙猴子,永世不得翻身的架势。余嘉私下又细读过《放妻书》,千年以前的离婚证。她觉得里面那男人根本就是放屁!一别两宽,各自安好?女人走的是抛物线,青春怎么补偿呢。

眼看又是个大节,女儿丈夫都不在家,余嘉还是得去公婆那请安,她还是好媳妇,只是,没有两个姓狄的陪同,她一个姓余的突然植入进去,难受。

余嘉跟女儿通视频,说要一起游欧洲。

思思大惊小怪:"想开啦?"余嘉不答。

思思又问:"有变化?"女孩子敏感。可变化都不能跟女儿说。

没多久,白元凯给余梦准信,说招呼打了,是科委一个朋友的面子,余梦连忙说要请客,要感谢。小白说不用,能不能办成不知道。余梦又一阵道谢,存心想着怎么变着法儿还这个大人情。

等等。

人家才帮忙,立刻就还,显得太薄气。

几乎是立竿见影地,联合会主席在一次聚会上,当着三个人的面夸了余梦。这三个人中有两个是祖良才的朋友,话自然传过来。

余梦着急,问:"说我什么。"

祖良才转述:"能干,认真,做了不少贡献。"

看样子有戏。

余梦心情大悦。女企会里活动,翁悦没来。余梦想,哼哼,估计在家生气呢,或者在暗中发力,吃奶的劲儿都使出来。有用吗?你有张良计,我有过墙梯。她要全面包抄,一举拿下,笑傲江湖。

余梦特地问了余蕊,老翁这几天怎么样。余蕊答,情绪一般,急躁,余梦得意。跟浩宇视频的时候,她想起来去美国时,翁悦见过那女孩,浩宇也认识。

"那女孩什么情况?"余梦问儿子。浩宇以为老妈又查他恋爱,不耐烦,"妈,这是隐私!"余梦严肃地说:"儿子,看着我,看着妈妈。"视频,浩宇把头扭过来,端正态度,余梦继续道:"这对妈妈特别重要,记得翁阿姨吧,跟我一起去看你那个,还看了那个韩……姓韩的那女孩。"浩宇说了声知道。

余梦道:"他们家到底怎么回事?"

浩宇已经跟韩兮倩掰了,都在挺,有些日子没联络,他听说兮倩回国旅行。

"什么怎么回事?她家有钱,没了。"浩宇耷拉着脸。

"对,有钱。"余梦说,"所以你翁阿姨才巴结那女孩。"

"她是她小姨。"浩宇随口说。

"谁是小姨?什么小姨?亲小姨?"余梦紧张。浩宇给了肯定回答。

老天爷,这可是块新大陆!儿子不会撒谎,余梦继续调查,但,无迹可寻。翁悦和韩广的过去,仿佛从生死簿上抹去了一般,阎王爷都不知道。

翁悦是韩兮倩的小姨。那……韩广就是翁悦的姐夫?!余梦脑子有点乱,她第一时间跟祖良才通气。祖良才也有些吃惊。"查查翁悦有没有姐姐就知道。"余梦说。这不难查，一番调动，很快查实，翁悦和翁阳的确有个姐姐，叫翁琴，多年前去世，死因不详。

余梦愈发感觉事情复杂。

"可不可以在翁琴身上做做文章呢？"余梦问。祖良才没作声。半晌只告诉她，别动死人，看看风头再说。

康隆是带着怨气走进余爽家的。

余爽很少看到这样的康隆，过去，他总是温文尔雅，打不还口骂不还手，不爱生气。今天不对。春儿跟康叔叔打了个招呼，进屋了，余爽给她请了英语老师，上门补习。余爽给康隆泡了杯茶。他不喝，坐在那看书。

英语老师上门，一个女大学生。春儿出来迎老师，女大学生看看春儿，又看看康隆、余爽。"爸爸真年轻。"她赔着笑脸。余爽尴尬地点点头，不解释，连忙打发她们进屋，开工。

康隆一直没抬头。

"搞什么？"余爽微微冒火。她不满他不礼貌，不尊重女性。

康隆放下书，深吐一口气。

"被学校开除了？"

"没有。"

"项目被抢了？"

"没有。"

"被人打了？"

"差不多。"

嗯？余爽惊诧，什么意思。"谁打你。"

"我爸来了。"康隆有点沮丧。

康爸爸来了，除了白元凯没人知道。康隆认为自己能搞定这老头，可事实却给了他一记结结实实的教训。他跟老爸，从小分开，中间又夹着老爸背叛老妈的事。康隆觉得爸爸欠老妈的，他内心深处恨他，虽然在外人面前，他从来都未表现出来。可是，一旦同一屋檐，矛盾立刻爆发，他们的生活习惯不同，康隆习惯晚睡，康爸一定是九点半要上床的；科研劲头上来，康隆整日点外卖，康爸爸吃不惯，康隆要请保姆，康爸看不惯！说你有钱涨的！

283

更关键的是，对于历史，他们的解释不同，意见不统一，尤其在对老妈评价的问题上，康爸认为，康隆妈是个好女人，但不是个好妻子。这下康隆可炸了锅，这是底线！谁也不许碰！于是夺门而出，出来才发现没地方去，只好投奔余爽。

"晚上住你这。"康隆说。

"没问题，"余爽当即答应，"周末，去看你爸。"

"行啦，他能把人咬死。"

"那是对你，对我，保证客客气气的，"余爽得意道，"我现在的身份可是，未婚妻，括号，婚礼五十年后举行。"余爽被自己逗乐。

康隆坚决不许。可余爽有把握，她知道，康爸一直在催他结婚，突然出现个女朋友，未婚妻，条件良好，知书达理，样貌过关，老人家气还能不消？

余爽的判断是对的。几乎是她刚出现在康爸视线中，说明身份，这位原本面目严肃的老人家，旋即展开笑颜。

慈祥得仿佛弥勒佛，康爸又把视线调向春儿。

余爽连忙解释："我侄女。"

康爸伸手捧起春儿的小脸："多可爱。"说着又要掏钱，余爽连忙说不用不用。可康爸坚持要给，他是长辈。

一顿饭吃下来，余爽觉得，她自己感受的康隆爸，跟康隆嘴里的爸爸，根本是两个人，她眼里的康爸，头发一丝不乱，很讲究，慈祥不失庄严，懂得尊重女性。她多少年没体验过父爱，康主席（他以前当过工会主席）刚好是她理想中父亲的样子。

康主席对余爽也很满意，认为她开朗，大方，不像有的女生哼哼唧唧，扭捏作态，她人如其人，爽快。在这一点上，儿子和老子倒碰巧达成共识。

康主席直说："康隆，你比小爽差远了。"

一字千金，不容置疑。

余爽连忙说别别，春儿抿嘴笑。

康隆觉得没面子。

"打算什么时候办事？"康主席声音低沉，是大家长的口气。余爽促狭地给康隆出难题，"我是都行，看阿隆。"

康主席对儿子，色变，"你还犹豫了？这么好的姑娘，锁在家里都怕飞喽！"

这比喻。还锁。余爽头皮发麻，不结婚是对的。

原本是共谋，现在成独犯，余爽先发制人，康隆只能把锅背起来，"知道。"简短回答，不扯皮。

康主席伸手打了儿子后脑勺一下，"脑子不清楚，吃栗子吃多了。"

谈了一会儿，余爽引出住宿问题。康主席立刻说跟儿子住不到一块。余爽有心还人情，循循善诱道："叔叔，我是这么看，老人跟孩子住一起肯定不行。生活习惯不一样，对事物的看法不一样，本来是亲的，住着住着成仇的了。"

康主席深以为是。康隆见余爽又要搞事情，想打断她，可已经来不及了。余爽顺着道："叔叔，你看这样行不行，出去单租房子，没必要，要不这房子还是康隆住，您搬我那去，我那有一间空房，你就当是房客，我不收房租，再一个，人多，也有点人气。老年人，最怕寂寞孤单，久了要痴呆的。"康隆连忙阻止。康主席却抢先表示这是个不错的提议，但他要求，必须付房租。

余爽有心还人情，谁也阻挡不住，何况跟康主席还算谈得来，她想好了，三间屋子，最外面靠大门一间给他，客厅添个推拉门，女士住在里头，家里有两个厕所，互不打扰。住上一阵，等老头子在大城市住烦了，或者有了新头绪，准备再婚，自然就会搬走。她欠康隆的人情两清，心里会舒服点。公平，必须公平。

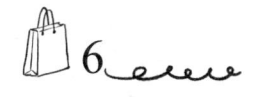

6

余嘉感到不公平。

她原本以为，事情已经过去，三口人，三个地方，家不像家，但最起码，都能冷静处理吧。可头一天在电话里说思思学习的事，余嘉连带提到了去欧洲玩一趟，狄立人表示反对。余嘉故意的，这是"报复性"消费，既然在丈夫那得不到关怀，她又得打点里里外外，多花点他的钱总行吧。他应该补偿。

女人们都这么干。抓不住人，把钱抓住，男人照样没辙。

狄立人不是扬言要净身出户么。在这一点上，余嘉觉得他有点矛盾，既然说了净身出户，现在又把钱卡得那么紧，其实她完全可以不征求他的意见，拿了钱，直接出去玩——她提前打招呼是出于尊重。

余嘉还遭遇一个大问题。过去，狄立人的工资卡掌握在余嘉手里，他在钱上不计较太多。当然，他有私房钱，她不管，那是"偏财"。正财她得抠得死死的，吃穿用度，人情世故，都得她打点。手里得有银子。

可这个月，卡上迟迟没入钱，去银行一查，说是注销了。余嘉忍不住打电话质问狄立人。狄立人不激动，说换了单位，工资卡也要换。余嘉道："是吗？老单位不还是继续给你发工资？为什么换？"

狄立人这才说："我现在算正式调任，不是借调了。"

正式调任？这么大的事能忘了说？岂有此理！

"多久？"

"五年。"一个任期，他很冷静，"走一步看一步。"

"别太过分。"

"什么意思。"

"我怎么办，你就不想想我，我整天……"余嘉说不下去，那字眼她自己都嫌难听。

"车轱辘话。"

"我不离婚！你死了这条心！"余嘉抓住最后的稻草。

"那受苦的只能是你自己。"狄立人不客气道。

"不同意。"

"你再想想。"

"说了不同意！要死一起死！"余嘉爆发，她控制不住眼泪，两道河流在脸颊上汹涌而过，冲过唇角，化作自由落体。

"我知道你不甘心，"狄立人道，"可你想过没有，你这样对自己有什么好处？你都不知道你的占有欲有多可怕。"

干吗。可怕？她是鬼？也是他逼的！

"我下个礼拜过去。"她下定决心。她要辞职。嫁鸡随鸡,嫁狗随狗,西北有什么大不了,去就是了,哪怕是住牛棚,也是夫妻,不能就这么放过他。

"嘉嘉——"他口气似乎服了点软。

"怎么,怕了。"她由弱转强。

"我这刚作出点成绩,你来了只能添乱,你不能不讲道理。"他劝道。

"不讲道理的是你!"余嘉咆哮,"一个男人成功了以后就想抛弃自己的结发妻子,有天理吗?!你说实话,是不是有人了,是不是?!"

"你有幻觉!应该去看病!"

"行,我去找组织,让组织评理,我管不了你,有人管得了你。"余嘉咬住。

"组织也没规定不能离婚!"狄立人重新强势起来,"行,暴露了吧,露出真面目了,你拿个镜子照照自己,你这样,我能跟你过吗?你就是个控制狂!疯子!"

"你好?!表面道貌岸然!背后龌龌龊龊!你什么人你自己不知道!"

失控,彻底失控。

狄立人明白她是指那事。他生活中的"小污点",随即冷笑道:"为什么?为什么会那样你不清楚?那是因为我对你一点兴趣没有!碰你还不如去碰一块猪肉!"

余嘉感觉心瞬间被插了千万个窟窿,随即痛得大叫一声:"狄立人!我死都不会离婚!咱们同归于尽!"

同归于尽。

战争爆发之后的一整个晚上,这个词在余嘉脑子里乱蹦。她恨不得拿把刀,立刻杀到西北去,闭着眼给他几刀,她再自杀。可一会儿工夫,责任感又占了上风,她上还有老,下仍有小,死不得。

那就辞职!去西北见面谈,她要扎根西部,找领导,上访。决不离婚。于是第二天一早,余嘉便去单位,写好了辞职信,打印出来,装进信封里,放在键盘底下。一会儿拿出来,一会儿放进去,她又犹豫了。这工作来之不易,如果冲动辞了,去西北,一旦不成功,狄立人不会再帮她安排,吃饭都成问题。

张主任路过，看余嘉手里抓着封信，随口问："谁的？"余嘉连忙收好，"没事。"匆忙逃去洗手间，选个坑位，关好门，撕碎了，大水冲走。她不能辞职。

失魂落魄回到座位，座机响。余嘉接了，是个男人的声音，听了半天，才弄清楚是狄立人原单位办公室主任，他请余嘉有空去一趟，把狄立人的表彰证书领回去。人调走了，这些算个小尾巴，必须处理干脆。

证书躺在茶几上，红彤彤的，触目，仿佛在向余嘉示威。余嘉瘫在沙发上，四肢软软的，像晒蔫了的虾。丈夫和女儿不在，她才这样放肆，平日里，坐立行走，她都对自己有要求、规整。余嘉发现，她喜欢规整，规整的居家环境，规整的关系，规整的人生。她最欣赏的女星是山口百惠，出了名，立刻回归家庭，再也没有复出过。可是，那需要山浦友和配合啊，狄立人可不是她的山浦友和。

这么多年，她总是试图把狄立人和思思归纳到自己的体系当中，可是，思思还是一门心思冲出去，狄立人还是铆足了劲往上走。从学生会主席到大城市，狄立人初心不改，他有权力欲望，可他也愿意付出自己，服务人民。他在所有人面前都是好人，除了她——在她面前他不惮于做个坏人。

她自己呢？她过去是那么风雅。唱昆曲，写散文，画水彩画，她名字里的那个嘉字，最早见于西周金文，本义是美好，引申为吉庆、幸福、快乐。现在呢，连她自己都不喜欢自己。更糟糕的是她发现自己本质变了，被生活、被狄立人、被思思改变了。

有人敲门，送快递。余嘉取过件，才发现是狂欢节买的裙子，又是三件，选一件，回头再退两件。厌恶，胃里一阵恶心。她为什么要这么做，不就是一件裙子吗？值得费那么多心思，省钱给谁用？思思在乎吗？狄立人买她的账吗？还是存在私房钱里？她现在是存心要付出，却没人愿意接受她的爱！

余嘉深呼吸。不，不能这样，要挺住。她要把自己本质一点一点找回来。

生活就是一场抵抗，潜移默化，赢了也别说赢，输了更不能说输。对峙吧，狄立人！余嘉再次给自己鼓劲：不离婚！决不！

7

余梦去看余爽,她想问问怎么感谢白元凯。

联合会换届的事,小白确实帮了忙。而且最关键的,还真有作用。主席的口风现在更偏向余梦这边。

百川到海,众望所归,余梦就等着击败翁悦,拿下最后一个委员位子。那么,感谢工作现在就要开始准备。

到余爽家,开门的是个老头。半头白头发,精神不错,一双眼睛灼灼地,余梦感觉有点眼熟,却又记不起在哪见过。

老头跟她握握手。

余爽出来了,介绍:"这是康主席。"春儿也打招呼,叫阿姨好。

余梦连忙腰七十五度弯曲:"幸会幸会。"她以为余爽改变策略,甩掉康隆,找了个老头。等单独说话,余梦才闹明白,老头是康隆的父亲。

这小丫头!真敢!

余梦幽幽地说:"这孤男寡女,相处一室……"没往下说,无限深意。余爽噴,"姐——想哪儿去了,那是长辈。"余爽不满余梦什么事都往男女上靠。

"想通了?"

"什么。"

"结婚。"

"没有的事。"

"那做什么铺垫?开养老院?"

余爽只好把自己欠康隆人情的事挑明。余梦恍然,又劝:"好多事情不能这么一对一搞公平。"

"你还不是一样,想着还老白人情。"

余梦连忙摆手:"你们是情侣,我这是朋友,两码事情的哇。"

余爽边收桌子上的文件边说:"都是一码事,都必须遵守宇宙间的定律,能量守恒。"余梦知道劝也没用,便不再多问,她又把自己的事跟余爽说了一遍,意思很明确:一请她帮着分析分析,二问问她能否找人帮忙。虽然现在祖良才是主力,还有狄立人、白元凯以及各路追求者帮忙(有些已经死心),但路子余梦不嫌多,以防万一。

余爽说可以帮忙问问,但不能保证,至于分析情况,余爽没法子,她全靠业务上来,怎么走路子,不太清楚。不过余爽鼎力推荐康主席,老人,又在体制内做过,经验丰富。

"他什么主席?"余梦问。

"工会主席。"余爽说。余梦心里瞧不上,可又一想多一个人出主意总好点,三个臭皮匠,赛过诸葛亮。谁知道两个人去找康主席一求教。康主席的脸当场耷拉下来,直言不讳地说:"首先那个主席就没立场,该是谁就是谁,谁有能力谁有资格谁上,为人民服务的事,不能看情面讲路子,你们也不应该搞这些曲里拐弯的事情,还要去除心里的私心杂念。私,懂不懂?毛主席最反对就是一个私字!现在好!私很猖獗呀!"

余爽傻眼,余梦不快,可老人家话赶话停不住,两个人只好听了四十分钟教育。出来余梦就摇头。余爽倒觉得康主席说得有几分道理。可看梦姐那么执着,她也不好劝她退出竞争。

换届还在酝酿中。

余梦已经对会里的工作十分热衷,这次出去调研,余梦主动请缨,带队,往东南一行。祖良才提醒过她,不要在死人身上下功夫,于是余梦想,那在活人身上下功夫总行。

翁悦的哥哥翁阳是个突破口。

到了地方,都忙好,余梦给翁阳打了个电话。翁阳受宠若惊,认识以来,这是余梦主动给他打的第一个电话。

余梦表现得很自然,来出差,顺带看看老朋友。

翁阳放松警惕,风风光光摆了一桌。灌了几杯下肚,余梦笑呵呵的,忽然叹一口气。翁阳问她怎么了,是招待得不好?余梦道:"我替你不值。"

翁阳缩了缩脖子,喝一杯酒:"习惯了。"

"论人品论才干,你都是这个,"余梦竖起大拇指,"要是翁琴大姐还在,你怎么着也该是……常务。"

借着酒劲,翁阳豪放起来,他知道妹妹跟余梦好,以为家里这些事,都是翁悦告诉她的。

"亏我是个男的,我要是个女的,估计又行了。"

什么意思？这句话很关键，蛇已出洞，余梦继续诱导。

"大姐也是走得不明不白？"她试探性地问。

翁阳又叹一口气。

"悦悦太贪心，怎么着也不能跟姐夫……"

"她就是野心太大！又没那命！"翁阳大声道，"这么多年，除了我这个做哥哥的，谁能支持她，谁能原谅她！"

惊天大炸雷。余梦的猜测得到了证实，翁悦插了姐姐和姐夫的足，姐姐因此去世，所以外甥女才一直不接受她。哈哈哈，余梦在心里狂笑，这可是丑闻，踏破铁鞋无觅处，得来全不费工夫。

她连忙追问："大姐到底怎么死的？"

翁阳大手一挥："不谈这个！梦梦，世上的女人要都像你这么好……"余梦听不下去，停停停，这男人真没成色——他帮了她的忙，她却更看不起他。男人嘴巴不能松的！你以为是老婆的裤腰带？！要命！于是余梦一番敬酒，跟宝蟾似的，翁阳很快醉倒，不省人事，醒来一切就都忘了。

韩兮倩走后，余蕊涨了一次薪。

是叶察通知她的。

说这话的时候，他斜着眉毛："还请爱丽丝以后多多关照。"余蕊笑说还请杰克多关照呢。叶察笑笑，道："能搞定小丫头的，你是第一个。"后半句他没说，搞定了小丫头，没准就能搞定她老爸。

叶察突如其来的奉承，余蕊当然明白其背后的意义，只是，她没往那方面想过。就好比登山，珠穆朗玛峰就留给余梦那样的人吧，她登登中量级的就好。

余蕊倒是间接感谢韩兮倩，她不来，她还没理由跟白元凯多接触。因为要感谢他，她请吃饭，他再回请，一来二去，两个人形成习惯，经常在楼里聚餐。彼此越来越了解。

余蕊把白元凯当成朋友看待，不作非分之想，这样，相处起来更自然、舒服。白元凯还是一如既往阳光、有理想。

两个人之间放着三重海鲜意大利面、特色陈氏鸡腿饭、庄园烤蔬菜沙拉。余蕊吃面，小口，要矜持。

白元凯不经意问："怎么没找男朋友？"

"干吗，介绍？"余蕊第一反应是敷衍过去。

白元凯笑:"我从来不干这事。"

"整天九九六。"

"这不是借口。"

"你不也没找。"余蕊反攻。

"刚分了一个。"他苦笑,是家里安排的那个,分手也得费点心思。"我都快跟余爽一样了。"

余蕊甜笑:"你可比不了,她不结婚比结婚都周全,康隆的老爹,人都照顾着呢。"

白元凯说听说了,够神的。又补充:"她活得不累。"

余蕊不同意:"不累?弟弟去世了,留下三个孩子,她带着大侄女,这份责任担肩上,怎么可能不累。"

白元凯说是他想简单了。

"你不是跟一个公主谈过么?"她趁机问。

白元凯摆手道:"年少轻狂,不能当真。"

"多少人梦寐以求。"

"给我个驸马,我也当不了,受不了那拘束。"他说,"还是踏踏实实做点事情。钱、名,对我来说都不重要。"

伟大。崇拜感在余蕊心中油然生起,她就喜欢他这份单纯。白元凯又问小憩最近怎么样。余蕊吃惊,想不到他还能想起余憩。余蕊说快毕业了,工作还没确定。他问学的什么,余蕊说本专业是公共事业管理,辅修了会计学,拿了会计证。余蕊又趁势请他帮忙留意,看有没有好职位。

"来我们公司,缺人。"他边吃边说,好像很随意。

"别开玩笑。"

"我说真的,"白元凯说,"给一份简历。"

白元凯这突如其来的邀约,令余蕊思绪万千,她又高兴又难过。高兴的是,妹妹如果能进白元凯的公司,那对她未来的职业发展,大有好处。这机会不容错过。难过的是,他竟然从未邀约过她余蕊。是她不合适?年纪太大?还是技能不够?经验不足?唯一的解释是,他没把她放在心上。想到这儿,余蕊又觉得白元凯似乎并不是她所认为的那么单纯。他更高级,做什么事情都不露痕迹,让人能接受,但是不知不觉,一切都在向他的预定目标前进。难道白元凯喜欢余憩?是,妹妹单纯,一张白纸,男人见了都想涂画一番,就连白元凯也不例外。

余蕊不禁有点嫉妒妹妹。

这消息她压了三天,还是告诉了余憩,毕竟亲姐妹,如果余憩能代替她去爱一个人,这辈子能做他的亲戚,余蕊也满足了。她让余憩发来一份简历,转手给了白元凯,然后,静待佳音。

8

一番扑腾。情势愈发迷离。

余梦又听说不光是翁悦在发力,区里的另一个女企业家,也觉得自己符合条件,不知动用了什么关系,异军突起。

余梦有危机感。

可是,能用的关系都用了,有点力不从心,她能敦促的,只有祖良才。女企会办活动,翁悦再度出现,容光焕发。

余梦不屑。

一个靠姐夫崛起的女人,归根到底是不道德的。余梦跟祖良才商量,说如果形势不妙,她打算把翁悦过去的消息放出来。祖良才当即反对。"争就争,不要摆到台面上来,一旦失去控制,会两败俱伤。"

余梦激动:"都是事实。"

"是事实。"祖良才道,"那又怎么样呢,赢要赢得有章法,不能用这种方式赢。这样弄,就算你拿到那位子,人家会服你吗?会放过你吗?你会爆料,别人就不会?不要做这种搬起石头砸自己脚的事情。"

余梦嚷:"她能爆我什么?我清清白白一个人!"

"不行。"祖良才一锤定音。事后余梦左思右想,明白了,祖良才估计是怕翁那边的人爆料他和她余梦的关系。说不好听点,叫情妇。可他们只是男女朋友呀!都是单身,完全合法恋爱,有什么好指摘的呢。翁悦干的那事，才是人神共愤！

想了一夜，余梦还是决定顾全大局，按兵不动，因为爆料这东西，普罗大众喜欢往坏处想。虽然她跟祖良才完全合法，可一旦爆料，谁也不知道会成什么样。所以只能忍着。不过所有因素集中到一块，给余梦提了个醒，等这事过去，她跟祖良才之间，得有个说法。

名分很重要。

她跟他谈，原本就是奔着结婚去。不结婚，做一辈子情人，栾承运、翁悦这些人能笑死。

她不要。

没几天，会里开总结，主席当着所有人的面，点了几个表现特别好的同志。翁悦位列其中，没有余梦。这是讯号，很明显，翁悦占了上风。

余梦憋住气，不到最后一刻，她不认输！她知道祖良才还有个老领导的关系没用。或许他觉得不值得，可余梦认为，得出手了。好钢用在刀刃上，此时不用更待何时。当晚，余梦找祖良才磨。挑明了，说找老领导试试。

祖良才立刻说不行。"没有必要。"他觉得有点高射炮打蚊子，输了又怎样，不过是区民间组织的位子。他这边换届，才是大局。

"就这么完了？"余梦道，随即哼哼两声，"我不当无所谓，这是打你的脸。"

祖良才的眉毛蹙了蹙，这话起作用了，激将法。不过余梦说的也是事实，这是个拼实力的时刻。

祖良才沉默良久，终于说再找主席吃个饭。眼下看，不是完全没机会，但也几乎是最后一搏。

祖良才讲究，找的两个陪客，一个是会里的常务，一个是铁杆，都是在位的。他打算对主席来个包抄，包括今年捐的支持会里的经费，都可以适当调整。谁知，邀请发出去，主席推说忙，不见。余梦着急，恨不得亲自去请。祖良才认为不妥，又从上面找个关系，那人跟主席过去一起下过乡，交情很深。不过他不肯出面吃饭，只是打招呼让主席去赴宴。

这回好歹起了作用，主席同意见祖良才一面。

余梦得知，跳起来给祖良才一个吻，娇嗔道："我就知道你有办法，走心，真爱！"

祖良才看着余梦，温柔地，从前到现在，他没对谁这样过，离婚过后，他谈过几个，都是礼尚往来，没有过这般激情。对，他和余梦有激情，自从跟她谈，他觉得自己的生命被激活了，爱着，奋斗着，付出着，不枉此生。

余梦的骄傲，余梦的进取，乃至于余梦的势利，他骨子里都有，只不过，他埋得深。余梦只是把一切外化罢了。

车厢内，余梦给了他一个吻，轻轻拍拍他的胸脯。他下了车就去赴宴，见联合会主席。

他是战士，要上战场，务必拿下。

余梦在车里等着，等待他的凯旋。那一瞬间，余梦心中竟然生起了一种斯巴达克斯式的悲壮感。闯吧！拼吧！人生！

感觉像等了一个世纪，余梦抽完半包烟。

终于，餐厅门口出现几个熟悉的身影。祖良才跟主席握手，道别。几个朋友陆续离开。祖良才这才朝埋伏在不远处的车方向走。余梦连忙打开前车门，祖良才利落上车，坐到副驾驶位子上，挥挥手，车子启动，开进辅路，汇入车流中。夜色无边。祖良才点了一支烟，车窗露个小缝。

看这意思，不妙。余梦转头看他，要答案。

"一直在说公平竞争。"

"什么意思？"余梦不满。

"我把话挑明了，她都不接。"祖良才道，"这次估计希望不大。"

"那谁坐，翁悦？"

"说有个人特别符合条件，呼声很高。"

"狗屁，还不都是她说了算。"

"都有为难的地方。"

"没了？"余梦提着调子。

"胜败乃兵家常事。这届不行，下届再来。"

什么？你还来劝我？到底是哪头的？余梦心里的小火苗越烧越旺。她对祖良才的表现很不满意，这个时候，不应该是同仇敌忾吗？

"她估计也是怕我们录音。"祖良才道，"能来吃饭，已经算给面子了。"

"就这么输了？"余梦反问。

"不就一委员的位子么。"

"没意思。"

"冷静点。"

"行,你们不行,我自己来。"

"不要做傻事。"

"翁悦凭什么,"打方向盘,"看来得动用舆论。"

祖良才声音大了点:"不要做傻事!伤敌一千自损八百,有意义吗?"

"我光明正大!"

"你我都问心无愧,外人可不会这么想。别到时候难收场。"

"老祖,"余梦突然这么称呼他,"你还能干几年?"

祖良才怅然。目前的情势是,可上可下。他自认清廉,一心为公,但仕途这件事,谁也说不好。

"我们是一体的,我坐这个位子,对我们都有好处,算个退路。"

"我知道我明白。"他恳切地说。

"知道明白,然后呢?"

"你还年轻,有的路走不通,不能硬走,现在环境对你不利,就算硬上去,工作难干,等于把自己放在火上烤。"

"你是说我德不配位?"余梦打方向盘,往小路走。

车颠簸了一下。

祖良才好生劝:"别太敏感。"

"车路不行马路不行,到底哪里行?"

"这是政治,不是过家家的游戏!"祖良才也有点发火,"梦梦,你为什么一定要参与到这里头来,做一个开开心心的女人不是挺好么。女人碰政治,不可爱。"

余梦立即道:"行,这个位子我不要,你给我另一个位子。"

祖良才没理解:"什么位子。"

"夫人的位子。"她说。

祖良才咽了口唾沫。

余梦追击:"我们结婚,明天就结。"

祖良才陷入两难中,他舍不得跟她分手,可他又不可能跟她结婚,从相遇到现在,在婚姻的问题上,他从来没有对余梦承诺过。余梦也没提。他认为这是两个人之间的默契,是心照不宣,都是在婚姻中打过滚的人。做情人不也很好吗?何必再入围城。他们的关系,不需要昭告天下。何况他有不得已的苦衷。当初离婚的时候，他向老领导保证过，永远不再婚。他也知道，如果他胆敢违反承诺，必然会付出巨大代价。他根本承受不起。当初在省城，他还是个大学青年教师的时候，是老领导赏识他、提拔他，还把女儿嫁给了他，谁知道两个人的感情竟然走到尽头。他不爱前妻，前妻是先爱他，后恨他。她发誓要用全部关系、力量，阻止他再次结婚，再次步入幸福。这些事情他没有跟余梦说过，他难以启齿。

"不要冲动。"他的答话很无力。

"你也说了，舆论很重要，你要知道对于一个女人来说，最重要的是名声，"余梦道，"祖良才，你也知道，我不是没有其他选择，我图你的钱吗？你有多少身家？图你权？退下来你还有什么？真的，我是觉得我们谈得来，跟你在一起我很快乐。我相信你也很快乐。"

"快乐不就够了吗？我们要的不就是快乐吗？"祖良才插话。

"不够！我不能一辈子做情妇！"

"话不要说得那么难听。"

"我不这么认为，你不这么认为，可别人就是那么认为！"

"为什么要活在别人的眼光里呢。"祖良才耐下心来做工作。

"说舆论要控制的是你，说不要活在别人眼光的也是你！翁悦是正牌小三整天招摇过市，我清清楚楚明明白白干干净净一个人却要背负骂名！为什么？！凭什么？！祖良才，今天就听你一句话，结还是不结？"

车又颠簸一下。开得飞快，像跑野了的马。

半晌沉默。

余梦手心出汗了，仿佛颁奖礼上等人揭晓重大奖项。

"对不起。"他说。

又是沉默。

火气在余梦五脏六腑走了一遍，终于从嘴里喷发出来，她几乎忘了汽车还在行驶。双手脱盘，拳头像流星雨一样朝祖良才飞去。"小心！"祖良才顾不上疼痛，伸手去抓方向盘。车子左偏，像一颗脱离了轨道的星球，狠狠撞向路灯杆。轰的一下，瞬间，余梦和祖良才都没了意识。

9

眼前一片匀白,余梦躺在病床上,动动头,呼吸,耳边还能听到声音。哦,还活着。

疼,胳膊和腿都疼。余梦这才想起此前发生的事,良才怎么样了?还活着吗?很快,她从护士那得知,另一位病人已经出院。看来情况不是很严重。可是,当余爽来看她的时候听到余爽从白元凯那得到的消息,余梦才发现,这次事情恐怖的地方不是车祸本身,不是她和祖良才断了几根骨头,流了多少血,而是车祸似乎在一夜之间,竟演变成了一场"丑闻"。

是处理事故的人传出去的?还是有人目击?又或者是别的什么渠道?总之,祖良才和余梦撞车成为小圈子里的热议话题。并且有朝小圈子外渗透之势。余爽藏了几句话没说,余梦已经伤筋动骨,不能再生气——传言说撞电线杆子的官员和美女,被发现时……此处省略三百字。

余梦问余爽祖老师怎么样,余爽说,听护士说,他的伤势不是很严重,全部费用是他付的。

还算有情有义。

余梦觉得安慰,不过这事过后,余梦对自己和祖良才的关系也有了个清楚判断,他们无法继续下去,什么真爱,什么走心,狗屁!能比他的位子重要吗?

只是余梦始终想不明白,祖良才为什么不愿意跟她结婚,再进一步,祖良才为什么一直都不肯再婚?是她的问题吗?是她不值得、不配做大员夫人?似乎也不尽然。不过可以肯定的是,余梦在联合会的政治生涯,基本宣告结束。

她自己倒不怕这种"绯闻",清者自清,爱情至上,可是她害怕这种恶心的消息传到两个儿子耳朵里。想到这儿,余梦痛苦,眼眶也更红了。

余爽陪在余梦身边,两个人都不说话。春儿给康主席照看着,康隆外出考察,要进山半个月。白元凯走进来,是他通知的余爽,他几乎是最先得到余梦出事消息的人——是从辛太太圈子的人那得知的。"怎么样?交警队那边处理好了。"白元凯说。余梦不得不欠起身子打招呼。余爽和白元凯连忙让她躺好。三个人又简单聊了几句，都是面上的话，能说的说完了，不能说的永远不能说。

余爽公司来电话，让她回去，她只好先告辞。白元凯说余蕊一会儿可能到，余梦见他想走，顺势打发他去。又过了一会儿，余蕊没来，余嘉先来了。

余梦一见嘉姐就哭了。她的委屈，她的不甘，她前前后后的经过，只能跟余嘉一个人说。当晚，余嘉在医院陪着余梦，余梦把事发当天前前后后的经过跟她说了一遍。不过，在逼婚这个问题上，余梦撒了个谎，她把主客方颠倒。改成：祖良才求婚，她死都不同意。

余嘉心里觉得奇怪，嘴上却依旧站在余梦一边："太猴急，憋的。"

余梦不说话。尽管全身快被包成木乃伊，但她眼神里依旧有种骄矜。

"打算怎么办？"余嘉问。

"分。"她一字千金。

余嘉吓了一跳。

余梦又说："当不了他太太。"

余嘉不太明白，不过综合考量，她怀疑余梦是嫌祖良才不够有权有势，不能助她当委员，同时也不够有钱，只是一根食之无味弃之可惜的鸡肋。惨遭放弃。

余蕊本来想下午去看梦姐。因为这场车祸，以及车祸的"内涵"，余蕊彻底站到了梦姐这边。翁悦心情不错，听说她已经拿下联合会执委的位子。余蕊觉得翁姐有点面目可憎。

几家欢喜几家愁。

余憩去杭州面试，而后来大城市，比预计早来了三天，余蕊只好先打点亲妹妹。带余憩去白元凯公司，见白元凯，见人事主管，然后是简单的面试。余蕊租的小房子里，余憩帮姐姐打扫卫生。她没信心，总觉得自己没法在白元凯的公司发挥作用。"慢慢来，从小事做起。"余蕊鼓励她。面的杭州公司也有希望，不过余憩还是更愿意跟姐姐在一个城市。

晚间，姐妹俩躺在一张床上，像小时候那样。关了灯，外面灯光照进来。

余蕊问妹妹："是不是还喜欢他。"

"嗯？"

"白。"一片黯淡中，余蕊把话说明了。

"姐——"

"喜欢就争取。"

"没有。"

"他好像有点喜欢你。"

"不可能。"

"不然不会让你进公司。"

"我凭能力。"余憩嘴硬。

余蕊侧过身,笑笑:"喜欢就抓住,没什么不好意思的,你姐这辈子很可能就这样了,咱俩总得有个人出来。"

余憩凑过去抱住姐姐,小声:"他不是你喜欢的人么。"

余蕊吃惊,她没想到妹妹早已读懂她的心思。

"没有。"

"就有。"

"我和他不可能。"

"我不能抢姐姐的东西。"

"不是,小憩,"余蕊翻身坐起来,"你不用有顾虑,我知道自己要什么,自己合适什么。"

"爱情不能谦让。"

"真没什么。"

"姐——你那么伟大,那么好,你配得上最好的。"余憩一字一句地。手机响,余蕊拿过来看,是个陌生号码。接了,才发现是祖良才打来的。余蕊迅速起身,朝客厅走,她不想让妹妹听到她和祖良才的对话。祖良才让她次日一早去找他一趟,他有话当面说。

从祖良才那出来,余蕊觉得自己整个是蒙的。脑子里盘踞着太多的"不敢相信"。她不敢相信祖良才突然来这么一段剖白;她不敢相信祖良才对余梦用情那么深;她不敢相信像祖良才这样的人也会有这样那样的为难、委屈、牵制;她不敢相信祖良才竟然选择让她作为终结他和余梦恋情的刽子手。

余蕊的心沉甸甸的。她不得不承认,自己竟多少有点羡慕余梦——尽管爱情失败了,可人家好歹轰轰烈烈过。她能感受到余梦和祖良才之间那种爱的撕扯,那种入皮入肉的苦楚,那种刻骨铭心的痛!

病房里，余嘉坐在余梦身旁，天上压着云，空气又沉又闷，像要下雨。余蕊抱着康乃馨走进来，向余嘉问了声好，又连忙关心梦姐。她解释了一下迟来的原因，包括余憨来大城市的事。余嘉和余梦都有点吃惊，不过，眼下余梦的伤势最大。

余蕊站在床头，朝余梦使了眼色。余梦知道蕊有话要说，便请余嘉去看看中午食堂烧了什么。

余嘉知趣离开。

余梦率先问余蕊："那贱人怎么样？"

余蕊愣了一下，她在想措辞。余梦却突然问翁悦。

"高兴着呢。"她道。

"笑不了几天！"余梦恨。

"都有好的时候，都有倒霉的时候，"余蕊轻声劝，又道，"姐，你没醒的时候，我来医院，看到祖老师了。"

余梦警觉，身子动了动。

"他……有点情况……让我转告你。"

"什么？"

"他不能跟你结婚……是有原因的……"有点难以启齿，但必须说。

余梦顿觉羞愧难当。对外，包括对余嘉，她都说是自己拒绝祖良才求婚。余蕊来个真相大白。羞愧。

哼，这算什么呀！余梦红着脸，不吭。余蕊拉个板凳坐下，把祖良才心酸艰难苦痛的历史叙说出来，包括他怎么承了老领导的恩，怎么跟前妻结婚，怎么因为受不了前妻的跋扈离了婚，怎么做了承诺不再婚……一吐为尽。

余梦躺在那，像石化了一般。

一道闪电劈过，天空骤亮，跟着一阵滚雷，天空开始下雨。

余梦心里也仿佛劈了闪电响了炸雷，都清楚了，都明了了，祖良才从一开始，就知道自己注定不跟她余梦结婚，所以才间接送了美容院，所以才费心思帮她谋社会职务，他愧疚！他打从一开始就是愧疚！可是，余梦想要的，不过是再婚，堂堂正正地爱一场，堂堂正正地再入围城，有个众人羡慕的家庭，成为人生的终极赢家。

不可能了。她知道自己跟祖良才不可能了。她发誓要走到爱情的终点，一个猛子扎进婚姻的深潭,她甚至不排斥再生一个孩子。可他呢,永远只愿意徘徊在爱情的小道上。余梦没有信心一直有爱情,毕竟,爱情太容易过期。可是,祖良才又太让她失望!自己的爱情,为什么要受别人控制!什么狗屁家族!什么政治前途!她恨祖良才竟也是个如此庸懦的男人!就凭这,他就配不上她!

余嘉回来了,报了菜名。余蕊起身,说自己还有事,不在这吃。不光是余梦,她情感上也受到巨大冲击,需要找个地方冷静冷静。

余嘉见余梦失神,问怎么了,余梦却请她去打饭。余嘉问:"想吃什么?"

"随便。"余梦呆呆地说。

饭打回来,余嘉在走廊碰到栾承运。

"别添乱!"她喝阻他。

"就看一眼。"栾承运神色肃穆。

"她现在情绪不稳定。"

"有人要查她!"栾承运大声道。余嘉不敢阻拦,只好跟他一起进门。余梦见到栾承运来,有点激动,嚷嚷着让嘉姐把他赶出去。余嘉放下饭,叹一口气。她意识到问题严重,有部门要介入,这事还没完。

栾承运掏钱,转头递给余嘉,"嘉姐,帮忙买包烟,红双喜。"

余嘉理解其中意。倒霉,今天进出这房门好几遍了,余梦不让余嘉走。余嘉道:"听听他说什么。"又叮嘱栾承运守规矩,叹口气,出了门。

前度夫妻,一个躺着,一个站着,对峙。

"是不是真的?"

"我请你出去。"余梦拖着音调。

"在车里……赤身裸体……是不是真的?"他问得直白。

"滚蛋!"余梦发狂,动猛了,全身疼。

"有人要查你,"栾承运倒很冷静,"你得跟我说真实情况。"

"跟你没半毛钱关系!"

"知道严重性么。"

"出去!"

"告诉我实话,是也没关系,这样才能正确处理。"

余梦有点动摇了。有人要查,这是大事,她也害怕。

"不是事实。"她说。

栾承运全身肌肉松懈下来。

余梦觉得可笑，她原本以为栾承运是来看笑话的，合着他是来英雄救美？她不想让他救。可是，如果他说的是真的，真有部门查她，事情则越来越复杂。她必须跟祖良才断掉。

栾承运望着余梦，苦笑："我说过，他不可能跟你结婚。"

妈的！他又知道了？怎么好像全世界都知道！就她不知道！去他妈的爱情不爱情的！

买烟回来，医院门廊站了许多人，躲雨，余嘉跺跺脚。新闻上说，今年的天气反常，说是受厄尔尼诺现象影响。

外面轰轰然，竟然有噼里啪啦的声音。是小冰雹！弹珠大小，余嘉想起一句诗，"大珠小珠落玉盘"，有家属和病人从房间里出来，到走廊窗台边欣赏这天气奇观。

手机响，是青海的号码。

余嘉接了，喂喂了两声。

电话那头是个男人的声音，他语速很慢，说得十分委婉，尽量考虑到听者的情绪，可余嘉的面部表情还是慢慢从疑虑转为惊恐。然后，余嘉直觉得大脑缺氧，视线模糊，双腿一软，瘫倒在地上。

组织来电，传达了一个惊天噩耗：调研途中，遭遇山体滑坡，为营救当地百姓，狄立人不幸牺牲、殉职。

第七章

1

狄立人的葬礼举办了两场。组织安排一场。家属安排一场。狄立人妈哭晕了两次，她宁愿替儿子去死。余嘉必须忍住悲痛，打点好一切，除了躺在医院的余梦，余爽、余蕊，刚来大城市的余憩，还有白元凯、康隆、栾承运都过来追悼，帮忙。死者为大，生前种种似乎都变得无关紧要，狄立人现在就是个好大哥、好干部。组织给了狄立人一个烈士的光荣称号，余嘉成为烈属。

组织办会，流程周全，葬礼司仪朗读狄立人的生平小传，余嘉耳朵蒙蒙的，像堵了水，她痛苦，她自责，她后悔怎么没有立刻跟到西北去，如果她跟去，是不是事态会有所不同，或者当初她同意离婚，他是不是就不会远走？……脑子里有一万种可能，都没用。

人死不能复生。

追悼词念完了，全场静默，狄立人爸妈已经被架走，大家都转头看余嘉的反应。余嘉愣了一下，搂住女儿思思，跟着放声大哭。哭声随即四起，混成一团，共同哀悼这位人民的好干部。好一会儿，哭声渐渐消歇，大伙都劝余嘉节哀。乍一安静，有个女人却还在哭，声调格外哀恸。

在场者诧异，看着她。那女人连忙收了泪。余嘉本能地觉得不对，她是谁？能比她这个正牌妻子还伤心欲绝，她怀疑这女人跟狄立人有故事。

狄立人生前，余嘉不是没调研过，可单位但凡认识他的人，都说狄老师特别正派——看到这个女人，余嘉似乎明白了，他不是和尚，并非没有红颜知己，只是，就算看清了，好，去查，查明了，又有什么意义呢。人都已经不在了，她去查，只能是给死去的丈夫抹黑，让自己没脸。

过去的故事，就让它随着狄立人，付之一炬。可是，痛却像一颗钢钉，打入余嘉的心里。她终于明白狄立人始终坚持离婚的缘由，这个理由，她恨，但也接受——在他死后接受。他有罪，罪大恶极，但他用一死还清了。从此以后，他永永远远都是模范，都是烈士，都是好人。

狄立人一走，从狄家到余嘉，格局顿时为之一变。思思担心老妈，问她还要不要继续留学。余嘉道："留。"她必须完成狄立人的遗志，把女儿培养出来，哪怕砸锅卖铁。狄立人妹妹听说思思对留学的疑虑，问侄女："你妈不让留的？我不答应。"为同一个目的，却走出了分叉。

葬礼刚结束，由狄立人妹和妹夫出面，狄家对狄立人和余嘉的住处进行了"查抄"，狄立人的身份证、银行卡全部搜走，又去单位拿了抚恤金、公积金等等，余嘉没争。她知道，他们恨她，他们恨她没照顾好狄立人，他们恨她"贪财""图舒服"，不愿意跟狄立人去西北，他们恨她八字太硬，克夫，他们恨她让人老几辈的希望全部破灭！

可是，谁又能知道事实恰恰相反！余嘉心里难受，憋得慌……屋子里空荡荡的，思思被她姑带走，去宾馆陪爷爷奶奶。余嘉一个人坐在客厅里，桌子上放着书，这是她抢救下来的，狄立人的遗物。原本狄立人妹想把这个也拿走。狄立人的遗像挂在客厅正中墙上，似笑非笑，仿佛在天国看着余嘉。他伟大，他光荣，他为老百姓献出了生命，谁能知道，他生前正打算跟妻子离婚。

余嘉不能说，一辈子都不能说，她必须维护狄立人的形象。她忽然觉得很讽刺，曾经，她死都不愿意离婚，谁能想到一语成谶。只不过，死的不是她。现在狄立人肉体殒灭，她永永远远不必跟他离婚了，她将永远是狄立人的妻子，烈士的妻子，这个名分，会跟随她到生命的尽头，她也注定永远生活在狄立人的阴影之下。

余义推门进来，手里拎着打包好的饭菜。放到茶几上。余嘉说不想吃。

余义为姐姐担心，姐夫没了，姐姐以后怎么办？他和家里已经开始商量这个问题。只不过，还没有跟余嘉正式提出来。狄立人不在了，余嘉在大城市还有意义么。她那份鸡肋工作，没有了狄立人庇护，还能不能、要不要做下去。而且，这套房子是狄立人单位分的，只有使用权，没有产权，当然，余嘉可以继续住下去，但狄家人未必同意。还有狄立人的遗产，乱七八糟的许多事，得一件一件捋清。余义打算送姐姐回老家休养一阵，当然，一切还是以余嘉的意见为主。余义跟那女博士处得不错，已经有谈婚论嫁的打算。可姐姐目前这状况，余义不敢提，他的喜事，只能衬托得姐姐更加落寞。

没过多久，思思回英国读书，狄家人开始行动。他们提出个困难，狄立人妹夫做生意，在大城市走动，还有家门里的侄子在大城市的律所实习，缺房。想住到狄立人家。余嘉明白那意思，这是来抢房子的。这房子，她没有所有权，只有使用权——狄家人认为他们也能使用，平起平坐——他们对余嘉的恨意并没有半点减少，相反，随着时间的推移，这恨更入骨，这么一个宝贝儿子、给力大哥，交到她手上，竖着出去，横着进来！什么主妇！什么女人！余嘉不想吵架，只能先退一步，到余梦那避避风头。

余梦的腿和胳膊都还没好，余嘉来，两个人同病相怜，更加惺惺相惜。

余梦叹："流年不利，是不是该找小康算算。"

余嘉道："算了又能怎么样,该经历的还得经历,命。"余梦说养养再说。她们都身心俱疲。余梦跟祖良才分了手，不再联系。网上的谣言，栾承运出面平了。有关部门找余梦问了问情况，没有继续动作。

余梦算平稳过关。不过，从这场闹剧中，余梦也吸取教训，找官员太危险。他们顾虑太多，很多都没有走入婚姻的打算。栾承运这次表现不错，余梦心里有数，但却并不打算承他的情。她宁愿相信，他是为儿子做的。

余嘉同样愁闷。丈夫去世，婆家相逼，等于后花园被洗劫，更微妙的是，狄立人一走，她发现单位那些人对她的态度也有了变化。下岗是不至于，这工作只要她愿意，能做一辈子。只是，善良的，对她报以同情，她觉得难受；不善良的，对她的态度已经有所转变——头上没有狄立人这把伞，想下雨就下雨——过去她妻凭夫贵，现在只能蛰伏。余嘉不是没想过回老家。可是，回老家就能解决问题吗？在大城市，她耳朵根子还能清静点，到了老家，圈子那么小，她一定显得比在这里还可怜。那种周围人的同情，会让她受不了。她现在是寡妇，在那些老家人眼里，比离婚还惨！

余嘉住余梦这，余蕊一个礼拜来看一次，连带照顾、安慰两位姐姐。每次余蕊来，余梦都要问："那贱人最近怎么样？"没办法，余蕊只好把翁悦的近况简单说说，真真假假，但掌握一个原则，只说坏的，不说好的，内部一片祥和，外部战火纷纷。余梦听后满意，不忘点评："女人，还是善良点！"余蕊能感觉出来，梦姐已经迫不及待想要骨头赶紧好，赶紧复出，卷土重来。她倒没觉得余梦在祖良才那一战中伤得有多重，她羡慕梦姐的自愈力，屡败屡战，越战越勇。反观自己，自打跟史分手后，至今没有开张。她甚至有点惧怕恋爱。又或者像妹妹说的，她还对白元凯念念不忘？

现在不可能了，余憩一进入公司，白元凯就对她十分关照，走步都带着，意思似乎很明显。余蕊这个做姐姐的，决定退避三舍，成全妹妹。余蕊更担心嘉姐，中年丧夫，等于失去了全部的依托和骄傲，顶着烈士家属的名头，那还不得一直贞节烈女下去？怎么再找，怎么再婚？何况嘉姐又是个古典女人的性子，社交窄，路不好走。她跟余梦私下嘀咕过。

"这怎么弄？"余梦着急。

"过两年再说。"余蕊分析。

"我看她铁了心当烈妇。"

余蕊沉默。余梦问："到底什么时候才能转运呢？"余蕊笑道，那得找康隆算算。余梦等不及，不到周末，她就打电话请康隆和余爽过来。康隆带了只签筒。按长幼，康隆把签筒递给余嘉，让她摇，余嘉连忙说不用。

余梦道："大姐，摇吧，还能差到哪儿去，看看路。"余嘉还说谦让。康隆笑对余爽，"你先来吧。"来就来，余爽不客气。余梦家里有个香桌。供着白瓷观音像。余爽朝蒲团上跪下，闭上眼，摇动签盒。一会儿，果然蹦出来一支。捏起来交给康隆。

第三十二签：刘备求贤。

康隆拿手机查了签书，读："前程杳杳定无疑，石中藏玉有谁知；一朝良匠分明剖，始觉安然碧玉期。中签。此卦剖石见玉之象，凡事着力成功也。"

余嘉不语。

余梦插话："小爽，听明白了么，这让你跟小康赶紧结婚，这意思很明显，他是个玉，但是看上去像石头，你得凿他。"余爽不好意思，说根本不准。

余嘉对康隆道:"给解解。"

康隆笑说:"中签,无功无过,只要努力就有结果。"

接着余梦摇,她身子不能下跪,就靠在沙发上,朝观音方向摇动签盒。掉出来一支。余梦不敢看,先念阿弥陀佛。

2

余梦捏起来看,第六十二签:唐僧得道。也是个中签。

查签书:"晨昏全赖佛扶持,须是逢危却不危;若得贵人相引处,那时财帛亦相随。"

康隆还没开始分析,余梦便领悟了大半,抢着道:"明明白白,得有贵人。"转脸对康隆,"小康,再给我算算,贵人在哪儿。"康隆起了卦,说贵人来自东南。余梦念念有词,实在想不出东南方有何方神圣。

余嘉本来不想算,看到这儿,心里也有点痒。于是也拿起签筒,诚心祈祷,摇,出来一支。

第二十六签:钟馗得道。中签。

签词是:"上下传来事转虚,天边接得一封书;书中许我功名遂,直到终时亦是虚。此卦虚名之象,凡事虚多少实宜守旧也。"余嘉听了心里顿时咯噔一下。她第一次求签,没想到这么准。

钟馗是鬼,怎能得道,所以都是虚名。狄立人去世,她可不就是担着个他老婆的虚名么。这一场宿命,简直是上天的恶作剧。

余爽和余梦也都大概理解签词的意思,沉着脸。

余梦对康隆道:"快,大师,怎么转运。"

余嘉制止:"不用转,该什么就什么。"

老妈的阴寿,对余爽来说是件大事,今年也不例外。只不过,情况特殊,春儿来了,帮姑姑一起给姑奶奶过寿,爽妈喜欢喝点红酒。

菜上来,倒一杯红酒,放在桌子上。康隆还没到。不过最近余爽能感觉到他的低气压。周围接连有人去世,上个月他妈忌辰,余爽陪着扫墓。回来见康主席跟人打电话,笑得咯咯的。康隆不痛快,沉舟侧畔千帆过,病树前头万木春。老妈走了,老爸到他身边,幸亏有余爽调和,矛盾不至于激化。只是康隆认为,让他老爸住余爽这儿,绝非长久之计。康主席老惹事,还喜欢催婚。夏天一到,他穿衣服不注意,就算屋子有推拉门隔开,终究男女有别。

最近还有一件事令康隆生气:老爸去看了个公墓,就在阿姨旁边——百年之后,他不打算跟康隆妈埋在一块。好你个无情无义的男人!康隆妈虽然恨他爸,可终究是结发夫妻,生已经离,死岂能别。不知好歹!

于是,康隆开始联系养老院,哪怕每个月多出钱,也要把康主席送进去。康隆觉得根本不值得对他好。

"哟,有菜。"康主席遛弯回来,看到一桌子菜,还有杯红酒,没客气,拿起来就喝了一口,又捏一块猪耳朵吃:"小余,谁来做客,今天什么日子。"余爽和春儿从厨房出来,见康主席端着酒杯。大窘。没办法,余爽只好让春儿再去拿个杯子,给满上。

康隆还是没到。

春儿站在康主席跟前:"这是给我奶奶的。"

"哪个奶奶?"康主席问。

"天上的奶奶。"春儿道。

康主席差点没噎住。余爽出来,笑道:"康主席,忘了跟您汇报,今天是我妈生日。"康主席不好意思,连忙道歉。余爽叮嘱,一会儿康隆来,说话注意点。到午饭点,康隆出现,带了康乃馨,脸上阴沉。

吃饭,旁边摆着一副空碗筷。给余爽妈的。

康隆问:"还有么,再来一套。"他也想祭奠妈妈。

余爽连忙取了来,摆上。

康主席不自在:"唯物主义,弄这些虚的干吗?"

康隆闷着,不乐。

康主席动筷子:"开始吧。"

春儿连忙说爷爷等会儿,她跑到屋里拿出个小本子,打开,念,是她写的短文,叫《遥寄天国奶奶》,寄托哀思。余爽听得眼眶发红。

康主席道:"活着的时候好好对待彼此就行。"

康隆反驳:"爸,你不思念不代表别人不思念。"

康主席不干,"我怎么不思念,我思念在心里头,不衔在嘴上。"

"少说两句得了。"康隆口气不好。

康主席放下筷子:"你小子存心找事?"

春儿吓得往后闪。余爽连忙拉架。

想起妈妈,康隆耐不住火:"活着的时候你对不住,死了你照样对不住!"余爽无奈,"这都怎么说话,"又转头看案几上妈妈的小像,嘀咕道,"妈,意外,意外,就当看表演。"

康主席拿起痒痒挠,要教训儿子。

"都住手!"余爽拖着声调喊。

父子俩停火。春儿拉康叔叔到一个屋,余爽拉康主席到另一个屋。康主席骂:"反了教了!谁是老子!人家妈的忌辰,他摆个臭脸!他爸还没死呢!"

余爽安慰好老子,又过去安慰儿子。

康隆道:"活着跟人鬼混!死了还去鬼混!我妈她……"眼眶发红。余爽知道买墓地的事,但却不知怎么劝,死后躺在哪儿,究竟由谁做主,糊涂账。

康隆又道:"别横,真到那天,埋哪儿还是我说了算!"

平静片刻,康隆率先出击,他拉开推拉门,走到老爸那屋,口气颇重:"爸,你不能住在这儿。"

春儿跟在康叔叔后头,瞪着眼睛看。余爽打圆场,可根本拦不住。康主席眼睛眉毛都吊起来:"不住这儿住哪儿?住你那儿?躺棺材里也比你那儿强!"

"帮你找了养老院。"

"精神病院吧,想害你老子,门儿都没有!"

"你住这儿不合适!"康隆斩钉截铁道。

"合不合适不是你说了算!"康主席对爽道,"小爽,让不让我住?!一句话!"

余爽支支吾吾,语不成句。

"哪有老公公跟儿媳妇住一块的,像话吗?"康隆进攻。

"这不没结婚吗!"康主席道,"你不孝顺,还不许别人孝顺,你个逆子!"

"我要是不孝顺,管都不会管你!"康隆顶嘴。

康主席一跃而起,挥拳要打,事态眼看升级。

"都别动!"余爽不得不用音波功,尖叫。

父子俩都不动了。

余爽拉过春儿:"康隆,你先回去!康主席,你也冷静冷静,不是什么大事,不值得这样!"

康隆还要分辩。

余爽喝道:"停!回去!记住,他是你爸!他就是个乌龟王八蛋!也是你爸爸!"

康主席一脸蒙,多少年没人叫他乌龟王八蛋了,上次受辱,还是拜康隆妈妈所赐。

3

贵人。

余梦想破头也分析不出贵人在哪儿。东南方,翁阳吗?他能当贵人?荒谬。

老实说,这次"事件"中,栾承运表现不错,帮了多少忙不太清楚——余梦自认没问题,所谓的有人来查也查不出什么,因此,她不承老栾承运的情。不过栾承运没落井下石,她表示感谢。

浩宇、正宇回来,老栾承运只说余梦下楼梯的时候踏空了,受了点轻伤。浩宇嘀咕:"轻伤还是情伤。"老栾承运没听清,纠正:"轻伤。"

借着儿子的光,栾承运又来看余梦,并且再次表示了态度,他同意复婚。

余梦不舒服。这算什么。她遇到点困难，就要吃回头草？他是救世主？还是觉得给了她施舍？不过是结束了一段恋爱，有什么大不了。她余梦输得起！用不着他可怜！复婚，绝无可能。而且他的用词她很不喜欢，什么叫"同意复婚"，应该是你求婚，同不同意，看老娘心情。

莫名其妙！

余嘉得知劝，说人是老的好，有温度。余梦脱口而出："他要有狄立人那志气，也去为人民服务，我给他披麻戴孝！"说完才觉失言。

余嘉还没从狄立人去世的阴影中走出来，只是，随着时间的推移，她对狄立人的恨却渐渐坚固。生前不给她希望，冷战，离婚，死后抛出个真相，让她永远难受，更难受的还有这个烈士遗孀的名头。

狄立人在的时候，她死都不离婚，狄立人不在，她却前所未有地想要脱离他的影响。如果可以，她甚至想失忆，忘掉过去，忘掉痛苦的一切，重新开始。

狄家占房子的人来了，余嘉也不想在那房子里住，经过协商，狄立人留下的那套房，经过单位批准，可对外承租，房租劈两半，余嘉拿着一半去租房子住，另一半给狄家人。有意思的是，狄家人拿到另一半房租，也不说来住了。

钱到手才是真的。

余梦提醒余嘉，这方面可以让步，狄立人的公积金、私房钱，必须要回来。余嘉苦笑，私房钱算了，公积金狄家人去单位要了，领导压着没给，他们认为还是应该由余嘉处理。最后余嘉在余蕊的陪同下去领了钱。没多久，狄家得知，立刻大骂余嘉是蛇蝎女人。余嘉没法分辩，她不是考虑自己，她考虑的是思思，女儿还要继续上学，得用钱。

余嘉想过退路，如果实在没钱，她和狄立人在省城和老家各有一套房，卖了，能救不时之需。她不打算回去，大城市，还能有几分自在，回去，只能活在别人的闲言碎语里。

女企会活动，余梦出现了。推开门，站定，平底鞋，气场仍有两米八。翁悦愣住。她想到余梦会出现，但没想到出现那么快。余梦稳稳走进来，坐下，自己给自己倒了杯茶。

都盯着她看。

余梦和翁悦的暗战,这伙老娘们已经八卦得能背出来,眼下瞅瞅,没准还有下一集。

翁悦带头鼓掌:"让我们欢迎,余老师,归队。"

矫情!做作!装!

战火重燃。不过,余梦却没打算轻易出手,她有计划,她要把复仇和恋爱结合起来。她相信自己这纯天然的美,能够拿下任何一个山头。比如这天,协会开会,翁悦坐在主席台上,余梦在下面。韩广作为资助者,也莅临出席会议。余梦故意走到韩广旁边,施施然的,一本正经坐好。

韩广转头看她,她微笑。

"余梦。"

拉锯战打了这么久。余梦的名字如雷贯耳。

"怎么,怕我泼硫酸?"余梦言辞大胆。

韩广笑了,他很少这样笑。

"胜败乃兵家常事。"她又说。

"我这个堡垒可不好攻克。"

"我是来做朋友的。"

"哦?"

"知道你不得已。"

韩广冷冷道:"还没有人能胁迫我。"

余梦一笑:"到这个年纪,谁没有点过去,老关系,老路子,舍不得放,牵牵绊绊,没什么。如果你不肯出手帮忙老翁,我可能会看不起你。太无情无义。"

"你这人有意思。"

"我欣赏你。"余梦乘胜追击。

"谢谢欣赏。"

"别那么高冷。"

"看来你很了解我。"

"一点点。"

韩广轻笑,不语。

"你是个人才。"余梦夸得险伶伶的。整段对话像在走钢丝,稍有不慎，就会全盘皆输，不过她敢赌，赌自己不惹人讨厌，赌自己赏心悦目，胆大心细，男人不喜欢花瓶，而会去追逐那种有头脑有意思有魄力有胆识之人。当然，漂亮点最好，但绝不能漂亮到有攻击性，漂亮到让他没有安全感——这种非常难以把握尺度，余梦自认这一场她把握好了，这也是对翁悦的漂亮回击。

当天，翁悦全程目睹了这一出活剧，只可惜，看得见，听不见，她回去就跟韩广通电话，柔软地表示了抗议。韩广答："没事了吧。"翁悦知道不宜穷追猛打，只能作罢。她一个人坐在车里，思绪万千，姐姐翁琴走了那么多年，她对其情感依旧复杂，她感恩姐姐，如果没有翁琴，她不可能跟韩广这样的男人有交集——虽然他当初也算白手起家——可如果不是翁琴走了极端，她和韩广的关系也不会那么尴尬。

兮倩恨她。恨她抢走了爸爸，害死了妈妈，可这个锅背得太冤枉，她和韩广，自从姐姐走后，就一直无名无实，他始终跟她保持距离。之前因为公司拆分的事，她跟韩广大吵一架，闲极无聊，恢复了和余梦的友谊（引狼入室）。这次选委员，翁悦感谢韩广鼎力支持，到底是亲人，她是兮倩小姨呀！但翁悦也明白，这回韩广出手，多少也为了显示自己的能耐，男人都好强，韩广最不怕竞争、最喜欢竞争。

车门拉开，余蕊递过来一杯咖啡。她问翁悦，还去不去做头发。翁悦盯着余蕊看，摆了摆手，说先回去吧。

康主席没去养老院，暂时还在余爽处住着，儿子拧不过老子。康隆拿他没办法，他只是有点觉得对不住余爽，太给她添麻烦。余爽却说："都是相互帮助，我弟那会，你那么帮忙，这会我多照顾点是应该，而且康主席很有用处，他还给春儿上历史课呢。"

康隆知道，他老爸的历史课，基本讲的是中国革命史，他的儿时记忆里，始终保存着飞夺泸定桥这一课。

到了夏天，余爽家的格局有了点变化。余庆老婆带着两个孩子来，一是让孩子开开眼界，二是看看女儿春儿，三也为了揩大姑子一点油。她刚辞职，正处于两份工作的间隙——下一份工作尚无着落。

余庆老婆孩子一来，家里热闹了。她看春儿在余爽这过得跟小公主似的，心里有点不痛快，嚷嚷着叫余爽能省就省，她始终强调，两个小的都艰苦朴素呢。她希望余爽能一碗水端平，多补贴点。

余庆老婆当然还对康主席的存在发出质疑，偷偷问春儿："这老头安全么？身上一股味儿。"偏康主席在厕所蹲坑，不小心听到，自尊心受到刺激。其实康隆反对他住这之后，康主席就开始想退路，儿子那不能住，养老院不能去，权宜之计，只能是回老宅，再慢慢找保姆。主意已定，康主席就去跟余爽说。

4

余爽听了诧异，以为是康隆又赶人，她连忙说："康主席，踏实住着，想住多久住多久。够住，两个大人三个孩子，两个屋，敞亮！"

康主席道："不不，不是因为这个，我回去还有事。"

听得出来是借口。余爽无奈。

康主席又说："小余，这段日子，谢谢你，康主席是打心眼里，打心尖尖上，认可你这个儿媳妇。"

余爽连忙道："不是……康主席……那个……"

康主席说自己的："康隆那小子，死性！不过我看他对你不错，他也说过，喜欢你，在乎你，跟你谈得来，是个好的人生伴侣。"顿一下，"你看，康主席要走，什么时候回来不知道，你跟康主席说句实话，你跟康隆，打算什么时候办事。"

余爽瞬间一个头两个大。

"主席……那个……"

"给个话就行，我是他爸，我不管他谁管他。"

余爽想不到康主席对康隆，还有如此温馨体贴的一面，爸爸的柔情。望着康主席渴望得到答案的目光，那么诚恳、真挚，余爽心里编好的谎言瞬间解体。她得说实话，她只能说实话，她不忍心对这样一位主席，哦不，父亲、老人撒谎。

"还没准备好。"余爽尽量委婉。

"打算准备到什么时候。"

"嗯……"

"年纪大了生孩子,辛苦。"

她想不到康主席这么一位钢铁汉子,会关心女人生育。张飞穿针,粗中有细。

"我会好好考虑。"

"勇敢一点,承担起来,你带春儿不也带得挺好。"说完,康主席又开始收拾行李。没几日,余爽、春儿和康隆给康主席开了告别宴会。康主席感慨深重,一醉方休,情起时,他甚至给余爽妈的小像敬酒。

事后,余爽跟康隆说,你爸是性情中人。康隆没接话,老爸回老宅住,一个人,他有点担心。保姆开始找了,但找到合适的不容易,在有住家保姆之前,先请小时工。

"他关心你。"余爽又说。

"瞎关心。"不知为什么,康隆总爱对老爸残酷。

"他问我什么时候跟你结婚。"

康隆讶异,说不出话来。

余爽接着说:"我说不知道,没准备好。"又说:"可我又老觉得对不住他。"

"为自己的心,别在乎别人怎么想。"

"他是你爸。"

"那又怎样。"

"他关心你,爱护你,虽然方式你可能不认同,他希望你幸福。"余爽说,"他这么一问,我也感觉对不住你,像在耽误你。"

"别那么说,我心甘情愿。"

"你比我爱孩子。"

"上辈子你是男的,我是女的。"康隆开个玩笑。

"你还爱我么,"余爽问,"我说的是那种,爱情,炽热的爱情。"

"不知道。"什么是爱情,康隆也不太清楚。

余爽捉起他的手,放到他左心房,"问问这。"

"好像……有一点。"

"我对你好像……都没那种感觉了,"余爽直说,"工作……孩子……还有乱七八糟的事情……我怀疑自己……就是……就是没有结婚的理由……"

"再培养。"康隆依旧平静。

"可以培养?"

"像栗子树一样,劈接。"

"再试试?"

"我没问题。"康隆笃定。

余蕊来看余爽,得知康主席搬走,有点意外,她问余爽是不是跟康隆出了问题。爽说倒没什么问题,就是淡了。康主席搬走,跟康隆没关系。正说着,余庆老婆带着三个孩子进门,余蕊瞬间明白了。等人都去洗手,吃水果,余爽才小声跟余蕊说:"一个孩子,宝贝,两个孩子,圆满,三个孩子,地狱。"余蕊捂着嘴笑。

余爽又问余憩的情况,余蕊简单说了说。连余爽这么大条的人都感觉,白元凯是不是对憩有意思。余蕊故意换一种音调:"咱也不知道,咱也不敢问。"余爽说回头她问问,真的就真的,假的就假的,别玩弄人家小姑娘。两个人谈起嘉姐,都担心,余爽又说回头多请余嘉去听听昆曲什么的,分分心,打打岔。她又问蕊:"你那工作怎么样?"

"最近,气氛微妙。"余蕊说。

是的,微妙。这天她走入办公室,气氛更加微妙。叶察绷着脸——像故意不给她好脸色。余蕊去茶水间泡了咖啡,两杯,端给叶察一杯。"什么情况?"她赔笑脸,态度虚下来。叶察收拾文件,打键盘,就是不理她。

"杰克。"她又叫。换英文名。

"别跟我说话。"叶察没好气。

"怎么了我。"

"你自己知道!"还是带着气。

直到人事经理打电话来,余蕊才明白发生了什么。公司职务发生变动,她升为韩广的第一助理,挤掉了叶察。叶察面子上过不去,只能申请调岗位,他去了商场业务部,挂了个副总监,等于是虚职。

谁干的?余蕊一脸蒙,叶察恨她入骨。看他那像要能杀人的眼神,余蕊不用问都知道，他一定以为她动用了秘密武器，搞不好，是用特殊手段拿下了韩总。冤枉！这个礼拜一大早，余蕊意识到，自己失去了一段友谊。

余蕊成为韩广的第一助理，负责处理全部邮件和文字工作。这显然不是她擅长的。不过，等她从叶察那得知这次调动的背后力量，更觉奇怪。

是翁悦安排，韩广首肯。

叶察一肚子猜测，没说，他必须服从安排，他还得在这继续做下去。他和余蕊很快又恢复了友谊，但此友谊非彼友谊。叶察只说了一句话，"苟富贵，勿相忘"。

接受工作之后，余蕊马上认识到难度，她没想到做第一助理，每天有那么多文字要处理，她对自己要求是，文从字顺，说清楚问题。她要做一个利索的秘书。为了达标，余蕊几乎每天都加班。妹妹余憩已经开始她的实习生涯，白元凯公司答应，三个月转正。

因为忙，余蕊中午都叫饭到办公室吃，一来节省时间，二来也给妹妹和白元凯腾空间。余憩回家说，她现在是白元凯的助理。余蕊好笑，怎么姐妹俩都当助理。助理是没有专业的，这点她不满。不过，余蕊很快接到命令，她有了一项新的工作内容。

韩广要出一本传记，叶察统管文字，但眼下，缺少素材。因此，余蕊每天中午要去采访董事长，半个小时到四十分钟。余蕊忽然意识到，这才是调她来这个职位的真正缘由。

午间，饭已经吃了。董事长在，余蕊抱着大大的笔记本，准备了两支录音笔，来到办公室。门开着一条缝，她敲敲门，走了进去。韩广斜靠在大皮椅子上，呈六十度角，仿佛睡着了。余蕊见状，站了几秒，又提着步子往外走。

"坐。"韩广发话，还是没睁眼。

余蕊只好小心坐下，提着屁股，严阵以待。

"你当过演员？"

"是的。"

"提纲带了没有？"

"带了。"

"想聊什么？"

余蕊迅速翻材料："就从196……小时候开始……按照时间顺序。"

"不这样弄。"他忽然坐起来，睁开眼，目光正落在余蕊身上。她唬了一跳，差点没坐稳。

韩广又倒下去，半睡着："你现在不要当我是你的老板，你也不是我的员工，材料你看了，你就当自己是一个读者，陌生人，就问你最感兴趣的。"

余蕊脑中迅速搜索着。最感兴趣，最感兴趣……

"你是……怎么赚到第一桶金的？"问完就后悔，余蕊骂自己，俗！

"赚钱？"韩广呵呵一笑，透着点不屑，"运气。"他说，"你怎么不问问我身世？"

"苦出身。"

"出生三个月，父亲去世，三年自然灾害，母亲去世，奶奶抚养我长大……"韩广似乎陷入了悠长的回忆。

一会儿是冷酷的灰色，一会儿是热情的红色，一会儿又是忧郁的蓝色，韩广说，余蕊听，用笔迅速记录着，录音笔分分秒秒走着。这段时间以来，只要韩广有时间，余蕊几乎都会在中午听他的故事。他的叙说零零散散，不按时间顺序，想到什么说什么。不过，她的提问，好奇心，能够帮他打开记忆的闸门，那是余蕊不曾了解的世界。没参加高考之前，他务过农，开过拖拉机，掏过大粪，倒腾过石灰，高考考了三年，在学校住，吃的粮食发霉变质，但还得继续吃……大学毕业后分配到机械厂，改革开放后出来，去了南方，最开始只有两个员工……余蕊发现自己竟然慢慢对韩广的故事入了迷，过去，他只是一个高冷的董事长，没有生命，只有命令，现在，他在一点一点叙述中变成一个复杂的动物。说着说着，他偶尔会问，"吓到你了吧"，或者说，"明白我的意思么"，他会笑，旁若无人地大笑。

余蕊深刻意识到，男人，最重要的是经历，何况又是个成功者的经历。不可复制。镶嵌在历史的纪念碑上。"有的不能写。"韩广偶尔说。

余蕊回答，说这只是原始材料。

他又问："你觉得我是个什么样的人。"

余蕊直抒胸臆："一个复杂的动物。"

韩广仰天大笑，他似乎对这个称呼很满意。

5

社里几年一次的轮岗,余嘉被调换到资料室。

算是对她的照顾。这是多少生活无虞的中年妇女梦寐以求的职位。大人的办公室,僻静的角落,天不管地不问,出版社的人,除了刚进社的新员工,没几个人会去那儿看书。

这岗位原本是一位领导亲戚的。她今年退休,空出位子。资料室曾是社内妇女们的八卦集散地,可余嘉搬到那儿之后,来客愈发稀少,她刚死了丈夫,无权无势,妇女们也懒得去巴结,也怕沾了她晦气。

因此,余嘉基本上午进了那间房,除了傍晚的一点夕阳从窗户头射进来,其余时间,她感觉根本就像坐在冷宫。一个人,万籁俱寂,余嘉感到恐怖,日子就这样过去么,就这样坐十年,然后退休,顺理成章地步入老年生活。

她不敢想。失去了狄立人,失去了家庭,思思将来也有自己的生活,她怎么办,孤苦伶仃。关键,还那么无足轻重。过去,她觉得自己在家里举足轻重,现在,家没了。她一下也没了依托。余嘉危机感十足,认为不能这样下去。可是,不这样又能怎么样呢。

她想到了白元凯,上个礼拜,在余憩的陪同下,她到曲社拍了一次曲。她见余憩工作做得起兴,也存心想着,是不是可以请白元凯,或者余梦介绍一份工作。哪怕去余梦的美容院做事,也比窝在这强。

余嘉最终还是没有开口。她觉得自己年纪太大了,跟余憩比,合适吗?余憩能从助理做起,她能吗?就算她能,别人要吗?去余梦的美容院,她愿意做技师,余梦能答应吗?余嘉不想让朋友觉得,跟她相处,跟她交往,是一种负担。

这一季唯一的好消息是余义订婚了。跟那个临朐女博士。订婚宴余嘉主持,在大城市的朋友都来了,余梦给了个大红包,余爽、康隆、余蕊、余憩、白元凯悉数到场。大家都对女博士交口称赞。

余嘉知道弟弟过去钟情于余蕊,不想他见人思过往,便把余蕊的位子安排在最远端。这日,余义大醉。余嘉知道弟弟的苦处,那感觉仿佛是骆驼祥子找了虎妞。不不不,女博士比虎妞强多了。不是每个喜欢的,都要据为己有。从眼下的情势看,狄立人去世,余家在大城市很难立足,余义能联合女博士,共同组建一个家庭,也算符合婚姻的本质。

婚姻是合作性的,你耕田来我织布。

筵席落幕,余梦没走,帮着余嘉善后。

余嘉问:"怎么样?"

余梦抬头,知道她问对女博士的感觉:"还行。"

"说实话。"余嘉微笑。

"人挺好。"余梦不得不委婉道。

"就是长得不咋的。"余嘉帮她说。

余梦呵呵一笑,在嘴上比画了一下,意思说准新娘有点龅牙。余嘉苦笑:"只能图一头。"余梦道:"是,图一头,不过就怕……"她没往下说。余嘉懂。就怕现在是图的学历工作,将来成功了,又要换老婆。

余嘉相信余义的人品,可这跟人品也不是绝对有关系。她现在对男人没有信心,哪怕是自己弟弟。

工作的烦恼,余嘉没跟余梦提,余梦走的路子野,都靠人。她学不来。她倾向于实干。余嘉打算咨询咨询爽。狄立人的大日子,栾承运带了几个朋友拜访余嘉。都是狄立人过去结交的,跟栾承运也认识,只是狄立人升职后,有段时间没联系,发丧也没通知到,现在人家知道了情况,一定要来随份子,看看嫂子。

余嘉租的小房子里,四个男人,除了栾承运,其余三个狠夸了狄立人一通。说他清廉,讲义气,对老婆痴心,对女儿好。都是发自真心的。余嘉听着,脸红一阵,白一阵。狄立人啊狄立人,你倒是赢得生前身后名!几个人又坐了一阵,栾承运送三个朋友走。他再折回头,跟余嘉多说两句。余嘉看栾承运的表现,便知道他明白狄立人的"真面目"。

"你信么。"余嘉问。

栾承运问什么。

"他们刚才说的那些。"

栾承运笑,不语。

余嘉忿忿道:"盖棺定论,他现在就是一个好人,完人。"

"本来也是。"栾承运依旧含笑。

"行了，老栾承运，我们是多少年的交情，不用说假话安慰我。"

"真的。" 栾承运追加一句。

"他在你面前怎么评价我？"余嘉忽然有点好奇。

"说你不容易。"

"可能吗？"余嘉冷笑。

"千真万确。"

"你是个好人，"余嘉说，"我理解你的想法，你肯定认为，狄立人已经走了，我过得好很重要，所以，何必跟我说实话。他死之前还在跟我闹离婚，你知道吗？"

"听他说了。"

"他在外面……"余嘉说不下去。她不想当着朋友揭丈夫的短，毕竟他还是孩子爸爸，是烈士。

"这是误会。"

"误会？葬礼上哭得最厉害的女的，记得么。"

"那是他资助过的一个人，后来到这边工作。"栾承运说。资助过的人？什么时候的事？是调研过程中资助过的。栾承运又补充，说那人是地震孤儿，狄立人关照过。余嘉努力回想，葬礼上的那个女人……忽然觉得愧疚，她太不了解狄立人。难道，他真是个好人？！不，是好人也不行！她仍旧恨他，因为他不爱她，她付出了所有他也不爱她！

栾承运又问了问余梦的事。余嘉能感觉到，他对余梦余情未了——离了婚的，还想着念着，狄立人生前倒还没来得及跟她离婚，却已经情断义绝。

讽刺吧！

余嘉换话题，聊了聊在单位的苦恼，栾承运想了想，说这样下去也不是事。他给余嘉指了两条路，一、跟有的女人一样，在人上下功夫。不用说，暗指余梦，余嘉摇头。"还有一条路。"栾承运说，"自己干。"余嘉问干什么。栾承运说，那得看你喜欢什么，想做什么，擅长什么。余嘉为难，多年以来埋在婚姻里，她喜欢什么？想干什么？能干什么？她自己也不太清楚，她喜欢昆曲，能当饭吃吗？擅长做饭算不算？可总不能去给人当保姆、小时工。余嘉想得头疼，只能暂且放一放。

当了董事长助理之后，余蕊忙了一倍不止。叶察偶尔帮忙，指点，虽然放过狠话,可事情真到跟前,他也不忍心不伸把手。余蕊现在非常佩服叶察,佩服他能在翁悦和韩广之间做桥梁。比如现在,偶尔,韩广会问问翁悦的行程,翁悦呢,几乎每天都会要求余蕊向她汇报韩广的动态。韩广命令余蕊,用真真假假法,不用都说实话。

这一阵,韩兮倩回来,钦点余蕊陪同。等得知这个"小姐姐"当了总助,兮倩一笑,说:"是我小姨安排的吧。"余蕊诧然。兮倩道:"你不是第一个,也不是最后一个,不过请她放心,只要有我在,她和我爸,永远没机会。"家务事,余蕊听着,不插话。

兮倩逗留三天,又让余蕊约白元凯学长。余蕊假装打了个电话,打给妹妹,转告给兮倩的事,白元凯近几天不在本市,外出开会。余蕊看出端倪,必须"保护"白元凯这块肥肉,她得为妹妹留着。

接连几个大会。秘书处都安排余蕊跟着。会后大佬们吃饭,余蕊站在后头招呼着,帮韩董夹菜。吃完饭,是个茶会,一群人坐在那喝茶论道,余蕊有点吃惊。她看到余梦夹在当中,笑语盈盈。

余梦看到余蕊,愣了一下。然后装作不认识,继续谈天。直到结束,回到家,余蕊才接到余梦的电话。

"小蕊。"余梦声音依旧甜美。

余蕊招呼一声。

"我在你家楼下。"余梦说。

余蕊吓了一跳,这几点了,还出现。

"路过,捎带把几个产品给你,德国货,我用着不错。"

余蕊连忙请梦姐上来坐坐。余梦却让她下来一下,她着急回家,不能久留。

余蕊上车,余梦立刻递上一大包化妆品。余蕊抱着。嚯,够用到明年。余蕊说了声谢谢。

余梦故作生气:"你当我是姐姐不。"

余蕊说当然。

余梦嗔,"换了这么吃香的岗位,不提!"

余蕊无奈:"不是我要换,是公司非让我……"她实在觉得夹在中间难受,她猜想,梦姐估计是想报仇,她大概听说了,那次委员换届,翁姐和梦姐结下了梁子。韩广是幕后黑手。

余梦抢白道:"你以为我要干吗?泼硫酸?还是泼粪泼尿?是有几个项目要合作,找韩总谈,老找不到人。你要还是我妹,你就漏点风。"

余蕊为难,上总助这一步,叶察说翁悦已经把她查得个底朝天。翁悦知道她跟余梦的关系——所以更要用。余蕊认为,这是翁悦想打击余梦——你看,你的小妹都成我的小妹了。谁成功谁失败,一目了然。可越是到这个时候,余蕊越不能明显站队。未来谁能说得准?谁知道哪块云彩下雨?不等余蕊推辞、分辩,余梦便催促她下车。余蕊只好下车,道别,抱着化妆品上楼。

刷牙的时候,翁悦又来电话,盘问,她只好扼要说了。洗好澡,终于能休息,巨大的疲倦包裹着她。做人难,做女人难,做一个必须八面玲珑的女人更难。

余蕊意识到自己还是做不到梦姐那样。她有心机,却没有狠劲,有思路,却不能执行,说到底,她内心深处还是存着一份憨直。余蕊觉得自己现在简直就像个三面间谍,信息枢纽,韩广、翁悦、余梦,都企图从她这获得情报。不过,说什么,不说什么,余蕊感觉尺度非常难以把握。

6

项目需要,总部召唤,余爽得去青岛出差一阵。

春儿需要人照看,余爽没找康隆,而是托付给余嘉。一来,她不想麻烦康隆,康主席那出刚尘埃落定,她觉得该还清的还了,不想再承康家的情。二来,春儿是女孩,交给男人照看,毕竟不方便。嘉姐带过孩子,有经验,又一个人住,余爽放心。

爽刚走了没多久,康隆便发现问题。家里没人了。问余爽,说出差。他问春儿呢,余爽撒了个谎,说被她妈接了回去。康隆诧异,不是放假时间,突然接回去,课业怎么办。余爽这么说,他姑且一信。

几个哥儿们出来聚聚，白元凯也在。康隆问他唱曲儿的事，又问嘉姐去不去。白元凯随口一句："她没空，带孩子呢，就你对象的侄女。"

康隆听了有点不痛快。当天跟余爽通电话，就把这事点明了，他认为余爽看不起他。

余爽索性说开："她是女孩，你是男人。"

"我是她叔叔，我能怎么着。"康隆光明正大。

余爽劝："怎么跟你就说不明白呢。好多事情，男的女的不方便。"

康隆说："不是不方便，是你把我当外人。"

"我没有。"

"你这就是！"康隆大声。

余爽不承认错误。于是，不欢而散。

找时间，康隆还是去看了春儿。余嘉问出了什么问题，康隆说是余爽现在干什么都背着他。

"把你当外人了？"余嘉问。

康隆说是。

余嘉笑说："现在的年轻人，跟我们过去想法不一样，过去，谈恋爱就是为了结婚，现在，恋爱是恋爱，结婚是结婚，结婚是门生意，可是总不能只吃鱼饵不上钩吧。"

康隆苦笑："愿者上钩。"

他当然明白，他和余爽更深层的问题是，余爽始终要求付出的对等性，一对情侣，或者说一对夫妻，如果总是谁也不欠谁的，这关系没法长久走下去。夫妻、家人是会你欠我我欠你，永远牵牵绊绊，还不清。清清爽爽，你不欠我，我不欠你，这样的夫妻，迟早散。

康隆还告诉余嘉，他爸老催婚也是个困扰。自打从余爽那搬出来，康隆每次回家，康主席都会提结婚的事，康隆说还没到那一步。康主席咆哮："要主动！你是男人！"余嘉理解为，这是父母的爱子之心，希望早点看到儿子找到归宿，有人照顾。可父母催婚这招，对余爽最不管用。有时候还会起到反作用，她有颗叛逆的心。

吃完午饭，康隆带春儿出去玩。两个人早形成默契，春儿在康隆面前比在余爽那更儿放松。动物园看动物，面对猴山。春儿突然问："康叔叔，是不是我影响了你和我姑。"

一只母猴搂着小猴，格外温馨。

春儿想哭，眼睛红了："要是没有我……你们就可以有自己的孩子……你们就可以结婚……"

小小年纪，什么都懂。

说完这话，春儿竟悲从中来，大哭，弄得康隆也不知所措。园警来了，态度凝重，他们以为康隆是人贩子，询问了几句，春儿说是叔叔。康隆解释，警察对了个眼色，不信，最终还是把康隆带去派出所调查、问询。

只要韩广一有时间，中午的"独家采访"照常进行。余蕊觉得，韩广躺在沙发上的讲述，更像是心理治疗。不过每次说完，韩广都会叮嘱她一句："你先筛选一下，不要都交给小叶。"

叶察觉察到不对，有一天，他拿着采访记录来问余蕊："访了那么多天，就这么一点。"余蕊只能无奈地说，董事长什么也不肯说，就这些，还是从牙缝里硬撬出来的。

叶察表面不说，暗地不屑，认为这是工作能力问题。说实话，采访的次数多了，余蕊也有私心，她想把这些听到的，全部据为己有——藏在心里。

她好奇，她想了解这个人。就比如这一回，在采访提纲里，余蕊偷偷加了一条关于情感经历的问题。一本企业家的传记里，怎么可能没有关于情感生活的叙述。

企业家也是人。

只是，当余蕊刚问出口。韩广立即排斥："这个不谈。"

没有商量余地。

余蕊只好闭嘴。

到了下一回，韩广靠在躺椅上，又主动说："还是喜欢年轻的时候，什么都单纯。"不待余蕊提问，他便开始断断续续说起自己过去的感情生活。

余蕊连忙见缝插针，循循善诱。韩广要求她关了录音笔，也不许做笔记，听就行。

韩广从自己的家庭说起，父亲十五岁参加革命，所以，家里是有传统的，他的妻子也是革命家庭出身，他们做工人时认识。他还说到妻子早年对他的支持，卖了房子给他做南下的资金……两个人怎么一起创业，公司最开始只有两个员工,就是他和他妻子……

余蕊没问他妻子的名字,不用说,是韩兮倩的亲妈无疑。不过,韩广的叙述到创业中期戛然而止。讲到他真正崛起的那几年,他停止了对妻子的叙述。

余蕊补一句:"你们的爱情结晶,就是倩倩。"

肯定句。

韩广愣了一下,含混不清嗯了一声。余蕊又大着胆子问兮倩小姨。韩广呵呵一笑:"兮倩告诉你的?她小姨,她大舅,我能不接触就不接触,人老了,容易想到过去,又怕想到过去。"

余蕊没深问。

最后,韩广叮嘱:"你知道就行,不要给叶察,这段不写。"

不写,却仍要说。

余蕊理解为,这是韩广的情绪抒发。他身居高位,能真正聊天的人太少。也许只有跟她这种段位无关紧要的人,他才愿意放松警惕,说几句实话。

听了韩广的故事,余蕊不晓得为什么,她开始有点崇拜并心疼这个男人,他过去在她眼里是个枭雄,借着开放的潮流趋势而起,现在,他不仅是个枭雄,还是个人,平凡的男人,有喜怒哀乐,经过了长长的一段人生。

也正是从这个时刻起,余蕊认为自己已经彻底放下白元凯——小白当然也优秀,非常优秀,可他质地太过纯粹,是一股清流,反倒"水至清则无鱼"。跟白元凯那样的人相处,余蕊多少有点"自惭形秽"。

可在韩广面前她没这种感觉,他本身就是泥石流一道,谁在他面前都不会显得污浊。

余憩回来晚了,心情不错。余蕊还没细问,余憩便主动交代,说自己是跟白元凯吃饭,吃完饭,看了个电影。

"单独?"余蕊问。

余憩点了点头。

余蕊笑着拉过妹妹,估计上下打量,道:"我倒要看看,你这个小丫头片子到底哪里比我强。"

余憩娇嗔:"姐——"

余蕊收起玩笑,一脸柔和:"为你高兴。"

"谢谢。"余憩真挚地说。

"你该得的。"余蕊说，"一个萝卜一个坑，你这坑，就配他那萝卜。"

余憩羞赧，转而道："可是……"

余蕊抢话道："没有可是，小白是好，但不是你姐的菜，什么人吃什么菜。"

余憩没继续问。她也觉得姐姐最近似乎变了，但哪里变了，又说不清。余憩想起来提了一句，说最近老在大楼里看到梦姐。余蕊提醒她，打个招呼就行，别说太多。

余梦也找她，很勤，几乎每天都发微信，这不正常。最关键是，余蕊认为余梦根本没有胜算，韩广是什么样人，什么女人没见过，老婆去世这么多年，身边还有个虎视眈眈的小姨子，而且据她观察，韩广压根不近女色。

好，就算梦姐倾国倾城。可刚经历过抢委员位子这一战，敌人怎么能变朋友？难度太大！不过，看在是多年姐妹的分上，余蕊还是给余梦透露消息。

结果没几天，余蕊看到余梦坐在韩总的车上。惊愕得下巴快掉下来。就好像她过去总是不理解攀岩，悬崖峭壁，难度那么大，可总是有人能玩得溜。

又过了几天，余蕊帮韩广整理文件，发现有个月子中心的项目，联合创始人名录中，赫然写着两个字：余梦。

咖啡差点没呛到喉管里。余蕊忽然意识到差距——心有多大，舞台就有多大——余梦能当老板，她只能做个小助理。

7

系统内部宣传好人好事，狄立人被树为典型。经过推荐，余嘉被吸纳进宣讲团,训练,然后去各地宣讲。

社里领导叮嘱余嘉:"你现在得服从组织安排,社里的工作,放一放!啊——放一放。"余嘉不得不"悉听尊便"。可这个过程,对她来说,太痛苦!余嘉觉得自己心像被煎了一遍,又一遍。

她必须贡献材料,关于狄立人好的材料,得写下来,然后跟人讨论,形成稿子。恰逢思思回国,她也来贡献了些东西。宣传科的人一听,立刻表扬思思,说她说的带感情,她说老爸艰苦朴素,手机用了多少年都不换,到现在手机还是3G,还说狄立人总是对她严格要求,从不纵容,但是爸爸很有父爱,总是在关键时刻给她指明前进的道路,思思说得眼泪啪嗒。

余嘉诧异,这孩子什么时候学会了撒谎,还演得那么真。宣传人员批评余嘉,说她不带感情,余嘉急得一头紫疙瘩。她不是不想贡献,是贡献不出来。

过去,她眼里的狄立人,浑身优点,现在呢,全是缺点,一时半会儿解不脱、放不下。"他喜欢读点书算不算?"余嘉问宣传人员。"有中国书么?有代表性的?"人家问。

余嘉答不出来。

更难受的是宣讲过程,每到一个地方作报告,说的都是那一套话,余嘉被要求带感情,狄立人现在就是个为人民付出全部的干部典型。妻子应为他大哭。

是!余嘉无法否认,狄立人是个好干部,绝对是,可他绝对不是个好丈夫!为他树碑立传,她痛苦!

走一圈回来,余嘉身心俱疲,她觉得自己被掏空了,她第一次下定决心辞职。她觉得自己不能继续在那儿待下去。回老家也不行。她打算把老家、省城两处房子卖掉,抓点钱在手里,看有什么机会,破釜沉舟,自己做点事。

余嘉找余蕊商量——余梦生意太大,跟她谈,有点伤自尊,余蕊年轻,又在职场前线,能说点实话。

余蕊听了余嘉的分析,不建议辞职,她认为可以兼职做。余嘉笑说自己分不了那心。"都多大了,失败成功就这么一下子,我还有什么能失去的。"

看着嘉姐的眼睛,余蕊知道她心意已决。

帮助，只能帮助。

她对余嘉说："梦姐开了个月子中心。"

"哦？"

"跟我们老总合作的。"

"她认识人多。"余嘉并没有听出弦外之音。

余蕊不点透："其实，梦姐这个项目，给人启发，还是做服务业，做刚需，人最需要什么？"

"吃饭。"余嘉不假思索。

叶察推门进来，问余蕊中午吃什么。余蕊打发他先去，对余嘉道："有了。"

"什么有了？"

"中午这顿。"余蕊伸出一根手指，灵光乍现状。

听了余蕊的分析，余嘉觉得有道理，衣食住行是刚需，在这四样里头，余嘉认为自己只能在"食"上有突破。这一片写字楼多，白领的午饭问题，始终是老大难。每个楼里都有餐厅，价格不便宜，人还特多，排队排到一两点是常事。点外卖的不少，可是，这些外卖大多数不太符合白领的要求。

余蕊认为，他们这群人恐怕是最需要被伺候又最难伺候的类型，既要求口感，又想要健康。余蕊说她现在中午就吃点沙拉，或者啃代餐棒。

很痛苦。

"如果你能解决既好吃又健康的问题，肯定能成功。"余蕊很有信心。

余嘉思忖着，这的确是个突破口，只是，这个项目估计很多人都能想到，为什么没人做。余蕊分析，一来可能是餐饮许可证眼下确实难办，二来，这是个辛苦钱，白领未必肯辞职创业去干，有年纪的人，离这个又太远。余蕊建议余嘉先调研调研，有条件可以去日本看看，那里的快餐行业发展比较超前，或许能有启发。至于办证的事，估计得找人问问。余嘉想到了一个人可以咨询，甚至帮忙——栾承运。

动物园事件，最后是春儿的亲娘连夜坐火车赶过来，才终于"解救"了女儿和康隆，余爽也风里雨里从青岛赶回来。这个偶发事件凸显了一个问题：康隆甚至余爽都无法证明他们和春儿的关系。余庆老婆带了户口本来，警方才愿意放人。接着，余爽弟媳妇提出，想把春儿接回家。

"太打扰了。"她弟媳道。

余爽着急道:"不是……现在接回去影响孩子学习……当初你们送来养……现在想接走就接走……"余庆老婆没说实话,她父母身体越来越不好,家里小的需要人带,春儿回去,可以充当半个保姆。

余庆老婆不想得罪大姑姐,毕竟余爽每个月还给点钱。她好声道:"姐……不是……是我妈……想孩子……你看当初……说让把小的过继……你怕当妈……现在晚了……孩子懂事了……脱不开。"春儿听说亲妈要带她回去,同样惊恐,她不想回到那个拥挤的家,于是拼了命吱哇反抗一通。

最后两方达成共识。

让春儿待完这学期,等到整学年开始,转回去。

弟媳妇走后,尽管余爽逼自己投入到工作中,可还是忍不住失落。在抚养春儿之前,余爽给自己的定位就是:姑姑,不是妈妈。她要春儿保持距离,明确关系,她甚至脑子里早就有这根弦,她们迟早是要分开的。只是,一天天的日子过下来,水磨石块一样把这些界限都磨平了,春儿已经在她的情感生活中占据了位置。

突然离开,她受不了。

同样受不了的还有康隆。春儿的出现,丰富了他的生活,他在春儿身上投入了感情。他接过她放学,辅导过她作业,陪她出去玩,一起吃东西,春儿有什么烦心事,都跟康叔叔说。更重要的是,春儿是个缓冲,让他和余爽的关系更柔软,有春儿在,他和余爽永远有个人有个事需要去关心。

春儿妈一提要带人走,康隆比余爽还要激动。他习惯这种关系,一间屋,三个人,既近,又远。

都安静下来,康隆找余爽道歉。他说电话里,他情绪太激动。

余爽早忘了那事。

"打算怎么办?"他问。

"下个学期看看,"她无奈道,"希望到时候能适应。"

"控制不了。"康隆说。

"我也没想控制,我只是把春儿当朋友。"

"你还是她姑。"

"是,姑姑。"余爽耸耸肩,"比不过妈妈。妈再糊涂,再不着调,也是妈,妈的等级就是比姑高。"

似乎有怨气。

"你考虑过没有……"康隆欲言又止。

"什么。"

"孩子。"

"什么孩子？"

"自己的孩子，"康隆断断续续把意思补足，"要个自己的孩子。"

老实说，余爽考虑过，尤其是近一年来，她觉得自己生理有点变化，她说不清，可能是内分泌方面，每次月例，跟以前不同。汹涌。她的感觉用这个词能概括，大海涨潮般。

康隆话突然多起来："春儿对我们也是个锻炼，你完全能胜任母亲这个角色，而且能做得很好很优秀，如果我们……"

"我们？"余爽抓关键词。

康隆停顿："是，你，我。"他头天看到条新闻，一个他最喜欢的女歌手，跟谈了十八年恋爱的男友分手。危机感啊！他有什么能力留住余爽呢。

或许孩子是永远的牵绊。

"生一个孩子？"

"陈可辛和吴君如就这样。"他说。

"哪样？"

"不结婚，生孩子。"

余爽拍额头："你知道这事意味着什么吗？"

"意味着……"他猜不来。

"意味着一个永远丢不掉的包袱。"

康隆微笑，无限包容："想丢的时候，丢给我。"

"不公平。"余爽说，"这事不公平，我得怀孕十个月，你却只需要劳动几分钟。"

"这个世界本来就不公平。"

"这又是你爸的主意？"

"跟他没关系，他只催结婚，没想到这步。"

"你，和我，生孩子……"余爽蒙。

"是，对，我们的孩子，你的，我的，一定聪明漂亮。"康隆自信。

余爽揉太阳穴："等会儿，容我想想。"

第八章

1

连余梦做梦都没想到,跟韩广的合作会那么顺利。因为有联合会的关系,还有祖良才朋友老赵老婆的路子——虽然跟祖良才掰了,可只要有共同的利益,老赵老婆巴不得入伙。最关键的是,余梦有管理经验,有行业眼光。

韩广不傻,不赚钱的项目他不会投。

只不过,余梦清楚,以韩广的资历、规格、地位,他未必看得上这点小钱,那么,其中的缘由,只能在自己身上。余梦对自己的魅力有信心。

这一回,余梦认为应该细水长流,不能像遇到祖良才那样,干柴烈火,投入真情,老实说,她对韩广是有芥蒂的,她相信韩广对她也是一样。

因为中间夹着个翁悦。

他们曾经是敌人,现在是合作伙伴,是不是朋友不好说,但还不至于是情人。可越是这样,余梦越觉得兴奋,不入虎穴焉得虎子。开了几次会,吃了几次饭,余梦没有任何行动,她表现得得体、优雅,有一次辛太太在,余梦在,韩广在,翁悦却不在。辛太太狠狠把余梦夸了一顿,月子中心的项目,余梦为求稳妥,拉辛太太入干股,壮壮声势。

余梦在韩广面前不提翁悦,他也不提。仿佛这个人根本不存在。

不久，余梦收到一叠稿件。韩广让人寄来的，是他传记的草稿。韩广让她提意见。余梦匆匆看了，发现里面几乎没有婚恋的章节——这是她最感兴趣的。

余梦回复：一本好书，但不算是一本吸引人的书。

韩广问：哦？因为没有你们喜欢的八卦故事？

余梦回了个呵呵的表情：你太小看读者了，八卦也要八得有品，我只是觉得在这本稿件里，看不到你的精神核心，你韩广的信仰是什么？

韩广回复：造福大众，你信么。

余梦回复七个大笑脸。

余梦和韩广接触密切之后，翁悦找他抗议过。当然不是直接抗议他和余梦接触。她抗议他把余蕊撤下来，也不用叶察，而是自己配了一个男秘书。

余蕊是她的眼线，撤下来可不妙。

韩广不予答复，他有权利撤换秘书。不需要向任何人解释。

翁悦气得眼绿，她就不明白，这余梦难道是妲己托生？男人见了就走不动路？她打余蕊这张牌，就是想用小姑娘收住韩广的心，充当桥梁、密探，同时打击余梦，最好姐妹失和，她坐收渔利。可现在好，余蕊突然调岗，叶察也被弃用，换了个新人做助理，她认都不认识，更别说收服。其中消息一概断绝。简直瞎子摸象！

换人，她认为八成是余梦吹的枕头风。

因为生意，翁悦跟栾承运有往来。接触下来，她觉得这个男人不是完全不可取，虽然财富上、魄力上，或许无法跟韩广匹敌，可也不应该完全被弃之不用。她对余梦这种吃着碗里、看着锅里的脾性很是瞧不上。

还有韩广，突然对她更冷淡，简直像个大冰柜！翁悦的理解是，姐夫帮她拿下了委员的位子，给了她面子，可能他认为，情分就算做尽。

有点切割的意思。

她明白，这么多年，姐夫一直因为姐姐的死耿耿于怀。翁阳因为抢救人不及时，被姐夫永久封杀。她能得到照顾，也是因为姐姐在遗书里拜托姐夫关照。翁悦爱姐姐，也恨她。有姐姐在，哪怕她已经去世多年，她和韩广就注定保持远不远近不近的关系。

翁悦问余蕊，说有没有什么地方得罪董事长。

余蕊说:"都是按规章办的。"实际上,失落的不仅仅是翁悦,还有余蕊。从第一助理的位子上下来,她才真正明白叶察的失落,跟公司的首脑接触,和在下面做事,是完全不同的两种感觉。且不说跟着韩总长了多少见识,结识了多少人物,就是跟韩广接触本身,对于员工自身也是个提高。

余蕊始终认为,一个人能获得成功,可能具有时代大势的偶然性,但一个人能获得巨大成功,那他必然有其出众之处。这段时间接触下来,余蕊手上走了不少文件、邮件、往来谈判,等等,她归纳韩广的特质是:胆大、够狠、路子野,善于结交。就比如她知道韩广加入了一个小团体叫"大有会",这是一个资本市场上的神秘组织。他们一起打牌,也一起做生意。当然,核心的东西,韩广是不让余蕊碰的。有生意要谈,她只能在外围等着。现在连等的机会也没有了。据余蕊所知,梦姐的前夫,也积极打入这个小圈子。不过,遇到一次之后,就再没见他。余蕊认为,这可能因为栾承运还不够段位。

下来之后,余蕊闷闷不乐。余憩看出姐姐的不快,安慰她:"工作起起伏伏,难免。"道理余蕊能不明白吗?她失落的更深一层原因是,她原本以为,自己和韩广已经建立了一层超出老板和员工之间的"友情"。可从结果看,并没有。

余嘉还没辞职,她找栾承运评估餐饮项目。栾承运的意见是,可以做,但市场调研要先做好。至于餐饮许可证,余嘉还没提,栾承运就主动说帮忙问问。

余嘉知道,这是看在狄立人的面子——真难得,人都没了还有面子,可她根本不想活在狄立人的阴影下。她迫切想要冲出去。哪怕做一点微不足道的小事情,至少属于她自己。

"我打算结婚。"栾承运冷不丁地说。

余嘉有点吃惊。"余梦知道么?"她问。

"干吗,需要她批准?"栾承运脸上露出标志性的坏笑。余嘉没往下问。根据她的直觉,她总觉得栾承运对梦还没放弃。"孩子们怎么说?"她换个角度问。

"都同意。"他说。

"办事的时候给我请柬。"

"二婚,还办什么。"栾承运似乎有点失落。

自从康隆提出生孩子的问题后,余爽觉得自己脑子一下被打通了。过去,她惧怕结婚,惧怕绑定一个人,她发现根本原因之一,是无论那个人是谁,都无法跟你有颠扑不破的关系,孩子不一样。只是,就这么直不隆咚生下来,能保障吗?能给孩子幸福吗?再见面的时候,余爽决定跟康隆好好探讨探讨。

"这事康主席不知道吧。"余爽声音很低,表情严肃,像地下党接头。

"他不知道。"

"真要生?"

"我觉得有必要。"

"麻烦的不是你。"

"你生,我教育。"康隆笑着。

"生下来怎么算?"

"什么怎么算?"

"怎么分配?"

"你是妈我是爸,这还用分配?"

"不是,"余爽纠正,"我是说万一以后咱俩出问题了,孩子怎么弄。"

"放心,出问题了,孩子我兜着。"

余爽着急:"别别,你这是抢孩子,我的意思是,如果咱俩出问题,孩子得归我。"

康隆一咬牙:"行,归你。不过……"

"不过我是孩子爸,这得承认,我有权跟孩子接触,有权看孩子。"

"当然,你有权利,也有义务,你得给孩子抚养费。"

"咱们巴望点好么,别说得好像咱俩已经怎么着了似的。"

"喂,"余爽拍拍康隆肩膀头,"来真的?"

"我什么时候不来真的。"

余爽往后靠,上下打量康隆:"行不行啊你?"

康隆急于证明,脱口而出,"精子库还找我捐献呢!"他说的是事实。大学教师,博士,业余长跑运动员,康隆的身体状态至今维持在很高的水准,精子库找到过他。

"你捐了?"余爽着急,"你的意思说,在这个世界上,搞不好会有同父异母的孩子?"

"捐了。"

"你！"余爽站起来。

"没捐。"康隆嬉笑着。

顽皮。

主意已定，两个人仿佛像偷偷做坏事的孩子。去做体检，报告出来，均合格。然后，该切入正题。在余爽家肯定不合适，春儿还在。

"去我家。"康隆建议，是个好主意。选好日子，余爽安顿好春儿，洗好澡，准备上门。她突然有种奇突感，刺激，新奇，仿佛像个应召女郎，但实际上去办一件"正经事"。她是大地，等待播种；她是春花，期盼风。

到康隆那儿，他已经洗好澡。

"来了……"他身体看上去有点僵硬。

余爽放下包，也有点手足无措。

康隆指了指卧室："都准备好了……都是……新的。"

余爽道："我去洗澡。"其实她在家已经洗过一次，再洗，是为缓解紧张。康隆哦了一声，赤着脚，坐在沙发上看他的植物图谱。桌子上有剥好的栗子仁，他随手捏着吃。一会儿工夫，余爽从洗手间出来，浴衣裹得严严实实的。

真到动真格的，她还有点不好意思。这次跟过去不同，这次带着使命。康隆拍拍手，站起来，说了声走。余爽感觉有点滑稽，康隆脚后跟沾了点栗子膜皮。

"你坐下。"余爽说。康隆诧异。什么情况？

"脚抬起来。"她又说。

他头开始冒汗，这也太主动。他依旧照办，抬起脚，她迅速帮他把栗子膜皮揭下来。

"好了。"

没了？他觉得好笑。

余爽坐在床上。

"开始吧。"她说。

康隆也有点紧张，以前不是这样，都是自然而然发生，怎么会变成走流程。

他爬上床，不晓得从哪里着手。

"被子。"她指示。

他连忙拉过被子,披在身上,又探下去抱住她。

静悄悄的。

"开始啊。"她说。

"还没来感觉。"他尴尬。

"我这样你还没感觉?"

"今天有点……没激情。"

"算了。"她要撤,"你根本对我没感觉,生什么孩子,必须有激情,生出来的孩子才健康。"

"来了来了。"康隆又把被子覆上去。这回真来感觉了。

余爽问:"你喜欢我什么。"算前戏。

"叛逆。"

"什么?"

"叛逆,你叛逆。"他重复。

"这是好词还是坏词。"

"在我这是好词。"

"有什么好。"

"以前我总是循规蹈矩,读书,工作,跟所有人一样。"

余爽听不下去,平躺。

"就这样?"他问。

"就这样吧,稳妥点。"她仰面朝天,口气像个教练。他们必须确保万无一失,制造出孩子来。

2

很长一段时间,翁悦和余梦是"后不见后"。

联合会落选后,余梦跟祖良才分了手,更没有去参会的动力。女企会那边,余梦团结了几个有合作空间的会员,跟翁悦分庭抗礼。不过这次辛太太儿子过生日,辛太太有心撮合世界大和睦,特地把两个人都请来。

余梦不好不给辛太太面子,硬着头皮前往。

到现场,见翁悦也在,实是料想之中。可再一看,余蕊竟跟在旁边,真跌破眼镜!

翁悦用心毒啊!带着余蕊别有深意——不是为把蕊介绍给辛太太,而是要向我余梦示威!意思是:你的小姐妹,不照样当了我的跟班?!余梦恨得牙根痒痒,千思万虑没想到这狠招。

看得出来,翁悦很得意,她带着余蕊,四处招呼着,仿佛她是姨太太(不配做太太),余蕊是她的跟班丫鬟。

德行!

余梦不理她,径直去找辛太太说话。

辛太太喊了翁悦一嗓子。翁悦连忙凑过来,余蕊跟着。

辛太太看看余梦,又看看翁悦,笑道:"都什么时候了,哪行哪业都不好做,老朱的事听说了吧。"老朱是她们的朋友,女,比辛太太大,刚破产。

余梦一笑,瞟了余蕊一眼。

翁悦笑笑,脸部肌肉不动。

辛太太又道:"就那么几个人,有机会大家一起做事,不是攘外必先安内的时候啦!要一致对外。"

余梦和翁悦都凑趣微笑。

余梦率先道:"我这人,太实在,不懂得借力发力。干的都是些实事,没虚的。"

翁悦不示弱,也笑着:"我做人只信两个字,一个是柔,一个是愚。"

余梦懒得听她掉书袋,招呼了一下,走开了。

聚会的中心当然是辛太太儿子。只是小伙子不愿跟女士们应酬,上了蛋糕,吹了蜡烛,就去跟爸爸和叔叔们聊天。女士们自斟自饮,举着红酒杯你敬我,我敬你,不亦乐乎。

翁悦带着余蕊施施然走一圈。

来到余梦面前。翁悦笑呵呵的:"没酒了,"又对余蕊,"你敬梦姐一杯。"

余蕊能闻到硝烟味。翁姐发话,她只能把酒杯端稳,"我干了您随意。"她对余梦也客气。

皱眉,难受。

余梦不啰唆,余蕊刚一仰头,她也立马干掉杯中酒。又拿酒瓶给蕊和翁悦都续上。

"小蕊,"余梦发话,态度高冷,"替我敬翁姐一杯。"

余蕊夹在两人中间,一时为难。

翁悦瞪眼,阻止。余蕊不敢动,翁姐给她发工资,得听她的。

"小蕊!"余梦嗓门提高一个八度。升堂办案的样子。

余蕊进退失据,左右为难。

都是老虎,都能吃人。

"工资我发!"余梦嚷嚷。她像能猜出人的心思。

余蕊举着酒杯。翁悦眼珠子像要跳出来,那样子仿佛手上若有枪,她能一枪崩了余梦。

辛太太远远瞧着,感觉不对,凑过来问情况。

"干吗?"辛太太脸色沉下来。

余蕊一时语塞。

辛太太对余蕊:"敬你翁姐一个。"余蕊领了命,敬了酒。翁悦赏脸喝了。辛太太又道:"再敬你梦姐一个。"

余蕊只好再走一遍。真心累。

辛太太下结论:"今儿心情好,谁找不痛快,就是跟我不痛快!"

掷地有声。

辛太太发话,只能以和为贵。剩下的时间,翁悦和余梦一个在东,一个在西,余蕊还是跟在翁悦屁股后头。

余梦越看越气。

聚会结束三天,余梦这口气还没出尽,找到余嘉,一通抱怨。"什么亲疏远近,狗屁!现在的人,就认钱!"

余嘉劝:"那是她的工作。"

余梦横眉:"工作就不顾姐妹了?就能丧失立场了?就能助纣为虐忘了自己姓什么了?什么驴熊工作?!一个月发几个臭钱?值得这么跪舔?!"

越来越不好听,余嘉只好劝阻,换个角度:"这事,我看不怪小蕊,她是在其位,谋其政,身不由己,倒是那个姓翁的,她知道你要去,所以故意带小蕊过去,想气气你,你要真生气就中计了。"

这么一劝,余梦的气立刻倒匀了点:"是……不能中计……不能中计……我得反攻。"余嘉问怎么反攻。余梦嘴上没说,心里有数。

一晃由秋入冬,元旦之前,余郢四美各自迎来生活中的大事。余嘉的弟弟余义和女博士正式结婚,女博士秋天毕业,现在在一家研究机构做助理研究员。余义博士在读,两个人强强联合,知识方面足够,就是房子方面有点犯愁。余家拿不出钱来补贴儿子,好在女博士不在乎。

余家的解释是:她长得丑,所以在房子问题上让步。只有余嘉明白,弟媳妇是明事理,打算一起奋斗。

余嘉拿到餐饮牌照,栾承运帮的忙。余嘉不敢跟余梦说,她怕余梦说她立场不坚定。余嘉辞了职,积极看房子,准备做快餐店。厨师她打算从老家请,菜单已经研究得差不多了,口味她自己把控,员工只需要走流程。

余梦、辛太太、韩广等人投资的月子中心批文下来了,当然是辛太太找的路子,接下来就是真金白银地投建。

余梦还得到个消息,这次换届,祖良才成功继任,依旧是系统内班子里的核心角色。全市七个区,祖良才所在的区,工作开展得最好,一时间,又有风传祖还会升。

势头大涨。

不过余梦已经不打算跟他纠缠,没意义。不是年轻人了,她看重名分、承诺。

余爽和康隆,努力了许久,终于中标,她怀孕了。余爽暂时还是没告知康主席,也没跟其他姐妹提。春儿这半年转学回了家,余爽安心保胎,安安心心过危险期。

余蕊这边倒没见特别大的喜事。唯一的安慰,是余憩成长了,她在白元凯公司学到很多,人变得更自信。只是和白元凯的"恋情",似乎并没有什么突破性进展。白元凯让人摸不准。他不主动,也不被动,总是营造一种兄弟姐妹似的氛围,扑朔迷离。

好在余憩还年轻,输得起,余蕊觉得就算耗一耗也值得。倒是她自己,做什么都意兴阑珊。跟韩广有机会接触,可两个人似乎再也回不到当初做采访时的感觉。赶在元旦前,韩广的传记出来了,叫《没有不可能》。公司员工人手一本,余蕊也买了。

叶察统一抱着书去找韩董签名。韩广特地给余蕊签了四个字:蓄势待发。余蕊拿到手,不懂什么意思,蓄什么势,发往哪儿。

余爽还没过危险期,康隆对她格外保护,稍微加个班,康隆就抗议起来。余爽嚷嚷着:"有孩子就不能上班了?以前那妇女,大着肚子还下地干活呢!没那么娇气!"康隆想辩解,却说不出口。他能怎么说?说现在的人体质怎么跟以前的比?说你已经是高龄产妇?余爽好强,最不喜欢听到这些。

康隆只好换个角度。说胚胎才栗子这么大,乱动,容易长歪,孩子生出来,难看。

这观点余爽倒能接受,经谈判,余爽同意在床上加班。巧的是,近来,康主席跟余爽联系得勤,打了两次电话,拐弯抹角提到结婚的事。

等于是催婚了。

余爽问康隆,怀孕的事,是不是向康主席透了风,康隆对天发誓说没有。

"那干吗打电话?"

"想起你的好了呗。"康隆答。余爽只是怕麻烦,丈夫还没认,难道就先认下老公公。现在只是合作生个孩子,结婚还没提上日程,她不想惊动老头。至于等肚子大了以后,她打算制造出差假象,瞒天过海。生下来再说。

可是,还没等余爽安排好这一切,康主席便不请自来,上门探望,还带了菜,拎了美酒一瓶。看样子,他是瞒着康隆,单刀赴会。

熟食摆上,康主席非要下厨炒个鸡蛋。余爽闻不了那味,可老人倔,只好由他去。都弄好。康主席又满上酒,感叹:"你看看,春儿也走了。人呐,没意思,来来去去,说不清!"

气氛有点惆怅。

"主席,没事吧。"

康主席不答,直接举杯:"丫头,来,走一个!"

余爽如临大敌,摆手:"真喝不了……"

以前可不这样。余爽向来海量。

"瞧不起我老头？"康主席故作生气。

"不是……主席……那个……我……胃炎……"

康主席大手一挥："胃炎算什么，喝了，大不了再吃药。"余爽还是挡。康主席随即自饮一杯，感叹："人呐，没意思，混一辈子，到头来，谁不都是一个人。"

不知为什么，余爽的心咯噔一下。

谁不都是一个人。

这是一个父亲发出的哀鸣，他有儿子啊，还有过两任老婆，还是觉得孤独。人本来就是孤独的。因此，余爽更加确信自己的选择，无论是谁，都只能陪自己走过一段路。

开启畅饮模式后，康主席停不住，隐约之间，余爽似乎弄清楚，康主席应该又谈了一场恋爱，失败了，他身体不好，一直吃药，又非大富，自然不是老年婚恋市场的抢手货。

半斤酒下肚，余爽怎么也不让康主席继续喝，康主席兴致来了，引吭高歌，唱的是《三国演义》主题曲。"滚滚长江东逝水，浪花淘尽英雄，是非成败转头空，青山依旧在，几度夕阳红……"

他醉了。

余爽把老头子扶到沙发上躺着。醉意朦胧中，康主席一把抓住余爽的手腕，喃喃碎语，颠过来倒过去，余爽大概领会到其中意思，他让她以后对康隆好，好好照顾康隆。

余爽暗叹，真是亲爹。

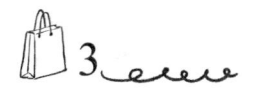

3

浩宇、正宇回来了。逢浩宇生日，余梦要帮儿子庆祝。浩宇觉得奇怪，不过生日有年头，是为兄弟俩一视同仁，如今突然铺张，没必要，还不如买个限量版的鞋子实际。

余梦教育儿子:"送你出去读书干什么,同学也是一种关系、路子,需要维护,对吧,比如那个小韩,你翁姨去看过的那个,也回来了是吧,一起聚一聚。"

浩宇以为老妈侦查出他的恋情,紧张。事实上,他和兮倩已经分了手。恢复朋友关系。请她来聚餐,不知是否妥当,可浩宇终于架不住老妈游说,还是把兮倩请来。

饭店订得高级,除了兮倩,还有三个男生——浩宇发小。余梦花枝招展出现一下,便把空间留给孩子们。兮倩对浩宇说:"你妈什么意思?"

"什么什么意思?"

"突然摆这么一桌,还那么客气。"

"我生日,我是她儿子,能不重视么。"

兮倩敏感,一笑:"你妈在和我爸合伙做买卖。"

"那又怎么样。"

"所以她让你讨好我。"兮倩看透一切,也乐于点出来。

浩宇来气,碗碟一推:"不过了。"

兮倩继续教育他:"哟!有什么大不了,也值得一气?大人们不懂事,咱们还能不懂事吗?我来,是念过去一点旧情。"

"不许侮辱我妈。"

"吃饭,别废话。"兮倩不打算惹事。不过她还藏着更劲爆的看法没说,凭女人的直觉,她觉得浩宇他妈有点想做她后妈的意思。这么些年,多少女人前仆后继,她斗争经验丰富得够写一本书,什么都瞒不过她的眼睛。

出了餐厅,余梦往余嘉那赶,小店正式开业,做快餐,一汤一饭一荤两素,走日式便当的路子。余梦到,余嘉在后厨忙得四脚朝天。小店里坐满人,刚开业,新鲜。

余嘉让余梦先找个位置坐下,余梦一伸脖子,发现余蕊正帮忙打包,给外卖骑士们递餐盒。余蕊朝余梦点点头,余梦装作没看见,坐下,屁股对着她。余嘉一边忙,一边得关注各种微妙变化,她今天让余蕊和余梦来,就是存心找个机会说和。没有原则性问题,该和好还是和好。

余嘉洗洗手,从料理台撤下来,过一点,速度稍微下降。她到收银台替下余蕊,努努嘴,让余蕊给余梦送餐:"态度虚下来,去。"余蕊只好领了餐，端到余梦跟前，赔着笑脸。

余梦抱着两臂，还没等余蕊开口，便抢白道："小蕊，我就问你一句话，我是不是你姐，你是不是我妹？"

"绝对是。"

"你是哪头的？"

"姐，那天真是……"

"行了，什么也别说了，以后，你走你的，我走我的，咱俩吃不到一个锅，尿不到一个壶。"

情势危急。

余蕊连忙道："姐，你这么说我很委屈。你要消息，我一有消息就放给你，你要帮忙，我能帮的肯定帮。可那天真是没办法，都是大姐，不给谁面子合适？我夹在中间难做，翁姐骂我一顿，你又骂我一顿，翁姐骂我我不往心里去，那是外的，梦姐对我不痛快我能理解，可咱们姐妹之间不应该这样。梦姐这么说，我难受，翁姐那天带我是存心。梦姐要中了她的计，人家才真高兴呢。"

一段话，各种姐，余梦却听得清楚明白，余蕊不糊涂，应该还是站在她这边。她余梦不能把同盟军往外推，该统战的还得统战。于是借着台阶下："到什么时候，都得分得清敌我！"

余蕊见余梦松嘴，胸中那口闷气终于出来，姐妹俩坐下来用餐。冷不防，白元凯拉着椅子坐过来，他回头对余嘉："老板，来份套餐！多加个鸡腿！"

余嘉开业，他特地捧场，屁股后头带了一票人，小店当即爆满。余嘉满头是汗。白元凯见店内无法负荷，当即下令，让下属们回去点外卖，不用店内逗留。余蕊左看右看，没见妹妹余憩来，当着余梦的面，不好问白元凯，她打算晚上回家再问问余憩。

开业一个月，小店的生意逐渐冷淡，余嘉还在拼命拉业绩，做促销，发传单，显然，过了刚开业的新鲜劲，白领们似乎并不打算回头。

是菜出了问题么。余嘉找人品鉴，都说餐食味道很好，尤其是看家美食红烧小排饭，更是令人垂涎欲滴。是价格问题吗？可开业以来，余嘉一直赔本赚吆喝。渐渐地，小团队已经开始有人离开。到这天，甚至有一个厨师要辞职，他说实在看不到未来。

晚间十点，店门还开着，余嘉一个人在收银台旁边的高脚桌上看报表、做分析。有人推门进来，余嘉下意识说了句欢迎光临。再抬头，发现是白元凯。

"还在努力。"白元凯笑着。

"必须努力，只能努力。"余嘉的笑又苦又甜。

"有什么能帮忙的？"他问。

余嘉转身回厨房，洗干净手，盛了一份排骨饭来，端到白元凯面前："帮忙吃了吧。"她感谢他一直带人来照顾生意。

"业绩上不来？"他一边吃一边问。

"回头客少。"

"我不就是。"他开玩笑。

余嘉认真道："得是那种陌生的、素不相识的回头客才行啊。"她忧愁，不过很奇怪，这段时间的忙碌，却让余嘉身上浮现出一种少有的活力。

她觉得自己仿佛回到了二十多岁的时候，除了跟思思通电话的那一小会儿，其余时间，她不觉得自己是个妈妈，不觉得自己是中年妇女。她是创业者，没有年龄，她渴望成功。

"去日本考察过没有？"白元凯问。他跟余蕊的看法相似。余嘉说没来得及——实际情况是为节省开支。随即，白元凯仔仔细细帮余嘉分析，从便当的历史，到现状，到便当的做法，到菜单，到品类，到配送，到附近白领的用餐习惯，等等。余嘉听得入迷，很显然，白元凯做了研究，搞不好还做了大数据层面的研究。他的分析，令余嘉茅塞顿开。比如，他建议主打团购，每个公司定三份以上才送货；再比如，为了节省好食材的花费，他建议作单一菜单，也就是周一到周五，每天只供应一种便当，这样也可以减轻厨师的压力；还有，他建议在摆盘上再作改进，白领们都有审美需要，一盒饭在他们眼里，可能不仅仅要好吃，还得好看；还有，无论是菜品还是饭盒，都需要包装出"家的味道"，他建议重新定制饭盒，当然，这需要更多投入。"去日本看看吧，我马上要去日本出差，一起。"

白元凯发出邀约。

若在过去，余嘉一定不会答应这种邀约，可现在情况特殊，店子危在旦夕，再找不到办法挽救，等于她的养老钱都砸在里面，虽然创业之初，余嘉就有失败的心理准备，可她无法接受这么轻易失败。

说走就走！干事业，其余不想那么多。

飞机起飞，目的地，东京。看着越来越远的地面，还有身边鼎力相助的小白，余嘉没想过自己也能飞那么高。

余憩想辞职，回家透了点风，余蕊立刻表示反对。

"工作得熬长。"

"有公司挖我，待遇比现在好。"

"你是怎么来的？做人不能这样。"

"姐，这是职场，就是得往前看。"

"白知道么？"

"还没说。"

"到底因为什么？"

"就是发展需要。"

"你在这，哪里阻碍你发展了么？我看进步很大。"

"反正得走。"

"他拒绝你了？"

"我们就是朋友，没别的。"

"之前不还单独去看电影。"

"可能有误会。"

"小憩，你不能这么玻璃心，他对你有感觉，不然也不会特地把你招进来，又这么用心培养。"余蕊苦口婆心。

"那是因为看中我的才，"余憩声音大了点，"不是看中貌。"后半句音调陡然降低。"我宁愿他看中貌……"

"慢慢培养。"余蕊还在劝。

"他喜欢的不是我。"余憩只能说实话。

余蕊惊讶，妹妹很少这么直接。

"那喜欢谁？"

"嘉姐。"

这才是惊天大料。余蕊被震得脑子发昏："胡说什么？"但转而又觉得意料之外，情理之中，此前种种线索，千头万绪，完型，就是余嘉。

"他们一起去日本了。"

"我知道，去考察快餐行业，是出差。"

"他桌子上放着嘉姐照片。"余憩声音小小地说,余蕊还是听了个真切,不可思议。被美女环伺的白元凯居然对嘉姐动了感情,不然照片怎么解释。她又问余憩一遍,余憩百分之百确认,是事实。

余蕊有点不服气,虽然现在淡了,放手了,可她曾经也对小白情有独钟,输给妹妹,她心服口服,小憩单纯,漂亮,跟奶茶妹妹差不多,是成功男人喜欢的类型,可嘉姐呢,她何德何能让白元凯意乱神迷。余蕊细细琢磨着,也难说,嘉姐身上那种古典优柔的气质十分独特,她像一枝空谷幽兰,还喜欢昆曲,他们有共同爱好……她不愿意往下想……那可是白元凯啊……

余憩决意辞职,余蕊见劝不住,只好让她先缓几天,就算要办,也得等白元凯回来,才能有个交代。余蕊问余憩,你就这么放手了。余憩来一句:"不爱我的我不爱。"听到这话,余蕊不再往下劝。嘉姐还在考察,这日,余蕊正坐在办公室里发愁,余爽来电话,让她赶紧过去一趟。

4

院里有个科研项目,康隆牵头,去河北山区考察,还是看栗子。他们想发掘本地原始品种。余爽在家办公,坐的时间久了,一起床,她感觉下身一热,也不知道是水还是血,顺着腿,汩汩流。

情势危急,康隆不在,康主席帮不上忙,嘉姐电话不通,她只好向蕊求助。

医院病房,余爽躺着,面色苍白。余蕊守在旁边,她经历过这一切。只是,余爽这是意外,她那回,是主动选择与孩子分离。余蕊怎么也料不到,爽会跳过结婚,直接要孩子,可面对着这样的爽,蕊又什么都不能问。

余爽痛苦着。

不仅仅是身体的痛,这孩子还让她认识到自己的"特殊",她是女人,区别于男人，是能生育要付出的，她每个月都流血，生生不息。可是现在，生命却被拦腰斩断。

是她的错。

康隆赶来了，余蕊拉他出去问情况。康隆老老实实说了，余蕊无言。这就是他们的行事方式，看似是社会主流人群，可做出来的事，比她这个演员都叛逆。

在医院躺了几天，余爽回家坐"小月子"。康隆请了最好的保姆，余蕊时不时过来看她。

余爽不让余蕊跟嘉姐和梦姐说。

余蕊斥一句："她们才没心思呢。"

余蕊现在对余嘉和余梦都很不满。

余嘉和白元凯从日本回来，店子立刻一新，据余憩说，白投资了，店名更改，叫嘉元屋，听听这名字。昭然若揭！余憩正式辞职，跳槽。白元凯挽留了一下，余憩坚持，他便爽快放人。因为这，余憩大哭，这是她最后的测试——如果白元凯坚定挽留，她或许会改变决定。

余蕊想留住妹妹，病急乱投医，又说要给她介绍另一个老总。余憩生气："姐！并不是每个人都喜欢这总那总！干一份工吃一份饭，没那么复杂！"

余蕊被怼得没脾气。没几日，余憩上新工，搬了出去。

余蕊去余嘉的店里坐过，又旁敲侧击："白老师经常过来哦。"

"偶尔。"余嘉手上忙着，并没有什么不自然。

"这店他投资了？"

"有一点股份。"

大大方方，倒是愿意承认。

"白老师对嘉姐真不错。"余蕊笑着，全用第三人称。

"项目是好项目。"余嘉还是一派舒展，没有什么别扭的地方。

听听，还坚持认为项目好呢。从前不觉得，现在，余蕊真心认为嘉姐这样的古典美人最可怕，属于高级"绿茶"，明明做了一些"绿茶"的事情，可人家弄得就像是发自本心。

男人吃这套。

春风化雨，润物无声，最高段位。

更令人愁心的是余梦。余蕊从第一助理的位子上下来后,她和叶察的友谊比过去还坚固。据叶察透露,近来,余总——就是余梦,跟韩总打得火热,两个人经常聊天到半夜。

余蕊问:"到半夜?聊什么?"

叶察道:"人生呗。"又补充:"韩总那种人,你得思想高度跟得上他,聊舒服了,什么都好办。"

不愧是多少年的老秘书。老领导那点特点,被他摸得一清二楚。

余梦同样摸出了路子,这一阵,她正恶补佛学,只为能跟韩广有共同话题。眼下,余梦觉得,自己已经打败了翁悦,成为韩广跟前的红人。可是,远远不是情人。她和韩广一点恋爱的关系都没发生,虽然余梦制定了几套战略,比如从韩兮倩那儿包抄,比如正面进攻……

都没用。

余梦发现,韩广和祖良才不同。祖良才还有点知识分子的浪漫。韩广没有,他商人出身,在商言商,身上有种冷硬的东西,余梦感觉他只是把她当作一个合作伙伴,再进一步,红颜知己,能深夜聊佛学的那种。

然后,没了。

永远在量变,永远不质变。

余梦觉得累。不过,跟韩广合作,余梦认为她打开了另一番世界,爱情这条路走不通,不还有事业么。过去,余梦从未想过自己能做大事业,可在韩广的点拨、引导下,她视野变宽了,野心变大了。心思一转,对啊,如果自己能成为豪门,何必还一门心思嫁豪门呢。走到这个地步,余梦终于理解某位演员当年为什么能发出那样的豪言壮语。

此一时,彼一时。生意场上,她余梦也有天赋,把栾承运这种小虾米踩在脚下不成问题。

好风凭借力,送我上青云。有什么不可以?!

月子中心过后,韩广手里又抓了个风力电厂的项目,在集团不算什么,但余梦觉得,如果能拿下这一票,事业等于上了个台阶。原来她做的都是"女人的产业",现在若有幸染指能源行业,等于在男人的堆里披荆斩棘,非同小可。

翁悦当然也知道这消息。过去,韩广就想做电力,但一直拿不下来批文,翁悦想去西北开拓,他不同意。这次,余梦想弄,翁悦自己不说,委托叶察柔软抗议,谁知触了逆鳞,碰了一鼻子灰。弄得叶察跟余蕊抱怨,说神仙大战,老拿他当枪使,他又不是法宝!

翁悦了解了韩广的态度,及时休声。这些年,她得到的够多了,而且韩广还算给面子,松口帮翁阳安排了个事做——去横店做旅店,做高级房东。不过翁悦又感觉有点不妙,先挺她,再帮翁阳,她感觉韩广像是要放手,切断这层残留的"亲戚关系"。

趁着喝下午茶,翁悦不失时机在辛太太面前参了余梦一本。辛太太托着红茶盘,眼睛一亮,惊诧道:"哟,心这么大,以前倒没看出来。"

翁悦道:"藏得深。"

辛太太揶揄:"还不是你引来的。"

翁悦苦笑,不作声。

辛太太放下茶盘,道:"搞不懂这些人,眼下这时局,都在收,怎么还有人要放。摊子铺出去,树大招风。"

话戛然而止,没有下文了。

翁悦大觉其中有无限深意。辛家什么路子?能接收多少信息?自然比他们这些人能看得全面,通盘考虑。什么时候藏,什么时候露,是门艺术,哪像余梦这种所谓的"新贵",不过是土豪包了件衣服,谁能保证不是今天有明天无。比创业更难的,是守业。

翁悦有时候也想,姐夫这么大的家业,将来给谁?都给兮倩?那娶她的那个人真幸运。这一点,余梦也想到了,所以浩宇生日会,她才一定把兮倩请来。这是她的后手。

老妈不行,还有儿子,两朵花,只要开一朵,就是胜利。

不过眼下,余梦却冷不丁接到一个难题,她认为这是韩广给她的终极考验。

5

是叶察来传的话。

看看,他都不亲自说,余梦意识到这就是一种不平等,韩广打心眼里觉得,她还不配跟他平起平坐。

事实上也是。

韩广是什么人物,是祖良才用尽全力也无法跟他匹敌,是辛家也要给他几分薄面,是敌方阵营投诚过来的她,他也能接受的人物。余梦知道自己的位置,就好比亲生和继养,她要得到韩广的信任,还需要继续努力。

叶察就来说了一句话:"可以找这个人问问批文的事。"

没有任何情绪。

随后,递上一只信封,密封的。余梦满腹狐疑,叶察走后,她撕开信封。

是张纸。叠得四方四正。

余梦猜,应该是个指示。这年头怎么还有人这么干,跟地下党传信号似的。也是,电子设备不安全,还是人送"鸡毛信"比较稳妥。

徐徐展开。

一张白纸抬头部位打着三个小字:祖良才。

余梦惊得浑身鸡皮疙瘩走了一遍,跟着打了个颤。什么?他让她去求祖良才?她已经投靠这个阵营,他却让她去找过去的情人批条子。余梦怀疑,这根本就是韩广设置好的"捉放曹"的游戏。她原本打算好了,跟祖良才能不见面就不见面,他走他的官路,她走她的商路。井水河水不相干……

余梦慢慢坐下来,她逼自己冷静,跟韩广来往这段时间,她第一次感觉到这个男人的可怕,这是让她上投名状啊!你只有把自己打碎了,放低了,为了他去求自己的前情人——自尊遭凌迟,这个阵营才能接纳你。

余梦惊愕着,这就是韩广比祖良才高明的地方,祖良才还有感情、柔情。韩广没有,他狠在暗处,他的征服不是肉体的征服,而是精神征服,他要把你的骄傲、尊严狠狠踩在脚下,让你完完全全臣服,然后,才能成为他的子民。

一整个晚上，余梦痛苦着。她拉不下这个脸去找祖良才，可是，到嘴的肉不能放弃！风力电厂，多么诱人的项目。

思思回国，能陪妈妈过半个月。店里忙，余嘉脱不开身，连吃饭都是便当凑合，吃了一个礼拜，思思腻歪得头顶冒烟，强烈要求老妈陪着去吃一次麻辣香锅。

对于从英国回来的人来说，便当过于清淡。鱼排松饼吃够了，谁还回来吃这些个。思思火眼金睛，还发现了老妈一点变化。

她漂亮了。

店里，思思举着饭勺问："是不是动了？"

"什么？"

思思遥遥悬空点了老妈左右脸各一下："这儿，这儿。"

"没那时间。"

"不对。"

"行了，擦桌子去。"余嘉给女儿派活。思思现在是小伙计。

思思道："妈，咱说好了，可别给我找个后爸。"

余嘉着急："你妈这辈子，就守着这个店过了，到老，到死。"

思思古灵精怪，又变换话锋。"我亲老妈，我就试探一下，别弄得跟贞节烈女似的，"顿一下，又说，"我还鼓励你找呢，我在国外，你一个人，小舅又被丑女拐走，你就是不再婚，有个情人我也接受。"

"别胡扯。"

"妈，你千万不要被封建礼教束缚！"思思煞有介事，"烈士的遗孀，也是可以再婚的。你看那个谁，就是老公牺牲的那个，后来不也再婚了，还生了好几个呢。"

余嘉听不下去，赶思思去干活。白元凯推门进来，见余嘉脸有点红，觉得诧异。又见思思也在。他跟她打招呼。

思思崇拜白元凯。他是留学生中的传奇人物，不光在美国传奇，名声还传到英国去。"白大哥，什么时候去吃一次麻辣香锅。"思思撒娇。

余嘉纠正："叫叔叔。"

思思不干："妈，你把人都叫老了，什么叔叔，是哥哥。"余嘉正经地，"你问问，他愿意当叔叔还是哥哥。"

思思瞅着白元凯，求答案。

白元凯笑道:"是叔叔。"

白元凯又问余嘉,有阵子没见到余爽,她怎么样。余嘉想了想,说好像说出差。

还没出月子,余爽便恢复工作,她闲不住。一个人在家,她觉得自己会发疯。春儿短期内不可能回来,肚子里小东西也离她而去,余爽第一次感觉到了彻头彻尾的孤独,好像有点希望,立即又破灭,像黑暗中的烟火。

更糟糕的是,流产的时候,医生告诉她,以后如果想再怀孕,不排除得用试管,这事康隆都不知道。

感觉太糟糕。

在此之前,余爽从未觉得年龄是个问题,可现在,年龄问题又赤裸裸地摆在眼前。余爽觉得她不能因此绑住康隆。看样子,他很想要孩子,但如果她生不出呢?婚结不结就那回事,孩子没有,那就是没有。

不结婚可以生孩子,结了婚,也可能生不出孩子!余爽苦闷。家里还摆着婴儿车、婴儿床、小风车、小风铃。余爽看着难受,请了个保洁,迅速收拾了。

周末,康隆要来。半上午,余爽还没起床。孩子掉了之后,她生活方式多少有点颓废。门口有响动,余爽叫了一声。"小爽!"声音比康隆高。余爽连忙披起衣服,出来看,是康主席来,手里拎着一袋枇杷。

"听说你身体不好,来看看你。"

余爽讪讪的。

"不是……没有……"她不知道怎么回答。第一个感觉。康隆透风了?不然老头怎么知道。

"最近感冒是厉害。"他又说。

余爽的心放下来,算他聪明,编个感冒。

余爽连忙笑着接过枇杷,又故意打个喷嚏:"康主席,你离我远点,传染上不得了。"

"没事,我不怕,我现在什么病都不怕。"康主席笑着。泡了茶,余爽才仔仔细细打量康隆爸爸,有日子没见,更明显,瘦了。

"还一个人住?"余爽问。

"有个保姆。"

"最近事多,身体也不好,我跟康隆说了几次,想接您过来住住。"

余爽语气柔和。

她是真关心。

"有这话就行。"

聊到这,两个人之间似乎有点干,余爽有太多不能说的,怀了孩子,流了孩子,人生仿佛从她身上过了一遍,她现在是新的人。

康主席也满脸的欲言又止。

沉默了好一阵。

康主席突然道:"是那小子不好!"

没头没尾地,谁不好,哪里不好。

"主席,说谁呢?"

康主席一字一顿:"他在家说了好几次,说向你求婚。求了么?"

余爽尴尬,摊手:"没有。"

"他说过,没你他活不下去,要向你求婚,我也鼓励他。你不答应,就是觉得规格不够、诚心不够。"康主席忽然小声,"那小子嘴笨,心眼实,你有什么要求,跟康主席说,尽量满足。"

"主席……是不是有什么误会……"

"没有误会,你这丫头我知道,面情薄。"

"主席……不是这样……您的心思我知道,"余爽终于明白他的来意,可是她不明白的是,为什么康主席总是变着法儿地催他们结婚,其中一定有原委。转念一想,会不会是,她流产的事康隆跟康主席说了,康主席只是故意装作不知道,来催她结婚,是给她面子、给她台阶,实际上人家是可怜她呐……不不不,我余爽可受不了这种可怜,"我不能骗您,我实话跟您说,我不能拖累康隆,我不能跟他结婚。"

"为什么?"康主席直接问。

"我的问题。"

"小爽,你是好女孩,那小子哪里做得不对,康主席帮你做主。"

"我知道……我明白……叔……我……"

"我打电话给他!"康主席怒气冲冲,掏手机。

"别打!"余爽几乎崩溃。

康主席看着她。他不明白余爽为什么如此坚持。不让步。不就是结个婚吗?他一辈子结过两次婚。仍旧没对婚姻丧失信心。

"真是我的问题……"余爽又说。

"到底什么问题。"康主席焦躁。

"我可能……生不了孩子。"余爽不看他,咬紧牙关。痛苦得像刚挨了一斧头,心被劈开了。

康主席呆了几秒钟,连忙说:"生不了就生不了……现在不是有那个什么……丁克……"

余爽带着哭腔:"您别安慰我了……这样对康隆不公平……不想生和不能生是两回事……不想生是有这个功能自己不想……不能生是没有这个功能!……我不能让康隆找个功能不全的女人……我自己心里过不去……这不公平,这不公平……"

去他妈的公平!

康主席一时无措,过了一会儿,才上前拍拍余爽的肩,说没事的这有什么大不了,他不在乎,你们结婚,结婚,我给你们办……余爽深吸一口气:"不结婚没什么,没有孩子才真没劲,你说说,不为了孩子,男的女的干吗在一起,生物学就是这么遗传的,千年万代就这么下来的……主席……您别劝我……我心里过不去……我不能结婚……"

康主席发蒙。

两个人在客厅干站着。

康隆进门,见此情景,叫了声爸。余爽一闷头,回自己屋。

6

余蕊抱着一堆书走进韩广办公室。都是要签名的。传记出版后,竟在小范围内"畅销"。不少老板、同行、下属捧场,加印了一次,还都是来要书的。签名成为一项任务,好在韩广乐此不疲。

签上大名,合上书皮,这是最后一本,但是签多了,还是会累。

"对我有意见？"他说话的时候舌头很松弛，满不在乎的样子。余蕊小声说了句没有。韩广起身把门关紧，走回来，屁股靠在桌边沿，伸食指遥遥点了一下："在你心里，我现在是魔鬼。"

余蕊无措，只好过去抱书。韩广又促狭地说："你是不是觉得，我把人家肚子搞大，却不肯负责。"

真直白。

余蕊头皮发麻，背对着他。还是看着他，无言。

韩广说："你是我的助理，你我之间，应该绝对信任，我需要知道，你对我是不是忠诚。"

余蕊立即说："我会保密。"

韩广捏了捏酸胀的睛明穴，摆摆手，让她出去了。

后来叶察和余蕊简单碰过——属于他们俩的秘密。叶察似乎已经对这事不感兴趣，或许在他看来，老板要不要孩子，丢掉一个孩子，或者有了一个孩子，并非天大的事，倒是听说眼下的风力发电项目，有点棘手。余蕊问叶察棘手在哪，叶察简单说，这是一个铁定盈利的项目，但就是批文难拿，得找关系、找路子，公司有个重庆的房地产项目被人告了，现在很被动，不光是钱上亏损，形象也会受到影响，风电项目有公益拖尾，是重塑社会形象的好时机。

生意上的事，余蕊听着晕乎，她还在想那个女孩。她觉得一定有内情，韩广就一个女儿，如果是他的孩子，他恐怕不会选择让女方流产，生下来养着，不是什么大事。或者这孩子有问题？不排除这种情况，又或者，那根本就不是他的孩子，他只是帮忙处理？

这种可能性比较小。

又过了几日，余梦约余蕊见面。很急。余蕊只好抽时间去找她。在余梦办公室，余蕊接到一个"任务"，算是余梦的恳求。余蕊听到话从余梦嘴里说出来当即心跳加速——她请自己去找祖良才帮忙，跑一个条子！

这不天方夜谭么！

余梦知道了？勘破了她和祖良才过去的关系？不对，天知地知而已，她怎么会知道？祖良才已经跟余梦断了联系。余蕊强作镇定，还是微笑着："我不行。"

余梦坐到她身边来："只有你行。"抓住她的手，"你不记得了，车祸那会儿,他还是找你传的话。"

原来如此。

心放下来,秘密还没暴露。

她只是一个缓冲。

余梦如此这般把项目的事一番拆解,利弊都分析得清清楚楚。她告诉她,这是她们提升自己的最好机会:"难道你想像嘉姐那样,开个饭店,挣个辛苦钱,还有可能赔钱。蕊,实话说,姐们里,我最看中你,你懂事,也有心,最关键是,咱们很像。这么多年,翻过这么多坎儿,我算明白了,靠男人不如靠自己,咱们可以站在男人肩膀上,成就咱们自己。什么爱情不爱情,去他妈的屁!"

余蕊吃惊,连梦姐都不相信爱情了。这世上还有爱情吗?爱情有什么用?

她迷惑。

余梦最后说:"蕊,你是帮我,也是帮公司。不过这事,你不要跟老韩提,就当是咱们姐们私下的办法。如果能拿下,我给你股份,你不好拿,过到小憩那也行。"

思思回英国,几个人来送。栾承运也出现在余嘉的小餐厅,余爽太忙,没来,电话送行。余蕊到,打了一头,看白元凯也在,走了。因为妹妹的事,她现在不想跟白元凯见面。白元凯的一举一动,她都觉得有意味,是对嘉姐的讨好。或许是不自觉的。可这样更可恶,余蕊不甘心自己姐妹俩都输给余嘉。只是,感情的事,谁能说得清,戴安娜都能输给卡米拉。

余蕊坚信,这种感情长不了。吃好弄好——都吃的快餐,白元凯要去开会,他找了个司机送思思去机场。余嘉忙不开,跟女儿拥抱道别。栾承运不挪窝,余嘉猜他可能有话说。等一波外卖忙完,才坐下来跟他面对面。

"说吧。"余嘉现在变得很爽快,工作逼的。

"有机会劝劝余梦。"

"又怎么了。"

"那个风电项目,不能拿。"栾承运口气有点着急。余嘉把桌台上的胡椒小瓶挪了个位置,劝道:"老栾,她的事你就别管了,是亏是赚,她能兜,她现在不是小孩,我看她变了很多,比你都会做生意。"顿一下,又问:"你不是要结婚么,什么时候请客。"

"不结了。"栾承运干脆。

"人呢。"

"分了。"

"这不是闹着玩。"

"就是因为不是闹着玩,才要慎重。"

"别等了,真的。她变了,你也变了。"余嘉说真心话。

栾承运说:"我没变,她也没变。"

"那又怎么样,时局变了,就跟我和老狄一样,我变了吗?他变了吗?江山易改本性难移,可是环境变了,生活给我们的考题变了,你就必须逼着自己改变。"提到老狄,余嘉心抽了一下。

她还怨他。

一时间,栾承运和余嘉都有些莫名失落,两个人相对无言,坐了一会儿,栾承运起身要走,余嘉继续忙店里的事。

下定决心去找祖良才之前,黄旗回来了,说要见一面,余蕊告诉他地址,黄旗到公司找她。到地方,黄旗愕然,他没想到余蕊能混到这地方,还当了总助。集团在文娱产业也有布局,只不过,每年做的东西不多,余蕊早断了演戏的念头,从未往那方面想过,可黄旗一来,却立刻顺藤摸瓜,他想让余蕊帮忙打招呼。

有一部戏正在选角,如果韩广讲句话,不说上一号,二号有希望,三四号肯定能拿下。

余蕊为难。

她最怕求人,这赶到一块,余梦让她求祖良才,黄旗请她求韩广。

余蕊想拒绝,黄旗立刻放下姿态:"小蕊,不是过去了,等不起。现在我得上一步,你不帮我,谁还帮我?"如果换作旁人,可能当即回复:你上一步,跟我有什么关系。你上一步,对我有什么好处?

可面对黄旗,余蕊说不出这话。

她知道演员的辛苦,她知道黄旗的奋斗路,还有他的坚持和执着,她有时候觉得,有黄旗这样一个人存在也好,他还在拼,仿佛不是为他自己,而是带着全班二十六个人的梦想在奋斗。而且,余蕊也舍不得放弃这点"过去"。老朋友是不可再生资源,她珍惜和黄旗一起刚来大城市闯荡的单纯日子。

晚上一起吃饭,把余憩也叫上。黄旗来是个好机会,余憩从姐姐这搬出去,正式开始独立生活。余蕊老觉得余憩还在生气,生她的气。究其根由,是所谓的"三观冲突"。

黄旗要喝酒,余憩陪他。两个人都一声感叹,喝点酒,还会怀念青春的样子——虽然余憩还正在青春中。只有余蕊保持冷静,她现在很少喝酒,过去喝够了。她也没办法像憩和旗那样感叹青春。或者怀旧。眼前还一屁股事,活在当下吧。

席间,当着黄旗的面,余蕊用免提给韩广打了个电话,说有那么个朋友,条件很好,想要演戏,看能不能引荐之类,韩广说让演员把简历发过来。黄旗高兴得恨不得给余蕊一个吻。余憩淡淡地,说我姐总是有办法,余蕊当没听到。她现在懂得,有的忙,得帮在明里,比如黄旗这种;有的忙,只能帮在暗里,比如余梦那种。

7

对于韩广来说,批条子只是一场试探,不算大事,可过程演变之复杂,忽然令他觉得整件事情有点意思。

余梦理解得对。韩广让她去找祖良才帮忙,其实就是"投名状"。因为联合会位子的事,韩广和祖良才斗得不可开交。最终结果是韩广方面获胜。翁悦得到了委员的位子。不过就此之后,韩广便开始和翁悦疏远,他不见她——他觉得自己义务尽到,应该和翁家道别。至于余梦,他要考验她,顺带羞辱祖良才。虽然祖良才继任成功,可韩广要让他知道,谁是真正的强者。

他当然知道祖良才办不了这事。即便能办,他也不会去办。在某些方面,韩广自认和曹操有点像,他喜欢抢别人的东西,包括女人,他爱把女人当战利品,尤其是像余梦这样的女人。

跟翁悦比,余梦更有女人味。跟余蕊这样的小姑娘比,余梦又多了些历练,是事业上的帮手。年轻的时候,别人都喜欢张瑜、丛珊,就他喜欢斯琴高娃。无他,因为斯琴高娃一走到银幕前,就树立了一种成熟女性的韵味。

他唯一的担心是忠诚度。

因此,风电厂这次,算个小考。

没过多久,内线消息传来,余梦没去找祖良才,去找关系的是余蕊。韩广有点头大,身边的助理反水?咄咄怪事。韩广自认多少震住并迷住了余蕊几分,小姑娘怎么会吃里扒外?他不禁有点自我怀疑。

傍晚,已经下班了,韩广打电话给叶察,说请小余来一下。余蕊本能觉得不妙,她走进韩广的办公室,没人。一会儿,他才走进来,说了声坐。

他回到自己的大椅子上,和她隔着三米左右距离。

静默。他盯着她看。

余蕊发毛,但依旧大义凛然的样子。大场面她见过不少,不怵。

半晌,韩广终于发话,"你知道我最忌讳的是什么?"

余蕊心颤了一下。他知道了?也是,他是韩广。她去找了祖良才,甚至没把余梦抬出来,只说是公司的项目。祖良才问她,投资方是谁。余蕊模糊回答。祖良才没往下问,估计没戏。

"我是为公司考虑。"余蕊义正词严。

"有的时候,多管闲事,只会害了自己。"

"确实是为公司考虑,这个项目很重要,不拿下对公司不利,对你不利……"她不说韩总,说你。莫名地,韩广心动了一下,眼前这个女孩究竟年轻,还是个死心眼,天真,太天真,这么一个小项目,不过是个饵,试试鱼吃不吃钩罢了,怎么能影响到他的商业帝国。可笑。

只是,这阴差阳错,驴唇不对马嘴的话从余蕊嘴里说出来,韩广又觉得她有几分可爱。

"为什么是你?"

"两边我都熟,都认识。"

韩广微微点头,下意识摸下巴,另一只手伸出一根手指:"你和姓祖的……"

"老朋友。"

"多老？"韩广怀疑。余蕊好像也没多大，能怎么个老法。祖良才那点事，他摸得门清，没发现余蕊的踪影。

"仅仅是朋友？"他问。

"只是朋友。"余蕊咬住了，她自认没错，就算当初在学校的时候，她和祖良才之间，定位也就是朋友。

韩广呵呵一笑，打趣："朋友这个词，内容可多了。"

余蕊忍不住，呛一句："你爱这么做，别人不一定喜欢这么做。"

有意思。

吃完饭，从商场里出来，两个人站在风地里。康隆要脱外套给余爽披上。余爽心颤了一下，不行，必须快刀乱麻，她怕耗得久了。自己又改变主意。

余爽把外套拿下来，还给康隆。

"你不能对我这么好。"

"说什么呢。"康隆本能觉得不对，今天这饭，吃得很有仪式感，仿佛要迎接某件大事发生。

"谢谢你。"余爽微笑着说，风吹乱她头发，"谢谢你的出现，那么及时，谢谢你一直以来无私的付出，谢谢你对我的欣赏，谢谢你的善良、包容，是我对不住你，你吃亏了。"

康隆严肃地说："能不说这个吗？翻过来倒过去的，我都说了，我心甘情愿。"稍等半秒，又说："我爸就那样，他的话，你听听就行。"

"我们不合适，我不能拖累你。"余爽说。

"就因为孩子？一次不行再来一次，有什么大不了呢，我们还年轻。"

"我心里过不去。"

"没必要。"

"你得要个孩子。"

"谁跟你说我必须要孩子，那人家那么多没孩子，都不过了？"

"你这是安慰我。"余爽有点软化，但依旧坚持。

"我不同意。你要过了你心里的那道坎，不要那么小资产阶级，什么都你的我的，欠的不欠的，咱不要资产阶级行不行，咱就无产阶级，社会主义，按需分配，融在一起。有什么大不了呢？"

"我说了不是你的问题,不需要你来说同意不同意,是我,是我接受不了这样的生活,我不想结婚。我现在想要孩子,比你还想要!"

"那就继续试继续治!"

"医生说了我没希望。"

"庸医!你是没大姨妈了吗?不排卵子吗?是失去女性功能了吗?实在不行可以试管,有什么大不了的呢?要相信科学。"

余爽摸摸额头:"不说了,心累。"

"反正我不同意。"

"都再想想。"余爽平静道。

"我就不明白你为什么老是把简单问题复杂化。"康隆略带责备。

"是你把问题弄复杂了。"余爽说,"是你提出要孩子,是你爸提出要我们结婚,是你让我们的关系变得复杂,就像在贝壳里放了一粒沙。"

康隆怔了两秒,恳切道:"挺过去,沙子会变成珍珠。"

"我就想简简单单的。"

"你什么意思。"

"冷静冷静,分开一段时间。"

"怎么就捂不热你这颗心!"

"我发现我没那么爱你了!行了吧!"余爽也失控。

康隆闷了。

"什么狗屁爱情!很快都会过去的!"余爽挥动手臂,"你也知道,你知道我们的爱情越来越淡,所以才提出要个孩子,可是孩子不是挡箭牌,老天也不允许我们这么做!你还不明白吗?!"

夜色璀璨。余爽三两步走了。康隆一个人站在广告牌下,不知道往哪里去。

8

"欢迎光临!"余嘉听到门响,下意识喊。声音传出去,再抬头,却看见狄立人妹妹——她小姑子,站在点餐台前。余嘉带着笑脸,一面问妹妹现在怎么来了,一面拿餐牌给她,问她吃什么。

小姑子看了看餐牌,随便点了一份,余嘉多给她加了几块牛肉,又端上最贵的竹荪鸡汤,小姑子吃了几口,余嘉让她再吃点。前一阵小姑子说要来大城市出差。临了,又说没时间见。姑嫂错过。这次来不知为何。

等吃得差不多了,余嘉才问她来的事由。小姑子表示是来领哥哥的一些遗物。去哪里领?单位?怎么没通知她?

余嘉感到奇怪。

小姑子虎着脸。

"怎么还让你特地来一趟,该给我打电话。"余嘉微微抱怨加解释着。

狄立人妹抬脸,直面余嘉,口气严厉:"嫂,咱家不封建,你再走一步,没问题!可事情得做到明面儿上,你现在还是烈士遗孀,一言一行,都得慎重!"

余嘉惊得手抖:"小妹……"

狄立人妹抢白:"话都传到老家去,爹听了要住院,娘到现在起不来床!嫂,你是谈恋爱是再婚,谁也不拦,可不能偷偷摸摸的,坏我哥名声!"

"不是……妹妹……是不是有什么误会……"事发突然,余嘉无措。

狄立人妹有备而来,冷笑道:"嫂,你这店怎么开起来的?"余嘉据实相告:"老家的房,省城的房,卖的时候家里不是都知道。"狄立人妹抬头,环顾:"这什么地段,老家的房卖了能开得起这?嫂,别跟我打马虎眼,"她指指墙上的宣传牌,"嘉元,嘉是你,元是谁?"

虽然清清白白,余嘉还是红了脸:"合伙人。"

"那人我哥认识不?"

"认识。"

"是我哥生前你们就打算合伙?"

"小妹……不能这么说……"

"你能做我不能说?"狄立人妹毫不示弱,"嫂子,咱们今天就把话挑明了,我哥当初为什么放着大城市不待,撂着大好前程不要,非去西北?他躲什么?你那个家他为什么就坐不住?是,我哥现在没了,死无对证,可人人心里都有一杆秤,别太过分!你现在还是思思的妈,月月还领着烈属补贴!就不怕天雷砸下来劈着人?!"

当真五雷轰顶!欲哭无泪!狄立人妹所说,恰恰与事实相反,从过去到现在,无论狄立人在与不在,她余嘉做过什么越矩的事?!在道德层面,她自信没有什么可被指摘。

"谣言……误会……妹妹……都是误会……"余嘉声颤,即便现在这个处境,她也不愿向小姑子透露真实情况,她要给狄立人留面子,也要给自己留面子。再一个,小姑子来势汹汹,她说什么她能听?愁人!

"嫂,咱都是女人,奉劝一句,善良点,就算输了面子,也别输掉里子!"在小姑子的狂轰乱炸下,余嘉几欲落泪。

人言可畏!这谁编派的?也太能扯?她跟白有什么?又能有什么?别说隔着岁数,就是同龄,她一个离了婚有孩子的女人,人家大小伙子能找她?这不天方夜谭么!她就是把他当弟弟看,这小餐厅,人家愿意投资,一是朋友情面,二也是因为能挣钱。这也要被嚼舌根?!

天色晚了。店里顾客不多。余嘉拼命控制自己,别落泪。又来一位客人,风风火火的。"嘉姐!来个排骨套餐!"

是余梦。风力电厂项目她没拿到,正在气头上,她来找余嘉诉苦。见余嘉眼睛红红的。余梦问:"怎么回事?"看看狄立人妹,她笑道:"哟,稀客,小妹来了。"狄立人妹认识余梦,叫了声梦姐。

余梦笑道:"这怀旧呢。怎么还哭上了?"

狄立人妹脾气冲:"梦姐,我们家的事,你少管。"余梦又要辩驳,余嘉一把拉住她,"小梦!别说了!"

余梦还是凛然:"小妹,你要是来吃饭就吃饭,管够!你要是来闹事,就算嘉姐答应,我也不答应。"

狄立人妹针锋相对,冷笑:"你凭什么不答应?你有什么资格不答应?"

余梦笑说:"嘉姐的事就是我的事,家里前前后后的情况,我恐怕比你们知道的还多点。"余嘉还在劝余梦别说话,可余梦哪里肯听。狄立人妹道:"你知道什么?你知道我哥为什么非要去西北吗?你知道他心里的痛吗?你知道被人背叛是什么感觉吗?你知道一名烈士生前死后遭到的侮辱吗?"

余梦明白了几分,当即道:"你哥要去西北,是为了自己的仕途,嘉姐劝他,他不听。"

"他为什么不听?"

"他顾着他自己升官。"

狄立人妹呵呵一笑:"梦姐,既然你要出头,不如把话说明了,我嫂跟那个白元凯是什么关系?我哥为什么要躲着他们。"

余梦哑然失笑,像听天书:"他们?小妹,你这说评书呢?还是编娱乐八卦呢?"余嘉伸手拉余梦,声调都变了,"别说了!"余梦扭着身子,"你知不知道嘉姐过去受了你哥多少苦!流了多少泪!是你哥提出离婚你知道吗?!"

狄立人妹大喝:"他为什么要离婚!嫂子要没问题他怎么会提离婚!"

"他出轨!"余梦惊天一吼。

其他客人吓得赶紧撤退。

"你撒谎!"狄立人妹不相信。

"也就余嘉能忍他这么久!"余梦把没拿下风力电厂的火,也混在这里撒了,"你哥就是个混蛋!"

狄立人妹一跃而起,恨不得手撕了余梦,两个人缠斗着,余嘉夹在中间,一会儿被推到左边,一会儿又被推到右边。

又进来个人。见此场景,连忙过来拉架。

余梦被拉到一边,嘴里还在嚷嚷:"小白!你别管!我今天就要教训教训这个爹不问妈不教的!"

余嘉拉住狄立人妹,却被狄立人妹猛推一把。她打了个踉跄,幸亏白元凯扶稳了。狄立人妹眯缝着眼上前,问:"你是白元凯?"

"正是。"

"很好,都到齐了,奸夫淫妇!要打打一双!"说着,狄立人妹又开始动武。

白元凯一只手便把她制服。胳膊拧着,动弹不得,白元凯稍一发力,她就痛得嗷嗷叫。

"奸夫淫妇！"她还在嘶喊，"警察！警察！"

白元凯道："冷静下来咱们再谈。"

狄立人妹识时务，说好好好，冷静冷静，让他放手。白元凯撒开手，狄立人妹像小鸡逃离老鹰的铁爪一般跳开，指着白元凯问："我问你，你跟我嫂什么关系？"

"朋友。"

狄立人妹哼一声："什么朋友？炮友？"

余梦插话，骂："她就是思想肮脏！"

白元凯端然："好朋友。"

"没有别的？"狄立人妹逼问，"你对天发誓，发毒誓！"

"你哥去世之前，我们就认识，"白元凯道，"最近来往比较多，我认为这个店有前途，投了资。"

"就这么简单？"

"就这么简单。"

"骗鬼！还有什么？"

"其他的我认为没有必要告诉你。"

狄立人妹冷笑："很好，心虚了。"

白元凯像个大律师般："余嘉是自由的，我也是自由的，男未婚，女未嫁，她对我没有什么，但我有权利喜欢她，追求她，这不违反公序良俗，更不犯法。"

一席话落。三个女人皆惊。余嘉吃惊的是，白元凯竟然说喜欢她；余梦吃惊的是，难道狄立人妹说的是事实？小白和嘉姐也许果真……高手；狄立人妹吃惊的是，这一对狗男女竟然如此厚颜！还谈什么爱情！

狄立人妹掏手机，大嚷："好！很好！非常好！你有种再说一遍。"她要录音。

余梦断喝："够了！再这样报警了！你这是扰乱社会治安！"狄立人妹见寡不敌众，讨不到什么好处，及时收兵，骂骂咧咧，撤退。

人走了。白元凯要安慰，余梦说你先回去，这有我。白元凯坚持，看着余嘉。余嘉连忙背过脸。余梦着急："还嫌事不够多？！走吧！"白元凯只好先撤。

快十一点，小餐厅只剩余嘉和余梦两个人。一晚上，余嘉觉得自己的心炸了两次。一次是狄立人妹胡搅蛮缠，泼脏水。余梦来了也好，她不敢不愿意说的事实真相，余梦一股脑倒出来，管他们信不信，这就是事实。第二次是白元凯的抗辩和坦白。他喜欢她，他要追求她？余嘉有点恍惚，她宁愿相信，那只是他情急之下的狡辩，类似于律师在法庭上帮人辩解，总要找一些极端的手段。她只是一个中年妇女，丧偶，有孩，负担重，眼下她一门心思就是经营好餐厅，什么恋爱，什么再婚，统统抛诸脑后。

可是，经白元凯那么一公然"提醒"，余嘉似乎也感觉到一点什么，还有一起去日本考察那次，他是那么绅士，周到，呵护着她。如果没有一点好感，能做到这样可能吗？进一步说，如果没有一点好感，他会投资这个店吗？过去，余嘉把白元凯的行为简单归因为"利益趋势"——这个餐厅能挣钱。现在想来，总觉得不足够，不是充要条件。

余嘉迷惘着，痛苦着，因为她害怕给朋友带来麻烦，因为她认定了，自己和小白绝无可能。余梦坐在余嘉对面，两个人久久无语。

余梦也震撼着，她恋爱，从来主动出击，嘉姐倒好，悄无声息，做了最大胆的事——或许她什么都没做，可无招胜有招不是更厉害么。

余嘉深呼吸。

余梦带着谜一般的微笑，问："到底有没有？"

余嘉呆了半秒，"没有。"她懂其意思。

余梦又问："有没有？"

"没有！"余嘉极力否认。

余梦摆摆手，换话题："好好好，没有没有，现在就是什么都没有，风电厂，我也没有。"她打算好好跟余嘉诉诉苦。余嘉没提栾承运找她说过这事，只是建议余梦，事业摊子别一下铺那么大。

第九章

1

小长假还没结束,余蕊头大两回。

黄旗和余憩在一起了,是黄旗宣布的,余蕊当即把他骂了一顿。大致意思是,怎么刚帮你找了个角色,就把我妹妹收入囊中了,兔子还不吃窝边草!

黄旗对天发誓:"我们是真心相爱!"

余蕊好笑,多大了?还是纯情少男?以前没恋爱过?用得着拿她妹妹练手?她自认为了解黄旗——你找我妹妹也没用呀,她也没办法帮你找路子。把黄旗骂了一顿后,又去做余憩工作。

老实说,余蕊曾经对妹妹是满怀信心的。这么漂亮的妹妹,在大城市,那就是一笔时刻都有可能暴涨的资产,怎么能轻易投到黄旗这儿?而且,余憩不懂,黄旗能不懂?他怎么能和自己的妹妹在一起?黄旗到底是怎么想的?!余蕊气炸。可是,当妹妹和黄旗来到她面前"负荆请罪",恨不得跪到她脚下的时候,余蕊又心软了。也许人家的确是真心相爱呢?也许黄旗想明白了呢?木已成舟,欲哭无泪,先这样吧,好歹黄旗知根知底。

余蕊无奈,只好给妹妹打预防针:"他是演员,你找演员,等于给自己拴个定时炸弹!"

余憩爽利："没事，我就喜欢年轻的。"听着有点像反讽。

晚上睡觉，余蕊做了个武打梦，醒来才想明白，余憩和黄旗在一块，也是各有所图。她前一阵还帮着余憩介绍男朋友，都是些成熟成功的男人。余憩找黄旗，也是赶紧填满这个坑，好让老姐别惦记。黄旗呢，更是不打无准备之仗，他跟余憩在一起，就成为她余蕊的妹夫，找妹夫找大姨子介绍路子，更顺理成章。

二次头大是叶察带给她的。叶察那极尽揶揄的口气在手机听筒里回荡："咱下次能提前通知不，别手在牌桌上摸牌，脚搁下面偷摸踢人！"

余蕊还没来得及解释，电话挂了。

小长假期间，叶察被拿下，余蕊重回韩董第一助理职位。不用说，叶察肯定认为，是她又用了"媚功"，重新复宠。

冤枉！

因此，工作日一到，余蕊背着"锅"上班，脸色也是不好看的。

午休时刻，韩广让余蕊去找他一趟。余蕊面满愁容进了他的办公室。

交代完事情，韩广两手交叉着，问："怎么，不服从组织安排？"说话很有点官味。

"韩总，还有其他事情吗？"余蕊有助理的尊严。

"上次那个，小演员，你男朋友？"

"不是。"

"有点王凯的意思。"

"韩总，没事我得去工作了。"

"你们小姑娘，是不是都迷这种类型？"

"韩总——"余蕊不耐烦。此刻，她不得不把自己放到跟韩广平等的位置上。因为他谈的不是工作，是反复挖她的私生活。

"说实话。"

"我说的都是实话。"

"是不是男朋友？"他不得到答案不会善罢甘休。

"不是。"

"不应该。"

"曾经是。"余蕊坦白。她知道，跟韩广这种人撒谎没有意义。

"很好。"他笑呵呵的，换了个姿势坐，又说，"现在是你妹妹的男朋友。"

什么?这他都知道!事情才刚刚发生!余蕊感到一丝恐惧,他在监视她?有摄像头?还是监听器?这人是魔鬼!余蕊身子绷紧了,像一只觉察到危险的虾,随时可能反弹。

"一对姐妹,先后喜欢上同一个男人,这种故事,我最有发言权。"韩广说,"别紧张,没人监视你,是小黄自己说的,制片刚好跟我提了一下。"

余蕊稍微放松,可还是不自在。

"我请求降级。"余蕊说。

"为什么?"

"胜任不了这份工作,叶察更适合。"

韩广往后靠:"我说你行,你就一定行。"

走出韩广的办公室,余蕊觉得自己身上还残留着鸡皮疙瘩。他什么意思?玩猫捉老鼠的游戏?她没有信心让这么一个人爱上自己。

他像一口深潭,深不见底,又像一道激流,激荡奔腾,他是她掌控不了的男人。他时而天使,时而魔鬼,时而宽厚,时而尖刻,时而喜,时而怒,时而公事公办,时而又启动私人模式,让你觉得他似乎对你有着极大关注,表现出极大兴趣。

他是如此反复无常。

可余蕊又不得不承认,他的魅力,正在这反复无常中。

这段日子以来,余蕊清楚,韩广已经完全跟翁悦切割。翁悦好几次想通过余蕊跟韩广取得联系,均告失败。不是余蕊拦着,是韩广铁幕深垂,不给她任何机会。余蕊的理解是,韩广可能认为,欠翁悦的情,还清了。

不过,翁悦的哥哥翁阳,却借汇报工作之便,来大城市见了韩广一面。

多少年来的第一面。

翁阳现在是横店一家公寓的"总经理"。韩广见了他十分钟。翁阳带来一个重要信息,有文娱集团已经开始在缅甸布局,打算在那里建娱乐城,无他,地价便宜,唯一担心的是治安。

好在近期局势稳定,只要能运营三年,基本能回本、盈利。而且主要的盈利渠道,是不言自明的——那里允许开赌场。

韩广当然已经知道这消息,不过翁阳巴巴地来,他还是看在过去的情分上,多给了他一个职位,算作奖赏——来之前只是公寓的总经理,来之后,就能做地方分公司的副总了。

翁阳感觉前所未有的扬眉吐气。

得了个"官",翁阳有点忘乎所以。他主动约余梦见面,好显摆显摆。余梦本来不想见他,可一想到当初翁阳"不小心"透露的重要情报,又感觉还是有必要见一次,探听探听老对手翁悦的近况也好。

谁知一见面,翁悦的消息没套出多少,余梦却意外得知缅甸地块的事情。她问翁阳,这事靠谱么,翁阳表示跟韩总汇报了,如果动,一定是集团行为,同时还有另外两个集团参与,一起行动。

余梦按捺不住兴奋,如果有集团保驾护航,如果能把辛家也拉进来,一起做个项目,那真就是个扬名立万的大好机会!看着漫天吹牛的翁阳,余梦内心感叹着,余梦啊余梦,你真是觉醒太晚,你也就是个女的,所以才老想着走女人该走的路,你要是个男的,早把这些蠢才男人乌龟王八蛋给灭了!好好好,现在觉醒也不晚,没别的,一个字,就是干!就是要解放思想,实事求是!

余梦端着红酒杯,看着窗外璀璨的夜色,胸腔里陡然升起万丈豪情。混了那么多年,她忽然感觉,男人算什么,她一直孜孜以求一份皇后的剧本,其实,直接演女王,又有什么不可以呢。女人不狠,地位不稳!她就是要做一番事业,让男人甘拜下风,让翁悦嫉妒到变形。

2

上飞机之前,余梦已经秘密会见过辛太太,辛家涉足的产业虽多,但海外投资少。何况在缅甸,又是这么个项目。不过余梦能感觉出来,辛家对这个项目是有兴趣的。利润大。

她还没见韩广,只通了个电话,把对项目的想法,以及辛家的态度简单说了。韩广没表态，只说等她回来再商量。

注意，韩广用了"商量"二字。这说明，他们已经是合作伙伴了。余梦感觉这是她和韩广最舒服的相处方式，不做情人，做伙伴，挺好。征服韩广这么个冰山一样的情人，实在是一件吃力不讨好的事。

正宇突发急病，校医院诊断不严重，就是黄疸发得有点吓人。作为父母，栾承运和余梦第一时间出现了，正好也谈谈孩子的问题。

余梦的意思是，干脆让儿子们回国，在国外荡着，保不齐再出什么事情。栾承运觉得还是应该看儿子们的意愿。浩宇不同意："我不回，正宇生病，不能连累我。"

态度坚决。

他刚跟韩兮倩复合，不能就这么"劳燕分飞"。余梦心里装着事，儿子坚持要在国外好好学习，天天向上，她不拦着。正宇情况稍微好转，浩宇便帮爸妈订了机票，让他们打道回府。

"你这是胡闹！"余梦批评浩宇。他把爸妈的座位订在了一块。

浩宇只好劝她，妈，您现在都快成企业家了，超过我爸了，大气点。座位是在一块，你可以当他空气呀。

看不见，四大皆空。没办法，航班紧张，只能如此。不过余梦要求，去机场，浩宇只能送她一个人。至于栾承运，让他的美国妞头送他去，正好鸳梦重温，便宜他。

一切顺利，浩宇转回头接兮倩，他们说好了，要去韩国城玩。上了车，兮倩嘀咕一句，你这妈，也太难缠。

浩宇正色："不许这么说我妈！"

兮倩道："我说的是事实，喜欢她的她不要，非要去征服喜马拉雅山，给我当后妈。"

紧急刹车。

"下车。"浩宇帮她打开车门。

"搞什么？！"兮倩为自己的口无遮拦付出代价。

"下车。"

"行啦！"兮倩脾气也大，"你妈万岁！你妈伟大！什么人，一个玩笑都开不起。"

浩宇气稍微下来点。车继续启动。兮倩的脾气才一股脑发出来："瞅你那德行！她当不了我妈，能怪我吗？我爸不喜欢不愿意，那以后当我婆婆不一样吗？半个妈。"

"你爸也就那样。"浩宇不屑。

有点臭钱了不起？呸！

"哪样？"

"不是正人君子！"

"放屁！"

"正人君子能跟小姨子弄到一块。"

"停车！"兮倩的尖嗓子能把天刺破了，浩宇吓一跳。车停了，兮倩大踏步走在公路上。

"不是吧。"浩宇开车追着，"我道歉，以后咱们不谈父母。"

"道歉无效。"兮倩潇洒地说。

客机稳稳在云层上空飞行。空姐推着餐饮车走过来，微笑。栾承运伸了一下手："橙汁儿，谢谢。"

空姐倒了一杯橙汁递过去。再看余梦。

"矿泉水。"余梦说。

空姐走了。栾承运带着点笑，小声问："咖啡戒了？"

余梦闭上眼，头陷在"飞行神器"里，拖着腔调："旁边有个不想见到的人，没必要那么清醒。"

"我可以消失。"栾承运口气沉稳。

"消失？打开门跳下去？"余梦说。

"也许飞机自己就掉下去了。"

"闭上你的乌鸦嘴！"余梦侧过身子，背对他。不知为什么，离婚过后，面对栾承运，她可以肆无忌惮。在他面前，她怎么样都可以。可以是泼妇，也可以是毒妇。知根知底，没必要装。而且，余梦认为这罪在老栾，是他把她不够优雅的那部分激发出来的。

属于以恶抗恶。

栾承运几乎贴着她的背："那个风电厂项目，劝你慎重。"什么意思？那项目已经脱手，栾承运这么一说，余梦反倒要听听他的高论。

"慎重什么？"她问。

"有污染。"

余梦当即为之失笑，这人是疯了，火电厂有污染，风力发电能有什么污染。这不是标准的外行话。

余梦正色道："风是老天的，我借来吹吹，污染哪了呢。"

"那个风电厂，选址离居民区比较近，如果投入使用，风力发电设备的噪声震动和辐射，可能会对周围的居民和家禽厂产生污染。"

"你说的是可能。"余梦反驳，"也许根本不会发生。"

"这是大问题。"

"行啦！"余梦打断他，"你是有良心的企业家，我也不是社会的害虫，我有脑子，能分析，谢谢你的提醒。"

余梦背过脸，继续睡觉。

栾承运的一番分析，她倒认为不是没道理，他做项目那么多年，客观说，经验积累不少。余梦想着，缅甸的项目要不要跟他说说，让他分析分析，集思广益。再一想，不行，老娘是要去赚钱的，这是商业机密，可不能让栾承运这种人捷足先登。

飞机钻进云层，机窗外，光线暗了下来。没多久，机身开始颠簸，空服人员迅速到位，开始抚慰乘客们的情绪。有人问："怎么回事？！出问题了吗？"话音未落，一阵巨大的颠簸让乘客们惊叫起来，孩子的哭声，乘客们的求助声，有老人心脏病犯了，空姐不得不围着他展开急救。

又是一阵剧烈晃动。

氧气罩落下来。

余梦狠狠瞪身边的老栾一眼："跟你一起就是这么倒霉！"慌乱中，余梦总是卡不准位置。栾承运腾出手，帮忙。余梦不好意思，紧急时刻，他还紧着她来。"你的，戴上！"她隔着氧气罩喊。栾承运不慌不忙戴上呼吸罩。

晃动更剧烈，桌台上的杯子蹦起来，跌在地上，机舱里乱成一团。空服人员拼命维持秩序，他们企图让大家相信，困难只是暂时，很快就能渡过难关。可在这个像被上帝摇骰子一样玩的机舱里，谁会相信他们的话呢。有人在祈祷，有人开始留遗书，更多的是慌张无措，歇斯底里。

栾承运摘掉罩子，面对余梦："也许是注定的！"几乎在喊。

噪音太大。

"什么？！"

"都是注定的！"他又喊。

"放你的屁！"机身又上下跌撞，余梦凌乱道。

栾承运对着她耳边喊："注定不能同年同月同日生，却同年同月同日死！"余梦激动，伸手给了他一耳光："我不死！我不跟你死一块！"

栾承运忽然开始欢呼。

疯子！余梦恨，他就是个疯子！

机舱晃动得更厉害，人几乎坐不住。栾承运一把抱住余梦，尽量让她少受些伤害。机舱里乱得仿佛世界末日，余梦抱着头，面罩挂不住，歪在旁边。余梦忽然大哭起来："儿子……我的浩宇正宇呀……妈妈爱你们……"生死边缘，余梦想起儿子来。怎么办，如果飞机掉下去，他们就要成为孤儿。该死的栾承运，如果他们不搭乘一架飞机，孩子们还有希望……栾承运单手拿着手机，迅速发了一条消息出去，也不晓得能否发出去。

机舱倒转。

天翻地覆。

四处都是尖叫声。栾承运和余梦不自觉地手牵手，仿佛在坐云霄飞车。余梦已经哭得稀里哗啦，终于舱位正了，颠簸继续。

栾承运凝望着余梦，大声："你原谅我好不好！死之前，你原谅我！"

"我不死！"余梦嘶叫着，她觉得自己人生刚刚开始，怎么可以死在半空中。

"原谅我！"栾承运魔怔，"不要带着心结去另一个世界！过去是我不对！……我不该找别的女人！……不该玩……女人！……不该动手！……我的错！"

听上去像表白。

又是一阵倒转。晃动，震荡。机舱仿佛搅拌机，要把一切打碎了，重组。眼看人生一切归零。

"原谅！我他妈原谅！"余梦的嗓子哑了，声音中混着泪。真他妈的！都什么时候了，这王八蛋！

飞机在空中又转了一圈，终于冲出云层。仿佛一只鸟儿甩甩身上的雨滴，继续平稳翱翔在半空中。

哭喊声慢慢消歇。

没死。他们没死！

余梦喜极而泣,一脸妆花成花脸猫。她兴奋地跟旁边的人拥抱,庆祝死里逃生。

再抱另一边,是栾承运。

"你原谅我了。"他还在关心这个。

"没有!"余梦一脸狼狈,矢口否认。

3

坦白过后,余爽和康隆的关系进入冰冻期。暂不联系。

余爽这才腾出空到嘉姐店里看看。余嘉不知道她流了个孩子,猛一见面,只说瘦了许多,一个劲给她加餐,排骨牛肉各两份。

小姑子闹事过后,余嘉和白元凯也是"暂不联系"。乌镇有个会,他必须参加,会后跟着去大企业指导人工智能的应用,又是一阵忙。余嘉思来想去,觉得那天小白应该是给她做面子,维护正义,未必全是真话。可无论是真心是假意,余嘉都认为重新见面需要勇气,更需要契机。

余爽安慰嘉姐:"他妹太不是人!"坚决表明立场。过都过去了,余嘉不想再提,她大不了不跟他们往来,可思思还得认爷爷奶奶,得认姑姑。余嘉感到奇怪,余爽全程没提白元凯。是余梦故意摘掉没往外说?余梦可能也觉得实在尴尬,给她余嘉留面子。其实,不是余梦没说。是余爽主动过滤,只字不提。毕竟白元凯跟她关系匪浅,她打算找机会问问。不过眼下她跟康隆僵在这,余爽也不愿主动联系老白,她怕万一康隆找白元凯抱怨,白元凯又来做她工作。她被动。

看完余嘉,余爽又去找余蕊。这下提到了小姑子,也提到白元凯跟狄立人妹的过招。余蕊略带醋意,笑着道:"白老师喜欢嘉姐,不是一天两天。"余爽向来不爱八卦,可这事实在切近,她兴致也起来了,"你意思是说,狄立人妹说的是实情?"

余蕊连忙说那倒不至于。

"那你这么说。"

"我妹总不会撒谎吧。"

"余憩?"余爽更惊讶。余蕊这才把余憩辞职前前后后的想法心路跟余爽说了。余爽分析:"成功人士的心态都,搞不懂。"

余蕊嗔:"你不就是成功人士。"又说:"成功人士的心态就是,明知山有虎,偏向虎山行,越不能干什么,他越要干什么,那什么法国总统,不就找了他的老师,比他大那么多,也没见得好看。"

余爽感叹。

余蕊又问她和康隆的情况,包括康主席的现状。余爽表示,自己还是喜欢利利索索清清爽爽的日子。

"分了?"蕊问。

"提溜着。"余爽揉太阳穴。她犹豫。

都说大难不死,必有后福,余梦深信不疑。从天上落到地上,她觉得自己运气简直像暴风雨一样来了。缅甸的项目,集团出面,批得出奇的顺利,辛家愿意入一点小股,算有效加持。许多集团一看辛家入股,也都要跟着玩,钱很快到位。余梦当然要给自己留一份,她把美容院股份转手,套了现,全部投入缅甸这个项目里。月子中心还在做,按部就班就好。她不怎么操心。

这边拿到了,余梦又一连在缅甸待了几个月。实地勘察,现场指导,大有平地起高楼的气势。

她给这项目取名月亮城。

何必死靠着男人,男人只是攀云梯,女人要借力用力。在往返缅甸的路上,余梦喜欢看看人物传记,比如武则天传啦,慈禧传啦,她钟情于一个意向,凤在上,龙在下。仰天大笑出门去,我辈岂是蓬蒿人,我余梦的黄金时代,就要到来啦!

难以置信,不久之前,她还只是一个皮包公司的老板,如今,她却能整合资源,到缅甸造出一份盛景,余梦认为自己注定是个传奇。

唯一要注意的是,少接触栾承运,飞机上就是个教训。事实上,自那次过后,余梦变得不太敢坐飞机,如今去缅甸,基本走的是陆路,尽管这样要多耗费不少时间。

又过了好一阵。余梦从缅甸回来,姐几个聚在一块,地点是余嘉的餐馆。余梦整个人状态高涨,笑语吟吟:"老姐,以后月亮城开业,餐饮留给你。"余嘉讪讪的,说自己可没那本事。余爽道:"梦姐,你豪。"余蕊也跟着奉承两句。余梦才想起来礼物,随即从包里掏出一块褐黄色蜜蜡,伸手挂在余嘉脖子上:"戴住了,保管发财。"又补充,"小白还托我带货呢。"余爽来兴趣:"带给谁?"余梦笑说可能给他妈。只有余蕊观察到嘉姐脸上一丝阴霾。

小姑子大闹过后,白元凯来过店里一次,为避免尴尬,余嘉先发制人,笑着说:"那天谢谢你,家里人不懂事,给你添麻烦,都忘了吧,还跟以前一样。"白元凯要说话,余嘉连忙制止,"都明白,都不提了。"明白什么,不提什么?白元凯也一头雾水。

不过那事过后,老家倒有人请她回去做讲座,讲家风——还是跟狄立人有关——余嘉明白,这恐怕是狄家搞的鬼,是为了提醒她,身份,身份,身份。可是,余嘉迷惑,难道她这个烈士遗孀的身份要背一辈子,这是紧箍咒,她不能有任何新的生活?肯尼迪去世后,杰奎琳还能再找。人家可是总统!虽然余嘉确认,自己没有再走一家的打算,可是,她不走是她的事,她得有走的自由!

余梦又拿出一小块翡翠挂坠。套到余爽脖子上,啧啧道:"这水头!哪儿找!"又劝,"翡翠跟男人,都是可遇不可求。"

余爽再傻,也听得出一语双关。不吭声。

不久前,她主动给康隆打过一个电话,他没接。她没有勇气再打一次。面子往哪搁。看到了,不接,不理,不回电,那就是撒手了吧。余爽苦笑。说实话,她有点后悔。可是,她的自尊心像蜗牛的触角一般敏感脆弱,一碰就缩回来。她下手太重,他知难而退。

好在有个好消息,弟媳妇打电话来,说春儿在家闹腾得不行,要回大城市,要回姑姑身边。余爽几乎喜极而泣,没白付出,爱是有力量的。她在教育公司干了那么多年,情商这个词恨不得经常挂在嘴上,过去,她理解的情商约等于聪明、机灵,要懂得协调与他人的关系,尽量不吃亏。但现在她却认识到,情商高不是不吃亏,而是懂得付出。情商就是责任,情商高就是要奉献和付出,责任、奉献、付出到了一定层次,就成为大爱。

何必计较,大爱无敌。这个世间的规则,原本就是"智商"被"情商"领导。如此想来,余爽忽然感觉自己从前信奉的不亏不欠原则是多么愚蠢。何必计较付出,何必惧怕接受别人的付出?

"愣什么。"余梦轻轻拍了余爽的脸蛋一下。余爽笑笑,回到现实。余梦又拿出一块绿茶珀挂坠,水滴形,是给余蕊的。余梦介绍,说这是松柏的"眼泪",集天地日月精华,"沧海桑田,千万年等待,终于在时间的无涯里与你相遇"。余梦的口气很抒情,很具煽动性,像电视购物员。

余蕊谢了梦姐,她发自内心为其高兴。余梦终于跳出了男人的死循环,打出属于自己的一片天地,几个姐妹中,余梦是当仁不让的先行者。

余梦当然没说月亮城里会有博彩业务。当地牌照还没拿下来,还在等。

余蕊手端着脖子前的绿茶珀瞅,听这名字,绿茶珀,她老觉得梦姐掺杂了点恶趣味,是在讽刺她有点"绿茶"。

4

戏杀青了,从剧组下来,黄旗向余憩求婚,余憩当场就答应了。余蕊气得眼绿,拿妹妹和黄旗没办法。

对余憩,余蕊是"哀其不幸怒其不争"。目标不是白元凯么,怎么一转眼成黄旗了?狸猫换太子。在这座大城市,黄旗能给你什么?你傻!

对黄旗,余蕊恨不得赏他两耳光,是,他帅,他有型,他有他的魅力,哪怕他跟余憩谈谈恋爱,都行!可哪能结婚呐!那是一辈子!还没扯证就还有机会。余蕊一边苦口婆心的给余憩做思想工作;一边良苦用心的劝黄旗仕途还长,没必要那么早结婚把自己拴牢。然而,两边无效,

余蕊反被余憩统战了一番。余憩的理论是,不爱我的我不爱,我的爱只给爱我的人——她认为黄旗是爱她的。

余蕊大声争辩:"你知道他是什么人么?他心有多野多大,他要当

梁朝伟！你是刘嘉玲吗？！"

"那是过去，"余憩答得平静，"现在知道难度，明白深浅，想尘埃落定，姐，梦想，有的时候想想就行，不是都必须实现，再过两年，赚点钱，我们可能就回省城去。人都会变的，得学会屈服，对生活屈服。"

受着妹妹一番教育，余蕊有点恍惚。屈服？或许，余梦的路，并非美女的唯一道路，憩选择了另一条道路——憩会变成另一个嘉姐么。也许不会。黄旗累了，收敛野心，走进婚姻，耗个几年，或许变成个胖子，被余憩圈养，他们便成为一对安安稳稳的夫妻。日常一定抱怨不断。可不耽误他们过下去。

余蕊觉得自己过不了那样的生活，在骨子里，她其实是比黄旗还要固执的人啊！她还没在大城市找到自己想要的……她还没打算跟生活和解。

周一一到公司，余蕊就发现不少人神色不对，包括叶察，一副鬼鬼祟祟的样子。余蕊嗔："别晃了行么，屁股长针？坐不住。"叶察给她打了个眼色，余蕊不懂其中深意。过了一会儿，有人来送材料，说要韩董签字。叶察说："放那。"那人不识趣，说是急茬。

叶察不耐烦："再急茬，也得人在！"小文员灰溜溜走了。太反常。

余蕊笑问叶察，说是不是失恋。

"你还不知道？！"叶察一副大清朝要完了的样子。

余蕊四顾茫然："怎么了，天塌下来，有高个儿顶着。"

叶察忧心忡忡，"现在就是高个儿没啦！"

"说清楚点。"余蕊站起来，端着咖啡杯。

叶察忽然小声："韩总……失联了……"

失联？这词儿余蕊怎么也想不到会用在韩广身上。余蕊下意识拿起座机听筒，要拨那个她早已背熟的号码。叶察拖着声调："别打了，打电话能找到叫什么失联。"余蕊有种不祥的预感。是不是手机掉了？或者去登山了，信号不好，老韩喜欢去登山。又或者是被人绑架？也并非没可能。只是直觉告诉她，事情不会那么简单。

仔细想想，她跟韩总已经有五天没联系。如果登山，只要不是遇难，怎么也能恢复通信。被绑架，绑匪该来谈条件了。一切静悄悄的。

中午，翁悦来电话，是叶察接的。她要求叶察组织各部门，做好集团内部舆情的维稳工作。简言之，不要乱议论！叶察当即表忠心。下午，余蕊接到余梦的电话。一接通她就急匆匆问:"老韩还没露头?"

山雨欲来。余梦已经嗅到异样,她担心老韩的"失联"只是个信号,接下来还有更大的风暴,到时候多米诺效应爆发,她的月亮城必然受影响。她的"黄金时代"一下子就可能转变成"黑铁时代"!余蕊问余梦:"到底出了什么事?"余梦只说一句回头告诉你,便把电话挂了。

因为老韩失联,余梦和翁悦通了闹掰以来第一个电话。是翁悦打来的。余梦当即放下争端,共同面对问题。她们在老韩这儿有共同利益。翁悦带来个消息很可靠:有个"老朋友"被判了,十八年。她也才拐弯知道,老韩跟这位"老朋友"走那么近。

余梦问,会不会到兮倩那去了。翁悦果断答:"问了,没有,应该还在国内。"兮倩得知爸爸"失联",要回国。翁悦坚决制止,她让外甥女就在国外老实待着,静观其变,她害怕回来容易,出去难。

听这么一说,余梦意识到问题的严重,当即跟浩宇、正宇联系,要求他们跟兮倩保持距离。浩宇问为什么。

余梦不解释:"让你保持就保持!大事!妈妈没跟你开玩笑。"

浩宇唯诺。正宇更是噤若寒蝉。隔着太平洋,他们同样能感觉到事态严重。老妈很少那么不由分说,发大火。

翁悦和余梦打算一起去辛家探探消息。辛家处于信息源上游,应该知道的比她们多。摸清问题,才好对症下药。只是,车开到辛家门口,小区保安立刻把她们挡了出来。

理由是:辛府眼下无人在家,说是去旅行了。

很明显躲着她们。

翁悦得到消息,这次"老朋友"被判,是拔出萝卜带出泥,辛家也有企业受影响。辛先生上个月就辞了一家公司的董事职务,以证清白。虽然树大根深,可在大势面前,也都噤若寒蝉。

很快,余梦接到消息,辛太太已经从月亮城的项目中撤出来。辛家一动,月亮城摇摇欲坠,跟着两个大股东也欲撤资,任凭余梦说破嘴皮子也没用。事到如今,能撑着月亮城的,只有集团。可是,韩广又来个"失联"。余梦觉得自己头发都快急白了。

她的大部分身家都砸在月亮城里。怎么办?!怎么办……余梦像一头豹子,在家里来回踱步。

已近晚间十点,余蕊还是上门找余梦。股市一开盘,集团股价又是一阵猛跌。不断有人辞职,集团要垮的传言甚嚣尘上,眼下,最大的谜团是,韩广为什么老不出现。活要见人,死要见尸,这种传言对集团的打击巨大。

到余梦这也问不出什么,她知道的并不比余蕊多。

两个人稍微互通了消息,便对坐着,再没有一句话。此时此刻,她们不约而同地感觉到一种恐怖。仿佛大洪水要来,自己却迟迟登不上诺亚方舟。

只能等,等韩广回来,或者确定回不来。可是月亮城等不了,缅甸方面要求余梦这边必须持续注资,才允许工程继续进行。不继续,前功尽弃,前期做的努力和投入都打水漂。继续,钱呢?在这种大环境下,谁会再往韩广领头的集团项目里投钱。这不开玩笑么,余梦欲哭无泪。真是成也韩广,败也韩广!

消息传得沸沸扬扬,白元凯也知道了。他想找余蕊问问情况。公司前台却告诉他,余副总监已经一个礼拜没来了。白元凯打电话给余蕊。她接了。余憩陪在姐姐身边。

"没事吧。"

"没事。"她强打精神。她现在明白,做人,输了也不能说输。

"有难处随时找我。"白元凯说。

余蕊感动,有这句话,就不枉她喜欢他一场。

虽然离得不远,可余嘉每日忙于生意,后知后觉。韩广、余梦、余蕊、翁悦的这些连带关系,眼下的处境,竟是白元凯上门谈及她才知道。余嘉感叹:"有些东西,不能沾。"又补充:"不是我们小老百姓能沾的。"

白元凯又是一阵分析。他从国外回来,第一次如此近距离感受风云变幻的猛烈精彩。余嘉毕竟跟狄立人这么多年,里头的门门道道,大概听听,便能拆解一二。听余嘉点拨,白元凯十分佩服,当即就要请余嘉做公司顾问。

余嘉笑说:"我还是做我的饭吧。"

白元凯嘿嘿笑。

看着眼前的白元凯,余嘉欣慰,他们的关系还维持在一个安全的范围内。她不要越过雷池。她告诉自己,现在的余嘉,投入事业,心如止水。只是,余嘉怎么也想不到，翻过这一天，狄立人原单位有关部门打电话找她，说想要问一问狄立人同志生前的一些情况。余嘉本能地觉得不妙。

5

他们问，她如实答。尽管狄立人对不住她，可余嘉坚信，作为官员，狄立人是尽职的、合格的，甚至是优秀的。他也的确因为心系百姓，死在任上。"有什么问题么？"末了她问。"不用多想，只是常规问话。"他们说。

走在回店里的路上，多少个线索连起来，余嘉的脑中忽然形成一张网。会不会跟才判的那个人有关？对，白元凯提了，判了二十年还是十八年的那个，那名字她好像听狄立人提过。但记得不真切。

余嘉立刻打电话给栾承运，让他马上到店里来一趟。栾承运没多问。即刻动身，碰头。两个人见了面，余嘉问他老狄身前跟那个人到底有没有往来。栾承运一口咬定说没有。余嘉着急："上头都找我谈话了，你说实话！"栾承运点一支烟，终于说："有是有，但我敢肯定，他们没什么。"余嘉问你怎么知道没什么。

栾承运说，老狄跟的头儿，和判的那个人是对头。

余嘉舒了口气。栾承运又说："他去西北，也实在因为在这边受打压。"这事余嘉都不知道——她只知道，狄立人在这边不痛快。具体谁打压，里面怎么个复杂关系，她不清楚，狄立人也不会告诉他。

"他告诉你的？"余嘉问。栾承运苦笑，说这还用说。谈完关键问题，两个人顺理成章聊到余梦。余嘉转述了白元凯的话，提到了余梦的困难。栾承运说："早就提醒她小心坑。"余嘉问他什么时候提醒的。

栾承运把他们在飞机遇险的经历说了。

余嘉道："那你们也算是生死之交。"

韩广再度现身前,翁悦已经出国,说去找兮情,稳定孩子情绪。余梦想找她帮忙也帮不上。集团股价不断下挫,有中高层离职,叶察和余蕊四处救火,可终究不过扬汤止沸,杯水车薪。

叶察对余蕊说:"我怎么有一种呼啦啦大厦将倾的感觉。"他中文系毕业,酸,"怎么办,想想后路吧!"大难临头,不飞就被烧死。

余蕊却目光坚毅,似乎要与公司共存亡。

韩广不回来,没人能批款,余梦只好使出浑身解数,到处拉钱,可做买卖就是这样,锦上添花的多,雪中送炭的少,过去那些狂峰浪蝶,没一个愿意给月亮城注资。余嘉找到小白,他倒愿意帮忙,可公司账面上的钱都压在人工智能项目上,一时半会周转不出"余粮"。

余梦急得眼绿,恨不得去找祖良才想办法。只是,他管着的钱属于公家,不可能往月亮城这样的项目上放。翁阳好样的,愿意救火,余梦问他能投多少,翁阳说:"两百万!"

余梦傻眼。两百万,够他妈个屁!你钱真大。

一切似乎都到了崩溃边缘。

只等待那最后的一根稻草。

猝不及防的,韩广现身了。

集团一个小时内便对外官宣,董事长韩广照常出席会议,并要追究造谣者的法律责任,集团上半年财报随即公布,营收同比增长六个百分点。

跟着,股价慢慢回升。

余蕊看到韩广走进来的样子、状态,她也相信,他韩某人没有任何问题,神采奕奕,状态大勇,说话底气十足,还增添了几分幽默感。第一天回巢,就处理了一大票工作。是强作镇定?余蕊怀疑。管他呢,哪怕是强作的镇定,只要能镇定,就是强者。韩广的一系列举动,有力地回击了传言,仿佛失联只是一场竞争对手的恶意打击。

余梦得知韩广回来,第一时间赶到集团大楼。韩广听了她的汇报,只说不要着急,集团马上要有大动作,那个项目不成问题,他又说会派对外事务部跟缅方打招呼,维持合作者的信心。"钱什么时候到位?"余梦关心这个。"尽快。"韩广利落道。临出门,余梦多嘴问一句:"老韩,没事吧。"韩广说不用担心。

余梦到余嘉的店坐会儿,愁容满面。等一拨客人过去,余嘉才得空陪梦坐一会儿。余梦把困扰简要说了,余嘉劝,说韩总答应,肯定没问题。"没问题?"余梦反问,"男人的话能信?"

余嘉叹了口气,聊起狄立人原单位找她了解情况的事。余梦听了惊诧,"不至于吧,他能有什么问题,受贿?那你还那么穷?"余嘉也觉得蹊跷,她问余梦,知道不知道老狄以前别的情况。

"什么别的情况?"

难以启齿,但余嘉还是得说:"那方面,跟别的……女的……"声音很小。余梦为难,人都死了,又是烈士,还提那些干吗。她说没有。余嘉说:"这次系统表彰,简报里狄立人屁股后头烈士两个字去掉了。"余梦着急:"这还能收回?!"余嘉叹气,说她也不清楚。过去,她觉得狄立人名字后头的烈士两个字,带给她的是巨大讽刺。现在,如果真没有了这两个字,她又觉得怅然。做一名烈士的遗孀,总比当一个堕落干部的遗孀要强。

楼里人快走光了。余蕊还在工位前坐着。韩广不走,她不走,非常时期,她和叶察决定守着韩总,他们怕发生意外。有个文件传来,余蕊拿着去找韩广签字。

门半掩着,灯只开了一盏,办公室光线不足。她看到韩广呆坐在那,神色落寞,一双眼仿佛被抽掉灵魂。她轻轻敲门。他才条件反射般回过神来。他伸手要文件,她递过去。他翻了翻,签上大名。

"坐会儿。"他说。

他并没有问她怎么还没走。

余蕊小心翼翼坐下,两手放在膝盖上。她想问问他发生了什么,或者聊点别的也行。可终究没有问出口。这个时刻,他想说自然会说。不说,她就陪着。天荒地老的样子。相对无言。她看着他。他不看她,抽自己的烟。

深沉,压抑,无限愁绪。

因为这一场沉默,余蕊明白事情根本不是表面看到的那么简单,平静的海面之下,酝酿着一场风暴。她所能做的,却只是陪着他等待那一刻的到来。不是她还有谁。翁悦出去了,女儿也在外头。叶察么?不用说,这个老秘书如果知道真相,会是第一个逃生的人。孤独的王,寂寞的野兽,他身边空无一人。只是,余蕊意识到,或许他们眼中的王,也仅仅是更高一层的王的傀儡。

覆巢之下，安有完卵。

她是不是该像别人一样，迅速撤退到安全地带，眼睁睁看着一个传奇毁灭。

不知不觉中，韩广竟睡着了。她轻轻走过去，给他盖了一件衣服。

韩广接连辞去了集团下属四家公司的领导职务。外界一片哗然，认为是个重要信号。不过，韩广又对外反复表态，说自己不会退休。

集团打了招呼，缅甸那边的事暂时压了下来，可余梦急呐！一天不见钱，她的项目就一天不能推进，一天不推进，就是一天的损失，一天的风险！老韩的电话打不通，去公司找，十次有八次不在。缅甸那边地方政府能等，小承包商还在要钱，如果顶不上，人家要撤，有可能把建好的都拆了——没钱拿东西啊，反正不能空手走。没有办法的办法，余梦只好要了翁阳的钱，又把离婚分的房子还有珠宝首饰卖了。着急出手，价格也没上去，图个现款。拆东墙补西墙。可这钱也顶了没几天，又干。无底洞。

余梦去找女企会的姐妹们想办法，可人家都不傻，躲得远远的。你跪下来都没用。谁不知道钱好，谁拿自己的钱打水漂。找辛太太，同样见不着人。人间蒸发了一般。

余梦找余爽想办法，余爽带着她去见了几个朋友，最后是白元凯投了一点。余梦千恩万谢，说以后一定给他股份。白元凯笑笑，没说话。他投进去就没想着拿出来。月亮城项目，他不是很看好，主要是项目全靠政策，不是市场导向，太不稳定。

不过趁此机会，余爽跟白元凯聚了一下。难得，各忙各的，各有各的心事，老朋友也有日子没碰头。

白元凯心里有事，想跟余爽说说。余爽也因为康隆没接她电话，有点耿耿于怀，打算找白元凯倾吐倾吐。

就算不做情人，还应该是朋友。康隆不该这样。只是，不说不打紧，白元凯一开口，余爽却接连受到惊吓。

6

"你真这么说的?"余爽瞪大眼睛。

"当时……情况紧急……"他这么解释。

"来真的?"余爽还是难以置信。

白元凯笑一下,默认。

余爽倒吸一口气。她行事一向大胆,可白元凯这事还是令她吃惊。对方不是什么某小国的公主,是嘉姐,嘉姐!是在餐厅里忙碌着的丧偶有孩的中年女人!

"这不是闹着玩的。"余爽敲打他,"你受得起,嘉姐不一定受得起,慎重。"白元凯连忙说肯定慎重,所以眼下,模糊处理。过了一会儿,余爽平静些,才说:"老白,如果你想清楚了,决定了,无论做什么我都支持。可我就是担心嘉姐受伤,这个年纪,好坏就这一把,输不起。"

这是她的真实感受。她拒绝康隆,也是觉得输不起。

"你这就是反对。"白元凯阅读理解满分。

"是怕你后悔。"

白元凯惆怅道:"感情,有时候就是不能细想。"

"谈爱情,不用想,步入婚姻,必须得想。"余爽认真道。

"她现在躲着我。"白元凯道。

"要我也得躲你。"

"为什么?"

"压力,"余爽靠在椅背上,伸了个懒腰,"跟你这样的人谈恋爱,得多大的勇气。"

"我是怪兽?"白元凯打趣。

"大怪兽。"余爽呵呵的。

"你的感受,还是代表其他人的感受?"他继续问。

"代表嘉姐,代表女同胞,你太优秀了,没有安全感。"

白元凯不认同,"人不就应该奔着优秀去。"

余爽叹息:"买奢侈品的人少,买残次品的人也不多,大多数人都会选择中档产品，这才是主流。"

"你是中档？"白元凯问。

"废话，"余爽不满，"当然高档，奢侈，举世无双。"

两个人又相互打趣一番。白元凯问余爽最近跟康隆怎么样。余爽轻描淡写说还那样。

白元凯说好像他爸最近身体不太好。

"有这事？"余爽紧张。

"说住院了，我要去，老康不让。"白元凯话止于此。道别后，余爽一颗心怦怦跳，老觉得不对劲。她给康隆打电话，他停机。余爽吐一口气，叫了车，直接往康隆家去。

天已经黑了。

余爽抬头看，康隆家亮着灯。

上楼，敲门，咚咚咚。

开门的是个中老年妇女。余爽紧急刹车，问好，说我找康隆。妇女很平静："小康不在。"

"请问他什么时候回来？"

"你是？"

"他朋友。"余爽连忙道，又补充，"好朋友。"

妇女邀请她进屋坐坐。余爽不客气，跟着她走进客厅。这地方她多熟悉啊！不久之前，她还在这里跟康隆忙着造人……然而，沧海桑田……妇女忙着去倒茶。余爽一个人在客厅漫无目的地东看西看。

她突然发现墙角的小桌子摆着张人像，黑白色，两边放着水果。堆成小山。她走近了看。

康主席从照片里凝望着她。

余爽直觉头顶响个炸雷，因为过度惊讶，她脸部已经变形。妇女端着茶回到客厅，余爽指着那照片，说不出话来。妇女叹了口气，道："走得还算安详。"

余爽几乎站不稳，不得不扶住桌角。

康主席去世了？什么时候的事？怎么没人通知她？怎么会这样？为什么？！为什么好人不长寿？！为什么？！当着妇女的面，余爽绷不住，溃然号啕。

列车疾驰。余爽止不住泪流。康主席死于胰腺癌,太快了,从病发到去世太快了。可是,即便再快,也足够她来探望、送别,为什么不告诉她?行,康隆在生她的气?康主席也跟着糊涂?再想想,康主席似乎也有理由不见她。她伤了他儿子的心,连带也伤了他的心。余爽忽然明白康主席为什么几次三番来"提亲",催着她跟康隆结婚,保不齐那时候他已经知道自己的病情,这可怜的老人,是希望在去另一个世界之前,看到儿子能够步入婚姻殿堂啊!可是,自尊心又不允许他坦白。面对余爽,他能说"我快不行了,你跟我儿子结婚"吗?可是,这样一来,留给余爽的,却是无尽的悔恨。她可以结婚的!她可以!结婚比死容易!她可以的!一切都已经来不及。

小桥流水。康隆家的老宅门口。余爽张望着,那阿姨说,康隆护送爸爸的骨灰归故里。应该会待一阵。余爽迈过门槛朝里进,康隆刚好往外出。她看到他,叫了一声。他仿佛没听见,迅速往外走。

她追。他加快脚步。

"康隆!"她喊,声音凄怆。

他没打算理她,走自己的。

"你站住!"她更大声。

小船在河道里划过,康隆利索上船,余爽连忙跟上,蹦跳着落在船舢板上,小船晃荡,船娘连忙用桨撑,稳住船身。康隆往船头去,余爽紧跟。

"能不能别跟个橡皮糖似的!"他发火。

他很少这样。

"为什么不告诉我。"余爽还在大喘气。

"跟你没关系。"他斩钉截铁。

"那也得分什么事!"

"我爸不想见你,他不让说。"

余爽呆愣。是康主席不让说的?就因为她不肯结婚?

康隆一口气说:"我们不可能的,我们不会结婚,不会有孩子,不会有家庭,什么都不会有,凭什么让你来奔丧?凭什么让你来分担这份痛苦?!"

"我愿意!"她的背弓着,脖子伸着,喊。

"我不愿意!"康隆道,"我受够了不清不楚不明不白!我爸也不愿意!"

余爽咬紧牙关:"我们结婚,明天就结,不,今天结,今天是个好日子。"她寻求赞同似的四处张望,目光跟船娘搭上。船娘立刻讪笑着说:"好日子……是好日子……"

康隆依旧低落:"谢谢你的施舍,不需要了。"过去他恨康主席,恨他年纪轻轻就抛弃了他和妈,恨他这么多年没有尽到做父亲的责任,恨他的粗线条,恨他的无情、霸道、好大喜功,可真等到他离开人世——肉体消灭了,自己却发现自己是那么那么深地爱着他,他也才彻彻底底明白余爽当初的痛苦。他过去总是笑称自己是孤儿。现在好了,他是彻底的孤儿了。那就让他一个人待着,了此残生。

"你不爱我了么?"余爽鼓着勇气问。

康隆淡淡地:"我们之间,早都没有爱情了。"

"什么是爱情?!爱情就这么重要吗?"

"没事了吧。"

"重新开始好不好。"余爽恳求道。她突然想起来从大城市带来的糖炒栗子,康隆最喜欢的,连忙从包里取出,一边拿一边说,"你看看这个,保定府的,个头小味道甜,刚下来的,你们野采都找不到……"她喋喋不休着。

船到一个小码头,康隆率先上岸。余爽连忙跟着,船娘拉住她,"小姑娘,还没给钱哦。"余爽只好付钱。再一抬头,康隆却不见了踪影。余爽把糖炒栗子递给船娘,跳上了岸。

第十章

1

翁悦一通电话给余梦带来了希望。

她说是从女企会姐们那儿得到的消息,说看在过去的情面上,当一回救火队员——她介绍余梦认识了一个朋友,旅欧多少年,妥妥的富商,对月亮城项目有兴趣。

"怎么谢我。"翁悦在电话里就讨赏。余梦着急,说事要成了,你想怎么样就怎么样。说来奇怪,大难临头,反倒促成了女人们的友谊。过去撕得不可开交你死我活的两个人,如今又好得跟一个人似的。

都是明白人。她们知道,如果韩广倒了,将来大家少不了抱团取暖。

老板闵建中。属于低调富豪,网上查不出什么。余梦问翁悦:"可靠吗?"翁悦的意思是,给钱就行,何况资本从国外来,更安全。余梦心里打鼓,可事到如今,只能死马当活马医。

闵建中跟余梦通了个视频,说自己在苏黎世,暂时不回国。没几日,闵总委托的代理人,也是他的属下老耿来跟余梦见面。项目的基本情况,余梦已经在通话里介绍了。这次是了解详情,包括项目书,目前的进展,缅甸那边的情况,等等。余梦仔细解释,出了一身汗。

见面很愉快,老耿似乎没挑出什么来。又过了几日,闵建中那边来消息，说同意合作，并立刻注资，推动项目，余梦高兴得直蹦！公司的员工们也吓一跳，不过，老板能跳，估计是好事。公司运转，项目继续，都有饭吃。

余梦觉得闵建中这个名字好，一听就是向着祖国的，建中，有福气，给力。很快，两方签了合同，钱到账，余梦立刻去缅甸。她十分得意，哼，没有你韩广，地球照样转嘛。呵，这样也好，有新老板，慢慢跟集团脱钩，将来赚钱，也就跟集团没什么关系。

她余梦清清楚楚靠自己！离了谁玩不转？照转！

缅甸的山坳里，余梦身后跟着一票人，她戴着安全帽，穿着防弹衣（不得不防），眼前一大片地方，就是她的乌托邦。余梦想大笑，但必须忍住，压住，耐住，她要笑到最后，要笑得最甜。

余义两口子来看余嘉。拎着水果。女博士的肚子微凸，准备做妈妈了。余家即将有后，举家欢喜。不过这回，小两口来不是没"任务"。他们来找姐姐借钱，想付个首付，安定下来。余嘉苦恼，她自己尚且漂泊无依，又在创业，可弟弟是家里的男丁，带着老婆来借钱，她做大姑姐的，哪能一毛不拔。不过，这一刻，余嘉深刻意识到，结婚了，成了家，弟弟就不仅是自己的弟弟了。有小家，为着小家，哪还记得大家。余嘉当即表态，借，又笑说："有了孩子，踏实。"一提到孩子，女博士一番演说，又说准备要两个，要好好培养，要把孩子培养到哈佛耶鲁，起码也得是清华北大。言谈之中，余嘉听出女博士似乎已经不打算在事业上拼搏——这个光荣留给余义去奋斗。

她，踏踏实实做家庭主妇，上班算副业。余嘉心头掠过一丝悲哀，好不容易读到博士，发挥自己的作用了么，哦，也有，如果不是高学历，有稳定工作，余义可能不会找她。毕竟容貌上不占优势，这对一个女人来说，比较致命。

吃着饭，余义劝姐姐，口气已经是那种中年男人的口气："碰到合适的，还是要抓住。"余嘉有点目眩，他在劝她再婚，讽刺味十足，过去都是她操心他。

狄立人在的时候，他们家是"太阳"，像余义这样的小星球都得围着他们转。现在不同了，太阳陨落，余嘉迅速成为家族谱系里的边缘人物，连余义都能唠叨她几句。这就是家庭的力量。一男一女组成的家庭是社会的主流，女人出来干，可能能力并不比男人差，可是，即便如此，一个家庭还是要把"爷们"推到前台。

这是规则。武则天只有一个，连慈禧太后都只敢垂帘听政。

余嘉苦闷着。对于再婚，她没想过，没动过这心思。余义还不知道狄立人被查的事。如果被查，坐实了有问题，她必然受连累，再婚更是虚无缥缈——谁会娶一个犯了事的男人的遗孀呢。

又一个新学年，余爽给春儿找了个私立学校，接过来了。春儿妈原本不愿意，可春儿在家闹腾，也不好好帮带孩子，加之外公外婆身体好转，家里有人帮衬，她铁了心"弃妈投姑"，余庆老婆只能随她去。余爽心情不佳，去接春儿也是散心。

到了地方，弟媳妇没说什么，只让她帮忙，一起去太姥那，录个视频。余爽不解，问："谁是太姥。"弟媳妇道："我爸的妈。"余爽大惊，心想这都多大了，还在。又问："录视频做什么用。"弟媳妇道："社保要，每年都得确认你还活着，不吃空饷。"余爽恍然大悟。老太太单住，最近身体不好，小女儿，也就是余庆老婆的小姑照顾着。小姑说不会录像，实际是懒。老太太月月工资她只能得三分之一，剩下的，自吃三分之一，大哥拿走三分之一。

余爽拿手机，开视频准备录像。余庆老婆和她小姑一起把老太太扶起来在床上坐着。余爽道："录了啊。"九十好几了，瘪着嘴，老太太有点迷迷瞪瞪，轻微痴呆症。余爽问："就这么干坐着？是不是得说点什么。"

活人得说话。于是余庆老婆轻轻拍拍老太太，"阿奶，我说一句你说一句。"

老太太嗫嚅着说好。

"我过得很开心！"余庆老婆又说。

"我开心！"老太太学漏几个字。

"我过得很幸福！"余庆老婆道。

"我幸福……"老太太道，这就基本完工。余庆老婆有提醒说让老太太说一下日期，老太太也按照要求说了。余爽眼看着，手录着，脑子飘飘浮浮，她突然产生一种人生的虚无感。从前她觉得，孩子不重要，后来又觉得孩子重要，现在看着老太太，又觉得即便有孩子，儿孙满堂，谁也不能替你走过人生的苦。生老病死，一样不会少。

余爽痛苦着，但痛过，似乎又释然了。该什么路就什么路，走吧！

接春儿回来。春儿无意中看到康主席留下的魔方，问康主席呢。"走了，上天堂了。"余爽失落。不加粉饰，直接端出真相。春儿小小年纪，早已经历过死亡，似乎并不惊慌。

"康叔叔呢。"她又问。

余爽停了一会，才说："也走了。"

"你们吵架了。"

"小孩，懂那么多。"余爽有点不耐烦，钻进卫生间洗澡。

没过多久，春儿便打电话约康隆吃饭。康隆赏脸，同意。地点约在外头，他不想上余爽的门。

好春儿！在镜子前打扮，余爽这样想。不知道为什么有点紧张。为了见他，她刻意从余梦留下的衣服里选。女人味足一点，更具吸引力一点，她对康隆还没放弃。因为康主席的去世，余爽觉得自己欠康家的。这感觉跟过去一样。有欠，就必须有还，这是她的原则。只是，怎么还，不知道，康隆看上去心如死灰。结婚，重要吗？那一起生活，还像过去一样？余爽又不知道怎么启齿。

都准备好，见到真人了。

康隆第一句话是夸春儿："变漂亮了。"

第二句话针对余爽："这衣服不适合你。"

他还跟她憋着劲。

2

有了注资，余梦的月亮城又轰轰烈烈开工。不过这一回，在去缅甸之前，祖良才突然约她，打电话来的。没说什么事，就想见见。

余梦的心提溜着，他知道了这项目？打算来投一笔？呵呵，无利不起早,无事,不会登她的三宝殿。

余梦果断。

见。百川到海,她余梦有容乃大。

余梦仔仔细细装扮了一番。她眼下的人设是成功女人,那么,就得有成功女人的样子。过去,她是"女为悦己者容",现在她是"女为自己容"。她就是同时拥有倾国倾城的貌,和惊天动地的才。

餐厅是祖良才订的。包间不算大,也不太小,两个人说话正合适。是淮扬菜,屋子里一排清幽的竹幕,空气中有桂花香味浮动。

余梦迈着轻快的步子,笑盈盈坐下,脸上没有一丝一毫尴尬。当初她逼他结婚,后来韩广又让她去找祖良才,余梦都有点为难。可此一时彼一时,如今她华丽转身好几次,手上又有大项目,气场膨胀,恢弘得很。

人一到,服务员开始上菜。祖良才客气,说乱点的,不爱吃再重点。

余梦觑了他一眼:"别来无恙啊。"声音很轻,但调子里带着戏谑。

"你越来越漂亮。"祖良才嘴巴还是厉害。

"假话。"余梦撩了一下头发,"老喽。"

"真话。"

余梦道:"行啦,说吧。"

祖良才愣了一下。没有了那些恋爱的迷藏,余梦变成单刀直入的女人。可祖良才还没准备好。两个人又聊了聊当前的局势,谈到辛家,谈到老韩的集团(没提老韩名字,两个人都避着),谈到那个被判了十八年的"老朋友"。余梦有些奇怪,祖良才没有愁闷,反倒是一派欢欣鼓舞。他在幸灾乐祸?以前他不这样。聊了好一阵,余梦不想陪他卖关子了,便道:"领导,该说正题了吧。"

祖良才微笑着:"没事还不能见你了。"

"你我,不必见外。"余梦拉近距离,但却是公事公办的样子。

祖良才随即起身,余梦唬了一跳。这卖的什么药。他面目严肃中带有柔情,眼睛闪着光,身体却很僵硬,好像动一下胳膊,动一下腿,都跟机器人似的。他去储衣室走了一趟,回来的时候,半蹲在余梦膝盖边。

感觉不妙。

余梦似笑非笑道:"这是干吗?"

祖良才蓦地掏出个绒布包面的盒子。正方形。暗紫色。

哦天！余梦明白了。这算什么？这搞什么？！

打开，奉上，钻石闪闪发亮。看大小，人家是下了本儿的。祖良才随即甜言蜜语："梦梦，我们……终于等到这一天。"

余梦下意识站起来。

不不不。他不是霸王，她更不是虞姬。

他等的这天可不是她要的那一天。

"别闹了……"她后退，脑子迅速转着。为什么？为什么是现在？祖良才追了半步："梦梦，我是真心的，我们是天造地设的一对。"

余梦一面骄傲，自矜于绝世美貌、倾城的魅力，一面又在心里骂，去你妈的！早干吗去了。但表面上，她依旧温雅："你不怕了？"说他怕前老丈人、前大舅哥的威力。

祖良才突然豪气万丈："怕他个屁！老子自己的事，自己说了算！"

余梦愕然，儒雅的祖良才很少那么粗鲁，又是屁又是老子，看来真翻身了。只不过，这突发的豪情背后，她依旧能看到残留的虚弱。余梦微笑着，不说话，吃菜，稳稳地夹，那枚戒指在灯光下闪着寒光。

忽然，她脑中叮铃一响，每个小节点仿佛通了电，立即形成一幅探宝图，明白了。她明白了。是"老朋友"的事，拔出萝卜带出泥，牵了一发带动了全身，恐怕祖良才的前大舅哥也受到了影响，放松了对他的管控。而且换届过后祖良才稳坐区里重要职务，实属"少壮"。他终于敢说话了。只是，都想明白之后，余梦又有点看不起他。如果当初，他不顾一切选择跟她结婚，她同样会毫不犹豫，来个"我拿所有报答爱"！

现在不同了。一个男人根本没把你放在第一位，这是余梦不能接受的。何况她自己能打出一片天，何必委委屈屈做个官太太？余嘉不就是例子？都到这岁数，还有什么想不开？想到这，余嘉笑得像只猫，放下筷子："自己人，别开玩笑。"

祖良才热情上来，像读诗："梦梦……我喜欢你……我爱你……没有你……日子跟……跟吃墙没什么区别……你太好……太……"他太激动，形容不下去，"……你就是我这么多年苦苦寻找的那个人。"

他饱含深情，她却想笑，这干吗呢，肉麻，拍电视？《找到你》？抱歉，老娘主持不了这节目。

余梦轻轻推开他："心意我领啦，感谢，感谢。"又作个揖，拒他于千里之外。

祖良才收了笑容:"梦梦,怎么了,你不是一直想要我给一个承诺吗?我现在就可以给,一个承诺,一生!一辈子!"

余梦抚摸着祖良才的脸,好像在盘一件古玩。

"你很好。"她先给他肯定,"可人都会变的。"

"我没变。"他立即。

"我变了。"余梦伺机而动,盯着他。

祖良才的脸色不太好看,他来之前想到的场面是余梦欢欣雀跃,现实却是余梦冷若冰霜。

她变了。她变得冷面冷心不解风情,变得不像女人,没女人味。

祖良才又强硬起来:"你知道多少女人等着么?"意思是说等着跟他结婚。

这是事实,可那又怎样。

余梦嫣然一笑:"那我只能当做善事了。"

祖良才哑然。

余梦又说:"人与人之间,讲机缘的,出场顺序很重要,别说你我,即便是大明星,也有得不到的东西,你得不到的,就是不对的,就是老天不想给你的。老天永远是对的。"

走出餐厅,余梦忽然仰天狂笑半分钟。她又想起那句诗,"仰天大笑出门去,我辈岂是蓬蒿人"。爽快!前所未有的爽快!她拒绝的可是祖良才啊!前途大好的少壮派,多少女人上赶着扑的钻石王老五!嚯!还真是,他拿了钻石,应该封个王老五。应该把钻戒拿过来——钻要拿,人要卡,大雁过,把毛拔!

下雨了,没有伞的行人都去路边屋檐下躲雨。余梦却若无其事,拎着多少万买来的限量版包包,踩着红色高跟鞋,大踏步行走。一点小雨算什么,余梦想,老娘风雨无阻。

3

因为暴雨,航班延迟。只是余蕊不能理解,韩广让她开车,送他到机场,可到了之后,他又迟迟不下车。而是让余蕊驾车,不许停,在机场旁边的小路打转。是因为这场雨么,她想,可是这雨来得迅速,谁也预料不到。韩广怎么会有能耐预测航班的起落。

这段时间,公司内部持续震荡,韩广辞去了多项职务,只保留着集团总公司董事长的名头。实际上,董事会他已不参加。有时候,他连续几天不出现,弄得余蕊以为他又要"失联",有时候,他又连续几天耗在办公室,灯日夜亮着。公司不断有人离职,余蕊认为是常态。可等到叶察也要走,余蕊有点绷不住。老叶可是翁总和韩总一手提拔的人啊!韩广得知,批准。报到翁悦那去,身居海外的翁悦一个字也没评价。

余蕊理解他们的意思是:天要下雨,娘要嫁人,随他去吧。不然怎么办。谁能陪谁一辈子,何况在这个时候,讲忠心很可笑。

余蕊说:"老叶,同舟共济吧。"她不叫他杰克,叫老叶。叶察苦笑:"妹妹,你是明白人,干吗做傻事,这船要沉了,留着也是等死。活一个是一个。"

余蕊听懂了,也看得明白,可她就是不能走。黄旗和余憩办婚礼,摆酒席,她只出席一场,老家没来得及去,她心全在集团这,全在韩广这。

余憩心里不痛快,她认为余蕊这么做,是因为她看不惯妹妹跟了她的前男友。

"回去。"韩广的声音从后排发出来。

余蕊连忙调转车头:"去公司?"

"酒店。"韩广最近一直住在酒店。

余蕊得令,开车。她要做个好司机。临时指派的御用司机。

从后视镜里看韩广,他眉头微蹙,嘴角抿着,似乎在思考。他的目光捕捉到她。余蕊连忙把视线调整到最前方,专心开车。

车稳稳行驶。

韩广问:"来公司多久了。"

奇怪。问这个。余蕊如实答。

韩广又说:"跟叶察比,算新员工。"言下之意,老员工都撤退了,你一个新来的,还能这么忠心不容易。

余蕊噙着笑:"人不在新旧。"

"那在什么?"

"投不投缘。"

"下个礼拜,你不用来了。"

余蕊惊得方向盘差点没抓稳:"韩总!"

韩广沉默。窗外乌云遍天。

"我被辞退了?"她问。必须问明白。

"你会拿到一笔可观的补偿金。"

"为什么?"她收起惊慌,眼神犀利,"哪里失职?"

"你做得很好,我也可以介绍你去别的地方,如果你有兴趣的话。放心,工作不是问题。"

"我喜欢这份工作。"她倔强。

韩广语气忽然加重:"好多事情不是你喜欢不喜欢的问题!"从后视镜里看着面目严肃的韩广,余蕊知道没有转圜的余地,她铁定"失业"了。她立刻意识到,如果不是她自身的原因,那么就是……就是她服务的对象要出问题?天,暴风雨还是来了。

车在马路上慢慢行驶。下雨天,路滑。令余蕊再度想不到的是,快到酒店,韩广突然下令,立刻掉头,回机场。什么情况?余蕊警觉,机票是她订的,韩广今天要飞塞班,看样子是去度假,就算航班延迟起飞,可能现在也已经飞走,还去机场做什么?余蕊发呆的一瞬,韩广又说一遍去机场。她只好调转车头,把适才的路重走一遍。

快到机场。韩广让余蕊靠路边停。

"还没到呢。"余蕊不明白。

"就到这吧。"韩广拎起公文包。

"我给开进去。"

"就到这!"是命令口气。余蕊只好靠路边停。韩广拎起包,撑了伞,利落下车,隔着水流潺潺的玻璃窗,看了余蕊一眼,微微点了一下头。

算告别。

一时间，余蕊有点恍惚，雨还在下，越来越大，车厢里相对安静，余蕊却总感觉自己能听到声音，细线似的，蜂鸣。她下意识从后视镜看后座，刚才韩广还坐在这。再看一眼，她发现韩广的佛珠手串落在座位上。他近来串不离手，不知道是否信了佛。

余蕊没多想，拿起串就往外跑，她要给送过去。

候机大厅纷纷扰扰。余蕊扫了一眼，小跑着往登机口去。远远地，她见登机口拥簇着五六个男人，高高大大。便衣？她猛然反应过来。再往前跑，终于看清韩广正在这五六个人的包围圈内。

"韩总！"她喊。

韩广看到了她，摇摇头。

余蕊立刻明白了，闭嘴。可是，她总得做点什么。

那些人走得很快，韩广仿佛一只小船，被推着往前走。潮流汹涌。余蕊挥挥手串，她确信韩广看到了。可没用，一会儿，包围圈便消失在机场大厅。

次日，余蕊接到通知要求配合调查，她才彻底明白，韩广被限制出境了。集团强力封锁，可消息还是不胫而走。秘书处陆续有人辞职，一周之内，只剩余蕊一个人还坐在那。她突然想起叶察的话——这艘船要沉了——她眼下就是坐上沉船的感觉。

翁悦没来电话，余蕊能理解。翁姐现在自顾不暇。余梦也没来电话，她现在正在缅甸忙工程，那个项目，基本已经脱离集团在运转。

余蕊迫切想要知道更详细的内情，可去找有关人员询问，人家只说还在调查，并要求她配合调查。余蕊只好去找祖良才，当面问情况。祖良才倒大度，没有抵触，虽然过去也是竞争对手，但他跟韩广多少有点英雄惜英雄的味道。他就问余蕊一句："你们集团兼并国有企业过程中，有没有什么问题？"余蕊答不出来。这些事情她知道，但只是看文件，她入职之前已经发生。不过从做传记采访的过程看，她也发现有个问题，韩广的集团以及他个人某段时间内财富突然爆发性增长，虽然业务密集，可余蕊也弄不清楚金融方面的事。祖良才也劝余蕊，认为她现在继续待在集团不合适。

余蕊说："一个人不留，不等于向人宣布有问题么。"

祖良才苦笑："你现在还觉得老韩没问题？"

余蕊抢白:"调查结果没出来之前,谁也不能下定论。"祖良才本来想说你太天真,可见余蕊一脸执拗,便不再多问。他只是感叹,余梦要能像余蕊对老韩那样对他,世界该多美好。

最后,他轻描淡写问一句:"余梦现在怎么样。"当然是明知故问。余蕊说,她忙事业,人在缅甸。谈话到此为止,两个人道了别,各奔东西。又过几日,余蕊又找祖良才打听消息。祖良才不再接听电话。

余蕊感到很孤独,前所未有。很多话,跟余憩说也不合适。她已经辞了职,当黄旗的助理兼经纪人,眼下小两口正在参加一档真人秀。她和妹妹,走过同一条街,现在回到两个世界。

夜色深浓,大都市的繁华像与她无关,余蕊来到嘉姐的小店。要了碗排骨饭。余嘉不在,吃了几口,她呆坐在那。什么也不想,放空。一个男人坐到她对面,一抬眼,是白元凯,她曾经倾慕的男人。不过眼下,她看到他却毫无感觉。他也同样一脸忧愁,余嘉已经连续几天没来店里。问情况,只说是有事。白元凯担忧,可一点忙也帮不上——他只知道是有关部门在"回头看",重新审查狄立人生前的情况。此时此刻,他和余蕊同样感到无力。

一人一碗排骨饭。两个人就这么对坐着,许久无话。

余蕊突然问:"你说,人活着是为了什么?"

白元凯愣了一下,答:"付出吧,活着就是付出。"

余蕊轻轻哼了一声:"谁在乎?就怕来不及了。"

几张证书,红彤彤的,放在饭桌上格外刺眼,都是狄立人的嘉奖证明。有关人员传达的调查结果在耳边回荡,久久不散。核心意思是:狄立人生前利用职务之便,为他人谋求职务,违反了纪律违反了规定,情节比较严重。鉴于其表现,不追讨其烈士称号,但撤销烈属每个月的补助,并且要求有关亲属不再提狄立人的事,缩小宣传面,这等于坐实了狄立人有问题。

为他人谋求职务。他人是谁?余嘉不去调查也猜得出——现在在她是躲着这个"他人"。生前死后,狄立人太对她不住!折腾她!折磨她!因为他,她翻来覆去痛苦着。过不了多久,小圈子内的所有人,包括大城市的朋友,狄立人的同事,乃至于老家那帮子人,都会知道狄立人的问题,都会把她看成是个有问题的男人遗留下来的女人。搞不好还会穿凿附会,把她想成"共犯"。

她真想斩断一切，重新开始！

余嘉起身，拿了个和面的陶盆，放在客厅正中，奖状证书都放进去，倒点酒。

啪！打火机打出火苗。

凑过去，蓝莹莹的小火跳动，想要去亲吻那些证书。

轰的一下。火燃起来了。

余嘉泪流满面。思思来电话，余嘉连忙擦掉眼泪。

"妈，我想回国。"思思说。

余嘉忙问怎么了。思思扭捏，说一会，又哭了。余嘉要求通视频，思思不愿意，余嘉急得恨不得立刻飞出去。过了好久，思思终于平静。

"人家说我是贪官的女儿。"思思哽咽着，"我不是……爸爸没贪……我不是……"留学小圈子里有狄立人过去同事的孩子。消息就是这么快，就是这么不可理喻！

"你爸不是贪官……不是……"对着电话，余嘉也开始为狄立人申辩。他不是贪官，他只是一个糟糕的男人。

4

站在半山腰往下看，余梦觉得自己像个上帝。

女上帝。

也该轮到女的来做做上帝了。

说什么是什么。有光，有万物，有人……有月亮城。闵老板的资金一到位，月亮城热火朝天，她对这个项目是有信心的。保密性做得不错，有当地政府支持，周边环境也不错。最关键的是，资金流经常在这一带"路过"，谁都有可能手痒，来玩一把。

余梦身后跟着几个当地人，有保镖、带路的、翻译，还有当地合作伙伴派来的监事。昨晚她接到消息,是女企会的姐们儿传的话,她才知道老韩已经被限制出境。

余梦深思。老韩的事,她在圈里大概知道一点,像他们那么玩,迟早出问题。余梦感到庆幸,这里有两层意思。第一,跟祖良才分手过后,她原本要以老韩为目标的,她庆幸老韩当初的"冷若冰霜"。如果当时真的拿下了这个山头,现在她就是老韩的情人,少不了要遭到调查,别说月亮城,估计风电厂的项目都会连带弄出事。第二,她庆幸老韩出事后,集团不再介入缅甸的项目。这等于摘干净,即便后续调查,也不会"殃及池鱼"。

她安全了。

余梦感叹着,阴差阳错,这就是人生!谁知道呢,也许就为了成全她,老韩出事了,集团完蛋了,世界大乱了,只有她得利。

余梦不禁想起张爱玲写的那个倾城之恋的故事。天翻地覆着,她不觉得自己在历史上的位置有什么微妙之点。

闵建中的副手来电话,说了资金注入的问题,余梦大费唇舌,又是一番解释,中心思想是:只要一期的月宫殿建下来,拿到牌照,就能营业。只要运转起来,钱就开始滚动,后续就轻松多了。一切都是合法合规,是缅甸政府允许的……他们也想挣外国人的钱……胜利在望,胜利在望……

余梦鼓励着闵建中的人。副手没说什么,只表明第二笔资金很快会到账。"放心,我看着呢,不会出问题。"余梦呵呵笑,一会儿又说这信号不好,该挂电话了。

余梦真能吃苦啊!她是建酒店的,但酒店建成之前,她就住在工棚里,跟工人们一起吃住,最主要是,她对谁都不放心。月亮城一定要尽善尽美。当地蚊子多,幸亏余梦带了蚊帐,扎起来,一晚上耳边都还是嗡嗡的。

山坳里信号不好,时断时续,不能上网。余梦就让翻译教她唱缅甸民歌。翻译教《海鸥》,说过去很流行,华人也喜欢,关牧村还唱过。

余梦问,这唱的是什么。翻译说,是在歌颂伊落瓦底江,这是缅甸的第一大河。"就是那条河?"余梦想起来,她路过,不记得名字。翻译这么一说,她又动了心思,想去看看河。

缅甸的河和中国的不同。都是河,但可能因为纬度的原因,这里的河更深浓,两岸植被茂密,河被夹在中间,有了几分神秘感。余梦站在河边,身后是树林。翻译提醒她,往空旷的地方去一点,他怕有蛇,余梦连忙挪了挪。

明月高悬,四下有虫蛙鸣叫,别样的风情。

余梦突然唱起歌,随意地,是邓丽君的《初恋的地方》:"我记得有一个地方,我永远永远不能忘,我和他在那里定下了情,共度过好时光……"

歌声戛然而止。她不想唱了。

初恋的地方……她竟想起了栾承运。她第一次正式恋爱就结婚了。初恋跟栾承运,地方在医院,晦气!不要唱不要唱。栾承运过去还一直说她也是他的初恋。可能吗?谁信?余梦深吸一口气,想尽快忘掉不愉快。

身后猛然一阵突突突的声音。

"谁放炮?"余梦转头问翻译小男孩,"还是放屁?"她有点幽默感在身上的。

翻译却一把拽住她,余梦失去平衡,跌了个狗啃屎,趴在地上,吃土。

"你疯了!"余梦愤怒,这什么意思,她可是老板!他是雇员,这么无礼!

又一阵突突。听着像拖拉机。

翻译摁余梦的头。

余梦伸手打了他一耳光。翻译忙把手指比在嘴唇边,说"嘘"——突突突突——声音更密集,似乎近了一点。

余梦浑身鸡皮疙瘩起来了,她终于明白,这可不是什么拖拉机的声音。是枪响!

……

接到"线报"的时候,余爽觉得自己的心像被机关枪打了一样。是一个老同学从白元凯那听到的。白元凯不能"泄露",但一个不注意,"曲线救国"。

康隆和松子博士有"复合"的态势。两个人一起采风,一起去食堂吃饭,一起看电影,据说康隆还去见了松子博士的妈。校园里已经有学生给他们取外号,叫"神雕侠侣"。

康隆是杨过。松子博士是"姑姑"。

恶心!余爽不痛快。是吃醋么?有点,她承认,自认识以来,在和康隆的关系中,她始终占据上风。现在却冷不防来个扭转。她是弱势群体。不行,必须反击!

教室门口,余爽亭亭玉立。

下课,康隆从教室里出来,余爽上前:"我们谈谈。"

"下午还有课。"

"不耽误你太多时间。"

学生们开始起哄,他们的型男老师又有新情况。

吃瓜吃瓜。

康隆制止学生,又把余爽带到办公室,他说去院办有点事,让她等一会儿。结果一等就半个小时。余爽难受,过去他不这样。他真的不在乎她了?就因为她没在他爸去世前跟他结婚?没有满足老人家最后的心愿?可是,她不知道呀!她如果知道情况,她一定会勇于献身。

康隆回来了,风尘仆仆的样子。

"说吧。"他是老师,在听取学生报告学业。

"我们之间,有误会。"

"这个问题不用谈了。"康隆冷酷道,"还有别的事吗?"余爽着急,"你不能这么不公平!我根本不知道你爸生病!是你们不告诉我!要知道的话……我怎么可能……不至于……真的……往前看!"她向前。

他后退,抱着两臂:"谢谢你的提醒,我已经在往前看。"他看看手表,"对不起中午可能不能请你吃饭了。"他要往外走。

余爽话没说完:"你等会儿!"她拉他胳膊,他轻轻挣脱。"到底是为什么?我无辜,我什么都不知道,事情发生了,不知者无罪,为什么我的罪过就不可原谅?"

康隆道:"车轱辘话不用来回说,早就说清楚了,你没错,是我变了。婚姻就是要门当户对,我现在就想找一个支持我,爱我,愿意为我付出,可以为我做饭生孩子的女人。"

"我可以!"余爽喷泪。

"你只爱你自己!"康隆迸发雷霆。

电话响,康隆去接,院里有急事找他,他平复情绪,转头告诉余爽,离开的时候记得锁门,然后匆忙走了。余爽一个人坐在康隆的办公室,坐在康隆的位子上,这是老式的办公楼。办公桌也是老款式,桌面上放着大玻璃板，下面压着照片，还有报纸等等，她突然看见玻璃板边缘压着两张船票的票根。

是他们一起渡河去小岛坐摩天轮看烟花那次留下来的。他还留着。只是，物是人非……余爽哭得更厉害。感情，为什么这么折磨人！人要没有感情该多好！

门被推开了，进来个女人。抱着几本书，还有文件夹。抬头就叫老康。再走进，却发现康隆的座位上，坐着的也是个女人。余爽抬起头，迅速扫描。

姿色平平，个子不高，戴着副眼镜。

松子博士？

那女人关好门，微笑着，一步一步走向余爽，伸出手："你好。"

余爽不握。黄鼠狼给鸡拜年！她不说话，把手机倒翻过来，卡在桌子上，人站起来。

那女人收起手，课堂点名一般："你是余爽。"

余爽回问："你是松子博士。"

那女人呵呵一笑："对，我是研究松子的。松子和栗子，都长在树林里，天生一对。"

已经开始示威。战火一触即发。

余爽道："你知不知道你这是什么行为。"

"哦？"

"是小三。"

那女人一秒钟变脸，身体扭转九十度："据我所知，你和老康，分手了吧。"

"胡说！"余爽发现自己根本不会吵架。

"你们这种女人，"松子博士呵呵的，声音不大不小，刚好能痛击余爽，"自以为有几分姿色就能怎么样？男人也会累的。别太高估自己。女人和女人有那么大区别么？你比我多了什么？"转而正色，厉声道："早就知道你不是什么好人！在老康那说我坏话！有作用吗？只会显得你自己水平特别地低！"

什么东西？哪跟哪？她什么时候说了其坏话？欲加之罪，何患无辞！看来这女人就是来吵架的。

余爽撸起袖子。

门又开了。康隆进门，松子博士立刻换上笑脸，转头去饮水机迅速抽了个纸杯，接了点水，一边走向余爽，一边对康隆："喝点水，坐一会儿，该吃饭了吧，老康，余老师好不容易来一趟，一起。"

余爽一扬小臂，水杯被打翻，泼了松子博士一身。

松子惊叫着，满脸委屈。

这就是大学老师？！余爽心里骂，比绿茶婊还绿茶婊！康隆喜欢这样的货？！眼瞎了？！

"够了！"康隆喝，"不许在这撒野！"

撒野？！这词他居然用在她身上！余爽一把抓起手机，对康隆和松子博士吼道："算你能耐！"她跑了出去。

松子博士跟上，一脸为难，对康隆："老康……你看看……"

"行了！"康隆同样不想听她解释。

5

除了等，没别的办法。

余蕊也曾各处打听，试着想辙，可韩广的事，对她来说，太远，太大，完全超出掌控。过了一阵，"新闻"过去，连翁悦都很少来电话。余蕊的理解是，或许韩广早就预感到要出问题，所以提前"托了孤"，翁悦毕竟是兮倩小姨，能照顾她。

再细琢磨，韩广此前跟翁悦"切割"，是不是也非偶然？他知道，他都知道，所以才焦虑，她还记得他在车上跟她说的话——下个礼拜让她走人——人事部的确提出赔偿，要辞退她。不过选择权在她。余蕊下定决心，只要公司不倒，她就永远在这坐着，死等。又一阵消息，小道的。说韩广要判，二十年。余蕊听了恍惚，二十年，他都多大了，她多大了？不敢想，人生全部折叠进去。

叶察来电话，纯关心："丫头，几个意思？"他们私人关系不错。叶察离职后，去另一家上市集团做了高管，掌管全集团的文书工作。

"去！"余蕊对他不客气。

"还不下船？生死存亡了要。"他提着气。

"人各有志。"

"真爱上了？"

"再胡扯找你麻烦。"

"老妹，"叶察转变风格，过去是洋派，现在土味十足——因为新集团现任领导喜欢这风格，"哥劝你一句，别把自己搭进去，不——值——得。"

能说出这话，余蕊明白，叶察跟她算是生死之交了，掏心窝子。她身处一线，春江水暖鸭先知，她能不明白不清楚吗？只是，她又必须为着自己的心。细想想，她又觉得自己可笑，她算什么，一个被劝退却不肯退的助理，他正经家人、孩子都躲到国外，她凭什么对他"忠贞不贰"。有意义吗？但她无法逃避对老韩的感觉，不能说爱不爱，这感情里包含许多复杂的成分，有爱，有敬，也有义气，她佩服韩广，觉得他值得追随，值得等待。

最坏的情况，他被关进去。那她只能另起炉灶，开始新生活，但凡他能出来，她一定陪他东山再起。人活着，得有一股心劲。她爱韩广的丰富，爱他百转千回的命运，爱整个时代在他身上的投射、浓缩。跟韩广在一起，她觉得自己好像处于时代中心某个隐秘的部分，每一天活得都很充实。

又坐了一天，傍晚，余蕊从摩天楼上下来，到嘉姐店里看看，余嘉正忙着走外卖。她问余蕊饿不饿，余蕊只要了一杯饮料。

晚上人没中午多。余蕊坐在角落里，面对门，她偏头看看嘉姐，忙忙碌碌的。她佩服余嘉，经历那么大变故都能挺过来，这算开了第二春了吧。抛开狄立人，嘉姐反倒活出自己。余蕊又想到白元凯，她早就知道这个"秘密"，白元凯对余嘉有点意思。只是，能开花结果吗？难说。因此，还是不确定。

这就是人生。人生哪里有什么安稳呢。忙了一阵，余嘉偷闲陪蕊坐坐。她问了问集团的事，余蕊简单说了，余嘉犯难。她总是能够换位思考，设身处地为别人着想。"只能等了。"余嘉说。她也感觉出余蕊对韩广的情愫,言语之间能了解。余蕊点点头。余嘉又说:"也许是好事。"余蕊愣了一下,不理解。余嘉笑着说了句歌词:"等到风雨都看透,谁还能陪你看细水长流。"

余蕊秒懂。是,是个机会。不过她从未想过钻营,跟着心走,顺其自然。门口进来三个人。余蕊感觉眼熟。

是狄立人妹!她还没来得及伸手打招呼,狄立人妹就说了句砸!两个壮汉便挥起铁棒,叽里咣当砸起来。

客人们四窜。余嘉大惊,回身阻拦,却不小心摔倒在地。

余蕊挡在前面,大叫:"住手!报警了!"

壮汉似被尖嗓子吸引,暂时停了下来。狄立人妹往前走了几步。两个厨师,一个老婆子一个小伙子,从后厨跑出来,手握菜刀,举着。

余嘉爬起来,夹在中间:"都别动!"余蕊拿手机,要拨电话。余嘉一把拦住:"别打!"

狄立人妹对余嘉,恨道:"知道错在哪吗?"

余嘉怆然:"小妹,你不能不讲理——"调子拉很长。

狄立人妹道:"讲理?要文要武我奉陪到底。你毁我哥名声,砸十遍都活该!"余蕊要上前理论,余嘉一把拦住,她面无惧色,走到狄立人妹面前:"小妹,你哥生前,我是他的妻子,死后,我还是,一切的一切,我都本着一个原则,隐恶扬善。"

狄立人妹骇笑:"揭发举报,你就是这么隐恶扬善的?"

余嘉道:"对组织,我不能说谎!你哥生前他已经提出跟我离婚,至于他找没找人,什么情况,我不知道不清楚,我也不想清楚,哪怕他就是在外头有人,组织认为严重,我也不会去计较,人死灯灭,跟死人生气有用吗?至于最终的定论,是否功过相抵,还是过不抵功,我决定不了!这是历史的决定。小妹,我想你是个明事理的人,我们都是女人,嫂子的苦不想对你诉,我只是想让你知道真相,让你自己在心里头称称,是非功过到底是怎么回事!我办这个店,不光是为我自己,也为了思思。她马上要回国。我希望她将来能有点依靠!"

余嘉说话,余蕊迅速发消息。

话音刚落,白元凯带仨人进门,准备"武力抗争"。余嘉看看余蕊,明白是她叫的人。她怕真打起来，事情闹大，难以收场："小白！回去！"

白元凯进退维谷。狄立人妹冷笑道："行啊，找帮手，哼哼，我一个打三！"她俨然练过散打。

"巧了，我一个打五，比你多两个。"白元凯还有点幽默感。

余嘉喝道："这是家务事！回去！"

白元凯不动。与狄立人妹等三个人对峙。

"公司里还有人哦。"白元凯玩心理战。

狄立人妹道："每次都有你！你有种！"又回头说了句撤，迅速带着人走了。瞬间，余嘉浑身的肌肉松懈下来，瘫坐在椅子上。两个厨师放下刀。

余蕊对门的方向唾骂："一家子土匪！"余嘉又是恼，又是愧，又是心疼，这是她辛辛苦苦创的店子啊，被砸成这样，恢复元气又要一阵子。余蕊是姐妹好说。小白等于第二次看到她前夫家的状况。无知鲁莽任性粗蛮的小姑子，带人砸店，简直天方夜谭。

她有点怪余蕊叫小白来。白元凯、余蕊和厨师把店里的椅子，还有摔在地上的牙签盒、盐巴筒、碎了的醋瓶子、酱油罐子——清扫、归位。白元凯和余蕊都想安慰余嘉，余嘉却摆摆手，都回去吧。白元凯还想多问几句，余嘉坚决地说："都回去吧。"烂摊子她来收拾。

余蕊和白元凯对看一眼，无奈，只能先行离开。手机响，是余嘉的，她看了看号码，余梦打来的。她摁了接听键，有气无力问了一句，却听到对方颤颤巍巍，声音不大，但大概意思她听明白了，余嘉站起来，小跑到门口："别走！"她招呼白元凯和余蕊。

情况紧急。她也失了方寸，活了那么大，她从未遇到过这种情况。狄立人妹的冷兵器打砸，跟余梦的遭遇比起来，实在小巫见大巫。白元凯和余蕊折回头。

余嘉语无伦次表明情况。话乱，意思大概清楚了。余蕊同样傻眼。白元凯一咬牙："要不我过去一趟。"

"不行！你不能去！"余嘉下意识喊。她不能让小白去冒这个险。可是，余梦正身处险境，危在旦夕。怎么办？怎么办怎么办？！余蕊急得直眨眼，白元凯翻手机，找寻能帮上忙的人，"找大使馆呢？"他说。是可以。但恐怕来不及。余嘉感觉太阳穴突突直跳，她大吸一口气，又拿起电话。事到如今,她认为这个人有权利知道余梦的处境。

6

接到余嘉的电话,栾承运恨不得长翅膀飞缅甸去。可现实情况是,他只能一步一步来。先坐飞机,再转汽车,然后坐摩托来到月亮城所属的小镇。

月亮城在山坳里。因为战事,工程停办,最糟糕的是,建材被抢走不少。正值季风时节,山洪暴发,第一期的主建筑深陷泥淖,看上去毫无拯救的必要。

栾承运来不及交涉。找人要紧。

战事还在进行,大白天时不时还能听到枪响。栾承运花重金请了翻译,但交涉了许久,始终找不到向导。没人愿意在这个节骨眼去森林里冒险。

上火,心焦。没别的办法,栾承运只能加钱,希望重金之下必有勇夫。最后,一个驯象家族愿意领着栾承运走一趟——他们打算进山里伐木。在东南亚,如今只有缅甸人还在利用大象伐木,不过眼下政府禁止采伐森林,大象们歇了好一阵,好不容易碰到"乱世"的机会,他们打算大干一场。

翻译是个中年男人,在中国工作过,懂汉语,他跟着驯象人家族的老大,骑着最大的那头。栾承运跟着老小骑象,走在最后头。到河边,要给大象洗澡。栾承运趁机询问,周围有没有什么能躲避的地方。翻译问了,又回头对栾承运说,有一些驯象人住的简易房子。

栾承运又忙问,里头有食物和水么。他们说有一点,但不能保证,要知道那种屋子动物也会光顾。

栾承运更为余梦担忧。天快黑了,驯象人不愿继续往前走。栾承运让翻译交涉,说愿意加钱,希望至少请一头象一个人带路。驯象人考虑再三,同意了。

一夜找了四个地方，没有。茫茫森林。栾承运怕余梦已是凶多吉少。次日，驯象人想起来山边有猫耳洞，也能躲人。栾承运立刻说去找，加钱加钱。

山脚下，遍地开着"解放花"。

远处的村子里突然冒起一团火。枪声大作，驯象人不肯前进。翻译也劝栾承运不要鲁莽。

"是个好机会，人都到那去了，我们去猫耳洞。"栾承运说。

没人听他的，谁也不会拿自己的命开玩笑。

命没了，要钱有什么用。

机不可失。自己干吧，栾承运一咬牙，朝山脚走去，一个洞一个洞找。

没有。

没人。

没有人。

他开着手机电筒。

还剩三个洞。比较隐蔽的。

他猫着腰探进去，里面随即传出大叫，是个女人的声音。灯光一照。那女人满脸泥巴，像个大花猫。

"我是好人，我是好人！我有钱，我有钱！"是余梦。

栾承运愕然："我也是好人。"

余梦揉揉眼睛，看清了，立刻飞扑上来，抱住他，哇哇大哭。

……

余爽举着手机，把录音放完，然后抬头看康隆："明白了吧。"是她那天和松子博士在办公室的对话。

康隆木木然："有意思吗？"

余爽愤然："这才是她的真面目，绿茶……"婊字没好意思说出来。

"说完了吧。"康隆冷得像南极。

"她哪里比我好。"余爽大声。

康隆道："她在乎我，关心我，以我为中心，觉得我值得投资值得爱，她愿意跟我结婚，给我生孩子，相同的话不用我反复说了吧。"

"不是这样的。"余爽拥上去，她下定决心要得到他，"我知道你不是这样的，结婚是要找一个能让彼此更快乐的人，不是说能一起生活就可以结婚了。"

康隆推开她，语重心长道："你该长大了。"

余爽怆然："我说了一千遍一万遍是我的错，是我的疏忽，过去是我自私，我没想清楚，你对我很重要很重要，非常重要。"她语无伦次。

"我是孩子，你也是孩子。"康隆说，"我们在一起，没法活，谁也救不了谁。"

"我可以长大！"余爽道。

康隆苦笑："别傻了，江山易改本性难移。"

余爽着急："你不爱她！我们有爱情。"

"过去有，现在没了。"康隆口气有一丝忧伤。

余爽立刻说："在一起不是只有爱情，还有别的，亲情，恩情，别的其他的，很多。老康，要说现在我对你还有没有爱情，我不知道，说不清楚，可是我一定对你有感情，这个感情是可以升华成亲情，可以一起一辈子……你离开之后，我才知道你重要，很重要，我在乎我的关系，我在乎你，是时候走到一个里程碑了……我们结婚好不好，别犹豫了……人生好多事情需要冲动……好多事情可以妥协。"

康隆望着余爽，一瞬间仿佛前世今生跑了几个来回。

"你说话呀！"余爽要答案。

"不可以。"

"为什么？！"

康隆等了两秒，才说："我答应了爸爸，要照顾她一辈子。"

余爽顿时心里像掀起七八个巨浪。明白了，清楚了，松子博士全面顶替了她，包括在康主席临终前"尽孝"。她的固执，让松子博士"有机可乘"。余爽悔、恨、怨，为什么当初不告诉她。可是，这不是明摆着的吗？康主席临终前，哪能有两个准儿媳守着。

康主席是受了蒙蔽呀！这样的绿茶……婊！怎么能照顾好康隆，怎么能让康隆幸福！

"我去找康主席说！"余爽激动，泪已然飙出。

"这就是爸爸的意思。"康隆盖棺定论。

看来事情已没有转圜的余地。松子博士得"遗诏"，奉天承运，仿佛吃定康隆。

康隆有事先走了。余爽一个人站在那儿，过了许久，她才想起来要离开。离开这个伤心的办公室，她两次铩羽都在这儿，这里不是她的福地。余爽收拾好包，呆呆往外走，到门口，门被推开，有人叫康老师。

一抬头，松子博士站在她面前，挎着大包。

余爽一怔。

松子立刻扬起胜利者的微笑。

余爽想骂她，可一时不知道说什么好。

松子率先开炮："还垂死挣扎呢？有用么？你现在就是请来八国联军，也攻不下我这固若金汤的城池。"跟着呵呵一笑。余爽拿出手机，放录音，松子那尖锐的声音立刻飘出来。松子一双眼睛躲在眼镜片后面，瞪大了："阴险狡诈无耻！"

余爽回击："是你蒙蔽了主席。"

松子愣了一下："你当主席傻？人家早看透你啦，像你这么自私自利只想着自己不考虑别人的女人，就不该做康家的儿媳妇！"顿一下，"懒得跟你废话，等着收请柬吧。"

有心杀敌，无力回天，余爽只好从包里拿出水杯，以迅雷不及掩耳之势拧开，我泼。茶叶混合着茶水朝松子飞扑过去。谁知松子眼尖脚快，利落一躲，轻松闪开。跟着，她也从包里拿出水杯。一样的办法。拧开，一泼。

余爽来不及躲闪，中招了。不但水洒了半身，衣服上还挂着几颗枸杞。松子博士扭头就走，她不打算负责清理战场。

余爽呆站在那儿，四顾茫然。

她是战败国。

回家就是一场大哭。可是，有什么用呢？她实在想不到有什么办法能让松子博士放弃老康这块肥肉。跟松子比，她太幼稚，感情经不起揉搓，过去她太自信，也太自私。松子步步为营，她节节败退。栗子松子，琴瑟和鸣，她成了个多余人。康主席糊涂！

春儿贴心，取了个毛巾给姑姑擦脸。余爽抱住春儿，又是一场大哭。

春儿问："姑父惹姑姑生气了么？"

余爽稀里哗啦："他……不愿意……不愿意做你姑父。"

春儿答："是因为我拖累了姑姑么？"

余爽停止哭泣,连忙解释:"不是不是……跟你没关系。"

春儿又道:"我去找姑父说。"

余爽再度喷泪:"别去……"

她在床上打了滚,尽情哭泣,一次哭完就好,忘记他,忘记他,余爽逼迫自己。只是,睡一夜,康隆的影子还在脑海中挥散不去,得不到的才是最珍贵的。她戴着无线耳机,一首一首歌听下去,她的眼又跟活泉似的,汩汩冒水。

7

麻木。

余蕊站在跑步机上,开到最快,跑到精疲力尽,不用思考。日子好像停滞了,跟跑步机一样,进入死循环。

翁悦来过电话,是看在旧情,要给余蕊安排新工作。余蕊说自己坚守岗位。翁悦没多说,坚守就坚守吧,想不到这女孩还有点义气。

静下来,余蕊开始思考这么多年自己走过的路,接触过的人。她发现从表面判断一个人,往往会出现错误,比如,公交车上遇到的满身刺青的年轻人,却会第一个给老人让座;衣冠楚楚的学者教授,在酒吧嗨得比她都社会;还有她那些演员同学,平日里光鲜亮丽,关起门来落魄得好像逃荒;至于那些在歌厅里陪酒的女孩,挣了钱,可能第一时间就寄给爹娘。

那么韩广呢。

真实的韩广是什么样。

虽然陪着写过一本传记,余蕊还是不能十分了解韩广。不过,她认为韩广在她心中的形象是不断变化的,从英雄偶像,到普通男人,一头孤独的直立行走的动物。

她追随他,理解他,进而可怜他,爱护他,仅此而已。

喜欢的歌手开演唱会，余蕊一个人去了。不巧碰上雨。歌手不退场，还是卖力唱着，观众们配合，摇着荧光棒。当歌手说到青春话题，诸如感谢你们陪我度过青春的话，余蕊也跟着哭了。全场那么多人，她似乎可以取暖。风雨之夜，并没有人陪她来看沾满泪水的灰色天空。

等到余蕊几乎快熬不住的时候，有消息传来，说韩广回来了，只是，公司没人见过他。

余蕊去韩广的住处，在郊区的别墅，开门的人告诉她这房子已经转卖。难道出国了？她打电话给翁悦。翁悦警告她："你怎么还没走，这不是你管的事情！"

余蕊解释："是刘副总问的。"

翁悦大嗓门，"他急什么！人还没死呢，他就急着上位？！"

电话挂了，余蕊木然。

这日下了班，余蕊还在办公室坐着，她不想回家，太空，也不想去健身房，太累。

于是静养。

余憩来电话，报了个喜，说黄旗入围某电影节最佳男配角，余蕊有气无力地恭喜。她现在对表演兴趣不大。余憩觉察出姐姐的状态，劝："姐，找条正路走吧。"余蕊立刻火冒三丈，怎么搞的，是不是女人一结了婚，就不自觉把自己摆在良家妇女的位置上，像她这种飘着荡着的，就走的是邪路？！她杀人放火了？！还是抢别人的男人了？！或许她的选择，在有的女人看来，是出格，是痴心妄想！因为她总想上一个台阶，跨越阶层的壁垒。这是错吗？！

余蕊气得猛喝两口水，呛着，又稀里哗啦吐出来。

有脚步声传来，深深浅浅的。

余蕊呛着气，还是问了一句谁。

没人答话。脚步声越来越近。逆着光，余蕊只能看到一个轮廓朝这边移动。是韩广？她紧张。看那身形，差不多是。她下意识站起来，喊了一声"韩总"。

"还没走。"对方说。

是他！是他的声音。

余蕊绕过挡板，两手垂在前面，毕恭毕敬仿佛要迎接一个大人物。

终于,他走近了。她一抬头,吓了一大跳。

他头发全白了。整个人看上去至少老了十岁。

余蕊支吾着,一时不知道说什么好。

韩广摸了一下头发:"不适应吧。"

余蕊连忙说不是。

"给我一杯咖啡。"韩广说。

彻夜工作,韩广猫在办公室。余蕊在外间陪着。她不理解他为什么如此拼命。刚刚解除警报,恢复自由,他应该好好休息。很快,新消息放出来,韩广全面卸任集团职务,这意味着,从今往后,他一手打造的集团,跟他没有关系了。消息放出不到十二小时,某个男明星偷吃的新闻爆出,舆论一时哗然,人们很快忘了韩广的事。可余蕊忘不了,韩广就这么消失了。

不行。不能这样。

她开着车,一路往韩广的别墅去,不对,房子已经转卖。余蕊一时茫然。打电话给翁悦,她撒了个谎,说集团还有点东西要交给韩总。

"什么东西,交给我吧。"翁悦说,"寄给我。"

余蕊为难:"得亲手交给他。"

"什么东西?"翁悦再问。

"好像是……文件。"她撒了个谎。翁悦说她也不知道他在哪里。余蕊失落极了,无的放矢无处寄托无能为力!手机响,是翁悦发来的消息。

一个地址。是平民区,老房子。

有点眼熟。

余蕊想了半天,才记起做传记访谈时好像提到过这里,是他来大城市买的第一套房——韩广的发迹之地。

天已经黑了。居民楼,一盏盏窗户,像闪着光的眼睛。能看透黑夜似的。余蕊穿着高跟鞋,一步一步,仿佛正踩在夜的心脏上,咚咚咚咚,随时要病发的样子。

开门,见是余蕊,韩广愣了一下。头一句:"怎么还没走。"

余蕊笑说来给你送点东西。她真带了东西。一包书。他的传记,剩在办公室里的。

"丢了吧。"韩广道。他并没打算请她进门。

房间里有气味飘出来,很不好闻。余蕊知道老韩好面子,不可能让她进去。不过有进步,他染了头发,年龄又藏了回去。说明在进步,对自己有要求,不会自杀,还有希望。

"你不能这样。"她每个字都很重,"你要知道……"

他摆摆手,让她等一会儿。他进屋换了件衣服,两个人去楼下小公园。

沿着鹅卵石路面绕了一圈,有不少老人在跳广场舞。往人工湖边走,那里清静些。余蕊一直在考虑措辞。安慰?没必要。那说什么?总不能是表白。她忽然不明白自己来这里的缘由,或许只是为了看到他。

看到他平安无事。看到他振作。

湖边,一盏孤灯,莹莹的白。韩广站在路灯下抽烟。余蕊也要了一支。

抽完一根。韩广率先说:"我知道,知道你的意思。"

他都知道。是,什么能瞒得过他?他是谁,三头六臂,手眼通天,只不过现在已经被贬落凡间。

"不是那个意思……"余蕊怕他误解。

"不管什么意思,"他声音上扬,有点动感情,"你别跟着我了。"

余蕊红了眼眶,半低着头,夜灯薄薄的光辉洒在她脸庞上,衬得她格外清美。

韩广失落道:"我现在什么都不是……什么都没有……"

"我不在乎!"余蕊喊。

声音传到水面上,飘散了。

韩广苦笑:"你可以找到更好的。"顿一下,继续,"你年轻,又漂亮,懂事……"

余蕊第一次知道她在韩广眼里还有那么多优点,他从未当着她面称赞过。

"我不在乎,"余蕊重复,打断他,"我可以陪你……东山再起的。"

韩广定在那儿,仿佛一尊石像。

他早已众叛亲离,没想到,最后居然有这么个小丫头不离不弃。

"要是起不来呢。"他不年轻了,苦笑。笑那些岁月。

余蕊破涕,满是乐观:"起不来也没关系,可以务农, 掏大粪,倒腾石灰,开拖拉机……"都是他传记里写的他早年的经历。韩广忍不住也笑了,他是倒了,可还没穷到那地步。可是,他感动。雪中送炭永远强过锦上添花。

"不能耽误你。"他还是拒绝。

"我愿意。"余蕊口气很坚决。

这个黑暗的夜晚,他们都做了影响一生的决定。

"你想要什么,"韩广竭力保持冷静,他怕输不起,"你想得到什么。"

"要你……爱我。"余蕊脱口而出。太大胆了,过去她不敢想,居然能要求韩广的爱。可是现在,她告诉自己,眼前站着的,只是一个受了伤无助的男人,老人,老男人。

"我爱你。"韩广不假思索。

"真的?"

"我爱你。"他又说一遍。一次让她听个够。

"听不到。"

"我爱你。"他说的每个字都很嘹亮,湖那边都听得到。因为这爱,韩广仿佛瞬间被注入了活力,他又能战斗了,又能再活几十年。余蕊跳到他身上,恨不得整个人都嵌到他肉里。谁知道呢,爱情,从来都是天时地利人和,或许韩广的一场遭劫,只是上天为了成全蕊一个圆满。

两个人吻得热烈。旁边绕着湖走圈的大妈不小心撞见,以为遇着鬼,先是大叫一声,确定是人,跟着唾弃:"小年轻,什么素质!"

韩广偏过头,指着余蕊,对大妈道:"我爱她。"大妈吓得连跑几步:"神经病!臭流氓!"

余蕊呜呜哭了,在这伸手不见五指的黑夜里,她终于寻觅到属于她的爱情。

8

白元凯难得约康隆打一次网球。

留学时代的保留项目。回国之后总约不到一块,都忙。

大学网球场。两个男人酣战，结果是，康隆大胜。创业家白元凯疏于锻炼。

"不行了，"白元凯感叹，"老了。"

康隆递上一瓶水："年年都不一样。"

"有这感觉？"

"去年我爸还在，"康隆道，略怅然，"跟做梦似的。"

"所以，"白元凯喝了一口水，停顿，"因为康主席，你决定结婚？"

康隆一听就不对。老白什么时候开始称呼"康主席"，应该是余爽教的。

"她派你来的？"

"谁？"

"就知道你不会单纯地找我打球。"

白元凯举举水瓶子："完全单纯，跟这玩意一样单纯。"

"别劝我。"

"不劝。"白元凯摆摆手指，接着拍拍康隆，"老兄，说实话，你谈过几个。"

"你谈过几个？"康隆发窘，只好反问。

白元凯放下水瓶子，一根一根手指掰算："十来个吧，记不清了。"

康隆吐槽："你这王八蛋。玩弄女性，该坐牢。"

白元凯故意玩世不恭地说："你不会才两个吧，不够不够。"

康隆道："我倒宁愿一个。"

"一个男人，一生中，至少得有四个女人。"白元凯说自己的理论，"初恋，红颜知己，妻子，情妇。"

康隆要肘击他。

白元凯躲开，笑着说："我帮你算算，你的初恋，余爽。"

说对了。

康隆没法反驳，老白知道他太深。一把年纪才开始初恋爱，他自己都觉得不好意思。

"红颜知己。"老白掰着手指，"余爽也算吧。"康隆苦笑。白元凯继续说，"妻子，未定。然后情妇，也是余爽。"

康隆不同意："她怎么成情妇了。"

白元凯解释道，"别理解歪了，情妇，有情的妇女，不是你想的那个情妇。"

"红颜知己和情妇有什么区别？"康问。

"红颜知己不上床，情妇是性爱关系。"白元凯总结，掰着手指数，"所以余爽是你初恋，加红颜知己，加情妇，你还不愿意给妻子名分。"

"什么叫我不愿意给？"康隆憋着气。

"是不愿意，你要给松子博士。"

"是不是她让你来说的。"又问一遍。

"不是。"白元凯再次否认，"客观分析，我要是你，我就找余爽。"

"为什么？"

"她不势利，耿直。"

康隆不吭声。白元凯拿毛巾擦了擦汗，准备撤退。余爽交代的任务，他已经出色完成。

"嘉姐算你什么？"康隆突然反攻。

白元凯差点绊了一跤。

康隆追击："初恋？不是，情妇？红颜知己？妻子？"

好像都不能算，白元凯落到自己挖的坑里。

有意思。的确，余嘉在他的生命中，似乎无法跟任何一个角色对号入座。说红颜知己也不准确，他们还做不到知己知彼。

"别操心我了，"康隆用球拍打他的头，"自己都兵荒马乱，还能越俎代庖。"

"我是真担心你。"白元凯还说。

"谢谢你。"

"现在女人多厉害。"白吊着口气。

"嘉姐厉不厉害？"康问。

"她，不厉害，"白说，"她就是太不厉害，有时候真希望她能厉害点。"

从森林逃出来，战事也消歇了。几方谈判，暂且相安无事。只是月亮城遭"洗劫"，再加上山洪冲击，整个工地七零八落，余梦一方面要找当地政府交涉，就算没有补偿，至少也得给点政策。

余梦第一时间去打了长途电话给余嘉，得知栾承运是接到嘉姐的求助，来缅甸"救人"，她有点感动。浩宇、正宇马上要回国休假，她来不及回去打点,便委托余嘉照看。

余嘉满口答应。不过余梦却没有让栾承运回去,他自己也没提。这里毕竟纷乱,能有个人在身边总好些。

出了森林,余梦又恢复"嚣张",警告栾承运:"别以为你救了我就能怎么样,就可以为所欲为。"

栾承运举起双手,无奈,笑笑:"我是好人。"

两个人在距离月亮城三公里租了间房,是当地农民家,二层,一整个大间,里面除了床就一张桌子。

给钱再多也没用,只有这条件。

余梦说:"我睡床,你睡地上。"栾承运温柔得像个绵羊,他同意。

睡了两天,背后长疹子。余梦过意不去,还是决定把床分一半给他。

"必须守规矩。"她再度警告。

栾承运还是那句话:"我是好人。"

工程需要先清理,再继续进行。工程队早散了,需要重新聘请。这实在是难题。最后栾承运出面,不知从哪里找来一队人,加钱,愿意干活。余梦请了个保姆,是当地中年妇女,负责每日打扫和做饭。

吃了三顿,余梦就受不了。这保姆做的饭实在委屈她的舌头,只能自力更生。

余梦把时间分配好,半天工作,剩下半天,处理自己生活,她竟拎起包去买菜了。她那个豪华的皮包,跟缅甸的菜市场格格不入。可这就是余梦,人都差点没了,包有什么可惜,就用它放菜。它得为人服务。

缅甸卖菜的人着实粗放,他们卖菜,不是论斤,论堆。数学不好,算不好斤两,论堆,一目了然。这可苦了余梦。一弄,买回来一堆。

有的菜栾承运甚至不认识,问她,她就说:"能吃!"

头一回下厨,端出来一堆汤汤水水。看在栾承运救过她的命的分上,余梦邀请他一起用餐,栾承运恭敬不如从命。没有筷子,用勺子,汤泡饭。

栾承运舀了一勺,送进嘴里,表情很享受。"好吃。"他说,"好久没吃你做的饭。"

余梦自己舀一勺,一大勺,送嘴里,哇的就吐出来。

"说实话你会死呀!"她否定了自己的劳动成果。

栾承运哈哈大笑。他吃了糟糕的食物,受了苦,他想她也跟他一样。

吃吃苦。

一起吃苦才叫幸福。

做个饭都那么失败。余梦颓然把勺子丢在桌上,深叹一口气。怎么办。她这个月亮城项目,简直是个无底洞,余梦感觉全身的力气都快用光了。

晚上睡觉,热,蚊子多,就一只旧电扇,隔着帐子吹。栾承运知道余梦怕热,便让扇头固定,对着余梦,余梦不肯。改成摇头。床竖着睡太小,两个人只能横着睡。跟在东北大炕上似的。月光白晃晃的,有杀气。

不知道为什么,这里的月亮总是那么强势,余梦第一次来就这感觉,所以才给项目取名月亮城。四周都是虫子叫,心烦。余梦有点惆怅,栾承运伸手把一件薄衣服盖在余梦身上。余梦转身对着他,像赌气似的:"干吗对我那么好?"

黑暗中,看不清他的表情,能听到他轻微一笑。

"干吗来救我?"她继续问。

"你意思让我见死不救?"他反问。

"我死了你不正痛快。"

"我希望所有人都能好好活着。"他口气柔缓,适合这夜色。

"你不恨我?"

"没有没有,"栾承运连声,"我恨我自己,犯了不可饶恕的错误,失去了美好的……"他说不下去,不知道怎么形容。

"少在这文绉绉的。"余梦翻身朝另一边,强迫自己入睡。她当然能感觉到他的变化,在猫耳洞见到他的那一刹那,她几乎重新爱上了他。环境,是环境激发的。等到出了森林,回到镇上,她又告诉自己冷静,他所做的一切伟大,她欠了他一个大人情,可这一切,还不足以让他们重新走到一起。这么久以来,栾承运似乎找过不少女人,婚讯也传了几次,可光打雷不下雨,没一次玩真的。什么情况,什么意思?她摸不透。

两个人就这么相安无事了几日,有一天,房东装了个淋浴器。真是破天荒,说是从中国带过来的,好货,余梦和栾承运都用了。用完余梦还借用了房东孩子的爽身粉。雨季,潮热,余梦太需要保持舒爽。进帐子了,老栾承运说真好闻。余梦说,老牌子。老栾承运把鼻子凑过去,在余梦胳膊上闻着。像个狗鼻子,轻轻触着,空气里都是香味。

9

韩广要跟余蕊"闪婚"。

不打算大办,请亲朋吃个饭,就算尘埃落定。不过"死里逃生"之后,他的朋友几乎没什么了,过去的敌人自然不会理他,过去的朋友,没变成敌人的,基本成了路人。因此,请来的,多半是余蕊这边的人。

韩广给女儿兮倩打了个电话,让她回国。翁悦得知,气得奓毛,顾不上面子,立即跟余蕊电联。她不能怪姐夫,骂余蕊还是不在话下,小丫头趁虚而入乘人之危。

虽然现在的韩广,连她翁悦都有点瞧不上。他等于是被天庭打落,重新投胎,要想再入仙班,那可得重新修炼——这辈子还有没有希望,难说。她翁悦不愿意养老、扶贫。可是余蕊去养去扶,她又不痛快。

这个时刻,她又跟她死去的姐姐站在一块了,姐妹争可以,但外敌入侵,那就是十恶不赦。电话里,翁悦的唾沫星子恨不得从大洋彼岸喷出来:"就说怎么老不走呢!你以为你捡了个宝,有你哭的那天!"

撕破脸了。

翁悦说什么,余蕊听着,不吭。算给老领导一个面子,也给韩广面子。她当然知道跟韩广结婚会面对的困难,可是困难越大,她越要坚持。她坚信韩广能东山再起(不再起也没关系)。而且,不正是这困难成全了她吗?她就是要在困难的时候走到他身边,过去,他高高在上,现在,他们是平等的。

她把他当成一个普通男人,一个孩子,半个老人。余憩也惊得下巴差点没脱臼,她问姐姐:"想清楚了吗?"

余蕊说想清楚了。余憩结巴:"可是……"她是嫁给爱情,她也希望姐姐嫁给爱情,而不是嫁给"糟老头子"。"没有爱情,这婚姻……以后……"余憩欲言又止。

余蕊严厉反驳:"谁告诉你我们没有爱情?"

余憩闭嘴。姐姐的决定,谁也无法改变,她只能祝姐姐幸福。

余爽倒是为余蕊的决定"鼓与呼",她向来叛逆,最烦媚俗,她认为余蕊这么做，是真正实现"艺术人生"。

余蕊是艺术家，应该得最佳女主角。

余蕊笑，反倒要谦虚谦虚，"什么女主角，不过嫁了个糟老头子。"

"他如果还是总裁，还那个样子，你能嫁他么，你愿意嫁他么，"余爽激动，"那样还有什么意思。"

"我是嫁人，不是搞行为艺术。"

"这就是爱情，放下一切，什么都不想，"余爽站在床上，"我要哭了。蕊，你太伟大！太可爱！"

春儿凑过来，问："小蕊阿姨，你要结婚了么？"

余蕊肯定回答。

春儿又道："我姑也想结婚。"

余爽喝："春儿！"

余蕊才返过头问爽和康隆的事。

"别跟我提他。"余爽还没从伤痛中走出来。

余嘉对余蕊的"闪婚"持保留态度。她倒不是不相信蕊的爱情，客观上说，她认为蕊这样的女孩，找个比她大一点的也好，有阅历，有经验，包容，能罩得住。

只是，在韩广差点被"打倒"的节骨眼上闪婚，她怕余蕊将来被连累。余蕊强调，风波已经过去，老韩没问题。

余嘉想问那将来生活呢。余蕊看出她的心思，没等嘉姐问就开口，"生活不成问题。"见嘉姐欲言又止，余蕊又道，"孩子顺其自然。"

余嘉不知道怎么往下说了，看来蕊全部都已想清楚。余蕊又问余嘉那小姑子还来没来闹过。余嘉说，思思出面跟婆家交涉，算平息了。

"也就你能忍。"余蕊愤然。

"都是命。"余嘉叹。

余蕊立刻说："你没听那个康博士说，一命二运三风水，四积阴德五读书。你阴德积得够多，也该有幸福。"

余嘉打马虎眼，说凑合过。

"得有个人保护你。"余蕊认真道。

"我自己能行。"

"老白那意思，看出来没有？"

余嘉吓了一跳,她自认跟白元凯不可能,怎么余蕊却知道。余蕊过去多少有点嫉妒余嘉,那是因为她也曾经对白元凯动心,现在她找到幸福,便巴不得其他人也都能幸福,她为余嘉的"冥顽不灵"着急。

余蕊笑道:"这年头,有什么,我能找老的,你就不能找小的?打破常规没什么大不了。"

余嘉非常笃定:"真不可能。"

余蕊推心置腹道:"姐,好多话,过去不好说,现在可以告诉你,小白对你,可不是一天两天。"余嘉惊诧,皱着眉,等下文。余蕊继续:"过去他招小憩来,以为他对小憩有意思,后来发现不是,他是对嘉姐你念念不忘,后来小憩走了,结婚了,现在好,大家各就各位,"余蕊叹了一口气,"其实我到最近才明白,好多事情,跟着自己的心走,你要全跟着社会规则走,往那个框框里套,你累死了,姐,你不也做了这么多年贤妻良母好儿媳妇,得到什么了?谁说你一句好?人活一辈子,最重要的是过程,得自己满意。"

余嘉怅然,她以为白元凯那天的"坦白"是为救急,突发奇想,再往深一点,顶多是最近的事。她没料到他的用心埋得那么久那么深。余梦的事过后,白元凯一直没过来。等栾承运去解救了余梦,两个人报了平安,余嘉打电话跟白元凯说了一声。毕竟人家那么热心帮忙,说一声应该。

后续就没下文了。

余嘉仔细思考过,她跟白元凯,做朋友可以,哪怕做知己也行,但再往前一步,她不愿意。不是说他不好不优秀,是她怕耽误他,也怕破坏了彼此之间美好的感觉。

男女之间,很多时候,发乎情,止乎礼,很好。不是说一有感情就都要过成夫妻。没有了距离,整天那么显微镜似的观看彼此,少了朦胧诗意的东西,再美的东西也不美了。她已经在婚姻的围城里打过一次滚,何必找二次麻烦。

余嘉微笑着,转换话题问余蕊什么时候正式办。余蕊说快了,等帖子吧,唯一有点遗憾,梦姐似乎一时回不来。

姐夫再婚。翁悦本打算用外甥女制衡余蕊。消息一传来,翁悦便一口气讲了不少后妈的恐怖故事,可兮倩最是个会审时度势的。

老爸被"打落",正好需要个人照顾,她短时间内不想回国发展,小姨、舅舅都靠不住。能有个人照顾老爹，正好。而且他爸身边的女人里，老实说，兮倩最不讨厌的就是余蕊。低调，柔和，有内劲，她们年岁相差较小，能谈得来。而且人家在这个时候雪中送炭，兮倩更佩服她。真爱。走心。泰坦尼克号里露丝和杰克的爱情不过如此。

因此，老爹韩广一宣布结婚，她甚至托纽约的朋友开始帮余蕊看婚纱。翁悦得知外甥女倒戈，大呼要命。

她哥哥翁阳倒是"知恩图报"，浙江那边的业务还做着，他还是"老总"，因此，韩广再婚，他特地包了个大礼。

侄女打小报告，翁悦急得骂哥哥："你到底哪个鼻孔出气！谁是亲谁是外？！你搞清楚！"

翁阳职位上去，脾气见长，随即道："我翁阳行走江湖，最看中一个义字！一天兄弟，终身兄弟！"

翁悦眼绿。

"统战"到最后，韩广和余蕊众望所归，翁悦作为男方家属代表，还是接受了请帖，决定去参加婚礼——辛太太都接受了，她还能不知趣？——风波过去，辛家夫妇再度现身，依旧是社交场的中心，风大雨大，躲过去就好。

辛太太问翁悦，余梦最近怎么样。

翁悦道："还在缅甸死磕呢。"

辛太太喷一声："轴！"又补充，"那么一累，累坏了，值不值？怎么就是看不透呢。"

翁悦趁机笑道："男人惯的！"

辛太太笑而不语，到此为止。

对女企会的姐妹们，翁悦说余蕊是奉子成婚——女方的阴谋，不过可惜韩广光杆一个。

有个姐们来一句："要我我也嫁。老韩多有味道！"

翁悦着急："什么味道，臭脚味？还味道！"

姐们径直答："男人味，霸气！项羽就算兵败，也还是项羽。"这说到关键点，翁悦再度惆怅。

爱情这玩意，出场顺序太重要。

准备得如火如荼。为表尊敬，余蕊辗转跟余梦也联系上，说要结婚。

余梦遥祝,算算时间实在赶不上。她又问老韩好,没提月亮城的事。人家大婚在即,她不想扫兴,而且现在跟老韩提也没用。

他是虎落平阳,被余蕊拖着回家。

浩宇、正宇回国,余嘉照看着,正巧思思也回来,几个留学生交流得不亦乐乎。兮倩也在国内,她跟浩宇又吵架,正斗着气。

她嫌浩宇幼稚,还是钟情白元凯那款。

何况兮倩想得远,老爹倒了,能不能缓过气两说,以后家里得靠她东山再起,选对象,慎重。因此更不能找浩宇。

兮倩不天真。

余梦挂了电话,对栾承运说:"小蕊要结婚了。"

"是么。"栾承运口气有点不可置信。

"跟老韩。"

"哪个老韩。"

"韩广。"

"他没坐牢?"

"出来了,光屁股杆一个。"

"伟大。"栾承运赞。

"什么伟大?"余梦不懂。

"小蕊伟大。"

"她傻。"

"爱情不就这样。"

"肉麻,"余梦白了他一眼,"说得好像你很懂爱情似的。"

"不谈爱情,干活吧。"栾承运换个话题。经过勘测,栾承运认为,既然战事打到这儿了,月亮城继续建在这里是否合适。余梦却说,打来的是游击队,漫山遍野跑,就算搬到另一个山头,也保不齐有人来。而且现在政府军已经掌控了这一地带,这一段在此住,民风淳朴,秩序井然,安全不用担心,在原址上重新建设,稳妥。

最重要的是,防止雨季山体滑坡。牌照拿下来不容易,哪能轻易放弃。老栾承运知道说服余梦很难,只能跟着看情况。不过余梦现在遇到一个情况,闵建中那边联系不上。少了金主,款子不能到位,工程就继续不下去。

不过,每回余梦抱怨两天,闵总那边的副总就又联系她,放不多不少一点款子，解燃眉之急。闵建中那边的担忧余梦也知道，这个工程遥遥无期，连阶段性的成果都没有，人家没有信心。余梦只能劝，马上就见真章了，放心放心。

站在高坡上，余梦和栾承运眺望整个月亮城工程。天边的云压得很低，看样子，又要下雨，缅甸的雨让人感到恐怖。一到雨季，真仿佛雷神、雨神、风神同时发威，河水泛滥，大街小巷被水淹没，好在街道上的住屋都有高脚、巨柱撑着，屋下鱼、虾、蛇、鳖、树叶、花朵、坛坛、罐罐……随波逐流。余梦担心月亮城撑不过这个雨季。

10

两方亲朋合到一起，不到一百人——婚礼规模不大，余蕊找了个小场子，在草坪上办。余憩全程陪姐姐，一早就得起来忙，黄旗作为伴郎，一身英挺。刚到场子上，就有人来找他签名。

混了那么久，终于求仁得仁，小有名气。

会场入口，是余嘉和余爽镇守着。她们负责签到，收礼金。花团锦簇间，余嘉有点恍惚。这场景似曾相识，仔细想想，好像那回爽她妈去世，她和余蕊搭伴，也这么收钱来着。不同的是，那次是悲，这回为喜。

男方的亲朋先到了几位。都是不起眼的中年人，但一出手，便都知道分量。韩广虽然失势，可究竟还有几个铁杆朋友。而且他借着旧日的基础，已经开始重新运作，打算从小本生意入手，再塑辉煌。

韩兮倩径直走进来，余爽、余嘉不认识。等到她去草坪上找浩宇、正宇。余嘉才明白，这估计是男方的女儿。

兮倩四望，问浩宇："就这么点人？"

浩宇道："你也不去陪着。"

兮倩道："陪什么，又不是我结婚。"

浩宇又说："和好吧。"

兮倩笑："和什么好，你我之间没什么。"

浩宇着急："什么叫没什么？"

兮倩说："哥儿们，你别把我当女的，我也不把你当男的。"说得很清楚了。

过了一会儿，来了两个男的。是白元凯和康隆，余蕊有心撮合，所以把他二人也请过来。

白元凯向余嘉点了个头。给红包。

余爽拧着脖子，只用余光看康隆。

康隆也给了钱，然后对着余爽："余老师，借一步说话。"余爽不动，好像还在生气。

余嘉见状，怕就这么僵了，连忙对白元凯道："小白，你先带博士过去，这忙，离不了人，有什么话一会儿有时间说。"白元凯得令，便领着康隆，走过花的通道，去草坪上站着。

兮倩一见白元凯到，立刻甩了浩宇，往草坪那头凑。

余嘉一边点钱，一边教育余爽，"别犯傻！我看他是诚心诚意来的，有什么，待会儿好好说！"

"姐——"余爽紧张，"人家有女朋友，一绿茶，说不定都打过证了。"

"结过婚还找你谈什么。"余嘉道，"态度要端正。"

余爽唯诺。余嘉随口问春儿的近况，余爽说英语老跟不上，补习呢这会儿。余嘉脱口而出："有空让思思过去，免费补。"

正说着，狄思思和余义进来。余义没带老婆——老婆大着肚子，行动不便，他也不想跟老婆一起欣赏余蕊的婚礼。余嘉知道弟弟的心魔，忍不住叮嘱余义一句："注意身份，举止要得体。"余义嗔道："姐，你这话多余，把你弟当成啥。"他马上要当爸爸了，对余蕊的那份旧情，必须封存，留作青春的一段记忆。

思思得知白元凯也来，忙着去找，她也是白叔叔的粉丝。找到人，打了个招呼，白元凯被几位男士叫过去应酬。

嘉宾到得差不多了。余嘉和余爽进场。司仪拿着话筒，喂喂两声，吸引大家的注意力，新娘已经准备好了。新郎站在草坪上。婚礼仪式很简单。余憩搀扶着姐姐出来，交给新郎，连说我愿意的环节都没有。

是新娘要求一切从简。

新郎不是小伙子,她不想太为难他。能办这个婚礼,她已经很知足。

音乐声起,余憩搀扶姐姐出来了。嘉、爽还有思思、兮倩、春儿等女士们都发出轻微惊叹,新娘太美了。余嘉为余蕊高兴,爽是一面高兴一面失落。康隆在人群中盯着余爽看,爽也看到了他,又连忙偏过头。

兮倩第一次发现这个过去不怎么太起眼只能算看着舒服的"助理姐姐",竟如此深藏不露,美得包容万物似的。难怪老爹被收服。

思思、春儿则期盼着自己有朝一日也能这么美。余义和白元凯、黄旗以及浩宇、正宇站在一块——最终没让黄旗当伴郎。余蕊专门从韩广的朋友里挑了几个其貌不扬的作伴郎,只为突出韩广。

翁悦全程撇着嘴。翁阳倒是面带微笑,看着姐夫再成正果。翁阳的女儿问爸爸,婚礼的礼物能不能拿走。翁阳不耐烦,嫌女儿小气,教训了她几句,又忙着往大佬们身边钻。

短暂仪式后,司仪宣布,新郎新娘正式结为夫妇。很奇怪,余蕊全程没哭。她掌控全局,充满自信,她是女主人,包容每一位来客。程序走完,韩广去休息片刻,余蕊去向客人们敬酒。

走到康隆面前,余蕊举一下杯子,笑眯眯的,小声道:"还不抓紧。"康隆受了鼓励,四肢硬邦邦迈过草地,余嘉瞧见,推了余爽一下。

余爽要避开,余嘉拉住她:"过了这村没这店,别糊涂。"余爽只好站着不动。余嘉端着高脚杯,知趣走开。

太阳伞下只剩余爽一个人。手心冒汗,余爽给自己打气,稳住,稳住,他既然肯来,就说明有点回心转意。只是那次当面陈情面子受伤后,余爽那股子傲娇气又上来,她觉得和好可以,但总得有个台阶下。春儿从洗手间出来,要找姑姑。余嘉拉住她:"别过去。"于是春儿便去找思思姐说话。

两个人面对面了。"你好。"康隆这么开头。

"你好。"余爽回答。一瞬间,好像又回到刚认识的时候。

他木而呆,她耿而直。

"那个……"

"什么时候办事?"余爽故意刺激他。

"我想清楚了。"

"如果我告诉你太晚了呢。"余爽道。

"那我也得把真实的想法告诉你，这样才公平。"

"你不是不喜欢接受不公么。"余爽抢白，"你喜欢喝绿茶就喝绿茶，我喝我的白开水。"她打了个比方。暗讽松子博士。

"一个男人一生中至少得有四个女人。"康隆把老白的理论搬出来。

余爽来了兴趣，放下酒杯，看他得出什么幺蛾子。

"还四个。"

"初恋，红颜，情妇，妻子。"康隆说自己的。

余爽批驳："那是你们男人的想法！"

康隆继续："美好单纯的初恋，懂得彼此内心的红颜知己，床上合拍的情妇，相濡以沫的妻子。"

这提法新鲜。余爽不吭声。

康隆又说："如果这四样合在一个人身上，你说是不是千载难逢。"

余爽脱口而出，"是，难逢，最起码情妇这条松子符合。"

"我指的是你。"

余爽愣住。

"你是我的初恋，又是懂我的红颜知己……然后那个……"康隆有点不好意思，"反正挺合适，你也说了，我们是情人，有情的人，现在你也算妇女了，那说是情妇，有情的妇女，也不算过分。"

余爽震惊，又不是果汁，这也能几合一。

"你想说什么？"她问。

康隆低声道："想把最后一个补足，四个合成一个。"

果真如此。

这算求婚？在别人的婚礼现场。

"不懂你的意思。"

"我想让你做我的妻子。"

"初恋、红颜、情妇、妻子。"余爽挨个读下来，失笑，"那杯绿茶你不喝了？"

"我跟她不合适。"

"之前你可不是这样认为。"

"她帮了我一个忙，我感谢她，是我糊涂。"

"答应了就要做到。"

"都是成年人,她能理解。"

"康主席呢,你可是在他临终前承诺的,要对……"余爽激动,努力平复一下,继续说,"要对人家好,照顾人家一生一世。"

"那样对她不公平。"康隆说。

"对我就公平吗?"余爽说,"我被剥夺了去看康主席的权利,这就公平吗?我可以自己做决定的。"

"那是不想让你为难。"

"现在我更为难!"

"你的意思是不愿意。"康隆有点失落。

天聊不下去了。

余爽怎么说,她不想拒绝,可话赶话一说起来,事态似乎偏离了原来的轨道。面子不能丢。

"我没说。"余爽拧着脖子。

"那就是同意。"

"也没说。"

康隆突然单膝跪下,掏出个戒指,草坪上其他宾客都看向他。余爽一下成为全场的中心。

"起来!"她低喝。糟糕!今天的主角应该是蕊和韩广。余嘉见状,连忙赶过来,余蕊伸着头看,余嘉拉康隆起来,康隆只能站起身。

余嘉又把两个人拉到室内,这是个小别墅。一层大厅宽敞。三个人走到一角,避开人群。

余嘉拿出大姐的范儿:"行啦,没那么多矫情。康隆,你喜欢爽是不是?"康隆嗯啊承认。余嘉又对余爽,"爽,你也喜欢小康。"余爽支吾:"他说我是……"余嘉把两只手搭在一起:"别闹了,都让让步,和好,在一起。"

简单直接。两个人都有台阶下。

"我没意见。"康隆率先表态。余爽憋着气。

余嘉对余爽道:"表个态。"

"暂时……没意见。"余爽道,"但我不是情妇,不做情妇。"

康隆解释:"就是个比方……"

远远地,余嘉看到白元凯走过来。说别人行,轮到自己就困难,她不想跟小白正面接触,怕蕊的婚礼惹出许多情愫,一说就多,难以收场。

她提着步子,快速上楼。白元凯跟康隆余爽打了个招呼,便紧跟着余嘉拾级而上。兮倩站在门口,见白学长上楼,也连忙跟上,浩宇跟着兮倩。思思又跟着浩宇。一时间,二楼眼看盛不下。

余嘉挑了个房间,关上门。她要躲一躲。静静心。谁知刚坐下,白元凯就推门进来。

余嘉惊得差点没坐住。

11

带上门,白元凯走向余嘉。他今天特别帅气,仅次于黄旗。

余嘉起身要走。

不行,不能单独待在一起,她心里打鼓,旁边是不是还有个小门。

"等一下。"他追上去,"就几句话。"

不好逃避了。

余嘉只好转过身,一手扶着绒布靠椅,像是站不稳,必须撑住似的。

"余嘉,"他叫她大名,显得十分郑重,"我接下来说的,是我这段时间以来慎重考虑的结果,完全是严肃、认真、负责任的,是真诚的。"

余嘉本能地想逃,她已经大概知道他想说什么,这些话,说出来就无法收回,不如藏着好。

她笑着说下面还有事。

白元凯拦阻道:"就给我几分钟。"

余嘉没办法,只好回身坐下,一只胳膊搭在椅背上。

白元凯深情道:"刚认识的时候,你是大家的大姐,我是余爽的朋友,我们相处很愉快,但不可能有什么故事,我对你的感觉是,你是一个懂礼数的古典型的女人。你总是含蓄、矜持、温文尔雅,你懂昆曲,会做饭，把每个人都照顾得很周到，"他咽了口唾沫，"后来，接触的次数多了，我很欣赏你，你身上有那种小姑娘没有的东西。我们都善良，我们心底都有一块纯净的世界……余嘉，那天在餐厅我说的那些话，不是玩笑，也不是为了击退敌人弄出来的挡箭牌，我知道，你明白我的意思，我有感觉，但你一直逃避，你可能不是很自信，被社会上的寻常眼光条条框框限制住。离了婚的女人，就应该找个老头子？有孩子的女人就不能找没孩子的男人？一辈子很短，不要被这些规则控制，用心感受。"

余嘉想说不行。

白元凯继续："我觉得这是老天的安排，如果狄兄还在，我不可能有任何不切实际的想法，可现在他不是不在了么。你单身，我也单身，有什么问题呢？为什么不能试一试？两个人走下去靠的是灵魂上的契合，我希望你能给我一次机会，也给自己一次机会。"轻轻摆手，"别误会，我不是要求我们立刻就怎么样，或者确定一种什么关系。我只是希望有个开始。一个男人一生中最少要有四个女人。"他也开始说那个理论，"初恋，知己，情人，妻子。"他顿了顿，喉结耸动，"初恋就别想了。"他嘿嘿笑，"希望能从知己开始，慢慢往前走。"

余嘉坐在那儿，心快要跳出来。她当然能猜到白元凯的大概意思，她没想到的是他的真挚！赤诚！一派天真！她觉得自己五脏六腑都似乎被冲洗过，又是痛苦，又是感动。只是，她又怎么可能答应他什么呢。初恋、知己、情人、妻子……层层递进，她答应了当知己，然后呢，车轮滚动，要接下来去当情人当妻子？她自认只是一个平凡得不能再平凡的女人。是，有人有这种勇气，但不会是她。可是，此时此刻，她又不能回避自己的感觉，她像是沐浴在阳光下、花香里，一点点怦然心动，是恋爱吗？她觉得自己一瞬间仿佛年轻十岁，那么不真实。有过感觉就好，曾经心动就好……

余嘉深呼吸，一下，两下，三下，她必须有所回应，到了这个地步，说开了，挑明了，才有可能继续作普通朋友，过了一会儿，终于镇定。

他望着她。

她微笑着说："谢谢你。"停一下，继续，"谢谢你给了我信心，给了我安慰，给了我勇气。我想等我很老很老的那天，或许可以跟我外孙子外孙女说，你知道吗？外婆年轻的时候，曾经被一个很优秀很优秀的人追求过。"

白元凯也笑。听上去不妙。

余嘉站起来，一手扶着桌台："小白，人每个阶段的想法会变，比如过去我觉得就当好一个家庭妇女，教育好孩子，支持丈夫，就够了。可现在我不再那么认为。作为女人，不是只有爱情，不是只有家庭，不是只有孩子，我很庆幸，虽然跌跌撞撞的，可是那个路我已经走过了。我不想再重走一遍，哪怕是跟一个无限包容、十分优秀、很有能力、很善良我也很欣赏的男人。我们步调不一致，知道吗？你值得更好的女孩。"说到这儿，余嘉长叹一口气，"好多事情，想一想就很好，不一定都要发生的。让美好留在美好，留在这一刻，行吗？"她的声音轻柔，态度坚决。

"可是……"白元凯还想争取。

余嘉伸出手指，嘘了一下："没有可是，瞬间就是永恒。"

白元凯又道："那我需要一瞬间。"

"什么？"她没明白。

"一瞬间。属于我们的一瞬间。"他靠近了，低下头。

余嘉红了脸，恐怕他想要一个吻。

他高贵的头颅又低了点，嘴唇凑过来，余嘉不动，她浑身的肉都绷紧。哦老天爷。上一次发生这事是什么时候？她不记得。

她内心天人交战着。虽然已经是单身，虽然已经没有了丈夫，可一直以来，余嘉还是以已婚妇女的身份苛责自己。她怎么可以跟一个年轻男子接吻呢……她是妈妈……是大姐……是中年……

软软的，贴上了。

门外一阵响动。余嘉吓得连忙把白元凯推开。看戏吃瓜的孩子们跌进来。有兮情、思思、浩宇、正宇、春儿，他们个个那惊诧的表情，好像小孩刚上了第一堂生理卫生课。

余嘉羞得跑下楼。思思、春儿还有正宇都跟着下去。跑回草坪，思思第一个追上妈妈。头一句就问："妈，白老师要当我后爸了？"

余嘉斥："别胡扯！"

思思紧追："妈，我可什么都看到了。"表情有点玩世不恭，"你放心，我绝对支持，爱情最伟大。"

余嘉又让她别胡说。拒绝是真，亲吻也是真，她不知道怎么跟女儿解释。

二楼房间，白元凯想去追余嘉，却被韩兮倩拦住。"学长，你没开玩笑吧。"她不客气地说，"那你吻得下去。"

白元凯拨开她，正色："跟你没关系。"他要出门。

"我喜欢学长！"兮倩在他背后喊，"我要跟学长恋爱、结婚。"她可没在怕。

白元凯站住，微微回头，觑了她一眼，迅速走出去，他只当她是个叛逆少女。

韩兮倩失落地站在屋内，满心愤懑，为什么？！凭什么？！什么品味！她难道会输给一个中年妇女？！再一转身，她看到浩宇站在她面前。

"你要跟谁结婚？"浩宇也被逼急了，问。

"反正不是你。"兮倩推开他，往外闯。

"他多大你多大。"浩宇跟上。

"余蕊不照样嫁给我爸！"兮倩道，"年龄算什么，我们家有这传统！就喜欢找老男人！怎么样，不服！"

"那我怎么办？"

"一边待着去！"韩兮倩一阵风似的下楼，眼眶发红。

迎面遇见余蕊，兮倩飞奔过去。余蕊问："怎么了？谁欺负你？"她见兮倩眼睛红。从现在开始，她是这个家的女主人，她有义务照顾好这个家的成员。

"他，"兮倩抽了一下鼻子，"他拒绝我。"

"谁这么大胆？"蕊问。

"白元凯！"

余蕊吓了一跳。小丫头招惹谁不好，招惹他。

"行啦，别闹。"她笑着说。

"怎么你也说我闹，"兮倩闹嚷着，"我以为你是最明事理的。"

"你们相差太大，首先年龄就不合适。"

"有什么不合适！你和我爸不照样差距很大！"

余蕊还是面带微笑，她抓着兮倩的手。"时间是有相对论的。二十和四十，差距太大。可三十和五十，差距就小一点。五十和七十，又小一点。七十和九十基本就没什么差距了。"

"那我等到三十岁再找他！你们别催我找人！"说完，韩兮倩跑出去。

她才不在乎什么老爸的婚礼。

草坪上，人们三五成群地站着说话。

余嘉逃出来，没处去，只好逃到余爽身边。康隆和余爽已经牵着手，两个人笑着跟嘉姐打招呼。

余嘉猛喝一口起泡酒，压惊。白元凯也走过来，从他脸上看不出一丝刚才发生的事的影子。他见余爽和康隆已经牵手，连忙恭喜。余嘉站在一旁，不说话。恭喜完，白元凯朝她点了一下头。

一会儿，余蕊韩广两口子过来打招呼。几个朋友站在一块。余蕊笑说："要是梦姐也在就好了。"韩广问："还在缅甸呢？"余蕊道："可不，梦姐就这脾气，逮到什么，死磕。"

12

正聊着，草坪那头忽然倒下个人。

余蕊最先看到，连忙提着敬酒礼服小跑过去。四周围满了看客。

是翁悦。仰面朝天，一个大字，嘴巴微微张着，失去了意识。

叫了救护车，会所有人跟着，可人家要求要家属陪同。万一有紧急情况，方便决断。余蕊推了一下韩广，说你去吧，韩广不大情愿，叫兮倩。

韩兮倩嘀咕："不是有舅舅么，也轮不到我呀。"

出了事，大家才想起翁阳也在。于是乎，翁阳和他女儿随着救护车去医院。余蕊不放心，毕竟是在她婚礼上出的问题。以后关系还得处，她硬要跟着。

余嘉连忙劝："我去，你留下。"

她正好避一避白元凯。

风驰电掣，到医院了。急救，人救过来。医生警告，不能空腹喝酒。翁阳赔笑，说下不为例。可翁悦却没打算给哥哥面子。一睁眼，见翁阳那张老脸,用急赤白脸打发他去。她接受不了哥哥的"背叛",这么多年,翁阳坠的谁的腿?是谁在帮衬他拉扯女儿?人不能忘恩负义!

病房里,翁阳耐不住羞辱,索性跟妹妹吵起来。

余嘉只好两边劝。

翁阳嗷嗷叫道:"差不多得啦!你想摆谱,也得人家愿意弹你这架琴!没有你在中间杠杠,我早他妈发达了!"

余嘉好容易把翁阳父女劝走,回到床头陪翁悦。翁悦有了精神,道:"大姐,我没事,你走吧。"

余嘉道:"凡事宽宽心。"

翁悦悲从中来,眼眶又红了:"怎么宽心,个个都有头绪,余蕊也不是东西,半路截胡。这口剩饭就那么好吃……"

余嘉不能顺着她说,怕激化矛盾,只好换个角度灭火,随即笑道:"你知道多少人羡慕你么,事业有成,财务自由,正是享受人生的时候,我要是你,绝对不考虑再婚。"

翁悦不留情:"行了大姐,你是有个王牌保底,才有底气。"

王牌?她都知道了?余嘉心惊。

翁悦接着说:"白元凯对你那点心思,是人都看得出来了。"

余嘉立即道:"普通朋友。"

"有故事的,刚开始都说是普通朋友。"翁悦撇嘴。

余嘉着急道:"我对天发誓,绝对不会……"

"行啦大姐,用不着那么狠。就是在一起,又怎么样呢。"

"关键是没有。"

翁悦不往下说,头靠到枕头上:"不怕跟你说实话,余蕊捡了个老头子,我没觉得什么,可我挺嫉妒余梦的。"

余嘉微笑,不语。

"你说她这么糟糕一个人,任性妄为,自私自利,浮夸虚荣,争强好胜,女人该有的不该有的缺点她全占了,怎么男人就个个上她的钩?就因为一张脸?我看也老了嘛。"

余嘉只好说萝卜青菜各有所爱。

"她那个鬼项目,也只有老栾承运肯……"翁悦欲言又止。

"老栾承运怎么了?"余嘉问。

婚礼现场,草坪上,翁悦被拉走,人群渐渐恢复欢乐。

兮倩找到老爹。"爸,跟你说个事。"她不含糊。

韩广一身礼服,额头都是汗,他点头示意。

"我要跟白元凯在一起,你得帮我。"

"不许胡闹!"韩广摆出家长的架势。

"我支持你,你也得支持我,相互支持。"兮倩执拗着。白元凯端着酒杯在附近逡巡,兮倩索性走过去,挎住他胳膊。白元凯不慎,酒洒了半杯。

"倩倩!"韩广脸上挂不住,气憋着。余蕊从屋里走出来,见此情景,连忙上前,韩广跟她耳语了几句。余蕊拍拍他肩,让他放心,她独自走过去,笑呵呵的,请白元凯暂时回避。

她挽着兮倩到花门底下,站住了,才说:"倩倩,你喜欢谁,阿姨都支持。"

"真的?"兮倩喜上眉梢。

余蕊又说:"可我支持没用啊,得人家男方同意才行。"

兮倩熄火,翻白眼。

余蕊继续:"你知道那事么。"

"什么?"

"老白在外头的时候,有个什么公主要招他当驸马,他没干。"

"知道。"

余蕊指了指头顶:"老白这种人,说句不好听的,自己条件优秀,眼睛长在这儿,要求也是很高的。"

"高,"兮倩冷笑,"我看他是生冷不忌,喜欢一个中年……"

余蕊明白了几分,拦话道:"你会唱昆曲么。"

兮倩摇头。

余蕊一笑:"跟你透个底,老白为什么喜欢那人,因为那人古典呀,会唱昆曲,人淡如菊,气质如兰,有竹的韧性,梅的坚强,梅兰竹菊人全占了,"顿一下,继续,"你这么张牙舞爪的,老白能喜欢?"

"那我得做我自己。"

"是,你有这权利,但人家也有不欣赏你、不喜欢你的权利,"说着,余蕊搂住兮倩,"倩倩,丑有千万种,美的认知大多数人是统一的,你要想找优秀的,可以,首先你自己得变优秀吧,不是说有几个亿等着你继承你就优秀了,何况现在也没有。美要由内而外,明白么?"

兮倩若有所思,打着手势:"由内而外。"

浩宇凑过来。余蕊促狭:"浩宇,倩倩美不美?"

"美啊。"浩宇不假思索。

"怎么个美法。"

浩宇急中生智,"身材好,漂亮。"

兮倩啐:"呸!美要由内而外!"

……

工程刚有点新进展,又遇一场暴雨。

下了就不停。

街道被淹没,余梦和栾承运只能躲在二楼。

余梦要划船出去。

栾承运劝阻:"疯了?会死人的!"

余梦大嚷:"工程完蛋,跟死了有什么区别!"

好不容易从房东那借了只小船,又花重金,请房东大儿子作向导,三个人穿上救生衣,拿起桨,划小船出镇子,往月亮城工地方向去。所到之处,一片水乡泽国。

街道上大水滚滚,底层房屋全部关闭,水面上漂浮着大量碎片杂物,垃圾堵塞着出水口。

雨小了点,但还没完全停。

一条蛇在水中挣扎,小船从它身边经过,那蛇挣扎着要上船,余梦惊得大叫,拼命用塑料桨拨它下去。

山坳的入口,几棵大树倒在路中间,交通中断,一片狼藉。

准备入山了,这里地势略高,但房东的儿子不愿意继续陪同,栾承运表示增加费用。他还是不愿意,栾承运理解他,他是怕有去无回。

栾承运劝:"就当没了吧。"

"活要见人死要见尸!"余梦执念太深。

月亮城,她的全部心血,她的执,她的梦。

栾承运摸出烟,掏了两回没掏着。他这才意识到随身带的两包烟都落在大水里。

见栾承运犹豫,余梦也有点害怕。

"你陪不陪我？"她问。

栾承运藏在雨衣里的脸还是那么玩世不恭，"奉陪到底。"

山路崎岖，两个人仿佛无畏的拓荒者，并排，稳步前进。雨彻底停了。余梦心情好了点，脚下的步子更快。

栾承运笑着问："这玩意，真这么重要？"

"重要，很重要，非常重要！"

"万一死了怎么办？"栾承运问。

"别乌鸦嘴！"

"说真的，万一这一趟，咱俩只能活一个。"栾承运欲言又止。

"那活着的那个就为死了的料理后事！"余梦大声道。

栾承运要跟余梦击掌。

余梦不情愿地拍了一下。

"那要是都活着呢。"他又问。

"活着不就活着。"她不解。

他洋溢着笑意："活着就复婚！"

她愣了一下，继续前进。

"那不行，活着，还得我事业成功，还得我高兴我乐意。"

"说真的。"他的面目变得严肃。

"我说的全是真的。"

他没接话。

余梦继续说："别帮了一点忙就提要求，这样吧，这项目成了，给你干股，我余梦不是忘恩负义的人。"栾承运笑而不语。

走过山口，就要到月亮城工地了。余梦悲叹："真不敢看。"栾承运扶着她，叮嘱，"看一眼就走。"绕过山坡，月亮城落入视野，余梦抬头眺望，却怎么也看不到月亮城的影子。

"哪呢？"她着急问。

栾承运却已经看清楚真相。

他不说话，致哀。

暴雨倾城，山体滑坡，月亮城已经被泥石流埋在地下，只有表面凌乱的建材能证明它曾经存在。

余梦揉揉眼睛，看明白了，她几乎站不住。

栾承运扶住她。"就当做了个梦。"他还能乐观。可她不行，余梦眼泪喷得比雨还大！为了这个项目，她投入了全部的身家、心血和感情，不成功就成仁！老天！为什么要跟她作对！还有当地官员，不是说这里固若金汤，水火不入！是个永远不会受影响的风水宝地吗？！怎么几场暴雨，就成了泰坦尼克号？！迅速沉没。

余梦哭倒在地，又开始下雨了。

栾承运劝："梦梦，东方不亮西方亮，就当买了个教训，咱们回去重头开始。"

余梦还是不肯走，仿佛在给死去的亡灵哭丧。

雨又下大了。栾承运劝了几次，余梦都不肯走，非要绕去山那边看看。看还有没有残留的"遗址"。送佛送到西，栾承运只好帮余梦整理雨衣，两个人再度启程。

雨浸润了山体，道路泥泞不堪。栾承运的一只鞋旋进泥里，拔不出来，干脆另一只也脱了。光脚走。两个人走了半个多小时，终于走到山的另一侧，可月亮城仿佛庞贝古城一般，死死沉没在泥泞当中。

余梦绝望了。

她木然往山崖边走。栾承运以为她想不开，连忙伸手拽，谁知赤脚打滑，一个趔趄，余梦和他同时跌下坡。余梦整个身子平拍。栾承运头朝下，脚朝天，倒栽葱扎在泥里。

13

余梦惊叫。本能地抓住栾承运的腿，死命往外拽，可泥淖像长了嘴，跟她作对般死命往里吸。

越陷越深了。大雨滂沱，余梦分不清痛和泪，脑中只有一个念头，救人，她要把栾承运救出来，月亮城完蛋了。栾承运得活着！她可不想操办他的身后事！他要就这么死了，浩宇正宇能放过她原谅她吗？不不不，她不要他死不许他死，很奇怪，到了这个时刻，余梦竟然发现自己对栾承运不是没感情。

她脱下雨衣，铺在泥上，迅速跳到一块裸露的石块墩上，又脱下裤子，一端系在栾承运脚上，一端背在肩上，她化身女纤夫，拼命拉！

慢慢地，栾承运竟像萝卜一般被拔出来。余梦抓爬着，连忙把他拖到石块上，又拼命扒拉泥，扯下雨衣，再迅速从他嘴里、鼻孔里抠出泥沙，拍背，好像还有气息。

大雨冲刷出栾承运的面目。他还没醒来。余梦急得要哭，怎么办，对，人工呼吸。她对着栾承运的嘴猛吸，泥沙满嘴，她呛得直咳嗽。她只好把栾承运翻过身，又用雨衣接水，继续帮他清理口腔、鼻孔、耳道，做急救。时间分分秒秒过去，漫长，余梦蹲在栾承运身旁，反反复复做着机械动作。她要救他，他不能死！余梦一边哭，一边救人，一边念着："我不让你死！不准死！我不让你死……"

终于，栾承运呛了一下。活过来了。余梦大叫一声搂住他的头，在额顶狠狠亲吻。栾承运被压得咳嗽，余梦赶紧松开他，雨还在下，她捧着他的脸，一会儿笑，一会儿哭。

这一场热带气旋造成的暴雨和洪水，在过去一周之内共造成三十九人死亡，超过二十万人流离失所，政府已经发出国际救援，小镇附近建起了难民营。

余梦和栾承运暂时栖身在那儿。通信中断、供应短缺，余梦感觉自己仿佛与世隔绝，又像是刚从诺亚方舟上下来，他们是世纪大洪水后的幸存者。她和栾承运，仿佛一个是夏娃，一个是亚当，只不过他们不在伊甸园，而是衣不蔽体、食不果腹，必须靠自己开创新纪元。

好歹活下来了。

栾承运肺部受损，说话有点困难，余梦明天的工作就是采集。很有点刀耕火种的意思。想尽一切办法，弄点吃的来，蒸了煮了，给栾承运补养身体。她那只昂贵的名牌包还在，不过已经彻底沦为采集容器，跟当地妇女的竹筐子也没什么差别。一切都被打翻，余梦才突然意识到栾承运的可贵。不是吗？天涯海角，生死边缘，还有这么个人陪着你，还要怎么样，还想怎么样？不过，余梦并没有答应跟栾承运复婚。她认为现在还不是时候，她还没考虑清楚。

是因为感动就复婚吗?她不要。

等回去再说。

夜晚降临,为了解闷,余梦有时候会唱歌。还唱那首《初恋的地方》,无论唱得多差,栾承运都会给她鼓掌。

又过了几日,小翻译弄了几本中文书来,栾承运没事就看书,真跟逃难似的。余梦觉得自己似乎小心回避着什么,她和栾承运的关系,仿佛被这场洪水冲上了一个新阶段。

不谈自己就谈别人。

余梦挨个点评几个姐妹,说给栾承运听。

"嘉姐是扮猪吃老虎,欲拒还迎,没准现在跟小白也量变转质变。"

"爽就是太矫情,什么事,想一堆,先做了再说嘛。"

"蕊的命,就是能共患难不能共富贵。"

"憩也是,找个演员,以后有日子跟着擦屁股。"

"老翁怎么办,肯定气死。脸都变形。"余梦配手势,挤成猪猪脸。栾承运笑出声。

余梦说得兴起。栾承运用他那喑哑的嗓子问:"那你呢。"余梦语塞,"我是风风火火轰轰烈烈过一天算一天,"转而失落,"真老了。"

"人都会老。"

"女人老了特别残酷。"她失落,只有在这里,她才会跟栾承运说这些。

"还记得我们第一次见面的时候吗?"栾承运突然问。

"你是病人,我是护士,"余梦随口说,转而恍然,指了指他,又指指自己,"现在也是。"

两个人都笑了。

"人生就是轮回,"余梦猛叹一口气,"那时候,你装病。"

"真病。"

"第一次真病,后来装病。"

"后来也是真的,只是把病程延长了,想多看看你。"栾承运解释。

"你现在多看看我,说不定,一回去,就不见面了。"余梦说。

栾承运笑而不语。

"干吗?"

"你有意思。"

"什么意思?"

"口是心非。"

"人不都这样。"

余梦换话题:"想吃什么?"

"能点菜么?"

"尽量满足。"

"鱼吧。"他真点。救人有功,应该论功行赏。

靠水吃水,这里鱼多。不过余梦认为它们长得太怪,只能挑小个儿的煮。她只会煮。现在这条件,也只能用煮。

余梦端了一碗鱼汤进帐篷。

栾承运接过去,喝了一口,竖大拇指。他嗓子的病有点反复,声音更哑。

余梦自己也盛了一碗,坐到他身边,故意说:"你要是真哑巴了吧,也挺好。不用听你那些油嘴滑舌油腻话,饭吃着都清爽点。"

栾承运笑,无声地,法令纹上提。

"不管怎么说,咱们扯平了。"余梦又说。

栾承运打了个 OK 的手势。

余梦又补充,"过去的一切……所有……一切的一切……你的……我的……错误……一笔勾销。"她比画着,像跟一个外国人,或者是对哑巴说话。

栾承运还是笑脸。

余梦突然失落:"没有了,什么都没有了,都得重头开始,新纪元。"说完苦笑。

必须乐观。苦笑也是笑。

有人探头进来,是小翻译。他通知余梦,镇上通信恢复,有人打电话来找她。余梦问是谁。翻译说是一个女的。余梦说,她如果再打来,告诉她我晚上七点等,让她那时候打过来,翻译表示会转达。难民营离镇中心有段距离。通信只能预约。

晚七点,余梦准时到镇上复建的通信中心等。七点十分左右,电话果然来了,是余嘉。两姐妹都激动了一阵,余嘉不停地问情况,说大难不死,必有后福。提到老栾承运,余梦简单说了近况,又问浩宇、正宇怎么样。

余嘉请她放心,说孩子都好,又说,我刚知道有个事,翁悦说的,有必要让你知道。余梦奇怪,什么事要让翁悦传达。余嘉言简意赅表达了核心意思,余梦惊得电话几乎拿不住。

通完话,她整个人呆呆的,抽了魂似的,出了门,走了一阵,才发现走错方向,又折回头,往营地去。

帐篷口灯光莹莹。周围竟然有萤火虫。

余梦低头进去,栾承运正躺着,打应急灯看一本旧书。

余梦一把将他的书夺过去,眼泪直淌:"你怎么不早说。"

栾承运不解,看着她。

余梦大声:"为什么不早说?"

栾承运摊手。故作轻松的样子。

"是你……"余梦泫然。

栾承运坐起来,双目灼灼。

"闵建中……你就是闵建中……你就是投资人……投资人就是你……闵建中就是你……"余梦颠三倒四地。

愈发激动。

栾承运面容平静,仿佛他是诺亚,听从天命,造了一座大舟,摆余梦逃出生天。他就是闵建中。不用化名,她怎么可能接受他的帮助呢。他愿意陪她走这一遭,哪怕是劫,哪怕是难。

"你好傻,你好傻,你好傻……"余梦扑上去,抱住他,亲吻,泪流不止。

栾承运也抱住她。

"你是垃圾!"余梦的表情说不清是哭还是笑。

"都是垃圾……"栾承运说。

大水过后,人也成了垃圾。

"为什么为什么为什么……"余梦胡乱打他的脸,自己流泪。

栾承运再次抱紧她。

应急灯灭了,天地一片黑暗。只有帐篷外的萤火虫飘着,无数星点。怕什么,只要他还在她怀中,就无所畏惧。

栾承运翻个身,把她压在下面。

她紧紧抓住他的胳膊,那么结实,可以依靠,也只有在这一刻,余梦才真正明白并实实在在感受到,一个男人深沉质朴宽广博大的力量。

(全文完)